ERIC GIACOMETTI
& JACQUES RAVENNE

Journaliste dans un grand quotidien national, **Eric Giacometti** a enquêté à la fin des années 1990 sur la franc-maçonnerie dans le cadre des affaires sur la Côte d'Azur ainsi que dans le domaine de la santé.

Jacques Ravenne est le pseudonyme d'un franc-maçon élevé au grade de maître au rite français.

Amis depuis l'adolescence, ils ont inauguré leur collaboration littéraire en 2005 avec *Le Rituel de l'ombre*, premier opus de la série consacrée aux enquêtes du commissaire franc-maçon Antoine Marcas, adapté en bandes dessinées en septembre 2012. Ont ensuite paru *Conjuration Casanova* (2006), *Le Frère de sang* (2007), *La Croix des assassins* (2008), *Apocalypse* (2009), *Le Symbole retrouvé : Dan Brown et le mystère maçonnique* (2009), *Lux Tenebrae* (2010), *Le Septième Templier* (2011), et *Le Temple noir* (2012), tous publiés au Fleuve Noir, déjà traduits dans 18 pays et vendus à plus de 850 000 exemplaires (toutes éditions confondues) en France.

Retrouvez Eric Giacometti
et Jacques Ravenne sur :
http://www.facebook.com/groups/antoine.marcas/

LE TEMPLE NOIR

DES MÊMES AUTEURS
CHEZ POCKET

IN NOMINE

LE RITUEL DE L'OMBRE
CONJURATION CASANOVA
LE FRÈRE DE SANG
LA CROIX DES ASSASSINS
APOCALYPSE
LUX TENEBRAE
LE SEPTIÈME TEMPLIER
LE TEMPLE NOIR

LE SYMBOLE RETROUVÉ

ERIC GIACOMETTI
et
JACQUES RAVENNE

LE TEMPLE NOIR

FLEUVE NOIR

MIXTE
Papier issu de sources responsables
FSC® C003309
FSC
www.fsc.org

Pocket, une marque d'Univers Poche,
est un éditeur qui s'engage pour la préservation
de son environnement et qui utilise du papier fabriqué
à partir de bois provenant de forêts gérées
de manière responsable.

ISBN : 978-2-266-24150-2

À Antoine Marcas,
flic, franc-maçon, et fier de l'être…

La vérité gît au fond du tombeau

Un mot des auteurs

La précédente enquête d'Antoine Marcas, *Le Septième Templier*, s'achevait avec la découverte du mythique trésor de l'ordre du Temple enchâssé dans la mosaïque de la voûte du Sacré-Cœur.

Pourtant, nous ne voulions pas en terminer là avec les énigmatiques Chevaliers du Temple. Un trésor, même fabuleux, ne peut pas satisfaire les amoureux de mystères ésotériques. Émeraudes, rubis, diamants, topazes, or, argent… les trésors font rêver mais il y a là quelque chose de matériel, de trop terre à terre. Les Templiers exercent leur attraction, par-delà les âges, pour leurs richesses, réelles ou fantasmées, mais aussi pour une part d'indicible qui se résume en un simple mot : le secret.

Et toutes celles et ceux qui se passionnent pour les mystères templiers savent que la fascination qu'ils exercent se situe sur ce plan. Plus spirituel que matériel. Et loin de toutes les théories conspirationnistes qui fleurissent sur le Web. Théories dont le thriller ésotérique doit savoir jouer, sans jamais s'y perdre.

Plus jeunes, nous étions fascinés par le titre d'un

livre, écrit par Robert Ambelain : *Jésus ou le Mortel Secret des Templiers*. Le mortel secret des Templiers. L'expression nous envoûtait. Et elle continue.

Voilà pourquoi nous souhaitons apporter notre *pierre* à l'édifice templier en continuant l'aventure, à un niveau différent.

Ainsi nous avions laissé deux indices à la fin du *Septième Templier*. Antoine serrait Gabrielle dans ses bras et lui murmurait que leur *« aventure ne faisait que commencer »*, après avoir reçu un coup de fil de son ami polonais. Le comte Potocki avait retrouvé un document selon lequel « *la vérité gît au fond du tombeau* ».

Deuxième indice, la quatrième de couverture du *Septième Templier*, aux éditions Fleuve Noir, était codée. Tout autour des bordures est inscrite une succession de chiffres. Regardez bien, prenez une loupe et utilisez l'alphabet maçonnique *Kadosh* dont se sert Marcas dans son enquête… Le message n'est-il pas clair ? Ce roman est la suite du *Septième Templier,* mais aussi un livre fraternel à toutes celles et tous ceux qui rêvent les yeux ouverts.

Eric et Jacques

Post-scriptum

3 : le chiffre maçonnique par excellence. C'est aussi le nombre de lectures possibles pour un Marcas :

1. Vous pouvez lire uniquement les chapitres historiques jusqu'à la fin et ensuite découvrir les chapitres contemporains avec Marcas.

2. Méthode inverse de la première.

3. La voie royale, ainsi : lire d'une traite et alterner les époques.

Les trois chemins mènent à la même destination…

PROLOGUE

Paris
Basilique du Sacré-Cœur
De nos jours

Le bruit des marteaux-piqueurs s'était tu. Le ballet de fourmis de la multitude d'ouvriers avait cessé, laissant le silence et l'obscurité régner à nouveau dans la basilique. Ils étaient repartis, pour un temps du moins. Une couche épaisse de poussière recouvrait le sol et les bâches de plastique noir autour des statues. Nulle bougie allumée, nul lumignon électronique connecté, Dieu lui-même semblait avoir déserté sa maison. Çà et là, des tas de gravats formaient des monticules inertes et profanes. Une infime clarté électrique provenant de la cité filtrait à travers les vitraux recouverts d'une fine pellicule de crasse. Les bénitiers s'asséchaient comme des oasis oubliées, les tuyaux d'orgue emballés dans des cocons de plastique sale ne déversaient plus leur musique céleste. L'odeur du plâtre rance avait remplacé l'encens et la basilique n'était désormais qu'un banal sarcophage de pierre désanctuarisé.

Dans la sacristie, le père Roudil fulminait en ouvrant,

un par un, les tiroirs de son bureau. Il n'arrivait pas à mettre la main sur sa petite bible à reliure de cuir gaufré et nervuré, et offerte par les fidèles de son ancienne paroisse en Sierra Leone. La lumière de la vieille lampe à abat-jour crème éclairait son visage tendu. Le précieux ouvrage se dérobait. Il s'assit dans son fauteuil de cuir noirci et contempla la pièce. Cela faisait près d'un quart d'heure qu'il fouillait en vain. Il n'arrivait pas à se souvenir de l'endroit où il avait pu laisser le Livre saint et son agacement ne cessait de croître. Et dire qu'il n'avait même plus le droit d'être là depuis le début des travaux. D'ailleurs on lui avait à peine laissé le temps d'emporter ses affaires. Ordre de l'archevêque en personne. Heureusement que le sacristain avait gardé un double de la clé du presbytère attenant. Le père Roudil avait dû attendre le départ des ouvriers pour s'introduire, tel un voleur, dans sa propre église. Un comble ! Cela faisait une éternité que ces satanés travaux duraient alors qu'on lui avait assuré qu'au bout de deux semaines tout serait fini. La basilique fermée aux fidèles et aux touristes, transformée en chantier ! Du jamais-vu depuis l'édification du Sacré-Cœur.

En fait, tout avait commencé dix mois plus tôt alors qu'il était en déplacement à Lourdes pour accompagner des pèlerins. Un matin, très tôt, aux alentours de 4 heures, la sœur qui devait prendre son tour de la prière perpétuelle était tombée sur un groupe de policiers en civil. Ils avaient interpellé des intrus qui s'étaient introduits dans l'église. On lui avait demandé de quitter les lieux pour ne pas gêner l'enquête. La basilique fut fermée sur ordre de la préfecture de police. Trois jours plus tard, à son retour, il recevait la visite de l'archevêque et de l'architecte des Services du Patrimoine. Apparemment, une faille subite courait tout le long de la voûte. Un défaut dans la conception même de l'ouvrage. En conséquence, la basilique fermerait pour des travaux d'urgence dans les mois qui viendraient. Il n'avait plus eu de nouvelles pendant des mois et, deux semaines plus tôt, l'archevêque était revenu avec des experts du Vatican pour fermer la basilique. Un nouveau rapport alertait sur une menace d'écroulement de la voûte. Il n'en croyait pas un mot, mais l'obéissance à Dieu et à sa hiérarchie passait avant ses doutes. Quant à son sacerdoce, il était prié de l'exercer en l'église Saint-Pierre voisine, en compagnie de la congrégation des sœurs.

Il avait décampé sans même avoir eu le temps d'emporter sa précieuse bible et ça, ce n'était pas acceptable. Le père Roudil s'épongea le front et tenta de calmer son irritation. Soudain une étincelle jaillit dans son esprit. Le rangement, bien sûr. Sa bible était là-bas, sûrement à côté de la caisse.

Le curé sortit de la sacristie, referma doucement la porte et entra dans la nef. Dévastation et désolation. Ce furent les mots qui lui vinrent à l'esprit quand il contempla le chantier plongé dans l'obscurité. Un verset de l'Ancien Testament remonta à sa mémoire.

Et l'Éternel plongea la cité dans les ténèbres
et retira sa main au-dessus des hommes.
Et les constructions de l'homme s'écroulèrent.

Il s'avança en essayant de ne pas faire de bruit. Des gardiens venaient faire des rondes toutes les demi-heures, il le savait par l'une des sœurs qui avait discuté avec les ouvriers. Il marcha sur une bâche souillée qui traînait sur le sol. L'air de la basilique saturé de poussière s'incrustait au fond de la gorge. Jamais, depuis quinze ans d'exercice au Sacré-Cœur, il n'avait connu pareille indécence. Les pauvres sœurs de la congrégation, elles aussi, avaient été chassées des lieux et continuaient leurs prières dans l'église Saint-Pierre attenante. Il fallait poursuivre l'adoration perpétuelle, ininterrompue depuis la construction de l'édifice.

Il marcha lentement, ses yeux commençaient à s'habituer à l'absence de lumière. Il coupa à travers les bancs et se cogna le tibia contre le manche d'une pioche posée en travers.

Bande d'imbéciles.

Encore heureux qu'il ne soit pas tombé par terre. Il s'assit sur le siège et se frotta le bas de la jambe. Il se redressa et leva la tête vers la voûte, voilée par des bâches posées sur un gigantesque échafaudage. Le curé secoua la tête, tout cela n'avait aucun sens. Il n'y connaissait rien en matière de construction, mais le peu qu'il voyait ne correspondait pas à des travaux de consolidation. Il fallait qu'il en ait le cœur net. Il se dirigea vers l'autel, envahi par une forêt de tuyaux dont les extrémités de métal écorchaient le sol de pierre. L'énorme échafaudage occupait l'intégralité de la voûte. Il s'approcha et leva les yeux. Aucun tuyau ne soutenait la pierre. Il adressa une rapide prière à la Sainte Vierge et grimpa sur l'échelle de la structure métallique. À soixante ans passés, il gardait de son passage comme aumônier à la 11e division parachutiste le goût de l'exercice et accompagnait encore chaque été les jeunes de la paroisse en camp de vacances. Ses mains agrippèrent les barreaux et il se hissa lentement au niveau du premier palier. Un grincement sinistre retentit lorsqu'il posa le pied sur la longue planche en bois, posée en travers. Il s'arrêta net, priant pour que le bruit n'alerte pas les gardiens. Il aurait bonne mine en se faisant surprendre à jouer les acrobates. Il tendit l'oreille, le silence avait repris ses droits. Il marcha avec précaution, emprunta une autre échelle et arriva sur une petite plate-forme encombrée d'outils variés. La chance lui sourit, une torche électrique était posée sur un carton. Il l'alluma et la braqua vers le haut de la voûte. Un faisceau blafard éclaboussa la pierre. Il faillit tomber à la renverse.

Une figure cauchemardesque jaillit des ténèbres.

Le Christ en majesté était à moitié défiguré.

Tout le bas du visage avait été arraché.

Seuls subsistaient les yeux, le nez et le front bombé. Le regard profond, qui le fascinait depuis le début de sa prise de paroisse, fixait le père Roudil avec colère, comme s'il le tenait pour responsable du blasphème accompli. Dans la nuit, les yeux semblaient presque vivants. Le père Roudil se signa tout en maudissant la horde de barbares qui avait souillé avec leurs outils le fils de Dieu. Il inspecta le reste de la fresque avec appréhension. Les trois quarts de la mosaïque avaient été saccagés, laissant la pierre à nu. Sa torche continua de balayer la voûte. Nulle part, il n'y avait de faille. On lui avait menti... C'était absurde. Comment son évêque pouvait-il être complice d'un tel sacrilège ? Il redescendit rapidement de l'échafaudage, le cœur lourd, la colère au ventre. Dès demain, il irait voir son supérieur et exigerait des explications. Et si on l'éconduisait, il préviendrait ses paroissiens, la télévision et les journaux. Lui, le père Roudil, gardien spirituel de la basilique, avait aussi le devoir de la protéger des barbares. Il enjamba un madrier constellé de rivets noircis et entreprit de faire le tour de son église pour vérifier l'étendue des autres sacrilèges. Il avait l'impression de se comporter en déserteur revenu sur le champ de bataille, le cœur déchiré d'avoir laissé l'ennemi occuper le terrain. Il s'orienta dans le déambulatoire désert quand soudain il trébucha sur un gros ballot. Il s'étala de tout son long sur le sol glacé, la torche tomba sur le côté.

Abrutis.

Il se releva lentement et tâta le sol autour de lui, sa main agrippa quelque chose de mou. Ce n'était pas un sac de gravats. Il prit la torche et la braqua sur le sol.

Un corps.

Le curé se mit à genoux à ses côtés. L'homme portait un pistolet à la taille. Un des gardiens qui faisait sa ronde, victime de voleurs venus piller l'église ? En s'approchant, il constata que l'homme respirait. Roudil se releva. Il fallait appeler la police. Au moment où il allait rebrousser chemin vers la sacristie, il aperçut une faible lueur derrière la statue de saint Pierre. Il hésita, puis s'avança en éteignant sa torche. La statue était bâchée comme les autres, mais à sa base il remarqua une ouverture rectangulaire baignée de lumière. Ces maudits ouvriers avaient aussi défoncé le sol !

Il s'approcha du trou béant en fulminant. Stupéfait, il découvrit une volée de marches qui s'enfonçaient dans le sol. Lui qui pensait connaître l'église comme sa poche ! Un fil électrique d'où pendait un chapelet d'ampoules courait le long de l'escalier.

Il était tiraillé entre l'envie de descendre ou de battre en retraite pour avertir les autorités. La curiosité contre la prudence. Tout son être lui disait de choisir la seconde solution. Il adressa une nouvelle prière à la Vierge, se promettant d'accomplir en pénitence moult *Notre Père* et autres *Ave*. Il agrippa la poignée de la torche comme s'il tenait une arme de poing et descendit les marches. Son esprit fonctionnait à toute allure. Au fur et à mesure qu'il s'enfonçait, il calculait sa position dans la basilique. Normalement, il aurait dû aboutir au niveau de la crypte, mais le trajet n'en finissait pas. Maintenant, le péché de curiosité l'emportait sur celui de la colère. De longues minutes s'écoulèrent avant qu'il ne parvienne à la fin de l'escalier. Selon ses estimations, il était au niveau du jardin de la butte Montmartre, voire plus bas. Il s'avançait silencieusement, prenant soin de ne pas glisser sur la pierre humide et fissurée.

Le passage s'élargit et il déboucha sur une vaste salle voûtée, éclairée par des faisceaux de lumière tremblants. Roudil était pétrifié, jamais il n'aurait soupçonné l'existence d'une cave secrète dans les sous-sols de la basilique. Il s'approcha silencieusement.

Un homme en combinaison blanche se tenait debout devant un autel de pierre noire. Sur le dessus, une plaque était descellée, comme le couvercle d'un tombeau. L'inconnu passait un court tube métallique au-dessus du trou. Un crépitement modulé sortait de l'extrémité de l'appareil. À quelques mètres, un autre homme, plus massif, à genoux, alignait par terre des bouts de bois sur une toile blanche.

Le père Roudil se crispa. Que faisaient ces intrus dans les entrailles de son église ? Il devait avoir des explications, et plus vite que ça.

— Qui êtes-vous ? lança-t-il d'une voix forte, celle de ses prêches.

Le duo se figea. Ils tournèrent la tête en direction du prêtre, mais aucun ne lui répondit ; ils restaient là, immobiles. Le curé haussa à nouveau la voix.

— Je suis le responsable de cette basilique. Vous allez me dire ce qui se passe ici ?

Les deux hommes continuaient à le regarder sans rien dire quand soudain une voix surgit de l'ombre. Aiguë et sifflante.

— Reprenez-vous, mon père, je vais vous expliquer.

L'abbé Roudil mit sa main en visière pour essayer de distinguer qui se cachait derrière le faisceau d'une lampe torche. Nullement impressionné, il s'avança d'un pas décidé. La mystérieuse voix se répercutait en écho.

— Je vous envie, mon père. Vraiment. Communier avec Dieu ici, en ce lieu sacré…

Le prêtre distingua enfin la silhouette de son interlocuteur, lui aussi en combinaison blanche. Il haussa le ton.

— Vous faites partie de l'équipe de restauration ? C'est ça ? Pourquoi ne m'a-t-on pas averti ? Je vais me plaindre en haut lieu. Vous saccagez la mosaïque, vous fouillez ce sanctuaire… Je…

Il s'arrêta net, la femme brandissait un pistolet. Son visage se découpa dans la lumière des projecteurs. Un front haut, des sourcils marqués, une bouche mince.

— Vous devriez parler plus bas, mon père, nous sommes dans un lieu sacré.

Le père Roudil recula. Un mélange de panique et de colère s'insinua en lui. Une émotion familière. La Sierra Leone, au début des massacres, pendant la guerre des diamants. Il conduisait un van rempli de groupes d'écoliers en sortie à Freetown, la capitale. Des miliciens adverses avaient dressé un barrage en plein milieu de la route qui menait à la mission. Les hommes étaient armés jusqu'aux dents, sous l'emprise de l'alcool. Il savait que s'il s'arrêtait, les enfants seraient enrôlés de force ou exécutés sur place. Il avait prié Dieu une seconde et accéléré à la suivante, percutant de plein fouet les reîtres. D'un coup, les vieux réflexes reprenaient le dessus.

Il recula d'un mètre en arrière, son pied racla le sol. La femme s'avançait vers lui en souriant. Le père Roudil connaissait cette lueur dans le regard. Il l'avait vue tant de fois en Afrique. L'inconnue allait appuyer sur la détente, sans l'ombre d'une hésitation. D'un geste sec, le curé pivota sur lui-même et s'élança vers le fond de la salle, la partie la plus sombre. Une balle siffla à ses oreilles. La voix de la femme ricana :

— C'est un cul-de-sac.

Roudil se plaqua contre un pilier. Une balle déchiqueta la pierre. Il ne savait plus où trouver refuge. La pénombre le cachait mais ce n'était qu'une question de secondes avant qu'ils ne le trouvent. L'un des hommes braqua une torche dans sa direction. Le prêtre se plaqua contre la pierre, il n'avait plus d'issue de secours.

— Sortez de là. Ne nous compliquez pas la tâche.

— Qui êtes-vous, par tous les saints ? jeta le père Roudil, qui tenta d'endiguer sa peur.

Il devait négocier.

Il s'avança, les mains levées. Son ombre s'étirait sur les murs de pierre. Aussitôt deux hommes l'entourèrent et lui bloquèrent les avant-bras. Celle qui paraissait être leur chef se planta devant lui.

— La curiosité est un péché, mon père. Mettez-le à genoux.

Les hommes le firent pivoter brutalement et basculer à terre, juste devant le drap blanc. Il sentit leur poigne sur ses épaules comme deux étaux.

— Bande de… cria le père Roudil en se débattant.

Le prêtre regarda autour de lui, cherchant le moindre espoir auquel s'accrocher, mais Dieu l'avait abandonné.

— Laissez-moi, hurla-t-il, la tête pendante.

La femme au pistolet s'agenouilla derrière lui et chuchota à son oreille d'une voix douce :

— Regardez en face de vous, je vous prie.

Roudil leva ses yeux rougis sur la toile posée à terre.

— Je ne comprends pas, je ne vois rien…

Sa voix se troublait.

— *Ils ont des yeux et ils ne voient point,* murmura-t-elle. Regarde bien. Voilà ce que tu es.

Le prêtre éclata en sanglots. L'eau salée formait un voile grossissant sur ses pupilles dilatées. Et soudain, il vit et crut à une hallucination. Sur le drap posé à terre, ce n'étaient pas des morceaux de bois mais des os. Des os humains, alignés pour former un squelette. Un crâne aux orbites noires était posé à l'extrémité. Le père Roudil cligna des yeux, plusieurs fois, pour chasser les pleurs. Pourtant c'était bien là, juste en face de lui. La peur le submergeait comme une marée. La femme posa son pistolet, prit le crâne entre ses mains et le hissa à hauteur de ses yeux. L'éclat des projecteurs dessinait des reliefs poussiéreux sur ses aspérités. Elle passa un doigt sur le côté.

Sur la tempe droite étaient gravées des inscriptions étranges.

La lumière pénétrait le fond des orbites, léchait les coutures entre les plaques temporales, s'infiltrait entre les sinus usés. Le crâne n'offrait que ses yeux vides, mais le faisceau des projecteurs semblait lui redonner vie. La femme contempla son trophée avec délectation et souffla sur la couche de poussière. Satisfaite, elle le reposa sur le drap, juste à côté des genoux du prêtre.

— Si ça peut vous consoler, mon père, sachez que ce squelette est celui d'un saint. Et il va révéler de merveilleux secrets.

Elle reprit son pistolet et le colla contre la tempe du religieux.

— Le saint va parler. Et *son verbe* changera la face du monde.

Le père Roudil n'entendit pas la détonation et n'eut même pas conscience de la balle qui traversa son cerveau de part en part. Mais ses rétines emportèrent dans la mort la vision du crâne qui le dévorait !

I

1

Terre sainte
Ville d'Al Kilhal
Veille de Toussaint 1232

Le bruit des sabots s'arrêta. L'entrée de la ville était proche. Du couvert des arbres, on distinguait la silhouette sombre d'un guetteur qui arpentait les remparts.

— Un seul garde ? interrogea une voix dans la nuit.

— Les autres doivent veiller près de la porte. Ils ne sont pas plus de six à tenir l'entrée, répondit Roncelin en descendant de cheval.

C'est lui qui avait inspecté la ville. De toute la compagnie, il avait le regard le plus perçant, l'esprit le plus avisé. Des qualités parfaites quand on est un voleur de talents, doublé d'un meurtrier sans vergogne. Déguisé en mendiant, il avait parcouru la cité, quartier par quartier, notant les corps de garde, marquant les échoppes d'artisans, sans oublier les trois mosquées et même la synagogue, enchâssée dans les ruelles tortueuses du quartier juif. Puis, affalé près du marché, une sébile ébréchée à ses pieds, il avait étalé ses haillons, interpellant les passants de son regard rouge sang avant de les faire fuir à cause de sa puanteur. Le matin même, il s'était frotté les yeux avec des fleurs séchées de saponaire, avait roulé un chat crevé dans sa besace et, à la tombée du soir, il n'était qu'un loqueteux anonyme dont plus personne ne se souciait.

— Combien de marchands, dis-tu ?

Patiemment Roncelin reprit. Son compère Guillaume n'était pas réputé pour l'excellence de sa mémoire. En revanche, il maniait l'épée comme on respire. Un don de Dieu ou du diable qui compensait son opacité intérieure.

— Une quarantaine. Sans compter leur famille.

La voix de Roncelin fit chanter la dernière syllabe de sa réponse. Un rayon de soleil de sa Provence natale y brilla un instant. Il enleva ses hardes puantes et se retrouva rapidement nu. Des cicatrices sombres zébraient son dos et ses avant-bras, mais aucune blessure ne l'avait encore mis à terre. Ce qui relevait du miracle. Son corps strié, balafré, traduisait en langage de chair des années d'âpres combats, ce qui d'ailleurs séduisait bien des femmes. Beaucoup le trouvaient bel homme et certaines l'avaient amèrement regretté : il prenait et jamais ne donnait. Telle était sa loi, en amour comme en rapine.

Il fit jouer son cou sur ses épaules et plongea les mains dans ses cheveux blonds, finement bouclés. Guillaume tendit à son chef ses habits de combat. Roncelin fixa ses yeux vert sombre sur son adjoint qui regardait ses mains, d'un air dubitatif. Guillaume n'avait jamais su compter au-delà de ses dix doigts, mais le calcul le fascinait. Surtout les multiplications.

— Tous des infidèles ?

— Tous des chiens qui se prosternent à terre pour adorer leur faux dieu, répliqua Roncelin qui enfilait à toute allure sa cotte de mailles usée.

— Des hommes à plusieurs femmes, alors ?

Malgré la nuit, Roncelin devina un éclair dans les yeux de son voisin. Un éclair qu'il devait attiser.

— Oui.

— Combien ?

La voix haletait.

— Plus que tu ne pourras jamais en jouir en une seule nuit. Tu ne me crois pas ?

— Si, mais…

— Mais quoi ? Depuis notre désertion de l'armée de Frédéric, ce chien d'Allemand, usurpateur de la couronne de Jérusalem, t'ai-je déjà menti ? Deux ans à faire la route ensemble ça ne suffit donc pas pour gagner ta confiance… gronda Roncelin qui finissait de serrer sa ceinture de cuir.

— Non. C'est le nombre de femmes, ça me fait déjà tourner la tête.

Guillaume glapit. Chaque denier, chaque pièce qu'il volait finissait invariablement au bordel. C'est d'ailleurs là que le Provençal l'avait découvert et recruté.

— Compte trois femmes pour chaque homme.

— Et une quarantaine de marchands, hein ?

— Au moins.

D'un coup Roncelin se sentit plus léger. Guillaume avait besoin d'un long moment pour se perdre dans ses calculs. Mais il devait d'abord remplir sa mission.

— Tu es prêt ?

Guillaume saisit un énorme sac en tissu rêche,

souillé de larges taches brunes. Il le cala sur son épaule. L'odeur était forte, insupportable.

— À toi de jouer. Sois rapide.

Guillaume hocha brièvement la tête. Il avait l'habitude. En attendant, Roncelin pouvait rameuter la troupe qui l'attendait dans le bois. Il sortit sa dague, vérifia le tranchant de sa lame, et se mit à la recherche de ses compagnons d'infamie.

À l'angle du chemin de ronde, le garde s'immobilisa. Un cheval venait de hennir. Un instant, Khoubir eut la tentation de réveiller ses hommes. Il saisit son cor de chasse, puis renonça. S'il sonnait l'alarme, c'est toute la population qui allait s'affoler et accourir. Pas la peine de les effrayer. Il haussa ses larges épaules. Depuis le retour des croisés à Jérusalem, la contrée n'était plus sûre. Ces galeux de Francs se répandaient dans le pays et dévoraient tout. Des rumeurs couraient. Ils s'attaquaient aux villages isolés la nuit, volaient les enfants et violaient les femmes. Au matin, on retrouvait les hommes émasculés aux portes des maisons. À voix basse, Khoubir implora la miséricorde d'Allah pour qu'il protège sa ville de la furie de ces bêtes fauves. Depuis plus d'une année, le chef des gardes veillait sur la cité où se pressaient pêle-mêle, Arabes et Juifs, marchands aisés et paysans sans terre, tous tenaillés par la même peur de tomber entre les mains des Francs. C'était une délégation de marchands qui l'avaient convaincu de prendre en main la sécurité de la ville. Depuis, il passait ses nuits à attendre un assaut qu'il pressentait, qu'il redoutait, mais qui ne venait pas. Les nerfs de ses hommes s'usaient et la confiance des habitants s'effritait. Partout la haine et la peur montaient contre ses bandes de pillards sans visage, qui erraient et frappaient sans pitié. De vrais loups affamés. Le chef des gardes tendit l'oreille. La campagne à nouveau était calme. Il respira mieux. Le cheval d'un voyageur, pensa-t-il. Qu'Allah le protège !

Roncelin trouva ses compagnons regroupés autour du Devin. Sans faire de bruit, il s'installa derrière un tronc. La lune venait de passer la cime des arbres, une lumière de cendre tombait sur la clairière. Une odeur âcre montait de la terre. Chaque visage semblait en deuil. Le Devin, lui, se tenait au centre, sa capuche rabattue, une ombre maléfique dans la nuit. Les hommes le craignaient. Un jour, un des pillards ivres l'avait traité de fils du diable. Le surnom lui était resté. Il disait pourtant venir des terres brumeuses d'Angleterre, poussé par la quête de Dieu, assurant que ses ancêtres celtes lui avaient légué des dons secrets. Roncelin n'était pas dupe, il mentait. Comme d'ailleurs tous les soudards de sa troupe sur leurs origines. Leur cuisinier était un fils bâtard du bon roi de France, l'archer italien descendait d'un cardinal de la curie, le Charentais habile au poignard sortait, lui, du ventre d'une princesse de Lusignan… Alors un Anglais à moitié sorcier, ça ne faisait pas tache dans le groupe. Roncelin était le seul à taire ses origines, on l'appelait Provençal et ça lui suffisait.

Il observait le Devin avec attention. Celui-ci s'était joint à la bande un mois auparavant lors de la mise à sac de la bourgade d'Aldebarra. Il avait surgi de nulle part et, d'un coup de dague opportun, sauvé Roncelin du cimeterre d'un infidèle. Le Provençal l'avait enrôlé en guise de reconnaissance. Mais maintenant, il se demandait s'il n'avait pas fait une erreur. Les hommes de la troupe murmuraient que le Devin avait des pouvoirs offerts par Lucifer en personne, que son œil portait la mort comme la foudre le feu. À la différence de ses compagnons de pillage, Roncelin n'avait pas peur du sorcier, cela faisait longtemps que Dieu et Satan avaient déserté sa conscience. Il reconnaissait néanmoins à l'Anglais une influence indéniable sur la troupe. Une trop grande influence même.

Au centre du cercle formé par les compagnons, une petite fosse venait d'être creusée. La forme était étrange. Un triangle tronqué à sa pointe. Le Devin pointa son index vers le bas.

— Le vase.

La voix du Devin était étonnamment claire, presque fluette. De dessous une cape, un calice doré jaillit. Roncelin se demanda dans quelle église il avait bien pu le voler. L'Anglais haussa le ton :

— La lame.

Une dague surgit. Fine et ciselée. L'acier brillait sous la lune. Le Devin s'avança et remonta les manches élimées de sa soutane. Il tendit son poignet, strié de cicatrices au-dessus du calice. Les gouttes de sang perlèrent pour former un chapelet écarlate. Le Devin ne lâcha qu'une parole :

— Les morts ont soif.

Khoubir abaissa sa torche et inspecta le parapet. Il craignait toujours de découvrir un grappin arrimé aux pierres. Ces porcs de chrétiens ne reculaient devant aucune ruse. Malgré la trêve signée entre chrétiens et musulmans, ces bandes, avides de sang et d'or, écumaient tout le pays, rançonnaient et tuaient sans cesse.

De colère, il cracha à terre. Un frisson le saisit. La veille, dans le vieux quartier de Jérusalem, près de la Tour de David, il avait entendu de la part de changeurs juifs, d'étranges récits. Le visage tendu, ils répétaient tous le même mot, *djinns*, ces êtres mi-hommes, mi-démons qui tuaient tout sur leur passage, corps et âmes. Un bruit sec de branchages le fit sursauter. D'un coup son cœur s'emballa. Il se glissa près du créneau et tendit l'oreille. De nouveau le même éclat d'écorce brisée retentit. Khoubir sentit battre le tocsin dans sa poitrine. Des images d'hommes aux visages de carnassiers roulèrent devant ses yeux. Il implora Allah de lui épargner la peur. Une fois de plus il écouta la nuit. Cette fois plus de doute, un pas lourd se frayait un passage à travers les buissons qui pullulaient au pied des remparts. D'une main vacillante, il saisit le cor à sa ceinture. Dans la nuit, il sentit sous ses doigts l'ivoire sculpté de maximes du Prophète. Le sang martelait ses tempes. Il tenait le cor près de son visage. Le bec d'argent, où son père et le père de son père avaient soufflé, était glacé. Brusquement, un bruit de chute résonna sous le rempart. Cette fois, Khoubir n'hésita plus.

Un mugissement déchira les ténèbres.

Le son haletant du cor résonna dans la clairière, mais aucun des compagnons ne bougea. Roncelin comprit que Guillaume avait effectué sa tâche et son impatience s'accrut. Il n'avait plus de temps à perdre avec des cérémonies grotesques. Le Devin avait intérêt à finir rapidement son œuvre, sinon il l'expédierait lui-même en enfer. Le Provençal se rapprocha en silence. Au fur et à mesure qu'il s'avançait, l'odeur âcre se faisait plus entêtante. Le dégoût le saisit à la gorge.

Les soudards avaient tous le regard rivé sur le poignet du Devin qui suintait un sang noir dans le calice.

— Qui veut connaître son destin ?

Les hommes étaient pétrifiés. Une main pourtant se leva. Roncelin reconnut celle du Borgne, un ancien prêtre défroqué venu en Terre sainte chercher l'oubli des hommes et le pardon de Dieu. Une quête impossible qui, de désespoir en déchéance, avait fait de lui un criminel de grand chemin. Ni le sang versé ni l'or dilapidé dans la débauche n'étaient parvenus à apaiser sa conscience. Avant chaque combat, il tremblait non de peur, mais de mourir sans s'être réconcilié avec Dieu. Le Devin se tourna vers lui :

— Donne ta main.

Le Borgne s'avança et dénuda son avant-bras. Autour de lui le cercle se resserra. Roncelin pouvait entendre les respirations saccadées des hommes. Un éclair brilla, suivi d'un cri étouffé. Les bords intérieurs du calice se teintèrent de marques brunes.

— Tu veux toujours connaître ton destin ?

Tout en maintenant son pouce sur la plaie, l'ancien prêtre hocha la tête.

— Qu'il en soit ainsi, annonça le Devin en se dirigeant vers la fosse.

D'un geste lent, il éleva le calice et, d'une voix d'outre-tombe, entonna son invocation.

— Par les puissances du Monde Obscur, par les anges de la Nuit. Que le Très Bas soit sanctifié, que sa Volonté de Ténèbres soit faite, sur terre comme En dessous.

Roncelin faillit se signer, mais se ravisa. Il n'allait pas croire à ces sornettes de charlatan.

— Que les damnés m'entendent, qu'ils remontent vers moi, qu'ils s'abreuvent à mon offrande.

Le Devin versa le contenu du calice dans la fosse. L'odeur âcre et putride se mua alors en une fragrance douce-amère. Roncelin grimaça de nouveau ; le contact du sang avec la chose dans la fosse produisait toujours cette même odeur. L'Anglais jeta le calice au sol et leva les yeux au ciel. Il tremblait comme un lépreux, les orbites révulsées, sa peau rendue livide. Sa voix sifflait comme un serpent, sa bouche se tordit dans un rictus.

Un magnifique possédé, plus vrai que nature, songea Roncelin. Le Devin se tourna vers l'ancien prêtre et brusquement prophétisa :

— Cette nuit est la tienne. Fais tout ce que tu veux ! Rien ne te résiste. L'or et le sang !

Le Borgne était hypnotisé. La tête du Devin tressautait en tous sens, comme un pantin désarticulé. Les hommes eux aussi étaient figés, mais leurs regards étincelaient, ils s'étaient tous identifiés au Borgne, son destin prédit par le Devin était aussi le leur. La sauvagerie montait en eux, se diffusait comme un poison incandescent. Les mains se crispaient sur la garde des épées, les muscles se tendaient, les esprits s'imbibaient du breuvage sanglant répandu par le sorcier. Roncelin lutta pour ne pas se laisser contaminer, il ne croyait pas à ces balivernes mais sentait au fond de lui monter une enivrante invincibilité.

Tout près, du côté de la ville, le cor sonna une nouvelle fois. Le Devin s'affala à terre. Roncelin s'avança au milieu de la troupe galvanisée et cria de toutes ses forces :

— À la charge, les marauds, sans pitié !

Les hommes levèrent leurs épées dans la nuit et hurlèrent en chœur :

— À la charge !

Roncelin fit un signe de tête au chef des archers qui était en train d'ouvrir un sac de toile. Les hommes passèrent, un par un, devant lui et prirent une sorte de cagoule rougeâtre. Leur chef cria :

— Plus vite, mes démons !

Les hommes enfilaient leurs cagoules, ajustant sur leurs visages le fin tissu strié de grosses veines écarlates, constellé de pustules noirâtres, puis ils passèrent par-dessus leurs capuches de bure. Le Provençal sourit. Les masques peints leur donnaient l'apparence de visages fraîchement écorchés. La nuit, le résultat était plus que parfait.

Son armée de djinns était fin prête à fondre sur sa proie.

Le Devin se relevait péniblement, le visage en sueur. Roncelin l'agrippa par le haut de la capuche et le hissa brutalement.

— Toi aussi, va rejoindre les hommes.

Roncelin rapprocha son visage du sien, il sentait l'odeur âcre de sa sueur.

— Et cesse tes diableries !

Le sorcier ne répondit pas, mais soutint son regard. Il y avait quelque chose de profondément malsain chez cet homme et le Provençal savait qu'il n'avait aucune prise sur lui.

Soudain il le lâcha. Les deux hommes se jaugèrent

du regard, puis l'Anglais recula et s'éloigna. Roncelin crut entrevoir un sourire mais il n'en était pas certain. Il enfila à son tour la cagoule de chair et s'avança. Dans la fosse, il reconnut le corps de la bergère, capturée par ses hommes la nuit précédente. Elle était démembrée.

Il n'avait rien fait pour la protéger.

Il rabattit la capuche sur la cagoule, faillit faire un signe de croix pour cette pauvre fille, et se ravisa. Après tout, lui aussi était devenu un démon, la cagoule de djinn n'était que l'image de son âme perdue.

Perdue et damnée en Terre sainte.

Dans la ville, le cor avait semé l'effroi. Toute la population s'était répandue sur les remparts. Les femmes gémissaient de peur et imploraient le Miséricordieux, les enfants accrochés à leurs jambes. Anxieux, les hommes tentaient de percer l'obscurité en jetant des torches dans les fossés. La plupart s'éteignaient durant la chute. Khoubir secoua la tête. Si les pillards voulaient s'emparer de la ville, c'était le moment : il suffisait d'une simple volée de flèches, surgie de la nuit, et la panique balayerait les remparts. En un instant, les femmes seraient piétinées, les enfants jetés à bas du chemin de ronde, la ville brisée avant même d'être prise. Un homme mince et grand, les cheveux noirs et ondulés, habillé d'une longue tunique blanche, se dressa sur un des merlons d'où il dominait la foule. L'imam Khatani étendit ses bras, laissa planer un silence, puis gronda de sa voix chaude et mélodieuse :

— Mes fidèles. Le Tout-Puissant est force et courage. Sa bénédiction est avec nous. Des volontaires pour descendre dans les fossés !

Khatani était un homme que la subtilité avait épargné. Dans ses prêches aux fidèles, il éructait la loi du Prophète comme un possédé, ne tolérant aucune question, ne supportant aucune contradiction. Les mauvaises langues racontaient qu'orphelin des rues il avait été recueilli par des Juifs. Depuis, il se déversait en flots de haine aussi bien contre les fidèles du Christ que les fils de Moïse. Les autorités de la ville auraient dû le chasser depuis longtemps, mais son influence était devenue trop grande dans les bas quartiers. Khoubir l'interrompit :

— Il n'y a qu'une porte. Si nous l'ouvrons, le risque est grand que…

L'imam balaya l'objection d'un haussement d'épaules.

— Seuls les chiens ont peur, les véritables serviteurs du Prophète ne connaissent que le courage.

Insulté, Khoubir saisit le pommeau de son épée. Le vacarme l'arrêta net. À ses pieds, un groupe de jeunes se frappaient la poitrine, hurlant des chants guerriers.

— Douze braves pour aller dans les fossés, mugit Khatani.

Aussitôt plusieurs hommes se ruèrent vers l'entrée. En un instant, les lourdes poutres qui barraient les battants furent retirées et la porte s'ouvrit sur la nuit.

Un à un les compagnons avaient regagné la lisière du bois. Ils se tenaient accroupis, les boucliers posés face contre le sol pour éviter les reflets de la lune, tandis que le fourreau des épées était entouré de charpies pour amoindrir les bruits. Chacun avait passé son masque, prêt à l'action. Le Devin se tenait à l'écart, la dague et le calice de cérémonie roulés dans une peau accrochée à son épaule. Seul Roncelin était resté dans la clairière. Un nuage se dissipa qui libéra la pâleur de la lune. Un éclat brilla à sa main gauche. Roncelin jura et fit tourner la pièce d'or qui ornait son annulaire. C'était là tout son héritage de cadet. Le seul bien que son père, le seigneur de Fos, lui ait transmis en lui conseillant d'aller chercher fortune en Terre sainte. Le Borgne s'approcha de lui. Les mains encore tremblantes, il saisit la gourde qu'on lui tendait et but avidement au goulot.

— La liqueur de genièvre va te faire du bien, dit Roncelin.

— D'habitude... commença l'ancien prêtre, d'habitude... je ne bois pas.

Le Provençal sourit dans l'obscurité.

— Tu te sens mieux ?

— Je ne sais pas... balbutia le soudard.

Un pas lourd écrasa une broussaille. Guillaume venait de surgir, une lanterne voilée à la main. La lumière vacillante illuminait son visage de démon d'un reflet d'incendie. Il éclata de rire :

— Voilà l'heure des djinns !

2

Floride
Île de Key West
De nos jours

Il était 3 heures de l'après-midi. Une chaleur humide baignait la chambre de style colonial. Au plafond, un ventilateur poussif en bois noirci tentait d'apporter un peu de fraîcheur, mais l'air saturé stagnait dans tous les recoins de la pièce. Face au lit, un volet fermé laissait filtrer de minces rayons de soleil, sur le côté, une grande baie ouverte. En contrebas, du côté des cuisines, un poste calé sur la Conch Republic Radio déversait ses ondes nonchalantes. Couchés sur le lit, Antoine et Gabrielle dormaient, un drap de coton fin jeté sur le côté. Marcas transpirait abondamment et se tournait dans tous les sens.

Il hurla.

— Non !

Il se redressa, en nage, et agrippa le drap qui recouvrait le matelas pour s'assurer que tout était réel. Il tourna la tête vers la grande baie ouverte sur la végétation luxuriante du jardin. Il était bien dans leur hôtel de Key West, à des milliers de kilomètres de la France. Gabrielle s'était réveillée et passa sa main sur son bras.

— Calme-toi. Toujours le même cauchemar ?

— Oui. Le trésor dans le ciel et ensuite la chute dans le tombeau. À notre retour, je consulte un psy. C'est à devenir dingue. J'en ai soupé de l'ésotérisme !

Gabrielle passa une main dans ses cheveux.

— Keep cool, on est en vacances…

Antoine s'étira, le calme revenait. Gabrielle avait tout organisé à la perfection pour ce voyage impromptu en Floride. Avion en classe grand large, décapotable louée à l'aéroport de Miami et road trip sur la voie express qui traversait les îles en flottant au-dessus de la mer, hôtel de charme situé à deux pas de Duval Street, plages idylliques avec cocotiers et sable fin… Cela faisait plus de dix jours qu'ils se prélassaient à Key West et il ne voulait plus rentrer en France. Quand elle avait choisi cette destination, il avait tiqué. La Floride, Miami, les plages bourrées de touristes, les îles pseudo-tropicales revues à l'*American way of life*, ce n'était pas son truc. Erreur. Dans l'atmosphère délicieuse et nonchalante de Key West, avec ses maisons à véranda noyées dans les palmiers, genre cliché des maisons du Sud traditionnel, il était tombé amoureux du coin. Gabrielle, qui venait régulièrement pour se détendre, avait souri de plaisir en le voyant progressivement abandonner ses *a priori*. Antoine s'étira à nouveau. Dix mois s'étaient écoulés depuis la découverte du trésor des Templiers dans la basilique du Sacré-Cœur, mais cela faisait deux semaines qu'il rêvait de la voûte recouverte d'or et de pierres précieuses. Un rêve qui se terminait systématiquement en cauchemar et le ramenait face au monolithe noir dans les entrailles de la butte. Il prit une profonde inspiration.

— Il y a autre chose…

— Quoi ?

— Ce que m'a dit le comte Potocky au téléphone après la découverte. Tu sais, les caisses laissées par les Allemands à la fin de la Seconde Guerre mondiale dans son château à côté de Prague.

— Je sais. *La vérité gît au fond du tombeau…*

— Eh bien, ça ne colle pas. Le trésor était dans la basilique, pas sous terre.

— Si on oubliait toutes ces histoires ?

— D'accord. Viens contre moi.

Gabrielle le regarda et son corps frissonna. Elle était amoureuse de cet homme. Aussi simple que cela. Il se situait pourtant aux antipodes de son idéal masculin ; il était brun, sarcastique, têtu, très masculin, flic de surcroît, alors qu'elle les préférait blonds, raffinés et si possible exerçant une profession intellectuelle ou artistique. Ou alors modèle surfeur, mais toujours blond. Il jouait les solitaires alors qu'elle goûtait, avec délice, les mondanités parisiennes. Mais Antoine irradiait une certitude qu'elle n'arrivait pas à définir, mélange de force et de faiblesse non avouée qui le rendait singulièrement attirant. Et surtout, le plus troublant, il l'avait fait basculer dans un univers sombre, dangereux et excitant. Lui, le frère en maçonnerie, l'avait initiée pour la seconde fois.

Dès la première soirée passée dans son appartement parisien, elle avait su qu'elle y resterait. Le désordre qui régnait dans les pièces, la bibliothèque en vrac, la chambre qui donnait sur les jardins du Sacré-Cœur, elle s'y sentait comme chez elle. Ils se voyaient régulièrement depuis presque un an mais chacun avait gardé son appartement, ne voulant pas précipiter les choses. Elle ne connaissait même pas son fils. Le Marcas était un animal farouche qu'il ne fallait pas brusquer.

Le voyage en Floride était une étape importante pour elle. Lui faire connaître une partie de son univers personnel. Key West, c'était son refuge, son havre dès qu'elle avait un coup de blues. Ses parents l'avaient emmenée ici, toute petite, et son héritage judicieusement placé lui permettait de s'accorder le privilège de prendre un avion et débarquer régulièrement dans ce coin. Ni Key Largo, trop grande, ni Islamorada, aux plages somptueuses, mais sans âme, ni Tavernier, encombrée de pêcheurs... Non, Key West et son art de vivre, presque à l'européenne, qui résistait encore malgré l'invasion périodique de hordes de touristes déferlant par paquebots entiers. Si Marcas avait détesté l'île, elle aurait été malheureuse. Ce n'était pas le cas. Il s'était adapté très vite au fur et à mesure qu'il abandonnait sa carapace de flic.

— Tu sais ce que j'aime dans ce pays ? dit-il, ironique.

— Le soleil ?

— Pas seulement. Ici, on ne me parle plus de crise, de dette, de plans sociaux en rafales. J'ai parcouru le journal du coin, c'est Oui-Oui au pays des cocotiers. Le seul article négatif porte sur la hausse des cours de la langouste.

— Oui-Oui... Exagère pas. La crise existe ici mais ils préfèrent aller de l'avant, quitte à fermer les yeux sur la misère sociale, pourtant bien réelle.

— C'est quand même pas le tiers-monde ! Tu sais quel est le pays le plus pauvre du monde ?

Elle le regarda, étonnée, il avait la curieuse manie de poser parfois des questions saugrenues. Ça faisait partie de son charme.

— Tu vas m'éclairer, mon frère…

— Oui, ma sœur… La Sierra Leone, en Afrique. Au classement mondial, c'est le premier, tout en haut de la liste. J'ai lu ça dans l'avion. Ils ont des mines de diamants, des plages superbes, plus belles qu'ici, et pourtant ses habitants végètent dans une misère sans nom avec des guerres civiles à répétition. C'est à eux qu'il aurait fallu donner le trésor des Templiers !

Elle sourit et se leva.

— Tu as prévenu tes supérieurs, à eux de se débrouiller. Si on allait faire un saut du côté de Mallory Square ? Ça va être l'heure de la *sunset* célébration.

— Un rite païen et érotique local ?

— Ça se passe à côté du port, tout en haut de Duval Street. Les gens se regroupent pour le coucher de soleil. Le plus beau du monde.

Antoine se leva à son tour et la prit entre ses bras. Il se colla contre elle et l'embrassa avec fougue. Ses mains glissèrent sous la robe de lin crème qu'elle tentait d'enfiler. Elle se sentit fondre mais se dégagea.

— Pas question ! La suite ce soir. Dehors, commissaire, ou j'appelle la police pour harcèlement sexuel sur une femme sans défense.

— Mmm… Si l'on me met en prison sur cette île, j'accepte.

Elle lui indiqua la porte de la chambre. Il enfila un bermuda, une chemise en lin et des tongs en cuir usé. Un quart d'heure plus tard, ils arpentaient Whitehead Street qui menait droit vers le port. Un vent soudain s'était levé, faisant onduler la rangée de palmiers qui bordait le trottoir. Le soleil entamait sa descente, tout en haut de la rue. Gabrielle leva la tête et fronça les sourcils.

— Orage en vue.

Antoine lui pressa la main.

— Tu plaisantes ? La météo a annoncé beau temps toute la journée.

Les premières gouttes tombèrent alors qu'ils passaient devant une église méthodiste et immaculée. De gros cumulus monstrueux de noirceur avaient surgi de nulle part, le soleil s'était enfui sans demander son reste. Gabrielle hocha la tête.

— Intuition climatique, hein ? Dans une minute ça va être le déluge.

— Ça va, tout le monde peut se tromper, grommela-t-il.

Les gouttes se firent plus grosses. Gabrielle regarda autour d'elle et pointa l'index sur sa droite, en direction de Sunset Street.

— On va se réfugier chez Sloopie's Joe. Chacun pour soi, monsieur Météo.

Elle avait enlevé ses sandales et, sous les yeux médusés d'Antoine, fonça de l'autre côté de la rue.

— Attends ! C'est qui, Sloopie's Joe ?

Elle courait vite, slalomant avec grâce entre les groupes de passants. Antoine avait du mal à la rattraper. Quand ils arrivèrent sur Duval Street, l'artère la plus animée de l'île, la pluie se transformait en averse. Les touristes rentraient précipitamment dans les boutiques ; les échoppes ambulantes de vente de noix de coco repliaient leurs toiles. Marcas était trempé, sa chemise en lin lui collait à la peau, son bermuda ressemblait à un torchon essoré. Les trombes d'eau formaient un voile opaque, il crut voir Gabrielle s'engouffrer dans un édifice blanc, à trois entrées, au-dessus duquel s'étalaient en énormes lettres noires : Sloopie's Joe. Il attendit le passage d'un bus, puis traversa Duval et se rua à l'intérieur alors que le premier coup de tonnerre éclatait. L'intérieur du café de la taille d'un hangar était obstrué par des groupes d'Américains en casquette et tee-shirts multicolores, avec de grosses chopes de bière à la main. Une musique assourdissante déferlait dans tous les sens, mélange de blues et de country bien roots.

Il tenta de se frayer un passage au milieu des consommateurs qui hurlaient en cadence avec le groupe de musiciens plantés sur l'estrade au fond de la salle. Sur le comptoir se dressaient des verres de mojito en forme de vase. Antoine attrapa le plus gros, tendit un billet de cinq dollars au barman et reprit sa marche. Il se cogna contre un gros homme en veste de pêcheur. Celui-ci se retourna lentement. Barbe blanche, teint rubicond, cigare vissé entre les dents et col roulé de pseudo-loup de mer. Pendant un instant, Antoine crut à une hallucination, le type était le sosie parfait d'Ernest Hemingway dont la bobine trônait aussi en peinture au-dessus de la scène des musiciens. L'homme assena une bourrade sur son épaule. La main fit un floc sur la chemise détrempée. Ernest leva sa pinte.

— *Hi guy ! Cheers !*

Antoine l'imita avec son vase et avala une très longue rasade. L'alcool lui brûla le gosier.

Il eut une pensée pour l'un de ses amis éditeurs, Pierre, qui vouait un culte au grand écrivain. Il esquiva la seconde bourrade et aperçut, à côté de la scène, Gabrielle en train de discuter avec un homme massif aux cheveux noirs, vêtu d'un chandail rayé blanc et noir et d'un béret un peu ridicule. Le type la prenait par les épaules en riant. Antoine continua sa progression au milieu de la foule. Autour de lui, il n'y avait que des hommes portant barbe blanche. Des grands, des petits, des très vieux, des plus jeunes, avec ou sans nez d'alcoolos, avec des bedaines plus ou moins décomplexées. Des clones en pagaille de l'écrivain réputé burné. Partout.

Gabrielle lui fit un signe. Antoine finit par s'extraire de la masse ernestine et la rejoignit en soufflant. Au fur et à mesure qu'il s'approchait de la scène, il remarqua que les clones avaient rajeuni. Un autre groupe de types formait une barrière entre lui et Gabrielle, même allure carrée mais cette fois avec des cheveux noirs ou blonds et une grosse moustache d'ébène à la place de la barbe. Antoine rassembla son courage et écarta sans ménagement les jeunes Ernest. Arrivé près de Gabrielle et de l'homme en chandail, il hurla pour masquer les éructations du chanteur du groupe :

— C'est du délire, ton Sloopie's Joe ! T'aurais dû me prévenir, je me serais déguisé moi aussi en captain Igloo de la littérature.

Elle cria à son tour :

— Ce sont les éliminatoires pour le concours annuel de sosies d'Hemingway ! Je te présente Ponk, un… ami de longue date.

L'homme lâcha Gabrielle et se tourna d'un quart vers Marcas. Il lui asséna une bourrade à son tour. Antoine se dit que ce devait être la coutume locale et lui rendit la pareille. Il sentit une montagne de muscles sous le chandail. L'homme avait l'air un peu ivre, ses yeux brillaient. Il se siffla une chopine de Bud devant lui.

— *Buddy ! Come on, let's drink !*

Antoine fit de même et finit son mojito. La tête commençait à lui tourner mais il se sentait bien. Il voulut répondre à l'homme mais celui-ci se retourna comme s'il n'existait pas pour se concentrer sur Gabrielle qu'il colla d'un peu plus près. La jeune femme jeta un regard navré à Antoine.

— C'est un ami de quel genre, ton Ponk ? gueula Marcas en se collant au duo.

— Un ex ! On s'est pas vus depuis un an.

Hemingway période *Pour qui sonne le glas* intercepta leur regard et poussa Antoine avec sa chope.

— *Go to hell, asshole !*

Gabrielle le retint.

— *Ponk, no ! He's a friend.*

Puis à Marcas :

— Laisse, il est un peu saoul. Il va monter sur scène dans cinq minutes pour la première sélection. On s'éclipsera après.

Elle lui demandait de battre en retraite. En théorie, elle avait raison. Le type était plus costaud que lui, mais d'un autre côté, il n'allait pas laisser la place à ce blaireau moustachu. Le rhum l'avait dopé. Cette femme était la sienne, point final, et il emmerdait Hemingway. Il tapa sur l'épaule du chandail.

— *Hey ! Ponk, she's my girlfriend !*

L'homme se raidit, écarquilla de grands yeux et éructa à l'adresse de Gabrielle :

— *It's true ?*

La Française balbutia :

— *Yes... yes, but...*

Hemingway cria un *Bitch* sonore puis dans le même temps pivota sur lui-même et envoya son poing de toutes ses forces sur le visage d'Antoine. Celui-ci valsa en arrière contre trois autres Hemingway qui s'affalèrent sur une grande table. Marcas se releva, sonné, et eut juste le temps d'éviter Ponk qui fonçait sur lui. Il lui fit un croche-pied sournois, l'Américain valsa sur les autres clones qui essayaient de se mettre debout. Antoine esquiva un direct qui venait d'un autre moustachu et s'aperçut qu'autour de lui les Hemingway bien torchés respectaient la mémoire de leur idole. Les poings volaient dans tous les sens, les musiciens, électrisés par l'ambiance, redoublaient d'ardeur. Antoine tendit la main à Ponk pour l'aider à se relever. L'homme au chandail accepta et, au moment où il fut sur pied, le Français lui expédia un crochet en pleine pommette. Marcas sentit les jointures de ses doigts craquer.

— Hey ! Ponk, *Pour qui sonne le gong*, tu connais ?

Il prit Gabrielle par le bras et hurla de joie.

— C'est génial, une baston comme dans les vieux westerns ! C'est mieux qu'une tenue maçonnique ! J'aime de plus en plus ce pays.

— Pas moi ! C'est ridicule. Ponk fait deux fois ton poids, il va te mettre en bouillie. On dégage.

Antoine sentit son cerveau bouillonner au-dessus de son nez en miettes. Du sang coulait jusqu'au menton.

— Ah non, ça faisait longtemps que je n'avais pas pris une bonne cuite. Je représente la France face à ces bourrins.

— Ça suffit ! Tu es complètement cuité.

Gabrielle le tirait au milieu de la mêlée. Ponk, hurlant, tentait de les rejoindre. La rixe se propageait dans tout le bar. Même les femmes s'empoignaient. Les deux Français avançaient pas à pas, esquivant jets de bouteilles et autres projectiles. Antoine éructait d'une voix imbibée :

— Tu t'es tapé un mec qui s'appelle Ponk. Si elles savaient ça, tes sœurs en maçonnerie. Ça craint. Ponk et Gabrielle, le duo de l'année !

Elle ne répondit pas et continuait à le guider vers la sortie. Dehors la pluie avait cessé, un rayon de soleil illuminait la rue. Des sirènes de police hurlèrent dans Duval Street. Gabrielle aperçut quatre voitures blanches à bande noire qui arrivaient à toute allure. Elle lui pressa la main et l'entraîna dans une boutique d'articles de plage. Marcas prit une serviette et la plaqua contre son nez meurtri.

— Tu crois que je peux demander à Ponk l'adresse d'un chirurgien esthétique ?

Gabrielle restait silencieuse et observait l'escouade de policiers envahir Sloopie's Joe.

— Putain, s'ils t'avaient coffré, ils t'auraient envoyé devant le juge du comté. Tu es trop con.

Antoine était hilare. Il tenait de sa mère, il avait le vin gai.

— Ils ne savent pas à qui ils ont affaire. Je suis commissaire de police et j'ai découvert le trésor des Templiers ! Oui, madame.

Deux fourgons venaient d'arriver et bloquaient toute la rue.

— Reste là, Antoine. Je vais demander à la vendeuse s'il n'y a pas une sortie par l'arrière.

Antoine s'affala sur un siège à côté des cabines d'essayage. Deux bimbos étaient en train de tenter de passer des shorts ultracourts. Antoine ne put s'empêcher de laisser traîner son regard sur leurs fesses. Les modèles étaient siglés d'une devise : *Bitch on the Beach*. Idéal à mater après une bagarre dans un saloon.

Une bonne cuite, ça, c'était la vie. La poche de son bermuda vibra. Il prit le téléphone et décrocha. Une voix de femme résonna, lointaine.

— Commissaire Antoine Marcas ?

— C'est moi, ou ce qu'il en reste.

— Je vous passe le directeur général de la police.

Antoine regarda son portable, secoué d'un rire irrépressible. Un déclic retentit, suivi d'une voix grave :

— Bonjour, commissaire, j'espère que je ne vous dérange pas pendant vos vacances en Floride ?

— Non, vous tombez bien, je viens de déclencher un incident diplomatique. J'ai cassé la gueule à Hemingway ! Envoyez-moi le porte-avions Charles-de-Gaulle au large de Key West.

Antoine était hilare. Des gouttes écarlates constellaient sa serviette ornée d'un dauphin mauve.

— Et je pisse le sang sur Flipper ! Ha, ha, ha !

— Commissaire, tout va bien ?

— Tu l'as dit, mon canard. Jamais été aussi bien de ma vie. D'ailleurs, je vais demander l'asile ici. La France me gonfle. Mais à un point…

— Marcas, ça suffit…

— Et ouais, mon gars. Ça te fait bizarre qu'un subordonné te tienne tête. Y a un bouquin d'Ernest que tu dois pas connaître, toi. *En avoir ou pas*. Eh ben, moi j'en ai. Et puis d'abord, qui me dit que tu es le directeur de la police ? L'appel est masqué. T'es peut-être un Hemingway français ?

Antoine ricana. Gabrielle jaillit et lui arracha son portable. Elle prit l'appel, les yeux fulminants.

— Je ne sais pas qui est à l'appareil, mais Antoine n'est pas très bien.

— Envoie-le au diable, hurla Marcas, et pour la peine je vais t'acheter un short comme ces demoiselles. Rose Pink. Au fait, il devait aimer ça, ton Ponk, ce genre de short. À vous deux, vous faisiez Pink Ponk.

Il fut saisi d'un fou rire. Gabrielle s'éloigna. À l'autre bout du fil, la voix s'impatientait.

— Dites à votre ami que ses vacances sont terminées, il est attendu à Paris, séance tenante. Un jet affrété par le consulat de Miami va atterrir demain matin à 7 heures à Key West, pour le conduire à l'aéroport international. De là, il embarquera sur un vol Air France qui décolle à 11 heures. Vous pouvez l'accompagner, le consul mettra un billet supplémentaire à votre disposition.

Gabrielle était suffoquée.

— Mais il les a méritées, ces vacances ! La France lui doit une fière chandelle, il a découvert un trésor…

Le directeur général de la police l'interrompit :

— Justement, cette affaire n'est pas terminée. Il doit rentrer. Et vite.

3

Terre sainte
Al Kilhal
Veille de Toussaint 1232

Un chien errant hurla à travers la nuit. Roncelin leva la tête et observa la lune enfouie sous les nuages. L'air était sec, bien plus que dans la Provence de son enfance. Ici, en terre d'Orient, son corps était buriné, tanné par la chaleur et le vent. S'il revenait au pays, personne ne le reconnaîtrait. Roncelin n'aimait pas les souvenirs. Pourtant dans l'obscurité, sa vie d'antan lui sautait à la gorge. Le passé avait faim. Il se leva. Sous les arbres, le Devin attendait. Roncelin s'approcha.

— Je n'aime pas que tu prédises l'avenir juste avant une attaque.

— C'est une demande des hommes. Ils ont besoin d'être rassurés sur leur sort.

— Je ne suis pas dupe de ta magie. Veille à garder ta place.

Le Devin leva sa main bandée et la passa sur son front.

— C'est une menace, Provençal ?

— Non, un conseil, et je n'en donne jamais plus d'un. Ma hache se charge d'assener le second.

D'un geste vif, le Devin balaya l'obscurité. Ses yeux clignaient. Son visage changeait d'aspect sous les rayons de lune.

— Calme-toi. Pense à toutes les richesses qui nous attendent derrière ces murs. Ce n'est pas le moment de nous disputer. Les hommes ont besoin de craindre une puissance, qu'elle soit divine ou… infernale.

Roncelin s'apaisa. L'Anglais avait raison. Une compagnie se devait d'avoir une cohérence autre que la simple somme des appétits individuels. Son autorité était plus que fragile, et n'importe lequel de ces brigands pouvait lui trancher la gorge pendant son sommeil et prendre sa place. La crainte de sa hache, qu'il ne lâchait jamais, lui assurait néanmoins un sommeil paisible.

Et puis le Devin était celui qui avait choisi Al Kilhal comme cible. Et si tout se passait bien, à l'aube ils seraient tous riches.

Du haut de la muraille, l'imam surveillait la manœuvre et encourageait ses partisans. Sur l'ordre de Khoubir, on avait refermé les portes et évacué le chemin de ronde. La foule s'amassait dans les rues, attendant des nouvelles. Khoubir avait fait doubler les gardes. En haut de chaque tour, des archers scrutaient l'horizon, prêts à répliquer à toute tentative de diversion. Cet état d'alerte inquiétait la population. On entendait les marchands manifester leur colère. Pour la plupart, ils avaient fui Jérusalem, retombé sous la domination des croisés, et se méfiaient plus encore des locaux que des bandes de pillards. Ils critiquaient surtout l'imam, fruste et inculte, qui jouait sur les tensions entre les autochtones et les réfugiés. En revanche, les natifs se plaignaient de ces nantis qui accaparaient les plus belles maisons et raflaient à prix d'or la meilleure nourriture.

— Fouillez au pied du rempart !

Malgré les ordres répétés de Khatani, les volontaires avançaient avec prudence. Les portes à présent fermées, leur courage s'émoussait rapidement. Les anciens fossés étaient recouverts d'une épaisse toison d'arbustes serrés et de ronciers. Ils tournaient autour, mais n'osaient pénétrer dans ce lacis végétal.

— Par ici !

Un des éclaireurs venait de débusquer une piste. Une trouée s'enfonçait entre les branches, qui étaient brisées à hauteur d'homme. Les volontaires s'approchèrent.

Une trace de sang souillait le sol.

Guillaume rampait sans bruit. Malgré sa corpulence, il épousait les variations du sol et se confondait avec la nuit. À la demande de Roncelin, il était reparti en observation. Le Provençal était prudent : il n'attaquerait que si la ruse avait réussi. Brusquement, Guillaume faillit crier, une herbe rugueuse venait de lui fendre les lèvres. Il s'arrêta à hauteur d'un fourré et se tapit comme une bête de proie. Des hommes vociféraient dans les fossés. Il leva la tête. Du haut des murs éclairés par des torches, des archers scrutaient l'obscurité. Guillaume sourit de plaisir : ils ne pouvaient pas le voir, même pas le deviner. Il aimait cette sensation d'impunité. Le Devin lui avait expliqué que la puissance était comme une maîtresse avide, elle allait toujours vers l'homme qui pouvait la combler.

Guillaume n'avait pas tout saisi, mais il en conclut que cette chaleur qui l'habitait, juste avant de tuer, était bonne. Et à cet instant, il jouissait de la sentir parcourir tout son corps, jusqu'à la moindre de ses extrémités.

Un cri le rappela à la réalité. Dans les fossés, les hommes venaient de se réunir. Des rires éclatèrent et rebondirent sur les murs. Guillaume commença de reculer. Avant de regagner la lisière, il jeta un dernier coup d'œil. Les soldats levaient les bras en signe de victoire. Guillaume lécha ses lèvres fendues. Il aimait le goût du sang.

Khoubir fit ouvrir la porte et se précipita. Les fidèles de l'imam remerciaient Allah en se frappant la poitrine. Certains crachaient par terre en riant, d'autres appelaient leur famille. Khoubir tenta de leur barrer le passage, mais bientôt des femmes se risquèrent, suivies d'enfants qui poussaient des cris de joie. Même des marchands franchirent la porte. L'un d'eux, une chaîne d'or barrant sa poitrine, apostropha Khoubir :

— Pourquoi as-tu sonné l'alarme ? Es-tu fou d'avoir effrayé toute la ville ?

Le chef des gardes allait répondre quand la voix de Khatani résonna dans son dos :

— Khoubir est un pleutre. Dès qu'il entend un bruit, il appelle au secours. Comme un enfant qui réclame la nuit après sa nourrice.

Des éclats de rire saluèrent la moquerie de l'imam. Khoubir faillit répliquer, mais se ravisa. Dans la foule, il reconnut certains de ses archers qui riaient à leur tour.

— Que faites-vous là ? Vous êtes de garde.

L'imam lui coupa la parole.

— Qui es-tu désormais pour donner des ordres, toi qui as peur de ton ombre ?

— Suffit, rugit le chef des gardes, j'ai entendu des pas et j'ai donné l'alarme.

— Des pas d'homme ?

Khatani fit signe à ses partisans qui se trouvaient à l'entrée des fourrés. Khoubir n'hésita pas. C'était bien un homme qu'il avait entendu rôder au pied des murs.

— Par Allah, oui, je le jure !

— Alors regarde ta honte, aboya l'imam.

Un des éclaireurs s'approcha. Sur son épaule il portait un fardeau qu'il jeta à terre en jurant. Une odeur de mort se répandit. Khoubir se précipita, un flambeau à la main.

Un porc crevé, grouillant de vers, apparut dans la lumière.

— Tenez-vous prêts, annonça Roncelin.

Sautillant comme un animal, Guillaume se rapprochait de la lisière. Il leva les deux mains et les noua sous sa gorge. Roncelin acquiesça à ce signe et donna les premiers ordres.

— Les archers sur la gauche.

La moitié de la compagnie se glissa en silence dans un tapis de broussaille, l'arc à la main, une flèche entre les dents, prête à tirer. D'un dernier coup de reins, Guillaume atterrit à ses pieds.

— La porte est ouverte.

Roncelin tourna la bague autour de son annulaire comme chaque fois qu'il devait prendre une décision.

— Décris-moi la scène.

Guillaume reprit sa respiration. Si son intelligence

était bornée, sa mémoire se présentait sans faille. De la cire vierge où le souvenir gardait tout son relief.

— D'abord des soldats avec leur chef... derrière des hommes sans armes, sans doute des marchands et, devant la porte, des familles.

— Beaucoup ?

Le sourire fendu, Guillaume ricana.

— Trop pour rentrer ensemble en même temps.

Roncelin tapota l'épaule de son compagnon. Du beau travail, vraiment. Il se tourna en arrière et jeta ses ordres à l'escouade à cheval.

— Prenez à droite. Au bas de la côte, il y a une oliveraie juste au pied de la ville. Dès les premiers cris, vous forcez le passage.

Khoubir était un soldat, pas un orateur. Les yeux ébahis, il regardait l'imam, porté en triomphe sur les épaules de ses partisans, en train de haranguer la population. Tandis que les enfants crachaient sur le cadavre du porc en le couvrant de malédictions, les femmes se pressaient au pied du nouveau prophète. Les marchands mêmes sentaient le vent tourner et l'écoutaient avec un respect feint, la main droite sur la poitrine. L'un d'eux, Boufeda, se pencha vers Khoubir. C'était l'un des marchands les plus respectés de la ville, il avait commercé avec les navigateurs d'Italie, les hommes à la peau sombre du pays de Kash et même avec les Juifs qui vivaient, quasi reclus, dans leur quartier. Il parlait peu, mais juste.

— Si l'imam n'était d'abord homme de Dieu, je jurerais qu'il est pour quelque chose dans cette mascarade.

— Khatani est comme un chien affamé, il ferait n'importe quoi pour assouvir sa soif de pouvoir.

Un long cri de joie fusa de la foule. Khatani leva les bras, paumes ouvertes, pour apaiser l'enthousiasme de ses partisans.

— Dieu… Dieu seul a les clés du Paradis. Et il n'ouvre la porte qu'aux braves qui donnent leur vie pour Lui.

Un hurlement rauque lui répondit. À nouveau ses fidèles se frappaient la poitrine en chœur. Certains gesticulaient. Khoubir serra la garde de son épée. Que croyaient-ils, ces imbéciles ? Qu'ils allaient libérer Jérusalem, en chantant et en dansant ? D'un geste violent, il saisit un des gardes par l'épaule.

— Toi, retourne à ton poste. Les remparts sont déserts.

Le soldat le regarda d'un air absent. Il semblait hypnotisé par le discours de l'imam.

— Dieu est grand qui nous donnera la victoire, Dieu est grand qui fera périr nos ennemis, Dieu est grand qui nous donnera leurs femmes en pâture…

Le soldat se dégagea de l'emprise de Khoubir, leva les bras au ciel et reprit à l'unisson :

— Dieu est grand qui…

Un sifflement aigu l'interrompit. Jaillie de la nuit, une flèche venait de se planter dans sa gorge.

4

Oxford
De nos jours

Une lune pleine illuminait la forêt de toits et de façades gothiques de la vénérable cité universitaire. Elle caressait de ses rayons le dôme majestueux de la Radcliffe Camera, la babélienne bibliothèque, et faisait ressortir la pureté des clochers qui accrochaient le ciel d'encre. À sa manière, l'astre nocturne donnait corps à ces songes de pierre et rendait hommage au poète Matthew Arnold qui qualifiait Oxford de « *cité des clochers rêveurs* ». Au centre de la ville, les rayons lunaires faisaient miroiter les flots calmes de l'Isis qui deviendrait la Tamise en mêlant ses eaux avec l'Ams plus en aval. Les enfants de la forteresse du savoir et de la raison s'abreuvaient depuis l'an 1096, date de sa création, à une rivière portant le nom de la divinité mère égyptienne, singularité remarquable dans tout l'hémisphère Nord.

Old Mary, la grande horloge centrale, sonna 10 heures, les bâtiments réservés à l'enseignement étaient éteints et silencieux. L'heure de partage pour les dizaines de milliers d'étudiants de la plus ancienne université d'Angleterre. Les plus studieux révisaient dans leurs chambres exiguës, les moins appliqués se retrouvaient dans les parties communes de leurs collèges respectifs pour boire un verre, faire une partie de fléchettes ou tenter leur chance aux jeux de l'amour et du hasard dans de sombres recoins. Tout était codifié depuis des centaines d'années à Oxford, et chacun connaissait la place qui lui était dévolue dans cette citadelle du savoir. Si l'admission à l'université était considérée comme un privilège – après tout on y formait depuis le XIIe siècle l'élite intellectuelle du pays –, l'appartenance à l'un des trente-huit collèges, villes dans la ville, relevait légitimement de la fierté clanique. On n'était pas d'Oxford mais de la maison de Corpus Christi, de St Edmund, de All Souls, de Regent's Park ou d'Exeter. Et pour chacun, son église et son blason. Caducée et flancs verts pour Green Templeton, gueule or et sable pour Wolfenson… Chaque collège jouissait d'une grande autonomie, en pourvoyant à ses élèves gîte et couvert et même activités sportives. Le tout sous la conduite de *tutors*, doyens, recteurs, principaux et autres *fellows teachers*, tous officiers de cette armée du savoir.

Dans cette cité labyrinthique, chacun suivait son chemin selon les droits et les devoirs qui lui incombaient sans sortir du cadre qui lui était fixé par son collège.

Au cœur de la ville, caché par l'imposante masse des bâtiments de Regent's Park, réputé pour ses théologiens, se nichait un édifice de pierres grises et sales… Construit en 1745, lors du règne d'Élisabeth I, il était l'un des plus modestes édifices d'Oxford. Le chancelier de l'université, un homme loué par ses pairs pour son grand pragmatisme, y avait installé une partie des services administratifs dans l'aile ouest du bâtiment. À l'opposé, se trouvait un grand hall marqueté de boiseries piquetées par le temps, un vestibule d'apparat qui avait perdu de sa prestance et un peu plus loin, au terme d'un couloir défraîchi, une bibliothèque annexe remplie de quelques milliers d'ouvrages. Rien à voir avec le fonds de huit millions de volumes de la « Bod », la bibliothèque bodléienne de Radcliffe et ses cent soixante-seize kilomètres de rayonnages, ou avec celui de la Hooke. Non, ici s'entassaient les ouvrages les moins précieux de la collection de l'université, qu'il fallait bien garder quelque part. Presque personne n'y mettait les pieds, leur contenu n'en valait pas la peine. La décoration de la salle de lecture n'avait en soi guère d'intérêt si ce n'était la présence de deux petites statues d'Anubis en basalte posées sur des piliers à l'entrée. Les deux chacals montaient la garde d'un air sombre, faisant comprendre aux étrangers qu'ils n'étaient pas les bienvenus.

Tout au fond de l'édifice se nichait un petit bureau séparé du monde extérieur par une vitre triste et jaunie. Le royaume du bibliothécaire, un homme d'une soixantaine d'années, peu aimable, qui envoyait paître les rares curieux égarés. Il occupait ce poste trois heures par semaine, ce qui correspondait exactement aux horaires de consultation de la bibliothèque. Et encore, les jours d'ouverture variaient en fonction d'une logique qui échappait au bon sens.

Un visiteur attentif perdu en ce lieu improbable aurait remarqué une simple porte en bois anthracite, juste derrière le bureau du bibliothécaire. En poussant cette porte, il aurait pénétré dans un lieu étrange. Une grande salle de briques noires, rectangulaire, hermétiquement close. Le plafond, plus ténébreux, ne présentait aucune aspérité. Plaquées contre les murs nord et sud, deux rangées de fauteuils recouverts de velours noir se faisaient face. Au centre, il n'y avait qu'un sol de marbre sombre. Au fond, un simple bureau, foncé lui aussi, planté sur une estrade surélevée avec en arrière-plan, sur le mur, un crâne peint en rouge écarlate.

Des faisceaux lumineux très fins éclairaient les visages des douze hommes et femmes assis en silence. Six de chaque côté. Les hommes étaient en costume noir, les femmes en robe sombre. Les mains posées à plat sur leurs genoux, ils regardaient en direction de l'occident, vers l'homme installé derrière le bureau. Le jeu de lumières faisait ressortir les treize visages pâles comme des spectres flottant sur un océan de ténèbres.

Si notre observateur était arrivé un peu plus tôt, il aurait vu ces personnages défiler à la bibliothèque, à intervalles réguliers. Tous demandant à consulter un ouvrage précis.

Chroniques du Temple souverain,
de Lord John Banaix, l'édition de 1875,
préfacée par l'historien Jean Xianab

Les figures spectrales ne bougeaient pas. Un observateur averti aurait noté une certaine ressemblance avec une loge maçonnique, par la présence des deux piliers, ou par la disposition géométrique de l'assemblée, mais l'absence de tabliers, de pavé mosaïque ou de voûte étoilée, l'aurait dissuadé de toute interprétation hâtive.

Le temple baignait dans la nuit, la lumière n'y avait pas sa place.

Il est fort probable que les frères de la puissante loge maçonnique *Apollo*, qui faisait briller ses feux à Oxford, auraient été ulcérés par l'existence de cette singulière assemblée dont les membres s'intitulaient eux aussi, frères et sœurs.

À l'occident donc, le spectre blanc assena un coup de maillet sur une bille de bois.

— Puisqu'il est l'heure et le lieu, j'ouvre solennellement les travaux. Notre frère premier surveillant a une communication à vous faire. Ce qui justifie cette *caverne extraordinaire*.

L'un des hommes assis sur le côté droit se leva. Il était grand, le front bombé, les cheveux argentés qui ondulaient en arrière, le nez droit. Le coin de sa lèvre gauche tombait légèrement, lui donnant naturellement un air de mépris. Air qu'il cultivait peu, son rang dans l'aristocratie anglaise l'obligeant à se montrer convivial en toutes circonstances. Il prit la parole.

— Je tiens à préciser en préambule que les informations dont je vais vous faire part sont d'une fiabilité absolue. Il y a dix mois, des… chercheurs ont découvert un immense trésor à Paris, dans la basilique du Sacré-Cœur. Cela n'a pas été rendu officiel, mais ce trésor a fait l'objet d'un accord secret entre le gouvernement français et le Vatican. Des travaux sont en cours pour le récupérer.

Le frère marqua une pause. Les visages des autres membres de la loge ne trahissaient aucune émotion. Le vénérable affichait lui aussi la même expression minérale. Le premier surveillant continua :

— J'en viens maintenant au cœur du sujet. Ce trésor

est celui des frères du Temple. L'authentification est formelle et explique pourquoi le Vatican et la France comptent se le partager. Je n'ai pas besoin d'ajouter ce que cette découverte risque d'engendrer.

L'un des frères, un homme d'une soixante d'années, au visage recouvert d'une fine barbe taillée, leva la main. Le vénérable hocha la tête.

— Comment le trésor a-t-il été décelé ?

Le premier surveillant attendit l'approbation du vénérable pour répondre.

— Quelqu'un au Vatican, dans l'entourage du pape, a retrouvé la trace du trésor en France et a remonté la piste.

Une femme au regard sombre, les cheveux tirés en arrière dans un chignon impeccable, leva la main.

— Tu n'as pas évoqué leurs frères gardiens. *L'ordre secret des sept templiers*. Pourquoi ont-ils laissé faire ce processus ?

— L'un des leurs a, semble-t-il, trahi la confrérie. Les autres ont tous été exécutés. Par ailleurs, vous vous souvenez tous de l'attentat dont le pape a été victime. Toujours selon mes sources, cette tentative était en lien direct avec cette affaire. Le fait que la moitié du trésor soit tombée entre les mains du Saint-Siège est déjà un événement majeur ; je n'ose imaginer ce qu'il pourrait arriver si d'autres découvertes survenaient.

Il marqua une pause puis reprit :

— Des découvertes qui ne seraient pas d'ordre pécuniaire… et donc infiniment plus dangereuses entre des mains… malintentionnées.

Un murmure monta des travées. Le vénérable leva le bras.

— Frère premier surveillant. Quelle est ta proposition ?

L'homme aux cheveux argentés articula lentement. Ses yeux brillaient.

— Je dis que *les temps sont venus*.

Pour la première fois depuis le début de la tenue, les têtes de spectres tressaillirent. Certains avaient l'air stupéfaits, d'autres semblaient très tendus. Le vénérable s'accouda sur le bureau et joignit les mains sous son menton. Il hésitait au plus profond de son être. Les enjeux étaient incalculables. Il s'éclaircit la voix :

— Vous tous connaissez notre but. Les éléments énoncés à l'instant me plongent dans le plus grand embarras. D'autant que je n'en ai pas été prévenu et que je les découvre en même temps que vous. Pareille révélation nous oblige à une décision. En toute humilité, je préfère m'en remettre à vous. Frère régent, fais apporter le nécessaire pour le vote.

Un homme voûté se leva. Le vénérable reprit :

— Je ne veux pas influencer votre choix. Que chacun prenne sa décision en toute indépendance. Que les ténèbres vous guident.

Le frère régent ouvrit une petite armoire située derrière l'une des colonnes à l'entrée du temple. Il en sortit un petit coffre en métal noirci, surmonté d'une croix rouge, qu'il posa sur la table du vénérable. Un mince faisceau de lumière jaillit du plafond pour former un cercle sur la table. Le spectre à l'occident sortit une clé du bureau et l'inséra dans la serrure du coffret. Jusqu'à présent celui-ci n'avait servi qu'à voter pour l'admission de nouveaux membres. Le principe était très simple et se pratiquait dans toutes les loges du monde. Chaque frère possédait un jeu de deux boules de couleurs différentes, l'une rouge, l'autre noire. Au moment du vote, il devait placer l'une des deux dans le coffre. Rouge pour l'acceptation, noire pour le refus. Une variante par rapport aux loges maçonniques traditionnelles où le blanc était la couleur positive.

En tout, ils étaient treize frères et sœurs, vénérable inclus, un chiffre impair pour obtenir un choix tranché. Le vénérable devinait les votes d'au moins quatre d'entre eux, les plus déterminés. Ils suivraient la position du premier surveillant qui prenait de plus en plus d'influence au sein de la loge. Dans son camp à lui, il pouvait compter sur cinq votes. La partie serait serrée, mais pencherait en sa faveur.

Il abaissa sa main et haussa le ton.

— Ouvrez la *maison du destin* et déposez-y vos vies.

Ils se levèrent chacun à leur tour et s'arrêtèrent devant le coffre. Tous étaient conscients de l'enjeu. Jamais le vénérable ne les avait vus aussi nerveux. Il déposa à son tour son vote et remarqua le regard déterminé du premier surveillant avec cette discrète expression d'exaltation qu'il n'avait jamais aimée.

Les temps sont venus.

Chacun avait parfaitement compris la phrase du premier surveillant et aussi décrypté l'hésitation du vénérable. Ce dernier savait que si le vote basculait en faveur du premier surveillant, il serait contraint de laisser sa place. Son sort allait se décider sur la simple couleur d'une poignée de boules.

Il leva la tête comme pour se noyer dans l'océan de ténèbres. Pour la première fois, il se sentait mal à l'aise dans ce temple. Il aurait voulu se jeter dans l'Isis sombre et froide qui coulait tout près, pour échapper à son destin. Il voulait être très loin, chez lui dans sa demeure de Chester ou dans son club des Wellstones. Fumer un cigare, siroter un curaçao hollandais et discuter de l'avenir de la monarchie. Redevenir un être ordinaire, du moins de sa classe sociale, et ne plus se mêler des affaires de ce monde. Tout stopper, revenir en arrière et refuser d'entrer dans la loge.

Trente ans plus tôt, en pleine période Thatcher, il était jeune alors et promis à un avenir brillant. *Ils* l'avaient repéré grâce à l'un de ses maîtres du collège de Newton's Method. *Ils* avaient suivi son parcours, étudié ses faiblesses, traqué ses vices, pourtant inexistants, et enfin *ils* l'avaient initié dans le *Temple Noir*. En même temps que le premier surveillant, une autre recrue issue du même collège.

Ils les avaient introduits avec le même système de boules noires et rouges. Et au fil des ans, *ils* leur avaient révélé des choses que le commun des mortels aurait eu du mal à croire. Il entendait encore la voix grave du précédent vénérable :

Vous avez été choisi. C'est une proposition
que peu d'hommes se voient offrir.

Lui et le premier surveillant avaient suivi des voies différentes, l'un dans les cabinets ministériels, l'autre dans la finance, bénéficiant de l'influence discrète, mais bien réelle, de la confrérie. Les buts de la loge ne leur avaient été révélés que bien après.

Je dois être à la hauteur.

Il sortit de son monologue intérieur et réalisa que tous ses frères le regardaient. Il frappa d'un coup sec avec son maillet.

— Il est minuit. Pour la première fois depuis la création de cette loge par nos très respectables frères, nous allons ouvrir nos cœurs. Je demande l'assistance du premier surveillant pour l'ouverture de la *maison du destin*.

Le premier surveillant le rejoignit et s'installa derrière lui. Le vénérable plongea sa main dans le coffret, retira la première boule et la dévoila au regard de tous sous le faisceau de lumière.

Noire.

Puis la deuxième.

Noire.

Il poussa un soupir de soulagement. C'était bon signe. Les frères avaient peut-être compris que leur mission était devenue trop lourde. Il récupéra la troisième.

Rouge.

La quatrième.

Noire.

L'espoir renaissait. Il se jura d'aller déboucher la bouteille de sauternes 1976 offerte par sa femme pour ses trente ans et, enfin, de lui préparer une semaine en Touraine pour flâner au fil de la Loire.

Il accéléra le mouvement. La boule suivante tempéra ses espérances.

Rouge.

Il prit la suivante avec nervosité.

Rouge.

Ce n'était pas possible : les frères n'avaient pas compris le sens de ses paroles. Il saisit la suivante. *Noire.* Puis encore *Noire, Rouge, Rouge, Noire.* Les couleurs se succédaient, comme à la roulette. Il marqua une pause pour faire un rapide décompte. Les boules étaient alignées sur le carré de velours posé au centre du bureau. Les rouges sur la droite, les noires à gauche.

6 Noires.

5 Rouges.

Il restait deux votes encore pour arriver à la décision finale. Il suffisait d'une seule boule noire et c'était terminé. Il clôturerait les travaux et appliquerait les statuts de la loge à la lettre. Attendre une année supplémentaire avant de recommencer le vote. D'ici là, il aurait démissionné. Le vénérable se retourna vers le premier surveillant. Celui-ci affichait un visage dur, comme s'il devinait à l'avance sa défaite. Le vénérable plongea à nouveau la main dans le coffret et porta la boule à hauteur de ses yeux. Sa surface polie luisait.

Rouge.

Un frisson le parcourut. Égalité.

Il ne restait désormais qu'une seule boule. Sur les travées, les frères étaient figés comme des statues de pierre. Pas un souffle, pas un murmure. Le premier surveillant s'était rapproché imperceptiblement de la table. Ses mains jointes, l'homme aux cheveux argentés semblait comme hypnotisé par la disposition des boules sur le velours. Le vénérable prit une profonde inspiration et ferma les yeux en agrippant la dernière. Mentalement, il répéta comme un mantra : noire, noire, noire, noire, noire. Il mesurait la puérilité de son comportement, comme ces joueurs de roulette qui tentaient d'influencer le sort en invoquant leur couleur fétiche. Il sentit la texture dure de la boule entre ses doigts et les referma. Puis, d'un geste lent, il leva le poing vers le faisceau de lumière.

La paume s'ouvrit. Un filet de sueur enrobait la boule. Le vénérable sentit son cœur se cisailler. Les visages laiteux ressemblaient maintenant à des démons. La loge s'écroulait autour de lui.

Rouge.

5

Terre sainte
Al Kilhal
Veille de Toussaint 1232

Dans le vacarme et l'enthousiasme qui entouraient l'imam, le premier corps qui chuta n'attira pas l'attention. Lors des prêches, il était fréquent de voir des fidèles tomber en extase. Emportés par le charisme de l'orateur, enivrés par la passion collective, ils s'écroulaient au sol, possédés par une force inconnue qui les faisait s'agiter de soubresauts, éructant d'obscures paroles. Un anonyme qui se roulait dans la poussière, les yeux vitreux, la bave aux lèvres, était la preuve tangible de la présence de Dieu. Un cercle se fit aussitôt autour du soldat effondré. Les femmes se mirent à youyouter, les enfants commencèrent une ronde frénétique. Partout, le nom de l'imam était scandé en chœur. Grand était le serviteur de Dieu qui, par sa foi, provoquait de tels miracles. Pourtant, le garde ne se relevait pas. Les archers furent les premiers à réagir. Une torche circula de main en main. On la jeta près du corps. Quand une flaque noire de sang apparut, une pluie mortelle de flèches s'abattit sur la foule.

Un mouvement de stupeur parcourut les habitants d'Al Kilhal et tous comprirent. Surgi de la nuit, un visage rouge et déchiré apparut. Puis un deuxième.

— Djinns ! Djinns ! hurla une femme.

Le mot terrifiant se répercuta de toutes parts. Et la peur aussi.

— Les djinns attaquent la ville. Fuyez !

Tout à coup, une ligne de démons fondit sur la porte. À leurs poings gantés de fer, brillaient des lames avides de sang. Dans la population, la panique faisait ses premières victimes. Des enfants roulaient à terre tandis que des cris de femmes résonnaient de désespoir contre le mur. En un instant, les pillards furent au contact. Un mur de fer s'écrasa contre la foule.

Roncelin fut le premier à frapper. D'un mouvement de la main, il fit pivoter sa hache pour que le tranchant profite de toute l'accélération de ses muscles. Son adversaire sentait la sueur et portait un bouclier de la main gauche. Quand le métal pénétra sa chair, son regard se vida, ses entrailles cédèrent sous la peur. À ses pieds un homme agonisait déjà, une flèche encore vibrante dans l'œil. Roncelin sourit. Le fil de la lame taillait comme un rasoir. Chaque matin, il l'aiguisait avec méthode et jouissance. Le tranchant fendit l'aisselle comme un fruit mûr et plongea à travers les côtes.

D'un simple geste du poignet, le Provençal inclina la trajectoire et d'un trait sectionna les artères. Libéré des entrailles, le cœur bascula dans la plaie, dévala le long de la cuirasse et roula dans la poussière.

Roncelin l'éclata d'un coup de talon.

L'imam fut le premier à fuir. Il se mit à courir, foulant sans pitié tout ce qui gênait son passage. Allah ne pouvait permettre que son serviteur perde la vie de la main de ces maudits croisés. Il fallait s'échapper. D'un coup de pied, il écrasa le visage d'un enfant renversé et fonça vers la porte. Autour de lui, la panique multipliait les victimes. Un marchand avait été projeté au pied du rempart où il achevait d'être piétiné. Devant la porte, les cadavres crevés de flèches bloquaient le passage. C'est sur eux que les archers de la compagnie avaient concentré leurs tirs. À coups de sabre, des soldats affolés tentaient de découper un passage dans ce mur de chair. Khatani n'hésita pas. D'un saut, il prit appui du talon sur l'épaule d'un cadavre, saisit un bras qui pendait, agrippa une chevelure souillée de sang et se hissa sur la barricade de morts. Une lance, projetée à toute volée, faillit l'atteindre ; il plongea, roula entre les corps et atterrit près du battant de la porte. Il se releva, hagard, mais vivant. Allah, le Tout-Puissant, l'avait sauvé.

Les archers tiraient maintenant en continu. Des buissons de flèches tombaient du ciel, provoquant chaos et désespoir.

Roncelin saisit le fer de sa hache et ôta les lambeaux de chair qui souillaient le tranchant. Il leva la visière de son casque. Un grondement montait de l'oliveraie. Les cavaliers allaient dévaler et hacher menu les survivants. Sous son masque, Guillaume ruisselait de sueur. Il fit sauter son épée dans la main gauche et saisit sa masse. C'était son arme fétiche. Un lourd manche de frêne, une chaîne bien graissée et à l'extrémité, un boulet de six livres, hérissé d'une forêt de pointes venimeuses.

Guillaume lança son bras. La masse bondit, creusa une ornière de sang dans le premier rang des défenseurs, avant de finir sa course, fichée dans le visage d'un garde. Pour la dégager, Guillaume tira d'un coup sec, emportant entre les pointes dégoulinantes un mélange informe de cervelle rose et d'os brisés. Quand il leva la tête, un cheval jaillit de la nuit.

L'Apocalypse était en marche.

Malgré l'obscurité, l'imam ne ralentissait pas sa course. Au milieu de la rue principale, il avait obliqué à gauche, disparaissant sous un passage couvert, avant de ressurgir sur une place encore endormie. Khatani se plaqua contre un mur et défit ses sandales. Il sentit les dalles fraîches sous ses pieds, jeta un œil sur les façades et, rassuré, s'avança à pas lents sous les arcades. Il détestait ce quartier. C'est là que vivaient les Syriaques, ces chrétiens d'Orient aux rites étranges, opportunistes et vénaux, qui selon la situation politique jouaient la carte des musulmans ou des Francs. S'il tombait entre leurs mains, nul doute que ces chiens ne le vendent au prix fort aux croisés. Brusquement, il s'immobilisa. Une fenêtre venait de s'ouvrir. Une lumière apparut. Khatani se colla contre le mur, son sang lui battant les tempes. Une deuxième fenêtre s'illumina, puis une autre. Alors l'imam comprit. Le bruit des combats venait d'atteindre la place. Assourdi par sa course, il ne l'entendait plus, mais les habitants, eux, n'allaient pas tarder à sortir. D'un bond, il se remit à courir droit devant lui. Il bouscula une vieille femme, renversa un mendiant, qu'importent les obstacles, Allah le guidait. Il franchit la borne de la ferronnerie et faillit tomber sur trois démons qui barraient le passage sur toute la largeur de la rue. Son cœur battait à tout rompre, ses pieds nus le brûlaient. Il obliqua dans une minuscule ruelle et tenta de se repérer ; il n'était plus dans le quartier des Syriaques, l'aspect des bâtisses avait changé. La richesse s'était estompée. Il se plaqua contre une porte en bois qui sentait le moisi et reprit son souffle. Il aurait dû écouter ce poltron de Khoubir mais c'était trop tard, il devait à tout prix trouver un refuge. La lune nimbait les maisons pauvres d'une blancheur spectrale. Il reconnut soudain le lieu et grimaça de dégoût.

Dieu n'allait pas l'abandonner ici, Il allait lui envoyer un signe. C'était écrit. Soudain, il vit arriver deux démons de l'extrémité de la ruelle. Ils seraient bientôt sur lui et le tailleraient sans pitié. Un signe, rien qu'un signe.

Un chien famélique surgit de nulle part, trottina devant lui. Il le suivit du regard et le vit gratter contre une porte.

Un signe du Tout-Puissant. Enfin.

Il essaya de reprendre ses esprits et se précipita de l'autre côté de la rue, à l'endroit où le chien gémissait. Si Allah ne l'abandonnait pas, il savait où aller.

Le Devin tomba son masque. La fente trop étroite des yeux réduisait son champ de vision. Et il avait besoin d'une vue d'ensemble. Le galop des chevaux résonnait contre le mur. Ni les morts ni les vivants ne ralentissaient leur vitesse. Pareils à la tempête, les démons de Roncelin moissonnaient tout sur leur passage, écrasant les corps, tranchant les mains tendues, écrasant, éventrant, dans une odeur de viscères piétinés. Lentement, le Devin s'avança vers la muraille.

Près de l'entrée, les écorcheurs achevaient les blessés au couteau. Des cris de colère éclataient déjà. Les hommes se disputaient les cadavres. Les femmes étaient les plus recherchées. On sectionnait les doigts, on tranchait les oreilles, plus tard on récupérerait bagues et boucles. D'autres soulevaient les morts mutilés et les jetaient dans les fossés pour dégager le passage. Dans un dernier fracas de sabots, les cavaliers fauchèrent les survivants qui tentaient de fuir. Un marchand, le visage fendu d'un trait d'estoc, s'effondra dans la poussière. Un des gardes de la ville tenta de brandir sa lance, un coup d'éperon lui déchira le ventre. Une clameur de victoire monta des combattants. Guillaume tomba à genoux et tendit les mains vers le Ciel pour remercier Dieu. Le Devin ramassa un arc et un carquois abandonnés et, sans être remarqué, se précipita dans la ville.

Passant la grande porte, les archers de la compagnie avançaient en rang, tirant à flux tendu. Des vagues de flèches se succédaient, anéantissant toute vie sur leur course. Les derniers défenseurs tombaient en grappes, roulant sur le sol, le corps percé de part en part. Roncelin s'approcha de la ligne d'archers, roulant un tonneau qu'il releva et perça aussitôt. Une odeur d'huile rance flotta un instant.

— Trempez vos flèches.

Un à un les archers plongèrent la pointe et le bois dans l'huile noire.

— Guillaume !

Son compagnon s'avança et souleva sa cape. Une petite lanterne apparut accrochée à sa ceinture. Délicatement, il fit glisser une des parois de verre, et la flamme prit la couleur de l'or avant de se tordre sous la morsure du vent. Il fit signe au premier archer. En quelques instants, une ligne de feu se dessina dans la nuit. Roncelin saisit une flèche, glissa la corde dans l'encoche et tira. La pointe de feu se ficha dans l'avancée en bois d'une maison. Le Provençal se tourna en hurlant vers les archers :

— Brûlez tout !

La synagogue était invisible. Coincée entre deux échoppes, on n'y parvenait qu'en suivant une venelle qui serpentait entre des murs aveugles. Avant, il fallait franchir un lacis de ruelles qui n'avait rien à envier à un labyrinthe. À plusieurs reprises, les autorités avaient décidé la destruction de ce quartier réputé insalubre et dangereux. On rasait des maisons branlantes, on expulsait quelques familles, puis on oubliait et le quartier continuait d'exister, traversant les siècles et défiant la méfiance des hommes. Juste à côté de la synagogue, une maison de trois étages semblait avoir poussé comme un arbre sauvage et maladif. Le toit branlant au vent, la façade crevassée, les fenêtres aux volets rongés ; les rares étrangers, qui traversaient le quartier, se demandaient toujours par quel miracle cette antique demeure tenait debout. Les habitants, eux, ne se posaient jamais la question. Dans cette maison vivait Maïmonès et la main de Dieu le protégeait.

Assis à sa table de travail, le rabbin relisait le récit de la Création. D'une voix usée, il prononça les mots sacrés, les mêmes dont le Très-Haut s'était servi pour façonner le monde. Un instant, il se tut. Les dernières syllabes résonnaient encore dans son esprit. Seuls les ignorants croyaient que la parole de Dieu n'était que préceptes et commandements. Ils suivaient aveuglément la moindre sentence, répétaient sans comprendre tous les rites, perpétuaient la nuit, sans s'ouvrir à la lumière. Maïmonès caressa sa barbe. Et pourtant, derrière chaque psaume, chaque phrase, se dissimulait un sens caché : la véritable parole du Seigneur. Maïmonès se pencha sur le Livre et reprit sa lecture.

Un bruit saccadé le chassa de sa méditation. On frappait à la porte avec insistance. À peine vêtu d'un manteau usé, il descendit l'escalier et ôta la barre de bois qui masquait le judas grillagé. Il cligna des yeux, la ruelle était sombre, impossible de reconnaître qui que ce soit. Une voix jaillit.

— Rabbi, je demande asile. Les djinns nous massacrent.

Maïmonès connaissait cette inflexion mélodieuse, mais n'arrivait pas à mettre un visage dessus. Il hésitait, les voleurs pouvaient se montrer aussi rusés qu'avides, mais ils ne perdaient pas leur temps dans les quartiers pauvres.

— Rabbi, faïs-moi entrer.

Le visage inquiet, Maïmonès jeta un œil vers l'étage. Les serviteurs dormaient. Ne devait-il pas d'abord se préoccuper des siens ? Dehors, une lumière vacillante montait des bas quartiers.

— Ce n'est pourtant pas le jour, s'étonna Maïmonès.

— Rabbi, les Francs viennent de mettre le feu à la ville. Laisse-moi entrer.

— Qui es-tu ? murmura le rabbin.

— Un habitant guidé par le doigt de Dieu.

Maïmonès s'interrogea. Trois jours auparavant, il avait envoyé sa fille unique, Bina, dans le port de Caïpha. Il craignait plus pour elle que pour sa propre vie. Et puis, elle était sa mémoire. C'est elle qui l'assistait et le conseillait dans ses recherches. S'il mourait, elle pourrait continuer son œuvre. Le rabbin sortit une clé de bronze et fit jouer la serrure. La porte s'ouvrit avec fracas, il fut projeté sur le sol. Une ombre s'interposa entre la lueur des torches de l'entrée et le dallage. Fasciné, Maïmonès contemplait la progression de cette forme noire qui envahissait le sol. Quand il leva les yeux, son visage se figea. Un mot, un seul, tomba de sa bouche subitement asséchée :

— Khatani.

6

Paris
De nos jours

Antoine émergea lentement de son sommeil. Il tablait sur un bon 8 heures et s'aperçut de son erreur en tournant la tête vers le radio-réveil. 9 heures passées.

Gabrielle dormait paisiblement ; il déposa un baiser sur son bras, remonta la couette sur ses épaules et sortit du lit en prenant soin de slalomer entre les vêtements épars. Ils étaient arrivés la veille de Miami et, un peu après minuit, une voiture officielle les avait emmenés directement de Roissy à son appartement. Le chauffeur lui avait transmis un message impératif et surprenant. C'était avec le frère obèse que Marcas avait rendez-vous à 9 h 30, quai de la Conférence, en bord de Seine.

La porte poussée avec précaution, il passa dans la salle de bains en faisant attention à ne pas faire craquer les lattes de parquet irrégulières. Il n'avait pas le temps de prendre une douche, il garderait sur sa peau la sueur de Gabrielle mêlée à son parfum. *Jardin d'été après la mousson*. Un parfum de vacances… Et dire que la veille il était au soleil en Floride. Il n'avait aucune idée pourquoi le DGPN l'avait appelé en personne. Mais si le frère obèse était de la partie, ça sentait déjà le coup tordu.

Il tâta son nez endolori, se rasa à toute vitesse puis enfila une chemise et un pantalon pas trop froissé. Il faillit chuter en enfilant ses chaussettes et se glissa dans la première paire de chaussures qui lui tomba sous la main. L'heure tournait inexorablement ; il arracha la veste en lin noire accrochée au portemanteau dans l'entrée et réussit à être en bas de l'immeuble deux minutes plus tard. Il évita la concierge qui se ruait sur lui pour se plaindre à tout bout de champ.

La tête lourde, il traversa la rue Nodier et rejoignit à pas vifs le boulevard de Rochechouart en quête d'un taxi. Il ne lui restait plus qu'un quart d'heure pour arriver à son rendez-vous et il ne voulait pas que le frère obèse lui fasse une énième réflexion sur son manque de ponctualité. Devant lui, un couple de touristes russes était sur le point de monter dans une Ford grise siglée G8. Il brandit sa carte sous leur nez.

— Police, réquisition du véhicule.

La femme recula contre son homme, pensant qu'il allait les arrêter. Antoine s'engouffra dans l'habitacle. L'intérieur sentait le tabac froid et le désodorisant au jasmin fané. Un mélange insupportable pour les narines d'Antoine.

— Démarrez !

Le chauffeur, un blond d'une quarantaine d'années, lui jeta un regard dans le rétroviseur. Sa peau était grêlée comme s'il avait reçu une décharge de chevrotine.

— Vous voulez suivre une voiture comme dans les films ?

— Non, je suis pressé. Direction, port de la Conférence. Faites-vous plaisir avec la pédale d'accélérateur, je vous couvre.

La Ford démarra brutalement, Marcas se retrouva plaqué contre la banquette arrière. Il s'accrocha à la poignée de plastique qui pendait au-dessus de la vitre. Le taxi fit une queue de poisson à un velib' et s'inséra dans la voie réservée aux bus. Le chauffeur grinça des dents.

— Dites, c'est pas un abus de pouvoir le coup de la carte ?

— Ça vous pose un problème ?

— Non, j'aime pas les Russes.

Le taxi parlait avec un léger accent des pays de l'Est. Comme son passager ne continuait pas la conversation, il mit la radio. C'était l'heure du flash info. Antoine s'enfonça dans son siège.

... Ici, à La Mecque, les autorités ne font aucun commentaire, mais on a appris que le roi avait refusé l'ultimatum du commando chiite et qu'il accusait un pays de la région d'être à l'origine de la souillure, selon ses propres termes. Cinq cents pèlerins, dont cinquante Français, sont retenus par les preneurs d'otages qui posséderaient des explosifs. Les troupes d'intervention saoudiennes sont massées autour de l'enceinte sacrée. Le roi a mis son armée en état d'alerte et a demandé l'intervention des États-Unis dans le Golfe. Les chiites réclament la libération de cinquante prisonniers détenus dans les geôles du royaume. La Ligue arabe a proposé d'envoyer des médiateurs. Cette prise d'otages, un jour après le massacre à Jérusalem, fait monter d'un nouveau cran la tension au Moyen-Orient. Le président français a réuni...

Le chauffeur jeta un coup d'œil à son rétroviseur et aperçut la mine contrariée de son passager. Il baissa le son.

— Ça vous gêne, la radio ?

— Non, mais j'en ai un peu marre de ces hystériques religieux. Une prise d'otages entre musulmans à La Mecque. Et à Jérusalem ?

— Hier, des Juifs et des Arabes se sont affrontés dans le vieux quartier de la ville. Ça a dégénéré, les militaires israéliens ont tiré sur un évêque.

— Un quoi ? s'étonna Antoine.

— Eh oui, y a des Arabes chrétiens, là-bas. En tout cas, si c'est pas dégueulasse, juste devant le Saint-Sépulcre.

La Ford contourna la place de Clichy et prit la direction de Saint-Lazare. Antoine ne comprenait pas ce qui chagrinait l'homme. Le meurtre ou la proximité avec le lieu de pèlerinage ? Il fronça les sourcils.

— En effet, La Mecque et Jérusalem, les villes saintes des deux grandes religions du Livre. Elles devraient inspirer l'amour, non la violence.

Le chauffeur rétrograda brutalement.

— Vous rigolez ? Le catholicisme, c'est la seule religion d'amour et Rome, la cité de Dieu. Les Juifs et les Arabes, eux, ils veulent dominer le monde, les premiers avec leur argent, les seconds par la terreur. Dans mon pays, en Pologne, on est tous chrétiens et fiers de l'être. Quant à ceux qui ont osé tirer sur un évêque. Œil pour œil…

— C'est pas très catholique comme remarque.

— C'est dans la Bible. Le monde entier nous crache dessus. Dans votre pays, on autorise des pièces de théâtre qui souillent notre Sauveur. Et ailleurs, on nous tue. Regardez, l'attentat contre notre bon pape !

— Oui, et alors ?

— C'était un complot des Juifs et des Arabes. J'ai vu ça sur le Net. Et il paraît même que les francs-maçons ont fourni l'arme pour le tireur. Je vous le dis, on vit une sale époque. Les chrétiens, ils vont se faire bouffer.

Antoine se retint de lui dire ce qu'il pensait de l'intolérance religieuse. Il laissa couler.

— Remettez la radio, je vous prie.

Le chauffeur hocha la tête. Une voix masculine, tendue, s'échappa du poste.

... Jérusalem est sous le choc. Le patriarche latin de Jérusalem, la plus haute autorité chrétienne en Terre sainte, a succombé à ses blessures, à l'hôpital Shaare Zedek. Monseigneur Salbah avait été abattu lors d'une réunion publique sur l'esplanade des mosquées. Rappelons les faits. Il était 15 heures, un meeting pacifique de protestation contre l'occupation des colonies s'achevait quand un groupe non identifié de manifestants a tiré à l'arme semi-automatique sur un contingent des forces antiémeutes israéliennes. Trois policiers israéliens ont été mortellement atteints. Selon des témoins présents, l'un de leurs collègues, semble-t-il pris de panique, a lâché une rafale de pistolet-mitrailleur sur la foule. Une balle aurait atteint le patriarche à la tête et on compte quatre morts dans les rangs des manifestants. Cinq heures après l'évacuation du haut dignitaire, une foule composée de chrétiens et de musulmans a pénétré dans le quartier juif et saccagé les commerces en représailles. Une dizaine de passants juifs ont été grièvement blessés, l'un d'entre eux est déjà décédé.

... Cette tragédie a provoqué une onde de choc dans le pays et dans tout le Proche-Orient. Nous avons au bout du fil le Pr Henry Vernet, spécialiste du Proche-Orient à l'Institut des relations internationales.

Le chauffeur de taxi maugréa.

— Ils vont se foutre sur la gueule et ce sera bien fait. Ma mère à Gdansk disait toujours que le Christ était...

— Stop avec Jésus. Vous pouvez monter le son, répliqua Marcas, agacé.

— D'accord, d'accord.

— *Professeur Vernet, bonjour. Ce qui vient de se passer à La Mecque et Jérusalem inquiète les gouvernements. Le président français a réuni un sommet international d'urgence ce matin à l'Élysée. Angoisse justifiée ou énième affrontement dans une région sous tension perpétuelle ?*

— *La situation est très grave car on touche aux symboles religieux les plus forts. Pour que vos auditeurs comprennent bien, je compare La Mecque et Jérusalem à des centrales nucléaires religieuses. Une élévation de température dans le cœur du réacteur, et c'est la réaction en chaîne et l'irradiation d'un nombre incalculable de croyants dans le monde. Le président français a raison de prendre ces événements au sérieux.*

— *Et maintenant, une page de publicité, nous continuons l'interview du Pr Vernet, juste après.*

Le chauffeur de taxi ricana.

— C'est pas con son image, mais la seule centrale atomique religieuse, c'est Rome.

En guise de réponse, Marcas fredonna une chanson de Charles Trenet.

— « Tout l'univers fait boum parce que mon cœur fait boum boum… »

Le Polonais ne saisit pas l'allusion, mais devina que le passager se foutait de lui. Il se mura dans le silence.

La voiture longea le Grand-Palais sur la gauche. Antoine aperçut en face les deux colonnes dorées du pont Alexandre-III. Le taxi tourna à nouveau et arriva devant le quai qui longeait les Bateaux-Mouches. Marcas paya la somme exacte affichée sur le compteur. Sans pourboire. Le chauffeur lui lança un regard mauvais.

— Pas très généreux.

— Désolé, j'ai tout donné au denier du culte, ce matin.

Le taxi démarra en trombe. Marcas crut apercevoir le doigt d'honneur du chauffeur.

Le quai était bondé de cars qui déversaient des hordes de touristes de toutes les nationalités. Les vendeurs de boissons fraîches à la sauvette pullulaient, au vu de la montée de la température ; la journée allait s'annoncer florissante. Le regard d'Antoine s'arrêta sur un marchand de glaces ambulant devant lequel se tenait une silhouette ventrue, entourée de gamins trépignant dans toutes les langues. Vu de dos, il était encore plus massif que d'habitude. Antoine s'approcha en slalomant entre les groupes et arriva devant le frère obèse qui lapait goulûment un long cône surmonté de trois boules noires. Le directeur du *Rucher*[1] se contorsionnait avec son cornet pour éviter que la glace ne coule sur son complet-veston. La dernière fois qu'il l'avait vu c'était au Sacré-Cœur[2]. Le trésor décou-

1. Voir *In Nomine*, Pocket, 2010.
2. Voir *Le Septième Templier*, Fleuve Noir, 2011.

vert, il l'avait prévenu directement. Le frère obèse était arrivé aussitôt avec une équipe de policiers triés sur le volet. Ils avaient emporté le corps brisé du père Hemler et renvoyé la religieuse de permanence, un peu trop curieuse. Avec Gabrielle et le père da Silva, ils avaient passé trois heures de débriefing dans un appartement anonyme avant d'être raccompagnés chez Antoine au petit matin. Le directeur du *Rucher* avait pris l'affaire en main.

Le frère obèse avala un morceau de glace.

— Un délice. Tu en veux une ?

— Non, merci ; c'est pas bon pour ta ligne. Est-ce qu'une fois au moins dans ta vie tu as fait un régime ?

— Oui, il y a trente ans à l'armée, je ne m'en suis jamais remis. Il paraît que tu étais complètement bourré quand le DGPN t'a appelé. Il a failli faire un arrêt cardiaque. Marcas ivre mort, je n'arrive pas à y croire. Pas mal, ton nouveau nez…

— Va au diable.

Le directeur du *Rucher* gloussa.

— Ça tombe bien, mon chauffeur nous attend. Je t'emmène faire un tour aux Enfers.

7

Al Kilhal
Veille de Toussaint 1232

Un vent, chargé de cendres, s'engouffra dans la maison du rabbin. Khatani ferma la porte derrière lui pendant que le vieil homme se relevait péniblement, se maudissant d'avoir introduit ce fou dans sa maison. Il avait déjà écouté les prêches haineux de l'imam sur la place du marché. Il n'était question que de purification et de vengeance.

Khatani se dressa devant lui, un couteau à la main. Il persifla :

— Et dire qu'Allah m'a conduit dans ta demeure. Misérable hébreu, toi qui as toujours cru que ton Dieu t'avait élu parmi les hommes…

Le souffle court, Maïmonès ne répondit pas. Dans le silence de son cœur, il se mit à réciter un psaume d'Isaïe :

Les pauvres et les affligés cherchent de l'eau
Et ils n'en trouvent point ;
Leur langue est brûlée par les ardeurs de la soif.

Mais je suis le Seigneur et je les exaucerai :
Je suis le Dieu d'Israël
Et je ne les abandonnerai point.

Quand il releva son visage, plus aucune crainte n'entachait ses traits. Désormais, il était dans la main protectrice de Dieu. La violence ne le ferait pas plier. Kathani s'approcha du rabbin en souriant. Il se plaça derrière lui et glissa sa lame sous la gorge.

Maïmonès ferma les yeux, chercha le battement de son cœur et, suivant le rythme, psalmodia les versets sacrés. Le coup le prit par surprise. Le talon nu de l'imam le frappa entre les reins. Subitement, ses jambes se dérobèrent, il chuta lourdement sur le carrelage. Le choc manqua de le tuer. Il roula sur le pavement, achevant sa course le long d'un balustre. Une écharde lui cisailla l'arcade. Immédiatement, le sang l'aveugla. Il tenta de se relever, mais sa main fut plaquée au sol. Le pied de Khatani pivota lentement, disloquant les os et laminant l'épiderme. La voix haineuse de Khatani retentit :

— Maudit Juif, qui as fait des serviteurs du Prophète des esclaves sur leur propre terre.

Maïmonès ouvrit la bouche, mais le sang l'étouffa. Plié en deux, il se mit à hoqueter et cracher sur le sol. L'imam s'approcha.

— Relève-toi. Mon Dieu, l'Unique et le Véritable, est désormais le maître de cette maison et tu es mon esclave…

Un sifflement aigu perfora le silence. Khatani bondit en arrière. Hachant sa côte, une flèche venait de le clouer contre le mur.

— … ou le mien, ajouta une voix en arabe.

Le Devin, un arc tendu entre les mains, apparut dans l'encadrement de la porte.

Khoubir, le chef des gardes, fut le premier à se rendre. Mieux valait arrêter le massacre et éviter de nouveaux morts. Les derniers combattants, eux aussi, déposèrent les armes. Rassemblés devant eux sur la place, les démons avaient retiré leurs masques et les tenaient en respect, l'épée au poing. Ce n'étaient que des hommes. C'était presque rassurant pour Khoubir qui chercha à identifier le chef des pillards afin de négocier. Il finit par distinguer un homme blond qui lançait des ordres à la volée, une lourde hache à la main.

— Guillaume, fais-leur éteindre les foyers d'incendie. Vite, avant que le feu ne se propage.

Aussitôt, les prisonniers réquisitionnés firent la chaîne du puits jusqu'aux maisons qui achevaient de se consumer. Rassuré, Khoubir se rapprocha du Franc. D'un geste lent, il détacha le cor de chasse qu'il portait à sa ceinture et le déposa devant Roncelin.

— Accepte ce don, qui me vient des pères de mes pères en gage de soumission et de respect.

L'interprète traduisit. Le Provençal s'inclina, saisit délicatement le cor, admira le travail d'orfèvrerie, s'inclina la main sur le cœur en signe de remerciement et prit la parole. D'une voix forte et rapide, Roncelin annonça que les Francs cesseraient le combat, qu'il n'y aurait pas de pillage et que les lieux de culte seraient tous protégés. En revanche, il annonça la levée d'une rançon de deux mille marcs d'argent, payable avant l'aurore. Faute de quoi, la ville et ses habitants ne seraient plus qu'un souvenir. Le ton sans appel provoqua la stupeur des marchands. Tous s'attendaient à être pillés et tués à l'instant et on leur annonçait un sursis à prix d'or. Passé l'effet de surprise, Roncelin précisa que des otages seraient pris dans chaque famille de notables et qu'ils seraient les premiers à périr si le tribut n'était pas versé.

Un silence de mort répondit à ses conditions. Khoubir s'avança, le vieux Boufeda lui emboîta le pas. D'un geste lent, ils s'inclinèrent devant Roncelin avant de se tourner vers les habitants. Le marchand fut le premier à parler.

— Remercions Allah qui, dans sa miséricorde, nous épargne la violence de la mort, l'abomination du pillage et la honte du servage.

Des pleurs montèrent de la foule. Boufeda lança d'une voix hachée :

— Les Francs sont les maîtres de la ville, ils peuvent prendre nos existences, souiller nos filles, piller tous nos biens…

Face à lui, les hommes baissaient la tête. Les femmes se terraient sous leurs foulards. Même les enfants se taisaient. Le marchand reprit :

— … le chef des Francs est un homme sage qui sait que la vie vaut plus que l'or. Ils nous proposent un marché. Ne le discutons pas. Que chaque maison se rassemble. Je me joindrai aux captifs.

Roncelin n'eut pas besoin du traducteur. Il comprit dès qu'il vit les familles se réunir. Il appela Guillaume :

— Regroupe tous les otages dans les mosquées. Il y en a trois, ça devrait suffire. Ensuite ferme les portes et place des gardes.

Guillaume allait se précipiter quand Roncelin le retint par la manche.

— Et pour les otages… fais-toi plaisir…

Les yeux de Guillaume brillèrent.

— … prends des femmes.

Dans le quartier chrétien, les Syriaques venaient de se réunir discrètement dans une maison particulière. Il ne restait plus en ville qu'une vingtaine de marchands. Leurs familles avaient été mises à l'abri dans des hameaux voisins. Tous discutaient ferme sur la meilleure façon de tirer parti de la nouvelle donne. Depuis toujours, ils avaient dû s'adapter pour survivre. Aujourd'hui, ils ne faisaient plus confiance à personne, sinon à leur intérêt. Dans la grande salle, assourdie par des tapis aux murs, les débats allaient bon train, chacun proposait son interprétation de la situation. Un jeune marchand, qui n'avait pas encore parlé, fit rouler un marc d'argent sur le dallage. Aussitôt le silence se fit, chacun suivait la course de la pièce.

— Qui peut prédire avec certitude de quel côté cette monnaie va tomber ?

Personne ne répondit. Tarek reprit :

— La vérité est comme une pièce, elle a deux faces. Et nul ne peut savoir laquelle brillera au soleil.

— Tu t'exprimes par énigme et parabole, soupira le maître de maison.

Tarek sourit. Le marc d'argent tournoyait encore.

— Je propose seulement que notre main droite ignore ce que fait notre main gauche et que les deux nous protègent.

La pièce s'immobilisa dans un reflet d'argent, mais Tarek posa le pied dessus.

— Voici ce que je suggère : que l'on prévienne les autorités de Jérusalem que notre ville est attaquée.

— Ils ne lèveront pas le petit doigt pour nous. Es-tu fou ? Depuis le départ de l'Empereur Frédéric pour l'Europe, les factions se déchirent pour le contrôle de Jérusalem. À qui veux-tu t'adresser ?

— Les Templiers… Eux pourraient venir à notre secours, répliqua un vieux Syriaque. Mais il faudra leur donner tribut.

Plusieurs marchands hochèrent la tête. À la différence des familles franques qui se partageaient le pays, les Chevaliers du Temple avaient une bonne réputation. D'ailleurs, beaucoup de musulmans s'étaient mis sous leur protection. Le jeune Syriaque tourna son regard vers la fenêtre qui donnait sur les vieux quartiers.

— Et si l'on envoyait un infidèle demander du secours, ainsi s'il se fait prendre…

De brefs signes d'approbation saluèrent la subtilité de sa proposition. L'hôte prit la parole :

— J'ai justement un musulman qui travaille pour moi. Un homme de confiance. Je vais l'envoyer aussitôt.

Tarek joignit les mains en guise de remerciement et se rapprocha de ses pairs.

— Quant aux Francs qui ont pris la ville, qu'on leur envoie une délégation, avec des cadeaux, beaucoup de cadeaux. Considérez cela comme un investissement… à moyen terme.

Un murmure d'assentiment se fit entendre. Le jeune marchand, un sourire fendant son visage, baissa la voix.

— Et faisons-leur savoir que nous achèterons tous les esclaves qu'ils feront dans notre bonne ville.

Fiché contre le mur, Khatani remuait encore. Dans l'obscurité, à peine troublée par la lumière vacillante des chandelles, on entendait un râle qui s'éteignait.

— Qui es-tu ? interrogea Khatani, les yeux fixés sur le nouvel arrivant qui venait d'encocher une flèche à son arc.

— Il y a longtemps que je n'ai plus de nom.

— Tu es un djinn ?

— Ni un vivant ni un mort. Dieu m'ignore.

Le front de l'imam se barra d'une ride triangulaire. Seuls les démons pouvaient parler ainsi.

— Que veux-tu ?

Le Devin prit son temps pour répondre.

— Une âme et un corps.

Prostré au sol, Maïmonès ne bougeait plus. La main brutale du Devin l'empoigna et le releva sans ménagement.

— C'est toi, le Juif ?

Le rabbin hocha la tête sans pouvoir prononcer un mot. Les yeux dilatés, les mains tremblantes, il fixait sans comprendre cet homme qui venait de surgir et posait d'étranges questions.

— Alors, j'ai mon âme, conclut le Devin.

D'un revers de main, l'Anglais frappa le rabbin sur la nuque. Maïmonès s'effondra. Puis il se tourna vers l'imam et s'approcha de lui. Khatani se tortillait de douleur. Des larmes perlaient sur ses joues, lui qui n'avait plus pleuré depuis longtemps.

— Je suis un homme de Dieu. J'implore ta pitié.

— Dieu et la pitié sont deux mots qui m'écorchent les oreilles, mahométan. Sais-tu que les morts me parlent ?

— Non…

— Ils me chuchotent à l'oreille. Ils ont soif de ton sang. Les damnés aiment la liqueur de vie qui coule dans tes veines.

L'Anglais sortit un coutelas de chasse et trancha le ventre de Khatani. Un sac de viscères tomba sur les dalles.

— Ça va les faire venir.

La bouche tordue sur un cri muet, Khatani s'écroula dans sa propre fange.

— Te voilà devenu un simple corps, laissa tomber le Devin en chargeant Maïmonès sur ses épaules.

8

Londres
Quartier de Temple
De nos jours

Le double rideau de fer descendait doucement derrière les vitrines élégantes de Preston's, l'adresse la plus courue du royaume en matière de parapluies et d'ombrelles, fournisseur exclusif de Sa Majesté la Reine. Miss Eldridge, Dottic pour ses intimes, tournait consciencieusement la manivelle dorée et observait d'un air dégoûté le ciel sans nuages au-dessus de la capitale. Jamais, en plus de trente ans d'activité, et de mémoire de Londonienne pur jus, elle n'avait connu un temps aussi pourri. Pas une seule bruine, pas une seule averse, un ciel désespérément serein pour un mois de septembre. Elle avait terminé l'inventaire du magasin et fermé la boutique exceptionnellement tard ; de toute façon pas un client n'avait pointé le bout de son nez.

Miss Eldridge accéléra le mouvement, la manivelle grinça de douleur et elle aussi ; depuis les dernières émeutes, le propriétaire avait installé cet affreux rideau de fer grillagé qu'il fallait abaisser à la main chaque soir. Elle lui avait pourtant expliqué que Fleet Street n'était pas la banlieue chaude d'Hackney mais M. Preston restait traumatisé par les images de pillages et d'émeutes de l'été dernier. Elle aurait bien demandé une petite augmentation pour ce supplément de travail, hélas, l'activité n'était pas florissante en ce moment. Heureusement que le duc d'Édimbourg leur avait passé une grosse commande de quatre cents modèles Stanridge, à pommeau gravé, pour les invités du mariage de sa fille prévu en octobre. Au moins, la pluie restait fidèle aux bonnes terres écossaises. Dieu bénisse les Highlands, murmura-t-elle en remarquant la Bentley grise qui venait de s'arrêter devant la boutique. Un chauffeur en costume-cravate, massif comme un pilier gallois, en sortit et ouvrit la portière arrière, laissant s'échapper un homme de haute taille, d'une cinquantaine d'années.

Elle arrêta la manivelle ; il avait l'allure d'un vrai gentleman, à coup sûr un client venu pour un achat de dernière minute. L'homme déplia sa longue silhouette élégante devant la boutique et jeta un œil aux modèles exposés dans la vitrine. Le regard de Miss Eldridge s'éclaira, mais il lui adressa un sourire en secouant la tête. Il ne venait pas chez Preston's. Le chauffeur lui avait donné une canne qu'il empoigna avec une grâce naturelle. Déçue, Miss Eldridge poussa un soupir, des hommes comme cela, il y en avait de moins en moins, ce qui expliquait, à son avis, la décadence inéluctable du royaume. Le rideau s'abaissa progressivement, faisant disparaître la silhouette gracile de la vieille fille consolée par la vision prophétique d'une bonne Guinness sur le comptoir de son pub favori à Highgate. En se dépêchant, elle pourrait prendre son bus sur Embankment d'ici un quart d'heure.

Le rideau de fer s'abattit lourdement sur le sol. Lord Fainsworth quitta des yeux la vitrine de parapluies et fit un signe à son chauffeur.

— En douceur, naturellement...

Le chauffeur hocha la tête en silence et s'engouffra dans la Bentley qui démarra dans un doux ronronnement. L'homme à la canne laissa Preston's sur sa droite et tourna sur la petite allée privative qui descendait en direction de la Tamise et menait au complexe juridique des Inns. Deux juristes affairés, perruques blanches vissées sur la tête, engoncés dans leur habit noir de cour, le croisèrent et le saluèrent furtivement alors qu'il marchait en direction de l'église de Temple Church. Chaque fois qu'il venait ici, Lord Fainsworth éprouvait la délicieuse sensation d'échapper à la course effrénée du temps, loin du rythme vorace de la City où il avait ses bureaux. Vieilles ruelles étroites, petits jardins cachés, bâtiments sombres et recoins labyrinthiques, le quartier de Temple et Middle Inn incarnait dans sa topographie toute la complexité de la pensée juridique du royaume. Certes, les juristes qui pullulaient dans les immeubles disséminés un peu partout travaillaient dur mais la présence même de l'église du Temple semblait ralentir le dieu Chronos.

Temple Church, le bastion de l'ordre des Templiers en Angleterre au Moyen Âge. Le centre névralgique spirituel et temporel de leur puissance pendant plus d'un siècle, avant leur anéantissement. Les milliers de chevaliers qui occupaient le domaine entre le Strand et la Tamise avaient été balayés par l'histoire et remplacés par une armée de juristes, d'autres croisés animés d'intentions plus matérielles que spirituelles.

Au fur et à mesure qu'il approchait de Temple

Church, le claquement saccadé et métallique de sa canne sur le pavé se mêla au flot naissant de sonorités cristallines. Comme tous les lundis et jeudis à 20 h 45 précises, la chorale du Temple entonnait ses vocalises pour le plus grand plaisir des rares mélomanes autorisés à venir assister aux répétitions de l'un des ensembles les plus fameux de la capitale. Il reconnut tout de suite le morceau, l'énigmatique *Missa di Gloria* de Puccini, peu souvent joué, mais d'une pureté remarquable.

La rotonde claire et massive apparut à ses yeux, flanquée sur sa droite de l'édifice classique qui faisait office de chœur. Fainsworth connaissait le langage des pierres à la perfection. Le cercle et le rectangle, le temple de l'intérieur et celui de l'extérieur.

À la droite de la porte de l'ouest, contre le mur, dissimulé par un pilier, un homme plus très jeune, les cheveux presque jaunes, en bataille, était assis sur un banc de pierre. Il fumait nerveusement, laissant échapper de sa bouche mince des bouffées de fumée. Il tenait entre ses mains une vieille serviette de cuir usée, à la poignée noircie par des années de sueur. Il aperçut Lord Fainsworth et se leva d'un bond. L'aristocrate agita sa canne et la pointa d'un geste brusque sur le banc.

— Allons, mon ami, restez assis. Il faut savoir profiter du temps qui passe, surtout en ce lieu.

L'homme au visage mal rasé obéit instantanément. Lord Fainsworth s'assit à ses côtés et regarda d'un air pénétré la façade de pierre de l'église.

— Quel chant merveilleux. On a une fausse idée de Puccini, on le croit léger et superficiel. Quelle erreur, je mets sa messe au-dessus du *Requiem* de Mozart. Vous aimez la musique ? La vraie s'entend.

— Je n'y connais rien et je m'en fous. Pourquoi m'avoir donné rendez-vous ici ? Il y a plein de monde dans l'église.

L'aristocrate joua avec sa canne contre la pierre. Le raclement irrita l'homme aux cheveux de paille et cela le réjouissait.

— J'ai une affection particulière pour cet endroit. Les Templiers aimaient construire des églises circulaires, elles favorisaient la communion avec Dieu et l'égalité entre les humains.

— Venant d'un lord, je trouve cette remarque du meilleur goût, jeta l'homme avec un accent prononcé du pays de Galles.

Fainsworth ne releva pas. Son regard se porta en haut d'un pilier, sur la statue équestre des deux Templiers sculptés dans la pierre noire, qui chevauchaient le même destrier.

— Savez-vous que la rotonde a été construite à l'image de l'église du Saint-Sépulcre à Jérusalem ? En ce Moyen Âge merveilleux, les dirigeants anglais de l'ordre du Temple pensaient sincèrement que ce sanctuaire était une extension de la cité sainte dans le royaume d'Angleterre. On a perdu cette naïveté de nos jours. C'est bien dommage.

— Pour la discrétion, c'est pas terrible. Ça grouille d'avocats et de juges, je parle même pas de la chorale.

Lord Fainsworth secoua la tête d'un air contrit.

— Sachez aussi que c'est encore l'un des rares endroits à Londres où le système de surveillance par caméra dépend d'un service privé, non connecté au réseau public. Avez-vous mon… présent ?

L'homme à la serviette se gratta la joue. L'aristocrate remarqua, avec répugnance, une série de petites taches rouges sur sa peau. Même le col de chemise était maculé. Les effluves agressifs d'un parfum bon marché exhalés par intermittence confirmaient un rasage récent. Nick Dray ne cessait de jeter des regards dans toutes les directions.

— Bien sûr, *my lord*. Je joue ma place et dix ans de prison si on s'aperçoit de ce que j'ai fait.

L'homme crispa ses mains sur la serviette, les jointures blanches contrastaient avec le cuir sombre. Il continua sur un ton haché.

— Où est l'argent ?

— Là où vous m'aviez dit de le mettre, mon ami. Dans une banque de la rue la plus courue de Zurich. Il ne manque plus que le code que je vous donnerai avec le plus grand plaisir en échange de votre document.

Dray le dévisagea avec insistance, puis jeta son mégot et ouvrit sa serviette. Il en sortit trois feuillets liés et une clé USB de couleur noire. Lord Fainsworth mit la main dans la poche de sa veste chinée de chez Brun and Tuzet et prit un papier plié en deux. Les hommes procédèrent à l'échange. L'aristocrate se contenait pour ne pas laisser transparaître son impatience.

— Je suppose que je dois vous faire confiance, c'est bien la copie exacte ?

— Bien sûr. Vos spécialistes pourront l'authentifier sans problème, répondit l'homme qui tapait en même temps sur son smartphone la série de chiffres et de lettres inscrits sur le bout de papier.

— Prodigieux, tout simplement prodigieux, murmura l'aristocrate, vous n'imaginez pas à quel point vous rendez cette journée merveilleuse.

— Tant mieux pour vous, grommela le type qui ne quittait pas son petit écran des yeux. Je vois que le transfert a bien été effectué. Un demi-million de livres, Dieu vous bénisse, *my lord.*

Lord Fainsworth regarda l'homme se lever et continua à racler la pierre.

— Laissez le Tout-Puissant là où il est. Profitez bien de votre argent mais pas tout de suite. Vu votre… position, on pourrait avoir des soupçons si vous arrivez en Aston Martin à votre bureau.

Il avait prononcé le mot position avec une intonation qui déplut à Dray.

— Ne vous en faites pas. Je me donne six mois pour changer de… position. Tout est terminé, n'est-ce pas ?

— Je ne vous retiens pas, mon ami. Bonne soirée.

Dray le salua et s'éloigna du banc en direction du sud, par la petite rue qui menait vers les quais d'Embankment. L'entretien n'avait pas duré plus de cinq minutes.

L'aristocrate glissa les feuillets et la clé dans sa veste et se leva à son tour alors que la chorale entonnait le dernier mouvement de la *Missa di Gloria.* Il se dirigea vers l'entrée de l'église et poussa la lourde porte en bois. Les gonds grincèrent légèrement, l'air frais lui caressa le visage. Une discrète odeur d'encens flottait dans l'air, mêlée aux voix des choristes qui donnaient toute leur puissance. Fainsworth entra et se signa d'un air grave. Temple Church, l'église première. L'esprit des Templiers était toujours présent, cristallisé dans la pierre, figé dans les neuf gisants éparpillés çà et là dans la nef, sous la haute voûte gothique. Pauvres chevaliers qui n'attendaient qu'un signe du Christ pour se relever d'entre les morts et repartir à la conquête du monde. Il jeta un coup d'œil aux gisants sur la gauche mais obliqua vers le chœur où s'étaient massés les chanteurs, groupés autour de l'autel.

Il marcha le long de la travée centrale et s'assit sur un des bancs de chêne, juste à côté d'un révérend en soutane rouge. L'homme d'Église semblait subjugué par les vocalises. Il avait le visage assorti à sa robe, des yeux ronds et une bouche que l'on aurait pu qualifier de sensuelle. Le prêtre gardait son regard rivé sur les choristes et, se rapprochant imperceptiblement du nouveau venu, il murmura :

— Ils le tiennent enfin, ce n'est pas trop tôt.

— Je vous demande pardon, révérend, répondit l'aristocrate à voix basse.

— Le dernier mouvement de la *Missa*, bien sûr. Deux mois de répétitions, j'ai cru qu'ils n'en viendraient jamais à bout. Au fait, l'avez-vous ?

— Oui. Ça m'a coûté une fortune.

Le prêtre tourna la tête vers lui. Son visage rubicond n'était plus jovial. Il le regarda d'un air grave.

— *Christus sanctus*.

Le religieux s'essuya le front, il avait l'air de souffrir de la chaleur.

— *My lord*, vous croyez vraiment que ça va marcher ? Je veux dire, le projet dans son ampleur.

— Bien sûr. C'est le but ultime, depuis le début. Le rétablissement de ce qui n'aurait jamais dû être brisé.

— Je sais... Mais est-ce à nous de prendre cette décision ? Les forces que nous allons manipuler sont si puissantes.

— Il est trop tard pour reculer. Auriez-vous peur, comme notre vénérable ?

— Non... Non. Mais pour être franc, j'ai mis une

boule noire dans le coffret. Je n'étais pas l'un de vos partisans.

Lord Fainsworth masqua son irritation. Il avait besoin de tout le *Temple Noir* avec lui.

— Je comprends et je respecte votre position, mais la décision a été prise par la majorité de nos membres. Vous le savez bien. Je suis obligé de vous quitter, je retourne à la City.

Le chœur entamait le dernier mouvement de la *Missa di Gloria*, le plus troublant, plus païen qu'il n'eût fallu. Pour la première fois depuis qu'il était rentré dans le *Temple Noir*, il tremblait en son for intérieur. Une onde glacée parcourut son échine. Tout reposait désormais sur lui.

Nick Dray marchait d'un pas vif le long d'Embankment en direction du métro Blackfriars. Il était heureux comme jamais il ne l'avait été dans sa petite vie de chercheur subalterne. Un demi-million de livres. Une fortune, rien que pour lui. La première fois qu'il avait reçu le coup de fil de l'émissaire de Lord Fainsworth il avait failli raccrocher. Ça sentait la mauvaise blague à plein nez. Ce ne fut qu'après la première rencontre et un versement de cinq mille livres qu'il réalisa le sérieux de la proposition. Ses scrupules s'étaient rapidement estompés en regard de la somme proposée. Terminée, son existence miteuse, à lui la belle vie au soleil, en Italie ou en Espagne, loin de ce pays humide et déprimant. Le plus dur serait d'attendre quelques mois avant de tout plaquer et de supporter sa petite chef acariâtre et dépressive qui lui pourrissait la vie au quotidien. Il avala une grande goulée d'air ; pour la première fois de sa vie d'homme, il ressentait une sensation nouvelle et grisante. Il entrevoyait, il pressentait une maîtrise de son destin.

Il accéléra le pas. La soirée s'annonçait terriblement excitante. Il ne rentrerait pas directement dans son studio minuscule de Camden où personne ne l'attendait, mais filerait directement à l'Oxo, un restaurant branché de l'autre côté du fleuve, puis se rendrait dans un immeuble proche du Dôme du Millénaire pour se taper la superbe escort-girl réservée sur Internet. Yasmina, quatre cents livres les deux heures, une beauté sublime qui ressemblait trait pour trait à la nouvelle femme de Caliento, le vibrionnant avant-centre de Liverpool, l'équipe de sa ville natale, dont la devise légendaire claquait au vent des stades : *Tu ne marcheras jamais seul.* Eh bien, lui non plus ne marcherait plus jamais seul ; désormais, l'argent l'aiderait à se forger une nouvelle vie.

Il songea aux courbes délicieuses entrevues sur les photos de la belle Yasmina. Ce sera une soirée de malade, il allait profiter de ces deux heures avec délectation. Il s'était d'ailleurs rasé pour l'occasion, juste avant son rendez-vous avec l'aristocrate.

Quelques voitures filaient le long de la Tamise, l'avenue était quasiment déserte. Il aperçut à une trentaine de mètres le cercle rouge barré, logo du réseau de métro, et réalisa qu'il aurait très bien pu prendre un taxi, il en avait désormais les moyens. Au diable ses réflexes de pauvre.

Au moment où il passait devant une affiche de pub sur les plages de Marbella, il aperçut un homme mince arriver derrière lui, un type en costume-cravate.

— Monsieur !

Dray eut un mouvement de surprise. L'homme s'approcha, il tenait à la main un petit tube métallique, comme un rouge à lèvres.

— Je crois que vous avez perdu quelque chose.

Il se figea. Encore un type qui voulait le taper, même les SDF portaient des costumes, maintenant.

— Je ne pense pas. Désolé, je suis pressé.

Il sentit une légère odeur douceâtre, un peu écœurante. Ce type aurait pu choisir un parfum de meilleure qualité, comme le sien. Le type replia sa main et afficha une mine contrite.

— Excusez-moi. J'ai vraiment cru que c'était tombé de votre poche. Bonne soirée.

L'inconnu pressa le pas et s'éloigna en sens inverse. Dray haussa les épaules ; comme s'il ressemblait à un travelo qui se baladait avec du rouge à lèvres ! Il se retint de courir derrière lui, histoire de lui apprendre les bonnes manières.

Damn bastard.

Il continua en direction du métro. Plus que deux heures avant de se taper la pute et il allait en profiter au maximum. Une onde de chaleur le parcourut. Il esquissa un sourire mais quelque chose clochait. Il avait vraiment chaud tout d'un coup, son cœur ralentissait. Ça ne lui était jamais arrivé. Sa vue se brouilla. C'était comme si une pince à tenaille rougie lui agrippait les poumons. Dray s'affaissa à terre comme une masse. Il tenta d'appeler à l'aide mais aucun son ne sortit de sa bouche. Son cœur se recroquevillait sur lui-même ; il agrippa sa chemise pour l'ouvrir mais en vain, l'air ne rentrait plus dans sa poitrine. Il gisait, étendu sur le trottoir, la nuque contre le macadam sec. Sa conscience s'obscurcissait à toute allure. Il sentit une main lui prendre le visage. Une voix féminine, fluette, retentissait de très loin, comme en écho.

— Monsieur, monsieur ! Je vais appeler les secours.

Il n'arrivait pas à distinguer la tête de la femme, mais il comprit ce qui lui arrivait. Ce salopard d'aristo, c'était ça. Il s'était débarrassé de lui. Rassemblant ses dernières forces, il agrippa le manteau de la femme.

— Je suis… Lord…

— Ne dites rien, gardez votre souffle, vous faites un malaise cardiaque.

Miss Eldridge était en train de pianoter sur son portable. C'était bien sa veine, non seulement elle était en retard et en plus elle tombait sur ce malheureux. Quelle idée d'avoir pris par Embankment ! En plus, le numéro des urgences était occupé. Pas étonnant, le gouvernement charcutait les services de santé, elle avait vu un reportage sur la BBC. Tout partait à vau-l'eau dans ce pays. Elle laissa sonner plusieurs fois et regardait autour d'elle pour trouver de l'aide. Heureusement, elle gardait son sang-froid. Il ne fallait surtout pas manipuler le type ou le masser comme dans les films. Dans le *Sun*, ils avaient expliqué que ça pouvait se retourner contre elle si le blessé mourait. Quelle époque ridicule ! L'homme balbutiait en ouvrant de grands yeux. Elle crut comprendre qu'il disait être un Lord et ne put s'empêcher de réprimer un sourire. Pauvre type, il perdait la raison, il n'avait vraiment pas l'allure d'un noble, ce n'était pas comme le bel homme à la canne de tout à l'heure. Elle se surprit à avoir une pensée délicieusement licencieuse et rougit. Ce n'était pas bien du tout, un malheureux faisait une crise cardiaque sous ses yeux et elle songeait à des choses interdites. Et ces maudites urgences ne répondaient toujours pas. Pauvre Albion !

Le cœur de Nick Dray s'arrêta définitivement quinze secondes plus tard. Il expira dans les bras de Miss Eldridge, lui qui avait rêvé d'être dans ceux de la belle Yasmina. À une dizaine de mètres de la scène, une Bentley noire démarra en silence en direction du pont de Blackfriars.

9

Jérusalem,
Matin de Toussaint 1232

La chapelle était vide, à l'exception d'un lumignon qui brillait faiblement au pied de la Croix. Une ouverture, en forme d'ogive, donnait au ras de la rue encore plongée dans l'obscurité. Les gardes qui patrouillaient autour du palais s'écartèrent à bonne distance. Le Légat n'aimait pas le bruit. Depuis son arrivée de Rome, on s'interrogeait sur cet homme de confiance du pape, jeune et bâti en athlète. La plupart des dignitaires religieux qui officiaient en Orient étaient des rejetons de familles nobles, le plus souvent incultes en théologie et enclins à la cupidité et au plaisir. Le Légat étonnait autant par son aisance intellectuelle que par la vigueur de son caractère. En ces temps d'incertitude dans le royaume de Jérusalem, la présence du prélat marquait la volonté de Rome d'imposer sa marque et son pouvoir.

On descendait à la chapelle par un double escalier aux marches usées. Par précaution, le Légat avait fait murer celui de gauche et fermer celui de droite par une lourde grille de fer forgé. Il aimait prier sans avoir à se préoccuper de ses arrières. Si Dieu avait donné l'intelligence à l'homme, ce n'était pas pour mourir bêtement, un poignard dans le dos, en plein milieu de ses oraisons. Arrivé sur la première marche, le Légat souffla la bougie et écouta l'obscurité. Si certains entendaient la voix du démon au cœur de l'ombre, lui appréciait le silence des ténèbres. Il descendit, une marche puis une autre. Un reflet luisait au bas de l'escalier. Il s'arrêta et ferma les yeux. Il savourait la nuit. Tout à l'heure, il lui faudrait réfléchir, décider. Là, il baignait dans le noir, l'inanimé, le sans forme… il lui semblait avoir atteint un espace, sans centre, ni limite, l'origine de la vie avant que Dieu ne la crée. Il avança le pied. Le sol était continu. Il ouvrit les yeux. Devant lui, se dressait un lourd pilier en pierres massives. Le Légat le contourna. D'un simple regard, il prit possession des lieux. Ses lèvres murmurèrent la prière consacrée.

Pater noster, qui es in caelis
Sanctificetur nomen tuum,
Adveniat regnum tuum,
Fiat voluntas tua...

Quand il s'agenouilla au pied de la Croix, il enleva la médaille qu'il portait au cou, embrassa la clé de saint Pierre gravée au centre, puis demanda à Dieu de lui donner la lumière.

Deux heures auparavant, on avait frappé à la porte de sa chambre. La lune faisait jouer ses rayons sur le plancher et un feu de bois tournait en cendres dans la cheminée. Le Légat ne dormait pas. De ses années d'étude, il avait gardé l'habitude de se réveiller au cœur de la nuit. Couché dans le lit, l'esprit en alerte, il méditait la journée à venir. La situation politique en Terre sainte préoccupait Rome. Le pouvoir conquis par l'empereur Frédéric tombait en quenouille. La cour de Jérusalem n'était que le théâtre d'ambitions mesquines, de querelles intestines et de complots incessants. Tandis que les chrétiens se divisaient, les musulmans, eux, s'organisaient et attendaient le moment propice pour les balayer de la Terre sainte.

La porte de la chambre grinça légèrement.

— Monseigneur... (la voix aigrelette de son conseiller sonnait comme une cloche fêlée)... Monseigneur...

Le prélat se redressa sans se presser. Il fit jouer sa musculature, posa les mains sur son torse et interrogea :

— Combien d'heures avant l'aube ?

— Deux, Monseigneur, un messager vient d'arriver.

— En pleine nuit ?

— À la vérité, annonça le conseiller, il ne portait pas le message pour nous, mais il s'est fait contrôler par une de nos patrouilles à l'extérieur du palais et...

Le conseiller était un héritage. Alors que tout Jérusalem s'attendait à son renvoi, le Légat l'avait conservé à ses côtés. Le dominicain en avait conçu, pour son nouveau maître, une dévotion sans pareille.

— Et alors ?

— Il a tenté de fuir. Nous l'avons capturé.

Le prélat sortit de son lit. Le dominicain lui tendit aussitôt une chemise. Au contact du Légat, sa servilité naturelle s'était exacerbée.

— Et pour qui était le message ?

— Pour le Grand Maître du Temple.

Le Légat ne marqua aucune réaction. Il s'approcha de la fenêtre et fit jouer les volets intérieurs. Jérusalem dormait encore. Seules quelques lumières filtraient dans la nuit. À l'est, une masse plus sombre était couronnée de torches et brillait comme un diadème : le palais du roi Frédéric. Le roi absent. Son regard se porta sur sa droite, vers l'ancien temple de Salomon. Les bannières à croix rouge sur fond blanc se dressaient au-dessus des murailles.

— Les Templiers… reprit le Légat avec une pointe aussitôt effacée d'ironie.

— Oui, Monseigneur, ce ne sont que…

Le conseiller n'acheva pas. À la vérité, il n'avait que mépris pour ces moines-soldats, puants et incultes. À Jérusalem, on se moquait volontiers de ces cadets de famille, ces nobliaux sans terre, qui s'engageaient dans l'Ordre pour devenir des mercenaires de la foi. L'Église, plus que d'épées, avait besoin de prières.

Pourtant, en quelques décennies, ces Chevaliers du Temple étaient devenus incontournables en Terre sainte. Les rois passaient, les papes changeaient, les Templiers, eux, demeuraient.

Le Légat contemplait les bannières du Temple, claquant au vent venu du nord. Depuis plusieurs semaines, des rapports tous identiques s'accumulaient. Un peu partout en Terre sainte, les Templiers offraient asile et protection à des infidèles. Contre tribut, bien sûr. En monnayant ainsi leurs services, ils s'enrichissaient insolemment. Leurs caves se remplissaient d'or. De l'or qui aurait dû revenir à l'Église.

— Vous avez interrogé le prisonnier ? demanda le Légat.

La voix acide du conseiller se fit mielleuse. Plus que tout, il aimait plaire à son chef.

— Seulement commencé, Monseigneur, nous savons que vous aimez finir les interrogatoires vous-même.

— Ma tunique, mes chausses. Où est-il détenu ?

Le dominicain se troubla. Dans l'ombre, il fit un signe de croix.

— Dans le Puits, Monseigneur.

Sur le parvis, les gardes se figèrent. Le Légat traversait la cour, une capuche jetée sur son front. À la différence des autres dignitaires de l'Église qui ne sortaient jamais de leur palais, le prélat, lui, ne cessait d'arpenter la ville. Il s'invitait dans les monastères, visitait toutes les églises, se rendait dans chaque hôpital, on le voyait même sur les marchés, parlant volontiers avec le peuple. Des yeux d'ange qui contrastaient avec son visage tout en angles, il surgissait à l'improviste, provoquant stupeur et fascination. Le peuple l'avait surnommé le Renard. On le disait rapide dans ses jugements, invariable dans ses décisions, secret en tout. Comme l'horizon de la mer, son caractère était imprévisible.

Pressé d'arriver, le Légat avançait à grandes enjambées. Le souffle court, le religieux peinait à le suivre. Le Légat s'arrêta à la porte de la tour.

— Racontez-moi l'histoire du Puits.

Le conseiller reprit son souffle avant de répondre :

— Monseigneur, tout a commencé à l'époque de Salomon.

Le Légat ne réagit pas, il observait la lune qui s'effaçait au-dessus des toitures.

— Le roi avait décidé de construire un temple qui serait la demeure de Dieu sur Terre.

Le religieux était versé dans les Écritures. Il aimait à montrer sa connaissance du Livre sacré.

— Pour mener à bien son entreprise, il choisit un terrain qui appartenait à Aravnah le Yebousy, un champ de blé, *schibboleth*, dans lequel les ouvriers creusèrent de profondes fondations.

Sous sa capuche, le Légat jeta un coup d'œil circulaire. Sous ces dalles, des siècles plus tôt, le blé s'élevait, caressé par une brise qui venait du sud.

— Comme ils atteignaient l'angle sud-est du futur bâtiment, un coup de pioche mit au jour une cavité profonde qui s'enfonçait à la verticale. Alerté, Salomon se rendit sur les lieux que les terrassiers, effrayés, venaient de déserter. Un grondement sinistre et une haleine putride montaient de la fosse béante.

— Je ne me rappelle pas ce passage dans les Saintes Écritures, fit remarquer le Légat.

Le conseiller eut un moment d'inquiétude. Les dignitaires de l'Église n'aimaient guère les racontars en marge de la parole de Dieu.

— Monseigneur, je ne fais que rapporter la tradition orale. Vous savez comment est le peuple, toujours prompt à la légende.

— Continuez, frère dominicain.

— Dans tout Jérusalem, la rumeur courait que le roi venait de réveiller le dragon qui dormait sous la ville. Alors, pour conjurer le sort, Salomon détacha la pierre la plus précieuse de sa couronne et la précipita dans la bouche d'ombre. Aussitôt le râle de mort cessa et une odeur de rose monta dans les airs.

Tout en écoutant, le Légat sortit une clé de sa tunique.

— Alors le roi ordonna de jeter un seau dans le Puits. Quand il remonta, il était plein d'une eau fraîche et limpide. Salomon loua le Seigneur, et ordonna que cette eau pure serve à tout jamais pour les ablutions du nouveau temple.

Le Légat fit jouer la clé. Le dominicain se signa. Sa voix trembla.

— Mais depuis, le temple a été détruit. Les païens, les infidèles, ont profané ce lieu saint. Les Templiers occupent une partie des anciennes possessions de Salomon. Et désormais le Puits est maudit.

La porte de chêne, hérissée de têtes de clous, pivota dans un bruit d'outre-tombe.

Une odeur pestilentielle monta des ténèbres. Le Légat éclata de rire avant de répondre :

— Bienvenue dans le royaume des ténèbres.

Le rez-de-chaussée de la tour donnait directement sur le Puits. Rares étaient ceux qui y avaient accès. Seul un corps de garde, trié sur le volet, conduisait les captifs dans cette antichambre de la mort. Le Renard s'avança. La margelle, édifiée en pierre plate, débutait au ras du sol tandis qu'un escalier s'enfonçait dans l'obscurité. Les dernières marches étaient en bois, fichées dans la paroi en pierre, on les retirait une fois le prisonnier jeté au fond. Le Légat saisit une torche et commença de descendre. Derrière lui, il entendit la voix angoissée du dominicain :

— Monseigneur, je vous en supplie, faites-vous escorter.

Le Renard ne répondit pas. De la main gauche, il tira les pans de sa capuche pour se protéger de l'odeur. Par la fente étroite qui lui servait de fenêtre de vision, il aperçut une rangée d'ouvertures ovales fermées par des panneaux de bois. Il s'enfonça plus en avant. Un bruit d'eau se rapprochait. Il baissa son flambeau : une avancée en bois donnait sur le fond du Puits. Il continua. Désormais, il n'y avait plus de marches. De nouveau, il abaissa sa torche. Une mare vaseuse apparut. De l'eau jusqu'au visage, un homme se tenait agrippé à une pierre en saillie.

— Quel est ton nom ? interrogea le Légat.

— Mouamar, Seigneur, ayez pitié, cria le messager entre deux hoquets.

— Tu es musulman ?

— Je sers des chrétiens, Seigneur.

Les Francs, en général, ne parvenaient pas à comprendre l'inextricable mosaïque religieuse de l'Orient. Juifs, Arméniens, Grecs, Byzantins, Chiites, Sunnites, Alaouites, Druzes, Syriaques… La Terre sainte était une vraie tour de Babel. Un casse-tête pour la plupart des croisés, un échiquier subtil pour d'autres.

— Ce sont eux qui t'ont envoyé à Jérusalem ?

L'homme se cramponna au mur.

— Seigneur, pitié, je suis juste un porteur de message.

— Un message que tu devais donner aux Frères du Temple. Pourquoi eux ?

— Seigneur, je ne sais pas.

Le Légat posa la torche derrière lui. L'obscurité revint. L'homme hurla.

— De quelle ville viens-tu, déjà ?

— Al Kilhal…

Au fond du trou, le musulman continuait ses lamentations :

— Des Francs, des pillards, nous ont attaqués, ils

ont pris la cité en otage, ils réclament une rançon… Ils…

— Ta ville est réputée pour sa richesse, je m'en souviens.

— Relâchez-moi ! Je n'ai rien fait de mal.

La voix du messager résonnait entre les murs, écorchée par la peur. Le Renard ouvrit sa capuche et fixa le fond du Puits. Cet homme avait dit tout ce qu'il savait. Le Légat jeta la torche dans l'eau fétide. Un cri d'horreur résonna dans la nuit.

— Ne m'abandonnez pas…

Le prélat commença de remonter l'escalier. Il sourit en pensant à l'histoire du dominicain. Un dragon ! Arrivé à la onzième marche, il tendit la main vers le mur. Aussitôt il sentit l'ovale des ouvertures, fermées par des clapets de bois.

— Sais-tu ce qu'il y a contre le Puits ? lança-t-il au prisonnier.

— Seigneur… hurla le captif.

Sa voix se perdit dans les ténèbres.

— On appelle ça le Pourrissoir. On y jette tous les cadavres sans nom. Pèlerins morts d'épidémies, musulmans massacrés… tous ceux que Dieu ne connaît plus.

Le Légat monta encore deux marches. Il n'entendait plus le clapotis de l'eau.

— Tous les six mois, des équarrisseurs viennent récupérer les os. La chair, elle, continue de pourrir.

À la troisième marche, le Renard s'appuya contre le mur. Juste au-dessus de sa tête, une pierre ronde faisait saillie. Il la caressa doucement. Elle était fraîche et douce sous la main.

— Un jour, il faut vidanger le charnier.

Un hurlement de bête acculée retentit. Le Légat enfonça la pierre.

— Et ce jour est arrivé.

Un rai de lumière tomba de l'ogive, dévala le long du mur et vint s'éteindre au pied de l'autel. Le Légat ferma les yeux. La nuit était encore profonde. Comme toujours, au sortir de la méditation, il tendit l'oreille. Dans la rue, le pas des gardes s'éloignait. La relève n'allait pas tarder. Il tendit la main et effleura la pierre consacrée. Sous son doigt les entailles se succédaient. Il sourit et se concentra. Peu à peu, il entendit les coups de maillet dans l'atelier, aperçut le tablier de cuir du tailleur de pierre, sentit l'odeur sèche et métallique du ciseau qui sculptait les croix aux angles de la pierre… Il arrêta sa vision. Ce n'était qu'un exercice. Il remercia Dieu de lui avoir offert deux qualités dont il avait fait des dons : le pouvoir de l'imagination et la force de concentration. Les yeux toujours clos, il s'orienta dans son esprit. Il avait une décision à prendre et il lui fallait aller chercher la lumière. Lentement il s'immergea en lui-même. Comme un cheval dont on tient les rênes serrées, il conduisit sa pensée le long des dernières heures. La nuit, le dominicain, Salomon, le Puits, le captif… Il fallait être patient. Au fur et à mesure qu'il se repassait les événements, des détails refaisaient surface, venaient renforcer chaque scène, comme des touches de couleur appliquées sur une esquisse. Bientôt, il sentit la plénitude l'envahir. Chaque instant lui apparaissait dans toutes ses dimensions. La sensation de la pierre, dans le Puits, au moment de l'enfoncer, le dernier cri du captif, juste avant la fin… Le Légat laissa échapper un gémissement tant sa vision était profonde, exigeante… Dieu avait dû connaître pareille intensité au moment même de créer le monde et, comme Dieu, il en savait déjà le destin.

Le Légat ouvrit les yeux. Une odeur d'encens descendait lentement des marches. Il se leva et s'inclina devant la Croix. En haut des marches, son conseiller attendait.

— Qu'on prépare une escorte…

Le dominicain, pourtant habitué aux apparents coups de tête du prélat, se figea de surprise.

— … et qu'on selle mon cheval.

— Une escorte… un cheval… à cette heure… mais pour où, Monseigneur ?

Comme un animal que la faim réveille, le Renard passa sa langue sur ses lèvres.

— Pour Al Kilhal.

10

Paris
Rive droite
De nos jours

Les chênes majestueux étiraient leurs ombres sur la pelouse vert tendre. Juste à côté, les jets d'eau continus de la fontaine apportaient un semblant de fraîcheur. Assis sur un banc de pierre, Antoine Marcas observait le curieux ballet des corbeaux sur la pelouse. Ils se disputaient un ver de terre qu'ils dépeçaient consciencieusement tout en se donnant des coups de bec. Vu de loin, cela pouvait passer pour une amusante scène animalière ; vu de près, c'était un festival de sadisme, le ver se tordait comme un damné sur le gril.

Le frère obèse fumait une cigarette, négligemment appuyé contre le tronc d'un marronnier. Il regarda en direction du fond du parc. Un groupe de trois hommes arrivait par la pelouse. Derrière eux, se découpait la façade d'un très grand édifice de trois étages, typique du XVIIe siècle avec ses hautes fenêtres et ses corniches. Antoine se leva de son banc, faisant s'envoler le groupe de corbeaux. La pelouse était baignée de soleil, il aurait bien proposé à Gabrielle de venir le rejoindre mais ce n'était vraiment pas le moment. Le trio arriva à sa hauteur.

Antoine reconnut tout de suite le directeur général de la police et à ses côtés un homme avec des lunettes, le visage souriant. Antoine marqua un temps d'arrêt, stupéfait. L'homme aux yeux perçants se rapprocha de Marcas et lui tendit la main. Sa poigne était plus ferme qu'il ne l'aurait cru. Il avait presque la main broyée.

— Vous avez effectué un travail remarquable, l'année dernière, commissaire. La découverte du fabuleux trésor des Templiers, rien que ça. Mon prédécesseur m'en a beaucoup parlé.

La voix était mélodieuse, presque rassurante. Il ne lâchait pas la main de Marcas et le scannait d'un regard étonnamment fixe. Antoine soutint son regard et articula poliment :

— Je n'ai fait que mon devoir, Monsieur le Président. Maintenant je comprends mieux cette allusion aux morts…

L'homme desserra son étreinte. Son visage s'éclaircit, il avait plus de rides qu'à la télévision, remarqua Marcas. De son côté, le DGPN les observait, le visage fermé.

— L'Élysée, comme les champs Élysées, le royaume des Enfers, ou des Morts, dans l'Antiquité. J'habite ce palais, mais fort heureusement je préside à la destinée des vivants, du moins de ce pays. Mais laissons les morts en paix et parlons un peu. J'ai très peu de temps, je viens d'interrompre une réunion d'urgence sur le Proche-Orient, rien que pour vous, commissaire.

Son interlocuteur sourit, d'un éclat un peu trop enjoué pour Marcas qui se méfiait des flatteries en règle générale, et des hommes politiques en particulier. Ses rares incursions place Beauvau, sous des gouvernements de droite comme de gauche, lui avaient ôté une bonne partie de ses illusions sur la sincérité politique.

Le président se tourna vers le troisième membre du trio, un petit homme aux cheveux grisonnants.

— Outre le DGPN que vous connaissez naturellement, je vous présente Basile Charpentier, haut fonctionnaire à Bercy détaché auprès de mon cabinet.

Marcas inclina la tête. Le président le prit par le bras et s'avança sur la pelouse.

— Je voulais vous remercier personnellement et vous tenir au courant de la suite des événements. Mon prédécesseur a conclu un accord avec le Vatican pour un partage équitable des richesses découvertes sous la voûte du Sacré-Cœur. La basilique est bâtie sur un terrain français et l'ordre des Templiers relevait de la papauté, il est donc naturel, en droit, que ce trésor soit harmonieusement réparti entre nos deux États. Nos amis du Vatican ont été rudes en affaires.

— D'où la fermeture de la basilique pour travaux.

— Tout à fait. Il a été prétexté une nécessité urgente de rénovation de la voûte pour récupérer les pierres précieuses et l'or. Pour ma part, je considère cette découverte comme un don du ciel, cette manne va renflouer les caisses de l'État. Les travaux sont conduits par des experts et des ouvriers du Vatican pour des raisons de discrétion mais l'architecte des Bâtiments de France veille au grain.

Antoine ne put s'empêcher de grimacer.

— Le roi Philippe le Bel doit être aux anges dans son tombeau de la basilique Saint-Denis, c'est exactement pour ça qu'il avait anéanti le Temple : renflouer les caisses de l'État. Je serais curieux de savoir comment vous allez convertir ce trésor historique en monnaie sonnante et trébuchante ? Après tout, il fait partie du patrimoine national. Vous n'allez pas écouler les diamants comme de vulgaires receleurs ?

Le frère obèse haussa un sourcil en guise de désapprobation mais le président sourit.

— Eh bien, j'ai eu une idée, ma foi, pour le moins brillante. Dès que le trésor sera enlevé et retiré de la mosaïque, il faudra compter encore un mois environ, je rendrai publique sa découverte. L'impact sera énorme auprès de l'opinion ; nous organiserons une grande exposition permanente au Louvre, conjointement avec le Vatican.

— Avec tout le respect que je vous dois, ça ne répond pas à ma question, répondit Marcas sur un ton désabusé.

Le conseiller de Bercy intervint.

— Nous allons émettre auprès des marchés des obligations gagées sur la valeur numéraire et historique du trésor. La sous-direction de Bercy en charge du dossier table sur une levée estimée à dix fois sa valeur intrinsèque. Soit dix milliards d'euros, peut-être beaucoup plus. C'est une première, jamais un État ne s'était lancé dans une telle opération.

Le président se frotta les mains, son sourire s'élargissait.

— Mis à part nos amis de l'opposition et quelques grincheux, tout le monde sera gagnant. Les Français pourront admirer à loisir le trésor, les marchés financiers seront ravis d'avoir une base enfin solide pour nous prêter de l'argent et les agences de notation arrêteront de nous attaquer.

Les quatre hommes marchaient lentement. Antoine restait silencieux, quelque chose le mettait mal à l'aise dans cette opération.

— Et le rôle du père Hemler dans cette affaire ? Ce conseiller personnel du pape a quand même été l'instigateur du massacre des descendants de l'ordre du Temple. Il a bénéficié de complicités évidentes, je suis d'avis de…

Le frère obèse prit l'avant-bras de Marcas.

— Tu comprendras aisément que ce pauvre homme avait agi de sa propre initiative. L'entourage du Saint-Père nous a transmis un dossier médical éloquent, Hemler souffrait de graves troubles mentaux. Nous avons effacé les traces de son… accident au Sacré-Cœur et la gendarmerie du Vatican s'est occupée du transfert de sa dépouille en Italie. Nous ne pouvons nous permettre la moindre divergence avec le Saint-Siège.

Antoine sentit un léger afflux sanguin accélérer son cœur.

— Si j'ai bien saisi, l'enquête est classée ?

Le président s'arrêta, son regard s'était durci.

— Oui. Je fais appel à votre sens des responsabilités, commissaire. Naturellement, vous avez joué un rôle primordial dans cette affaire. Outre une prime très importante, le ministre de l'Intérieur vous proposera une promotion dans le tableau d'avancement et une affectation à votre discrétion sur tout le territoire. On me dit que la Côte d'Azur est une région très appréciée par vos collègues.

Le frère obèse renchérit :

— Par ailleurs, tu es inscrit sur la prochaine liste de la Légion d'honneur. Le président ne pourra pas te la remettre en personne, tu comprends pourquoi, mais je me ferais un plaisir de te l'accrocher sur ta plus belle veste.

Les corbeaux s'étaient regroupés sur le banc de pierre et les observaient en rang d'oignons. Antoine respira lentement pour faire refluer l'indignation qui montait. On lui demandait ni plus ni moins d'étouffer l'affaire et de laisser les véritables commanditaires en liberté. Le corps décapité de l'oncle de Gabrielle flotta quelques secondes dans l'air. Il hésita quelques secondes sur les paroles qui allaient sortir de sa bouche. Il n'allait pas rembarrer le président de la République et pourtant ça le démangeait furieusement. Il articula :

— De l'argent, de l'avancement, une place au soleil et la Légion d'honneur. Je ne suis pas certain de mériter tout cela. Après tout, je n'ai fait que mon devoir, n'est-ce pas ?

Le président et le DGPN échangèrent un regard entendu. Le haut fonctionnaire prit un ton affable.

— Notre ami, le directeur du *Rucher*, va tout vous expliquer dans quelques instants. Le président doit nous quitter, nous n'allons pas l'importuner avec nos… affaires.

Marcas se raidit.

— En revanche, moi, on peut me déranger pendant mes vacances ! Et si je n'ai pas envie d'étouffer l'affaire. L'oncle de ma compagne a été assassiné. Je vais lui dire que la France n'en a rien à cirer ?

Le frère obèse intervint.

— La raison d'État. Tu ne réalises pas l'enjeu qu'il y a derrière. Et je te rappelle que par ta fonction, tu es tenu à une discrétion totale sur tes enquêtes.

L'un des corbeaux croassa bruyamment pour ponctuer l'intervention du directeur du *Rucher*. Le président et le conseiller de Bercy restaient silencieux. Antoine émit un faible sourire.

— Après la carotte, le bâton, mon très cher frère ?

Le frère obèse tapota sa bedaine.

— Allons, allons. T'ai-je parlé de sanctions ? De mutations pour superviser la sécurité de la population frigorifiée de Saint-Pierre-et-Miquelon ou celle, plus enflammée, des quartiers nord de Marseille ? Pas du tout. Mais depuis que l'on se connaît, c'est vrai que tes leçons de déontologie à la petite semaine m'amusent de moins en moins.

— C'est marrant, et moi qui pensais que l'éthique était l'une des valeurs phare chez les frères de ton obédience. À ce propos, ton grand maître, il en est où avec son appartement de fonction et la mise sous tutelle des comptes de l'ordre par la justice ?

Les deux hommes s'affrontèrent du regard. Le président intervint, goguenard.

— Deux francs-maçons qui s'étripent dans le jardin de l'Élysée. Messieurs, ça me convainc d'une chose, c'est que le grand soir du complot maçonnique n'est pas encore arrivé.

Il continua, cette fois sur un ton plus grave.

— Mon cher Marcas, j'ai bien entendu votre message et je respecte cela. Moi-même plus jeune, je me suis lancé en politique avec l'idéal chevillé au corps, mais maintenant, à mon poste, je ne peux plus me permettre d'avoir des états d'âme.

Antoine songea que les responsables politiques de tous les pays se noyaient dans les mêmes justifications pour prendre leurs décisions. Il en avait assez d'être ici et ne désirait qu'une chose : retrouver Gabrielle. Mais avant de lâcher il tenta un dernier coup.

— C'est peut-être pour cela que les gens ne croient plus dans la politique, Monsieur le Président. Rassurez-vous, je répondrai présent à l'appel du devoir et je ne dirai rien. Je ne demande qu'une chose.

— Laquelle ?

Marcas hésita quelques secondes puis se lança, il n'avait rien à perdre.

— À l'origine de l'Ordre, les Templiers s'appelaient les Pauvres Chevaliers du Christ. Je ne sais pas ce que vous comptez faire avec l'argent que vous allez récolter, mais cela serait bien d'en rétrocéder une part, non négligeable, aux nécessiteux.

Le frère obèse ne put s'empêcher de ricaner.

— Les Pauvres Chevaliers du Christ, elle est bien bonne, celle-là. Ils étaient riches comme Crésus et jouaient les banquiers pour toute la chrétienté. Que c'est beau cette compassion. C'est comme dans ton obédience, beaucoup de belles paroles mais on ne se mêle pas au peuple. Dans les loges de bobos on ne taille pas sa pierre avec les clodos.

Marcas rétorqua sur un ton froid.

— Et dans les loges de fripons, on fait du pognon.

Le visage du frère obèse s'empourpra. Les corbeaux observaient la scène en se dandinant sur leurs pattes. Le président leva la main, il gardait un goût secret pour les altercations en sa présence, ça lui permettait de faire preuve d'autorité et d'imposer ses vues.

— Messieurs. Vous n'allez pas recommencer. Ce doit être la chaleur qui échauffe les esprits. Commissaire, je trouve votre idée excellente. Elle vous honore.

Il se tourna vers le conseiller de Bercy.

— Combien pourrions-nous débloquer ?

Le petit homme crispa ses lèvres, il n'était pas emballé. Ça se voyait.

— Monsieur le Président. Je dirais quelques millions d'euros sur une enveloppe spéciale.

Le président jeta un regard en coin à Marcas, le visage fermé.

— Allons, Charpentier, un peu plus de cœur, bon sang. Le trésor du Temple se chiffre en milliards. Ne jouez pas les harpagons. Réfléchissez en dizaines au lieu d'unités.

— Notre déficit est colossal, il faut résorber les comptes sociaux. Cinquante millions d'euros, ça doit pouvoir se trouver.

Le visage du président s'éclaira. Il se tourna vers Marcas.

— Qu'en dites-vous ? Une belle somme, non ? Vos Templiers seraient fiers de nous.

Antoine secoua la tête. Ils le prenaient pour un crétin, ils allaient en avoir pour leur argent.

— Monsieur le Président, levez dix milliards d'euros sur les marchés et offrez-en un dixième. Vous resterez dans l'histoire de la Cinquième République comme le président qui a voulu éradiquer la pauvreté en France. Grâce au trésor des Templiers.

Le petit homme de Bercy faillit s'étrangler :

— Un milliard d'euros. C'est impossible. Je m'y oppose formellement. Nous devons favoriser l'investissement des PME, développer les énergies renouvelables, soulager la fiscalité des…

— L'Europe a distribué des milliards aux banques pendant la crise, rétorqua Marcas.

Le frère obèse ricana.

— C'est la lutte finale…

Le président l'interrompit.

— Un milliard contre la pauvreté. Ça sonne bien comme slogan. Décidément, Marcas, vous me plaisez ! Et vous me coûtez moins cher que mes conseillers en communication.

Il consulta sa montre d'un air soucieux.

— Messieurs, il est hélas temps pour moi de retourner dans la fosse aux lions. Commissaire, c'était un plaisir. Votre… frère va vous raccompagner pendant que je replonge dans l'arène.

Il serra à nouveau la main de Marcas et s'éloigna avec son conseiller. Il chuchota à l'oreille de ce dernier :

— Un type original, ce commissaire. Pas très souple mais du courage et des idées. Charpentier, faites-moi un rapport sur la faisabilité du projet pour les pauvres.

— Je vous réitère mon opposition. C'est un non-sens.

— Je le sais, mais vous n'avez aucun sens politique. Notre ami Marcas nous apporte une idée sur un plateau d'argent. Au succès nous ajoutons l'humanité.

— Mais un milliard… Vous allez vraiment engager la France sur cette pente ? Les agences de notation ne vont pas apprécier du tout.

Le président sourit de ses dents étincelantes.

— Vous m'avez entendu dire que nous allions les verser en une seule fois ?

Le conseiller jeta un coup d'œil en arrière en direction de Marcas, du frère obèse et du directeur de la police qui restaient plantés, sans dire un mot. Le président le prit par l'épaule d'un air enjoué.

— Le monde a besoin d'idéalistes comme lui et de

gens comme nous, ajouta le président sur un ton moins ironique que ne s'y attendait le conseiller.

Marcas regardait le directeur général de la police et le frère obèse. Il ne croyait pas un seul instant que le président et ses sbires allaient lâcher un milliard d'euros dans la joie et la bonne humeur, mais il avait réussi à tenir tête à l'homme le plus puissant de France. La servilité n'était pas dans ses habitudes et le gros homme avait saisi le message. Le directeur de la police consulta sa montre et semblait sur le point de partir. Marcas prit la parole :

— C'est très sympathique, tout ça, mais vous m'avez fait venir ici juste pour me faire rencontrer notre bon président ?

Le DGPN secoua la tête.

— Non. Le directeur du *Rucher* va vous expliquer ce que l'on attend de vous exactement. L'affaire nous inquiète au plus haut point.

Le DGPN s'éloigna à son tour en direction du bâtiment principal. Au moment où le frère obèse allait parler, Antoine sentit son portable vibrer dans la poche de sa veste. Une voix douce et féminine se glissa dans son oreille.

— C'est fini ton rendez-vous ?

— Oui, tu croiras jamais où je me trouve.

— Tu me raconteras. On sort. Un resto en amoureux ? Ils ne t'ont pas mis en prison quand même.

— Non, rassure-toi. Rendez-vous dans une demi-heure à l'Opéra. Je vais flamber ce qu'il reste sur ma carte bancaire.

La voix chaude de Gabrielle s'écoula dans le portable.

— Dire qu'on a découvert le trésor des Templiers.

Et rien, pas une émeraude, pas un rubis. On aurait pu s'en mettre de côté. Nous sommes des poires.

— Oui, mais des poires honnêtes. Je t'embrasse.

Antoine raccrocha. Depuis qu'ils sortaient ensemble il se sentait le plus heureux des hommes. Il songea fugitivement à leur escapade à Key West. Au moment où il remettait son smartphone dans la poche de sa veste, le frère obèse secoua la tête en souriant.

— Laisse tomber le repas. À compter d'il y a trente secondes tu es chargé d'une enquête. Le DGPN a signé ton affectation temporaire sur cette mission. Un homme a été tué avant-hier, d'une balle dans la tête.

Marcas prit le frère obèse par le col de sa veste. Sa voix se fit menaçante.

— Tu te fous de ma gueule, mon frère. J'en ai rien à cirer de ton cadavre. Il y a la Crim pour ça. Moi je bosse sur les trafics dans le monde de l'art. Tu sais, les tableaux, les statues, les antiquités de toutes sortes… Et on vient me faire chier en vacances pour un meurtre à la con !

Le chauffeur du directeur du *Rucher* sortit de derrière un chêne en un éclair. Il porta la main sous sa veste. Le frère obèse leva la main.

— Non, laissez. Notre commissaire va se calmer. N'est-ce pas, Marcas ? Pas très pro de perdre ses nerfs à l'Élysée, mon frère.

Antoine jeta un œil mauvais au garde du corps, mais relâcha son étreinte. Il se permit même d'épousseter le revers froissé de la veste du gros homme.

— On va se dire au revoir comme des grands, hein. Et au plaisir de ne jamais avoir de tes nouvelles, mon gros.

Il allait faire demi-tour quand le directeur du *Rucher* l'interpella.

— Le père Roudil, curé du Sacré-Cœur, a été retrouvé mort d'une balle dans la tête. Plus précisément, dans une salle secrète sous le Sacré-Cœur. Tu vois le rapport avec toi ?

11

Al Kilhal
Jour de Toussaint 1232

Le jour s'était levé et Guillaume était en plein travail malgré son manque de sommeil. Il s'était installé près d'une des deux fontaines qui ornaient la place. Le masque à la ceinture, sa masse à ses pieds, il faisait défiler devant lui les dernières familles. Des Juifs. Roncelin avait attendu que toute la partie musulmane soit sécurisée avant de pénétrer dans le quartier hébreu. D'abord, on avait séparé les femmes de leurs familles avant de les répartir dans les différentes mosquées, puis les hommes avaient eu jusqu'à l'aube pour verser le tribut. Maintenant, c'était le tour des Juifs.

Au centre de la place, Roncelin lui-même s'occupait de la rançon. Devant une balance à trébuchet, offerte par les Syriaques, il pesait les dons et signait quittance. Cette apparence de légalité surprit les musulmans, puis les rassura. Roncelin savait que dans les rapports de force, la forme comptait autant que le fond, et qu'il fallait alterner concessions feintes et exigences définitives. Ainsi le chef de la compagnie avait prévenu que les captives ne seraient rendues que quand la somme complète serait atteinte. Installé sous les arcades, le Borgne comptait les monnaies avant de les séparer selon leur valeur. Du côté droit, les pièces d'or, de l'autre les deniers ou les marcs d'argent. Une fois classées, les pièces étaient réparties dans des sacs de cuir scellés à la cire. À chaque nouveau sac, l'ancien prêtre tenait registre, inscrivait le poids et le nombre de pièces sur un parchemin avant de le rouler dans un mince tube d'argent et de le glisser à son cou.

Guillaume, lui, s'était occupé avec passion du choix des otages. Depuis l'aube, pourtant, son enthousiasme faiblissait, les Juifs de la ville étaient pauvres, souvent misérables. Et il ne voyait défiler devant lui que des artisans, teinturiers pour la plupart, dont les femmes aux corps prématurément vieillis, avaient les mains rougies et crevassées. Il cherchait en vain un otage.

— Aucun marchand d'esclaves n'en voudrait, grommela Guillaume.

Brusquement une rumeur parcourut les familles. Les hommes se frappèrent la poitrine tandis que les enfants criaient. Un mot courait sur les lèvres dont l'écho enflait comme un vent d'automne.

— *Rabbi, Rabbi, Rabbi...*

Intrigué, Guillaume fit passer le cordon de sa masse au poignet et se leva. Le Devin venait de surgir. Il soutenait un inconnu à la barbe souillée qui semblait inconscient.

— *Rabbi, Rabbi, Rabbi.*

Le mot monta comme une clameur. De la main gauche, Guillaume agrippa le traducteur. Le Devin venait d'adosser le vieillard contre un mur.

— Qui est-ce ?

— Le rabbin, notre guide spirituel, s'exclama l'interprète, la voix mêlée de pleurs.

Un sourire éclata sur le visage de Guillaume. D'un bond, il se précipita sur le vieil homme et hurla :

— Prise de guerre ! Je lève ma main sur lui !

Face au Devin stupéfait, Guillaume s'empara de son otage.

Le bruit d'une dispute s'éleva près de la fontaine. Roncelin reconnut la voix rauque de Guillaume. Il se leva et s'approcha. Un conflit avait éclaté avec le Devin. Il hâta le pas. Un chef ne pouvait se permettre des dissensions dans sa troupe. Surtout devant la populace.

Quand il comprit la nature de la discorde, le Provençal s'étonna :

— Mais, pourquoi veux-tu garder ce vieillard, sorcier ?

Le Devin se braqua.

— Peu t'importe, laisse-le-moi. D'ailleurs, il n'a aucune valeur.

— Faux, gronda Guillaume, c'est le prêtre des Juifs et ils le vénèrent. Tant que nous le tenons, ils se tiendront tranquilles.

Roncelin se tourna vers le vieillard qui tremblait sur ses jambes. Sa barbe était souillée de cendre, ses vêtements en lambeaux, mais les Juifs autour de lui le regardaient comme le Messie. L'otage idéal. Guillaume faisait preuve de bon sens. Il hocha la tête et se tourna vers le colosse :

— J'ai tranché, il est à toi.

Le visage du Devin se ferma.

— C'est moi qui vous ai menés ici, moi qui vous ai renseignés sur la ville, moi qui vous ai montré comment la prendre. Et voilà comment tu me remercies ? Tu pourrais le regretter, Provençal.

D'un revers de main, Roncelin fit siffler son gant de fer devant le visage du Devin.

— Prends ça comme un avertissement. Le dernier homme qui m'a menacé a fini avec ma hache entre les deux yeux.

Le Devin resta un moment immobile. Dans ses yeux veinés de gris, un reflet sombre s'installa. Il fixa successivement Roncelin, puis Guillaume, et cracha par terre. Le colosse saisit sa masse, mais le Provençal s'interposa.

— Hors de ma vue, sorcier.

Dépité, le Devin tourna les talons.

La dernière pièce tomba sur la balance. Un léger frémissement agita les plateaux et l'équilibre fut atteint. Khoubir, qui s'était porté garant de la transaction, posa la main sur son cœur et, dans un murmure, remercia Allah. La nuit avait été longue. Les marchands, une fois réchappés du pillage, avaient tenté, par tous les moyens, d'abaisser le montant de la rançon. Le chef des gardes avait dû les convaincre, non sans mal, de leur chance inespérée. Puis il avait fallu déterminer la part de chacun. Le chaos avait recommencé, tout le monde voulait bien que la rançon soit payée, mais nul ne voulait dénouer les cordons de sa bourse. Chacun pleurait misère, jurait qu'il était ruiné ; ce fut Boufeda qui imposa la solution. Excédé par la veulerie de ses pairs, il annonça qu'il paierait la totalité du tribut. Un flot soulagé de bénédictions s'éleva, mais s'arrêta net quand il précisa qu'il faudrait le rembourser, lui, et avec intérêt. La menace fit son effet, nul ne souhaitait être en dette avec un homme tel que Boufeda dont le sens plus qu'exigeant des affaires était proverbial. En peu de temps, un accord fut trouvé et chacun partit chercher la somme qu'il devait.

Roncelin contrôla encore la balance puis se leva. Tout en accrochant le cor d'ivoire à sa ceinture, il fit signe à Khoubir.

— Les familles d'Al Kilhal ont tenu parole, je tiendrai la mienne. Dis-leur que nous allons commencer à libérer les otages.

Le chef des gardes se tourna vers la place où étaient regroupés les musulmans. Un murmure d'approbation parcourut la foule. Le Provençal s'approcha de Khoubir.

— Dis-leur aussi de désigner trois notables. Ils récupéreront les premières captives. Douze femmes.

Le chef des gardes s'inquiéta.

— Cela va demander beaucoup de temps. Les hommes, sur la place, risquent de s'énerver.

Roncelin leva sa main vers les arcades. Des archers venaient de prendre position sur la terrasse.

— Voilà de quoi les rendre compréhensifs et patients.

Accablé, Khoubir retourna expliquer les conditions. Roncelin appela Guillaume.

— Tu as réparti les plus âgées comme je te l'ai ordonné ?

— Oui, quatre dans chaque mosquée. Le vieux Juif est aussi sous bonne garde.

Posément, le Provençal revit la position des mosquées dans la ville et évalua chaque distance.

— Avant qu'ils les aient toutes récupérées et conduites ici, il se passera au moins une heure.

Khoubir parlait à la foule devenue silencieuse. Les archers étaient désormais visibles au-dessus du parapet des arcades. Quant aux entrées de la place, des gardes les tenaient barrées. La voix de Khoubir prenait des intonations rauques. À tout moment, la foule exaspérée pouvait se retourner contre lui. Il jouait sa vie et il le savait.

— Et pour les autres femmes ? interrogea Guillaume.

Implacable, le soleil commençait à dévorer l'obscurité sur la place. Roncelin tendit sa botte vers une dalle que le jour gagnait. Un filet cru de lumière joua sur le cuir souillé de sang.

— Prends le Borgne avec toi et dis aux Syriaques que les enchères sont ouvertes.

La mosquée d'Omar était la plus grande de la ville. Selon la tradition, un ange avait posé la première pierre et on montrait encore, à un des angles, un fragment de monolithe noir usé par le temps. Quoique peu enclins à la superstition, les musulmans entouraient cette pierre d'une vénération discrète. Les marchands, la veille du départ d'une caravane pour une destination lointaine, ne manquaient pas de venir poser leur main inquiète sur la pierre noire. Assis devant la porte, le Borgne écoutait l'interprète débiter les légendes sur la mosquée. À l'intérieur, les Syriaques faisaient leur marché. Ils avaient une heure, pas plus, pour faire une offre. Le Borgne tendit l'oreille, mais n'entendit rien. Les murs de la mosquée étaient épais. L'ancien prêtre avait pris avec lui le rabbin. Il redoutait un coup d'éclat du Devin. Quelle folie avait gagné l'Anglais de vouloir s'emparer de ce vieillard inutile ? Maïmonès se tenait debout près de l'entrée. Il regardait la pierre d'angle avec attention.

— Alors, rabbin, s'exclama le soudard, si tu frottais ta vieille carcasse sur cette pierre, peut-être que la roue de la fortune tournerait pour toi ?

Le visage plissé, Maïmonès hocha tristement la tête puis prit la parole :

— Avant la mosquée, il y avait une synagogue ici. Et cette pierre est tout ce qu'il en reste.

Le Borgne allait interroger le vieillard quand, accompagné de Tarek le Syriaque, Guillaume surgit. Le colosse était tout sourire. Il se pencha vers l'ancien prêtre :

— Va voir Roncelin et dis-lui bien…

Tarek sortit sa bourse et la fit sonner dans sa main.

— … que l'affaire est conclue. Moi, je pars délivrer les premières otages.

Avant d'accomplir sa mission, le Borgne se tourna vers le vieux Juif qui continuait à fixer la pierre.

— Le Devin tenait sacrément à toi. Tu fais parler les morts comme lui ?

Le rabbin le regarda avec surprise. Il ne s'attendait pas à pareille superstition chez les Francs. Eux qui brûlaient des hérétiques au moindre doute théologique, voilà qu'un des leurs lui parlait de dialoguer avec l'au-delà. Maïmonès secoua la tête :

— Non. Chez nous, les morts doivent rester en paix. Nous ne sommes pas des païens.

— Alors pourquoi le Devin s'intéresse-t-il autant à toi ?

Le rabbin hésita. Les Francs étaient réputés hypocrites et trompeurs. Il se méfiait. En même temps, ce Devin lui inspirait une répugnance quasi physique.

— Je n'ai pas confiance en cet homme, lâcha-t-il.

L'ancien prêtre posa sa pogne sur l'épaule du rabbin.

— Parle, tu m'intrigues. Que voulait le Devin ? De l'argent ? Des reliques ?

— Je… ne sais pas.

— Je peux te protéger de lui… mais il faut m'en dire plus.

Le rabbin se redressa, son visage afficha une expression hautaine.

— Mon destin n'est pas entre tes mains, chrétien, mais dans celles de Dieu.

— Vieux fou.

Le rabbin se dégagea de l'emprise du Franc et joignit ses deux mains sur sa poitrine. Le visage baissé, il articula à voix basse :

— Seigneur Dieu, protège-nous, ma fille et moi.

Maïmonès leva la tête pour voir si personne ne l'épiait. Mais le Borgne était déjà parti.

— Et qu'il préserve le secret qui est en moi.

12

Oxford
De nos jours

Old Mary avait sonné midi, l'heure de clôture. Les étudiants quittaient les quartiers d'enseignement pour se répandre dans les ruelles et profiter des jardins, le temps d'une pause déjeuner. Il faisait trop beau pour s'enfermer dans les cantines sombres et chacun voulait profiter des journées ensoleillées.

Lord Fainsworth traversa, à pas rapides, la vaste pelouse qui séparait l'entrée du collège de Regent's Park de la bibliothèque. Il faillit se faire bousculer par deux étudiantes qui riaient aux éclats et se dit que de son temps pareille inconvenance n'aurait pas été possible. Non seulement, ses maîtres lui avaient appris à saluer tout adulte qui croisait son chemin, mais le seul fait de perturber le trajet d'un aîné était un signe d'inconduite, passible de sanctions. L'université d'Oxford était censée apprendre aussi à ses étudiants la politesse et le respect de l'autorité, incarnés par les adultes.

Les temps avaient changé. *En mal.*

Fainsworth jeta un regard de mépris au groupe qui chahutait devant une fontaine de pierre. Les garçons débraillés – leurs vestes n'étaient pas fermées – parlaient fort, les filles portaient des jupes trop courtes et buvaient leurs canettes de boissons gazeuses avec un manque d'élégance symptomatique. La discipline se dissolvait partout dans le royaume, y compris dans ses derniers bastions conservateurs. L'aristocrate ne savait pas s'il fallait plaindre les élèves ou les professeurs qui avaient perdu l'armure oxfordienne, forgée d'un alliage d'autorité et de savoir. Fainsworth regrettait ses années d'étude et de discipline, sous l'ère Thatcher. Le conservatisme, l'un des deux piliers du royaume avec la monarchie, y avait consumé ses derniers feux. L'époque glorieuse de la Dame de fer, où les maîtres osaient déclamer sous les voûtes ancestrales des collèges leur attachement à un élitisme éclairé. Mais le poison de la société libérale avait dissous les fondements de l'université, et, un par un, les collèges avaient basculé dans une permissivité émolliente. Seules quelques maisons tenues par les différentes Églises inculquaient encore à leurs étudiants un semblant de tradition. C'était bien la seule vertu que Fainsworth accordait à ces associations religieuses.

Il contourna la statue de Sir John Banaix, fondateur de la plus prestigieuse chaire d'archéologie du collège, et se dirigea vers l'entrée de la vieille bibliothèque.

Il avait hâte d'arriver dans le temple et de faire face au vénérable. C'était le dernier combat. Il n'y en aurait pas d'autres. Le vote précédent avait clairement indiqué le basculement des pouvoirs. La majorité des frères et sœurs le suivaient, c'était l'essentiel. La mécanique était en marche. Implacable.

Il ralentit son pas, attendant qu'un petit groupe d'étudiants sorte, sans se presser, de l'entrée principale, puis suivit le long couloir vieillot qui menait à la bibliothèque.

La salle de lecture était déserte, comme d'habitude. Assis dans son bureau, le cerbère parcourait un magazine de voitures de luxe. Fainsworth l'avait toujours connu en train de lire le même type de journal depuis son admission dans l'ordre. D'où venait-il ? Pourquoi avait-il été choisi pour ce poste ? Était-il au courant de ce qui se tramait dans le *Temple Noir* ? L'aristocrate n'en avait aucune idée et le considérait comme ces bons vieux domestiques qui vivaient et mouraient dans le silence des antiques demeures d'Albion. Ni plus ni moins.

— Bonjour, je voudrais les *Chroniques du Temple souverain, de Lord John Banaix*, demanda Fainsworth.

Le bibliothécaire déchaussa ses lunettes et lui décocha le même regard méfiant, inchangé dans sa dureté depuis des années. Un regard qui fouillait l'âme, avait remarqué l'un des membres du temple.

— Quelle édition ?

— Celle de 1875, préfacée par l'historien Jean Xianab.

— Vous avez de la chance, l'exemplaire n'a pas été emprunté.

Les mots de passe changeaient tous les trois mois, Lord Fainsworth trouvait le dernier en date particulièrement compliqué. La porte du bureau du bibliothécaire s'ouvrit, et l'aristocrate traversa la petite pièce qui sentait le renfermé pour emprunter celle du fond.

Il entra dans le temple des ténèbres et s'avança au centre. Comme il s'y attendait, le visage blafard du vénérable flottait à l'orient. Bien au-dessus de lui. Quelques marches de bois, une estrade et un jeu de lumières travaillé, il n'en fallait pas plus pour mettre en scène l'autorité. Et la sublimer. Une *Shakespeare touch*, songea l'aristocrate. Pas étonnant que le vénérable, qui avait imaginé ce décor sombre et minimaliste, était aussi un inconditionnel du maître de Stratford-upon-Avon.

Fainsworth s'inclina respectueusement et articula sur un ton suffisamment traînant pour marquer son humeur.

— De minuit à midi. Je suis à tes ordres.

Le spectre blanc ne cilla pas.

— Tu es en retard.

— Un peu de circulation pour accéder à la ville, soupira l'aristocrate.

Le vénérable resta figé.

— Tu te doutes de la raison pour laquelle je t'ai convoqué ?

— Non.

Le faisceau de lumière gagna en intensité sur le visage livide du vénérable. Fainsworth se retint de ne pas lui lancer un sourire méprisant. Ça ne marchait plus avec lui. Le maître du *Temple Noir* s'avança légèrement en avant.

— Il faut tout arrêter.

— Trop tard. Que fais-tu du vote de nos frères et sœurs ?

— Ils comprendront. Je te le demande, mon frère, abandonne pendant qu'il en est encore temps.

Fainsworth secoua la tête.

— Tu as toujours été très fort pour les discours, mais le temps des actes est venu. Prendrais-tu notre caverne pour ces loges maçonniques qui ne font que discourir ? Tu vieillis.

Le vénérable se rapprocha plus près. Son visage était tendu.

— Laisse les francs-maçons à leurs temples. Je sais mieux que toi ce qui nous différencie des adeptes de la lumière.

Les deux hommes se faisaient face. Fainsworth sentit la colère monter.

— Je ne vois pas pourquoi je perds mon temps à discuter. L'opération a été lancée.

Le vénérable haussa les épaules.

— J'ai encore mon libre arbitre et des moyens… d'action.

Fainsworth sourit.

— C'est une menace ?

— Non, un avertissement. Ne prends pas au pied de la lettre les textes. Ce qui était vrai par le passé ne l'est plus désormais. Le monde s'est radicalement transformé depuis la création de notre ordre.

L'aristocrate attendit quelques secondes pour répondre. Il fallait laisser une dernière chance, jouer la conciliation.

— Le *Temple Noir* a été créé avec un but ultime. La majorité de nos frères l'ont bien compris avec leur vote.

Une voix féminine jaillit de nulle part.

— Une majorité d'une courte voix. Je suis du même avis que notre vénérable.

Fainsworth se tourna sur sa droite. Un nouveau faisceau de lumière fusa, révélant la figure blafarde d'une sœur.

— Moi aussi ! gronda une autre voix. Nous sommes dépassés par notre mission.

Un autre spectre apparut comme par enchantement. Fainsworth ne broncha pas, ils ne le feraient pas plier, pas maintenant. Il se figea.

— C'est tout ? Vous n'êtes que trois… Je m'attendais à mieux.

Le vénérable descendit de son estrade.

— C'est largement suffisant pour arrêter tes projets.

— Je voudrais savoir juste une chose, cher vénérable, toi qui es la mémoire de notre temple. A-t-il toujours existé deux clans au sein de notre ordre ?

— Que veux-tu dire ?

— Les fidèles et les lâches !

Le vénérable secoua la tête d'un air navré.

— Nos prédécesseurs n'auraient jamais dû te faire initier. Ce fut une erreur. Pour répondre à ta question, le terme lâche est inapproprié. En toute chose, même au sein des ténèbres, il faut un équilibre. Nous sommes trois veilleurs au sein du temple, qui ont pour tâche de préserver une harmonie.

— Et les autres, ceux qui ont voté pour ma résolution ?

— Ils ne s'opposeront pas à un… changement de stratégie. De toute façon, ça ne sert à rien de discuter. Tu peux quitter ce temple. Dès ce soir, nous allons faire en sorte que tes projets soient stoppés. J'en prends la responsabilité. J'organiserai une nouvelle tenue afin de recadrer nos missions. Tu peux t'en aller, maintenant.

Fainsworth les dévisagea, puis recula à pas lents vers la sortie.

— Trop tard. C'est vous qui partez !

Un claquement retentit derrière la porte. Deux de ses hommes avaient actionné la ventilation interne. D'un geste brusque, l'aristocrate sortit un petit masque à gaz de la poche de sa veste, qu'il porta à sa bouche. Les spectres ouvrirent de grands yeux étonnés puis les levèrent vers le plafond de ténèbres. Un bruit de soufflerie résonna et une fumée blanche se répandit en nappes vers le sol, formant des arabesques à proximité des faisceaux de lumière. Le vénérable porta les mains à sa gorge, les autres visages blafards toussaient en tressautant, comme si une décharge électrique les avait frappés de plein fouet.

— Qu'as-tu fait ? cria le vénérable en se ruant sur Fainsworth.

Il agrippa les revers de sa veste qu'il lâcha presque aussitôt pour dégager son col de chemise. L'aristocrate ne cessait de reculer. Ses yeux paraissaient exorbités derrière les deux petits hublots de verre du masque.

Il fixa sans ciller les trois spectres qui se contorsionnaient à terre, en hurlant. Le vénérable essayait de ramper vers lui mais il s'arrêta à moins d'un mètre de ses chaussures. Il tenta de redresser la tête, leva le bras quelques secondes, puis s'affaissa. Son bourreau enjamba le corps de sa victime et marcha d'un pas raide vers l'estrade. Il monta les petites marches et s'installa dans le fauteuil du vénérable. Au loin, Old Mary sonnait la moitié de l'heure de rupture.

Il était exactement 12 h 30 quand Lord Fainsworth

s'assit dans le fauteuil du vénérable et devint le nouveau maître du *Temple Noir*. C'était presque trop facile. Il ne put s'empêcher de songer à Richard III, mais lui ne commettrait pas les mêmes erreurs et garderait son trône.

13

Paris
De nos jours

Une palissade haute de trois mètres entourait toute la basilique, formant une muraille infranchissable pour les hordes de touristes désemparés. Entre les murs du monument et cette paroi externe, des plaques de métal galvanisé interdisaient tout regard. L'entrée principale, elle, était quasiment inaccessible, quant à l'esplanade au-dessus de la rue du Cardinal-Dubois, jusqu'au croisement avec la rue du Cardinal-Guibert, elle était occupée par des baraquements de chantier. De l'extérieur, on entendait des grondements sourds, comme si une armée de démons démolissait consciencieusement l'intérieur.

La voiture de police banalisée s'arrêta juste devant l'entrée. Antoine et le frère obèse sortirent de la Citroën et saluèrent d'un signe le conducteur qui démarra en trombe pour faire demi-tour. Antoine avait reporté son déjeuner avec Gabrielle qui en avait profité pour dormir et récupérer après leur voyage.

Il s'étira. Son cou lui faisait mal. Le *jet lag*.

— Si je comprends bien, on a retrouvé le cadavre du prêtre avant-hier ?

— Tout juste.

— Et les gardiens ?

— Celui qui assurait la ronde a eu plus de chance que le curé. Assommé. Ainsi que son collègue en charge des caméras. Ils ont été cuisinés. Rien. Leurs CV sont nickel, ils font partie d'un peloton de gendarmerie d'élite.

— Les caméras de sécurité ?

— Rien non plus. Ou plutôt si. Tous les enregistrements concernant la plage horaire avant et après le meurtre ont été effacés. Ces gars sont très forts.

— Comment est-ce possible ?

— Technique de haute volée, pratiquée par les commandos spécialisés. On pose à côté de l'unité centrale qui reçoit les images un émetteur de champs pulsés à très haute fréquence. Ça grille instantanément toutes les données. Quand ils ont pénétré dans le chantier, ils savaient exactement où poser leur joujou.

— Et lc trésor ?

— Même pas touché.

Antoine et le directeur du *Rucher* sonnèrent à l'interphone placé devant l'entrée du chantier. Le haut-parleur grésilla.

— Nous sommes attendus par le superviseur. Marcas et Gilbert.

— Tu t'appelles Gilbert, maintenant ? interrogea Antoine, dubitatif.

— Oui. Il y a un mois j'avais ma période Maurice. Et au printemps, c'était Marcel. En hiver, je préfère René. J'ai une tendresse pour ces prénoms bien de chez nous et en voie de disparition. Le *Rucher* reste soucieux des traditions.

Avant qu'Antoine ne réplique, une voix s'échappa de la grille.

— Le superviseur arrive dans quelques minutes. Il est dans la basilique. Attendez.

La connexion coupa. Le commissaire jeta un regard de travers à son collègue.

— Charmant accueil.

— Ils sont sur les dents. Des sacs entiers de pierres précieuses, d'or et d'argent à récupérer en plein Paris et un meurtre sur les bras. Je m'inquiéterais s'ils n'étaient pas paranos.

— Qui coordonne la sécurité ?

— Moi ! Mais ils ont ordre de n'ouvrir qu'en présence d'un responsable à l'intérieur. Je pourrais crever sous leurs yeux, ils me laisseraient agoniser sur le pavé. Quoi qu'il en soit, ce meurtre ne change pas le cours des opérations. Le chantier continue.

— Que disent les analyses médicolégales ?

— Une balle dans la tête, à bout portant, aux alentours de 3 heures du matin. Ils ont descellé le monolithe et fait glisser le couvercle. Ils étaient trois d'après les empreintes.

— Merci, Gilbert, répondit Marcas, goguenard.

L'obèse s'interrompit pour prendre un portable dans sa veste. Il détourna la tête. Antoine leva les yeux vers le dôme de la basilique. Il avait toujours entretenu une attraction ambiguë pour ce monument, construit par l'Église pour expier les péchés lors de l'insurrection de la Commune.

Les péchés de la Commune. Elle est vraiment bien bonne.

Les Communards, en 1871 avaient été massacrés par le gouvernement réfugié à Versailles, des milliers de morts, et on avait fait croire au bon peuple qu'il fallait bâtir cette pâtisserie pour se faire pardonner par le grand barbu. Un triomphe pour les catholiques, une défaite sanglante pour les francs-maçons qui avaient choisi le mauvais camp. Et pourtant, avant de basculer, les frères de l'époque avaient essayé de s'interposer entre les deux camps, de jouer l'ultime carte de la médiation. Un moment tragique et magnifique de l'histoire maçonnique qui avait marqué Antoine quand il était compagnon et écoutait les planches de ses aînés.

Le directeur du *Rucher* avait raccroché. Antoine croisait les bras.

— Puisque nous poireautons, je vais t'apprendre un peu d'histoire maçonnique. De celle que l'on n'enseigne pas dans ton obédience de nantis.

— Tu vas pas recommencer…

— Connais-tu l'affaire de la barrière de Paris, pendant la Commune ?

— Non, mais je m'attends au pire.

— Pour éviter un massacre entre Versaillais et Communards, les frères de Paris se sont réunis à l'Hôtel de Ville. Des milliers venus de tous les quartiers de la capitale. Leur objectif : marcher vers la barrière de Paris pour convaincre les soldats de Versailles de cesser les hostilités.

— Tout un programme !

Antoine continua :

— Les étendards de toutes les loges, même celles des hauts grades, des chevaliers Kadosh aux princes Rose-Croix, claquaient au vent. Quand ils arrivèrent à la barrière de Paris, ils brandirent le drapeau bleu-blanc-rouge en criant : Liberté et Fraternité. Ils reçurent en retour du plomb et des boulets. Un vrai massacre.

Le frère obèse consulta sa montre et s'épongea le front.

— Ah oui… quel courage imbécile. Tu tiens ça d'où ?

— Tu connais Louise Michel ? Elle raconte cet épisode tragique dans ses Mémoires.

— Une sœur rouge, ça m'étonne pas ! Je suis sûr qu'elle n'a pas précisé que tes communards ont aussi fait passer des prêtres et des Versaillais devant le peloton d'exécution, sans autre forme de procès. Cette fascination pour les révolutionnaires dans votre obédience, ça me donne des cloques.

— N'exagérons rien.

— Et dire que les profanes croient qu'on est tous comme vous et qu'on a aussi fomenté la Révolution française. Va dire ça aux frères anglais, ils deviennent hystériques avec vos conneries gauchistes. Louise Michel… N'importe quoi.

Antoine ricana.

— Tu sais quoi ? Le jardin du Sacré-Cœur, eh bien, il a été baptisé Louise-Michel, histoire de faire chier les cathos, là-haut.

Marcas savait qu'il en rajoutait, il n'avait rien contre l'Église, mais le conservatisme de son frère le hérissait.

Le directeur du *Rucher* haussa les épaules.

Dégoûté, Antoine leva à nouveau les yeux vers le Sacré-Cœur. En dépit de cette histoire d'expiation des péchés, la basilique exerçait toujours sur lui la même fascination. Il ne savait pas pourquoi, mais il était impressionné par les deux monumentales statues à cheval qui gardaient l'entrée. Saint Louis et Jeanne d'Arc dans leur armure, prêts à briser leur prison de bronze pour s'animer et chevaucher vers le ciel.

Il sortit brusquement de sa rêverie. La porte du chantier s'ouvrait, laissant sortir un homme d'une quarantaine d'années en combinaison blanche. Il salua le frère obèse qui le présenta :

— Andrea Colignoni, le superviseur du Vatican.

— Commissaire Marcas, je suis honoré de faire votre connaissance. Ainsi c'est vous qui avez découvert le trésor. L'Église catholique vous doit une reconnaissance éternelle.

Le frère obèse affichait un large sourire ironique et voulut ouvrir la bouche. Antoine l'en dissuada.

— Un seul commentaire et je fous le camp.

— J'ai rien dit. Je bois les paroles de notre ami italien…

Ils rentrèrent à l'intérieur du chantier. Un camion stationnait devant deux chariots élévateurs. Des ouvriers s'affairaient sous la surveillance de gardes armés. Le superviseur les conduisit vers l'entrée de la basilique, dont les portes avaient été enlevées. Ils laissèrent passer un fourgon rempli de gravats et pénétrèrent dans le sanctuaire. Une fine brume de poussière planait à l'intérieur. Le superviseur pointa du doigt un prêtre en soutane penché sur une caisse ouverte dont il inspectait le contenu. Des centaines de plaques d'or fin étaient empilées les unes au-dessus des autres.

Le prêtre se releva.

— Ce cher da Silva ! s'écria Marcas. Alors on pille le tronc de l'église ?

Le prêtre portugais lui fit un signe de la main, referma la caisse puis s'avança vers Antoine. Il lui serra la main vigoureusement en affichant un large sourire.

— Sa Sainteté m'a chargé de… diriger les opérations de réfection de la voûte. Rien que dans la caisse, on n'est pas loin d'un demi-million d'euros. Heureusement, le lucre ne présente pour moi aucun intérêt. Comment allez-vous, Antoine ?

— Mal, on a torpillé mes vacances à cause de votre macchabée.

— Je suis mortifié mais je plaide coupable. C'est moi qui ai suggéré à votre ami de vous contacter. D'un commun accord nous voulions quelqu'un de sûr. Et vous êtes le seul policier français en qui j'aie confiance. Pardonnez-moi. Le Vatican pourra certainement prendre en charge vos prochaines vacances. Suivez-moi.

Les quatre hommes longèrent la travée ouest et se dirigèrent vers la statue de saint Pierre emmaillotée. Le frère obèse leva les yeux vers la voûte. Le Christ en majesté avait presque entièrement disparu. Le superviseur intercepta son regard.

— Les hommes qui ont composé la mosaïque originelle étaient des artistes extraordinaires. Un travail prodigieux : enchâsser pierre après pierre sur la voûte, recouvrir chacune d'un vernis, et composer cette merveilleuse fresque. J'aurais aimé œuvrer avec eux. La magie des temps anciens…

— Comment allez-vous reproduire la mosaïque ? demanda le frère obèse.

Le superviseur se frotta le lobe de l'oreille, d'un air entendu.

— Les sortilèges des temps modernes… La fresque initiale a été photographiée en très haute définition. L'image résultante a été ensuite reproduite sur une grande plaque de résine, dans un atelier spécialisé dans la composition assistée par ordinateur, à Turin. Chaque carré de résine reproduira fidèlement une fraction de l'image, en respectant le rayon de courbure de la voûte. Nous serons livrés la semaine prochaine. Après il faudra les assembler, plaque par plaque.

Marcas s'était avancé et avait pris le bras de da Silva. Il lui chuchota à l'oreille :

— Votre pape est au courant du rôle joué par le père Hemler ?

— Oui, il en a été mortifié…

Le ton de la voix démentait ses propos.

— Et je suppose que, comme tous les États, le Vatican aussi se fait une raison quand les circonstances l'exigent ?

— Oui. Pourtant ne croyez pas que j'approuve. De toute façon, notre Saint-Père est très malade, je ne suis même pas certain qu'il jouisse de la contemplation de ce trésor. Il souffre d'une maladie du cœur depuis l'attentat raté. Ah, nous y voilà !

Le passage secret était grand ouvert, éclairé de l'intérieur. Marcas remarqua qu'il n'y avait plus de traces du sang d'Hemler. Tout avait été soigneusement nettoyé par l'équipe du frère obèse. Ce dernier toussa avec force.

— Navré, mais je ne vous accompagne pas. Je suis déjà descendu hier. À mon âge, il faut se ménager.

— Et faire plus de sport, Gilbert, ajouta Marcas sur un ton acide.

Le superviseur s'engouffra en premier, suivi de da Silva puis de Marcas. Ils descendirent les marches, prenant garde à ne pas glisser sur les plus humides, et arrivèrent dans la haute salle voûtée. Le monolithe trônait au centre. Antoine s'approcha avec une pointe d'appréhension. Le même que dans son rêve. La plaque du dessus avait été descellée comme si quelque chose d'inhumain en était sorti. Il frissonna.

Juste à côté du cube de pierre, une silhouette avait été dessinée sur le sol. Une odeur de terre humide empestait l'atmosphère. Marcas s'accroupit et remarqua des traces de pas tout autour. Il se releva et s'essuya les mains avec un bout de tissu qui traînait à terre. Le responsable des travaux paraissait comme désemparé. Antoine inspecta du regard l'ensemble de la salle.

— Et vous l'avez trouvé sur le sol ?

— Oui. Pauvre homme. Qui peut vouloir assassiner un serviteur de Dieu ?

— Un serviteur du diable, répondit Marcas.

Ni l'Italien ni le prêtre ne relevèrent.

— À part vous, personne n'est entré ici depuis que le cadavre a été retiré ?

— Non.

Antoine s'approcha du monolithe et effleura la pierre. La plaque gravée était brisée. L'inscription, *la vérité gît au fond du tombeau,* elle, était martelée. Il braqua sa torche. Le fond de la cuve était percé.

— Je ne comprends pas… dit Antoine.

Colignoni soupira.

— En fait, nos archéologues avaient ouvert le tombeau, mais il était vide. Sauf que…

— Sauf qu'il y avait un double fond, c'est ça ?

— Oui.

Antoine scruta encore le fond éventré.

— Maintenant on sait que nos intrus ne sont pas repartis les mains vides.

14

Al Kilhal
Jour de Toussaint 1232

Sitôt sortie de Jérusalem, l'escorte qui accompagnait le Légat se retrouva dans un paysage désolé. Depuis des décennies, les campagnes qui entouraient la ville souffraient des combats et des déprédations. De nombreux champs étaient à l'abandon, les systèmes d'irrigation abandonnés, sans compter les ruines noircies des fermes incendiées. Les paysans, pour la plupart, ne cultivaient plus qu'un anneau de terres fertiles autour de bourgades fortifiées où ils venaient se terrer, sitôt le soleil couché. Une pesante impression de solitude envahissait la troupe qui cheminait vers Al Kilhal. Les gardes jetaient des regards suspicieux sur le plus petit bosquet d'arbres tandis que le dominicain, les yeux fixés sur l'encolure de son cheval, priait sans interruption. Seul le Légat regardait devant lui. Les étendues désertiques l'exaltaient. Les pierres qui roulaient sous les sabots, la poussière incessante, toute cette hostilité le rendait plus léger. Enfant, il avait vu un jour un danseur de corde, suspendu dans le vide. Ses frères avaient hurlé de terreur avant de l'abandonner et de se réfugier dans les robes de la nourrice. Il était resté seul à fixer ce spectacle improbable. Depuis, il avait appris que la légèreté était la meilleure des armes, celle qui permettait toutes les métamorphoses.

À intervalles réguliers les cavaliers de l'escorte jetaient un œil discret sur leur chef. Beaucoup étaient fascinés par son visage impassible et son regard de braise. D'autres faisaient un signe de croix discret. Dieu seul savait où le Renard du désert allait les mener.

Sur la place centrale d'Al Kilhal, les rumeurs les plus folles couraient. On disait que les Francs recomptaient la rançon et que le compte n'y était plus, d'autres racontaient que certaines captives s'étaient mystérieusement volatilisées. Le Borgne s'inquiéta :

— Il est temps que les otages arrivent.

Le Provençal, qui consultait un plan de la ville, eut un geste d'apaisement.

— Guillaume va bientôt revenir. Il ramène un premier groupe de femmes. Ça apaisera la tension. Dis-moi plutôt : Où se trouve la rançon ?

Le visage du Borgne se détendit subitement. Il montra le tube d'argent pendu à son cou et sourit.

— Sous la garde de nos meilleurs hommes, à l'entrée de la ville.

— Et la cavalerie ?

— Stationnée près du quartier juif.

Roncelin reprit son plan.

— Fais-la avancer. Ici. Et dis aux cavaliers de se tenir prêts…

De l'index, il montra sur le vélin, une rue droite qui débouchait sur la place.

— … prêts à charger.

Sur la route de Jérusalem, les éclaireurs arrivèrent dans un nuage de poussière. L'un d'eux sauta de sa monture et vint se prosterner aux pieds du Légat.

— Seigneur, la ville est ouverte. Les pillards doivent être à l'intérieur.

— Pas de défense apparente ?

— Juste quelques hommes qui gardent des prisonniers à la porte principale.

— Une autre entrée ?

— Non.

Le Légat se retourna. Il avait pris avec lui une cinquantaine de chevaliers. Sa garde privée. Des hommes frustes, mais pétris de foi. Ils exécuteraient tout, ils obéiraient à tout, pour la plus grande Gloire de Dieu.

— Où pouvons-nous nous cacher ?

— Il y a une oliveraie, Seigneur, à moins d'une lieue. Les chevaux s'y reposeront et les hommes attendront vos ordres.

Le Légat se tourna vers son conseiller. Le dominicain examinait ses ongles. De beaux ongles taillés et nacrés, comme l'extrémité d'une plume d'oie. Les mauvaises langues disaient qu'il trempait son doigt dans un encrier de fiel dès qu'il devait rédiger une note ou un rapport.

— Frère dominicain, vous qui portez la bure, vous allez vous rendre en ville.

— Moi, Seigneur ?

Le ton du Légat se fit moqueur.

— Bien sûr, vous. Qui se méfierait d'un frère de Saint-Dominique, d'un saint homme comme vous ?

— Seigneur, au nom du Christ…

— Adressez-vous à ces pillards à l'entrée. Vous les occuperez. Vous avez toujours été éloquent.

— Seigneur, parler à des assassins, mais de quoi…

— De Dieu. Vous ferez diversion. Nous arriverons aussitôt.

Le Légat fit un geste. Un des soldats se saisit du dominicain gémissant et le jeta en travers d'une selle.

— Et n'hésitez pas à le traîner dans le sable, qu'il ressemble enfin à un vrai moine.

Tout essoufflé, Guillaume surgit sous les arcades, suivi d'un premier groupe d'otages. Épuisé par sa course, le colosse posa sa masse et se coucha sous une outre. D'un geste vif, il tourna le robinet d'if et emplit sa gorge d'un flot de vin qui sentait la résine de pin. Roncelin, qui faisait passer les derniers ordres aux archers, recula pour éviter les éclaboussures qui souillaient déjà le dallage.

— Comment peux-tu boire pareil vin du diable ?

Guillaume tourna le robinet, rota à tous les vents, et se releva en riant.

— Toutes ces femmes m'ont rendu fou, si je ne bois pas pour oublier, je vais brûler vif.

Roncelin lui tendit sa gourde de genièvre.

— Bois. Avec tout l'or que les otages vont te rapporter, tu pourras étancher ta soif de plaisir dans tous les bordels de Jérusalem.

D'un revers de manche, Guillaume s'essuya la bouche. Ses yeux, déjà étroits, n'étaient plus qu'une fente où brillait un éclat noir comme du charbon de bois. Il se tourna vers la place où la population se réjouissait bruyamment.

— Chantez, dansez ! Le diable vous guette et l'enfer vous attend.

Le Provençal but à son tour. La nuit avait été longue et la fatigue pesait sur ses épaules. Dans ces moments précis, il se savait capable d'une erreur : moins enclin à réfléchir, plus prompt à réagir. Et ce n'était pas le moment.

— Où sont les autres otages ?

— Sous la garde des Syriaques. Ils traversent le quartier hébreu. Ils seront bientôt à l'entrée de la ville.

Le Provençal plissa les lèvres. Il observa la place en liesse. Autour d'une femme, la tête couverte d'un foulard rouge, une famille hurlait sa joie.

— Combien de femmes ont été libérées ? demanda Roncelin.

— Douze, elles portent toutes un foulard rouge comme tu l'as demandé.

Roncelin se raidit.

— Je n'ai rien exigé de la sorte.

Guillaume haussa les épaules.

— Le Devin nous a dit que c'était un de tes ordres.

Roncelin lui saisit le bras. Quelque chose clochait.

— Trouve-moi ce démon tout de suite !

Penché au-dessus du balustre, le visage du Devin devint de marbre. À ses côtés, le chef des archers fit un signe à ses hommes postés autour de la place.

— Tu es sûr de ton fait, sorcier ?

— Oui, oublie les ordres de Roncelin. Et ta part de butin sera plus que multipliée. Tue les femmes en rouge. Toutes.

15

West Cumbria, Angleterre
De nos jours

La nuit gagnait inexorablement du terrain sur les dernières terres anglaises, étendant son manteau de ténèbres vers l'ouest. Les ultimes clartés pâles s'estompaient dans le lointain, vers les côtes irlandaises. La mer prenait cette teinte métallique si particulière dans ce coin d'Angleterre, comme du plomb fondu strié de veinules noires. Étendue glacée et hostile.

Le Falcon 2000 bleu scintillant avait contourné Manchester et obliquait vers l'ouest, en approche sur l'aéroport de Carlisle. La tour de contrôle avait donné son accord pour une escale impromptue afin de refaire le plein, son altitude basse n'entraînait aucun risque de collision avec des vols commerciaux peu nombreux en cette saison. Le pilote jeta un œil dégoûté vers la mer, il détestait ce coin pourri et tout le Royaume-Uni en général.

Le commandant Delgado n'avait qu'un objectif : atterrir le plus rapidement possible, débarquer ses passagers antipathiques, faire le plein et redécoller pour

Dublin où l'attendait le surlendemain des cadres de la même société en partance pour Londres. Avec un peu de chance, il finirait la nuit dans une boîte branchée du quartier de Temple Bar, en bonne compagnie. Il se redressa sur son siège et enclencha le bouton d'avertissement aux passagers.

Atterrissage dans cinq minutes. Angelsfly vous remercie de bien vouloir boucler votre ceinture.

Il passa en lumière restreinte. Le vol n'avait duré qu'à peine une heure et demie mais il s'était promis de demander une rallonge à la compagnie. Il avait perdu toute la journée à attendre ses deux clients sur le tarmac de l'aéroport du Bourget et, quand ils étaient arrivés, c'était tout juste s'ils lui avaient adressé la parole. En plus, ils avaient exigé qu'il n'y ait pas d'hôtesse, juste le pilote. L'homme et la femme s'étaient installés au fond de l'appareil et n'avaient pas décroché un mot pendant tout le vol. Pas le genre de clients dont il avait l'habitude, hommes d'affaires pressés, stars en goguette ou riches retraités. C'est surtout la femme qui ne lui revenait pas, elle était plutôt pas mal mais quelque chose dans son expression ne passait pas. Un regard froid. Dur. Le genre d'expression qu'on trouvait chez certains trafiquants, ceux qui affectionnaient l'affrètement de jets privés. L'année précédente, à Marbella, la douane était intervenue juste avant qu'un couple n'embarque avec une cargaison de gros pélicans en peluche remplis de cocaïne. Il avait passé trois jours dans un commissariat pourri de la banlieue de la ville avant d'être relâché.

Au Bourget, le représentant du département clients d'Angelsfly l'avait rassuré, le vol était réglé par un client régulier, une société de consultants d'Édimbourg qui envoyait ses conseillers dans toute l'Europe. Les passagers avaient passé la douane sans soucis, leurs valises rapidement examinées par des agents endormis. Par mesure de sécurité, dès le début du vol, Delgado avait ouvert le micro de sécurité qui permettait d'écouter les conversations des passagers, mais les deux clients n'avaient pas desserré les dents de tout le voyage.

Le commandant Delgado aperçut les lumières de la petite ville de Carlisle et entama la descente. L'avion vira sur l'aile gauche. Il avait passé une seule nuit dans sa vie en West Cumbria, cette partie aride d'Angleterre, au nord de Manchester, juste sous l'Écosse, et en avait gardé un souvenir douloureux à la tête, fruit d'une rixe dans un pub paumé. Il se félicita que la mission s'arrête là et de ne pas attendre les clients dans ce trou paumé. Les feux d'alignement du petit aéroport se dessinaient sur le sol. Dans la carlingue, les passagers bouclèrent leurs ceintures. Le plus jeune, la trentaine, le crâne rasé, le menton fort, déplia ses jambes et fit un petit signe interrogatif à la femme.

— La suite du programme ?

— Un hélicoptère attend à l'aéroport le transfert. Ça prendra à peine dix minutes, répondit la femme aux cheveux coupés très court qui consultait sa montre.

L'appareil se mit à vibrer doucement, le train d'atterrissage s'abaissait. Des hublots ils pouvaient distinguer la masse sombre et minérale du seul terminal en activité. L'avion se posa brutalement sur la piste, les passagers sursautèrent sur leur siège en cuir. Les deux réacteurs Pratt and Witney inversèrent leur poussée, le Falcon gronda et l'homme grimaça.

— J'ai connu un pilote à Port-au-Prince, qui faisait

la liaison sur un Learjet pour des trafiquants dans les Caraïbes. Un Ukrainien avec un goitre, il s'amusait à faire vomir ses passagers pour se marrer.

— Qu'est-ce que tu veux que ça me fasse ?

— Notre commandant de bord a dû faire la même école de pilotage.

Le jet ralentit sa course et tourna vers l'unique couloir éclairé qui menait au terminal privé. Il roula jusqu'au bout de l'aérogare, guidé par un agent de sécurité, la tête en étau dans un casque orange. Delgado coupa les gaz et déconnecta la sécurité de l'escalier de débarquement. La température extérieure affichait 7 degrés.

Foutu pays.

Il enfila sa casquette bleue scintillante au logo de la compagnie, passa la veste réglementaire un peu ringarde à son goût avec les deux ailes d'ange blanches brodées sur les revers, et poussa la porte-cloison de la cabine. Il marqua un temps d'arrêt. Les clients étaient debout devant lui, à moins d'un mètre, habillés, prêts à sortir, comme s'ils avaient débouclé leurs ceintures de sécurité, bien avant le signal. L'un d'entre eux tenait un grand sac de toile noir. Ils le regardaient d'un air absent, comme s'il était invisible. Il s'avança en bombant le torse.

— Si vous voulez bien me laisser ouvrir le sas. Comme toutes les portes d'avion, elle a besoin d'une main humaine.

Le duo se plaqua contre le côté droit de la carlingue pendant que Delgado se baissait pour tirer une grosse poignée rouge. Un vent froid et humide le frappa au visage. Il frissonna en actionnant la commande de dépliage du petit escalier. Le couple passa rapidement devant lui sans le saluer alors qu'il débitait son speech sur son ton le plus mécanique.

— Angelsfly espère que vous avez fait un bon vol et sera ravi de vous accueillir à nouveau sur ses appareils.

Personne ne lui répondit. Les passagers s'éloignaient du jet en direction d'un hélicoptère noir, sans marque distinctive. Delgado leur fit un doigt d'honneur derrière son dos et murmura :

— Et j'espère que vous irez vous faire foutre, bande de connards.

Un camion-citerne se colla derrière la queue de l'appareil. Delgado descendit sur le tarmac et s'alluma une cigarette, geste interdit pendant le remplissage du kérosène mais il s'en tapait, il n'y avait personne dehors à part lui, et le conducteur dans la citerne était trop occupé à brancher le tuyau sur le flanc de l'appareil. Il vit ses passagers s'engouffrer dans l'hélico qu'il identifia comme un modèle de chez Bell. Les pales commencèrent à tournoyer lentement, il aperçut leurs visages dans le cockpit éclairé par une lumière orangée. Le gros insecte s'éleva doucement ; il crut voir la femme lui faire un petit signe de la main mais il n'en était pas certain. Le vrombissement des pales augmenta, l'hélico grimpa lentement vers le ciel noir. Delgado jeta sa cigarette sur le bitume et se dirigea en pressant le pas vers le bâtiment des douanes. Il était dans les temps, dans moins d'une heure il serait au chaud à Dublin.

Le Bell Long Ranger survolait d'immenses étendues de landes sombres. On pouvait distinguer les minuscules lumières des rares maisons éparpillées çà et là. Dans la cabine, l'homme au crâne rasé ouvrit une canette de bière.

— Où allons-nous ?

— Whitehaven, petite ville côtière sans intérêt. Plus précisément au complexe scientifique de Westlakes.

Le haut-parleur relié au cockpit grésilla.

— Atterrissage dans deux minutes.

Au-dessous d'eux, les landes avaient subitement disparu pour laisser place à des zones industrielles fortement éclairées. Ils passèrent au-dessus de grands entrepôts rectangulaires séparés par d'immenses parkings remplis de camions qui allaient et venaient dans tous les sens. Un gigantesque saumon en béton rose, du plus bel effet, surmontait le toit d'un hangar, pour indiquer à ceux qui n'avaient pas encore compris qu'ici on travaillait le poisson. Le Bell vira sur la droite et ralentit son vol. Une masse imposante surgit juste derrière une bretelle de voie express. Il s'agissait d'un pentagone parfait, entouré d'une double rangée de béton et de barbelés électrifiés qui couraient sur un périmètre de deux terrains de football. Juste à côté de cet endroit, on voyait un complexe de petits bâtiments en verre jouxtant une vaste pelouse illuminée. Une étroite route bitumée partait des immeubles, coupait à travers la pelouse et s'arrêtait au centre : un rond parfait délimité par des feux clignotants bleus.

L'hélicoptère s'arrêta au-dessus de la piste puis descendit en douceur. Vu de l'appareil, le cercle grossissait à vue d'œil. La passagère eut un flash : ça lui rappelait *2001, l'Odyssée de l'espace* quand la navette de liaison avec l'astroport atterrissait sur la Lune, au rythme du *Beau Danube bleu* de Strauss. Elle regretta l'absence de mélomanes chez les pilotes d'hélico.

Le Bell se posa doucement sur la pelouse. Les pales n'avaient pas encore fini de tourner qu'un van gris arrivait sur la petite piste. Deux minutes plus tard, le pilote fit un signe de tête aux passagers ; ceux-ci descendirent pour s'engouffrer dans le Toyota aux vitres fumées par l'arrière. Le chauffeur les regarda s'installer dans le rétroviseur, nota qu'ils n'avaient qu'un seul grand sac posé à leurs pieds pour tout bagage, puis démarra en douceur. Le van contourna les édifices de verre et fila vers le bâtiment de béton pour s'arrêter devant une barrière de sécurité, une herse en acier trempé haute de deux mètres et gardée par deux hommes en armes dans une guérite. Le chauffeur abaissa la vitre. L'un des gardes décrocha son téléphone pendant que l'autre passait un détecteur sous le véhicule. La herse aux piques acérées s'enfonça dans le sol, laissant passer le Toyota et ses occupants. Au lieu de rouler vers l'entrée principale, le van longea un des côtés de l'édifice, puis s'arrêta devant une porte métallique. Au-dessus, de grandes lettres noires étaient gravées sur le béton.

DALTON NUCLEAR INSTITUTE

La grande porte s'ouvrit, le van s'y engouffra pour stopper vingt mètres plus loin, à l'intérieur du pentagone devant deux cerbères en combinaison bleue.

À l'intérieur du véhicule, l'homme au crâne rasé se massa la mâchoire.

— On va avoir droit à combien de contrôles ? Où sommes-nous ?

— Dans un centre de recherches nucléaires, répondit la femme.

Ils sortirent du Toyota et se présentèrent devant les deux gardes. L'un d'entre eux tenait une tablette iPad sur laquelle il pianotait. Les photos des deux visiteurs s'affichèrent sur son écran tactile. Il vérifia leurs passeports toujours en silence puis leur indiqua un escalator qui descendait sur leur droite, et dit :

— Le docteur Mantinéa vous attend en bas des marches.

À la place des passeports, il leur tendit des cartes plastifiées jaunes qu'ils accrochèrent sur leurs blousons. L'escalier mécanique se déclencha à leur passage. De chaque côté, des parois en verre miroir renvoyaient leurs reflets. La femme savait qu'ils étaient scannés de la tête aux pieds ; elle avait déjà vu ce genre d'équipement dans des installations de l'Otan. Elle crispa sa main sur la poignée du sac.

En bas de l'escalator, la silhouette d'un homme en blouse blanche se profilait rapidement. Les mains derrière le dos, il affichait une mine sévère. Les cheveux en brosse, des épaules massives, il ressemblait plus à un sergent des Marines qu'à un chercheur. En guise de bienvenue, il assena :

— Vous avez une demi-heure de retard !

— Trafic aérien surchargé, rétorqua la femme avec sobriété. On n'a pas droit à l'entrée VIP ?

— Et puis quoi encore. Vous l'avez ? lança l'homme en blouse blanche en fixant son regard sur le sac de toile.

— Bien sûr.

— Suivez-moi.

Il tourna les talons et leur fit signe de le suivre. Le décor avait changé autour d'eux : tout brillait d'une blancheur éclatante, le sol, les murs, même les plafonds. Un ronronnement sourd résonnait sous leurs pieds, comme si un gros insecte de métal vibrait quelque part dans les entrailles du complexe. Le scientifique marchait d'un pas vif, ses semelles souples ne faisaient aucun bruit sur le sol.

— Nous nous trouvons dans la zone réservée aux expériences de niveau trois. Enfilez les tenues de protection antiradiations si vous tenez à vos chromosomes. Non pas qu'il y ait des fuites mais c'est la procédure.

Aucun d'eux ne savait ce qu'était une expérience de niveau trois, mais l'expression faisait son effet. Le docteur Oscar Mantinéa stoppa devant une grande armoire métallique et leur tendit à chacun une épaisse combinaison verte. Lui-même en revêtit une.

— Mettez vos petits badges jaunes bien en évidence. Toute cette partie du bâtiment est sous surveillance. Pas de badge et la cavalerie arrive.

Ils mirent les tenues de protection avec déplaisir. Une porte à cloisons coulissantes s'ouvrit dans le mur, révélant une salle grande et haute de forme ovale, coupée en son milieu par une immense vitre. Derrière la paroi de verre ils aperçurent deux grands anneaux circulaires qui tournoyaient dans une même sphère, avec en son centre une sorte de caisson transparent. En arrière-fond s'entortillaient des centaines de gros câbles, entremêlés tels des serpents. Les nouveaux venus étaient intrigués par la complexité de l'appareillage technique, mais ils restaient muets, habitués à ne pas poser de questions.

— Enfin ! Mes visiteurs du soir.

La voix avait surgi à leur gauche. Ils aperçurent un homme aux cheveux argentés et au front bombé, debout derrière un large pupitre, envahi de boutons de commande. La femme s'approcha. Ils se jaugèrent du regard puis s'enlacèrent en s'embrassant.

— Comment s'est passé ton voyage ?

— Bien. Je te remercie. Tu veux le voir ?

Lord Fainsworth s'était levé, les yeux rivés sur le sac de toile.

— Quelle question stupide ! Pose-le sur la grande table.

Il se tourna vers Mantinéa.

— Lancez le programme. Combien de temps avant la phase opérationnelle ?

— Un quart d'heure environ. Les champs de plasma sont un peu froids. Mais encore une fois, je ne garantis pas la réussite de l'expérience. Il subsiste trop d'inconnues, en particulier la réaction des…

— Ne m'ennuyez pas avec des détails techniques. Contentez-vous de faire votre boulot.

Mantinéa ne répondit pas, regardant le chef du trio ouvrir le sac et fouiller à l'intérieur. Il en sortit un crâne et des ossements qu'il posa sur un plateau en acier brossé. Lord Fainsworth était hypnotisé.

— Magnifique… Et dire qu'il est resté des siècles, à Paris, sous le Sacré-Cœur. Les inscriptions sont là !

Subitement, il eut un regard inquiet.

— Et Mirko ?

— À Paris, comme convenu. Tout occupé pour la suite de la mission. Il doit m'appeler quand ce sera fait.

— Bien…

Respectueusement, Lord Fainsworth prit le crâne entre ses mains. Fasciné, il le retourna, l'inspecta sous ses différents aspects et s'arrêta sur l'étrange message.

Il sourit.

— Les temps sont venus. Maintenant, tu vas parler et nous dire tout ce que tu sais.

Le Falcon 2000 prit son altitude de croisière. Les nuages s'étaient évanouis au fur et à mesure qu'il descendait vers le sud. Une lune montante éclairait les ondes sombres de l'océan Atlantique. Delgado enclencha le pilotage automatique et s'étira sur son siège. Les réacteurs étaient à pleine poussée, dans une demi-heure il serait à Dublin. Il prit son portable et consulta son agenda de contacts. Depuis le temps qu'il sillonnait le ciel, il s'était fait pas mal de relations un peu partout. Il n'avait pas encore de port féminin d'attache à Dublin, c'était le moment d'arranger ça. Deux jours de congé, un luxe dont il comptait bien abuser. Le plaisir avant tout, c'était sa devise. Dans le respect de Dieu et de Jésus, naturellement. Il passa son doigt sur le crucifix qu'il portait depuis sa première communion et adressa une petite prière au ciel.

Une fois dans la cabine, il s'octroya une coupe de champagne aux frais de la compagnie. Les clients n'avaient pas touché à la bouteille offerte, les crétins. Au moment d'ouvrir le frigo, il aperçut un sac de toile noir qui dépassait sous un siège. Curieux, il tira l'anse et ramena vers lui le bagage. Une fois ouvert, sa main indiscrète rencontra un objet inattendu, mais qu'il identifia tout de suite. Un avion modèle réduit en aluminium. Un *super Guppy,* le plus grand avion-cargo du monde. Comme un gamin, il fit tournoyer l'avion au-dessus de lui. Une diode verte s'alluma dans le minuscule cockpit. Fasciné, Delgado sourit. De vert, la diode passa au rouge.

Le Falcon 2000 se transforma en boule de feu incandescente au-dessus de l'Atlantique.

16

Al Kilhal
Jour de Toussaint 1232

Le Légat tomba sa cape et s'approcha de l'entrée de la ville. Un nuage de cendres montait des remparts. Le soleil ajoutait à la chaleur de l'incendie. Tout en marchant dans la terre poussiéreuse, il fixait du regard son escorte qui venait de neutraliser les pillards. Les cavaliers en armure n'avaient fait qu'une bouchée de la piétaille qui gisait au sol. Au fur et à mesure qu'il avançait, les cadavres devenaient plus nombreux, les mouches aussi. Il jetait un œil distrait sur les morts. Pour la plupart, la misère suintait de leurs visages. Traits rongés par l'alcool, bouche édentée, la mort achevait de dire leur destin. De pauvres diables, qui n'avaient vécu que de rapines minables, et dont Dieu avait définitivement purgé la face de la Terre.

Acculés contre un mur et tenus en respect par un rideau de lances, deux hommes se tenaient debout. À terre, un corps terminait de se vider. Le Légat ralentit. C'était incroyable tout ce qu'un ventre pouvait contenir. Il aperçut le dominicain qui se précipitait à sa rencontre :

— Monseigneur, ces misérables ont voulu me tuer.

Son doigt tremblait en direction de la muraille.

Le Légat ne répondit pas. Il observait des femmes, des musulmanes, tenues en laisse et qui tremblaient de peur et de honte. Au bout de la file, un homme voûté, à la barbe souillée, s'était agenouillé.

— Détachez-les.

— Monseigneur, reprit le dominicain, la voix sifflante, faites justice de ces pillards, de ces antéchrists, de ces…

D'un geste, le Légat le fit taire. Il s'avança vers le premier captif, un géant à la lèvre fendue.

— Ton nom ?

— Guillaume.

— Tu es le chef ?

Surpris, le molosse tourna la tête vers Roncelin. Le Renard lui sourit.

— Merci.

Le géant suait à grosses gouttes. Il fixait le troupeau des prisonnières délivrées. Certaines avaient été tuées. Leurs corps s'étalaient, parfois dans des poses obscènes.

— Attachez-le, ordonna le représentant du pape.

Deux gardes, une corde à la main, se précipitèrent. Le Renard se rapprocha du dernier captif.

— Alors, c'est toi le chef ?

Résigné, Roncelin hocha tête. Guillaume était solidement garrotté. Près de l'entrée, les otages hurlaient à la mort devant les cadavres de leurs compagnes d'infortune. Certaines se frappaient la poitrine à pleines mains, d'autres se lacéraient le visage. L'hystérie devenait collective.

Le Légat les fixa, puis se tourna vers les hommes qui entouraient Guillaume.

— Donnez-le-leur en pâture.

Le Devin leva la tête vers le soleil. S'il continuait à marcher à ce rythme, il serait à Jérusalem avant le soir. La campagne était déserte. À peine entendait-on un chien qui aboyait dans le lointain. Le chemin errait entre des collines plantées de quelques arbres rachitiques. Parfois, une chèvre sauvage sautait entre deux rochers. Le front en sueur, le Devin avait le regard fixé devant lui. Des cailloux avaient roulé des pentes et gênaient le passage. Ce n'était pas le moment de se briser un os en pleine solitude. Il avait échoué dans sa mission, au dernier moment. Son idée de déclencher le carnage avait raté avec l'arrivée des troupes du Légat. Il avait été à deux doigts de remettre la main sur le rabbin pendant le massacre, mais l'irruption des nouveaux venus l'avait forcé à battre en retraite. Il ne devait surtout pas se faire prendre avec les autres pillards. Pour mieux disparaître, il avait emprunté des vêtements au hasard des cadavres. De loin, il ressemblait à un épouvantail, de près à un fou. Sous un turban taché de sang, son visage décharné évoquait un mort en sursis. Jusqu'ici il n'avait croisé âme qui vive, mais s'il voulait passer les contrôles à l'entrée de Jérusalem, il devrait se confondre avec les foules des pèlerins exaltés qui se pressaient sur les pas du Christ. Il ferma le poing et accéléra l'allure.

À genoux, les yeux fermés, Maïmonès entendait des cris qui n'avaient plus rien d'humain. Un parfum de mort lui brûlait les poumons. Cette odeur âcre que l'on n'oubliait jamais, une fois que le malheur vous l'avait fait respirer. Depuis que Khatani avait surgi dans la synagogue, sa vie avait volé en éclats. Lui, l'érudit silencieux, vivait l'épreuve du bruit et de la fureur. Cette violence, qu'il avait longtemps cru conjurer par la prière et l'étude, éclatait comme un fruit mûr. Comme si Dieu voulait brutalement rappeler aux hommes la précarité de leur destin, l'infinie faiblesse de leur nature. Les cris avaient cessé. Maïmonès prononça un psaume pour l'âme égarée qui quittait ce monde. Il ignorait ce qu'étaient devenus les siens. Massacrés sans doute comme toujours en période de troubles. Le monde qui l'entourait s'écroulait dans les flammes. Il ne lui restait rien. Rien que sa fille.

Quand les soldats du Légat écartèrent les femmes, Guillaume était méconnaissable. En deux endroits précis son anatomie avait totalement changé. Le visage, surtout, avait subi une implacable métamorphose. Si les dents semblaient avoir migré à l'intérieur du corps, les yeux avaient quitté leur orbite habituelle. L'un d'eux, d'ailleurs, avait disparu, l'autre avait roulé jusqu'au nombril, contemplant le ciel d'un bleu hébété. Le Légat fit traîner le cadavre jusqu'aux murailles. Entre ses cuisses, un trou béant laissait échapper des flaques fumantes qui ponctuaient son passage. Regroupées près de l'entrée, des femmes, le visage et les mains dégoulinants, hurlaient comme des damnées. Le Renard appela son conseiller.

— Qu'on les calme. Dites-leur qu'elles sont sous la protection de l'Église. En revanche…

— Oui, Monseigneur ?

— Envoyez dix hommes en ville pour récupérer le butin restant.

Un troupeau de chèvres fit son apparition, soulevant les pierres de leur museau, en quête de la moindre touffe d'herbe. Plus haut, à l'ombre d'un arbre, un berger invisible chantait une mélopée triste. Le soleil était au zénith. Après s'être arrêté pour se désaltérer à un puits boueux, le Devin avait repris sa route. Des marchands qui l'avaient croisé s'étaient écartés du chemin. Son déguisement, pourtant hasardeux, fonctionnait. On le prenait pour un *gyrovague*, un de ces moines, mi-prophètes, mi-sorciers, en rupture de ban avec leur monastère et qui erraient comme des âmes en peine. Mendiant, volant au besoin, maudissant au moindre refus, la population les redoutait, pire encore que les pillards. Le Devin s'arrêta. Devant lui, à quelques lieues à peine, se dressait Jérusalem. Comme chaque fois qu'il apercevait la Ville sainte, le Devin était déçu. Le centre de l'univers n'était tout au plus qu'une bourgade de province. Serti dans des remparts ruinés, le diadème de la chrétienté ne brillait plus que du diamant terni de quelques églises et de l'or du soleil. La ville où se pressaient roi et mendiants, pèlerins et guerriers n'était plus que l'ombre d'un rêve qui tournait au cauchemar.

Comme il descendait par le chemin dont les lacets enserraient des rochers ruinés par l'érosion, le Devin déboucha sur un cimetière à l'ombre de deux massifs de pierre. Les tombes étaient récentes. Les limites des fosses se devinaient encore. Au pied des croix de bois, de petits monticules de pierres témoignaient de la piété des voyageurs. Le Devin compta les tombes. Onze. Sans doute des pèlerins. Tombés là, victimes des infidèles, de la maladie ou du destin. Des anonymes. Sans intérêt. Le Devin se leva et reprit sa route. Les morts sans nom ne l'intéressaient pas. Ils ne répondaient jamais.

Le Légat ordonna qu'on fouille les cadavres des pillards. Il les fit aligner face aux fossés. Un nuage bourdonnant de mouches s'agglutina sous le chemin de ronde. À chaque nouveau corps, le dominicain faisait glisser une bille d'ambre de son chapelet.

— Et celui-là ? interrogea un des gardes, en montrant la dépouille de Guillaume.

— Il a déjà perdu ses bijoux de famille, siffla le dominicain.

Roncelin s'était relevé. Du regard, il suivait le Légat qui passait en revue les cadavres. Un écorcheur attendait, prêt à intervenir. Roncelin avait toujours détesté ces mercenaires de la mort dont le vil travail était d'achever les blessés en se servant sur leur corps. Pour certains, il s'agissait d'une vocation. Chaque écorcheur avait sa spécialité. Les *trancheurs* pour les bagues, les *fendeurs* pour les boucles, les *arracheurs* pour les dents, mais le pire était les *fouilleurs* qui récupéraient monnaies et bijoux que des malheureux avaient cru dissimuler en les avalant. Le Légat fit un geste. L'écorcheur se précipita, sortit tenaille, hachoir et rasoir et commença sa besogne. Le dominicain ne le quittait pas des yeux.

— Il faut être méfiant avec cette engeance, vous tournez le dos, et ils vous émasculent un cadavre.

Tout ça pour le vendre à une femme en mal d'enfant, précisa le Légat.

Le Provençal ne réagit pas. Il n'aimait pas cette voix, capable de moduler aussi bien la mise à mort que le trait d'esprit. Cet homme, le Légat, avait des mains trop fines pour ne pas aimer les couvrir de sang. Le dominicain venait de se lever, le tube du Borgne à la main. Il l'ouvrit, déplia le parchemin et parla d'un air agité à l'oreille de son maître.

— Où est la rançon ?

Roncelin secoua la tête. Un coup de poing le frappa aussitôt à la tempe. Il s'écroula en balbutiant :

— Je ne dirai rien.

Le Légat sourit.

— Vraiment, nous ne nous connaissons pas assez…

Il releva le Provençal d'une poigne de fer.

— Sur la Croix… Même le Christ a parlé.

17

Paris
Sacré-Cœur
De nos jours

Assis derrière le bureau du père Roudil, Antoine contemplait le grand crucifix en argent massif qui pendait sur le mur attenant à la petite bibliothèque.

Avec ce truc on peut défoncer la tête de quelqu'un.

Il chassa cette pensée diabolique, prit un stylo orné d'une tête de Bernadette Soubirous et le porta à ses lèvres. Ça l'aiderait à se concentrer, la porte fermée n'empêchant pas le vacarme des marteaux-piqueurs qui s'activaient sur la voûte. Un franc-maçon qui mâchouille une sainte, voilà qui aurait fait plaisir à son vénérable.

Le superviseur assis en face de lui ne cachait pas son impatience, tandis que le frère obèse et le père da Silva restaient debout. Antoine ôta le stylo de sa bouche et grimaça. Bernadette avait un goût amer.

— Reprenons. Nos mystérieux visiteurs entrent dans la basilique en pleine nuit, assomment le gardien, descendent dans le passage secret, récupèrent quelque chose dans le double fond du monolithe. Le père Roudil les surprend et se fait assassiner. Ensuite, ils quittent les lieux sans toucher au trésor.

Les trois hommes le laissèrent continuer. Marcas reprit :

— Ils ne se sont pas introduits avec l'intervention du Saint-Esprit. Comment entre-t-on dans votre chantier ?

Le superviseur répondit d'une voix lasse :

— Uniquement par la porte que vous avez empruntée. Les accès à la crypte et au dôme sont condamnés et il n'y a pas d'autres issues. Nous avons aussi vérifié l'hypothèse d'une complicité interne. Tous les ouvriers possèdent des badges nominatifs avec leur photo, délivrés par la gendarmerie vaticane. Ils viennent d'Italie, ce sont des sous-traitants qui travaillent régulièrement avec le Saint-Siège et leur CV est au-dessus de tout soupçon. Ça va encore durer longtemps, commissaire ? Le chantier a pris du retard, vous n'imaginez pas la pression que je subis.

— Je m'en doute, signor. Je reprends, les caméras extérieures ne montrent ni entrée ni sortie, entre 23 heures et l'arrivée des ouvriers du matin.

— Ils se sont peut-être introduits par un passage secret, glissa le directeur du *Rucher*.

— Celui qui menait à l'église Saint-Pierre a été muré, ajouta Marcas, songeur. Autre chose : le père Roudil avait-il le droit de se balader la nuit dans la basilique ?

— Non. L'archevêque lui avait demandé de quitter les lieux le temps des travaux.

— Il a donc pénétré sans autorisation et certainement pas par la porte d'entrée.

Marcas remit le stylo dans sa bouche et mâchouilla le capuchon poreux. Il inspecta à nouveau la pièce et son regard s'arrêta sur le père da Silva. Le prêtre s'appuyait contre un muret, surmonté d'un vitrail ambré, à deux battants, représentant l'apparition en majesté de la Vierge dans la grotte de Lourdes, devant une assemblée en prière en contrebas. Il grimaça. De la bondieuserie dégoulinante. L'arrondi de l'arcade formait comme une auréole au-dessus de la tête du prêtre. Marcas fronça les sourcils.

— Vous avez une allure de saint, da Silva. C'est quoi, derrière vous ?

L'envoyé du Vatican se tourna.

— Un vitrail typique style sulpicien, fin du XIXe siècle.

Antoine regarda à nouveau son stylo puis se leva brusquement et s'approcha du vitrail. Il passa la main sur la petite fermeture carrée des deux battants puis sur les carreaux vitrés et arrêta son index sur l'un des personnages, qui semblait déformé. Le bout de vitre qui correspondait au visage était ébréché. De minuscules éclats traînaient sur le muret. Antoine s'exclama :

— Pauvre sainte, si c'est pas malheureux. On l'a défigurée.

Sans attendre de réponse, il prit le lourd crucifix en argent accroché au mur. Ses trois interlocuteurs le regardèrent, médusés. Marcas brandit la croix devant lui et articula, avec emphase :

— Toute la puissance de l'Église entre mes mains, avec ça on peut abattre des montagnes… Notre bon père Roudil aurait dû l'emporter avec lui quand il est entré dans le souterrain. Imaginons maintenant que les visiteurs du soir et le curé aient emprunté le même chemin, mais à des horaires différents. Ça se tient ?

— Euh, oui, répondit prudemment le frère obèse.

Antoine s'approcha de da Silva.

— Mon père, voudriez-vous quitter votre auréole ?

— Je vous demande pardon ?

— Déplacez-vous sur votre droite.

Da Silva se mit sur le côté. D'un geste brusque, Antoine abattit le crucifix massif sur la jonction des deux vitraux. Le verre vola en éclats. Les deux battants s'ouvrirent avec fracas. Satisfait, Marcas reposa le crucifix à terre et dit :

— Un franc-maçon qui vandalise une église, voilà qui ferait plaisir à certains de mes frères.

Il enjamba le muret et arriva dans un long couloir, sombre et étroit, qui longeait un haut mur en pierre puis obliquait sur la droite. Il repéra, par terre, une clé coudée à tête carrée, utilisée pour ouvrir les portes vitrées dans les immeubles parisiens, et la brandit devant les autres.

— Nos tueurs sont entrés et ressortis par ici, ils ont refermé derrière eux et ont jeté la clé. Nous brûlons.

Le frère obèse passa le premier le muret en ahanant, suivi du prêtre portugais et de l'Italien. Un œil-de-bœuf en hauteur laissait filtrer une lumière pâle, juste suffisante pour distinguer le bout du couloir. Marcas s'engouffra dans le passage, accompagné par le trio. Le directeur du *Rucher* le héla :

— Tu crois vraiment qu'ils sont passés par là ?

— On va bien voir, répondit Antoine sur un ton impatient.

Ils arrivèrent dans une pièce plus grande où étaient entreposés par terre, pêle-mêle, des gros cartons et des vieux meubles poussiéreux. Un grand poster défraîchi de Jean-Paul II, jeune et plein d'allant, les bras écartés, le regard pétillant, était punaisé sur l'un des murs. Antoine s'approcha d'un des cartons d'où émergeait une pile de tissus blancs et fouilla à l'intérieur.

— On crame…

Il extirpa trois combinaisons d'ouvriers, blanches et froissées.

— Ils s'en sont débarrassés. La sortie ne doit plus être très loin.

Il inspecta le débarras. Juste à côté du pape polonais, une autre porte était entrouverte. Le frère obèse s'y précipita avant Marcas et la poussa d'un geste brusque.

— Non !

Sa grosse silhouette bascula en avant et disparut dans les profondeurs. Le superviseur se rua derrière lui tandis que da Silva appuyait sur le bouton d'un interrupteur situé à côté de la porte. Antoine bondit à son tour.

Une volée de marches en pierre apparut à leurs yeux. Un gémissement montait. Ils descendirent les degrés à toute allure et virent le frère obèse qui gisait, à moitié recroquevillé. Son cou collait ses épaules, sa jambe formait un angle droit avec son ventre. Son visage était tordu de souffrance.

— Je… je me suis brisé quelque chose. Putain ! J'ai… mal.

Marcas se précipita à ses côtés.

— Je vais t'aider.

— Non ! jeta da Silva. La colonne est peut-être touchée, il ne faut surtout pas le bouger. Laissez-moi faire.

Antoine se releva et laissa passer le prêtre. Celui-ci

effectua une série de gestes précis et méthodiques. Il appliqua une main sous le dos, palpa le cou et appuya sur la jambe, à la hauteur du genou. Le gros homme hurla. Da Silva secoua la tête :

— Vous avez une fracture au niveau du fémur, il faut une ambulance.

Le blessé cria :

— Pas question ! Personne ne doit pénétrer dans la basilique pendant la récupération du trésor. Appelez mon chauffeur avec mon portable, il saura quoi faire. Antoine, continue, il doit bien y avoir une sortie par là.

Le commissaire hésita quelques secondes puis hocha la tête. Un nouveau passage étroit s'offrait à ses yeux, mais cette fois éclairé par une succession de vieilles ampoules.

— Je n'arrive pas à me repérer par rapport à la basilique, jeta-t-il en se massant le menton.

Le superviseur tourna la tête vers lui.

— Nous sommes plein nord, en direction du carmel, le bâtiment d'habitation des sœurs, sous les communs probablement.

Antoine s'engouffra dans le passage qui suintait l'humidité. Les murs étaient rongés par des moisissures, les gaines électriques dataient des années cinquante et des odeurs d'égout remontaient par un petit soupirail encastré dans le sol. Marcas continua sa progression jusqu'à un autre coude qui donnait sur une porte close.

Il la poussa. Elle s'ouvrit avec un grincement sinistre.

Un léger vent tiède balaya son visage. Il se trouvait dans un grand établi baigné dans un clair-obscur. La pièce était encombrée d'outils et de produits de jardinage. Des pots remplis de terre se succédaient en rang d'oignons sur une table en vieux bois, et tout au bout se dressait une porte en métal vert, munie d'une grille d'aération. Il s'approcha et fit jouer la poignée. La porte s'ouvrit. Antoine se masqua le visage, aveuglé par la clarté du jour.

Sous ses yeux, s'offrait une pelouse en pente, mal entretenue, terminée par une haie d'arbres qui n'arrivaient pas à masquer une rangée d'immeubles aux toits gris. Il tapota sur son smartphone pour identifier sa position. Le navigateur indiqua l'angle de la rue Lamarck et de l'escalier du Chevalier-de-la-Barre. Le superviseur ne s'était pas trompé, il était bien à l'est de la basilique. Son regard s'arrêta sur le sol. Des traces de pas étaient visibles sur la terre et s'éloignaient en direction des arbres. Il s'avança au milieu de la pelouse et aperçut une grille opaque, fermée par une porte métallique vert olive. Il se hissa sur la pointe des pieds, une volée de marches apparut.

Satisfait, il s'engouffra dans l'appentis et cria en direction du trio :

— On va pouvoir l'évacuer par ici, ça donne sur la rue.

Un lointain gémissement lui répondit puis da Silva apparut, un portable à la main.

— Je vais contacter le chauffeur de ton ami avec son téléphone.

— C'est pas un ami. Plutôt un frère, un peu spécial d'ailleurs.

— Je ne comprendrai jamais vos relations chez les maçons. Je n'ai pas voulu l'inquiéter, mais il s'est peut-être déplacé une vertèbre.

Marcas hocha la tête.

— Ils verront ça à l'hosto. Dis au chauffeur de venir

à l'intersection de la rue du Chevalier-de-la-Barre et de la rue Lamarck. Je vais les attendre là-bas.

Il traversa à nouveau la pelouse. Les traces de pas continuaient derrière les arbres pour s'arrêter au niveau de la grille qui séparait le jardin de la rue Lamarck. Il l'enjamba et y atterrit sous le nez d'une vieille dame qui promenait son chien.

Il inspecta la rue dans les deux sens, les types avaient pu s'enfuir dans n'importe quelle direction.

Son cerveau bouillonnait. À 3 heures du matin, il n'y avait pas un chat dans ce coin, ce n'était pas l'endroit de Montmartre le plus fréquenté par les touristes. Il jeta un œil aux immeubles. Pas de bars pour noctambules, comme de l'autre côté de la butte, juste un restaurant et une école au croisement de rues. Il arpenta le trottoir, en longeant le jardin. Antoine leva les yeux vers les toits. Il restait une maigre chance, la préfecture de police avait peut-être installé des caméras de surveillance dans le secteur.

Il reprit son portable et composa le numéro spécial de la préfecture.

— Commissaire Marcas, identifiant 67AM, OCBC. Je voudrais savoir si vous avez une caméra positionnée rue Lamarck, autour du numéro 14, au niveau de la partie est de la basilique. Oui. J'attends.

Antoine s'était assis sur une marche d'escalier ; il avait une vue plongeante sur l'école où une ribambelle de gamins hurlaient en tous sens. Il boucha son oreille libre. La voix reprit :

— Négatif. La seule se situe en contrebas, vers la rue Caulaincourt, ou alors sur les parties sud et ouest de la basilique. Vous savez, il y a des travaux en ce moment dans cette zone et…

— Je sais, coupa Marcas, irrité.
— Désolé, commissaire.

Il raccrocha. La piste s'arrêtait là. C'était rageant. Il était certain que l'analyse des combinaisons d'ouvriers ne donnerait rien. Si les types avaient employé du matériel high-tech pour brouiller les ordinateurs, ils n'auraient pas commis d'erreurs de débutants.

Une sirène d'ambulance jaillit du bout de la rue. Antoine aperçut une mini-camionnette blanche, précédée de la voiture de fonction du frère obèse. Antoine se leva et leur fit des grands signes de la main. La Peugeot pila, le chauffeur sortit en trombe et dit :

— Où est-il ?

— À l'intérieur du bâtiment, derrière les grilles. Passez par la porte, à mi-hauteur de l'escalier.

Le chauffeur fit un signe aux infirmiers qui sortaient de l'ambulance avec un brancard.

— Par ici !

Une autre voiture banalisée arriva en trombe et s'arrêta net. Trois hommes en civil en émergèrent et se plantèrent de chaque côté de la rue. Marcas remarqua la bosse caractéristique qui saillait sous leurs vestes.

— Le grand jeu. Je n'aurai jamais droit à tout ce cirque…

Cinq minutes plus tard, les infirmiers passèrent devant lui, transportant le frère obèse sur le brancard. Il était livide, son front luisait de sueur. Marcas s'avança vers lui au moment où il allait être hissé dans l'ambulance. Le gros homme rugit :

— Faites attention, je ne suis pas un tas de viande.

Marcas sourit.

— Vois le bon côté des choses, mon frère, à l'hôpital ce sera régime sec. Un signe de Dieu pour ta ligne. Ils ont confirmé le diagnostic de da Silva ?

— Pour la jambe à quatre-vingt-dix-neuf pour cent, pour le dos, ils ne savent pas. Je vais avoir droit à la totale au Val-de-Grâce. Radio, scanner, opération chirurgicale. C'est plus de mon âge, ces conneries.

— Râle pas, le Val-de-Grâce, c'est l'hosto des privilégiés de la Ve République. Ils vont te dorloter…

— Ben voyons. Tu as trouvé quelque chose ? glapit le directeur du *Rucher*.

— Négatif. La préfecture n'a pas de caméras en activité dans ce coin.

— Et merde, on est revenus au point zéro. Tiens-moi au courant et appelle mon chauffeur si tu as besoin de quoi que ce soit, fit le gros homme en grimaçant de douleur.

— Je viendrai te voir à l'hosto. Promis.

L'ambulance démarra, sirène hurlante, suivie des deux voitures. Antoine regarda le convoi s'éloigner, une boule dans l'estomac. Il espérait sincèrement que le frère obèse s'en sortirait, sans séquelles, outre sa jambe cassée. Le directeur du *Rucher* lui avait sauvé la vie[1] et, en dépit de leurs altercations répétées, Antoine nourrissait pour lui une affection plus que fraternelle.

Il grimpa quelques marches et s'assit pour reprendre des forces. Un corbeau s'envola au-dessus de lui et grimpa vers l'ouest en direction du dôme de la basilique. Antoine se passa la langue sur ses lèvres sèches, il avait soif. Un bon verre de rosé frais ne lui ferait pas de mal. En compagnie de Gabrielle. Au point où il en était, l'alcool l'aiderait à oublier l'échec annoncé

1. Voir *Lux Tenebrae*, Fleuve Noir, 2010 ; Pocket, 2011.

de sa mission et le rapport qu'il devait pondre dans la soirée.

Des cris joyeux d'enfants s'échappaient en cascade du bâtiment en face de lui, de l'autre côté de la rue Lamarck. Il leva la tête et aperçut des groupes de gamins en train de courir dans une cour remplie de portiques de jeux. Au niveau du mur mitoyen, une porte s'ouvrit, laissant apparaître un homme avec une kippa sur la tête. Il avait une soixantaine d'années, les cheveux gris clairsemés, le visage fin et ridé, sa longue silhouette flottait dans une chemise blanche trop large pour lui. Au fur et à mesure qu'il s'approchait, Antoine distingua une sorte de matraque qui pendait de sa ceinture. L'homme se mit à son niveau et le regarda d'un air méfiant.

— J'ai entendu une ambulance. Que se passe-t-il ?

Antoine brandit sa carte de police sous le nez du type.

— On a évacué un blessé. Rien de grave.

L'homme se détendit légèrement.

— Ah. Si ce n'est que ça. Désolé, mais on n'est jamais trop prudent. Je fais mon métier.

— Vous travaillez à l'école en face ?

— Oui, je suis le gardien. Bonne journée.

L'homme fit demi-tour et trottina vers l'entrée de l'école. Perplexe, Antoine regarda sa kippa. Dans son souvenir, le port des symboles d'appartenance religieuse, cathos, musulmans ou juifs, était interdit dans les écoles. Il haussa les épaules, peut-être que la loi avait changé ou alors c'était une école privée, confessionnelle. Il allait prendre son portable pour prévenir Gabrielle de son retour quand soudain une idée lui traversa l'esprit. Il se leva, traversa la rue en courant et héla le gardien :

— Attendez. Une minute.

Le type était sur le point d'entrer dans l'école.

— Juste une question. C'est une école juive ?

— Vous êtes perspicace, jeta l'homme avec une pointe d'ironie. Oui, il y a une crèche aussi, qui dépend du centre israélite de Paris.

— Vous prenez des mesures de protection particulières, comme pour les synagogues ? Genre caméra de surveillance.

— Et comment. Depuis que ce *ben zonah* d'islamiste intégriste a tué nos enfants à Toulouse, toutes les écoles en sont pourvues.

Le visage de Marcas se fit grave. La tragédie du tueur à scooter l'avait bouleversé, comme toute la France. Il avait participé avec toute sa loge à la marche silencieuse interreligieuse de la Bastille, en mars dernier.

— *Ben zonah ?* interrogea Antoine.

— Fils de pute. J'aurais pu aussi dire *Imahchemo*, qui est la pire insulte. Ça veut dire : *Que son nom soit effacé à jamais*.

— Je cherche des *ben zonah* d'un autre genre et vous pouvez jouer le rôle du Messie pour moi !

18

Jérusalem
Maison de l'ordre du Temple
Soir de Toussaint 1232

Dans l'église retentissaient les chants des frères qui célébraient le culte des saints. Les voix puissantes faisaient vibrer les vitraux et résonnaient entre les quatre murs crénelés de torches de la cour. Un cheval avançait à pas lents, faisant tinter le fer de ses sabots sur les pavés. À ses côtés, les rênes enroulées autour du poignet, un homme, couvert de poussière, marchait tête baissée. Un chevalier qui sortait de l'écurie s'avança. Par réflexe, il posa sa main sur le pommeau de son épée avant d'interpeller l'inconnu.

— Sans doute cherches-tu quelqu'un, étranger ?

La voix, haut perchée, jaillit comme une dague hors du fourreau.

— On m'a déjà contrôlé.

Sans cesser d'avancer, le chevalier glissa un œil vers la porte. Les deux gardes, dans leur tunique immaculée, se tenaient droits, lance au poing, comme à la parade. Ni la réponse, ni ce qu'il venait de voir, ne le rassura.

La Terre sainte était le lieu de toutes les ruses, de toutes les traîtrises. Qui pouvait affirmer que les gardes n'étaient pas des adversaires infiltrés, et ce miséreux, un fanatique prêt à commettre un assassinat ? D'autant plus que, depuis peu, l'ordre du Temple hésitait sur l'identité de ses véritables ennemis. Était-ce encore les musulmans avec lesquels la paix avait été signée ? Ou bien le chef des croisés, l'empereur Frédéric, que le pape avait excommunié ? Ou bien le Légat de ce dernier, ce renard pire que tout ?

Prêt à dégainer au moindre doute, le chevalier se rapprocha. Un détail le saisit : la manche de l'inconnu était souillée de sang. Lentement il fit glisser son épée.

— Rengaine ton arme, siffla la voix.

Sans relever la tête, l'inconnu ouvrit la paume de sa main. Le sceau du Temple apparut.

Gravé dans la chair.

Armand de Périgord ferma la fenêtre et revint s'asseoir près de la cheminée. Un feu commençait de flamber. La Toussaint, cette année, était déjà froide.

— C'était quoi ? interrogea l'Archiviste en levant ses yeux qui roulaient comme deux billes en pleine course.

— Rien, un de nos frères qui contrôlait un mendiant. Ils sont de plus en plus nombreux à quémander la charité.

L'Archiviste haussa les épaules. La réalité ne l'intéressait pas. Depuis son entrée chez les bénédictins, il n'était sorti qu'une fois de son monastère. Pour traverser la Méditerranée. Et il en gardait un souvenir si horrifié que, depuis son arrivée en Terre sainte, il refusait obstinément d'abandonner ses recherches et de sortir de la bibliothèque du Temple.

— C'est un vrai problème, continua Périgord en faisant rouler la molette de ses éperons. En tant que templier, je me dois d'assurer la sécurité des pèlerins, en tant que chrétien je me dois d'aider mes frères tombés dans la misère…

Les yeux follets de l'Archiviste marquèrent un temps d'arrêt. Les questions de théologie le passionnaient et son cerveau renfermait un vrai cimetière de citations, prêtes à ressusciter à chaque occasion.

— À propos de la pauvreté, le grand saint Augustin a dit…

Mais Armand de Périgord n'écoutait plus. Il avait été élu Grand Maître du Temple pour redorer l'image de l'Ordre, assombrie par les revers militaires des croisés. Homme de foi, il enrageait de ne pas pouvoir soulager la détresse de ses semblables, mais la règle ne se discutait pas : tout l'or amassé en Orient devait être systématiquement transféré en Occident. Là, des banquiers, qui travaillaient pour le Temple, achetaient des terres, investissaient dans le commerce, prêtaient à usure… Armand de Périgord secoua la tête. L'or corrompait tout. Heureusement, la sainte mission du Temple, elle, échappait au Mal.

L'inconnu avait refermé son poing. Sans ajouter un mot, il avait tendu les rênes de sa monture au chevalier confus. Il se dirigeait vers le fond de la cour où se tenaient les celliers. Plusieurs centaines de frères séjournaient à tour de rôle dans ces bâtiments à l'aspect sévère, élevés sur les fondations du Temple de Salomon. Jérusalem, ville ouverte, n'était pas sûre. À tout moment une émeute pouvait éclater ou une razzia des infidèles se produire, la forteresse du Temple était un des lieux les mieux protégés en cas de violence. Si la cité succombait à une attaque en règle ou à une révolte populaire, les frères pouvaient résister des mois à un siège. Voilà pourquoi des celliers, vastes et profonds, s'étendaient sous toute la citadelle. Arrivé en haut des marches, l'inconnu leva les yeux et s'arrêta. Devant lui, s'étendait une forêt de colonnes, chacune éclairée par une rangée circulaire de torches. L'impression était saisissante : on avait l'impression d'entrer dans un bois enchanté. Trois nefs se partageaient l'espace, chacune dévolue à un usage particulier. À gauche se dressaient les réserves de nourriture : jarres lourdes d'huile, tonneaux de saumure, caisses scellées de poisson fumé ou bocaux pansus de viande séchée. À droite débutait l'armurerie. Sur de longues tables en planches de cèdre, voisinaient gantelets, éperons, hauberts et cottes de mailles tandis que, sur des râteliers de bois noir s'alignaient, à perte de vue, épées de taille, dagues effilées, lances et masses d'armes. Dans la nef principale, un damier de pierres blanches et noires marquait l'emplacement de la citerne souterraine. Au centre se dressait une entrée protégée par une porte cloutée. L'inconnu contourna le damier et fit jouer la serrure. Un escalier à vis apparut, qui se perdait dans les profondeurs. Un pas se fit entendre et un templier, une épée nue à la main, surgit sur le palier. Un sourire se glissa dans sa barbe avant de saluer son frère :

— Bienvenue, Devin.

Le Grand Maître se tourna vers l'Archiviste. La table était jonchée de règles de bois, de plumes, de parchemins constellés de calculs. Un compas, taché d'encre, reposait contre un chandelier.

— Quand auras-tu fini ?

Les yeux de l'Archiviste s'arrêtèrent dans leur élan. D'un doigt noirci, il montra une petite pile de vélins posée à l'angle de la table. Certains étaient jaunis, craquelés par le temps.

— Il me faut encore transcrire ces comptes rendus. Ensuite je les ferai relier dans le *livre vermeil.*

Périgord se pencha sur le premier folio. Une écriture fourmillante courait sur toute la page.

— Le rapport de fouilles de 1194, commenta sobrement l'Archiviste, rédigé par un frère dont visiblement le latin n'était pas la langue de prédilection.

— Il apporte des précisions intéressantes ?

— Apparemment, ils avaient découvert un boyau qui passait sous le Pourrissoir.

— Et le plan ?

Les yeux du moine se mirent à rouler. Il soupira.

— Les plans… Vous savez bien qu'il y en a plusieurs…

Un bruit de pas résonna dans la cour. La messe des vêpres était terminée. Périgord saisit sa cape.

— Tu dois avancer plus vite. Dieu seul sait combien de temps nous resterons à Jérusalem. Nos ennemis sont légion.

Les pupilles un instant immobiles, l'Archiviste hocha la tête. Dans la citadelle du Temple, tous savaient que le Légat avait annoncé sa prochaine visite. Parmi les adversaires de l'Ordre, c'était le plus redouté, car il avançait masqué de la charité chrétienne. Le loup derrière le Renard.

— Seigneur, je ferai tout mon possible. *Non nobis domine, sed nomini tuo da gloriam.*

L'Archiviste avait conservé son accent occitan prononcé. C'est d'ailleurs dans une abbaye du Rouergue que s'était révélée sa passion imprévue et dévorante. Dès qu'il avait un moment, il traçait, dessinait ou relevait minutieusement des cotes. En quelques semaines, il avait établi les plans de tout le monastère, des dortoirs au cloître, du jardin des simples au cimetière. Quand il eut terminé, il se mit en tête de faire le relevé exhaustif des dalles de l'église, découvrant au passage l'entrée oubliée d'une crypte, à deux pas du maître-autel. En maîtres avisés, les bénédictins décidèrent de considérer ce talent imprévu comme un don de Dieu à la communauté, et le jeune novice fut confié aux mains expertes des moines du scriptorium. On lui proposa d'établir le relevé de tous les lieux sacrés de la Bible, du Paradis au Jardin des Oliviers, de Jéricho au Golgotha, et d'en tirer, chaque fois, un plan le plus précis possible. Ses premiers dessins furent unanimement appréciés et, fort de son succès, il se lança alors dans son grand œuvre : le plan de la Ville sainte de Jérusalem.

Son abbé avait pris l'habitude de montrer certains de ses dessins à ses hôtes de marque. Un soir, un groupe de frères templiers qui traversaient le Larzac pour aller s'embarquer à Aigues-Mortes s'arrêta au monastère. Leur chef, après avoir soigneusement examiné les dessins, demanda à voir le moine. Quand il entra dans le scriptorium, le novice était penché sur son plan. Le commandeur s'intéressa à son travail, puis posa la main sur son épaule en prononçant une phrase magique :

— Et si tu venais voir sur place ?

Depuis, l'Archiviste tentait de dresser les plans du Temple souterrain de Salomon.

Sans mot dire, le Devin suivit le gardien. L'escalier en spirale semblait sans fin. Au premier seuil se trouvait l'entrée des celliers, qui datait de l'époque romaine, mais les marches continuaient de s'enfoncer. Le Devin avait toujours aimé les escaliers. Plus il descendait, plus il avait l'impression de se rapprocher du centre, de *son* centre. Pourtant, une angoisse inédite le gagnait à chaque marche. Ses jambes lui semblaient bancales et la respiration parfois lui manquait. Il pria pour se redonner courage, d'une voix sèche et rugueuse comme un vent du désert.

Arrivé au dernier niveau, celui de la citerne, le gardien se plaça devant une porte étroite et, l'épée au poing, posa les trois questions rituelles.

— Qui t'a amené ici ?

— *La lignée sans nom.*

— Quel âge as-tu ?

— *L'âge des ténèbres.*

— Que cherches-tu ?

— *Le cercle parfait.*

Le gardien fit pivoter la porte. Le Devin se baissa et passa le seuil. La salle était plongée dans la nuit. Seules trois lumières brûlaient, formant les pointes d'un triangle. À droite, un homme se tenait debout, un sceptre d'argent à la main. Le Devin posa la main sur son nombril et salua.

— Que demandes-tu ?

— La *Justice*.

— Avance d'un pas.

À gauche, un autre homme se tenait assis. Sur ses genoux brillait la reliure vermeille d'un livre. La main du Devin glissa sur le cœur.

— Que réclames-tu ?

— *La Foi.*

— Avance sans peur.

Face à lui se dressait l'autel, à peine éclairé par la lumière vacillante d'un bec d'huile.

— Le Trône est vacant, résonna une voix.

— La Force est sans feu, répliqua une autre.

Le Devin allait faire la réponse rituelle quand un bruit lourd de bottes résonna sous la voûte. Un éperon heurta une dalle et une gerbe d'étincelles troua l'obscurité.

— Frère, où est le rabbin d'Al Kilhal ?

Le Devin répondit dans un souffle :

— Dans les mains du Légat, Grand Maître.

II

19

West Cumbria
Dalton Nuclear Institute
De nos jours

Le bourdonnement sourd n'avait pas cessé depuis une demi-heure et donnait la migraine à Fainsworth. Il se leva de son siège, s'approcha de la vitre de protection de la salle qui abritait les générateurs d'irradiation et aperçut le reflet du docteur Mantinéa affairé devant son écran de contrôle. Le scientifique ne s'était pas fait prier pour accepter de mettre son laboratoire à sa disposition, en toute discrétion, moyennant un virement de cinq cent mille livres.

Fainsworth n'était pas un inconnu, sa société d'investissement en haute technologie était le partenaire privé numéro un de Dalton, en finançant la construction de trois laboratoires du complexe. Le centre avait été créé pour étudier les effets des radiations de toutes sortes sur les matériaux composites, chimiques et organiques, ainsi que pour la mise au point d'alliages de protection performants. L'enjeu industriel n'avait pas échappé à Fainsworth, c'est dans ce complexe que se concevaient les centrales nucléaires du futur. Cent cinquante ingénieurs et techniciens travaillaient à plein temps sur des programmes confidentiels.

À l'heure de la remise en cause mondiale de l'énergie de l'atome et du vieillissement des centrales en activité, le gouvernement et les entreprises qui développeraient des brevets de matériaux ultrarésistants seraient assurés de rentes mirifiques. C'était déjà le cas, quatre ans après la mise en service de Dalton, les chercheurs avaient mis au point un alliage titane-zirconium capable de protéger les gaines électriques des réacteurs des flux intempestifs de neutrons. Les grands constructeurs mondiaux ne s'étaient pas fait prier pour utiliser le brevet sous licence et la société de Fainsworth avait engrangé la bagatelle annuelle de quatre-vingt-dix millions de livres. Mieux, sa filiale de développement en biomatériaux avait trouvé une utilisation lucrative dans la fabrication de prothèses et d'implants de hanche, cinq fois plus résistants que les modèles sur le marché.

Fainsworth croisa les bras face à la vitre.

L'impatience le gagnait ; la suite du projet dépendait de ce qu'ils allaient découvrir dans les os d'un être mort depuis des centaines d'années. Sa vie, le destin d'une partie de l'humanité étaient liés à un squelette. Quelle ironie, le troisième millénaire, règne de la machine et d'Internet, apothéose de la raison, à la merci d'un vieux cadavre rongé par les siècles.

— Combien de temps encore ? s'enquit-il sur un ton qui se voulait neutre.

— Je vous l'ai dit. Je ne sais pas, fit Mantinéa d'une voix lasse. Dix secondes ou dix heures, à ce stade, la précision temporelle devient superflue. Ça ne sert à rien de rester ici, allez vous détendre dans la salle de repos. Je vous appellerai.

Fainsworth sortit et se dirigea vers le bout du couloir. Ses talons et sa canne claquaient sur le sol, le bruit sec se répercutait en écho sur les murs. Il poussa la porte de la salle. La femme buvait un café dans un gobelet en carton, l'homme plus jeune regardait la télévision accrochée au mur, captivé par un défilé de lingerie sur Fashion TV. Fainsworth s'assit devant la femme.

— Je ne t'ai pas demandé si la récupération du... colis s'est déroulée sans heurt. La mini-bombe électromagnétique a-t-elle fonctionné ?

— Oui, à la perfection. Et le plan d'accès fourni par le diacre de la basilique était parfait. Le pauvre n'a pas eu le temps de profiter de son argent. Il a été victime d'un accident de la route. En revanche, il y a eu un léger contretemps.

— De quel ordre ?

— Un prêtre nous a surpris pendant que nous étions dans la salle souterraine. Il est mort. Un accident, aussi.

Fainsworth consulta sa montre, ce genre de détail ne l'intéressait pas, le temps s'écoulait trop lentement à son goût.

— C'est bien triste, en effet. Et le pilote de l'avion ?

— Il a rejoint le prêtre. Là-haut. C'est drôle, la compagnie aérienne s'appelle Angelsfly... Rassure-toi, il n'y a aucun moyen de nous retrouver. Nous avons effacé toutes nos traces.

Elle reposa son gobelet en grimaçant.

— Dégueulasse, ce café. Vraiment.

Il l'embrassa tendrement et se leva. Il ne supportait pas d'attendre dans cette salle glauque et retourna dans le laboratoire. Le docteur Mantinéa restait concentré devant son écran. L'aristocrate s'avança :

— Vous en êtes où ?

— Le plasma est à température nominale. J'actionne progressivement le canon à protons. Ces particules vont traverser les os de part en part puis percuteront une plaque de conduction polarisée.

Il vit l'expression neutre de l'aristocrate, s'arrêta quelques secondes pour chercher ses mots, et reprit :

— Disons que ces protons vont couler dans une sorte d'entonnoir pour être ensuite comptés par un détecteur de particules. S'il en manque à l'arrivée, après avoir traversé le squelette, cela indiquera que celui-ci a été auparavant exposé à une source d'énergie. C'est ce qui vous intéresse ?

— Pas seulement, mais en gros, oui.

— Ce que je ne comprends pas, c'est le type d'énergie que vous recherchez. J'ai effectué une mesure de radioactivité et il n'y a absolument rien. Et, d'après ce que j'ai vu, vos os doivent remonter à une époque ignorante des bienfaits du nucléaire comme de ceux de la vapeur.

— Contentez-vous d'effectuer votre tâche, répondit froidement Fainsworth.

Il n'avait aucune envie de s'appesantir sur le sujet et se rapprocha à nouveau de la paroi vitrée. Son visage était teinté par les rayons verts qui émanaient des générateurs. N'eût été l'enjeu, il aurait pu se croire dans un décor de film de science-fiction naïf des années cinquante. Mais l'équipement qu'il avait sous les yeux valait des dizaines de millions de livres et personne dans le complexe nucléaire de Dalton ne faisait de la figuration.

Il se tourna à nouveau vers l'ingénieur.

— L'exposition prolongée va-t-elle abîmer les os ? Vous savez que j'en ai besoin.

L'ingénieur secoua la tête et ajusta ses fines lunettes.

— Non. Comme je vous l'ai dit, le squelette est soumis à une irradiation ciblée, un bombardement de protons qui ne fait que traverser la matière, en l'occurrence de l'os, un assemblage d'atomes de carbone. Les tissus ne sont plus vivants, ils ne risquent rien. Ah, je pense que l'on va avoir un premier résultat. Excusez-moi.

L'homme en blouse blanche fit pivoter son siège et se plaça face à un écran LCD aussi large qu'une fenêtre. Des séries de chiffres défilaient sur le tiers inférieur de l'écran, comme les cours de Bourse sur une chaîne d'informations économiques. Sur la partie droite, on pouvait distinguer, dans une image incrustée, le squelette nimbé d'une lueur vert émeraude. À gauche, des barres verticales bleues et rouges montaient et descendaient sur toute la hauteur de l'écran, avec en insert d'autres chiffres. L'homme pianota sur le clavier et fronça les sourcils. Les barres rouges dépassaient les bleues.

— C'est incroyable.

— C'est-à-dire ?

— Vous voyez les histogrammes de couleur ?

— Oui, fit Fainsworth, j'ai ce type d'indicateurs sur mon ordinateur, pour suivre les évolutions des cours du portefeuille d'actions de ma société.

— J'espère pour vous qu'ils se comportent de la même façon. Ces indicateurs mesurent l'état instantané du bombardement de protons sur les os que vos hommes m'ont apportés. Normalement, sur n'importe quel objet ou tissu non radioactif, le bleu et le rouge sont à l'équilibre.

— Et alors ?

— Regardez sur l'écran, les compteurs s'affolent. Il se passe quelque chose avec vos ossements. Il faut que je revérifie les données.

Fainsworth ferma les yeux et savoura l'instant. Il n'était pas étonné. Ses efforts n'avaient pas été vains, c'était bien le squelette du maître qui reposait si près de lui.

Tout était vrai, l'enseignement du *Temple Noir*, la prophétie et les rites. Ce qui avait été un homme, le saint, le maître premier, avait bien été exposé à la source de la puissance.

En cet instant précis, il aurait voulu hurler sa joie. La science, bras armé de la raison, corroborait la tradition ésotérique de l'Ordre. Ce qui n'était qu'une chimère aux yeux de certains frères était devenu une réalité. Tangible, palpable, mesurable et rationnelle.

Un vertige le saisit. Lui, le président de société respecté par ses pairs de la City, le patron de l'agence de notation dont le nom seul inspirait la crainte dans les cénacles financiers et politiques, il se sentait petit et misérable en présence de la dépouille qui gisait là. C'était presque comme si le squelette reprenait chair et sang au cœur du sarcophage de béton et d'acier du centre nucléaire. Du plus profond de la nuit des temps, le défunt revenait d'entre les morts pour lui délivrer son message. À lui, Lord Fainsworth, et pas à un autre.

L'aristocrate l'avait toujours su, dès son initiation dans le *Temple Noir* et même avant. La sensation de vertige se transforma en ivresse. Et l'humilité en exaltation. Il n'avait plus l'ombre d'un doute sur sa raison d'être, sa venue sur terre, tout faisait sens, il était prédestiné à jouer un rôle dans le destin de l'humanité. Le vénérable de la loge n'était qu'un pleutre, indigne de sa fonction et traître à ses ancêtres. La voix de l'ingénieur le sortit de sa réflexion.

— *My lord*, avez-vous entendu ce que je viens de dire ?

— Non.

— Le flux de protons s'est amplifié à la sortie des os. Les capteurs sont à la limite de la surcharge.

— Je ne comprends pas, dit l'aristocrate.

— C'est le contraire qui est en train de se passer. Le compteur indique un afflux massif de paquets de protons sortis du néant. Ça ne se peut pas, ce ne sont que des tissus calcifiés, de vulgaires os. Je les ai radiographiés juste avant de les mettre dans la cuve d'irradiation.

Mantinéa était en nage. Il bondit de son siège et s'avança devant une armoire métallique d'où jaillissaient d'imposantes gaines électriques qui couraient vers le bas de la paroi vitrée et s'échappaient dans la salle des machines. L'ingénieur ouvrit les deux battants, révélant un alignement de cadrans de contrôle, et appuya avec fébrilité sur des interrupteurs. Soudain, une borne rouge clignota en haut de la porte. L'ingénieur cria :

— Merde ! Nous avons trois minutes avant que la sirène d'alarme ne se déclenche et rameute toute la zone. Il faut tout stopper. Les protons ont activé quelque chose dans les os.

L'aristocrate s'était rapproché du pupitre de contrôle. Les barres rouges montaient lentement vers le haut de l'écran tandis que le signal *Level disrupted* ne cessait de clignoter. Mantinéa paniquait à vue d'œil. Dans un coin de l'écran, le crâne apparaissait en gros plan, maculé d'une aura verte malsaine. Ses deux orbites irradiaient une lumière éclatante, comme si un démon avait pris possession de la boîte osseuse et lui insufflait une étincelle de vie. Mantinéa hurla :

— C'est une réaction en chaîne. On a une émission massive de neutrons !

— C'est radioactif ? demanda Fainsworth d'une voix blanche.

— En partie seulement, le reste, je ne peux qu'en voir les effets.

Fainsworth était comme hypnotisé par le squelette qui irradiait sa propre luminescence. Une onde de puissance à l'état pur.

L'ingénieur abaissa un gros levier noir et clama :

— Le squelette réagit comme une barre d'uranium irradiée dans une centrale nucléaire.

L'aristocrate ne répondit pas.

— Vous m'entendez ? Votre saloperie va faire exploser le centre !

20

Jérusalem
Novembre 1232

Elle gisait sur l'herbe, à demi nue dans le crépuscule naissant. Une plaie fine striait ses côtes. De ses lèvres pâles coulait un filet de sang. Elle n'avait plus la force de se lever ou même de pleurer, seuls ses doigts agrippaient encore la terre sèche. L'homme se retira d'elle en poussant un grognement. Il était le quatrième et trois autres attendaient leur tour, impatients de jouir avant qu'elle ne succombe à ses blessures.

Son ventre n'en finissait plus de se déchirer sous leurs assauts et le peu de conscience qui subsistait en elle implorait un ciel absent.

À l'écart, assis sous un olivier, Roncelin observait le viol collectif avec dégoût, mais ne bougeait pas. Le cinquième soudard poussa son prédécesseur sur le côté et s'installa entre les cuisses de la fille. C'est lui qui avait poignardé la bergère entre la deuxième et la troisième côte ; il savait par expérience qu'elle mourrait avant la tombée du jour.

— Elle est à peine tiède, grommela-t-il alors qu'il s'enfonçait dans sa chair.

Le corps frêle fut secoué d'un spasme grotesque et Roncelin vit la tête de la fille se tourner dans sa direction. Ses paupières rougies tressautaient, laissant luire deux pupilles dorées par les derniers rayons de lumière. Elle le scrutait, lui et aucun autre de la bande. Il le savait.

Sa bouche blanchie s'entrouvrit. Il était à plusieurs toises et pourtant il entendit sa plainte.

— Tue-moi.

L'or de ses yeux coulait dans les siens. Il restait paralysé, incapable de se lever pour obéir. La voix retentit à nouveau.

— Tue-moi. Pour l'amour de Dieu.

Il secoua la tête, mais une sensation oubliée venait de se réveiller. La compassion pour la souffrance. La voix se transformait en un torrent en crue :

— Tue-moi, Roncelin… Tue-moi, Roncelin… Tue-moi, Roncelin.

Autour de ses deux iris scintillants, le visage de la fille se décomposait. Le Provençal ne bougeait toujours pas. De toute façon, il ne voulait ni ne pouvait se mettre ses hommes à dos. L'enjeu était trop important, pas avant la prise d'Al Kilhal. Écrasé sur elle, l'homme creusait son ventre avec entrain. La voix de la fille hurla brusquement dans son oreille droite :

— Tue-moi.

Elle n'eut comme seule réponse qu'un halètement accéléré. Sa joue pâle s'enfonça dans l'herbe. Le soleil passa de l'autre côté de la terre et l'éclat doré de ses yeux disparut. Roncelin crispa sa main sur le manche de sa hache. La pitié se mua en colère. Sous les yeux de ses compagnons interloqués, il se leva pour se précipiter sur la fille. Il saisit le soudard et le projeta sur le côté. Puis, lentement, il s'accroupit à côté du visage dont le regard s'éteignait.

— Non !

Pour la première fois, depuis longtemps, Roncelin sentit des larmes goutter sur sa peau tannée. Les larmes d'un lâche.

Soudain, la jeune fille ouvrit les yeux. L'or des pupilles s'était transformé en plomb et la souffrance en rage. Ses mains agrippèrent brutalement la tête de Roncelin, les ongles remplis de terre se plantèrent dans sa nuque. La bouche lourde de sang s'approcha de ses lèvres.

— Tu es comme tes compagnons. Viens en moi.

Roncelin hurla et se réveilla dans les ténèbres humides.

Il cligna des yeux. La jeune fille violée avait disparu. Son esprit mit quelques instants à comprendre où il se trouvait. Comme à chaque réveil, il tenta de percer l'obscurité. En vain. De la main il toucha la paroi, puis l'eau fétide qui l'encerclait. Rien n'avait changé. Le miracle n'avait pas eu lieu. Il était toujours prisonnier du Légat. Depuis qu'il avait été capturé et transféré à Jérusalem, Roncelin n'avait plus vu le jour. Hirsute et famélique, il survivait agrippé à la muraille, les jambes dans l'eau glacée. Quand il en avait encore la force, il massait ses chevilles, mais depuis la veille, il ne sentait plus ses orteils. Dès qu'il s'endormait, des cauchemars l'assaillaient. Les victimes de ses pillages venaient le hanter. Un cauchemar surtout le terrifiait, celui d'Al Kilhal. Le viol collectif sur la jeune bergère, le massacre des habitants de la ville, les visages des femmes en rouge clouées sur la place publique par ses archers. Lui, le chef des djinns, lui qui faisait régner la terreur en Terre sainte n'était plus qu'un enfant terrifié. Quand l'horreur cessait, il se réveillait, suffoquant, de l'eau croupie dans la bouche. Il lui fallait parfois des heures pour se calmer, quand il ne hurlait pas de désespoir comme une bête fauve prise au piège. Dieu l'avait puni et jeté en enfer.

Maison de l'Ordre

Derrière l'autel, Armand de Périgord fixa le bec d'huile dont le reflet vacillait sur la pierre. À ses côtés, ses deux officiers, l'Archiviste et le maître du rituel, se tenaient muets. Un étrange silence régnait dans cette ancienne citerne dont la voûte se perdait dans l'obscurité. Sur le crépi imperméable, on pouvait encore voir des inscriptions laissées par les légionnaires, mille ans plus tôt. Dieu seul savait combien d'hommes avaient défilé en ces lieux, des esclaves constructeurs aux premiers chrétiens venus s'y réfugier : une longue chaîne d'anonymes dont les anneaux invisibles rivaient l'attention des frères présents. Sans aucun doute, le Devin, plus qu'un autre, y était sensible, lui qui conversait avec les morts. On disait que c'était un moine qui lui avait transmis ce don. Armand de Périgord sentit son échine frémir. Tout ce qui touchait au surnaturel le fascinait. Durant toutes ces années en Terre sainte, il s'était passionné pour ces prêtres défroqués, ces moines en rupture de ban, errant dans le désert, oscillant sans cesse entre ferveur et folie.

Le Grand Maître en avait croisé certains : leur regard était fixe, leur corps émacié, mais leur voix, quand ils parlaient, pouvait soulever les foules. Par principe, les templiers les surveillaient. Dès que les frères entendaient parler d'un de ces prêcheurs avides d'absolu, ils envoyaient une reconnaissance. C'est comme ça que le Devin avait gagné son surnom. Déguisé en mendiant, son rôle favori, il avait gagné un village isolé où la rumeur prétendait qu'un étrange moine accomplissait des miracles. On disait surtout qu'il faisait parler les morts. Une antique tradition héritée des païens, mais dont on discutait à mots couverts tant le risque de se voir accusé d'hérésie était grand. D'ailleurs, quand le Devin arriva, le moine était sur le point de rejoindre ses interlocuteurs de l'ombre. Effrayée par ses échanges avec l'au-delà, la population avait promptement lapidé le religieux qui agonisait dans un ravin où personne n'osait plus s'aventurer. Seul le Devin s'y rendit. Nul ne sait ce qui se passa entre le moribond et le templier, mais quand ce dernier revint, il avait une oreille dans le royaume des ombres.

Armand de Périgord leva son regard. Le Devin se tenait agenouillé dans ses habits d'emprunt et attendait les ordres. Il tendit la main au-dessus de l'autel.

— Mon frère, nous avons entendu ton récit des événements d'Al Kilhal. Il est fort regrettable que tu n'aies pu ramener par-devers nous le rabbin de cette ville…

Un éclat sombre passa dans les yeux du Devin.

— … C'est maintenant au Conseil de décider de ton sort. Lève-toi et place-toi devant l'autel.

D'un bond, le templier s'avança. Le Grand Maître se tourna vers l'Archiviste qui lui tendit un livre à la reliure vermeille, clos de deux fermoirs d'argent. Armand le posa sur l'autel et se déganta.

— Sur la foi et le témoignage de nos maîtres passés, jure, devant Dieu et tes frères, de ne jamais révéler ce que tu as vu ou entendu ici-bas.

La tête droite, le Devin croisa ses bras sur la poitrine avant de répondre :

— Je le jure.

Le Grand Maître posa son poing fermé sur la reliure du livre.

— Au nom de tous tes frères, présents et passés, je prends acte de ton serment. Que le cercle soit rompu.

Un des officiers se leva et se dirigea vers une des trois chandelles qu'il moucha.

— La Justice brûle dans nos cœurs.

À son tour, le second officier souffla la flamme suivante.

— La Foi veille dans notre âme.

Armand de Périgord se leva pour éteindre la dernière lumière quand, d'un coup, la porte s'ouvrit, et le gardien surgit sur le seuil. Sa voix, entrecoupée, résonna dans la citerne :

— Grand Maître… venez vite… nos frères… ils sont tombés dans une embuscade.

Le Puits

Chaque jour, un trou s'ouvrait en hauteur, et un seau, suspendu à une corde, tombait comme un caillou. La première fois, Roncelin s'était méfié. Quand le récipient avait heurté la surface de l'eau, un bruit infect avait couru dans le cachot. La deuxième fois, il avait compris : s'il voulait manger la maigre pitance, jetée au fond du seau, il lui faudrait d'abord arriver plus vite que les rats.

Tout son corps n'était plus qu'une cicatrice purulente. À défaut de s'emparer de la nourriture, les rongeurs se vengeaient en le mordant, le couvrant de plaies que l'eau stagnante infectait. À plusieurs reprises, il avait voulu se tuer, mais il était incapable d'en trouver la force. Plus acide que le froid, plus vorace que les rats, le désespoir le dévorait. Il eût mieux valu qu'il meure sous les remparts d'Al Kilhal par la main des habitants ou celle des soldats du Légat. Une mort rapide, brutale et sans gloire. À l'image de son passage sur terre. Mais Dieu ou le diable en avait décidé autrement. Il sentait les poils durs de sa barbe et l'odeur graisseuse de ses cheveux. Il faillit vomir. Après tout, ce n'était que justice. Dans cet enfer humide, il n'avait rien pour se raccrocher, on lui avait même enlevé la bague léguée par son père. Rien dans sa vie n'avait été digne de la lignée des seigneurs de Fos. Il était le dernier bourgeon pourri d'un arbre mort.

Son cauchemar le harcelait. Pour s'en défaire, Roncelin décida, une fois de plus, d'explorer sa prison. Pouce par pouce, il suivit la muraille, cherchant un interstice, une saillie, n'importe quoi qui puisse faire briller une lueur d'espoir, mais comme chaque fois, sa ronde circulaire le ramenait à son point de départ.

Il était au fond du puits de la mort.

Le Provençal se laissa retomber dans l'eau croupie et sanglota, désespéré. Soudain un grincement métallique en hauteur déchira le silence. Une voix plus sombre que la nuit coula sur les parois du puits pour glisser dans son oreille.

— Tu vas avoir de la compagnie. Un présent du Légat.

Il se leva et se plaqua contre la pierre humide.

— Pitié ! Sortez-moi de là.

Un éclat de rire ponctua son appel à l'aide. La voix désincarnée reprit :

— Ça viendra… Plus tôt que tu ne croies. Et ce jour-là, tu prieras le ciel pour revenir au plus vite dans ce trou.

Au-dessus de lui, les flammes d'une torche chassaient pour un temps les ténèbres. Éclairé par intermittence, un tablier de chêne descendait lentement, retenu par une corde. Un gémissement sourd erra entre les parois du puits au rythme des oscillations. Roncelin gratta sa barbe sale. De l'autre côté, des points rouges fixaient aussi la pièce de bois. Attirés par la lueur des flammes, les rats sortaient de leurs boyaux et venaient au spectacle. Le tablier bascula sur le côté et, dans un hurlement, un corps chuta dans l'eau glacée.

— Te voilà en couple, ricana la voix anonyme.

L'inconnu se relevait en tremblant, les épaules flagellées, le visage sillonné de coups. À la lueur du flambeau resté sur le plateau de chêne, Roncelin reconnut le rabbin d'Al Kilhal. L'œil gauche n'avait plus de paupière. Un bras pendait comme désarticulé. Quand il le vit, le vieux Juif s'agrippa à la paroi pour fuir.

— C'est toi… toi, le démon qui nous a attaqués.

Roncelin cracha dans l'eau putride. Le rabbin s'appuya contre la pierre glissante. Ses jambes se dérobaient.

— Sois maudit !

Le Provençal saisit Maïmonès par sa tunique déchirée. Le vieillard était aussi léger qu'un fétu de paille.

— Qui t'a mis dans cet état ?

— Le Légat…

Épuisé, le rabbin s'affaissa.

— … c'est lui qui m'a torturé.

Roncelin desserra son étreinte. Devant eux, le tablier remontait et, avec lui, la torche aux lueurs vacillantes. La voix, venue d'en haut, retentit alors que les ténèbres se reformaient.

— Roncelin… bientôt ce sera ton tour !

21

Paris
Montmartre
De nos jours

Le petit bureau du gardien était situé au dernier niveau de l'école et bénéficiait d'une vue magnifique sur le dôme du Sacré-Cœur. Un mur entier était occupé par des étagères remplies de cassettes vidéo et de livres de poche à la reliure jaunie tandis qu'un autre était recouvert d'un poster géant, punaisé, de la compagnie aérienne El Al – période années soixante –, représentant une vue panoramique de Jérusalem, et d'une affiche du PSG, période glorieuse de l'entraîneur Wahid. Sous la fenêtre, trois écrans étaient posés sur un vieux bureau, encombré de coupes de sport et de cadres de photos d'équipes de foot.

Les cris des enfants qui jouaient dans la cour de récréation montaient jusqu'aux étages supérieurs de l'école. Le gardien ferma la fenêtre en jetant un regard attendri vers les gamins qui se chamaillaient autour d'un ballon, puis il se tourna vers Marcas.

— Ma famille habite le quartier depuis la fin du

XIXe siècle. Il y a soixante-dix ans, les policiers français et les Allemands sont arrivés ici, un matin, et ils ont raflé les enfants de cette école pour les déporter en Pologne. C'étaient des bouts de chou comme ceux que vous avez vus. L'instituteur était persuadé que le Sacré-Cœur les protégerait. Il a aussi fini à Auschwitz.

Assis sur une chaise, Antoine dévisagea le gardien.

— Vous avez perdu beaucoup de gens de votre famille ?

— Mon grand-père et mes deux tantes. Elles étaient élèves ici et n'ont pas pu s'échapper comme mon père. À l'époque, il n'y avait pas de caméras pour prévenir du danger. Quand le tueur de Toulouse a frappé, j'ai pensé à eux. Bon, revenons à nos affaires…

L'homme pianota sur son clavier. Les bandes d'images défilaient à toute allure.

— Vous avez de la chance. Les séquences sont effacées automatiquement tous les trois jours. À quelques heures près, c'était trop tard. J'enclenche à partir de quelle heure ?

— 23 heures.

— C'est parti.

— Mazel tov, murmura Antoine.

Il se rapprocha de l'écran. L'image était nette, on pouvait distinguer la portion de rue qui faisait face à l'école, avec en arrière-plan l'escalier qui montait vers la basilique et un large bout de jardin. Presque à l'endroit où les visiteurs avaient escaladé la grille. La rue était déserte, illuminée par deux réverbères.

Le gardien joua avec sa souris, les images s'accélérèrent. Deux voitures passèrent à toute vitesse, puis un groupe de jeunes visiblement éméchés. Deux garçons d'une vingtaine d'années s'empoignèrent et tournèrent sur eux-mêmes, comme s'ils dansaient, puis disparurent de l'écran. De rares voitures filèrent, puis un car de police.

00 h 45. La rue redevenait déserte. L'écran restait désespérément statique.

Le gardien restait concentré :

— Qui cherchez-vous ?

— Un groupe de trois hommes. Des voleurs, qui n'aiment pas les serviteurs de Jésus.

— Ils ont peut-être de bonnes raisons. Les adorateurs de votre Christ nous ont causé bien des soucis au fil des siècles. Vous avez vu ce qui se passe à Jérusalem, les chrétiens nous accusent d'avoir assassiné leur évêque. C'est n'importe quoi.

Antoine grimaça.

— Ça va pas recommencer ! D'abord, ce n'est pas mon Christ, je suis athée. Ensuite, si vous, les croyants des trois religions du Livre, compreniez une bonne fois pour toutes que vous adorez le même Dieu, on aurait moins d'emmerdements sur cette terre.

Le gardien opina.

— Pas faux, le problème, c'est que les emmerdements n'ont pas été distribués équitablement par le Seigneur. De ce côté-là, on a eu une plus grosse part que les autres. Je crois que…

Il s'interrompit et pointa le doigt sur l'écran.

— Là !

01 h 57. Un break gris surgit à droite de l'image et s'arrêta devant la grille. Trois hommes en capuche et combinaison blanche en sortirent rapidement, comme dans les vieux films muets, et quittèrent le champ de la caméra sur la gauche. Marcas frappa la table du plat de la main.

— On les a. Revenez en arrière.

L'image défila en sens inverse puis se stabilisa.

— On y est. Vous pouvez zoomer sur les visages ?

— Bien sûr. C'est du matos japonais, dernier cri. On pourrait même voir la couleur des poils d'oreille s'ils veulent bien enlever leurs capuches.

Les images défilèrent lentement. L'un d'entre eux sortit un grand sac de sport du coffre et le bascula sur ses épaules tandis que celui qui faisait office de chauffeur inspectait la rue de chaque côté, tout en gardant la tête légèrement baissée. Puis le trio s'éloigna vers la grille du jardin. Marcas s'impatientait.

— Vous pouvez identifier la plaque ?

— Vous rigolez ? Je ne suis pas comme votre Jésus, je ne fais pas de miracles. La caméra est située en face du trottoir.

— Ce n'est pas mon Jésus, bordel ! On continue. Ils vont revenir à la voiture.

Le gardien haussa les épaules et mit en accéléré. La rue redevenait déserte.

— Allez plus vite.

— OK, ne vous énervez pas.

Les minutes du compteur horaire défilaient à toute vitesse.

02 h 35. Un homme arriva dans le champ de la caméra et s'arrêta au niveau des escaliers. Le gardien ralentit de lui-même. L'inconnu tournait la tête dans toutes les directions pour voir si personne ne le voyait, enjamba la grille et disparut. Antoine reconnut son visage.

Le père Roudil.

— C'est le prêtre de la basilique, ça alors, fit le gardien, intrigué.

— Vous le connaissiez ?

— Oui, un type sympa, on organisait des matchs de foot entre Juifs et cathos. Un vrai teigneux, insomniaque de surcroît. Il m'avait raconté que c'était à cause de l'adoration perpétuelle pratiquée dans sa basilique. J'arrête l'image ?

— Non. On continue.

Rien n'apparut à l'écran.

03 h 12. Les trois hommes apparurent à nouveau sur l'image, cette fois sans leurs combinaisons et leurs capuches.

— Ralentissez.

Les gestes se firent plus saccadés. L'un des trois mit le sac dans le coffre, les deux autres s'engouffrèrent dans le véhicule. Aucun des visages n'apparut distinctement. Marcas sentit le découragement le gagner. C'était raté, la seule description de la voiture ne suffirait pas, il devait y avoir des dizaines de milliers de breaks gris en circulation. S'il avait été croyant, il aurait imploré le ciel pour un miracle, juste un petit miracle. Le break bougea lentement ; le conducteur manœuvrait pour sortir de la place, on ne distinguait que de vagues profils à l'intérieur du véhicule. Marcas se frotta les paupières, la vision prolongée de l'écran lui faisait mal aux yeux.

— Vous avez du bol, lança le gardien.

Antoine ouvrit les yeux. Le break était en train de faire un demi-tour sur place, quasiment face à la caméra. Progressivement, l'avant du véhicule se positionna face à eux. Marcas crispa ses ongles sur le bureau. On voyait le haut de la calandre et le capot. Il essaya de distinguer les visages derrière le pare-brise mais la lumière du réverbère formait un reflet nébuleux.

Il ne manquait plus que quelques centimètres pour dévoiler le bas du véhicule.

— On les a, cria le gardien en bloquant l'image.

L'écran se figea, un petit carré blanc apparut et grossit sous l'effet du zoom. Antoine se rua sur un stylo et nota le numéro à toute allure. Il se sentait à nouveau excité. Pourvu que la voiture ne soit pas volée.

— Vous pouvez continuer le défilement ?

Le break se contorsionna à nouveau, la lumière du réverbère glissa progressivement du pare-brise, dévoilant, avec lenteur, le visage de l'inconnu assis à côté du conducteur.

Antoine se raidit. Une onde glacée remonta le long de son échine.

— Zoomez !

Le gardien s'exécuta et jeta un œil de biais sur Marcas. Celui-ci restait figé. L'expression du regard, le dessin de la bouche, les sourcils finement arqués…

La Louve…

Devant lui, prête à bondir et à déchiqueter ses proies.

Il se cabra sur sa chaise. La tueuse était de retour.

Il serra les cuisses par réflexe. Des lambeaux de souffrance subsistaient encore dans sa chair.

Il était allongé, attaché, dans la chambre obscure, la Louve était assise sur le lit et faisait glisser ses ongles sur sa peau. Elle susurrait à son oreille, comme un serpent, tandis que sa main descendait entre ses cuisses. Elle jouait avec son désir naissant et soudain l'onde de plaisir se muait en souffrance infinie. Les ongles, telles des serres en acier, s'accrochaient à ses testicules et lui arrachaient des larmes et des hurlements. Il criait, et plus il criait plus elle s'enfonçait dans ses bourses. Et toujours les murmures à son oreille.

— Commissaire, ça ne va pas ?

Le gardien lui posa la main sur l'épaule. Antoine se ressaisit.

— Cette personne me rappelle de très mauvais souvenirs. Vous pouvez mailer la copie de cet enregistrement ?

— Pas de souci. C'est prêt dans dix minutes.

Marcas prit son portable et appela le service des immatriculations.

— Marcas, OCBC, je voudrais une identification d'urgence et un signalement national à tous les services.

— Pour l'identification, pas de problème, en revanche, commissaire, il nous faut une confirmation de votre échelon supérieur pour lancer une alerte sur tout le territoire.

— Vous l'aurez, *via* le DGPN. Ne vous en faites pas. Notez mon numéro qui s'affiche et contactez-moi dès que vous aurez quelque chose.

Il raccrocha et composa un autre numéro, celui de la cellule du fichier central. Le temps était compté, il devait faire identifier la photo de la Louve, contacter le frère obèse pour prendre de ses nouvelles et l'avertir de ses recherches. L'excitation de la chasse avait laissé place à une colère froide.

La présence de la Louve modifiait la donne, il n'avait pas soldé son compte avec la terroriste. La dernière fois qu'il l'avait vue c'était dans le souterrain, juste avant la découverte du tombeau, et voilà qu'elle réapparaissait comme par enchantement. Antoine se frotta les tempes. Il fallait faire le point et vite, et pour ça, il avait besoin d'être seul.

Après avoir remercié le gardien il retourna dans la

rue, là où il avait laissé l'ambulance. Le père da Silva était assis sur une marche et fumait un cigarillo, avec nonchalance. Antoine s'approcha et prit place à côté de lui.

— Vous m'en offrez un ?

Le prêtre sourit et lui tendit une boîte métallique, frappée des trois clés de saint Pierre, les armes de son service. Antoine en sortit un petit cigare qu'il porta à sa bouche. Le père da Silva lui présenta un briquet mais Antoine secoua la tête.

— Non, c'est juste pour le garder entre les lèvres. Ça m'aide à me concentrer.

— C'est une blague ?

— Non. C'est comme une sucette sans les inconvénients pour les poumons. J'ai de bonnes et de mauvaises nouvelles. Je commence par quoi ?

— Les bonnes, bien sûr. Les mauvaises, vous m'en laisserez juge.

— Bien. Je vais vous la faire à la mode maçonnique, en trois points. Un, nous avons à disposition l'enregistrement caméra de nos tueurs. Deux, j'ai le numéro d'immatriculation de la voiture de notre trio. Trois, l'un des membres est identifié, c'est la Louve.

Da Silva ne broncha pas et tira une bouffée de son cigarillo.

— Félicitations, et les mauvaises…

— Toujours en trois points. Et celles-là découlent des précédentes. Un, cela veut dire que nous avons sûrement affaire au même commanditaire que la dernière fois. Deux, le père Hemler n'étant plus de ce monde, la piste doit remonter plus haut, au Saint-Siège. Trois, ma hiérarchie m'a déjà fait comprendre de ne pas mettre en péril nos relations avec votre État. La récupération du trésor passe avant toute considération et dans le même temps on me demande de mettre la main sur les tueurs.

— J'ai invoqué San Esteban, réputé pour débusquer les assassins et les voleurs. Que comptez-vous faire ?

— Là, maintenant ? Rentrer chez moi pour faire une pause, retrouver ma compagne et attendre l'identification de la plaque. Vous voulez venir prendre un verre, j'habite en bas du jardin.

Da Silva plissa les lèvres. Il hésita quelques secondes puis lâcha :

— Non, merci. Ne cherchez pas du côté du Saint-Siège, le fil dont vous m'aviez parlé est vraiment coupé. Ça ne vous mènera nulle part.

— Facile. Le ou les commanditaires de l'expédition nocturne qui a conduit à la mort du prêtre résident au Vatican sont les mêmes qui voulaient mettre la main sur le trésor. Le père Hemler n'était qu'un exécutant. Vous le savez fort bien. Je rédigerai mon rapport dans ce sens, mes supérieurs feront ce qu'ils veulent. Mes pouvoirs s'arrêtent là.

L'envoyé du Vatican jeta le bout de son cigarillo très loin. Son regard devint dur. Il se tourna vers Marcas.

— Vous êtes dans l'erreur, mon ami. Faites une prière à saint Victor, grand spécialiste de l'illumination spirituelle de l'homme égaré.

Marcas se releva et s'étira. Le ton sentencieux du prêtre l'irritait.

— Je ne suis pas croyant, votre saint ne m'est d'aucune utilité. Comme aucun d'eux n'a été d'un quelconque secours pour aider le curé de la basilique ni les pauvres enfants juifs qui ont eu la malchance d'habiter dans le coin il y a quelques décennies. Au plaisir de vous revoir un de ces jours, da Silva.

L'envoyé du Vatican se leva à son tour. Comme un félin, nota Marcas qui avait déjà remarqué l'agilité de ce prêtre quelque temps auparavant. Da Silva posa sa main sur son épaule. Son regard se fit pénétrant.

— Suivez-moi, nous retournons au Sacré-Cœur, au tombeau.

— Pourquoi ?

— Pour vous révéler un secret. Un secret d'État.

22

Jérusalem
Novembre 1232

Quartier de l'Arbre sec

La lourde cavalcade des chevaux lancés au galop fit trembler le pavé. Derrière les façades en encorbellement, les rares habitants encore éveillés mouchèrent leurs chandelles en frissonnant. Ce n'était pas le moment d'ouvrir un volet ou de passer une tête par la fenêtre. La justice des Francs était aussi aveugle qu'expéditive, surtout quand leurs cavaliers patrouillaient la nuit dans les quartiers excentrés de Jérusalem. D'ailleurs, quand l'accrochage avait commencé, chacun s'était bien gardé de s'en mêler. Certes on avait entendu des cris, des bruits d'armes, mais quand le silence était retombé, personne n'avait osé réagir. C'était un paysan, en route pour le marché, qui avait donné l'alerte.

Le faubourg de l'Arbre sec abritait la population la plus hétéroclite de la ville. Situé en dehors des murailles, c'est là que venaient échouer pèlerins exaltés, errants lunatiques, soldats de fortune, sans compter des adeptes de religions aussi étranges que sectaires. On y trouvait aussi le plus grand nombre de tavernes de la ville. Du coupe-gorge où des mendiants en guenilles venaient s'abrutir avec de l'alcool d'écorce jusqu'à des établissements sans fenêtres ni enseignes où de discrets musulmans venaient goûter au fruit défendu de la vigne.

Ouvert sur la campagne environnante, le quartier servait aussi de lieu de transit pour toutes les contrebandes ; on pouvait y acheter aussi bien des esclaves venus du bout du monde que d'étranges substances de par-delà les mers et qui endormaient toute souffrance. Quant au nom du faubourg, il illustrait bien l'ambiance trouble des lieux. On racontait qu'un musulman, un juif et un chrétien, en pleine dispute religieuse, avaient choisi, pour se départager, un arbre qui poussait sous les murailles. Chacun, à son tour, avait ordonné, au nom de son Dieu, à l'arbre de fleurir comme au printemps. Celui qui y parviendrait serait le vainqueur. Le résultat ne se fit pas attendre : à la troisième sommation, l'arbre perdit toutes ses feuilles et devint aussitôt sec.

Le Grand Maître regardait le tronc noirci tandis que les gardes relevaient les corps. Deux. Des frères du Temple émasculés comme du gibier de chasse. On les avait dépouillés de tout, même de leurs chausses. Ils gisaient nus, du sang déjà noirci entre leurs cuisses.

— Des cavaliers, affirma un des sergents en montrant des traces au sol.

Armand de Périgord se pencha. Le pavé avait laissé place à une piste de terre battue. À la lueur des torches, on voyait distinctement les formes à demi ovales des fers à cheval.

— Des percherons, précisa le sergent, les traces sont profondes. Sans doute des chevaux de trait volés dans une ferme. Nous avons affaire à des pillards.

Tout en se relevant, le Grand Maître fit un rapide calcul. Avec de pareilles montures, les agresseurs n'avanceraient pas vite, surtout sur un sol caillouteux. Une demi-lieue d'avance, pas plus. Il saisit les rênes de son cheval et se tourna vers l'escorte :

— Mes frères, que prompte et définitive justice soit faite.

Maison de l'Ordre

Un courant d'air glacé fit voler la tenture qui masquait la fenêtre de la bibliothèque. L'Archiviste se leva, tira la toile écrue et jeta un œil sur la ville avant de fermer la fenêtre. L'aube blanchissait Jérusalem d'un manteau de givre. Un phénomène surprenant pour la saison. De ses doigts boudinés, l'Archiviste fit un signe de croix. Depuis des semaines, l'hiver s'installait en avance en Terre sainte. Comme une âme damnée il était revenu après un automne d'une chaleur exceptionnelle et d'ailleurs, certains arbres fruitiers s'étaient mis à bourgeonner. En une nuit, la promesse des fleurs s'était envolée, brûlée par un vent sec et gelé qui ravageait la contrée. Événement encore plus rare, on racontait que des loups, venus des plateaux de Syrie, descendaient dans les vallées pour s'attaquer aux troupeaux.

L'Archiviste retourna à sa table et moucha la chandelle. Il avait travaillé toute la nuit et son dos le faisait souffrir. Parfois, il perdait espoir comme on perd pied en avançant dans l'obscurité. Il s'asseyait sur le banc de chêne de la vaste cheminée et regardait les flammes dévorer le bois. Il admirait surtout le travail invisible des braises qui, sans bruit, consumaient une bûche entière. C'est d'ailleurs ainsi qu'il se voyait, lent et obstiné, discret et efficace.

L'Archiviste tourna le regard vers la longue table de réfectoire où s'étalait une suite de parchemins. Pour mieux regarder son œuvre, il monta sur le banc. Vues d'en haut, les cartes ressemblaient à un corps écorché. Tout un réseau de voies, de sentes, de venelles souterraines, se longeait, se croisait, se chevauchait. Un instant, l'Archiviste eut le vertige : dans cet entrelacs, cette forêt, se cachait le Secret.

Alentours de Jérusalem

Le brouillard venait de se lever, à peine troué par l'aube naissante. Les éclaireurs, les sabots des chevaux assourdis par des capuchons de laine, débouchèrent sur le haut de la piste. Entourés de brume, ils ressemblaient à des spectres. Le cavalier de tête fit jaillir une lanterne à demi voilée. L'escorte qui était en route s'arrêta. Un des sergents sauta à terre et sortit un tube d'où brillait une lentille de verre. Un étrange instrument, récupéré lors du siège d'Antioche aux musulmans, et qui permettait comme par magie de rapprocher les objets. Chaque groupe d'éclaireurs disposait d'une lanterne à quatre faces sur lesquelles on pouvait faire coulisser des plaques gravées. C'est l'Archiviste qui avait eu cette idée. Chaque plaque était finement incisée pour dessiner une figure qui ne se révélait que posée sur la lampe. En tout il y avait vingt et une figures, chacune correspondant à un code. En posant quatre figures sur chaque pan de la lanterne et en la faisant tourner, on obtenait un message complet.

— Le Chariot, prononça un des frères.

La figure monta et redescendit à plusieurs reprises.

— Un, deux, trois... Ils sont un groupe de sept, annonça Périgord.

La lanterne pivota dans le brouillard.

— L'Ermite, chuchota une voix, ils sont en train de se cacher.

Le Grand Maître n'eut pas besoin d'interroger sa mémoire. La première partie du message était claire. Sans doute espéraient-ils échapper à leurs poursuivants. En revanche, leur nombre étonnait Périgord. Pourquoi sept hommes pour s'attaquer à une simple patrouille ? Et pourquoi les avoir mutilés ?

— Le Pendu, annonça un frère. Je le reconnais à cause de sa position.

Armand de Périgord faillit hausser les épaules. Quelle lubie avait pris l'Archiviste de représenter un pendu tête en bas ! En revanche, c'était très subtil pour désigner un lieu souterrain.

— À un quart de lieue au Levant, il y a une ferme en ruine, au centre d'un vignoble abandonné. Ils doivent s'être réfugiés dans la cave au pressoir, reprit le sergent.

— On peut les encercler ? interrogea Armand.

— Sans problème, le terrain est plat.

Une dernière figure apparut, disparut, puis réapparut.

— La Tour foudroyée, conclut le Grand Maître, deux d'entre eux sont blessés.

Il se tourna vers ses hommes.

— Pied à terre.

Chacun descendit, prêt à l'attaque. L'un des sergents prit un arc. Armand l'arrêta.

— Non.

D'un coup de poignet, le Grand Maître fit jaillir la lame de son épée. Malgré la brume, elle brilla comme en plein soleil.

— Les frères du Temple, même pour châtier de vils meurtriers, se battent toujours comme des chevaliers.

Le Puits

Roncelin se réveilla brusquement. Il eut la présence d'esprit de se dire que « se réveiller » n'avait plus grand sens, ne sachant plus si c'était le jour ou la nuit, ignorant même s'il dormait ou s'il continuait à errer, perdu, entre les parois de sa mémoire. Avant même qu'il ne sente l'humidité du mur contre son dos, des images, à nouveau, l'envahirent avec force. Il entendit le chant de la brise dans les chênes verts du plateau de Canjuers. C'est là que son père le menait, quand il allait visiter ses métayers. Des paysans qui s'échinaient à vivre sur une terre ingrate, balayée par les vents, battue par les orages. C'est sans doute là que Roncelin avait compris que son titre de petite noblesse rurale ne valait rien, qu'il n'était qu'un cadet sans fortune, ni avenir. Brusquement la sensation changea. Il sentit l'eau verte et glacée du Verdon couler sur son visage. Il ouvrit la bouche pour se rassasier de cette fraîcheur perdue. Son âme d'enfant lui apparut. Subitement, il revit sa sœur morte enfant, puis sa mère qui lui tendait des bras protecteurs…

Une douleur le saisit à la nuque. Quelqu'un lui arrachait les cheveux. Il poussa un cri tout en recrachant l'eau fétide du puits. L'accent rauque du rabbin le ramena à la réalité.

— Tu veux te noyer ? Tu cherches à mourir ?

Le Provençal ne répondit pas. Il ne savait pas. Il ne savait plus.

— Tu as tort. Ton heure n'est pas venue.

Surpris, Roncelin tourna la tête.

— Comment le sais-tu ?

Lente et grave, la voix de Maïmonès monta comme la flamme d'une chandelle qu'on allume dans la nuit.

— C'est inscrit dans les astres.

Maison de l'Ordre

L'escorte passa la porte du Temple dans un fracas de sabots. Au centre, le Grand Maître, le visage dégoulinant de sueur sous le casque, malgré le froid, sauta de cheval. L'accrochage avait été rude avec les meurtriers et, depuis son élection, il avait perdu l'habitude des longues charges au galop. Mais il était bon de donner l'exemple aux jeunes recrues qui débarquaient d'Europe. L'agression ou le meurtre d'un frère étaient toujours punis. Et la sanction était la mort. Une règle absolue qui, avec d'autres, faisait du Temple l'ordre de chevalerie le plus prestigieux de la chrétienté. D'ailleurs, malgré la situation politique difficile en Orient, les jeunes chevaliers étaient de plus en plus nombreux à rallier l'Ordre. Partout, dans les campagnes d'Occident, des cadets de famille sollicitaient leur admission. Le mythe du chevalier au blanc manteau fonctionnait à plein régime. De la lutte contre les Maures en Espagne aux rivages du Nil, sur toutes les frontières de la chrétienté, les frères du Temple défendaient la vraie Foi.

Périgord monta les escaliers jusqu'à la salle des Bains. Carrelée du sol au plafond, l'étuve était plongée dans un nuage de vapeur. Au centre, un baquet fumant attendait. Le Grand Maître fit tomber casque et armure, se dépouilla de sa tunique et, pieds nus, traversa la pièce.

Par la porte de service, un serviteur entra, portant serviette et fioles d'huile qu'il versa dans la cuve. Un parfum d'aromates se mêla à la vapeur. Armand entra dans le bain. Une vive sensation de brûlure le saisit, ravivant ses anciennes douleurs. Une large cicatrice barrait sa poitrine, souvenir d'un coup d'épée, dans le delta de l'Égypte. Il pencha la tête, la balafre avait pris une teinte mauve. Il se souvenait encore de la douleur, quand le sabre musulman avait déchiré sa chair. *Non nobis domine non nobis, sed Nomini Tuo da gloriam*, murmura-t-il. La devise de l'Ordre. Récitée par cœur, tous les jours, par tous les chevaliers du Temple, du moindre soldat au Grand Maître. Elle agissait comme un baume, apaisait les blessures du corps et de l'esprit. Plus jeune, il avait été marqué par une séance de châtiment dans une commanderie de Chypre ; un sergent avait enduré cinquante coups de fouet, pour le larcin d'un poulet, uniquement en répétant avec ardeur le *Non nobis*.

La vapeur brûlante le plongea dans une insidieuse torpeur. Ses paupières s'abaissaient lentement et son esprit sombrait. Ses pensées fusionnaient dans la chaleur salvatrice. Sang, épée, boucliers, chevauchées, combats… et toujours le sang. Il y en avait partout sur cette terre dite sainte par les hommes. L'eau chaude et les arômes le laveraient, temporairement, de toute cette souillure.

Brusquement, il sentit une douleur à l'aine. Une boule de sang coagulé jaillit sous ses doigts. Un des pillards l'avait frappé d'un coup de dague. Heureusement la cotte de mailles avait dévié le coup. Sinon, il se serait vidé en un instant comme une outre percée.

Un bruit sourd résonna sur la porte. Une voix chuchota derrière le bois repeint en noir de Syrie :

— Grand Maître, l'Archiviste apporte le Livre.

Armand de Périgord ouvrit les yeux et articula d'une voix lente :

— Dis-lui de prendre place et surtout que personne ne nous dérange.

Le Puits

Roncelin avait un goût amer dans la bouche. La tête lui tournait. Il tenta de se relever en s'appuyant sur la paroi. Ses jambes cédèrent. Il retomba dans l'eau. Et dire qu'avant, il pouvait courir sans trêve le long de la Durance. Ses muscles étaient aussi durs que l'acier. Il tendit la main et saisit son mollet. Les tendons saillaient sous le genou. Le Provençal faillit vomir de désespoir. Sa vue se brouilla, un tourbillon se forma devant lui. La main du Juif le saisit à nouveau.

— N'aie pas peur. Le Mal ne peut rien contre toi. Ta mort est encore loin.

Le ventre dévoré de crampes, Roncelin hoqueta :

— Ça m'étonnerait… que ta prophétie se réalise… je vais crever comme un chien…

— Les astres ne se trompent jamais.

Malgré son abattement, Roncelin laissa échapper un rire sardonique.

— … Et tu auras un cadavre comme compagnon.

Maïmonès se rapprocha.

— Sais-tu que le Destin écrit sa marche dans la figure cachée des étoiles ?

Le Provençal se signa sans bruit. Depuis que les Juifs avaient crucifié le Fils de Dieu, ils appartenaient tous à Satan. Il fallait s'en méfier. Tous des maudits.

— Et que celui qui sait lire la carte secrète du Ciel connaît l'avenir des hommes ?

Roncelin ne répondit pas. Il avait déjà rencontré des rabbins en Terre sainte. Des hommes austères, silencieux. Rien à voir avec ce bavard mystique.

— Mais le Ciel n'est pas le seul endroit où l'on peut lire le futur. Le Tout-Puissant, son nom soit à jamais béni, inscrit la trace de l'homme jusque dans la paume de sa main.

Cette fois le cadet de Fos comprit. Le vieux avait perdu l'esprit. Sa captivité l'avait achevé. C'était bien sa chance. Un dément ! À moins que ce ne soit un simulateur, un espion ?

— Alors, tu sais lire l'avenir ?

— J'ai déjà lu le tien.

Malgré la douleur qui le tenaillait, Roncelin éclata de rire.

— Tu es vraiment fou !

Dans la nuit, Maïmonès sourit avant de répondre :

— Quel est le plus fou de nous deux, celui qui croit aux étoiles…

Un bruit sourd troubla le silence, suivi d'un grincement de dents. Un rat venait de chuter dans l'eau.

— … ou celui qui croit qu'un homme a marché

sur l'eau, changé l'eau en vin et ressuscité d'entre les morts ?

— Juif, tu blasphèmes ! s'emporta l'ancien chef des pillards.

Maïmonès se leva. Sa main osseuse serra l'épaule de son compagnon d'infortune.

— Crois-moi, Roncelin, la main de l'Éternel est sur toi.

Les Bains

L'Archiviste entra, portant un livre à la reliure vermeille, clos de deux fermoirs d'argent. Il s'inclina devant le Grand Maître. Ses yeux étaient fixes comme toujours quand la curiosité le taraudait. Son péché favori.

— Comment s'est passé…

Armand haussa les épaules.

— Des pillards. Ils ont attaqué les nôtres de nuit.

— Des fous ! Il faut être vide de la cervelle pour oser s'en prendre à nos frères, s'exclama le moine.

— Sans doute n'ont-ils pas compris qu'il s'agissait de templiers.

Le moine ferma les yeux et entama un *De profundis* en hommage aux frères défunts.

— Quand ils ont réalisé leur erreur, ils se sont enfuis. Mais avant ils ont dépouillé les corps et ils les ont…

Le Grand Maître fit un geste explicite. Horrifié, l'Archiviste se signa.

— Leurs âmes brûlent déjà en Enfer, Dieu ne pardonne jamais à ceux qui s'attaquent aux soldats du Christ. Jamais.

Périgord fit le signe de croix.

— Sans aucun doute, mais ces assassins se sont battus comme des diables et l'un de ces maudits a failli m'ôter la vie.

— Dieu vous a protégé ! C'est un signe !

— Un signe qui m'a fait réfléchir. Ne sommes-nous pas trop peu à connaître le Secret ?

Comme l'Archiviste avait l'air dubitatif, le Grand Maître l'interrogea :

— Que penses-tu du Devin ?

Par préjugé, le moine se méfiait de ces chevaliers, tout juste bons à tirer l'épée et pour lesquels le moindre livre n'était qu'un grimoire incompréhensible. D'ailleurs, il fuyait ces soudards comme la peste et vociférait comme un damné quand l'un d'eux se perdait près de sa porte. Mais, par principe, il s'en rapportait à plus expérimenté que lui dans la connaissance de l'âme humaine.

— Je m'en remets à votre sagesse, Maître.

— Je m'en remets à celle de Dieu. Qu'il m'éclaire.

Armand de Périgord murmura le saint nom de Dieu.

— Commence ta lecture depuis le début. J'ai besoin de tout entendre.

L'Archiviste s'inclina et sa voix monta, ferme et claire :

— *Ici commence le livre des fouilles entreprises par les frères du Temple en dessous des vestiges du Temple de Salomon.*

23

West Cumbria
Dalton Nuclear Institute
De nos jours

Une odeur de caoutchouc fondu se répandait à l'intérieur du laboratoire et une fumée grise s'échappait des installations situées derrière la paroi vitrée. Soudain, une sirène d'alerte se déclencha, dont l'écho se propagea dans le couloir extérieur. Le docteur Mantinéa se rua derrière son pupitre et tapa à toute vitesse sur le clavier de l'ordinateur central. La sirène s'arrêta net.

Fainsworth restait figé devant la vitre, fasciné par la puissance qui irradiait des os.

— Éloignez-vous de la vitre, hurla l'ingénieur. Vite !

L'aristocrate se ressaisit et s'approcha, à reculons, du pupitre de commande. Derrière la vitre, un volet en béton descendait rapidement vers le sol, obstruant la vue sur les générateurs de rayonnement. Sur l'écran de contrôle, les indicateurs s'affolaient de plus belle, les barres rouges grimpaient sans s'arrêter et des séries de chiffres défilaient à toute allure. Le docteur Mantinéa s'épongea le front avec un pan de sa blouse et se tourna vers Fainsworth.

— J'ai coupé l'alerte localisée, ça évitera de rameuter la sécurité. Le rideau de protection est censé nous protéger de n'importe quel rayonnement radioactif, du moins jusqu'à un certain seuil. Bon sang, je n'ai jamais rien vu de tel, votre squelette balance des flux insensés de particules élémentaires. C'est comme un big bang en temps réel. Si ça continue, tous les réacteurs du centre vont entrer en ébullition.

— Comment allez-vous stopper… ça ? lança Fainsworth d'un air inquiet.

Il n'avait absolument pas prévu la tournure des événements, les os du saint n'étaient qu'une étape, une clé. Mais là… il était dépassé. Le docteur Mantinéa tapait fébrilement sur son clavier.

— L'émetteur de protons est désactivé et pourtant ça ne suffit pas, c'est comme une réaction en chaîne, les os sont devenus une source d'énergie indépendante. J'ai reprogrammé les capteurs de protons pour leur faire absorber le torrent de particules, mais ça ne marche pas. Si dans deux minutes les flux ne s'arrêtent pas, l'alarme générale du complexe va se déclencher. Il ne reste qu'une option.

— Laquelle ?

— Un robot à pilotage automatique est installé à côté des installations à rayonnement. Une sécurité pour pallier l'impossibilité d'intervention humaine en cas d'irradiation. Je vais l'actionner pour qu'il détruise les ossements, ça stoppera le processus.

— Non ! fit Fainsworth d'un ton menaçant.

— Vous ne m'avez pas entendu ! Ce truc va faire exploser le centre et nous avec.

L'aristocrate crispa les poings. Il ne pouvait pas se permettre la destruction du squelette, tous ses espoirs s'envoleraient et le *Temple Noir* aurait existé pour rien. La source de la puissance disparaîtrait à jamais. Il contrôla sa respiration pour calmer son excitation.

Trois choix s'offraient à lui. La mort, la destruction du squelette, la baisse des radiations. La dernière solution étant la moins réaliste, il en convenait.

La prudence contre l'instinct. L'instinct de la conquête. Comme dans les premières années de conquête des marchés financiers quand il avait eu le courage de miser des sommes folles, à rebours de ce que lui conseillaient ses experts. Le courage, voilà la clé.

Soudain, la porte du laboratoire s'ouvrit avec fracas pour laisser passer la Louve et son adjoint.

— Qu'est-ce qui se passe ? cria-t-elle, on a entendu une alerte et ça s'est coupé.

— L'expérience s'est emballée, répondit prudemment Fainsworth.

Le docteur Mantinéa hurlait :

— Vous déconnez ! Ça tourne à la catastrophe. Jamais je n'aurais dû vous écouter. Il y en a pour une fortune en équipement dans ce labo.

Fainsworth s'approcha plus près.

— Attendez encore, combien de temps avons-nous avant que votre robot n'entre en action ?

— Trente secondes, pas plus.

— Alors attendez.

— Pas question ! Je ne veux prendre aucun risque.

Fainsworth fit un signe à la Louve. Celle-ci comprit. Elle s'approcha en silence de l'ingénieur, posa les mains sur ses épaules et murmura à son oreille :

— Il existe douze façons de tuer instantanément un homme en manipulant son cou. J'en connais trois, c'est plus que suffisant, vous ne croyez pas ?

— Vous êtes fous, nous allons tous mourir, répliqua l'ingénieur, tétanisé.

— Je vous demande juste d'attendre une poignée de secondes avant d'envoyer le robot, répondit Fainsworth.

— Ce sera trop tard !

La tueuse accentua sa pression sur un nerf qui parcourait le cou de l'ingénieur. Celui-ci hurla.

Sur l'horloge de l'écran de contrôle, les chiffres s'écoulaient tandis que les barres rouges continuaient de grimper. Fainsworth ferma les yeux. C'était l'épreuve ultime, soit quelque chose existait dans l'univers et donnait sens à toute son action, à son destin, soit il périrait dans ce centre qu'il avait contribué à créer.

Il ne restait plus que 10 secondes. L'ingénieur se tortillait dans tous les sens, mais il ne pouvait échapper à l'emprise de la Louve.

7 secondes. Les barres rouges arrivaient à la zone maximale de mesure de l'écran. L'esprit de Fainsworth s'envolait ailleurs, hors du temps et de l'espace. Il était dans le *Temple Noir*, trente ans auparavant, vêtu d'une chemise blanche déchirée sur le devant, face à ses frères et à ses sœurs. Les visages des spectres blancs flottaient autour de lui.

Le baptême initiatique.

La voix du vénérable envahissait son cerveau, saturant toutes ses connexions nerveuses.

Tu es admis dans la loge de nos pères.

La vérité gît au fond du tombeau, tel est notre credo. Entends-moi, mon frère en ténèbres. La vérité est puissance et gloire et elle fut avant que le verbe ne soit. La vérité n'est pas lumière, elle est obscurité et noirceur. Elle réside dans les entrailles noires de la terre et reviendra dans le monde des hommes. Tel est le but de notre ordre. Telle est la mission que nous a confiée le maître premier. Sortir la vérité du tombeau. Et rendre à jamais la liberté aux hommes.

Entends-tu, mon frère ? Sortir la vérité du tombeau et apporter la vraie lumière aux hommes. Tel est le but ultime.

4 secondes.

Fainsworth ouvrit les yeux, tout était clair désormais. Il était dans l'œil d'un cyclone, serein comme jamais il ne l'avait été alors que des forces d'une puissance inouïe menaçaient de le broyer. Il embrassa du regard tout le laboratoire et perçut la présence du saint par-delà le mur de métal.

Les jeux étaient faits. Il ne reviendrait pas en arrière.

1 seconde. L'ingénieur s'était figé, les yeux rivés sur l'écran.

0 seconde. L'un des rectangles rouges s'était arrêté net.

+ 1 seconde. Une barre bleue grimpa d'un cran.

Le docteur Mantinéa secoua la tête.

— Ça se stabilise !

Fainsworth sentit la puissance refluer sans qu'il ait eu besoin de regarder les contrôles électroniques. Pendant un instant fugace, il avait eu la sensation de faire partie d'un tout. De faire corps avec les flux d'énergie. Et c'était un état merveilleux, comme une illumination. Il fit un signe de tête à la Louve pour qu'elle s'écarte du scientifique. Sur l'écran, des barres bleues grandissaient au fur et à mesure que les rouges redescendaient. Le docteur Mantinéa s'épongea à nouveau le front et poussa un soupir de soulagement.

— Nous avons eu beaucoup de chance, *my lord*. Beaucoup de chance.

— Ce que vous appelez la chance n'est autre que la prédestination, mais ce concept doit être étranger à votre esprit rationnel.

La Louve se colla à Fainsworth et murmura :

— J'ai cru qu'on allait tous y passer.

— C'est ce qui rend la vie si excitante, répondit l'aristocrate qui observait le volet de métal se relever. Je ne t'ai pas demandé si tu avais pris plaisir à l'expédition.

— Un grand plaisir, mon amour.

Fainsworth tourna la tête sur le côté et passa sa main autour de la taille de son interlocutrice.

— L'excitation, moteur de l'existence. À ce propos, je te préfère dans une tenue plus féminine. Ma louve cruelle et sans pitié.

La tueuse se pressa contre lui. Ses yeux brillaient.

— Je suis toute prête à t'en faire profiter.

— Pas tout de suite. J'ai encore besoin de parler avec notre ami, le docteur Mantinéa. Pars et va m'attendre dans ma voiture. Je n'en ai pas pour longtemps.

— Ne tarde pas. J'ai très envie de toi, je suis en manque depuis deux semaines. Tu vas souffrir pour cette absence prolongée.

— J'y compte bien…

La Louve l'embrassa dans le cou, se détacha de son étreinte et quitta le laboratoire sous le regard inquiet de Mantinéa. Le rideau de béton s'était entièrement relevé, dévoilant les appareils à rayonnement. L'ingénieur pianotait à nouveau avec fébrilité sur son clavier.

— Stupéfiant ! Pendant une minute, ces os ont généré cent millions de volts, l'équivalent de quatre éclairs pendant un orage. Et tout ça, après avoir été activés par le canon à protons. C'est une découverte qui remet en cause tout ce que l'on sait en matière de modélisation physique de l'énergie. Je ne sais pas ce qu'il y a l'intérieur mais à côté, la puissance de l'uranium est un pétard de fête foraine. J'ai des tas d'expériences à mener, je vais…

— Je comprends votre excitation et je la partage. Je vous laisse le squelette, sauf le crâne qui… n'a pas fini de parler. En revanche, tout ce qui s'est passé dans ce laboratoire doit rester confidentiel. Vous ne devez communiquer aucune information à vos collègues du centre.

Le docteur Mantinéa s'empourpra.

— Si je veux identifier l'origine et la nature de ce dégagement d'énergie, il va me falloir de l'aide, des simulations sur calculateurs, des…

Fainsworth s'assit à côté du docteur Mantinéa et posa sa main sur la sienne.

— Je suis comme vous, je veux connaître la source de cette énergie prodigieuse. Mais il serait prématuré d'alerter la communauté scientifique. Rassurez-vous, tout le mérite vous en reviendra. Plus tard. Je peux compter sur vous ?

Le chercheur s'affala contre son siège. La voix douce de l'aristocrate résonnait comme une menace.

— Oui… D'où tenez-vous l'existence d'une telle puissance ? D'où sortez-vous ce squelette ?

Fainsworth tapota l'épaule du scientifique. Ses yeux brillaient.

— D'où il vient n'a pas d'importance, mais il va changer le destin de l'humanité.

24

Jérusalem
Novembre 1232

Maison de l'Ordre

Derrière le bâtiment des réserves s'étendait, dans un enclos ceint de cyprès, le cimetière du Temple. Sous l'ombre d'un feuillage toujours vivace, on ensevelissait les frères dans la terre qu'avaient foulée Salomon et Jésus-Christ. Selon la tradition, les corps étaient enfouis face contre terre, en signe d'humilité, et une simple épée était gravée sur leur pierre tombale. Depuis plusieurs années, et vu le nombre de chevaliers tombés au combat, il n'y avait plus de gisants. Les corps, roulés dans un linceul, étaient recouverts de terre et une croix de bois marquait seule l'emplacement de leur sépulture. Le Devin gratta le gel qui avait durci le sol. Peu à peu, il dégagea la forme d'un triangle, orienté vers l'est. Il se releva, recula et contempla son œuvre. La terre était jaune, légèrement cuivrée, encore humide, elle brillait sous le soleil levant.

D'un raclement de sa botte, le Devin effaça la pointe

supérieure du triangle. Quand on voulait invoquer les morts, il fallait effacer cet angle, symbole de perfection, sinon les âmes en peine ne répondaient jamais à l'appel. De retour à la base du triangle, le Devin posa au sol trois coupelles en terre cuite. Puis il déboucha une gourde et versa du lait dans la première. Il se pencha pour voir si aucun élément impur ne souillait la surface immaculée. Rassuré, il saisit un pot et, à l'aide d'un bâtonnet de buis, fit couler du miel dans la deuxième coupelle. Une odeur sucrée monta du sol. Le Devin sourit. Les âmes égarées avaient une nostalgie éperdue des plaisirs d'En Haut, et surtout de la nourriture. D'un geste sec, il fit sauter le bouchon d'une autre gourde et la porta à ses narines. Un parfum de fruits rouges le saisit aussitôt. Lentement il versa le liquide couleur rubis dans la dernière coupelle. Puis il se recula, tendit les paumes vers le sol, et invoqua ceux d'En Bas.

Les Bains

Au milieu de la vapeur, la voix du lecteur montait comme la flamme d'une chandelle. Dans le bain, les yeux clos, le Grand Maître écoutait avec attention.

« *En l'an 1119 après la résurrection du Christ, le roi de Jérusalem Baudoin II, que sa sainte mémoire dure parmi les hommes, offrit à notre fondateur Hughes de Payns, que son saint nom soit vénéré, le domaine où s'élevaient avant les possessions du roi Salomon...* »

Armand de Périgord hocha la tête. À la vérité, les premiers Chevaliers du Temple avaient hérité d'un monumental tas de pierres. Des toitures effondrées, des murs écroulés, tandis qu'en ville tout le monde se gaussait de ces moines-soldats, pauvres et crasseux, qui campaient dans les ruines. Il avait fallu tout le pouvoir de conviction d'Hughes de Payns pour convaincre son suzerain, le comte de Champagne, de lui prêter quelques artisans, couvreurs, maçons et tailleurs de pierre.

« En quelques mois, la terre qui avait vu s'élever la gloire de Salomon reprit force et vigueur. De nouveau les murs montèrent à l'assaut du ciel, les toits immaculés servirent de piédestal aux colombes et le chant des louanges s'éleva pour célébrer la gloire du Tout-Puissant... »

À la vérité, Hughes de Payns avait subtilement agi. Aux artisans qui travaillaient à la reconstruction des lieux il proposa de demander leur affranchissement au comte de Champagne et de les intégrer au Temple naissant. À charge pour eux de bâtir au plus vite la maison commune.

Le cimetière

À travers les cyprès, le soleil jouait à cache-cache avec les tombes. Tantôt éclairant le bois noirci d'une croix, tantôt s'attardant sur un tertre fraîchement remué. Le vent était tombé. Un silence s'étendait qui coulait comme une source invisible. Un vol de colombes qui montaient du sud bifurqua brusquement et plongea vers le mont Sion. Le Devin connaissait l'enchaînement des signes. Les oiseaux étaient les premiers à s'écarter. Au fur et à mesure que les morts se rapprochaient, les animaux disparaissaient. Les lézards, eux, étaient les derniers à fuir. Quand un éclair vert serpentait sur une tombe, un revenant était déjà là. Le Devin recula et se posta contre le mur du cellier. Sans bruit, il s'accroupit et se fondit contre la pierre. Face à lui, les trois coupelles attendaient la venue des ombres.

L'empire des morts était bien différent de ce qu'enseignait l'Église. Pour les prêtres n'existaient que deux mondes définitivement antagonistes : le Paradis et l'Enfer. C'était bien mal connaître la géographie sacrée du royaume des Ténèbres. Avant que d'atteindre au rivage de l'éternité, il y avait un long chemin à parcourir où beaucoup d'âmes s'égaraient, parfois à perpétuité. Le Devin avait croisé bien des esprits, demeurés en souffrance dans les mondes intermédiaires. Certains n'étaient pas parvenus à quitter la terre et erraient parmi les hommes, apeurés et amers. D'autres avaient tenté de s'élever jusqu'à la Lumière, mais avaient échoué à se purifier. Ils demeuraient prisonniers d'eux-mêmes, trop épurés pour la terre, trop souillés pour le ciel.

Un frisson parcourut la surface du lait. Une ride qui trahissait une âme.

Le Devin s'approcha.

Un soubresaut agita la coupelle où se liquéfiait le miel.

Le chevalier gagna le centre du triangle tronqué.

Il n'y avait qu'un seul moyen de retenir une âme.

Le Devin dégagea son poignet.

Le sang.

« Les ouvriers travaillaient jour et nuit. Apprentis, maîtres se relayaient pour offrir à l'ordre du Temple l'écrin de pierre où comme un diamant habilement taillé il brillerait de toutes ses vertus. Devant tant de dévouement et de foi, le roi de Jérusalem Baudoin II, que sa sainte mémoire dure parmi les hommes, agrandit le domaine en le dotant de nouvelles terres... »

Le Grand Maître se prit à sourire. Les terres offertes par le vieux Baudoin n'étaient qu'un désert de cailloux. Aucune végétation n'y poussait. Certains prétendaient que la terre avait été salée par les Romains en guise de malédiction, comme à Carthage. De vieux Juifs pourtant venaient s'y recueillir, en récitant des psaumes. Interrogés, ils furent unanimes pour indiquer qu'en cet endroit désolé s'élevait le Temple de Salomon.

« Devant tant de générosité, Hughes de Payns décida de consacrer ce lieu à la prière et à la méditation et d'édifier une chapelle, où tous les jours seraient célébrées des actions de grâces pour les bienfaiteurs de l'Ordre. Aussitôt, les frères artisans se mirent à l'œuvre pour élever un Temple à Notre-Seigneur...

Sauf que le Temple n'avait ni pierres, ni argent pour une telle construction. C'est alors qu'un des artisans eut une idée. Il avait travaillé à l'agrandissement de la ville de Provins en Champagne où les architectes avaient résolu le problème de l'approvisionnement en pierres, en creusant des carrières souterraines, ensuite utilisées comme réserve ou entrepôt.

« Aymon, frère maçon, réunit quelques frères et leur proposa de forer le sol pour voir si la pierre pouvait être utile à la construction. Tous s'attelèrent à la tâche, déblayant le terrain, charriant les cailloux, mais grand fut leur étonnement, une fois les gravats ôtés, de trouver un large et magnifique pavement en forme de damier. Chaque dalle était de marbre, soit noire, soit blanche. Sauf celle du centre qui était en pierre fruste. Prévenu par Aymon, Hughes de Payns, que son saint nom soit vénéré, ordonna qu'on la soulève. Immense fut leur surprise…

Dans un ruissellement d'eau fumante, Armand de Périgord sortit du bain et claqua des mains. Un instant interrompue, la voix de l'Archiviste interrogea :

— Vous avez pris votre décision, Maître ?

— Nous allons initier le Devin au Secret.

— Qu'il en soit ainsi.

Le Grand Maître porta la main sur son cœur. L'Archiviste salua à son tour et quitta la chaire. Armand de Périgord s'approcha du livre posé sur le lutrin, le rabattit et fit jouer les fermoirs.

La suite, il la connaissait.

Le cimetière

Heureusement le Devin avait toujours l'oreille aux aguets. Dès le premier bruit, il effaça le triangle d'un coup de botte. En un instant, toute trace du rituel avait disparu. Quand le novice, haletant, pénétra dans le cimetière, il ne trouva qu'un chevalier plongé dans une profonde prière pour ses frères défunts.

Confondu de respect, il attendit la fin de l'oraison et pria le Devin de rejoindre le Grand Maître dans la bibliothèque.

Quand il entra, Armand de Périgord se tenait debout près d'une table de travail. Sans se retourner, il l'interrogea :

— Devin, jusqu'où va ta fidélité au Temple ?

Le chevalier se raidit.

— J'ai risqué ma vie pour lui. Je lui appartiens. Corps et âme.

— L'âme appartient à Dieu, rectifia le Grand Maître. Ce que le Temple veut, c'est ta volonté et ta foi.

Le Devin posa un genou à terre.

— Maître, ordonnez.

— Lève-toi.

Le templier s'exécuta. Sous son baudrier, le cœur lui battait plus fort. Périgord posa sa main gantée sur son épaule.

— Jusqu'ici tu as obéi en aveugle. Maintenant tu vas agir dans la lumière.

Le Grand Maître se tourna vers l'Archiviste.

— Montre-lui.

Le moine s'écarta de la table, laissant apparaître un parchemin déplié. Le Devin s'approcha. Dessiné sur la page, un large trait noir courait en ligne droite avant de se perdre en un écheveau de ramifications. Tandis que d'autres traits de couleurs différentes se développaient d'une façon anarchique.

Le Devin releva la tête.

— Je ne comprends pas.

Le Grand Maître posa la main sur le plan.

— Nous non plus…

Le templier ouvrit des yeux incrédules.

— … et c'est pour ça que nous avons besoin du rabbin d'Al Kilhal.

25

Paris
Montmartre
De nos jours

Le père da Silva et Marcas étaient debout face au monolithe, faiblement éclairé par des lampes torches posées à terre. Le prêtre croisait les bras, le regard fixé sur le tombeau éventré. Il avait parlé pendant un quart d'heure, sans omettre le moindre détail.

— Après que le pape m'a avoué sa responsabilité dans l'exécution des survivants de l'ordre du Temple, afin de mettre la main sur leur trésor, j'ai voulu prendre le large. Mais mon obéissance a pris le pas sur ma conscience.

— Et ensuite ? Pénitence. Trois Pater, deux Ave, et on oublie tout.

— Ne soyez pas plus dur que vous ne l'êtes. Deux jours après ces révélations, notre Saint-Père a fait une attaque cérébrale. Il faut croire que ce trésor des Templiers est maudit.

— Les médias n'en ont jamais parlé ou alors ça m'a échappé.

— C'est normal, nous n'avions nul besoin d'en faire état. Sa… Sainteté s'est remise, mais ses fonctions cérébrales ont été bientôt diminuées. Il a été quasiment mis sous tutelle d'un petit comité de cardinaux. Un matin, il m'a fait demander à son chevet. Il n'était plus que l'ombre de lui-même ; j'avais en face de moi un vieillard décharné, conscient de comparaître devant Dieu. Et tremblant de peur.

Marcas haussa les sourcils.

— D'être damné pour ses péchés ? De rôtir en enfer avec le père Hemler ?

— Non. Il acceptait de se soumettre au tribunal de Dieu et de se justifier. Mais il avait peur pour l'existence même de l'Église.

— Je ne comprends pas. Je croyais que le trésor allait renflouer les caisses du Vatican.

— Je parle d'existence spirituelle. De la présence même de l'Église sur cette terre.

La chambre était plongée dans une douce pénombre. Un rayon de soleil dessinait un fin rectangle lumineux sur la couverture brodée, faisant ressortir l'éclat doré des armoiries papales. Le vieillard ramena les draps sur lui et lança un regard au père da Silva, assis sur une chaise.

— Je le vois à votre regard. Vous m'en voulez toujours, mon fils ?

— Je ne peux éprouver de ressentiment à l'égard du Saint-Père, répondit le Portugais qui peinait à entendre les paroles du pape.

— Da Silva, approchez-vous. J'ai du mal à parler, les muscles autour de ma bouche se sclérosent, un effet secondaire de l'attaque. Un pape muet, quelle

dérision pour celui qui est censé apporter la parole de Dieu. Je vais bientôt mourir et comparaître devant le tribunal de Dieu. Comme l'un de mes prédécesseurs, Clément V, celui qui avait ordonné la dissolution de l'ordre du Temple.

Da Silva obéit et rapprocha sa chaise à côté du lit du pape. En d'autres temps, il se serait agenouillé, en signe de déférence. Le vieillard lui prit le poignet et le fit venir plus près de lui. Son haleine était chargée, ses yeux rougis, sa peau presque translucide. Le vicaire du Christ était aux portes de la mort, du jugement.

— Peu importe votre ressentiment à mon égard. Je fais appel à vous, car vous êtes un serviteur de Dieu droit et courageux. Un soldat dont l'Église est fière. Écoutez-moi attentivement. Il existe une autre loge templière, analogue à celle que j'ai détruite. Ceux-là sont infiniment plus dangereux, ils détiennent le véritable secret de l'ordre du Temple. Un secret si redoutable que les fondements mêmes de l'Église peuvent être balayés. Le mortel secret des Templiers...

— Je croyais qu'il s'agissait du trésor.

— Ce n'est que l'écume... Je ne vous parle pas de biens matériels mais d'un mystère qui transcende tout.

— Je ne comprends pas, Saint-Père, d'où tenez-vous cette légende ?

La vieille main s'agrippa encore plus fort au poignet du prêtre.

— Ce n'est pas une légende. Ils nous haïssent depuis des siècles et veulent leur vengeance. Vous devez les empêcher d'agir !

— Comment ?

— Je vous ai nommé comme envoyé personnel auprès du coordinateur des travaux de récupération

du trésor. Retournez en France, à Paris, et ouvrez les yeux. Cette engeance de Satan se manifestera.

Dans la crypte, l'une des torches clignota et faiblit. Il était temps de remonter avant que l'autre ne rende aussi l'âme. Marcas dévisagea le prêtre avec intérêt. Il paraissait sincère.

— Et vous pensez que les tueurs font partie de cette autre loge templière ?

— Oui. Le Saint-Père ne mentait pas. Il n'avait aucun intérêt à mentir.

— Quel est ce secret ?

— Je n'en sais rien, mais il y a fort à parier qu'il n'est pas étranger à l'univers maçonnique. Voilà aussi pourquoi j'ai insisté pour que vous veniez quand j'ai appris la mort du père Roudil et l'éventrement du caveau. Il faut retrouver ces tueurs.

Londres
Quartier de la City

La tour St Mary Axe brillait dans la nuit. Des myriades de veilleuses de toutes les couleurs, disséminées à tous les étages la faisaient scintiller. Un chapelet de triangles enrobait, de la base au sommet, sa carcasse d'obus allongé. Ou de *grand cornichon*, selon les vieux Londoniens les plus rétifs aux talents de l'architecte Norman Foster. Le gratte-ciel construit dans les années 2000 venait juste derrière la *42* pour le titre de tour la plus haute de la City, mais la battait en originalité. Pour le meilleur ou pour le pire.

La prestigieuse St Mary Axe empilait de bas en haut

une kyrielle de sociétés d'assurances dont la Swiss Re, l'autre nom de la tour, de courtiers en tout genre, de succursales bancaires de trading mais pas uniquement. Des particuliers fortunés, souvent des financiers déjà propriétaires d'appartements à Mayfair ou à Belgravia, avaient acheté des pied-à-terre dans la City. On y trouvait aussi quelques cabinets de psychanalystes renommés, spécialisés dans une clientèle qui appréciait de s'allonger sur des divans avec vue plongeante sur la capitale.

Il était 5 heures du matin et les psys, noyés dans leur sommeil, ne s'occupaient que de leur propre inconscient. Le trente-troisième étage de la tour était le seul à être complètement éclairé. La salle de veille de la prestigieuse agence de notation Concordia bourdonnait sur un diapason asiatique.

Isolés dans leurs minuscules box, les dix agents du desk du matin observaient les marchés japonais en pleine ébullition et suaient à grosses gouttes. La Bourse de Tokyo dégringolait depuis 2 heures de l'après-midi, heure locale, plombée par un indice Nikkei en chute libre. Les deux mastodontes bancaires, Mitsubishi et Sumitomo, avaient revu à la baisse leurs prévisions semestrielles, entraînant un retrait massif des investisseurs. Ce n'était pas tant le fléchissement des activités financières qui inquiétait les marchés, mais la réaction en chaîne prévisible pour les banques de l'archipel. Une spécificité nippone, car les grands cartels industriels étaient indissociablement liés au monde bancaire. Comme si en France, Total, Peugeot et la Société Générale faisaient partie d'un même groupe.

Il restait encore plusieurs heures avant la fermeture de la Bourse nippone et les analystes de Concordia

Limited scrutaient leurs écrans d'ordinateurs qui clignotaient de partout, comme une centrale nucléaire en état d'alerte. Une sale journée, comme tant d'autres depuis la crise.

Assis sur sa chaise métallisée en forme de goutte, conçue par un designer suédois qui confondait mobilier de bureau et instrument de torture, le *chief master* consulta l'horloge murale d'un air dégoûté et avala une gorgée de café froid. Il pouvait faire une croix sur sa prime mensuelle, Concordia venait de faire perdre en moins d'une heure la bagatelle de vingt-quatre millions de livres sur Tokyo et au moins autant sur les autres places asiatiques. Il allait devoir pondre un rapport pour expliquer son analyse erronée. C'était la seconde fois qu'il se plantait sur l'attribution d'un triple A à des japonaises.

Le *chief master* se tourna vers la paroi vitrée et s'absorba dans la contemplation de la ville, plus tout à fait endormie et pas encore réveillée. Il enviait ses voisins, qui dormaient encore, insouciants des drames boursiers qui se jouaient à des milliers de kilomètres de leurs tranquilles appartements de Kensington et de Mayfair. Sa femme devait être enroulée dans les draps de chez Delson and Crisper. Cela faisait six mois qu'il avait été muté dans l'équipe du matin. Il la quittait chaque jour, en plein milieu de la nuit, pour s'occuper des intérêts des clients de son patron sur les places asiatiques. Il tourna la tête vers l'ouest de la ville, tout était sombre mais on devinait les masses imposantes des immeubles, en particulier le dôme de la cathédrale Saint-Paul.

Une petite lumière rouge clignota sur son téléphone

anthracite. Il décrocha d'un air las. Une voix familière retentit :

— Alors, Casper, le pays du Soleil-Levant nous refait un Fukushima, version boursière ?

Il se redressa. Son patron ne mettait jamais les pieds au bureau à cette heure matinale. Il fallait se couvrir, tout de suite.

— On dirait. Les autres analystes n'ont rien vu venir, je me suis fait communiquer leurs prévisions de la semaine dernière. C'est pitoyable, ils conseillaient tous d'acheter du japonais.

— Ça perd beaucoup ?

— Une question de curseur, j'ai donné l'ordre de réévaluer, répliqua le *chief master*.

— Une question de curseur… Balkin, venez dans mon bureau, voulez-vous ?

Le responsable mit moins d'une minute à parcourir la moitié de l'étage, il ne fallait jamais faire attendre Lord Fainsworth. Il entra dans le vaste bureau qui donnait une vue à couper le souffle sur la tour de Londres et Southbank. La décoration se réduisait à une mince et longue table en basalte noir, incurvée de chaque côté, comme des ailes d'avion ; sur le mur principal, à l'opposé des baies vitrées, une immense photo rectangulaire en noir et blanc de Stonehenge noyé dans le brouillard et sur un coin, à côté de la porte, un Giacometti raide et effilé qui hurlait en silence. Il y avait juste deux sièges, en carbone tungstène de chaque côté de la table. Et c'était tout. Un minimalisme sombre et froid.

Casper Balkin s'était toujours senti mal à l'aise dans ce bureau, comme les rares cadres qui avaient le privilège d'y entrer. Il y avait une autre pièce attenante, toujours fermée, où personne n'était autorisé à accéder, pas même la secrétaire. C'était ainsi et personne n'aurait eu l'idée saugrenue d'y mettre le nez.

Lord Fainsworth était debout devant la vitre en losange ; il contemplait la capitale, les mains jointes derrière le dos. Il ne se retourna pas à l'entrée de son subordonné mais tendit le bras vers le complexe de la tour de Londres.

— Mon cher Balkin, je suppose que vous connaissez les vieilles légendes qui courent sur les fantômes de notre bonne vieille tour.

— Euh oui, *my lord.* Anne Boleyn, l'une des femmes de Henri VIII et les enfants d'Édouard IV. Notre nanny nous terrorisait avec ces histoires macabres.

— Bien, bien… Vous aviez une nounou qui respectait les traditions, quelle chance ! L'endroit est merveilleusement hanté, quoi de plus normal au vu des atrocités qui s'y sont déroulées…

— Vraiment ? répondit prudemment le cadre qui se méfiait des digressions pseudoculturelles de son patron.

La dernière fois qu'il l'avait entendu disserter sur la construction des ponts de Londres, c'était pour annoncer une fusion-acquisition sanglante.

Le président de Concordia se retourna vers lui. Il avait le visage fatigué, comme s'il avait passé une nuit blanche. Il souriait, et cette expression mettait Balkin encore plus mal à l'aise.

— Je vais vous apprendre quelque chose que ne vous a pas raconté votre nanny. Saviez-vous que l'une des tours, la White Tower, est la seule où l'on ne voit plus de fantômes ?

— Non, *my lord.* Elle a été exorcisée par des prêtres ?

L'aristocrate sourit.

— Ils ont bien essayé plusieurs fois, à l'époque médiévale, mais ça n'a jamais marché. D'ailleurs, les prêtres se sont enfuis en hurlant. Non, c'est finalement un templier défroqué qui a suggéré de faire un sacrifice animal. Ou humain, on ne sait pas trop. En tout cas, le résultat a été efficace : au cours des siècles suivants, aucun revenant ne s'est aventuré en ces lieux. Toute la White Tower est devenue un havre de paix. Voyez-vous où je veux en venir ?

Balkin se contorsionna sur son siège. Il ouvrit de grands yeux étonnés.

— Précisez, *my lord*...

— Le sacrifice, mon ami. Le sacrifice d'un seul pour le bien de la communauté. Vous auriez dû anticiper la baisse sur les marchés asiatiques. C'est pour ça que je vous paie et que nos clients nous font confiance. Vous êtes viré, mon vieux. Je ne veux pas voir rôder les fantômes de l'échec dans notre belle tour, dédiée à sainte Mary.

Balkin se leva d'un bond.

— Je ne suis pas devin ! Personne ne s'y attendait et...

— Si, j'ai reçu un mail en copie de notre représentant à Tokyo, cela fait deux jours qu'il évoque des rumeurs de tension chez Mitsubishi.

— Je ne l'ai pas jugé fiable, il s'était déjà trompé.

— Erreur. Et c'est la seconde en un an. Finissez votre permanence et rassemblez vos affaires. Ma secrétaire vous fera parvenir un chèque. Plus que confortable. En échange, vous me signerez une attestation d'abandon de toute poursuite devant un tribunal.

Le cadre s'effondra sur le siège.

— J'ai cinquante-quatre ans, jamais je ne retrouverai un poste équivalent. Dans la City, tout le monde saura ce qui m'est arrivé.

— Casper le fantôme, plus personne ne fera appel à vous après vos performances détestables. Il est peut-être temps de changer de carrière. Bonne journée. Fermez la porte derrière vous.

Lord Fainsworth lui tourna le dos et contempla à nouveau les toits de la capitale. Il entendit la porte se refermer dans un claquement sourd. Son subordonné n'existait déjà plus. Casper le fantôme, elle était bien bonne celle-là. Il avait déjà sous le coude une dizaine de remplaçants.

Il leva les yeux vers le ciel londonien qui changeait imperceptiblement de couleur, passant du noir au bleu sombre. L'aube n'allait pas tarder à poindre.

Il n'était pas fatigué, le voyage en hélicoptère depuis le centre de recherches nucléaires jusqu'à l'héliport de Canary Wharf s'était déroulé sans encombre. Il était même très excité de s'être débarrassé des tâches subalternes, comme le licenciement du chef trader.

Lord Fainsworth traversa le bureau et s'arrêta devant la porte de son cabinet privé. Son *templum secretum*, comme il l'appelait. Il positionna son œil devant un petit cadre en verre qui abritait un scanner de reconnaissance visuelle. La porte s'ouvrit dans un souffle et la pièce sans fenêtre s'illumina doucement. Un pan de mur entier était tapissé d'écrans qui retransmettaient des cours de Bourses. Au centre, posé sur une table grise, un crâne le fixait de ses orbites creuses. Fainsworth s'approcha, le prit dans ses mains et soutint quelques instants son regard vide, puis scruta l'inscription gravée sur la tempe.

Décrypter le message était un jeu d'enfant mais il avait résisté à l'impatience. Il voulait être chez lui, dans sa résidence de Lennox Gardens, nichée non loin de Sloane Square, pour recueillir le testament templier. Il déposa le crâne dans une boîte noire et carrée qu'il referma soigneusement. Une fois terminées ses obligations au sein de Concordia, il partirait rejoindre la Louve dans son manoir. Il contempla le crâne.

— Et tu me diras tout ce que tu sais.

26

Jérusalem
Novembre 1232

Le Puits

L'odeur le réveilla. Forte, corrompue et entêtante. Il la connaissait bien, elle avait été sa fidèle compagne tout au long de sa vie de pillages et de massacres. L'odeur du cadavre en décomposition. À une nuance près. Une senteur proche de celle de la vase s'y mêlait. Roncelin ouvrit les yeux mais ne vit que les ténèbres autour de lui. Il se redressa du mieux qu'il put, son genou cogna contre la paroi en pierre. Il poussa un juron qui se répercuta en écho jusqu'en haut du puits. Son corps en mouvement anima l'eau croupie, amplifiant l'odeur insupportable. Il n'allait pas tenir plus longtemps dans cette pourriture aquatique. Lui, le chef des djinns réduit à l'immobilité, son corps devenait flasque et débile. Dieu et son engeance de Légat avaient bien choisi son châtiment.

Il se massa le genou, la douleur était vive comme si l'eau accentuait la morsure de la pierre sur sa peau écorchée. Et ce ne serait rien en comparaison de ce qui l'attendait là-haut. Le visage meurtri du rabbin, quand on l'avait descendu à la lueur des torches, témoignait de la brutalité des envoyés du pape. Leurs méthodes expéditives étaient réputées à mille lieues autour de Jérusalem et même à la cour du roi, on frissonnait à l'écoute des sévices colportés par les geôliers. Combien d'hommes et de femmes, quelles que soient leurs croyances, avaient disparu dans les geôles infernales des serviteurs de la vraie foi ? Personne n'avait fait le compte. Roncelin grimaça, lui au moins quand il tuait, c'était rapide. La cruauté d'essence divine surpassait assurément celle des hommes. Un murmure s'insinua dans l'obscurité :

— *Klipoth, Klipoth…*

Il reconnut la voix de Maïmonès. Cela ressemblait à une sorte de prière. Curieusement, nulle angoisse n'était perceptible dans ce lamento. Il y avait même quelque chose de mélodieux dans les intonations du vieillard. Roncelin se rapprocha de lui.

— Tu pries ton Dieu, Juif ?

— Dans la tradition de la Kabbale, il est dit qu'il faut descendre au plus profond des ténèbres, dans le royaume de *Samael*, l'empire des *Klipoth*, l'état originel humide, sombre et maléfique, pour apercevoir la lumière. Et au-delà l'espérance, la beauté, *Tipheret*, la cinquième *sephirot…*

Roncelin ricana :

— La seule lumière que je vois, c'est celle de ta folie, vieux. La prochaine fois qu'ils ouvriront la trappe ce sera pour me soumettre à la torture. Et après ce sera toi. Tu es un mort en sursis.

La voix du rabbin se fit plus lente. Presque sereine.

— Qui te dit que je suis encore vivant ? Peut-être que je survis déjà dans une autre âme ?

En un instant, Maïmonès vit l'image de sa fille, penchée sur les textes sacrés, en train d'étudier la vérité à la lueur d'une bougie. Le Provençal, lui, prit un temps de réflexion avant de répondre. La foi du Juif dans ses propres paroles, même étranges, l'impressionnait.

— Tu parles par énigmes.

— L'univers entier est une énigme, mais Dieu nous a laissé des signes pour le décrypter. Et même derrière l'iniquité, l'arbitraire que nous vivons en ce moment, se cache une évidence.

— Tu n'as pas peur de la mort, toi qui seras damné parce que tu es juif ?

Maïmonès sourit dans l'obscurité. Cette prétention des chrétiens à connaître le jugement de Dieu !

— Je suis moins affirmatif que toi : je ne sais pas ce qu'il adviendra de mon âme. En revanche, je sais que tout homme, en ce monde, a une mission.

— La mienne me semble fort compromise, ironisa Roncelin.

Le rabbin posa sa main osseuse sur celle du Provençal.

— Détrompe-toi, elle ne fait que commencer.

Soudain un bruit sourd résonna en haut du puits, suivi d'un raclement familier. Une lumière vive troua les ténèbres, Roncelin détourna la tête pour ne pas être ébloui. Un cliquetis régulier descendait vers eux, accompagnant le lent balancement du tablier de bois occupé par le geôlier et deux hommes en armes. Une voix retentit :

— Roncelin, il est temps pour toi de parler.

Un rire suivit.
— Le Légat veut t'entendre en confession.

Palais du Légat

Le dominicain attendait dans l'antichambre. Posé à même ses genoux, le procès-verbal officiel sur l'intervention d'Al Kilhal était roulé dans une lanière de cuir. Ses ongles limés en pointe tenaient le parchemin comme les serres d'un rapace. Il faut dire que ce rapport était le premier du genre et devait servir de modèle pour tous les comptes rendus ultérieurs. Ainsi le voulait le Légat dont l'œil inquisiteur allait pouvoir scruter jusqu'au plus infime détail. Chaque participant à l'affaire d'Al Kilhal avait été interrogé, aussi bien les rares survivants que les soldats qui avaient poursuivi les pillards. Chacun avait dû répondre à une suite serrée de questions que le Légat avait préparées lui-même.

Dans le secrétariat du palais, on avait peu apprécié cette innovation. Jusque-là, toute affaire d'Église n'avait qu'un seul témoin, un homme de Dieu, dont la parole était vérité. Et voilà qu'aujourd'hui, on allait jusqu'à faire témoigner des Syriaques, des musulmans, des soudards qui ne savaient même pas écrire leur nom. Le conseiller avait eu le plus grand mal à apaiser la colère des secrétaires. Mais quand le bruit avait couru que c'était le Saint-Père lui-même qui avait initié cette réforme, l'agitation était aussitôt retombée et chacun avait eu à cœur de se conformer avec le plus grand zèle à la volonté du pape.

Lentement, le conseiller fit rouler une des billes de buis de son chapelet. Il avait toujours été impatient et la prière l'aidait à vaincre ce défaut. Tout en récitant un Ave, il s'approcha de la fenêtre en ogive. Un passant traversait la cour. En se penchant, il reconnut Arnault le geôlier. Une fois encore, il quittait son service alors que la prison était remplie des détenus d'Al Kilhal. Le dominicain laissa glisser son chapelet et nota mentalement de changer de gardien. On ne pouvait tolérer qu'un serviteur de l'Église s'encanaille dans les tripots de la ville basse.

Derrière la porte, le Légat, torse nu, observait le jeu de ses muscles dans un miroir de Venise. Il ne contemplait jamais son visage, juste son corps. Un moyen de se rappeler le désarroi de son père quand il lui avait annoncé qu'il se consacrerait à Dieu plutôt qu'à l'héritage de sa lignée. Une discipline pour ne jamais oublier que c'était une guerre qu'il menait pour l'Église. Non pas celle des croisés, arrogants et violents, ne connaissant que le fer et le feu, mais celle de l'esprit. Unc lutte sans pitié où l'ignorance, la supercherie et la vanité des hérétiques devaient être traquées, dénoncées et éradiquées.

Le Légat se rapprocha de sa table de travail. Il contempla le livre de Flavius Josèphe, soigneusement annoté dans les marges. Décidément, ce Juif était une source inépuisable sur les us et coutumes de son propre peuple. Voilà qui lui servirait bientôt. En attendant, s'il devait mener le combat, il lui fallait une armée. Depuis sa prise de fonction, il avait observé ses collaborateurs, des hommes vertueux certes, fidèles, appliqués, mais incapables d'un combat à mort. Il lui fallait des hommes à l'esprit d'airain et au cœur trempé dans l'acier, des hommes capables de tout au nom de Dieu et du pape. Et pour cela, il avait besoin d'or. Le Légat passa une chemise en toile, figea son visage et sonna pour qu'on fasse entendre son visiteur.

La porte s'ouvrit. Le conseiller entra et s'inclina. Assis dans une cathèdre, le Légat examinait des feuilles sur son pupitre. Un stylet, taché d'encre, noircissait le bois. Tout en s'avançant, le dominicain reconnut les procès-verbaux des interrogatoires. Le Légat avait exigé qu'on les lui transmette aussitôt transcrits. Des notes, comme des pattes de fourmi, envahissaient les marges. Brusquement, le dominicain se sentit inutile avec son rapport en lettres moulurées et paragraphes enluminés.

— Prenez place, conseiller.

— Seigneur, je vous apporte le compte rendu définitif que votre sagesse a commandé à vos zélés secrétaires.

Le regard encore perdu dans sa méditation, le Légat approuva légèrement de la tête. Il avait lu l'intégralité du dossier et connaissait déjà les réponses aux questions qu'il allait poser. En fait, il ne restait qu'un point à éclaircir.

— Selon vous, pourquoi cette compagnie de pillards a attaqué Al Kilhal ?

Le dominicain préféra être prudent et se contenter de généralités. Depuis qu'on l'avait jeté dans la gueule du loup, son admiration pour le Légat avait décru à proportion de sa crainte.

— Seigneur, il y a fort à parier qu'ils aient été attirés par le simple appât du gain, Al Kilhal est une riche cité…

Le sourcil du Renard marqua une subite inflexion. Il laissa tomber comme par hasard :

— D'ailleurs, nous n'avons toujours pas retrouvé tout l'or qu'ils ont volé.

Cette fois le dominicain s'empressa de répondre :

— Les survivants ont dû partager la rançon à la hâte et fuir chacun de leur côté. À l'heure qu'il est, ils doivent la dépenser en plaisirs impies.

— Une pareille somme ne s'évanouit pas dans un bordel, conseiller.

Le regard du dominicain se ficha dans le sol. Il y avait des mots qu'il n'aimait pas entendre, encore moins dans la bouche d'un prélat.

— Croyez bien, Votre Seigneurie, que tous nos contacts sont à l'affût…

— La plupart des hommes du dénommé Roncelin ont déjà dû se répandre en ville, et pourtant aucun de vos mouchards ne nous a avertis de la moindre transaction en or dans les bas quartiers.

La voix du dominicain vibra comme quand il était en chaire et qu'il s'enflammait contre le péché :

— Seigneur, si nous avons des oreilles dans tous les lieux d'infamie de Jérusalem, c'est pour débusquer les hérétiques, poursuivre les blasphémateurs, traquer le mal…

— Alors, changez d'oreilles et déliez les langues, coupa le Légat, l'Église a besoin de retrouver cet or.

Le conseiller afficha une mine sombre.

— Cet or, volé dans la violence et le sang, est maudit. Dieu aura puni ces mécréants en les faisant périr en d'horribles souffrances.

Le Renard faillit hausser les épaules. L'intervention personnelle de Dieu le laissait toujours de marbre. Si le Très-Haut voulait punir, il avait des hommes pour exécuter des basses œuvres et lui, le Légat, en faisait partie. Il se leva.

— Conseiller, l'Église a besoin d'or pour combattre ses ennemis, fût-il du diable.

Quartier de l'Arbre sec

Les rues qui bordaient le mur d'enceinte ressemblaient à un labyrinthe crasseux et puant. Les visiteurs, surtout s'ils étaient de marque, s'étonnaient toujours que le Légat n'ait pas encore rasé ces échoppes miteuses et ces maisons branlantes. À chaque fois, le Renard hochait la tête d'un air entendu, mais ne faisait rien. Lui, savait que ce lacis impraticable de rues, sales et obscures, protégeait la ville mieux qu'une muraille. Un autre en était certain, Arnault le geôlier, convaincu que dans ces ruelles étroites, ces venelles sans soleil, nul ne le débusquerait quand il allait boire en cachette. Par précaution, cependant, il jeta un coup d'œil latéral pour s'assurer que la rue était déserte. Rassuré, il ouvrit la porte et pénétra dans l'atmosphère chaude et bruyante de sa taverne favorite. Sans enseigne, ni inscription, le *Bœuf écarlate* n'était connu que d'une poignée d'initiés qui savaient que, quel que soit le maître de Jérusalem, chrétien ou musulman, on pouvait continuer à y boire aussi bien le vin lourd d'Arménie que l'alcool brûlant du pays des Cèdres. Arnault, lui, avait retenu que l'on servait à toute heure un rouge râpeux qui avait le don particulier de lui faire oublier ses malheurs. Et des malheurs, le geôlier en avait : une femme infidèle, un fils bancal et des détenus dont la vue et l'odeur achevaient de le désespérer. D'ailleurs, au bout de deux ou trois rasades, il ne se privait pas de dire tout le bien qu'il pensait de ses pensionnaires.

— … ne me parlez pas des chrétiens d'Orient, mon bon sire, des rebuts, des déchets, pire que des déjections d'animal…

Arnault avait eu de la chance : un pèlerin au visage tordu, visiblement aussi abreuvé que lui, venait de l'inviter à partager un pichet. Du vin grec. Noir et sucré. Un pur vice.

— … Je viens de recevoir des Syriaques… Je n'en donnerais même pas à dévorer à mes chiens, tant ils sont gonflés de graisse… des parasites qui se sont empiffrés sur la misère des pauvres gens…

Son interlocuteur hocha la tête. Son visage était tuméfié comme au sortir d'une rixe. Son œil gauche surtout n'était plus qu'une croûte noirâtre. Autour du cou, il portait une sébile avec une inscription gravée. Arnault avait compris qu'il était muet. Exactement ce qu'il lui fallait pour déverser sa bile.

— … Et je parle pas des musulmans, eux, leur chair se boucane dès qu'ils sont en prison. En moins d'une semaine, ils puent plus qu'une charogne. Je suis sûr que c'est le diable qu'ils ont dans le corps qui essaye de sortir…

Le pèlerin faillit grimacer aux propos du gardien, mais garda son masque de sympathie. Il hocha la tête et jeta une pièce sur la table. D'un signe de la main il commanda un autre pichet.

— Ah toi, tu me comprends, s'émut Arnault, tu n'es pas comme ma femme qui est une putain, ou mon fils dont le démon a pourri la jambe…

Le vin coula dans le gobelet d'étain. Le geôlier

l'avala aussi sec. Quand il s'essuya les lèvres, une lueur de haine s'alluma dans ses yeux. Il murmura :

— … parmi les prisonniers, j'en ai un…

Le pèlerin se pencha pour mieux l'entendre. Arnault saisit le pichet.

— Lui, c'est pire… Il est juif.

Palais du Légat

Roncelin n'avait plus assez de salive pour parler. C'était la première fois de sa vie qu'il voyait tout en rouge. Le sang avait coulé de tout son corps et ses yeux buvaient la lumière sous un voile écarlate. Ce n'était pas la seule chose qui était nouvelle pour Roncelin. Tout était à l'envers devant lui, les chaises, les hommes debout avec des fouets, la table encombrée d'instruments de torture dont certains qui lui étaient inconnus. Il pouvait même voir les taches de sang et des bouts de chair mêlés dans la poussière grisâtre du plancher.

Un monde rouge et à l'envers. Le monde du diable.

Ils l'avaient suspendu là depuis une éternité de souffrance et il avait craché tout ce qu'il savait. Mais ça ne suffisait pas et ils n'en avaient pas fini avec lui. En fait, ils ne faisaient que commencer.

Comme il descendait l'escalier qui menait à la chapelle, le Légat se mit à rire. Il ne s'autorisait ce plaisir que quand il était seul. Il écouta le son de sa joie rebondir sur les murs de pierre. En bas, un homme souffrait. Ce rire qui résonnait sous la voûte achèverait sans doute de l'abattre.

Le Légat avait toujours eu du goût pour les mises en scène macabres. Jeune, il se passionnait pour les Mystères, ces pièces où l'on jouait, sous forme de drame, des épisodes de la vie du Christ. Le peuple raffolait de ces représentations. Les enfants pleuraient quand on hissait le fils de Dieu sur la croix, les hommes maudissaient Judas, les femmes se voilaient la face en gémissant quand Ponce Pilate condamnait le Sauveur à la mort. Le Légat, lui, était fasciné par la puissance émotionnelle de ces scènes, il les jugeait beaucoup plus subtiles et efficaces que le sermon d'un curé pour convaincre en profondeur les masses. Les spectateurs, même incultes, s'identifiaient à la Passion du Christ et en subissaient les mêmes émotions, les mêmes tourments. Cette idée le préoccupa longtemps. Elle était comme une lueur dans sa mémoire qui attendait de s'enflammer. Jusqu'au jour où la lumière fut. Si les spectateurs partageaient tant d'émotion, que devait alors ressentir l'acteur qui les jouait ? D'un coup, le Légat comprit tout le sens pratique d'une pareille interrogation et sa joie grandit au fur et à mesure qu'il avançait vers la chambre des supplices.

Quand il pénétra dans la chapelle, il constata avec satisfaction que tout avait été exécuté selon ses ordres. Une harmonie parfaite. Surtout les couleurs. Le tourmenteur et ses aides éclairés de rouge à la lueur des torches, les murs sombres, presque noirs, et au centre la blancheur de la chair. Il leva les yeux et vit le corps de Roncelin attaché sur la croix, tête en bas. Des filets de sang coulaient de son visage tuméfié. Un manche d'ivoire et des pointes de métal brillaient au pied d'un lumignon posé à terre.

Le Légat s'empara d'un clou et le plaça à la verticale du pouce gauche entre l'ongle et la chair.

— Tu n'as toujours rien à dire ?

Le Provençal secoua la tête.

— J'ai tout dit, je le jure par le Christ.

Le Légat saisit le maillet et frappa un coup.

Un hurlement lui répondit.

Le Renard saisit un nouveau clou et le fit briller à la lumière des flambeaux. Il murmura :

— Ce prochain clou ira dans ta main droite, en plein dans la paume. Ainsi tu te rapprocheras un peu plus de Notre-Seigneur.

Une lueur d'effroi dilata les pupilles de Roncelin. Le Légat posa la pointe glacée du clou sur son front, le fit tournoyer, puis le serra dans sa paume.

— Je reviendrai te voir demain. En attendant, mes hommes vont te ramener dans le Puits.

Cette fois, Roncelin n'entendait plus. La souffrance avait aussi mutilé sa conscience.

27

Paris
Montmartre
De nos jours

Il était presque 19 heures quand Antoine rentra chez lui. L'appartement était envahi par une délicieuse odeur de viande rôtie. Gabrielle apparut sur le seuil du salon, la taille ceinte d'un tablier de cuisine orné de symboles maçonniques, cadeau d'un frère restaurateur de l'avenue Trudaine. Dessous, elle portait une robe courte et noire dont s'échappaient deux longues jambes gainées de très fine dentelle noire.

— Je te propose mes cailles spécial Marcas. Mijotées dans un jus de miel et d'abricots sur lit de pleurotes. Que sa seigneurie daigne mettre les pieds sous la table… Et si tu fais un seul commentaire sur mon tablier, je te les envoie à travers la gueule. Je pensais que tu allais arriver dans un quart d'heure.

— Le seigneur est même prêt à honorer la cuisinière du château, lança-t-il avec malice, ravi de cet accueil.

Il resta figé une poignée de secondes. D'autres ex lui avaient préparé des petits plats. Mais chez elles.

Toute la nuance se trouvait dans cette localisation géographique. Cela faisait des années qu'aucune femme n'avait envahi sa tanière. Et cette vision de Gabrielle en tenue sexy avec ce tablier ridicule le ravissait.

— Tu me feras penser à faire un tour du côté de Pigalle, on va te trouver un tablier de cuisine plus assorti à ta robe, murmura-t-il en se rapprochant d'elle.

— On devrait rétablir la peine de mort pour les machos de ton espèce, répondit-elle en arrachant le tablier.

Il voulut la prendre dans ses bras mais elle le repoussa dans le salon pour l'asseoir devant la table du salon, recouverte d'une nappe anthracite, éclairée par deux bougies rouges posées sur des chandeliers noirs. Deux assiettes rectangulaires de la même couleur se faisaient face, assorties de verres allongés, délicatement ciselés. Des pétales de roses parsemaient la table, formant de fins colliers entremêlés. Au centre, une carafe de vin oblongue était à moitié remplie d'un liquide carmin dont l'intensité variait en fonction de la lueur des bougies.

— J'ai fait quelques achats dans les magasins du quartier, ta vaisselle manquait d'une pointe de… sophistication, dit-elle en déposant devant lui une petite cocotte en émail bleue d'où s'échappait un fumet.

Il ouvrit de grands yeux.

— Qu'ai-je fait pour mériter un tel traitement ?

— Juste une récompense pour le retour du valeureux travailleur. Que s'est-il passé, ô mon maître ? demanda-t-elle.

Il remarqua qu'elle se cambrait un peu trop en lui

servant un verre de vin et ne put s'empêcher de laisser glisser son regard sur ses formes. La soirée s'annonçait à merveille.

Le temps de dépiauter et d'avaler consciencieusement ses cailles, il lui résuma sa journée. Gabrielle l'écoutait sans poser de questions mais une expression de tristesse s'était dessinée sur son visage. Il s'en aperçut et arrêta de manger.

— J'attends d'un moment à l'autre l'identification de la plaque. Avec un peu de chance, on aura une piste. Ça ne va pas ? C'est le retour de la Louve qui t'inquiète ?

La jeune femme jouait avec son couteau, le regard rivé sur la table.

— Non, toi.

— Je ne comprends pas.

— La façon dont tu racontes ton enquête. Tes yeux brillent, tu en parles avec passion. Ça me fait peur…

— Peur ?

Gabrielle se leva lentement et s'appuya contre le rebord de la fenêtre ouverte qui donnait sur le jardin du Sacré-Cœur. Elle prit un étui en aluminium et en sortit une cigarette longue, à bout blanc. Sa robe se fondait dans la nuit derrière elle.

— Oui. Ça te prend aux tripes. Tu n'as qu'une envie, continuer ton enquête. Exactement comme quand on s'est connus.

— Et alors ?

Une bouffée de fumée s'échappa de ses lèvres et remonta au-dessus de sa tête. Gabrielle le scrutait avec attention, comme pour le happer.

— On peut parler franchement, Antoine ?

Il n'aimait pas le ton de sa voix. Les rares fois où elle ponctuait une question par son prénom révélaient toujours la volonté de le pousser dans ses retranchements.

— Comme toujours, répondit-il prudemment.

— Ça va faire presque un an que l'on est ensemble. Pour moi, notre relation me comble. Tu m'apportes tellement. Et j'ai envie que ça dure, seulement…

— Seulement ?

Elle se redressa brusquement. Ses yeux se durcirent, sa voix se hacha.

— Arrête de répéter les derniers mots de mes phrases ! Ça m'énerve. Je ne peux pas construire une relation avec quelqu'un qui prend des risques tout le temps.

— Je suis flic, avec ce que ça comporte comme inconvénients, répliqua-t-il sur un ton sobre.

Gabrielle prit un air agacé. Elle écrasa sa cigarette, presque pas consumée, contre la pierre qui bordait la fenêtre.

— Pas un flic ordinaire ! Ce que nous avons vécu, ce que tu m'as raconté sur tes aventures précédentes, ferait fuir n'importe quelle femme dotée d'un minimum de bon sens. Si j'en crois tes *exploits*, tu es parti en quête du secret des alchimistes[1], de celui des Templiers, sans oublier l'aller-retour dans l'au-delà[2], et je suis sûre que tu m'en caches d'autres…

— Oh oui, j'avais oublié les nazis de Thulé et la secte des libertins de Casanova, ils sont…

— Arrête, s'il te plaît. Je ne me vois pas dans le

1. Voir *Le Frère de sang*, Fleuve Noir, 2007 ; Pocket, 2008.
2. Voir *Lux Tenebrae,* Fleuve Noir, 2010 ; Pocket, 2011.

rôle de la femme de l'Indiana Jones franc-maçon. J'ai passé l'âge.

— Objection, votre honneur ! Il n'était pas marié, répondit-il en réalisant au même moment qu'il s'enfonçait avec ses reparties foireuses.

Elle passa son index et son pouce autour de l'arête de son nez pour maîtriser son irritation grandissante.

— Tu vois très bien ce que je veux dire.

L'ambiance de séduction prenait le même chemin que les dernières volutes de fumée qui s'échappaient par la fenêtre. Antoine se leva et la serra dans ses bras.

— Tu crois que je n'ai pas souffert de ma vie privée merdique ? Un mariage raté, des liaisons bidon, et la seule fois où j'ai voulu m'investir avec une femme, elle est morte[1]. Je suis fou de toi mais je n'y peux rien si ces histoires me tombent dessus.

Elle restait entre ses bras, aussi brûlante qu'une statue de marbre, ses bras pendaient le long de son corps.

— Ça m'étonnerait, mais c'est ton problème. Moi, je ne veux pas passer mon temps à t'attendre pendant tes enquêtes. Et encore moins à trembler sur ton sort. C'est clair ?

Il essaya de la reprendre contre elle, mais elle résistait.

— Je suis désolé, et si on…

Le bruit d'une clé tournant dans la serrure de la porte d'entrée l'interrompit. Ils échangèrent un regard rapide et inquiet. Gabrielle le tira par la manche de sa chemise.

1. Voir *La Croix des assassins*, Fleuve Noir, 2008 ; Pocket, 2009.

— Tu attends quelqu'un ?

— Non. Pas à cette heure. Reste dans le salon.

Il ramassa sa veste posée sur un fauteuil et récupéra son Glock de service, puis arma le pistolet et s'approcha de la porte. Il crispa sa main sur la poignée de l'arme. Peut-être qu'elle avait raison, quoi qu'il fasse, le danger faisait irruption dans sa vie. Il entendit des pas de l'autre côté de la porte. Aucune lumière ne filtrait de la cage d'escalier. Son cerveau fonctionnait à toute allure, ce ne pouvait pas être les tueurs, ils étaient loin désormais. Ou alors, l'un d'entre eux était resté en observation. Et si c'était la Louve ? Elle aussi avait un compte à régler.

Il avança pas à pas dans le vestibule, sans faire craquer les lames de parquet. La porte était presque à portée de main. Gabrielle chuchota derrière lui.

— Quelqu'un d'autre possède les clés de ton appartement ?

Il lui fit signe de se taire. La porte s'ouvrit en grand. Antoine braqua son arme et cria :

— Stop. Police, je suis armé !

Un adolescent apparut dans le vestibule et s'arrêta net en voyant le canon du pistolet de Marcas. Il bredouilla :

— T'es dingue… Putain… Super, l'accueil !

Antoine abaissa son arme, tétanisé à l'idée qu'il aurait pu tirer sur son propre fils. Il gueula, plus pour expulser sa colère que contre son fils.

— Pierre, je t'ai toujours dit de sonner avant d'entrer.

— Tu sais que l'infanticide, c'est la perpétuité ? Bon, j'ai un truc à te demander…

L'adolescent s'avança dans le salon et marqua un temps d'arrêt en découvrant Gabrielle.

Elle le dévisagea avec sympathie. Grand, mince, l'air têtu, les lèvres minces, tout le portrait d'Antoine jeune, sauf la blondeur de la chevelure, un front plus bombé et des yeux moins graves. Il était vêtu d'un jean gris sur lequel flottait une chemise informe à carreaux noirs et blancs, un sac sur l'épaule. L'air embarrassé, Marcas croisa les bras.

— Je fais les présentations. Mon fils Pierre, Gabrielle, une amie. Et vice versa.

Gabrielle lui jeta un regard froid et dit :

— Une amie, Antoine, tu as le sens de la précision. (Puis elle se tourna vers son fils et afficha un sourire instantané.) Je suis enchantée de te connaître, ton père est un petit cachottier.

— Un partout. Lui non plus ne m'a pas parlé de vous. C'est son côté franc-mac de vouloir tout cacher.

Pierre s'installa sur la chaise de Gabrielle. Antoine lui tendit un verre d'eau. L'adolescent le but d'une traite et le reposa sur la nappe.

— On mange quoi ?

Antoine se planta devant lui.

— Nous, des cailles, toi je ne sais pas.

— Je te casse ton coup ?

— Ne me parle pas comme ça.

Gabrielle secoua la tête et prit le bras d'Antoine.

— Allons, c'est une excellente idée de manger tous ensemble. J'ai deux Marcas pour moi toute seule. Quelle chance !

Pierre s'adressa à son père, sans regarder la jeune femme.

— Super. Elle a de l'humour. C'est pas comme

l'autre. L'artiste ratée que tu avais rencontrée sur Meetic. Quelle tache !

Antoine leva les yeux au plafond. Gabrielle sourit.

— Vraiment ? J'espère que je m'en tirerai mieux.

— Je sais pas. Vous êtes plus âgée que les autres.

Gabrielle ne cilla pas et lui adressa son plus beau sourire.

— Charmant… Toi aussi tu fais plus jeune. C'est quoi, ton Pokemon favori ?

L'ado la dévisagea d'un air méfiant.

— J'ai passé l'âge de ces conneries. Mais celui que je préférais c'était *Marcassetoidela.*

— Pierre, ça suffit ! gronda Antoine.

— Et moi *bellemerbaffe*, rétorqua Gabrielle en lui servant une assiette avec une caille.

Ils s'affrontèrent du regard quelques secondes, puis elle éclata de rire.

— Il a du caractère, ce marcassin… Il tient ça de son père.

— Non. De ma mère. Toutes les qualités c'est elle. Pour le reste…

Antoine plissa les lèvres. Il avait remarqué que depuis un peu plus d'un an, son fils lui tenait tête de plus en plus souvent et prenait le parti de sa mère. Il le sentait plus distant avec lui, mais Antoine mettait ça sur le compte de l'adolescence.

— C'est de ça que tu voulais me parler ?

— Non. J'ai oublié mes clés à la maison et maman a une soirée pour son boulot. Je me suis dit que je pouvais passer la nuit ici. Si ça ne dérange pas Mme Pokemon, bien sûr.

Antoine n'avait pas envie de lui tenir tête. Pas ce

soir, surtout après l'altercation avec Gabrielle. Il abdiqua.

— OK. Laisse un message à ta mère. Ça vous dit, un film sur le vidéoprojecteur ? J'ai jamais vu le *Benjamin Gates* que tu m'as offert pour mon anniversaire.

Son fils grimaça.

— Euh, c'était pour ta consommation personnelle. Le coup du trésor des Templiers et tes frangins américains, ça craint. T'as pas un *Walking Dead* ou un *Trône de fer* ?

— Un problème avec les Templiers et les francs-maçons ? lança Gabrielle.

— Les Templiers, c'est pour les bolos. Plus personne n'y croit à ces histoires, quant aux francs-macs, je trouve ça louche, dit-il en terminant sa caille à la vitesse de l'éclair.

Marcas débarrassa les assiettes et passa de l'autre côté de la cuisine américaine qui donnait sur le salon. Il haussa la voix.

— Et moi, j'ai l'air louche ?

Son fils le regarda d'un air méfiant.

— Sur le Net, ils disent que vous faites des combines, que vous trafiquez de l'argent avec les hommes politiques. Il y a même un blog anglais : *Le Watcher*, un site génial, qui révèle des tas de trucs sur les francs-maçons qui dominent les pays. Tu devrais jeter un œil.

Antoine leva les yeux au plafond. Son propre fils était accro aux sites conspirationnistes et fantasmait sur les maçons. Le comble. Il s'exclama :

— Avec plaisir, j'ai une tenue avec mes potes maîtres du monde jeudi soir prochain. On prévoit d'envahir la Belgique avec la complicité de nos frères wallons et de l'annexer. On a un frangin chef d'état-major qui va nous montrer les plans d'invasion. Si tu veux, je te filerai des infos pour le blog de ton pote anglais.

— Moque-toi, mais c'est super-intéressant, répliqua Pierre, sur un ton maussade.

— Et tu y crois ? demanda Gabrielle avec douceur.

Le visage de Pierre se referma. Il but un verre d'eau.

— Je sais pas. Même les journaux disent que les francs-macs sont nazes.

Antoine revint vers la table avec un plateau de fromages.

— Si je te disais que ce matin, j'étais à l'Élysée et que le président en personne m'a félicité pour avoir découvert le trésor des Templiers.

— C'est ça, il t'a même donné la Légion d'honneur et un pourcentage sur les bijoux de famille.

Pierre se tourna vers Gabrielle en secouant la tête.

— Vous voyez, il continue à me prendre pour un demeuré.

— Je te confirme, on l'a trouvé dans le Sacré-Cœur, répondit-elle avec sérieux.

— Vous êtes aussi dingue que lui.

Le téléphone vibra. Le numéro du service des immatriculations s'afficha sur son portable. Il vit Gabrielle lui lancer un regard noir, mais il décrocha quand même. Son cœur s'accéléra, c'était maintenant ou jamais.

— Vous avez quelque chose ?

— Oui, commissaire. C'est une voiture volée.
Antoine soupira :
— Je m'en doutais, ils n'allaient pas faire la bêtise de se pointer chez Avis ou Europcar. C'est planté.
— Non. On a retrouvé leur trace.

28

Jérusalem
Novembre 1232

Maison de l'Ordre

Le Devin se pencha vers la fenêtre. Le fossoyeur venait de terminer une fosse. Un monticule de terre s'élevait déjà contre le tronc d'un olivier. Des fragments d'ossements brillaient sous le soleil. En plissant les yeux, le Devin distingua la mandibule d'une mâchoire.

— On enterre ici depuis des décennies, commenta l'Archiviste, la terre est gorgée de morts.

En bas, le fossoyeur faisait glisser le corps vers la fosse. Quand le cadavre ne fut plus qu'à deux pieds du trou, il le roula face contre terre. Puis, délicatement, il le glissa dans la tombe. L'Archiviste soupira :

— *Sic transit gloria mundi.*

— *Non nobis domine, non nobis*... ajouta le Devin, en frappant son bras gauche de sa paume droite.

Quand le fossoyeur fit tomber la première pelletée de terre, il s'écarta de la fenêtre.

— Que leur est-il arrivé ?

L'Archiviste plissa le front.

— Une embuscade cette nuit. Le Grand Maître nous attend.

Assis, le dos contre la bibliothèque, Périgord pointa l'index vers le plan :

— Pour bien comprendre, il faut revenir aux origines. Cela fait presque un siècle que l'Ordre a commencé à fouiller le sous-sol de l'ancien Temple de Salomon. C'est un de nos frères maçons, Aymon, qui, le premier, a trouvé l'entrée des souterrains. Il cherchait une carrière de pierres à bâtir, mais les Juifs l'avaient déjà précédé mille ans plus tôt.

L'Archiviste hocha la tête et tendit un mince parchemin craquelé où était tracée une série de contours inachevés.

— Voilà le premier relevé, fait par Aymon, il a exploré environ deux lieues sous terre.

— Pourquoi certaines parties ne sont-elles pas indiquées ? s'étonna le Devin.

— Elles correspondent à des sites éboulés. Les frères ont dû d'abord déblayer les gravats, puis consolider les lignes de failles. Ça a pris beaucoup de temps…

— … d'autant qu'il fallait demeurer discret, ajouta Armand, l'Ordre venait juste d'être créé et l'Église restait méfiante. Elle voyait des hérétiques partout.

— Elle n'a pas beaucoup changé, murmura le Devin.

— En fait, Aymon avait trouvé un système pour ne pas rejeter des déblais à l'extérieur. Quand il consolidait une voûte, il construisait deux murs parallèles de soutien et il jetait les gravats dans l'intervalle. Ingénieux et efficace.

— Et voici le plan, une fois les éboulements disparus, annonça l'Archiviste, en présentant une seconde feuille.

Le Devin prit la page et observa avec attention le tracé. Mais rien ne le frappa.

— À la vérité, expliqua l'Archiviste, Aymon avait estimé que la masse de pierre taillée extraite de cette carrière correspondait parfaitement à l'architecture du Temple de Salomon décrite dans les Écritures.

— Aucun mystère donc, commenta le Grand Maître.

— Et ce cercle bleu, là, dans l'angle, il correspond à quoi ? demanda le Devin.

Accoudé à la cheminée, l'Archiviste sourit.

— Pour bâtir ses murs remplis de gravats, Aymon a eu besoin de mortier, donc d'eau… Il a creusé un puits.

— Et c'est là que l'imprévisible s'est produit, dit Périgord.

— Comment ça ?

L'Archiviste se signa avant de répondre.

— Il a découvert un nouveau réseau.

Le Puits

Roncelin flottait dans le vide. Rien n'existait autour de lui. Le vide était blanc et le blanc promesse de repos et d'absence de souffrance. Ils l'avaient achevé, sans nul doute. Le Légat s'était lassé de ses réponses et avait ordonné son exécution. Il ne sentait plus son corps. La blancheur l'enveloppait, bienfaisante, nourricière, presque complice.

Un point rouge apparut alors à l'horizon, minuscule,

imperceptible. Le point rouge n'était pas le bienvenu. Il grossissait et était porteur de souffrance. Le point devint tache et le rouge se transmuta en sang. Le sien. Il sentit à nouveau son corps et cela le contraria. Le sang irradia tout son être et il vit son propre corps irrigué de mille canaux lumineux d'un rouge éclatant.

Il se réveilla à nouveau. Dans le Puits. Il savait qu'il n'aurait pas la force d'un autre réveil. Son orgueil, sa fierté, son arrogance, sa force, tout avait disparu. Il n'était plus un guerrier mais un homme brisé. Il voulut tendre ses mains mais son pouce gauche lui arracha un cri. Une croûte marron lui rappela son supplice. Il allongea les jambes et sentit la plante de ses pieds nus racler un sol glissant. Quelque chose avait changé dans la nuit, il n'y avait plus d'eau dans le puits.

— Bienvenue dans les ténèbres, chrétien.

Il reconnut tout de suite la voix du rabbin. Et cette voix devenue familière lui procura de l'espoir. Qu'il soit juif ou musulman, peu importe, c'était un compagnon de souffrance.

— Où est passée l'eau ?

— Ils l'ont purgée pendant que tu étais là-haut. Probablement pour nettoyer la vermine. Tu as souffert…

Roncelin ne répondit pas.

— Pourquoi te torturent-ils ?

— Le Légat veut savoir où est caché le butin d'Al Kilhal.

— Et tu le sais ?

Le Provençal ricana :

— Mes hommes se sont sans doute dispersés avec. Ça m'étonnerait qu'ils viennent me chercher pour le partager ! Quant au Légat, c'est une créature du Mal. Il torture pour son plaisir.

— Plains-le alors, car ce démon fait partie du monde des âmes perdues, du monde de *Klipoth*. Mais toi, si Dieu te fait subir mille tourments, s'il nous a réunis dans la souffrance, il a un but.

Roncelin sentit une main se poser sur son front. Maïmonès articula lentement :

— Le Destin est sans faille.

Le corps du Provençal tressauta. La douleur montait de sa main suppliciée et hurlait comme un chien affamé entre ses tempes. Le rabbin se pencha à son oreille.

— Tu vivras.

Roncelin sentit que la conscience le quittait. Pareille au froissement d'aile d'un oiseau, il devina plus qu'il n'entendit la dernière phrase du rabbin :

— Mais moi je vais mourir.

Quartier de l'Arbre sec

Dans la taverne du *Bœuf écarlate*, une dispute venait d'éclater. Deux marins, des Génois, s'empoignaient en hurlant comme des damnés. Assis près de la cheminée où sommeillaient quelques braises, Arnault le geôlier contemplait la scène avec mépris. Il fit couler une rasade de vin dans son gosier avant de s'adresser à son voisin :

— Regarde-les, ces Italiens de malheur, ils ont franchi la mer, traversé la Terre sainte et, arrivés à Jérusalem, ils se battent comme de vulgaires chiffonniers. Si j'étais le Légat, moi, je purgerais le pays de tous ces inutiles, ces parasites, cette gale du diable…

Face à lui, le pèlerin fit un signe de croix. Quoique muet, il semblait partager les idées d'Arnault.

— Le Légat, voilà un grand homme. Regarde…

Le geôlier défit le haut de sa toge. Sur son poitrail grisonnant pendait un médaillon d'argent.

— Tous ceux qui le servent portent ce signe. La marque du Légat.

Impressionné, le pèlerin se pencha pour porter le bijou à ses lèvres. Il en profita pour examiner la gravure. Une clé de saint Pierre.

— Toi, tu es un bon chrétien, tu me comprends, assena le geôlier ; parfois, j'ai envie de prendre mes prisonniers, un par un, et…

D'un geste bref mais explicite, Arnault fit comprendre quel sort il imaginait pour ses pensionnaires. Le pèlerin lui resservit à boire.

— Surtout le Juif. Il a plus que la peau sur les os… ce rabbin de malheur. Il ne va pas tarder à rôtir en enfer. Pas de pitié pour ceux qui ont crucifié Notre-Seigneur…

Il attrapa son gobelet et en vida le contenu.

— C'est pas l'envie qui m'en manque… mais lui…

Arnault sourit. Étonné, le pèlerin eut un regard interrogateur.

— … lui, le Légat lui réserve un traitement de faveur…

Le geôlier rota.

— Lui… il va crever au fond du Puits.

Maison du Temple

Le Devin examinait le tracé du second niveau. En bleu, s'étalait une série de galeries errantes, de salles à géométrie variable et d'interminables culs-de-sac.

Un tronçon l'étonnait plus que d'autres. Une galerie filait, tout droit, sans cesse trouée par des impasses perpendiculaires. Vue sur le dessin, on aurait dit une clé forgée par un serrurier dément.

— Tous les contours sont tracés, il n'y a pas de zones d'éboulements ? interrogea le chevalier.

— Aucune, au second niveau, les parois sont totalement lisses, annonça l'Archiviste. Et au sol pas un gravat. À croire qu'ils ont taillé ces souterrains au cordeau juste pour le plaisir d'en faire le plan.

— Au début, précisa le Grand Maître, nous avons pensé qu'il s'agissait de souterrains refuges, mais il n'y a aucun système défensif et, surtout, aucun conduit d'aération. Impossible de s'y réfugier.

À nouveau, le Devin examina le plan. Pas de chatière pour réduire l'accès, pas de feuillure pour poser une porte, pas de silos à nourriture, aucune fenêtre de visée… vraiment, ce n'était pas une forteresse souterraine.

— Ensuite, nous avons cru à un lieu rituellique. Mais très vite la forme même du réseau nous a détrompés. Aucune des salles n'a une forme géométrique pure et on ne peut organiser aucun parcours initiatique. Sans compter les culs-de-sac, totalement inutiles. Combien déjà ?

— Vingt-cinq, simplement sur ce réseau, précisa l'Archiviste.

On frappa à la porte. Un garde entra qui parla à l'oreille du Grand Maître. Le visage de ce dernier s'éclaircit. Il reprit sa cape. Il s'adressa au Devin.

— Dieu m'envoie peut-être un signe. Dès que vous aurez terminé ici, venez me rejoindre.

Le chevalier s'inclina. Quand le dignitaire fut sorti, il posa une question qui le démangeait :

— Vous ne m'avez toujours pas dit pourquoi je devais récupérer le rabbin d'Al Kilhal ?

L'Archiviste prit les deux plans et se dirigea vers la cheminée.

— Regarde par toi-même.

Là, il braqua la liasse devant les flammes.

— Tu es fou ! s'exclama le Devin.

Les yeux follets du moine se mirent à rouler.

— Regarde, mais regarde !

Révélés par la lumière, une suite de signes distincts apparut, dans la superposition des tracés. Ébahi, le Devin les compta – huit –, puis se signa en murmurant :

— De l'hébreu !

29

Paris
Montmartre
De nos jours

I'll always love you. Youououououou...

En bas de la rue, un groupe d'étudiantes assises devant les grilles du jardin du Sacré-Cœur massacrait avec entrain le tube de feu Whitney Houston. Visiblement imbibées, elles se balançaient de droite à gauche, au rythme des vocalises. Agacé, Antoine ferma les deux fenêtres de la chambre et reprit sa conversation avec l'agent de la préfecture. Muni d'un calepin, il notait les informations d'une écriture nerveuse, illisible sauf pour lui. À l'autre bout du fil, la voix était calme, presque blasée.

— La voiture, volée en banlieue, à Châtillon, appartient à un certain Descosse. Coup de chance, il a fait une déclaration rapide à son commissariat. Elle a été repérée du côté de la gare RER B Stade de France, le lendemain matin.

— Sous surveillance à cause des supporters de foot ?

— Exact. Vos gars ont pris une rame et sont descendus au Bourget. Je vous passe les détails. La police de l'air et des frontières les a enregistrés pour un vol privé sur la compagnie Angelsfly, à destination de Dublin.

Antoine tournait en rond devant sa fenêtre. La chance lui souriait. Enfin.

— Excellent. Vous avez fait du bon boulot.

— Le directeur général de la police, en personne, a passé un coup de fil à mon supérieur. Je ne vous dis pas l'affolement dans le service. On a transmis l'avis de recherche à nos collègues anglais qui nous ont rappelés. Le jet a été affrété par une société écossaise de consultants en informatique qui opère sur toute l'Europe. C'est là que ça se corse.

Les beuglements des chanteuses éméchées filtraient en sourdine à travers les fenêtres. Antoine se promit de mettre des doubles vitrages.

— Et ???

— Le jet a fait une escale à Carlisle, en Angleterre, pour faire le plein, et a décollé très rapidement. Un quart d'heure plus tard, il s'est crashé en mer d'Irlande. Aucun survivant.

Antoine s'assit sur le bras d'un fauteuil défoncé, ultime vestige de sa vie commune avec la mère de son fils.

— Et les types ?

— En toute logique, ils servent de dessert aux poissons irlandais, mais l'aéroport de Carlisle était quasiment désert à cette heure, ils ont très bien pu sortir discrètement de la carlingue et s'évanouir dans la nature.

— L'identité des… consultants ?

— Ils ont présenté des passeports au Bourget mais

comme c'était un vol dans l'espace Schengen, les collègues ne les ont pas enregistrés. Les papiers d'affrètement de la compagnie étaient en règle. Il faudrait que vous contactiez…

Une voix féminine jaillit derrière la porte de la chambre entrebâillée.

— Antoine, tu en as pour longtemps ?

Gabrielle apparut, le visage impassible. La séductrice s'était métamorphosée en bloc de glace.

— Tu nous as promis un film…

Antoine écarta son portable de son oreille et s'exclama :

— Ils ont retrouvé la trace des tueurs. En Angleterre. Donne-moi dix minutes et…

— Et même plus. Tu as toute la soirée, je rentre chez moi.

— Non, attends.

Le portable grésilla.

— Commissaire, vous m'entendez ?

Antoine retint Gabrielle par le bras.

— C'est idiot. Reste, on va…

— Lâche-moi !

La jeune femme se dégagea d'un geste sec et entra dans le salon d'un pas vif. Elle récupéra son sac à main, son blouson de cuir griffé et passa une tête en direction de Pierre.

— Je te le laisse. Vous allez pouvoir vous raconter plein de trucs de garçons.

L'adolescent leva la tête vers elle. Gabrielle hésita quelques secondes, il arborait la même expression qu'Antoine quand il était surpris. Le même regard troublant. Elle murmura :

— J'espère que tu te débrouilles mieux avec les filles que ton père.

Pierre se leva, décontenancé.

— Vous partez à cause de moi ? Je peux retourner chez ma mère, si vous…

— Pas du tout. Reste avec lui. *Ciao bello*.

Le temps qu'Antoine arrive derrière elle, Gabrielle avait claqué la porte. Il intercepta le regard de son fils, mais resta pendu à son portable. Une chose après l'autre, il fallait qu'il termine avec la préfecture. Il s'assit devant la table, les bougies avaient coulé sur la nappe.

— Excusez-moi. Vous disiez ?

— Le bureau du DGPN attend votre appel. C'est urgent.

— OK. Merci pour votre aide. Si un jour, je peux vous rendre la pareille, n'hésitez pas.

— C'est sympa, dites seulement au grand ponte qu'on a fait notre job.

— Je n'y manquerai pas.

Il raccrocha et composa le numéro de la place Beauvau. On lui passa immédiatement le secrétariat de la direction générale. Pendant ce temps, Pierre avait disparu en direction de sa chambre. La voix du DGPN retentit :

— Ah ! Marcas, content de vous entendre. Comment allez-vous ?

— Mieux que notre ami commun et enveloppé. Vous avez des nouvelles ?

— Fracture de la jambe et déboîtement d'une articulation. Trois semaines d'immobilisation chez lui et trois mois de rééducation. Un chiffre maçonnique, non ?

— En effet, répondit prudemment Marcas qui savait que son interlocuteur n'en était pas.

Un blanc suivit, Marcas attendit que son supérieur ouvre le feu. Il réalisa qu'il avait fallu cinq petites minutes pour qu'il se retrouve tout seul. Seul devant une table romantique. La loose totale. Il devait absolument rappeler Gabrielle et la rassurer.

Le DGPN reprit :

— Nous avons discuté avec le directeur du *Rucher*. Vous partez pour Londres, demain, par le premier Eurostar du matin. 7 h 12. Vos collègues de la gare du Nord sont prévenus. Direction Carlisle, la piste s'arrête là-bas, mais nos amis anglais doivent nous envoyer d'autres infos, sur la société qui a affrété le vol.

Avec sa fourchette Antoine poussait les pétales roses pour en faire un tas.

— Pas sûr que j'en aie envie. Envoyez la BRB, ils sont plus expérimentés que moi dans ce domaine.

— Non. Il ne s'agit pas d'une enquête classique. Qui plus est, vous connaissez l'un des membres du commando, la Louve, une ex-terroriste reconvertie comme mercenaire. Je ne vous conseille pas de traîner les pieds, sinon je me ferai une joie de vous obtenir une promotion loin, très loin, de la Ville Lumière. Dans un patelin perdu, bien catho de préférence, où les notables locaux feront des bonds quand ils apprendront que vous êtes franc-mac. J'en connais deux ou trois dans le Centre, où les vaches n'ont jamais vu un TGV de leur vie.

Antoine grattait maintenant nerveusement les taches de cire rouge incrustées sur la nappe. Il était suffoqué par la menace proférée de façon aussi directe. Il ne pouvait pas se permettre de déménager à l'autre bout de la France avec son fils et Gabrielle, mais se mettre au garde-à-vous était insupportable. Il balbutia :

— Ce matin, vous me proposiez la Légion d'honneur et ce soir, l'exil. Vous gagnez à être connu. Il me revient à la mémoire que je connais quelques frères à la fraternelle 357[1] et dans les syndicats majoritaires. Ils seraient ravis d'apprendre les méthodes du nouveau DGPN.

— Ne vous gênez pas, Marcas. L'élection présidentielle est encore fraîche, on va arriver au nouveau mercato dans la boutique. Personne ne va bouger, et certainement pas vos amis trois points. D'ailleurs, si mes informations sont exactes, la 357 est fréquentée par une obédience rivale de la vôtre… Vous avez une préférence ? Le Cantal ou la Creuse ? Les deux sont réputés pour l'absence de pollution et de criminalité…

Marcas abdiqua. La seconde fois de la soirée. Ça ne servait à rien de négocier.

— OK. Et je fais comment pour les retrouver en Angleterre ?

— À la bonne heure. Un agent de notre ambassade vous attendra à l'arrivée du train, à Londres. D'ici là, d'autres informations devraient nous parvenir. Notre ami du *Rucher* a aussi fait activer ses réseaux anglais depuis sa chambre du Val-de-Grâce. D'autres questions ?

Antoine s'était levé pour se diriger vers la chambre de Pierre. Il prit un ton ironique :

— Oui. La dernière fois que vous m'avez appelé, c'était pour me mettre dans un avion en partance pour Miami.

1. Fraternelle de la police qui se réunit pour s'exercer dans un club de tir, avenue Foch.

— Et alors ?

— Cette fois, j'ai droit à l'Eurostar. Vous avez une vocation de Tour operator. Vous pourriez réserver mes vacances pour Noël ? J'ai besoin de trois billets, un pour mon fils, un pour…

Une tonalité sourde résonna. Le DGPN lui avait raccroché au nez. Antoine soupira et frappa à la porte de la chambre de son fils. De la musique classique s'échappait, qu'il identifia comme un morceau de *Parsifal*. Son fils écoutait du Wagner, Antoine réalisa qu'il passait à côté de plein de choses.

— Et ce film ?

— Je suis crevé, papa. On se verra demain.

— Non, je pars très tôt dans la matinée. Pour une mission urgente.

Les envolées des cuivres teutons enveloppèrent la voix de Pierre.

— C'est toujours des missions urgentes avec toi, ça changera pas beaucoup, répliqua son fils. Fais gaffe avec ta nouvelle copine. Elle a pas l'air d'aimer ton boulot.

— Tu es sûr que tu ne veux pas ouvrir ?

— Non. Vraiment, je suis claqué. J'ai du taf demain. On se revoit à mon prochain week-end avec toi. Bye.

Marcas sentit une boule se coincer dans sa gorge. Gabrielle et maintenant son fils. Deux bonnes baffes en plein dans la gueule de l'Indiana Jones maçonnique. D'un ton las, il lâcha :

— Passe une bonne nuit. Je suis… désolé.

Il traîna les pieds vers sa chambre et jeta un œil en bas de la rue. Les étudiantes attaquaient, dans tous les sens du terme, le répertoire de Michael Jackson avec *Thriller*. Dégoûté, il bourra son sac de voyage

Wietzel en cuir Elamia souple, avec deux chemises, une trousse de toilette, un jean et une poignée de caleçons et chaussettes. Sa besogne terminée, il se rua sur son portable pour appeler Gabrielle et tomba sur sa messagerie. Il prit sa voix la plus douce :

— Je suis obligé de partir à Londres. On ne m'a pas laissé le choix, exactement comme à Key West. Tu me manques, bordel ! Rappelle-moi.

Il se glissa dans ses draps, triste et amer. Un sommeil sans rêve le submergea.

La nuit s'était écoulée sans que Gabrielle le rappelle. À la gare du Nord, ses collègues de l'air et des frontières lui avaient remis un billet en classe affaires et une enveloppe épaisse, à en-tête du ministère de l'Intérieur. Privilège du métier. On lui avait épargné les contrôles de papiers et la file d'attente au détecteur. Le DGPN était passé par là.

Il eut juste le temps d'avaler un café dans l'espace business premier et de parcourir les titres des quotidiens du matin avant de grimper à bord du train. Dix ans qu'il n'avait pas pris l'Eurostar et fait un saut à Londres, il aurait dû être excité, mais l'absence de réponse de sa compagne l'irritait toujours.

Juste avant de s'asseoir, il appela Gabrielle et n'eut que le répondeur. À nouveau, il laissa un message, plus enflammé que le premier. Il lui promettait de revenir très vite et de repartir avec elle, n'importe où. Et qu'elle était la femme de sa vie.

Il s'installa sur son siège moelleux et jeta un œil aux autres voyageurs, des hommes d'affaires matinaux, déjà occupés à pianoter sur leurs ordinateurs. Le train s'ébranla doucement et une douce torpeur l'envahit.

Le luxe avait parfois du bon. Une hôtesse souriante, qui ressemblait à s'y méprendre à Charlize Theron, lui déposa la carte du petit déjeuner. Il avait l'impression d'être dans un avion, mais sans les inconvénients. Il pouvait même étendre ses grandes jambes. L'irritation s'estompa à mesure que l'Eurostar gagnait en vitesse. Qu'il était loin le temps où, plus jeune, il prenait le ferry à Calais pour traverser la Manche avec ses potes. Il n'en gardait aucune nostalgie, huit heures de voyage en comptant le bus, et l'estomac dans les talons jusqu'à Londres. Désormais, en deux heures et quelques poussières, il était au cœur de la capitale londonienne, sans l'option mal de mer.

God save the Queen et Eurotunnel, murmura-t-il en avalant ses tartines croustillantes.

Il termina son petit déjeuner et ouvrit l'enveloppe. Elle contenait les photos des tueurs obtenues par la caméra de l'école juive, et un plan de vol du jet. Il parcourut les documents avec lassitude ; au final, il n'avait comme seul indice que l'improbable arrêt à Carlisle.

C'était plus que maigre. Squelettique.

Le paysage plat et monotone du Pas-de-Calais défilait devant lui et son irritation grandissait à nouveau. Il n'avait aucune habilitation à mener une enquête sur le sol anglais. C'était foireux, tout simplement. Comme le départ de Gabrielle, la veille. Il ne pouvait même pas imaginer une rupture, tant elle avait pris une place capitale dans sa vie.

Son humeur redevint aussi sombre que le tunnel sous la Manche dans lequel s'engouffra l'Eurostar. Il allait débarquer à Londres, ronchon et bourré de caféine, tant pis pour le représentant de l'ambassade de France qui devait le récupérer, il ne ferait aucun effort pour se rendre sympathique.

Au bout de vingt minutes, l'Eurostar sortit du tunnel et fila à travers la campagne anglaise, verte et humide. La petite plage de Tennessee Williams, à Key West, n'était plus qu'un souvenir lointain. Il jeta un œil sur son portable qui recherchait les réseaux anglais disponibles, peut-être que Gabrielle lui avait laissé un message pendant la traversée du tunnel.

Le téléphone vibra, l'icône de SMS clignota. Fébrile, il cliqua sur elle et déchanta : le message n'était pas envoyé par Gabrielle. Ça venait du frère obèse.

Mon TCF. Vais te transmettre les coordonnées d'un frère de la Grande Loge d'Angleterre, un ancien du Yard. Il t'aidera. Je lui ai rendu des services. Je vais mieux, si ça t'intéresse.

Le message lui arracha un demi-sourire. Il imaginait le gros frère en train de se morfondre sur son lit d'hôpital et de mener la vie dure aux infirmières. Il relut le message avec attention, c'était tout juste s'il ne lui faisait pas une crise parce qu'il n'avait pas pris de ses nouvelles. Ça le rendait humain.

En revanche, la proposition d'aide d'un membre de la fraternité anglaise le laissait songeur. Le Grand Orient, l'obédience de Marcas, laïque et républicaine, n'était pas reconnue à Londres où l'on se méfiait grandement de ces frères grenouilles. Antoine n'était pas certain que les maçons anglais, qui eux croyaient en Dieu et honoraient la royauté, lui fassent un accueil franchement fraternel.

La voix du contrôleur jaillit des haut-parleurs pour prévenir de l'arrivée du train à Saint-Pancras. Antoine rangea ses affaires, il eut la tentation d'appeler à nouveau sa compagne mais il renonça. Il n'allait pas s'humilier avec un troisième coup de fil.

Et puis quoi encore, qu'elle aille au diable !

Il descendit du wagon, salua à peine Charlize Theron et embrassa du regard la grande gare au plafond de verre. L'architecture était superbe, rien à voir avec la gare de Waterloo[1], vieillotte et bruyante. Au bout du quai, sur toute la hauteur, six anneaux gigantesques de différentes couleurs s'entrelaçaient. Il hésita sur l'interprétation à donner à cette œuvre abstraite et se traita de crétin : il avait complètement oublié les futurs Jeux olympiques d'été.

Il passa les contrôles rapidement et arriva aux portes de sortie. En face de lui, une petite foule attendait l'arrivée des passagers. Trois hommes brandissaient des panneaux avec des noms mais aucun avec le sien. Il s'avança, essayant d'intercepter un regard. Peut-être que l'ambassade voulait faire preuve de discrétion. Son portable vibra. Un nouveau SMS était arrivé, pas de Gabrielle mais du frère obèse :

J'ai appris que, tôt ce matin, l'ambassadeur de France à Londres a été réveillé par le cabinet du Premier ministre. À propos de ton enquête. Fais très attention.

1. Ancienne gare d'arrivée de l'Eurostar.

30

Hôpital du Temple
Novembre 1232

Le long du couloir s'entassaient les malades et les blessés. Jetés à même le sol, se mêlaient des pèlerins rongés par la dysenterie, des chevaliers à l'agonie, des mutilés qui hurlaient leur douleur. Entre les murs rouillés de salpêtre, retentissait un chaos incessant de cris de malédictions et de prières désespérées dans des langues parfois inconnues. Une tour de Babel de la détresse humaine. L'escorte du Grand Maître avait du mal à se frayer un passage dans cette forêt de mains levées, de supplications qui résonnaient jusqu'au plafond. Parvenu sous une fenêtre, Armand s'arrêta. Recroquevillé contre elle, un homme gémissait. Sous les bandages rougis, on devinait un moignon encore à vif. Le médecin vénitien qui accompagnait le chef du Temple murmura en italien :

— C'est un pèlerin arrivé hier, il a eu la cuisse sectionnée par un câble en descendant du navire. Il ne passera pas le jour.

Périgord se pencha. L'homme ouvrit les yeux.

— D'où viens-tu, mon frère ?

— Du Valois… près de Chaalis… Je veux rentrer…

La voix cherchait sa respiration. Le Grand Maître lui prit la main.

— Dieu a voulu éprouver ta foi avant de comparaître devant Lui.

— Je vais… mourir ?

— Aie confiance dans la grâce du Christ.

— Ma famille…

— Tu la reverras au paradis.

Le mourant étouffa un sanglot avant d'implorer le Ciel :

— Seigneur Dieu, aie pitié de moi… Seigneur Dieu, aie pitié de moi…

La porte au bout du couloir s'ouvrit. Un chevalier surgit.

— On vous attend, Seigneur.

Avant de se relever, Armand se pencha vers le moribond et murmura :

— Quand tu seras près de Dieu, prie pour le salut de mon âme…

Le Grand Maître fit un signe de croix.

— … Je vais en avoir besoin.

Le palais du Légat

Le Renard remontait de la chapelle. Il essuya machinalement une tache de sang sur le revers de sa tunique et continua sa marche. Dans la cour, il leva la tête pour observer le ciel sans nuages. La lumière crue qui tombait entre les murs du palais le remplit de certitude. La pureté de l'azur était la preuve la plus évidente de

Dieu. Il laissa le soleil baigner un instant la pâleur de son visage puis emprunta la tour d'escalier pour rejoindre ses appartements. Arrivé dans sa chambre, il ouvrit la porte de son oratoire, dissimulée derrière une tapisserie représentant le sacrifice d'Abraham. Une serrure complexe à crochet en protégeait l'accès. Seul son serviteur, venu avec lui de France, avait un double de la clé. Le Légat s'était fait aménager cette pièce pour pouvoir méditer en secret. Trois murs de pierre apparente, une fine meurtrière, une austérité volontaire qui apaisait son âme. C'était là, dans la solitude, qu'il puisait au plus profond de lui-même l'énergie nécessaire pour mener à bien sa mission au service de Dieu.

Il n'avait que peu d'instants pour se recueillir. On l'attendait au palais du roi pour une réception officielle. Posée sur son écritoire en buis, une lettre cachetée attendait. Une tache blanche sur du bois sombre. Son serviteur avait dû l'apporter pendant qu'il s'occupait de Roncelin. Le Renard s'approcha et contempla le cachet rouge qui scellait le vélin. Dans l'épaisseur de la cire, se creusait un écusson. Le cœur du Renard s'accéléra.

De gueules à l'aigle éployé
échiqueté de sable et d'or,
becqué et griffé d'or

Les armoiries du pape.

Hôpital du Temple

Sitôt la lourde porte fermée, le silence tomba. Une longue file de lits, clos par des draperies, longeait le mur principal. Le médecin avança à pas rapides et s'arrêta au pied d'un lit. D'un geste, il indiqua la forme couchée sous une couverture de laine.

— Pauvre homme, il a sans doute perdu son œil. En plus, il est muet.

Le chef des templiers s'approcha. Un bougeoir en étain éclairait faiblement un visage buriné. Un seul œil s'ouvrit. L'autre n'était plus qu'un souvenir. Le Grand Maître congédia le médecin et tira le rideau. Aussitôt le moribond se leva et rit en silence.

À voix basse, Armand s'exclama :

— Évrard, le meilleur espion de l'Ordre. Un vrai caméléon. Tu sens le vin à mille lieues.

— Il m'a fallu vider moult chopes avant que le geôlier du Légat ne s'épanche…

Le templier frotta ses paupières. Des paillettes de sang séché tombèrent sur la couverture. Son regard désormais entier brilla de malice.

— Cette fois, je t'avais bien cru mort.

— Ni mort, ni muet.

Le pèlerin se redressa. Il était grand, plus grand que Périgord, les yeux vifs et le front noueux. Le lobe d'une de ses oreilles était sectionné net. Il se massa les tempes puis s'étira sous le regard amusé du Grand Maître. En silence, ce dernier remercia ses prédécesseurs d'avoir créé un réseau d'espions. À l'intérieur même de l'Ordre, certains frères avaient pour fonction d'être les yeux et les oreilles du Grand Maître. La sélection se faisait toujours en Occident. Le frère choisi embarquait anonymement dans un convoi de pèlerins, puis rejoignait immédiatement un des postes avancés du Temple, dans une zone de combats fréquents. Là, il tombait le plus souvent dans une embuscade, ce qui ne permettait pas de ramener les corps. Une fois sa mort rendue publique, son nom ajouté à la longue liste des martyrs de l'Ordre, il resurgissait, pourvu d'une autre identité. Certains intégraient un ordre rival, d'autres embrassaient l'état de prêtres. Évrard, lui, était passé mendiant. Périgord songea au Devin, son autre espion sombre. Lui était devenu autre chose. Il se frotta la barbe.

— Tu as opéré comment ? interrogea le Grand Maître.

— Avec ma sébile je me suis installé à l'arrière du palais du Légat. Un endroit stratégique. C'est là que sort toute la valetaille du palais.

— Personne ne t'a remarqué ?

Évrard ferma sa paupière encore rouge.

— Je m'étais fait la tête que tu as vue tout à l'heure. Qui a envie de s'intéresser à un gueux à l'œil en sang ?

Impressionné, Périgord hocha la tête. Depuis le temps que frère Évrard espionnait pour l'Ordre, il était encore surpris par son art de la dissimulation.

— J'ai repéré ce bancal qui aimait le vin abondant et les tavernes discrètes. Il avait ses habitudes dans un coupe-gorge où j'ai fini par apprendre son triste métier.

— Un geôlier… réfléchit à voix haute le Grand Maître… tu ne pouvais pas mieux tomber… à croire que tu as fait un pacte avec le Malin.

Arnault se retint de pouffer. Les moribonds, pour être crédibles, se doivent de ne pas rire.

— Impossible, je suis plus malin que lui.

— Qu'as-tu appris ?

— Le Légat héberge dans ses geôles un hôte intéressant.

— Qui ?

— Un rabbin.

Le visage du Grand Maître s'éclaira.

— Le rabbin d'Al Kilhal ?

— Oui, mais comment…

Le poing du dignitaire s'abattit sur la table.

— Enfin ! Il me le faut.

— Selon le gardien, il est en très mauvais état. Il va falloir faire vite. Et puis là où il est détenu…

Périgord posa sa main sur l'épaule de l'espion et sourit.

— Si notre Seigneur Jésus a triomphé de Satan dans le désert, notre Ordre, son bras armé sur cette terre, peut bien aller jusqu'en enfer et revenir victorieux.

31

De nos jours

Le Blog du Watcher
Eye Over New World Order
0X/15/3100 Post
Vous avez des yeux mais vous ne les voyez pas.

Merci pour tous vos commentaires. Chaque jour, vous êtes de plus en plus nombreux à lire mon blog. Le Nouvel Ordre Mondial est une réalité, mais eux veulent vous persuader du contraire. Mais je rassemble les preuves, je collecte toutes les infos possibles pour vous ouvrir les yeux.

Aujourd'hui, je vais vous parler de Jérusalem et La Mecque. Ça ne vous paraît pas bizarre que ces deux événements tragiques se soient déroulés au même moment ? Les deux villes saintes sont frappées à une journée d'intervalle. Les médias nous disent qu'un groupe de terroristes a pris en otage le lieu le plus saint de l'Islam, autour de la Pierre noire, la Kaab'a, et qu'à Jérusalem des Juifs ont tué des Chrétiens devant l'Esplanade des Mosquées. On nous montre des images en boucle, toujours les mêmes.

Regardez bien les deux vidéos que j'ai capturées sur les chaînes infos.

Vidéo 1. Observez l'un des terroristes de La Mecque, masqué, assis devant une table et qui explique ses revendications à la caméra. Regardez de plus près, il croise les doigts. Observez la position des mains, ils forment un triangle parfait.

Vidéo 2. Jérusalem, on aperçoit derrière le policier qui a tiré, un de ses collègues en train de tenir son casque, ses deux mains forment un triangle. Vous y êtes ? Dans les deux séquences, ils font le symbole maçonnique de détresse. Coïncidence, direz-vous ? Allons, réfléchissez. Qui a intérêt à mettre le chaos dans la région ? Les francs-maçons, bien sûr. Vous êtes sceptique... Voici une autre preuve. Le pays dans lequel va se tenir la première conférence pour régler le conflit est la France. Or, le conseiller diplomatique du président français est un franc-maçon bien connu. Vous comprenez la manip ? Ils mettent le feu et ensuite ils jouent les pompiers...

Commentaires

Big boy : incroillable, je fais passé les video à mes potes.

Kardigan : qu'ils crèvent tous, les arabes, les juifs, les francs-maçons !

Zelda : j'ai repéré un autre truc. Ils ont fait ça, pile le jour anniversaire de la mort de Michael Jackson. Étrange, non ?[1]

1. Les fautes d'orthographe ont été laissées dans la mesure où elles pullulent sur le Net. (Note des auteurs.)

32

Londres
Gare Saint-Pancras
Terminal Eurostar
De nos jours

Antoine s'avança dans le hall d'arrivée et aperçut un homme qui brandissait une pancarte à son nom. Il ressemblait à une caricature de garde du corps de film américain. Grand, massif, le visage carré, les cheveux soigneusement coupés, il ne manquait plus qu'une paire de Ray-Ban pour compléter la panoplie. Antoine s'approcha du type et remarqua tout de suite le renflement caractéristique sous le revers de la veste. Le costaud afficha un sourire engageant et lui tendit la main :

— Andrew Chasteuil, de l'ambassade. Ma voiture nous attend pour aller à South Kensington, où se trouvent nos bureaux. Voulez-vous me donner votre bagage ?

Autour d'eux, les passagers s'égaillaient de chaque côté de la gare. Marcas prit la main qui le broyait et réprima son agacement. Encore un adepte de la poignée *t'as vu comme je suis viril* ; il avait horreur de ça ainsi que de son opposé, la main molle et moite. L'étau ou la ventouse. Il lâcha la tenaille et secoua la tête.

— Non, merci. Vous vous baladez toujours armé en Angleterre ?

L'homme ne se départit pas de son sourire.

— J'appartiens à l'unité de protection rapprochée de l'ambassadeur et des personnalités en visite. Nous y allons ?

Un couple de jeunes Anglais, pâles copies de Beckham et de sa femme, Posh, tirant chacun une valise en pseudo-Vuitton, passèrent devant eux. Ils bousculèrent l'envoyé de l'ambassade, sans faire attention à lui. Ce dernier leur lança un regard méprisant, mais s'écarta. Le pan de sa veste s'entrouvrit, laissant apercevoir fugitivement une crosse noire qui pointait d'un holster. Les deux clones s'invectivaient, jouant les chasse-neige avec les voyageurs. Beckham maugréait :

— Je paye, je décide. Taxi, et on passe chez ma mère.

— Tu me laisses en chemin. Rien à carrer de la vieille, répliqua la grosse *spice girl*.

Marças soupira en les regardant s'éloigner :

— Et dire que l'on vante la politesse anglaise. (Puis s'adressant à l'employé de l'ambassade :) Andrew Chasteuil… Vous êtes de quelle origine ?

— Anglais par ma mère, Français par mon père, répondit l'homme qui tournait les talons en direction de la sortie. Je vous confirme que les bonnes manières sont tombées en désuétude. Hélas…

Ils empruntèrent le passage principal, noir de voyageurs, qui menait vers la file des taxis. Cafés, enseignes de vêtements, échoppes de bijoux, boutiques en tout genre, Antoine avait plus l'impression de se balader dans un centre commercial chic que dans une gare. La main sur leurs fusils d'assaut, deux jeunes militaires des groupes antiterroristes les croisèrent, mais n'avaient d'yeux que pour le mannequin, en porte-jarretelles, dans la devanture d'un magasin de lingerie.

— À l'approche des jeux Olympiques, les contrôles sont renforcés. Et à la différence de la France, les militaires ont des chargeurs approvisionnés. Mieux vaut ne pas être un barbu en ce moment, dit Andrew sur un ton placide en fixant un couple de Pakistanais, lui en djellaba, elle en burqa.

Antoine lui jeta un regard de biais et remarqua que son oreille droite était obstruée par un bout de plastique.

— Vous avez eu des infos sur notre affaire ?

— Non. Je m'occupe juste de votre arrivée, un responsable de la sécurité vous briefera. Si ça roule bien, on en a pour vingt minutes.

Ils arrivèrent dans un passage plus étroit donnant sur une voie de stationnement pour taxis et dépose rapide. Un coupé noir, aux verres fumés, était garé, juste derrière la file de taxis. Antoine ralentit le pas et s'arrêta au niveau d'un panneau publicitaire à la gloire de l'équipe d'aviron anglaise. Des voyageurs pressés les dépassèrent pour accéder aux taxis. Les portes coulissantes s'ouvraient et se refermaient devant eux. L'homme de l'ambassade s'arrêta à son tour.

— Ça ne va pas ?

Antoine lança un regard circulaire autour de lui. Le flot de voyageurs ne se tarissait pas et deux autres soldats anglais avaient surgi dans son champ de vision. Il articula d'une voix neutre :

— Avant d'accepter votre charmante invitation, j'ai une petite question.

— Laquelle ? Nous sommes en retard et je...

— Depuis quand les services de sécurité sont-ils dotés d'armes non réglementaires ? le coupa Marcas.

L'homme ne bougea pas ; mais la fente de ses paupières s'amincissait, comme s'il faisait face au soleil.

— Je ne vois pas ce que vous voulez dire...

Antoine recula lentement, les yeux rivés sur la bosse de la veste.

— La crosse de votre pistolet n'est pas celle d'un Glock et encore moins d'un Walther, en usage dans les forces anglaises. Montrez-moi votre carte d'accréditation à l'ambassade...

Andrew ne répondit pas, mais murmurait des bribes de paroles que Marcas n'arrivait pas à saisir. L'oreillette.

Les deux hommes s'affrontaient du regard. L'hostilité figea le visage de Chasteuil. Marcas savait à quoi s'en tenir.

Il pivota pour marcher en direction de la patrouille de militaires, c'était sa seule chance.

À peine avait-il avancé de quelques mètres qu'il buta contre un type roux, aux cheveux frisés, sac à dos sur les épaules, le bras droit sous un gros blouson. Antoine fit un pas sur le côté gauche mais l'autre l'imita.

— Pardon, lança Marcas qui tenta de le contourner par la droite.

Le jeune homme se colla contre lui. De près, il avait le visage couperosé, grêlé de petits boutons blancs. Son haleine empestait la menthe.

— Tout doux, froggy. Andrew t'a invité dans sa

voiture, dit l'homme en laissant apparaître le canon d'une arme sous le blouson.

Marcas tourna la tête et vit Andrew afficher à nouveau son sourire. Le jeune rouquin le poussa dans sa direction.

— On veut juste te parler dans un endroit plus discret.

— Ben voyons, avec un pistolet on se sent tout de suite plus bavard, répondit Marcas d'une voix blanche.

Il sentit le canon dans le creux de son dos tandis qu'Andrew marchait, lui, vers les portes coulissantes. Les voyageurs se pressaient autour d'eux, personne n'aurait pu remarquer qu'il était pris en étau entre les deux hommes.

Au moment où ils s'approchèrent des portes vitrées, les clones de Beckham et de sa femme revenaient de la file de taxis. La fille marchait en éructant :

— Va te faire foutre, *asshole*. Personne ne m'a jamais traitée comme ça.

— T'étais bien contente de te faire inviter à Paris, hein. T'as pas craché sur mon blé, connasse. Reviens tout de suite !

— Va crever, je prends le métro !

La fille les bouscula à nouveau, passant avec sa grosse valise juste devant Andrew. Marcas fit un pas de côté et d'un geste brusque balança son sac contre le visage du rouquin qui percuta la vitre avec sa tête. Puis, d'un geste souple, il fléchit ses genoux et poussa violemment Andrew contre la valise. Déséquilibré, l'homme à l'oreillette tomba en avant, en s'agrippant à la robe de la fille. Elle hurla :

— Bébé !

Beckham se rua sur Andrew, le visage empourpré :

— Connard, la touche pas !

Il plongea sur lui et ils roulèrent par terre avec la jeune femme qui le frappait à coups de faux sac Gucci. Antoine se redressa et bondit en sens inverse, vers l'intérieur de la gare. Les deux militaires étaient encore trop loin. Il lui restait deux possibilités. Se ruer vers les soldats et alerter la police anglaise, au risque de compliquer sa mission. Ou alors échapper à ses poursuivants par une autre sortie ou le métro, mais il ne connaissait pas cette gare.

Il arriva à nouveau dans le grand passage commercial, il fallait faire un choix. Il se retourna. Aucune trace d'Andrew ni de son complice. Antoine aperçut le panneau signalétique du métro et opta pour la seconde solution.

Il obliqua sur la droite. La voie d'accès au métro était à une cinquantaine de mètres. Jouable.

Il accéléra sa course, passa en trombe devant un stand publicitaire d'une loterie orné d'une Aston Martin flambant neuve et arriva au niveau d'un escalier qui menait à l'étage supérieur.

Au moment où il allait y parvenir, il vit à moins de dix mètres de lui, un homme grand, vêtu d'une veste grise qui courait dans sa direction, la main sur son oreille droite. L'homme lui barrait l'accès au métro. S'il voulait l'abattre, il n'aurait aucun problème.

Le cœur d'Antoine fit un bond. Il avait préjugé de sa chance.

Il se retourna et vit Andrew apparaître à l'autre bout du passage. Antoine ragea, il aurait dû jouer la sécurité.

Quel con !

Une seule solution s'imposait. Il attrapa la rampe de l'escalier et grimpa quatre à quatre les marches. Le souffle coupé, il jaillit au niveau des quais d'arrivée des Eurostar, séparés par une barrière de verre infranchissable. À sa gauche, un panneau indiquait une voie de sortie, dont l'arrière-plan était la statue gigantesque d'un couple en train de s'enlacer. À droite, il apercevait un restaurant dont il ne distinguait pas le nom.

Il hésita une poignée de secondes. Devant lui, il repéra des contrôleurs derrière la vitre de protection du quai et les héla mais un nouveau train arrivait. Le bruit des freins étouffa ses appels à l'aide.

Il n'avait plus le temps de réfléchir. À l'instinct, il fila vers le restaurant qui offrait une vue panoramique sur les trains.

« The Champagne Bar. »

Antoine se précipita vers l'entrée et s'engouffra à l'intérieur. Il n'attendit même pas que le serveur le place et s'assit lourdement devant une table isolée, coincée derrière un pilier. De là où il était il avait une vue panoramique sur la verrière et une partie des quais de l'Eurostar ainsi que sur la sortie de l'escalier.

Il fit semblant de s'absorber dans la lecture de la carte qui vantait les mérites du plus grand bar à champagne d'Europe, « long de 96 mètres ».

Il leva le nez de la carte et vit l'homme en veste grise inspecter du regard l'étage supérieur puis courir vers la sortie. Marcas souffla. Il commanda une coupe de la cuvée du jour puis décrocha son portable et composa le numéro de l'ambassade noté dans les papiers fournis par le DGPN. Quelques secondes s'écoulèrent, une voix répondit :

— Lieutenant Beaulieu, j'écoute.

— Commissaire Marcas ; j'arrive de Paris et vous deviez me récupérer à la sortie de l'Eurostar. Bordel, vous foutez quoi ? J'ai des types à mes trousses qui veulent me faire la peau !

— Où êtes-vous ?

— À Saint-Pancras ! Pourquoi n'êtes-vous pas là ?

— On vous a envoyé l'un de nos hommes il y a plus d'une heure.

— Super, il s'est perdu en route. Je fais quoi, maintenant ?

— Ne bougez pas, on vient vous chercher.

— Vous rigolez, le temps que vous arriviez ils vont me retrouver.

Un silence s'installa puis l'homme répondit :

— On va alerter la police. Ils ont un poste important à King's Cross.

Le serveur avait déposé une flûte effilée sur la table de Marcas et une petite soucoupe occupée par deux toasts carrés minuscules recouverts de jambon.

— Non, coupa Marcas. Je ne veux pas mêler les flics anglais. Ce sera la dernière extrémité. Il vous faut combien de temps pour m'envoyer une autre équipe ?

— Dix minutes. Mon commandant accompagne des officiels au British Museum, c'est juste à côté. Je l'appelle tout de suite et je lui transmets votre numéro.

— Dites à votre chef que je suis au bar à champagne, au premier étage.

— Tenez bon. Au fait, le commandant est…

Antoine avait raccroché. Andrew venait d'apparaître à son tour de l'autre côté de l'étage et se dirigeait vers le restaurant. S'il entrait dans l'établissement, c'était foutu. Antoine se leva, sans toucher à sa flûte, et laissa un billet sur la table.

Il fallait trouver une autre sortie.

Les cuisines. Le restaurant était situé à l'étage

supérieur, les livraisons devaient se faire au rez-de-chaussée. Antoine suivit l'un des serveurs et descendit un escalier qui menait aussi aux toilettes. Il repéra tout de suite l'entrée des cuisines quasiment vides. Il était trop tôt pour le service et il n'y avait qu'un serveur et un plongeur. Antoine attendit que le serveur remonte, puis il fonça à travers la grande salle de cuisine, d'un blanc immaculé. À pas rapides, sans faire de bruit – le plongeur était affairé dans une chambre froide –, Antoine fila en direction d'un monte-charge situé de l'autre côté des cuisines. Au moment où il s'y réfugiait et appuyait sur le bouton du sous-sol, son portable vibra. Le monte-charge gronda et amorça sa descente. Antoine sortit son téléphone et vit s'inscrire l'alerte SMS avec le nom de Gabrielle.

Je vais te rejoindre à Londres.

Et merde, songea-t-il. C'était bien le moment.

Il n'avait pas le temps de répondre. Le monte-charge s'arrêta et la grille s'ouvrit sur un grand parking, envahi de camionnettes de livraisons et de scooters. Un immense brouhaha régnait dans le sous-sol. Partout, des livreurs allaient et venaient, s'interpellaient sous la surveillance blasée de deux gardiens, assis derrière une paroi vitrée. Antoine se faufila entre deux vans et aperçut la clarté du jour en haut d'une rampe. Personne ne faisait attention à lui, il contourna la barrière de sécurité et grimpa le long d'un escalier étroit qui longeait la voie d'accès au parking. Deux minutes plus tard, il était dans une artère encombrée de voitures, noyée dans un concert de klaxons. Il ne comprenait pas comment les complices de la Louve étaient au courant de son arrivée à Londres. Il devait être sur écoute. Ou suivi depuis son passage dans le Sacré-Cœur.

Son téléphone sonna. Numéro privé. Il décrocha. Une voix féminine jaillit :

— Alors, on a passé l'âge pour jouer à cache-cache, Antoine ?

Il avait reconnu la voix, sans hésitation. Et ce n'était pas celle de Gabrielle.

33

Jérusalem
Avril 1232

Le Puits

La torche virevolta le long de la paroi et chuta en grésillant sur le sol. Des flaques d'eau croupie brillèrent un instant parmi les pierres descellées. La vidange était quasi totale. Tout le fond du puits n'était qu'un chaos de vase purulente et dc cailloux noircis. L'enfer doit ressembler à ça, pensa le Provençal avant de lever les yeux. En haut, le tablier venait de bouger. Un bruit de poulie commença de résonner. Lentement la plateforme descendait, pareille à un radeau de mort. Adossé au mur, le rabbin serra ses doigts noueux sur sa poitrine et commença d'égrener un psaume. La voix, minuscule et chevrotante, vacillait comme une bougie au cœur d'une nuit infinie. Si faible soit-elle, Roncelin avait pourtant l'impression d'en ressentir la chaleur. Lui, le pillard sans vergogne, éprouvait comme de l'humanité à entendre ces mots qu'il ne comprenait pas, mais dont il pressentait la valeur cachée et l'espoir profond. À un moment, il faillit tendre la main et la poser sur l'épaule décharnée de son compagnon de geôle. Un sursaut de fierté le fit renoncer. Pourtant, ce Juif commençait de l'étonner. Lui-même en était surpris. Comment autant de résistance pouvait-elle résider dans un corps si frêle ? À croire que la foi et la prière pouvaient faire autant, si ce n'est plus que la force brute. La plateforme était à mi-chemin. Le Provençal en dénombra les occupants : le geôlier, son aide et deux hommes d'armes. L'un d'eux tapait du bois de sa lance sur le tablier. Il se pencha vers Maïmonès.

— Tu m'as bien dit que je vivrai ?

— C'est écrit, chuchota le rabbin.

Le tablier frôla la paroi et se mit à tanguer. Un des gardes lança une plaisanterie obscène. Le geôlier y répondit par un rire aviné.

— S'il est écrit que je ne dois pas mourir aujourd'hui, continua Roncelin, alors rien ne m'empêche de risquer ma vie.

Maïmonès leva un regard surpris.

— Qu'est-ce que tu veux tenter ?

Roncelin baissa la voix.

— Le geôlier est ivre. Son aide est un nabot. Quant aux deux gardes, j'en fais mon affaire.

— Mais ils sont armés !

Le Provençal ricana.

— Quand on te pousse à cinquante pieds du sol, ton épée ne te sert pas à grand-chose.

— Tu es courageux, chrétien, mais moi je suis trop vieux pour jouer les héros.

— Écoute-moi bien, je ne te demande qu'une chose : quand nous serons à mi-montée, jette-toi aux pieds du garde, celui qui a la lance, enserre ses bottes avec tes bras et implore sa pitié. Moi, je me charge du reste.

La plate-forme toucha le sol. Le geôlier s'avança, un gourdin à la main. Roncelin se leva. Le gardien ne prévint pas. D'un coup brusque, il frappa le Provençal au niveau des rotules, qui s'effondra d'un coup.

Maïmonès se leva, ferma les yeux et, dans le silence de son cœur, prononça le prénom de sa fille.

Le geôlier lui fit signe.

— C'est toi qu'on vient chercher.

Bibliothèque du Temple

La cheminée crépitait doucement. L'Archiviste avait toujours été frileux. Assis sur un banc entre deux pans de la bibliothèque, il observait le Devin examiner la suite de lettres en hébreu, formées par le recoupement des deux plans.

— Huit lettres, compta le templier.

רה תיב תנ תה

— Deux pour chaque mot : la lettre initiale et la finale. C'est comme un jeu de piste, tu dois deviner ce qui manque entre les deux.

— Alors il y a quatre mots… Mais comment fait-on pour les découvrir ?

— En procédant par supposition et élimination, on peut compléter ce qui manque.

Surpris, le Devin se retourna. Ses yeux pétillaient de curiosité.

— Et ces mots, tu les as retrouvés ?

— Bien sûr.

Un instant, le templier crut que l'Archiviste avait perdu la tête ou se moquait de lui. Il posa la question qui lui démangeait les lèvres, aussi posément que possible.

— C'est un message ? Tu sais ce qu'il veut dire ?

— Oui, prononça le moine en se levant. (Il tira une feuille de vélin d'un tiroir et la posa sur la table.) Voilà l'original en hébreu et la traduction.

Le Devin saisit la page où se trouvait une seule phrase écrite à l'encre noire :

רבקה תיתחתב תאצמנ תמאה

La Vérité gît au fond du tombeau.

Sidéré, il parla à voix haute :

— Des centaines d'hommes pendant des décennies ont creusé la terre de Jérusalem, pour… ça ? Simplement ça ? Une maxime à deux sous ?

— Au premier abord, c'est décevant, sans doute, répondit l'Archiviste, mais je te rappelle que l'hébreu est une langue très particulière, très mystérieuse.

— Comment ça ?

— Selon les Juifs, c'est le Verbe même de Dieu. L'alphabet avec lequel il a créé tout l'univers. Ainsi les lettres ont un pouvoir divin, elles peuvent avoir autant de sens que la Création.

Un instant, le Devin sentit sa tête tourner. Des lettres, tombées de la bouche de Dieu, selon leur valeur cachée, enfantaient des montagnes ou des arbres, des mers ou des hommes.

— Alors, ce message a un sens caché ?

L'Archiviste le fixa d'un regard fatigué par des nuits

de veille passées à tenter de déchiffrer le message remonté du monde souterrain.

— Voilà pourquoi il nous faut un kabbaliste.

On frappa à la porte. Une face meurtrie apparut dans l'embrasure. Le moine poussa un cri. Le Devin reconnut Évrard.

— Si c'est le Puits que vous cherchez, annonça l'Archiviste, je sais exactement où il est.

Debout près de la cheminée, Évrard restait silencieux. Il venait d'expliquer comment il avait retrouvé le rabbin d'Al Kilhal et surtout où il était détenu. Son visage portait encore les marques de son rôle : un pèlerin défiguré aux cheveux huilés de crasse. Depuis qu'il était entré parmi les livres, l'Archiviste lui jetait des regards inquiets.

— Justement, dit le Devin, si tu nous le montrais sur un de tes plans ?

— *« Nous »* ? avait interrogé le moine, en montrant du doigt Évrard.

Tout en jetant un œil sur le cimetière où tous les corps venaient d'être inhumés, le Devin avait répliqué :

— Ne t'inquiète pas, c'est un frère, même si je reconnais que son apparence joue plutôt contre lui…

Amusé, Évrard fit cligner sa paupière rougie d'où tombèrent des croûtes de sang séché. L'Archiviste recula, scandalisé.

— Alors, ces plans ? reprit le Devin.

Le moine se dirigea vers une armoire taillée dans le mur et protégée par une porte bardée de métal.

— Je vous préviens, c'est une carte très ancienne.

Sur papyrus, c'est dire. Il peut s'effriter à tout moment si on le touche comme on manie l'épée.

— Moi je ne branle que de la sébile… commença Évrard.

— Quant à moi, je ne dirai pas ce que je…

— Épargnez-moi vos paroles du diable… s'empourpra l'Archiviste en dépliant un rouleau. Vous n'êtes que des butors.

Malgré sa plaisanterie, le Devin sentait une angoisse étrangère monter en lui. Il se retourna vers la fenêtre. Sans doute l'âme des morts, fraîchement enterrés, qui rôdait, désemparée. Il penserait à eux plus tard. Là, il devait s'occuper des vivants.

— Voilà le Puits…

Évrard se pencha. Un double cercle concentrique occupait le centre d'un maillage perpendiculaire.

— Et tout autour, c'est quoi ?

— Le réseau des égouts construit par les Romains.

— On pourrait passer par là ? demanda le Devin.

Le visage du moine s'illumina. Il tenait sa revanche.

— Si vous ne craignez ni les excréments ni les rats…

— Sauf qu'après, dit Évrard en montrant les deux cercles, il faut franchir l'épaisseur de l'enceinte du puits.

— Au moins deux toises, ironisa l'Archiviste. Si vous commencez à percer aujourd'hui, vous aurez peut-être fini à la Noël.

Le Devin frappa du poing sur la table. Ils n'avaient plus le temps. Le rabbin d'Al Kilhal était détenu depuis plusieurs jours. Vu les méthodes du Légat, il ne survivrait pas longtemps.

— On n'y arrivera jamais !

Accablé, Évrard se laissa choir sur le banc.

— À moins que vous ne passiez par là.

D'un doigt taché d'encre, le moine indiquait une portion du mur dont la largeur était visiblement réduite.

— C'est quoi, ça ?

— Ça... indiqua l'Archiviste, d'un ton gourmand. C'est le Pourrissoir.

Le Puits

L'obscurité était retombée. De nouveau Roncelin était seul. Quand sa jambe ne lui fit plus mal, il se leva, fit jouer ses muscles amaigris et décida de réfléchir. Il porta la main à son index par habitude, mais sa bague de famille ne s'y trouvait plus. Curieusement cette absence ne le jeta ni dans un désespoir sans fond, ni dans une rage froide. Sans le savoir, le geôlier qui lui avait dérobé ce souvenir de famille avait définitivement tranché un lien. Jamais plus Roncelin ne serait le cadet de Fos. Désormais, c'est son prénom qu'il porterait en étendard et dont il ferait flotter les couleurs haut dans le monde. Depuis le début de sa détention dans le Puits, Roncelin se modifiait. Il ne savait ni comment, ni pourquoi, mais il sentait la différence s'insinuer en lui. Un autre homme était en train de naître, forgé dans l'obscurité et la torture, dépouillé de sa vie d'avant, durci au feu du désespoir et de la force intérieure. Étrangement, Roncelin faisait remonter le début de cette métamorphose à ses échanges avec Maïmonès. Les paroles énigmatiques du rabbin avaient eu une influence paradoxale : plus elles semblaient absurdes, plus l'ancien chef des pillards les faisait siennes. Ainsi, il était désormais certain qu'il sortirait vivant de ce cauchemar. C'était comme avoir goûté à une eau qui pouvait étancher toute soif. Il descendit de son monticule de pierres et s'accroupit face à la base encore humide du mur. L'eau avait disparu, ne laissant que de la vase et quelques flaques fétides. De la main droite, il inspecta la muraille au ras du sol. Avec minutie, il tâta chaque pierre, vérifia chaque interstice. Un travail long, ingrat, mais qui, mené avec minutie, pouvait porter les fruits de la liberté. Roncelin avança d'un demi-pas et sourit. Ses geôliers avaient eu tort de vidanger le puits. Si l'eau avait réussi à fuir, lui aussi y parviendrait.

Bibliothèque du Temple

D'un regard distrait, Évrard parcourait les rayons de livres. Ses yeux semblaient papilloter, sautant d'une étagère à l'autre, virevoltant d'une reliure de parchemin à une couverture de cuir de Cordoue, butinant comme une abeille indolente.

— Les livres sont une chose sérieuse, intervint l'Archiviste en remettant une bûche dans la cheminée. On ne s'y promène pas comme dans un bazar, le nez au vent et l'œil au hasard.

L'espion recula et laissa échapper :

— Dommage, il y a là un exemplaire du *Testamentum Salomonis* qui mérite le détour. Un texte rare et, si je ne m'abuse, interdit par l'Église. On y trouve, paraît-il, moult secrets merveilleux issus de la sapience juive.

Les yeux de l'Archiviste firent un tour complet.

— Comment tu l'as reconnu, son nom n'est pas sur la tranche ?

— Tu devrais moins souvent le consulter. Quand tu

le remets en place tu ne l'enfonces pas entièrement. Sa couverture dépasse et le titre se laisse facilement deviner. Une belle édition d'ailleurs, en grec et en hébreu.

Rouge de honte et de colère mêlées, le moine se précipita vers la bibliothèque.

— Troisième rangée en partant du haut, le septième livre du côté droit.

Le Devin pouffa en silence.

— Un livre dangereux, très apprécié des mages et autres sorciers, commenta Évrard. Si le Légat venait à le trouver…

D'une main crispée, l'Archiviste tenait le volume serré sur sa poitrine.

— … tu finirais au bûcher.

— Vous n'y êtes pas du tout. Ce n'est pas un livre de sorcellerie, mais sans doute le meilleur livre sur les secrets de la Kabbale. Et, d'après vous, qui l'a écrit ?

Soudain le Devin comprit :

— Le rabbin d'Al Kilhal !

— Maintenant vous savez pourquoi on le veut à tout prix.

Le Devin posa sa main sur l'épaule d'Évrard avant de reprendre :

— Je crois qu'on va devoir récupérer ce Juif.

Évrard désigna le plan sur la table.

— Alors, il va falloir pénétrer dans le Puits.

Le Puits

Le tablier se mit en branle sans prévenir. Roncelin interrompit ses recherches et se tapit contre la base du mur, mais aucune torche n'accompagnait la descente de la plateforme. Seul le bruit du treuil la trahissait. Il eut beau scruter le haut du Puits, aucune trace de présence humaine n'était sensible. Le Provençal hâta le pas, suivant le mur, tout en prenant garde à ne pas trébucher sur une pierre en saillie. Il n'avait eu le temps que d'explorer la moitié de la circonférence du Puits et, malgré ses efforts, il n'était pas parvenu à trouver l'accès de la vidange. À moins qu'il ne s'agisse de l'entrée pivotante d'un conduit, dissimulé dans l'épaisseur du mur. La plateforme continuait à descendre. Le bruit strident des cordes se rapprochait. Brusquement, le tablier de bois se stabilisa, à quelques pieds du sol. Roncelin s'approcha prudemment, redoutant un piège. Le tablier oscillait doucement. Il remarqua que l'on avait ôté les rampants. Jamais ni garde ni geôlier ne seraient descendus sans ces protections : le risque était trop grand de chuter. Roncelin fit le tour de la plateforme. Il ne comprenait pas. Les madriers de chêne, à peine équarris, se balançaient juste au-dessus de sa tête. Un instant, il eut la crainte irraisonnée que quelqu'un ne la fasse brutalement chuter pour l'écraser. Il s'écarta vivement, puis revint à pas comptés.

Un gémissement monta du tablier.

Intrigué, Roncelin tendit le bras et longea l'épaisseur du bois. Ses doigts atteignirent le plateau de la plateforme.

Une sensation visqueuse colla à sa paume.

Il continua de tâter le bois en aveugle. Le sang imbibait les planches. Brusquement, il buta sur un obstacle.

— Roncelin…

Le Provençal tendit la main. Ce qu'il sentit sous ses doigts avait été un visage.

— Approche-toi.

La voix faiblissait. En grimaçant de douleur à cause de son pouce martyrisé, le Provençal se hissa sur la plateforme.

— Vite. C'est la fin.

Il se pencha sur la face suppliciée.

— Quand tu sortiras d'ici…

Roncelin faillit protester, mais la respiration du Juif était de plus en plus difficile.

— Va… à Caïpha.

La mémoire du Provençal entrevit un port où débarquaient nombre de pèlerins.

— Ma fille… Bina… Il faut que…

L'ancien chef des pillards n'hésita pas.

— Si je sors d'ici, je te jure, sur le sang du Christ, que je prendrai soin de ta fille.

Le souffle du rabbin s'estompa. Mais sa voix surgit à nouveau, comme jaillie d'outre-tombe.

— Détrompe-toi, Roncelin…

Maïmonès lui saisit la main une dernière fois.

— … c'est ma fille qui va prendre soin de toi.

34

De nos jours

Extrait du EONWO blog.
Eye Over New World Order, par le Watcher
0X/15/3100 Post
Vous avez des yeux mais vous ne les voyez pas.

La première conférence de la Ligue arabe chez le président français n'a rien donné. C'est de la poudre aux yeux, ils prennent les citoyens pour des crétins et les médias sont à leur botte. J'ai trouvé un autre truc sur internet, l'évêque flingué à Jérusalem est un Palestinien qui a été en poste au Vatican. Quel poste ? Secrétaire adjoint à la Congrégation pour la Doctrine de la Foi, une institution chargée de préserver la pureté de l'enseignement catholique. Or c'est cette même congrégation qui a confirmé l'excommunication des francs-maçons dans les années quatre-vingt. Vous voyez le rapport... Nos amis trois points sont rancuniers. Une autre information que les journalistes se gardent bien de vous dire : le grand maître de la grande loge d'Angleterre, le duc de Kent, était en visite à Jérusalem, une semaine avant les événements tragiques. Bizarre. Je suis en train de trouver plein de choses intéressantes sur les liens entre notre famille royale et les frangins... Mais c'est pour plus tard.

Commentaires

Kapo : francs-maçons = Juifs ! Même combat.

Smirgol : le grand maître qui est lui-même le cousin de la reine...

Druza : vous délirez les mecs, c'est tiré par les cheveux vos déductions.

Kapo : Druza, c'est pas anglais, ça. Ça sent la synagogue.

Druza : va te faire mettre, Kapo.

Le Watcher : pas de messages racistes ou d'insultes. Je ne veux pas qu'ILS me coupent mon blog.

Smirgol : t'as raison, London Watcher, et si Kapo était un frère qui balance des trucs racistes pour faire interdire ton blog ?

Kapo : m'insulte pas, Smirgol, je suis pas franmac ! C'est toi qui l'es. Smirgol, c'est le nom de Golum dans le *Seigneur des anneaux*, le maléfique. Les francs-maçons portent tous des anneaux, tout le monde le sait.

35

Londres
De nos jours

Marcas traversa la chaussée et faillit ne pas voir la Mini qui surgissait par la gauche. Il évita le bolide d'un cheveu et se promit de ne plus oublier l'inversion *so British* du sens de la circulation. Le trottoir juste en face de la sortie principale de Saint-Pancras était bondé, mais il aperçut tout de suite la Yamaha noire. Elle était garée devant un kiosque à journaux qui bordait un magasin de chaussures aux couleurs criardes. La motarde se tenait debout, devant sa machine, le casque posé sur la selle, une cigarette à la bouche.

Antoine regarda autour de lui mais ne vit nulle trace de ses poursuivants et se rapprocha d'elle. Il ne put s'empêcher de lui lancer un regard admiratif.

Elle n'avait pas changé. Jade… Jade Zewinski[1].

Les cheveux coupés dans un carré court, blond et impeccable. Le même regard buté, la petite moue au

1. Voir la première aventure d'Antoine Marcas : *Le Rituel de l'ombre*, Fleuve Noir, 2005 ; Pocket, 2006.

coin de la bouche, la silhouette mince et sportive, sanglée dans une combinaison de cuir couleur havane, griffée sur le côté. L'ex-agent de la sécurité à l'ambassade de Rome s'était métamorphosée en femme au look travaillé.

Il fit semblant de se mettre au garde-à-vous et porta la main droite vers sa tempe en mimant un salut militaire.

— Lieutenant Zewinski, mes respects !

La motarde haussa un sourcil et jeta sa cigarette à terre.

— On dit commandant Zewinski. En charge des services de sécurité de l'ambassade de France.

Elle afficha enfin un sourire, Antoine la prit par les épaules.

— Ça fait quoi ? Six ans ?

— Six pour notre baiser de rupture et cinq pour tes dernières nouvelles par mail. Attends, deux secondes…

Elle décrocha son portable et indiqua en même temps à Antoine un casque dans le coffre arrière. Il posa son sac à l'intérieur pendant qu'elle parlait.

— Il est avec moi, c'est bon. Quoi ? Vous êtes sûr ? Ça va nous compliquer la tâche, ils ne nous laisseront pas les mains libres. Oui, je sais… Mais l'ambassadeur a été clair, pas de remous, pas d'immixtion dans les affaires intérieures… Oui… Vous me les brisez avec votre DGPN, je dépends des Affaires étrangères, ici il n'a pas plus de pouvoir que le type qui me sort les poubelles. Envoyez-moi une copie par mail.

Clac. Elle raccrocha d'un air maussade.

— L'adjoint que je t'ai envoyé a disparu et en haut lieu on ne veut pas d'emmerdes avec les flics locaux. Tous des abrutis.

Antoine jeta un œil inquiet en direction de la gare. Elle enfourcha la moto et lui fit signe de monter.

— Appuie sur le bouton sur le côté du casque, on pourra se parler par circuit radio. J'ai reçu un topo sur ton enquête. Si j'ai bien compris, une histoire de meurtre de curé, mais tu vas me donner ta version.

Il monta à son tour, ajusta son casque et entendit un grésillement dans ses oreilles. La voix de Jade résonna.

— Combien de types à ta recherche ?

— Trois, peut-être plus. Ils se sont fait passer pour des agents de l'ambassade. Leur voiture était garée dans le coin des taxis.

La Yamaha vrombit. Marcas reprit :

— Et si la souris se transformait en chat ?

— Ça me plaît. Prie ton grand architecte de l'univers. Avec un peu de chance, ils y sont encore.

— Les hommes libres ne prient pas, ils agissent.

— Amen, frère Antoine, répondit-elle en démarrant en trombe.

Il faillit tomber à terre et s'accrocha à son blouson. La moto quitta le trottoir et s'inséra dans la file qui longeait la gare.

La Yamaha rugit et dépassa une dizaine de voitures à l'arrêt en une poignée de secondes. Jade décéléra et tourna pour prendre la voie d'accès aux taxis. Ils roulèrent lentement jusqu'à ce qu'Antoine pose sa main sur l'épaule de Jade.

— À droite, à dix mètres environ. La Chrysler noire avec les vitres teintées. Ils sont là !

Deux de ses poursuivants, Andrew et l'homme au sac à dos, parlaient entre eux, juste devant le véhicule. Le roux paraissait énervé et se tamponnait le front avec un mouchoir. Jade grésilla à nouveau dans le casque d'Antoine.

— OK, on va se garer mais reste sur la bécane.

Elle colla la moto contre une camionnette blanche.

— Tu es sûre qu'ils ne nous voient pas ? s'enquit Marcas.

— On n'est jamais sûr de rien dans cette vie. Bouge pas, conseilla la jeune femme en coupant le contact.

Les minutes s'écoulèrent, avec une infinie lenteur. Andrew avait sorti son portable et parlait tout en regardant l'entrée de la gare. La voix de Jade résonna à nouveau.

— Si tes mecs ont buté notre agent, ça va encore plus compliquer les choses. En ce moment, nos amis anglais sont sous pression maximale. Avec les JO fin juillet, toutes les forces de police sont sur le pied de guerre et aucun événement « négatif » ne doit noircir le tableau. Ton arrivée a provoqué de sacrés remous…

— Oui, j'ai appris que ton ambassadeur a été contacté.

— Oui, c'est là le problème. Ça a commencé à merder quand ils nous ont envoyé les infos. Les…

Elle s'interrompit. Le troisième poursuivant, l'homme à la veste grise, avait rejoint ses deux complices. Ils se concertèrent quelques instants, puis, dans un même mouvement, s'engouffrèrent dans la Chrysler. Jade redémarra la moto. Sa voix résonna dans le casque d'Antoine :

— C'est parti. J'espère qu'ils ne se rendent pas dans le grand Londres, j'ai juste assez de jus pour faire une trentaine de bornes.

— Bravo l'efficacité militaire, ricana Marcas.

— Va te faire foutre, Antoine.

La voiture noire sortit de sa place et glissa en direction de la grande avenue d'Euston Road. La moto attendit que deux taxis démarrent à leur tour et roula dans la même direction tout en gardant une quinzaine de mètres d'écart. La Chrysler fila le long d'Euston, puis mit son clignotant pour tourner sur la gauche.

— Tu disais, à propos des infos fournies par les Anglais ? fit Marcas qui gardait un œil sur la Chrysler à l'arrêt devant un feu rouge.

— Je vais commencer par les bonnes nouvelles. Selon l'aéroport de Carlisle, aucun passager du jet n'a débarqué. Le Falcon d'Angelsfly a fait le plein, puis a décollé pour Dublin. Un quart d'heure plus tard, il s'est crashé avec ses passagers. Ça, c'est pour la version officielle. En revanche, juste après le décollage du jet, un hélicoptère s'est envolé de l'aéroport pour le centre de recherche nucléaire de Dalton, situé juste à côté, à Whitehaven. Il se trouve que cet hélicoptère appartient à Concordia Limited, un gros groupe de la City.

— Et alors ?

— Eh bien, la société informatique écossaise qui a affrété le jet appartient aussi à Concordia. Ce n'est pas fini. J'ai jeté un œil sur les activités de ce groupe. Figure-toi qu'ils sont les premiers investisseurs privés du centre de recherche de Dalton.

Le feu passa au vert, la Chrysler démarra et tourna dans une rue plus petite, bordée d'immeubles de brique, d'aspect plus ancien que ceux du quartier de la gare. Jade slaloma entre deux taxis et bifurqua dans la même direction. Antoine s'agrippait au blouson. Il hurla dans le casque :

— Excellent. Mais je ne vois pas le rapport avec le

Sacré-Cœur. Ils n'ont pas découvert une mine d'uranium à Montmartre…

— Ça, mon grand, je n'en sais rien. Passons aux mauvaises nouvelles. Peu de temps après la transmission d'infos par la police anglaise, notre ambassadeur a reçu un coup de fil. Directement du cabinet du Premier ministre. Je précise : il a été réveillé à l'aube. Et l'ambassadeur est un homme charmant, sauf quand on le tire de son sommeil. Le secrétaire voulait savoir ce qu'on voulait exactement au groupe Concordia.

La moto ralentit brusquement. Une vieille dame avait traversé la rue, tirée par un affreux petit caniche noiraud, sans se soucier de la circulation. Antoine se pressa contre Jade pour éviter de basculer sur le côté. La Chrysler avait tourné pour prendre une rue sur la droite. La jeune femme maugréa.

— Putain, ces Anglais ! Ils ne respectent rien. Je reprends. L'ambassadeur n'était au courant de rien, ce qui est vrai. Le type du cabinet lui a alors expliqué que Concordia, fierté de la City, possédait deux particularités. La première, c'était le contrôle d'une agence de notation très influente sur les marchés internationaux, genre Moody's ou Fitch. Tu vois le truc, dettes des États et des sociétés, triple A et toutes ces conneries. À ce titre, Concordia est considérée comme un joyau de la Couronne. Et en plus, c'est l'un des premiers sponsors des JO.

Ils roulaient maintenant sur la grande artère de Kingsway qui descendait vers la Tamise, engorgée de voitures et de bus.

— Et la seconde particularité ? demanda Marcas qui crispait ses mains sur le cuir.

La voix de Jade s'éclaircit.

— Son patron. Un certain Lord Reginald Preston Fainsworth, comte de Boleskine. Un aristo de premier plan, qui passe ses vacances à Dubai avec le cousin de la reine et prend le thé avec le Premier ministre.

Elle accéléra à nouveau et se colla contre le cul d'un bus rouge à impériale qui descendait Kingsway. De temps à autre, elle inclinait la moto vers la gauche pour repérer la Chrysler. Au-dessus d'eux, le ciel se couvrait de nuages noirs qui venaient de l'ouest. Antoine regarda les cumulus d'un sale œil. Depuis un accident de scooter avec son fils, place de Clichy, et qui s'était terminé à l'hôpital, Antoine détestait rouler à moto par temps de pluie. Il lança :

— Premier ministre, famille royale... Et moi qui pensais qu'avec la crise, les grands de ce monde faisaient attention à leur image. Pas très valorisant de fricoter avec le dirigeant d'une agence de notation. C'est aussi bien vu que de s'occuper d'une usine d'amiante.

Jade vit la voiture noire prendre de la distance, au niveau d'Aldwych Street. Elle mit son clignotant et doubla le bus, pour se rabattre derrière un camion de dépannage de scooters. Sa voix grésilla.

— Tu raisonnes en bon petit Français. Au cours des siècles précédents, nos amis anglais ont fait fortune grâce à la Bourse, à leur empire colonial, soudés autour de leur armée et de leurs souverains. Maintenant, c'est la City seule qui leur assure les fins de mois. La Bourse de Londres est plus puissante que Wall Street, Paris, Tokyo ou Shanghai. Ici, la finance, c'est aussi sacré que la reine. Peut-être plus.

La Chrysler avait pris le Strand et emprunta à nouveau Aldwych comme pour revenir sur Kingsway mais en sens inverse.

— C'est bizarre, on revient par là où on est arrivés, avertit Jade.

— Tu crois qu'ils nous ont repérés ?

— Pas sûr, ils veulent peut-être tourner sur la gauche, ça leur était impossible en venant de l'autre côté, à cause de la barrière de séparation. La circulation ici, c'est pire qu'à Paris. Je vais quand même leur laisser un peu d'avance.

Elle rétrograda pour laisser passer deux voitures juste au moment où un feu se mettait au rouge. La Chrysler filait à nouveau sur Kingsway, mais le trafic recommençait à s'engorger. Jade pila sous les yeux d'un policier de la circulation qui observait le carrefour.

— Et merde, heureusement que ça bouchonne. Tout ça pour dire que l'ambassadeur a eu ensuite ton grand patron au ministère de l'Intérieur pour avoir des explications. Quand l'autre lui a dit que tu traquais des tueurs de prêtres, il a failli recracher ses œufs au bacon. L'ambassadeur n'aime pas être réveillé en pleine nuit, mais déteste par-dessus tout qu'on le prenne pour un crétin, surtout par un fonctionnaire du ministère de l'Intérieur, dont il n'a rien à cirer.

— Mais c'est vrai ! Je suis sur la piste de ces assassins.

— Un franc-mac qui piste des bouffeurs de curés, ben voyons…

Le feu passa au vert, elle démarra rageusement et eut juste le temps d'apercevoir la voiture noire qui disparaissait sur la gauche. La Yamaha virevolta entre les véhicules et obliqua à son tour sur Kemble Street. Jade susurra :

— Mon Antoine, officiellement, je vais t'apporter

toute l'aide nécessaire, mais en off, pas question de nous foutre dans la merde avec les Anglais. Au moindre pépin, l'ambassade te lâche et tu reprends direct le premier Eurostar, je serais moi-même chargée de t'accompagner.

— C'est sympa, nos retrouvailles... répondit Marcas, goguenard.

La Chrysler avait tourné sur la droite et s'engageait dans une rue plus étroite, encadrée d'un côté par des immeubles d'habitation à la brique triste et marron, et de l'autre par une tour à la laideur bétonnée typique des années soixante-dix. Jade fit une queue de poisson à un taxi et ralentit au niveau de la rue.

— Wild Street... On n'est pas loin de Covent Garden.

— C'est pas terrible ici.

— Pendant la Seconde Guerre mondiale, Londres a beaucoup souffert des bombardements allemands. Certains quartiers ont été entièrement rasés et progressivement reconstruits. Attends, il se passe quelque chose.

Un peu plus loin devant eux, quasiment à l'autre bout de la rue, la Chrysler s'était arrêtée face à une porte de garage encastrée dans un bâtiment austère de briques rouges. Le clignotant gauche s'alluma pendant que s'ouvrait la porte de parking. La Yamaha avança à faible allure et n'était plus très loin du véhicule.

— Attention, ils vont nous repérer, cria Antoine.

— Non. Je vais me garer juste avant. Il y a des places de moto.

L'ouverture du parking était béante. Une lumière verte clignotait au-dessus de la porte et la Chrysler disparut à l'intérieur. Jade faufila sa Yam entre deux gros scooters et éteignit le contact. Elle lui fit signe d'enlever le casque.

— Il vaudrait mieux que tu restes ici, si ces types sortent et te repèrent…

— Pas question, jeta Marcas, c'est moi le chat, désormais. Allons faire une petite promenade de voisinage.

Au moment où ils descendaient de la moto, de fines gouttes constellèrent le trottoir. Jade leva les yeux vers le ciel parsemé de nuages gris et murmura :

— Le ciel est contre nous…

— Je m'en tape, je ne suis pas croyant, fit Marcas en se dépliant sur le trottoir.

Du coin de l'œil, il inspecta la rue. À gauche, le long du trottoir, l'immeuble du parking. À droite, un long et très grand édifice grisâtre, d'aspect plus ancien, encadré par des rangées de hautes fenêtres occultées, et qui continuait jusqu'au bout de la rue. Ils marchèrent le long de la façade rouge comme de simples badauds et passèrent devant la porte de garage qui finissait de se refermer.

— Il va falloir trouver à qui appartient ce parking ou cet immeuble. Il n'y a aucune indication, fit Marcas d'un air maussade.

Ils continuèrent, sans ralentir le pas, et arrivèrent sur une place, bordée de magasins. Ils gardaient l'œil rivé sur la façade de l'immeuble du parking, à la recherche d'une plaque ou d'une indication. La brique rouge avait laissé place à la même pierre grise et sinistre que l'autre immeuble de la rue qui ressemblait à un temple protestant et trônait sur la place. Jade prit le bras d'Antoine et indiqua l'entrée d'un pub, à quelques mètres sur la gauche.

— J'ai une idée. Allons boire une pinte de bière. Je vais demander au patron s'il est possible de louer une place de parking dans l'immeuble.

— Au point où on en est...

Le *Prince of Wales* arborait tous les attributs indispensables à tout pub anglais digne de ce nom. Boiseries cirées, comptoirs en noyer surmontés de pompes à bière, peintures de scènes campagnardes encadrées de vert et de rouge. Jade tendit son casque à Marcas.

— Va t'asseoir sur une banquette pendant que je tape la causette.

— Oui, chef, glapit Marcas.

— C'est très bien, tu t'améliores.

Antoine choisit un fauteuil et s'y affala. Son portable vibra.

Un autre message de Gabrielle.

Je pense à toi. J'arrive bientôt.

Il secoua la tête. Ce n'était pas le moment. La mort dans l'âme, il tapota nerveusement, oubliant les fautes de frappe.

Non. Trop dangereu vien pa à Londre te rapel

Il reposa le téléphone et vit Jade en pleine discussion avec le barman qui remplissait une chope, d'au moins un demi-litre, d'un liquide ambré.

Elle était devenue une très belle femme.

Six ans de passés... Leur histoire n'avait pas duré longtemps, à peine trois mois, jusqu'au moment où elle avait reçu une nouvelle affectation, en Australie. Elle avait accepté sans remords. De toute façon, son caractère était un peu trop trempé au goût de Marcas. Ils s'étaient séparés sans trop de casse, presque à l'amiable.

Il allait reprendre son portable pour appeler Gabrielle

quand Jade surgit devant lui, les yeux brillants, le visage crispé. Elle claqua les deux chopes de bière contre la table. Des éclats de mousse volèrent tout autour.

— Tu m'as caché des informations ou tu t'es foutu de ma gueule !

Antoine la dévisagea, stupéfait. Elle articula d'une voix blanche :

— Le gentil patron du pub m'a expliqué que le parking appartenait à l'immeuble d'en face. Viens jeter un coup d'œil.

— Calme-toi, Jade. Je ne comprends rien à ce que tu me racontes.

Elle fila en direction de la sortie, sous les yeux médusés des clients. La porte du pub n'était pas encore fermée quand il arriva sur le trottoir. Une pluie battante avait transformé la place en pataugeoire. Jade pointait son index de l'autre côté de la place.

Antoine leva les yeux et identifia le bâtiment gris qui faisait face à l'immeuble du parking. L'édifice dominait la place de toute sa hauteur. Au premier abord, cela ressemblait à une église mais de plus près l'architecture dégageait plutôt un style Art déco. Un corps rectangulaire encadrait deux portes de bronze monumentales. Fermées. L'ensemble était surmonté par une sorte de beffroi qui grimpait loin au-dessus des autres immeubles de la place. Des porte-flambeaux en fer étaient encastrés de chaque côté des panneaux. La pluie redoubla d'intensité, trempant Marcas et le gênant pour distinguer les détails de l'immeuble. Il cria à Jade :

— Tu m'expliques ?

— Regarde au-dessus de la porte, les inscriptions.

Il porta sa main en visière pour se protéger de l'eau ruisselante qui coulait sur ses paupières.

Au milieu d'un long rectangle de pierre, des chiffres étaient gravés sur la pierre :

1717-1967.

Et de chaque côté, les mêmes symboles. Marcas resta pétrifié.

Le compas et l'équerre entremêlés.

La voix de Jade retentit derrière lui.

— Tu as intérêt à me raconter la vérité ou je me casse sur-le-champ. Ce bâtiment, c'est le *Freemasons' Hall,* le quartier général de la franc-maçonnerie anglaise !

36

Jérusalem
Avril 1232
Le Puits

Les cauchemars avaient repris Roncelin. Quand il ouvrait les yeux, il voyait des visages s'animer sur la paroi du puits. Ils semblaient sortir tout droit du mur. Comme des ombres venues le hanter. C'est Guillaume qui avait le regard le plus étrange. Depuis que les femmes d'Al Kilhal s'étaient acharnées sur son corps, la douleur et la peur se lisaient sur ses traits. Plusieurs fois, Roncelin l'avait interpellé, mais il restait à distance, la bouche tordue sur une réponse qui ne venait pas. Mais ce n'était pas l'ombre la plus terrible. D'autres surgissaient, les yeux arrachés, le front en sang, qui tournoyaient comme des oiseaux de proie. Face à ces hallucinations, l'angoisse de Roncelin était telle qu'il se collait contre le corps du rabbin. Le cadavre refroidissait lentement. Sans odeur. Pourtant, sous la plate-forme, des rats, mystérieusement en éveil, grinçaient des dents, attendant leur heure. Roncelin tendait la main. Dans la mort, le visage de Maïmonès s'était creusé. Entre les traces des coups et le travail de décomposition, un nouveau paysage se créait, fait de vallons devenus abrupts et de ravins spongieux. Cette atroce proximité pourtant le rassurait, surtout quand l'image de la bergère apparaissait. Les lèvres blanches comme la chaux, les orbites où brillait un regard de braise, chaque détail racontait un calvaire qui faisait hurler Roncelin dans l'obscurité.

En plus, il entendait des coups sourds qui résonnaient contre la paroi. Comme si une bête mystérieuse forait un tunnel dans la pierre. Il hurla à nouveau. C'était sûr, il devenait fou.

Palais du roi

Avec ses allures de forteresse austère, ses tours d'angle de pierre grise et ses murs aveugles, le palais du roi avait toujours eu mauvaise réputation. Les habitants de Jérusalem hâtaient le pas devant la porte d'entrée sévèrement gardée en permanence. Ces lieux où se faisait – et se défaisait – l'avenir du royaume inspiraient de tout temps une crainte innée de la part du petit peuple. Depuis plusieurs années, l'empereur Frédéric qui avait reconquis la ville n'était plus qu'un souvenir. S'il portait toujours le titre de roi de Jérusalem, ce n'était qu'une façade derrière laquelle la réalité du pouvoir se dissimulait. Un pouvoir que nul n'était parvenu à s'arroger. Aucune figure charismatique n'avait émergé. Tout au contraire, les grands seigneurs du royaume de Jérusalem s'étaient partagé les organes de décision de telle manière que personne ne puisse jamais devenir dominant. Une situation de *statu quo*, qui, si elle équilibrait les ego et les appétits de chacun, interdisait en revanche toute évolution du système.

Les royaumes immobiles sont des royaumes morts, pensait le Légat en saluant les membres de la cour. Le sourire constant, la parole aisée, le représentant du pape était en tournée de séduction. Il prêchait la grandeur de la foi à de vieilles douairières que la proximité de l'enfer empêchait de dormir, souriait aux plaisanteries souvent grasses des seigneurs du cru, écoutait avec application les avis sur la stratégie militaire. Derrière son visage attentif, son esprit parcourait plusieurs pistes à la fois. Tout en laissant apprécier son sens de la repartie ou l'intensité de ses réflexions spirituelles, il examinait à nouveau toutes les données sur le pillage d'Al Kilhal. Les espions de son conseiller n'avaient toujours rien appris sur la dispersion du butin. Alors que la rançon, extorquée aux habitants, était d'importance, elle semblait s'être volatilisée en même temps que les pillards. Pour le Légat, cette disparition était pourtant un signe favorable : le trésor était à l'abri, sans doute dissimulé dans un endroit décidé à l'avance. Et un seul homme pouvait avoir prévu pareil plan : Roncelin. Le Provençal n'avait pas parlé pour l'instant, mais… Le Légat sourit imperceptiblement. De toute façon, il s'était fait la main sur le rabbin.

Le prélat se tourna vers son conseiller qui le suivait dans sa visite pastorale. Tout en saluant un abbé bénédictin, il l'interrogea :

— Qu'avez-vous fait du corps du Juif ?

— Seigneur, après que vous avez daigné vous occuper personnellement de son cas, nous l'avons retiré de la chapelle.

— Pour le mettre où ?

— Dans le Puits. Ça devrait délier la langue de son compagnon.

Un chevalier richement vêtu s'avança et salua. Le Légat reconnut un *poulain*. On rangeait sous cette dénomination des hommes et des femmes nés des amours, souvent hors mariage, entre chrétiens et musulmans. Pour l'Église, ces *poulains*, de plus en plus nombreux, étaient un sujet de scandale. Comment savoir quelle était leur vraie religion ? Sans marquer son aversion, le Légat rendit son salut. Mais son visage se durcit quand il aperçut les représentants des chrétiens de Terre sainte. Devant lui, se tenaient, dans leur habit de cérémonie, prêtres syriaques, moines chaldéens, dignitaires coptes… toute la mosaïque bigarrée de l'Orient. Tous ces hommes qui se réclamaient du même Dieu, mais ne reconnaissaient pas la sainte autorité du pape.

Le Légat leur tendit les bras en signe d'accolade, mais la fixité de son regard démentait son attitude fraternelle. Un royaume, s'il voulait survivre, se devait d'être uni. *Un seul peuple, un seul chef*. Et pour le Légat, ce chef ne pouvait être que le successeur de saint Pierre. Tous ceux qui pensaient le contraire commettaient un péché mortel. *Des hérétiques*.

Le prélat fit tourner sa médaille gravée autour du cou. C'était le pape en personne qui lui avait fait ce présent. Grégoire IX était un personnage charismatique. Quand il avait posé son regard sur le Légat, ce dernier s'était senti fouillé jusqu'au tréfonds de son âme. Il avait eu la même sensation quand il avait lu la lettre du Saint-Père avec ses instructions. Comme une prière, il se répétait les phrases du souverain pontife, le *credo* d'une Église qui désormais ne tolérait plus la moindre atteinte à son autorité.

« ...L'hérésie est l'œuvre du Diable. Et pour terrasser Satan, il faut employer ses propres moyens. N'hésitez jamais. Mieux vaut faire périr dix innocents que d'épargner un hérétique... »

Discrètement le Légat embrassa la médaille sainte. Jamais il ne décevrait le pape.

Le Puits

Cette fois la bête se rapprochait. Roncelin se colla au mur. Des coups de boutoir ébranlaient la paroi. Le Provençal se mit à trembler. Dans son esprit, réalité et visions se mêlaient et s'entrechoquaient. Tantôt la raison l'emportait et il reprenait force et vigueur, tantôt la panique le gagnait et il sentait la folie rôder dans son âme. Il se tourna vers le cadavre de Maïmonès. Une sourde exhalaison l'enveloppait comme un linceul, une odeur amère qu'il ne pourrait plus supporter très longtemps. Néanmoins, il hésitait encore à déposer le corps au sol. Un reste de compassion chrétienne. Pourtant, le rabbin lui avait expliqué que, selon lui, l'âme quittait le corps dès le dernier souffle expiré pour partir en quête d'une nouvelle enveloppe terrestre. Cette idée avait scandalisé Roncelin qui, en bon chrétien intéressé, comptait bien se faire pardonner ses péchés au dernier moment pour accéder au Paradis. Cette suggestion de migrer dans un nouveau corps le choquait, pis, l'indignait. Et si, après sa mort, il se réveillait dans la peau d'un infidèle… Pour autant, il s'était bien gardé d'exposer son point de vue au rabbin. D'ailleurs, ce dernier avait franchi les limites de l'absurde. Il avait affirmé à son compagnon qu'une âme, pleinement initiée, pouvait choisir la personne où s'incarner. Roncelin n'avait pu se contenir. Ironiquement il avait interrogé le rabbin :

— Dis-moi, Juif, on peut savoir en qui tu comptes t'incarner ?

Maïmonès avait porté la main à son cœur avant de répondre d'un ton empreint de certitude :

— Dans ma fille, Bina.

Un coup sourd ébranla violemment le mur. Le Provençal s'affola. Cette fois, la bête allait sortir ses griffes et l'emporter. Brusquement, une pierre tomba, puis une autre. Un grondement monta dans les murs. Une nouvelle pierre ricocha contre la paroi et s'écrasa près de Roncelin.

Il sauta au sol.

Le grondement devint cataracte.

Des trombes d'eau envahirent le puits.

Le Pourrissoir

— Tu entends ce bruit ?

Le visage inquiet, Évrard hocha la tête. Les murs tremblaient. Il posa la main sur la porte constellée de têtes de clous. Elle vibrait comme une feuille sous le vent. Puis le mouvement s'apaisa, remplacé par un bruit sourd qui montait en puissance.

— Fais vite !

La voix du Devin trahissait une fébrilité croissante.

Évrard se replongea dans l'auscultation de la dernière serrure. Il en avait déjà ouvert deux, mais la dernière résistait à son art subtil du crochetage. Le Devin l'observait avec nervosité. Il ne cessait de jeter des regards furtifs à l'arrière du conduit où ils avaient dû ramper pour atteindre une minuscule salle voûtée, fermée d'une lourde porte. Un cliquetis se fit entendre, puis un autre.

— Plus qu'une dent, annonça Évrard, prends les lanternes.

Son compagnon s'exécuta. Un bruit de métal résonna. Évrard se leva, rangea ses crochets dans sa tunique et saisit une lanterne. Il désigna la porte.

— À toi l'honneur.

D'une voix blanche, le Devin articula lentement :

— Tu sais ce qu'il y a derrière ?

— Comment a dit l'Archiviste, déjà ? Ah oui, le Pourrissoir. Drôle de nom…

Le Devin s'avança et posa la main contre le battant. La porte s'ouvrit dans un grincement rageur. Une odeur épouvantable les saisit à la gorge.

— Et toi, tu sais ce que c'est ? reprit Évrard.

Il tendit sa lanterne et hurla. La voix troublée du Devin lui fit écho.

— Oui, c'est le royaume des morts.

Le Puits

Roncelin se précipita vers le tablier. L'eau lui arrivait aux chevilles. Il s'agrippa à la plateforme qui se mit à tanguer. Entraîné par le mouvement, le corps du rabbin glissa et chuta dans l'eau. Le Provençal jura. Il se retourna, mais le cadavre avait déjà disparu dans l'obscurité. Le bruit de cascade devenait de plus en plus violent. Une brume glacée s'échappait de l'eau qui ne cessait de monter. Il tendit la main. L'écume trempait déjà le dessous de la plateforme. Le Provençal se releva au plus vite et sauta sur un des cordages qui soutenaient le tablier. Ses mains glissèrent et il chuta lourdement sur le plancher humide. Ses paumes étaient couvertes d'huile. Le geôlier avait dû graisser les filins pour déjouer toute tentative d'évasion.

Roncelin hurla de désespoir. Il allait maudire le Juif de lui avoir prédit qu'il survivrait quand une corde à nœuds dévala le long du mur.

Dans l'obscurité, Évrard sentit la corde se raidir entre ses mains.

— Quelqu'un monte ! cria l'espion.

Le Devin serra les poings. Il avait les mains en sang d'avoir descellé des pierres du mur afin d'atteindre le Puits. Mais peu importait si sa mission à Al Kilhal avait été un échec, désormais il prenait sa revanche.

Dans quelques instants, il s'emparerait du rabbin.

— Il monte vite, confirma Évrard.

Le visage grave, le Devin se retourna vers le Pourrissoir. La lanterne n'éclairait qu'une faible partie de la catacombe. Mais ce qu'on devinait était déjà terrifiant. Des milliers d'ossements nageaient dans un magma de chair décomposée et de fluides coagulés. Le Devin se sentait submergé dans ce temple de la Mort. Autour de lui, des âmes par nuées, tournoyaient comme un essaim de guêpes avides.

— Je l'ai ! s'écria Évrard.
Le Devin se précipita.
Un corps, trempé d'eau, roula à ses pieds.
Fébrile, il le retourna et balbutia un seul mot, effaré :
— Roncelin !

37

Extrait du EONWO blog.

Eye Over New World Order, par le Watcher

0X/15/3100 Post

Vous avez des yeux mais vous ne les voyez pas. Leur œil vous voit.

Aujourd'hui, je vais vous parler des jeux Olympiques. Difficile d'y échapper, il y en a partout, à la télé, dans les journaux. Avez-vous vu le grand stade olympique de Londres, celui qu'ils viennent de construire avec votre argent ? Au début, j'avais pas remarqué, le sport c'est pas mon truc. Mais j'ai été alerté par l'un de nos amis. Regardez la série de projecteurs sur le toit circulaire du stade. Ils sont tous en forme de triangle. C'est flagrant, la nuit. Des triangles lumineux, il y en a quatorze en tout. Je me suis renseigné, c'est la première fois qu'il y a ça sur un stade olympique. Et c'est pas fini. Vous avez vu les deux mascottes officielles ? Non seulement elles sont laides, mais en plus, elles n'ont qu'un œil. J'ai fait une vidéo où j'ai remplacé l'œil par le dollar. C'est dingue. Les francs-maçons ont tout fait pour que Londres ait les JO et ils vont nous balancer des images subliminales pendant toute la durée des jeux. Bingo ! C'est l'événement qui a le plus d'audience dans le monde entier.

Poudlard boy : j'en reviens pas, j'ai envoyé ta vidéo à tous mes potes. Tu crois que les triangles peuvent balancer des rayons sur les spectateurs du stade ?

Ufo 666 : j'avais découvert moi aussi ces triangles, ils pourraient servir de signaux pour une invasion de soucoupes volantes, exactement comme dans les rencontres du 3e type de l'initié Spielberg.

Klaw : eh, Watcher, je t'ai trouvé un autre truc inquiétant. L'une des deux mascottes a une pyramide sur la tête. La pyramide, c'est pas un symbole des frangins ?

Watcher : bien vu, tu as raison, on le retrouve sur le billet de un dollar et sur le toit du plus haut gratte-ciel de Londres, à Canary Wharf.

38

Londres
De nos jours

Le *Prince of Wales* était aux trois quarts vide ; Jade et Antoine s'étaient installés dans le coin le plus isolé du pub. Il avait fallu presque une demi-heure à Marcas pour résumer la découverte du trésor dans le Sacré-Cœur et les connexions éventuelles avec sa venue à Londres. Elle reposa sa chope en silence et prit son portable pour lire un SMS.

— On a retrouvé notre agent dans les toilettes de Saint-Pancras, drogué. Mais vivant. C'est déjà ça. Maintenant la question est : que fait-on avec tes copains frangins ?

Marcas ne toucha pas à sa bière. Trop amère à son goût.

— On ne peut pas se pointer au Freemasons' Hall et demander à voir Andrew et ses camarades.

Elle leva les yeux au plafond.

— Appelle tes potes frangins à Paris. Il n'existe pas un trombinoscope de tous les frères sur Internet, avec vos tronches de premiers de la classe ?

Antoine se raidit, mais il ne voulait pas rentrer dans son jeu.

— Jade, je vais tenter de m'adresser à ton intelligence. *Un*. Il n'existe pas d'annuaire des maçons. *Deux*. J'appartiens à une obédience non reconnue par la Grande Loge d'Angleterre, je n'ai pas les mots de passe en vigueur pour entrer et je ne peux pas assister à leur tenue. *Trois*. En conséquence, personne de mon obédience ne va appeler les frères anglais pour leur demander ce genre d'infos.

Jade croisa les bras avec un air ironique.

— Et *quatre*, ne compte pas sur moi pour faire intervenir l'ambassadeur ni mes rares contacts avec la police. Je ne veux pas me mettre à dos les frères trois points anglais. Il va falloir trouver autre chose. Reprenons par le commencement. Pourquoi tes frères anglais voudraient-ils te kidnapper ?

— Je n'en sais rien. En tout cas, ils étaient bien informés sur ma venue, avec l'heure exacte de l'arrivée du train. Ça veut dire qu'il y a unc taupe dans vos services ou qu'ils m'ont suivi depuis Paris.

Jade fronça les sourcils, puis se leva de la chaise et prit son casque.

— Ça, c'est peut-être vrai. On ne peut plus aller à South Kensington. Trop risqué. Et impossible d'entrer en force chez tes petits copains trois points. Il ne reste qu'une seule solution et franchement elle me déplaît.

— Laquelle ? fit Marcas en enfilant sa veste.

— T'emmener au Laminoir.

— C'est-à-dire ?

Elle lui lança un regard dur.

— C'est un endroit un peu spécial. Prévu pour faire disparaître les gens.

Londres
Quartier de Lennox Gardens
Garrett Mansion

Une douce pénombre régnait dans la chambre aux murs tendus de velours gris. Les volets fermés laissaient filtrer une très légère clarté. Sur le lit à baldaquin, la Louve, à demi nue, était allongée, fumant une cigarette longue et fine. La fumée se perdait dans les fins voiles de lin blanc qui pendaient au-dessus du lit. Juste à côté, assis à un bureau calé sous la fenêtre, Fainsworth reportait soigneusement sur une feuille de papier les inscriptions gravées sur le crâne, lui-même enchâssé dans une boîte métallique.

Le maître du *Temple Noir* grimaça de douleur. Ses cervicales s'étaient réveillées, bloquant les nerfs qui couraient le long de ses épaules. Elles se rappelaient à son bon souvenir dès qu'il restait assis trop longtemps, séquelles d'un accident de moto à Oxford. Il imprima à sa tête plusieurs mouvements circulaires. Aucun traitement, aucune manipulation de kiné n'avait réussi à le guérir, excepté l'absorption de corticoïdes à haute dose, mais dont les effets ne duraient pas longtemps. De temps à autre, il marchait avec une canne, ça le soulageait.

Il tenta d'oublier sa douleur, nota le dernier symbole et observa à nouveau le crâne.

La datation par le laboratoire de Dalton donnait une estimation oscillant entre le XIIe et le XIIIe siècle. L'inscription gravée pouvait donc soit remonter à cette époque, soit être plus récente, avec une période butoir du début du XXe siècle, époque de la construction du Sacré-Cœur et de la mise au tombeau du crâne.

Il revint au texte recopié, le choix s'imposa en toute logique, de par la nature même des inscriptions.

Fainsworth était presque déçu, il avait tout de suite reconnu l'alphabet maçonnique utilisé par les frères depuis le début du XVIIIe siècle. Encore appelé le Pigpen, c'était un code de premier niveau de difficulté, dans lequel chaque symbole correspondait à une lettre. Il en existait une variante dite templière mais dont l'aspect ne correspondait pas. L'indice avait donc été placé au moins quatre siècles après la mort de l'homme dont il contemplait la boîte crânienne.

Fainsworth se tourna vers la Louve.

— Je m'attendais à un cryptage plus complexe. Nos francs-maçons templiers n'ont pas fait preuve de grande originalité.

— Toutes ces histoires de codes secrets sont puériles. Au fait, Son Altesse daignera-t-elle me faire l'amour ? continua-t-elle sur un ton ironique en écrasant sa cigarette dans un cendrier en forme de main.

Il laissa courir son regard sur les seins de la tueuse, emprisonnés dans un soutien-gorge noir, puis revint à son texte.

— Chaque chose en son temps…

Il prit son ordinateur portable, se connecta sur Internet et tomba sur un site de caractères téléchargeables. Il cliqua sur la police maçonnique correspondant aux symboles du texte, et l'incorpora dans son traitement de texte. Puis il se connecta sur le site du *signalcorps,* consacré aux anciens codes de premier et de deuxième niveau. Au fur et à mesure qu'il tapait les symboles maçonniques, la traduction apparut à l'écran.

Va à Londres dans le temple mère

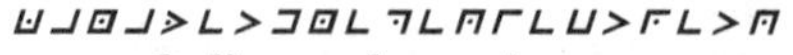

de l'aveugle persécuteur

le surveillant te donnera le son premier

Fainsworth fit un copier-coller sur son ordinateur.

Va à Londres dans le temple mère
de l'aveugle persécuteur
le surveillant te donnera le son premier

L'aristocrate fronça les sourcils. Au premier abord, le texte en français n'évoquait pas grand-chose. C'eût été trop simple. La douleur au niveau de la nuque devint intolérable. Il prit son portable avec lui et s'assit sur le lit, à côté de la tueuse.

— Masse-moi la nuque, veux-tu ? Comme j'aime, ça m'aidera à me concentrer…

— Baiser ensemble ne veut pas dire satisfaire tes moindres désirs… Même pas en rêve.

Il avait anticipé sa réponse.

— J'ai vraiment mal, en échange je serai ton esclave pendant une heure.

Elle recula sur la méridienne et posa ses talons sur ses omoplates. Il poussa un petit cri de douleur. Elle pressa ses pieds davantage.

— Tu sais ce que je leur fais à mes esclaves… lança-t-elle.

— Oh oui, plus fort, gémit-il, appuie sur le cou.

La pression sur ses muscles le soulageait ; il sentit le sang circuler à nouveau dans sa chair meurtrie, comme si on lui enlevait une tonne de fonte sur les épaules. Le texte dansait devant ses yeux.

Va à Londres dans le temple mère,
de l'aveugle persécuteur,
le surveillant te donnera le son premier

Au fur et à mesure que la douleur s'estompait, les idées coulaient à nouveau dans son cerveau. Il fallait qu'il se replonge dans le contexte de l'époque. Le texte avait été composé dans un alphabet datant du XVIIIe siècle, par des francs-maçons français, pétris de tradition templière.

Que le secret soit à Londres, cela ne faisait aucun doute, l'enseignement du *Temple Noir* était explicite.

Va à Londres dans le temple mère

Cette indication visait certainement Temple Church, l'église mère des Templiers, située dans la City. À chaque fois qu'il s'y rendait, un frisson le parcourait ; il pressentait que ce lieu recelait quelque chose d'intense et de caché.

Le deuxième passage était en revanche plus sibyllin.

de l'aveugle persécuteur

Il se reconnecta sur Internet, tapa sur un moteur

de recherche la phrase entière en y associant *Temple Church,* mais ne tomba que sur des agrégations de mots, sans véritable signification. Aucun aveugle dans l'église, aucun persécuteur non plus. Il essaya en jouant cette fois sur la symbolique maçonnique.

Un aveugle était celui qui n'avait pas eu la lumière, un profane à l'évidence, mais le terme de persécuteur l'intriguait. Il pouvait s'agir d'un homme qui persécutait les frères, mais pourquoi alors faire référence à Temple Church ? Les minutes s'égrenèrent, lentes, besogneuses, pendant lesquelles il fit appel à tout son vieux savoir maçonnique ainsi qu'à ses connaissances apprises dans le *Temple Noir,* mais l'obscurité demeurait.

Il laissa de côté ce fragment et passa à la troisième phrase.

le surveillant te donnera le son premier

À l'évidence, les auteurs du message faisaient référence au surveillant d'une loge. Il se replongea dans ses souvenirs de tenue maçonnique. La phrase tournait dans sa tête.

Le son premier...
Le son premier...
Le son premier...

À l'ouverture du temple, une fois que les frères avaient pris place sur les travées, le vénérable de la loge frappait trois fois le bureau avec son maillet pour ouvrir les travaux. Imité ensuite par les surveillants. Or, il n'était pas question ici de vénérable, mais bien de surveillant. S'il y ajoutait ce profane aveugle de Temple Church qui persécutait les frères, c'était totalement incompréhensible.

Fainsworth était perdu et la colère l'envahit lentement.

Si près du but. C'était rageant. Le squelette avait bien été en contact avec une source d'énergie extraordinaire, le crâne était bien codé comme il s'y attendait. Et voilà qu'il butait face à un texte stupide. La Louve s'en aperçut.

— C'est quoi, ta phrase ?

Il la lut à haute voix, plusieurs fois, comme un mantra. La Louve s'était allumé une autre cigarette et dit d'une voix mélodieuse :

— L'aveugle persécuteur… Cette énigme a été composée par les mêmes maçons qui se sont amusés avec leur putain de chasse au trésor à travers Paris. Ils étaient donc chrétiens…

— On peut le supposer.

La Louve se redressa pour s'asseoir.

— Je ne m'en vante pas mais j'ai eu une enfance très pieuse, catéchisme, première communion et toute la panoplie. La préférée du curé de ma paroisse, s'il avait su ce que j'allais devenir… Sans rire, je suis imbattable sur les Évangiles et toutes ces conneries.

Levant les yeux vers le plafond, elle joignit ses mains comme pour une prière et reprit :

— Tu fais fausse route avec ton profane. Je pense que tes maçons font référence à un saint très particulier. Au demeurant, un macho de la pire espèce.

— Précise.

— Saint Paul ! Avant de devenir chrétien, son job consistait à les persécuter. Il part sur le chemin de Damas et là, il tombe nez à nez avec Jésus ressuscité. De frayeur, il tombe à terre et devient aveugle. Cécité totale. Trois jours plus tard, il se fait baptiser et comme par miracle recouvre la vue. C'est le début de sa longue carrière d'apôtre.

Fainsworth connaissait peu les détails de la vie du saint, il tapa le nom sur un moteur de recherche et lut en diagonale le premier site trouvé.

« Le Juif Saül, ou saint Paul, de Tarse, occupait une place particulière dans le christianisme. Né en Cilicie, il se fait une spécialité de traquer les chrétiens et assiste même à la lapidation de saint Étienne. En 37, il se convertit et fait preuve d'un zèle remarquable pour assurer l'expansion des enseignements de Jésus, tout aussi efficace que celui dont il faisait preuve pour exterminer les chrétiens. Il s'impose rapidement comme le treizième apôtre, en réalité l'homme fort de la Nouvelle Église, avant de finir décapité à Rome, sur ordre de Néron. »

Fainsworth avait beau se creuser la tête, il ne voyait pas le rapport avec Temple Church, d'autant que saint Paul n'était pas spécialement honoré chez les maçons qui lui préféraient saint Jean, plus ouvert. Il fallait changer de point de vue.

Il se leva pour se rapprocher des fenêtres qui donnaient sur son grand parc privé et jeta un regard à travers les lames des volets. Tout en bas, presque minuscule, le jardinier arrosait la pelouse avec entrain. Fainsworth aimait observer son monde depuis sa chambre qui offrait une vue incomparable sur tout Londres et même le gratte-ciel en forme d'obus où étaient logés ses bureaux. De l'avantage d'être propriétaire du plus haut manoir de Lennox Gardens, doté d'une tour magnifique.

Il ouvrit les volets et laissa rentrer un puissant flot

de lumière. Ses yeux clignèrent et finirent par s'accommoder au changement de luminosité.

De longues minutes s'écoulèrent pendant lesquelles les mots et les analogies tournoyaient dans sa tête.

Saint Paul.

Saint Paul.

Pourquoi les survivants du Temple avaient-ils donné une indication sur ce personnage à Temple Church ?

Il prit la puissante paire de jumelles électroniques, plaquées en or à 34 carats, offerte par l'un de ses meilleurs clients, le vieux patron d'une fondation suisse, *Aurora*, à qui il avait fait gagner quelques dizaines de millions en le conseillant sur le marché du métal jaune. Il les braqua en direction du Strand, pour apercevoir la coupole circulaire de l'église des Templiers. Le temple était toujours à sa place, niché dans le lacis de petites ruelles des Inns. Au-dessus, de gros nuages noirs arrivaient en provenance de l'est.

Quel secret liait cette église à saint Paul ?

L'aveugle persécuteur et son surveillant.

Il sentit le corps de la Louve se plaquer derrière lui. Une main se glissa contre son bas-ventre.

— Une pause charnelle te ferait le plus grand bien, mon amour.

La main déboutonna son pantalon et se faufila à l'intérieur. Une onde de plaisir envahit son cerveau.

— Tu as peut-être raison.

Sous l'effet de la caresse, son corps tressauta et il perdit Temple Church de quelques degrés pour se fixer sur un grand dôme blanc qui luisait au soleil. La main continuait son œuvre, son sexe durcissait rapidement. Il n'allait pas tarder à s'abandonner complètement quand soudain une idée jaillit. Il diminua la focale des jumelles pour avoir une vue plus large de l'édifice sur lequel il s'était arrêté par erreur.

Saint Paul.

Mais oui.

C'est moi, l'aveugle.

— Tes caresses sont une véritable bénédiction, dit-il en sortant la main de la Louve de son entrejambe. Sais-tu ce que je regarde en ce moment ?

— Non, mais ça a intérêt à être important. Aucun homme n'a encore refusé mes caresses.

— Mon Dieu… Le temple mère. Ce n'est pas Temple Church, mais Saint-Paul. La cathédrale Saint-Paul, construite après le « Grand Incendie » de 1666.

— Formidable !

Il se serra contre elle, le regard exalté.

— Bien sûr ! Le surveillant n'est autre que l'architecte de Saint-Paul, un franc-maçon extraordinaire, un génie de notre pays.

— Mais le son premier ?

Lord Fainsworth lui prit le cou et l'embrassa en chuchotant à son oreille :

— Une référence maçonnique au premier coup de maillet du vénérable. Le crâne nous indique qu'il faut trouver le maillet de cet architecte. Et je sais où il se trouve. Il est ici. À Londres.

39

Jérusalem
Novembre 1232

Aujourd'hui était jour de grâce dans la cathédrale de Jérusalem. Dans la nef, baignée d'une lumière bleutée qui tombait des vitraux, des croyants se pressaient en nombre. Marchands à la face rebondie qui battaient leur coulpe à genoux, pèlerins déposant des ex-voto au pied de la Croix, seigneurs implorant miséricorde, tous attendaient le moment où ils pourraient expier leurs péchés. Et tous tournaient leur regard vers la chapelle Saint-Jean.

Là, sous les murs noircis par la fumée séculaire des chandelles, assis sur un banc de bois et séparé des pénitents par une tenture brodée, le Légat entendait en confession. Tous les dix jours, le Renard organisait une séance de purification dans une des églises de la ville, se déplaçant même hors les murs, dans les bas quartiers, pour apporter la paix du Sauveur. Ainsi on l'avait vu dans une maladrerie à genoux près de paillasses où des agonisants repassaient en pleurant les fautes de leur vie avant d'affronter le jugement divin.

Mais ce que le Légat appréciait plus que tout, c'était la confrontation avec un pécheur endurci. Une de ces âmes souillées de vices, baignant dans la fange, et qu'il disputait au Mal comme s'il se battait en duel avec Satan lui-même. Dans cette bataille, il n'épargnait aucun moyen. Son éloquence atteignait des sommets, surtout .quand il décrivait les tourments infinis de l'Enfer. Les larmes des pécheurs transformées en torrents de feu, leurs entrailles brûlant jour et nuit... À l'entendre prêcher, des hommes, pourtant réputés pour leur dureté, s'étaient mis à implorer pitié, des femmes s'étaient évanouies de terreur. La colère de Dieu parlait par la voix du Légat.

Depuis que la nouvelle s'était répandue, tout Jérusalem espérait s'approcher de cet homme. De la populace aux courtisans, des artisans aux religieux, chacun n'avait plus qu'un désir : entendre de la sainte bouche du Légat le pardon de ses péchés. Pour le Renard, il s'agissait d'un acte religieux autant que politique, car cette disponibilité à l'égard de tous lui gagnait le cœur des humbles. À la différence des membres de la cour qui caracolaient en ville sur des chevaux de prix, escortés de cohortes de valets, le Légat, lui, apparaissait comme un homme simple, proche des gens. Certains le considéraient même comme un saint. Et les informateurs du dominicain ne manquaient pas de propager, sur les foires et dans les tavernes, ses nombreux exploits et bienfaits.

Derrière la tenture, la voix venait de se taire. Un homme avait épanché sa conscience. Ses fautes avouées, maintenant il attendait le pardon de Dieu.

Le Légat fit un signe de croix et prononça la formule sacrée :

— *Ego te absolvo.*

Le pénitent se leva, aussitôt remplacé par un autre pécheur. Le Légat se pencha contre la tenture.

— Je t'écoute, mon fils.

— Monseigneur…

La voix du conseiller. Le Renard tressaillit.

— … Roncelin s'est échappé.

Ferme d'Ein Kerem

Construite à distance du village, la vieille bâtisse, avec ses moellons mal équarris et sa toiture de tuiles fanées au soleil, n'inspirait pas une franche impression de prospérité. D'ailleurs, on n'entendait ni le beuglement des troupeaux ni le murmure d'une source. L'aire de battage était à l'abandon et la mare envahie de lentilles d'eau. Même les pèlerins qui parcouraient les environs ne s'arrêtaient jamais dans cet endroit isolé. Quant à l'abbé du monastère voisin, pourtant avide de terres, il ne s'était jamais intéressé à ce lopin oublié. Adossée à une ancienne carrière, la ferme s'enfonçait peu à peu dans l'oubli. Pourtant sa porte d'entrée était solidement fermée de serrures de bronze et ses deux étroites fenêtres closes par des vantaux de chêne. Une dépense soigneusement notée dans les archives du Temple pour le mois de février 1232, date à laquelle Évrard avait choisi d'en faire sa base arrière, à distance de Jérusalem.

Depuis son installation en Terre sainte, un siècle plus tôt, le Temple avait bénéficié de nombreux dons, particulièrement en terres. Ainsi les donateurs espéraient-ils avoir des droits à la reconnaissance de Dieu au moment où leur âme pécheresse ferait face à saint Pierre. Pour autant, leur générosité était âprement calculée et les frères du Temple se retrouvaient rarement propriétaires de riches terres à labours ou de vignobles réputés. C'est ainsi qu'ils avaient hérité de la ferme d'Ein Kerem, de sa toiture branlante et de ses champs caillouteux.

Pourtant, derrière les murs à l'abandon, Évrard avait transformé cette ruine en une cache discrète où il changeait autant d'apparence que de personnalité. Dans la grande salle, contre un mur aveugle, un solide coffre en noyer contenait tous les travestissements de l'espion : de la soutane du prêtre aux étoffes rutilantes du souteneur, de la cotte de mailles du garde à la bure du moine. Sans compter les accessoires, souvent rares et précieux, qu'Évrard achetait dans le quartier de l'Arbre sec. C'est d'ailleurs là, chez un apothicaire copte, qu'il avait mis la main sur cette poudre, l'*Ouroboros,* dont une tradition discrète voulait qu'elle ouvre en grand les portes du souvenir. Il saisit une mesure, dont se servaient les changeurs pour peser les paillettes d'or et la remplit à moitié. Puis il l'effrita dans un verre de vin sombre.

Effondrée sur le sol, une forme gisait face à la cheminée à l'âtre vide. Accroupi, le Devin l'inspectait.

— Il a été torturé. On lui a planté une pointe de métal dans la paume.

Évrard interrompit sa préparation.

— C'est blasphème que d'imiter les souffrances de Notre-Seigneur.

— En tout cas, le bourreau connaît son métier : il

n'a lésé aucun nerf. Il comptait sans doute le tourmenter à nouveau.

D'un geste vif, l'espion fit tourner le mélange.

— C'est prêt. Relève son visage.

Le Devin hésita. Il regardait avec défiance le liquide noir dans le gobelet. Ça lui rappelait le sang du Borgne qu'il avait versé sur le corps de la bergère assassinée. Étrangement, lui qui pratiquait l'évocation des morts, la nécromancie, que l'Église condamnait comme la pire des sorcelleries, regimbait à rentrer par effraction dans la mémoire de Roncelin.

Évrard s'expliqua.

— La recette vient d'Égypte. Les anciens prêtres païens l'utilisaient pour voyager dans les terres incertaines.

— Incertaines ?

— Ces lieux dont on ne sait s'ils n'existent que dans l'imagination ou s'ils sont les royaumes des dieux oubliés.

Ou ceux des morts, pensa le Devin.

— On dit aussi que, durant leur transe, l'esprit des prêtres devenait aussi transparent que l'eau claire, que toute leur mémoire remontait comme un invisible soleil des profondeurs.

L'espion saisit le corps du Provençal aux épaules et le fit rouler. Un gémissement monta du visage enfoui sous des cheveux blonds mouillés.

— La légende raconte aussi que les prêtres, quand ils se réveillaient, avaient un don. En tout cas avec lui…

Évrard releva la nuque de Roncelin.

— … vu ce que je sais de sa vie de sac et de corde, il n'y a aucun risque !

Il porta le gobelet aux lèvres du blessé.

— Tu crois vraiment que ce breuvage du diable va le faire parler ? interrogea encore le Devin.

— Il ferait parler un mort.

Son compagnon eut un pâle sourire avant de répondre :

— Alors espérons qu'il nous dise où est le rabbin.

Cachot du palais

— Pitié…

La voix montait, grelottante et menue.

Adossé à un mur, les bras écartelés, Arnault leva un regard suppliant vers son bourreau. La peur suintait de tout son corps. Une odeur entêtante et aigre stagnait dans le cachot, mais elle ne semblait pas déranger le dominicain qui chauffait ses mains aux tisons d'un brasero.

— Ainsi, quand tu es rentré dans le puits, tu n'as trouvé que le corps du rabbin ?

— Oui… oui, je vous l'ai dit cent fois, affirma Arnault.

— Redis-le-moi encore.

Le dominicain abaissa ses mains vers les braises. La chaleur rougit ses paumes, mais il ne bougea pas.

— J'avais ouvert les vannes comme vous me l'aviez demandé. Ça devait les effrayer. Quand je suis descendu dans le puits, l'eau était montée jusqu'au-dessus du tablier. On ne voyait plus que les cordes d'arrimage et…

— Et…

Le conseiller n'aurait pas dû l'interrompre, mais il ne supportait pas ce débit saccadé, ces phrases à l'emporte-pièce.

— Et il y avait un trou. Un trou à mi-hauteur du puits. Avec une corde qui pendait.

Le conseiller saisit un minuscule brandon incandescent et l'écrasa entre ses doigts. La douleur le traversa jusqu'à l'épaule. Il serra les lèvres et asséna d'un ton rogue :

— Ce qui veut dire que l'*on* a creusé un orifice dans le puits, que l'*on* a délivré Roncelin…

— Seigneur Jésus-Christ, murmura Arnault, aie pitié de moi, j'ai une pécheresse pour femme, un bancal pour fils.

— … que l'*on* savait qu'il y avait des détenus d'importance.

Le dominicain abaissa sa main droite et saisit son chapelet. Une sourde rage montait en lui. Ce n'était pas la première fois, depuis qu'il portait la bure, que la colère survenait et, pareille à un incendie, elle menaçait de tout emporter. Jusqu'ici, il était parvenu à la contrôler à force de volonté et de discipline, mais cette fois…

— Une seule chose m'importe, Arnault, une seule chose…

Brusquement sa voix se tordit.

— Qui est *on* ?

Le geôlier gémit.

— Je ne sais pas, je ne sais pas.

— Qui connaissait l'identité des prisonniers ?

Le conseiller leva la main et déplia trois doigts.

— Le Légat, moi et *toi* !

— Les gardes, les gardes… qui m'accompagnaient, ils ont vu les détenus…

— Ils ignoraient leur nom.

Arnault s'accrocha à un dernier espoir.

— Parlez au Légat… expliquez-lui… lui saura… Il sait tout.

Le conseiller fixa les braises et se pencha vers le sol.

— J'ai déjà parlé au Légat.

Dans le regard du geôlier, une étincelle de vie se ralluma.

— Et qu'a-t-il dit, le saint homme ?

Le dominicain posa une tenaille dans le brasero.

— Il a dit de te torturer.

40

Extrait du EONWO blog.

Eye Over New World Order, par le Watcher

0X/15/3100 Post

Vous avez des yeux mais vous ne les voyez pas. Leur œil vous voit.

Vous vous souvenez de Behring Breivik, le tueur d'Oslo ? Le type qui a massacré une centaine de pauvres gens dans une île norvégienne, l'été dernier. Il était franc-maçon et templier, on a vu sa photo avec son tablier et ses pseudo-décorations. Les médias ont fait des tartines avec son procès, ils ont évoqué des connexions avec des réseaux maçonniques, chez nous en Angleterre, mais très vite ils n'en ont plus parlé. Version de la justice : Breivik était fou, affaire classée. Facile. Trop facile. J'ai un peu cherché, moi, et savez-vous ce que j'ai trouvé ? Il était bien en relation avec un groupe templier anglais et il a laissé pas mal d'indices : Il est venu à Londres, plusieurs fois, rencontrer ses amis. Et ça, les policiers et les journalistes n'en parlent pas. C'est normal, imaginez qu'il ne soit pas seul, qu'il existe des templiers francs-maçons un peu partout en Europe et que, comme lui, ils pètent un câble ou qu'ils obéissent à un ordre secret et se lancent dans des carnages organisés. Que se passera-t-il ? Les peuples terrorisés demanderont à leurs gouvernants de les protéger et de durcir encore plus les lois.

Commentaires

Sauron6 : ça m'étonnerait pas qu'il se « suicide », un de ces jours, dans sa prison. Les Maîtres ne veulent pas de témoins...

Kapo : les jeunes de l'île avaient pris position contre Israél, pour les Palestiniens, des photos le prouvent. Le tueur, lui, a écrit que les Juifs étaient dans leur droit et qu'il fallait les protéger. C'est pas compliqué à comprendre.

Druza : notre Kapo, le nazi, est de retour. Au fait, Israël s'écrit avec un tréma.

Kapo : comment on dit chez toi, Druza, mazel tov... C'est ce qu'ils ont dû clamer tes frères, quand ils ont appris le massacre.

London Watcher : toutes les opinions sont acceptées, ici, à condition qu'elles restent polies. Druza et Kapo, je vous ai à l'œil.

Druza : j'espère que tu ne nous mets pas au même niveau. Kapo est un naze d'antisémite.

41

Londres
De nos jours

La moto filait à toute allure sur la voie rapide qui menait vers l'est de la ville. Le paysage changeait subtilement, les immeubles à colonnades avaient la même allure qu'au centre, mais le blanc des façades s'écaillait, le bitume des trottoirs se fendillait. Derrière les bow-windows, les rideaux défraîchis pendaient, l'encadrement des vitres était incrusté de saleté. Le niveau de vie chutait au fur et à mesure que la Yamaha s'éloignait du cœur de Londres.

La moto obliqua vers la droite, alors qu'un panneau indiquait la direction de Hackney. La voix de Jade résonna dans le casque d'Antoine.

— C'est là que les émeutes d'août 2011 ont été les plus dures. Les commerces ont été saccagés et pillés, des bandes entières ont mis à sac les quartiers aux alentours. Et malheureusement, ce sont les habitants les plus modestes qui en ont pâti.

— J'en avais entendu parler. Le gouvernement et la mairie de Londres ont fait quelque chose depuis ?

— À part la prison pour les casseurs, pas grand-chose. Ils ont même fermé les bibliothèques et les centres sociaux. Mais le plus cocasse, c'est qu'ils ont construit juste à côté le grand stade olympique et des infrastructures flambant neufs, à coups de milliards de livres.

La Yamaha s'engouffra à la vitesse de l'éclair dans un tunnel noir et crasseux. Marcas aurait juré qu'il avait vu des tentes sur les trottoirs. Ils débouchèrent à la lumière ; les immeubles victoriens décrépis avaient laissé place à des HLM des années cinquante. Des femmes en burqa faisaient la queue devant une échoppe de produits alimentaires exotiques qui jouxtait ce qui avait été une pharmacie. Des ados en cagoule fumaient des cigarettes sur des carcasses de scooters renversés et carbonisés. Marcas songea qu'il aurait pu se trouver dans un coin pourri de la banlieue parisienne ou de Madrid. Partout dans le monde occidental, les mêmes inégalités, la même misère.

La voiture passa devant le squelette rouillé d'une grande citerne et tourna sous un pont de chemin de fer. Des amoncellements de cartons tapissant les parois du tunnel dépassaient des chaussures et des bonnets. Jade continua une centaine de mètres et mit son clignotant pour s'arrêter devant un bâtiment aux briques noires, et dont le tiers des vitres était bouché par des planches usées. L'édifice collait un garage encombré de voitures bonnes pour la ferraille. De l'autre côté de la rue, derrière des palissades branlantes qui bordaient une voie de chemin de fer, il y avait un parc de jeux abandonné dont les tas de sable ressemblaient à du plâtre moisi. Antoine jeta un œil maussade sur la façade.

— C'est un voyage dans le temps, on est revenus dans les années Thatcher ? On est où ?

— Bienvenue au Laminoir. Hackney Park. La résidence privée des services du consulat. Tout confort et discrétion absolue. La France a acheté pour une bouchée de pain l'immeuble entier, l'épicerie et le garage.

Elle gara la moto devant un muret tagué pendant qu'il enlevait son casque. Une puissante odeur d'urine envahit ses narines. À perte de vue, ce n'était que barres de béton et vieux bâtiments à la limite de la démolition.

— Pourquoi le Laminoir ? demanda-t-il en la suivant vers la porte de l'immeuble noirci.

— C'est le surnom du centre. On s'en sert pour tous nos agents en transit vers les pays anglo-saxons et le nord de l'Europe. Tu passes le dimanche à Hackney et le lundi tu en ressors avec une nouvelle identité, des papiers tout neufs et un ticket à 4,60 livres pour prendre le train de banlieue à Hackney Road, direction Liverpool Street Station. Le tout, au nez et à la barbe des Anglais.

— Bravo pour la confiance…

— Rassure-toi, tous les pays dotés de services de renseignements extérieurs possèdent des bases de transit. Une invention de la Tcheka[1] entre les deux guerres. Le premier laminoir était installé dans une boucherie de la banlieue parisienne, à Saint-Ouen. On apprend ça dans toutes les écoles du renseignement.

Il voulut répliquer quand ils rentrèrent dans l'immeuble, mais un homme surgissant de nulle part leur barra la route en poussant une poubelle jaune. Dégin-

1. Service de renseignements soviétique, l'ancêtre du KGB.

gandé, le cheveu rare, une blouse élimée, il portait de gros gants en cuir usés.

— Vous cherchez quelqu'un en particulier ?

— Mme Peel. Emma Peel, c'est ma grand-tante.

— Celle qui vivait avec feu M. Steed... Une vieille dame bien sympathique. Rez-de-chaussée à gauche.

Ils passèrent la porte rouillée. Le couloir était aussi délabré que le laissait présager la façade. Antoine la titilla :

— Un peu vieillot, vos mots de passe. Le mois prochain, demande à voir Jack Bauer ou le docteur House.

— C'est la centrale de Paris qui nous les attribue. Le chef de service est accro aux vieilles séries. Bon, passons aux choses sérieuses. Suis-moi.

Elle se dirigea vers la porte qui barrait le couloir, surmontée d'une caméra insérée dans un demi-globe encastré dans le mur, et qui s'ouvrit pour laisser place à une enfilade d'autres portes, le long d'un couloir. Ils longèrent le corridor jusqu'au bout, puis Jade s'arrêta devant un battant repeint en jaune il y a des siècles. La jeune femme tourna la tête vers Antoine.

— Normalement, j'aurais dû demander l'autorisation à Paris pour te faire rentrer, j'espère que je peux te faire confiance.

— Un frangin, ça garde un secret. Au fait, toujours aussi antimaçonne primaire ?

— Du tout. Avant je vous prenais pour des notables jouant les maîtres du monde à la petite semaine, le ventre dans le tablier et l'œil dans le dollar. Je m'étais plantée.

Il eut l'air surpris.

— Tu m'en vois ravi.

— En fait, en France vous n'êtes qu'une bande de rigolos qui se la jouent mystérieux et puissants. En revanche ici, je me méfie plus. Rien qu'à voir le siège londonien de Freemason Incorporated, on sent que le pognon coule à flots chez les frères rosbif.

La porte s'ouvrit enfin. Une femme d'une cinquantaine d'années, le visage aussi strict que son chignon, salua Jade et s'effaça pour les laisser passer. Jade hocha la tête d'un air entendu et fit signe à Marcas de la suivre. Ils arrivèrent dans une grande pièce, sans fenêtres, aux murs recouverts d'un revêtement capitonné, composée d'un canapé et de deux fauteuils en vieux chesterfield vert. À gauche de l'entrée, un écran plat d'ordinateur trônait sur une table en contreplaqué noir.

— Les murs sont insonorisés et doublés d'un grillage antiécoute, on peut parler librement. L'un de mes contacts m'a obtenu le plan de vol de l'hélicoptère basé à Carlisle. Il est reparti de Dalton vers 2 heures du matin et s'est posé à Canary Wharf, l'aéroport de la City. On peut raisonnablement penser que le patron, Fainsworth, ou l'un de ses hauts cadres, était à bord.

— Difficile à prouver…

— Je voudrais te montrer quelque chose. Si tu ne m'avais pas parlé de ton trésor des Templiers, cela n'aurait été d'aucune utilité. Il faut juste que j'accède au serveur central.

Elle s'assit devant l'écran et tapota sur le clavier. Une succession d'images défilèrent, puis l'écran se figea sur une extraction d'une séquence vidéo.

— L'ambassadeur m'a demandé de faire un portrait de ce lord et l'un de mes adjoints a déniché cette pépite. C'est une intervention sur la BBC, il y a deux ans. La seule depuis le début de la crise économique.

Elle cliqua sur le départ de la vidéo. La scène se passait sur un plateau de télévision : une femme rousse, en tailleur, était face à un homme d'une cinquantaine d'années, les cheveux argentés, la cravate rouge, la veste de tweed sombre. L'image parfaite du lord anglais.

La journaliste : Les agences de notation sont attaquées de toutes parts. On vous accuse de ruiner les États en abaissant leurs notes, de mettre sous pression les entreprises. Que répondez-vous ?

Lord Fainsworth (visage impassible) : L'économie des pays occidentaux traverse en ce moment un passage difficile, et particulièrement la zone euro. Je comprends donc les angoisses exprimées et je vous remercie de m'inviter pour y répondre. Mais puis-je vous retourner la question ? Vous êtes bien journaliste ?

La journaliste (visage surpris) : Oui.

Lord Fainsworth : Quand vous traitez une actualité particulièrement dure, par exemple un plan social, comment vous y prenez-vous ?

La journaliste : N'inversons pas les rôles, c'est moi qui pose les questions. Nous exposons les faits en toute indépendance : situation de l'entreprise, état des comptes, etc. Et nous donnons la parole aux syndicats et aux dirigeants. Les téléspectateurs se font leur opinion. Je ne vois pas très bien le rapport…

Lord Fainsworth : Vous avez trouvé le mot juste : l'indépendance. Les États et les entreprises empruntent de l'argent, et il faut bien que les prêteurs soient rassurés sur leur capacité de remboursement. Dans un monde idéal, on pourrait les croire sur parole mais en pratique les investisseurs ont besoin d'expertises finan-

cières fiables et indépendantes. Et après, ils sont libres de se faire une opinion, comme vos téléspectateurs.

La journaliste (visage avec une moue ironique) : Un peu facile, la comparaison. Justement, beaucoup de gens remettent en cause votre objectivité.

Lord Fainsworth : De la même manière qu'ils doutent de l'indépendance des médias... Ont-ils raison pour autant ?

Jade mit en accéléré.

— Un gros malin, ce Fainsworth… Il y a un passage, un peu plus loin, qui pourrait t'intéresser.

La journaliste : Êtes-vous conscient du pouvoir que vous avez, vous et les autres agences de notation ?

Lord Fainsworth (visage impassible) : Contrairement à ce que les gens pensent, nous sommes conscients de nos responsabilités. Je dirais même, de notre mission sur terre. Fluidifier l'économie et favoriser la prospérité des peuples.

La journaliste : Mission sur terre ? Cela veut dire qu'il y a un ciel. Vous êtes croyant ?

Lord Fainsworth : À ma manière, oui. Ne sommes-nous pas des soldats aux avant-postes de l'économie mondiale ? Nous n'appartenons à aucun pays, à aucune entreprise, et pourtant nous sommes au service de tous, un peu comme des moines.

La journaliste : Des moines-soldats ? Comme les Templiers des anciens temps ?

Lord Fainsworth (les yeux brillants) : Les Templiers... Madame, vous ne pouviez pas trouver de plus beau compliment.

La journaliste : Certes. Passons aux jeux olympiques : Concordia est l'un des grands sponsors de cet événement ?

Lord Fainsworth (visage impassible) : Oui, nous avons financé en particulier la construction du toit et des éclairages...

Jade arrêta l'enregistrement.

— La suite n'a aucun intérêt. Il reste de marbre face aux attaques sur son agence et il s'enflamme sur les Templiers.

Antoine restait songeur.

— Admettons que Fainsworth soit au courant de la découverte du trésor au Sacré-Cœur. Il envoie une équipe là-bas pour déterrer un objet dans le monolithe et filer ensuite dans ce centre de recherche nucléaire. Puis il apprend que j'arrive à Londres et me fait kidnapper par ses sbires, eux-mêmes liés à la Grande Loge d'Angleterre. Ça fait beaucoup. J'ai du mal à tout connecter.

Jade se leva et alla ouvrir un petit frigo où se trouvaient des canettes de bière. Elle en prit deux, qu'elle déposa à côté de l'écran. Marcas continuait :

— Le DGPN m'a donné carte blanche pour mener mon enquête mais il va me falloir plus qu'une vidéo pour m'aider, Jade.

La jeune femme ouvrit la canette.

— Quelle aide ? Personne de l'ambassade ne voudra se mouiller pour toi et tu n'as aucun pouvoir ici. On te chope avec ton arme de service et tu files droit en taule. Tu n'as même pas le statut diplomatique pour te faire exfiltrer.

Antoine hocha la tête. Elle avait raison, il se trouvait bloqué. Son enquête le menait tout droit à l'impasse et pas un maçon anglais ne lui donnerait un coup de main, d'ailleurs il n'en connaissait pas. Pourtant, il avait deux bonnes pistes. Concordia avec son énigmatique patron et les types du Freemasons' Hall. C'était rageant.

Sauf… Mais oui. Pourquoi n'y avait-il pas pensé plus tôt.

— On peut appeler avec son portable dans cette tanière ?

— Non. Prends la ligne fixe, à côté des fauteuils, mais elle est sur écoute.

Antoine s'enfonça dans le vieux chesterfield et forma le numéro du frère obèse. Un déclic se fit entendre puis une voix, pâteuse, grave, retentit.

— Oui…

— Marcas à l'appareil. Comment vas-tu ?

— À merveille, je pisse dans un haricot et je mange des carottes bouillies. Et pour m'occuper, je lis un bon polar belge. Ça devrait t'intéresser, *L'Étoile du soir* de Christophe Collins ; ça raconte l'histoire d'un flic frangin, un peu comme toi. Enfin, en plus intéressant, il y a plus de sexe. Et ton enquête ?

— Tu n'as pas perdu ta gouaille, c'est bon signe. J'ai besoin de toute urgence des coordonnées de ton pote, le frère anglais. L'ex du Yard.

— Je l'ai déjà prévenu de ton arrivée et je pensais t'avoir envoyé comment le contacter. Attends, je regarde dans mon portable.

Antoine vit Jade sortir de la pièce. Des éclats de voix résonnaient dans le couloir. Il attendit patiemment que son interlocuteur trouve les infos mais les secondes s'écoulaient un peu trop lentement à son goût. Il chuchota dans le combiné.

— J'ai l'impression que l'ambassadeur n'est pas ravi de ma présence. Il a eu des pressions du cabinet du Premier ministre pour ne pas ennuyer une société sur la liste des suspects. Tu pourrais avertir le DGPN ?

— Je vais lui passer un coup de fil. Quel est le temps à Londres ?

— Hélas, il pleut.

— Je m'en doutais. Je t'envoie les coordonnées par SMS. Bonne chance.

Il avait raccroché. Antoine masqua son sourire, le frère obèse s'était douté d'une mise sur écoute de la ligne en s'intéressant à la météo. L'expression maçonnique *il pleut* signifiait la présence de profanes et par extension d'usage que la conversation n'était pas sûre.

Jade revint dans la pièce. Elle paraissait tendue.

— Le responsable du Laminoir n'est pas content du tout de ta présence. Il va en référer au centre. Je sens que je vais me faire passer un savon.

Marcas s'était levé et avait remis sa veste.

— On va m'envoyer les coordonnées d'une personne qui pourrait m'aider. Puis-je sortir pour récupérer du réseau ?

— Je t'accompagne, j'en profiterai pour m'en griller une, répondit Jade sur un ton froid.

Ils refirent le trajet en sens inverse et s'arrêtèrent devant le porche de l'immeuble. Au loin, derrière le parc à jeux, on entendait les grincements métalliques d'un train qui freinait. Un groupe de trois jeunes, cagoules baissées sur la tête, pantalons de survêtement amples et sweat-shirts aux couleurs du club de West Ham, passa dans la rue, en lorgnant la Yamaha de Jade qui fumait en devisant avec le gardien des poubelles.

Marcas se demandait s'ils auraient le culot de la désosser sous leurs yeux. Soudain, il vit s'afficher un numéro de téléphone avec un indicatif anglais suivi d'un court message.

Peter Standford. C'est un très bon ami, tu peux

avoir confiance en lui. Je lui ai sauvé la mise il y a quelques années... Préviens-moi en cas de problème.

Pendant qu'il appelait le numéro, Antoine vit les trois gamins détaler à la vue du gardien qui s'approchait d'eux, le regard peu avenant.

Cinq minutes plus tard, il raccrocha et se dirigea vers Jade, qui jetait son mégot sur la pelouse miteuse. Son visage affichait une expression énigmatique.

— C'est reparti pour un tour de moto, ma belle. L'entraide maçonnique n'est pas un vain mot.

— Pour aller où ?

— Chez la reine d'Angleterre. Buckingham Palace !

42

Ferme d'Ein Kerem

Roncelin gisait sur une paillasse. Son corps reposait dans une immobilité inquiétante. Le Devin saisit sa main suppliciée et appuya sur la plaie encore vive. Aucune réaction.

— Il ne sent plus rien, expliqua Évrard, c'est le premier effet de la poudre. La vie se retire de l'épiderme, des muscles, jusqu'aux nerfs qui ne réagissent plus.

— Et il n'y a aucun risque ?

— Ça dépend.

Tout en parlant, Évrard manipulait son visage devant un miroir de Venise. Un luxe incongru dans cette ruine, mais une nécessité pour l'espion qui, chaque jour, s'entraînait à répéter ses personnages. C'était là la botte secrète d'Évrard. En plus de se glisser dans la peau d'un bourgeois ou d'un prêtre selon les circonstances, il entretenait, depuis des années, des personnages fixes qui lui servaient de référence, de refuge, surtout quand un de ses avatars était recherché. Ainsi veillait-il à travailler des expressions, répéter des gestuelles afin de pouvoir à tout moment emprunter la peau d'un de ses doubles. Qui soupçonnerait le vieux pèlerin Martin ou Roquebert, le fringant troubadour d'être une seule et même personne : Évrard, l'espion du temple ?

Peu à peu, le visage de Roncelin prenait une teinte crayeuse. Autour de ses yeux clos, les cernes se creusaient tandis que ses lèvres, devenues livides, semblaient disparaître.

— Il est en train de passer, s'écria le Devin.

À son tour, Évrard se pencha et souleva une des paupières. La pupille semblait comme éteinte.

— Surveille ses yeux. Juste avant qu'il ne parle, ils se mettront à tourner en tous sens.

— Comment ça ? s'étonna le Devin qui, le doigt sur une veine du poignet, tentait de surprendre un battement de plus en plus lointain.

— La vie est comme un serpent. Ce breuvage le traque, l'oblige à se réfugier au plus profond du corps. Là il se love sur lui-même et aspire sa propre puissance.

Le Devin grimaça. Il avait toujours détesté les reptiles.

— Et quand il sera acculé… alors il se détendra comme la corde d'un arc.

— Par le sang de Dieu, mais il y a quoi, dans cette mixture du diable ?

— *Stramonium, akis* et *claviceps*, laissa tomber Évrard, mais je ne connais pas le secret des proportions.

— Comment ça ? s'exclama le Devin.

— Trop d'une substance ou pas assez d'une autre et la morsure du serpent est…

— Parle !

— … elle est fatale.

Brusquement le corps de Roncelin se mit à bouger. Il s'arqua, puis retomba. Une fois, deux fois. Inquiet, le Devin tenta de saisir le Provençal aux épaules.

— Ne le touche pas.

Le dos de Roncelin se cambra à nouveau. Un frisson parcourut son dos

— Regarde… Le Serpent… Il remonte.

Le visage du Provençal se mit à trembler.

— Les yeux… Soulève ses paupières.

Le Devin se précipita. La pupille était en train de se dilater. Une étoile sombre qui éclatait. D'un coup, l'œil chavira.

— Ça y est, le Serpent vient de le piquer, s'écria Évrard.

Les dents de Roncelin se mirent à crisser.

— Il va parler…

Le Devin pâlit.

— … ou il va mourir.

Cachot du palais

Le dominicain ne pouvait s'empêcher de regarder les corps. C'était son péché. Dans la rue, sous le voile de sa capuche, il s'empressait de dévisager, de fixer les passants. Pourtant ce n'était ni la quête de la beauté ni une simple curiosité compulsive qui le guidait, mais bien un désir tout autre. Il était fasciné par la dégradation des corps. Le visage d'un homme raviné par l'alcool, l'anatomie d'une femme avachie l'arrêtaient net, comme s'il voyait dans leur déchéance, la preuve du péché originel. Une fascination qui tournait vite à la répulsion, mais dont il avait du mal à se détacher.

Il s'en rendait compte en contemplant le corps, rongé d'épouvante, d'Arnault. Depuis le matin, le geôlier était détenu dans la chapelle. Il était nu. Ses épaules tressaillaient tandis qu'il tentait de dissimuler son sexe entre ses cuisses. Il puait la peur et la mort.

Le regard du dominicain le détaillait partie par partie comme un boucher en train d'examiner la viande qu'il allait découper. Tout dans cet homme suintait la lâcheté, la frustration et la haine. Tout son être, des muscles flasques aux tissus adipeux, dénonçait un destin fait de renoncement et de veulerie.

Le dominicain se mit à rire.

Tous ceux qui connaissaient le conseiller du Légat n'en parlaient jamais qu'avec dédain. Dans le clergé en ville, dans le scriptorium où s'activaient les secrétaires, même dans le bas peuple, le conseiller était d'abord une réputation. Sans doute son physique ne lui rendait pas justice. Ses yeux sombres invariablement cernés, sa peau bleuie sous les pommettes et ce maigre collier de cheveux qui bordait de noir la nuque, tout le desservait. Les servantes le regardaient avec horreur, les hommes avec mépris, jusqu'aux enfants qui le fuyaient. On le disait prétentieux, mesquin, tatillon, dévoré d'ambition, frustré des plaisirs de la terre. Un seigneur de la cour, un jour, l'avait résumé d'une phrase : *une âme de sorcière dans un corps de prêtre.* Longtemps, le dominicain avait laissé dire. Raillé, moqué, il s'enfermait dans le silence forcé et l'indifférence feinte. Mais la colère, en lui, couvait un œuf malsain. La goutte d'amertume qui avait fait déborder le vase était sans doute le plaisir sadique avec lequel le Légat l'avait contraint à risquer sa vie aux portes d'Al Kilhal. Rien que d'y songer, la violence battait dans son cœur, et le désir de vengeance lui faisait frémir le visage. Un jour, qui n'avait jamais été aussi proche, quelqu'un allait payer. Au centuple.

Désormais, il avait le geôlier sous la main.

Ferme d'Ein Kerem

Évrard glissa une bûche sous la nuque de Roncelin. Ses yeux étaient ouverts, la pupille apaisée. À la commissure des lèvres, de la salive achevait de sécher. Il avait beaucoup parlé. Sa langue, après avoir charrié tant de mots, était lourde au contraire de son corps qu'il ne sentait plus. Il hésitait même à abaisser le regard, de peur de ne plus l'apercevoir. Sans doute, ses muscles, ses nerfs étaient épuisés, vides de toute substance tant il avait discouru sans discontinuer. Son front le brûlait. La fièvre des mots l'avait ravagé comme un incendie dans sa mémoire. Un feu qui n'avait rien calciné, mais tout éclairé.

Accroupi près de la cheminée, Évrard recueillait des cendres qu'il passait dans un tamis. La poussière la plus fine tombait dans un gobelet où elle formait une pyramide blanche. Près d'une fenêtre, éclairé par une chandelle, le Devin écrivait. Évrard se leva, examinant à la lueur de la chandelle, le tas de cendre blanche qu'il avait filtré. Le Devin l'interrogea :

— Tu t'en vas t'en servir pour quoi ?

L'espion saisit une pincée et la dispersa sur ses cheveux.

— Pour vieillir. Je vais porter ton rapport à Jérusalem et mieux vaut que je change d'apparence.

Il montra une soutane sur le coffre. Sur le côté reposait un bâton noueux.

— Un prêtre attire moins l'attention. Surtout s'il a les cheveux blancs.

— Et le bâton ?

Le sourire aux lèvres, Évrard se leva et se mit à claudiquer.

— Si tu crains que l'on te recherche, il faut toujours mettre en évidence un détail, qui attire l'attention… et la neutralise.

Il saisit la canne et se mit à avancer en boitant.

— Crois-moi, les gardes comme les *mouches* du Légat ne feront pas attention à moi. Ils ne verront qu'un bancal.

Sur la paillasse, le cerveau de Roncelin fonctionnait à plein. Les éléments qu'ils venaient de capter se mettaient en place comme les parties manquantes d'une construction. À une vitesse qui le stupéfiait, la situation lui apparaissait aussi clairement que sur un tracé d'architecture.

Le Devin hocha la tête.

— Reste que c'est une mauvaise nouvelle que tu vas devoir annoncer au Grand Maître : le rabbin est mort.

— Et avec lui toute sa science.

— Nous avons perdu la seule chance de percer le secret…

L'œil aux aguets, il se tourna vers le sol. Le Provençal ressemblait à un gisant.

— … Sans le rabbin, nous sommes incapables de déchiffrer le message.

D'un coup, Roncelin vit la porte de la façade s'ouvrir et une femme apparaître. La fille de Maïmonès. La solution.

Une voix, pâteuse mais ferme, monta de la paillasse :
— Moi je sais.

Cachot du palais

Arnault était suspendu par les bras à un crochet de la voûte. Ses pieds se balançaient face au visage du dominicain. Ce dernier venait d'avancer une petite table sous le prisonnier qui n'arrêtait plus de parler.

— Une seule fois… une seule fois… J'ai parlé du Juif.

— Où ?

Le conseiller déposa une écuelle d'étain sur la table.

— Dans une taverne… le quartier de l'Arbre sec.

Le corps du geôlier tournait sur lui-même comme un pantin ridicule. Le dominicain leva les yeux. Une grimace de dégoût l'envahit. Un ventre dégoulinant de sueur tournoyait au-dessus de la table.

— À qui as-tu parlé ?

La voix geignarde du geôlier éclata en sanglots.

— Je ne sais pas.

Le conseiller fit craquer ses jointures. Il ouvrit un tiroir et sortit un couteau.

— Arnault… Arnault… n'abuse pas de ma patience.

— Un pèlerin… c'était un pèlerin.

— Son nom ?

— Il ne m'a pas dit… muet, il était muet.

Un déclic retentit dans la mémoire du dominicain. Comme une porte qui bat au fond d'une maison.

— Tu avais bu ?

— Oui, pleura le geôlier.

— Qui a payé ?

— Lui.

De nouveau, le bruit de porte retentit. Le dominicain éprouva le tranchant de la lame contre la chair râpeuse de son pouce. Depuis quand des pèlerins régalaient-ils des geôliers dans les tavernes ?

— Son visage ? interrogea-t-il en posant une chandelle sur la table.

— Je ne me souviens pas. Blessé… Il avait une blessure… on ne voyait rien.

Cette fois la porte s'ouvrit. Le conseiller leva le bras et posa la pointe sur le ventre du geôlier. La chair dégoulinait en plis graisseux suspendus au-dessus du sexe.

— Tu ne te souviens pas ? demanda le conseiller en avançant l'écuelle.

— Pitié, au nom de Dieu, pitié !

— Même pas d'un détail ?

La lame entra dans un des plis comme dans du beurre fondu.

— Il avait une… une…

Des lèvres de la blessure coula un filet immonde. Jaune, visqueux.

— Une oreille coupée… le lobe…

— Laquelle ?

— Je ne sais… sais plus.

Le dominicain fixa le visage du geôlier. La vérité se lisait dans l'effroi de son regard. Plus que tout, il craignait une question à laquelle il ne pourrait pas répondre. Cette fois, il n'avait plus rien à dire.

Dans l'écuelle, une flaque s'élargissait, alimentée par la graisse, mêlée de sang, qui s'échappait du ventre en filet continu. Le conseiller se retourna et posa une bougie allumée sur la table.

— Sais-tu avec quoi les pauvres s'éclairent ?

Un gémissement de douleur lui répondit.

— Avec du suif. De la graisse animale. Très combustible.

Il sortit de sous sa bure une fiole dont il versa le contenu dans la coupelle. Une odeur acide envahit la pièce.

— Encore plus combustible si on rajoute de l'alcool. Je vais te montrer.

Il abaissa la bougie au-dessus de l'écuelle. La vapeur d'alcool s'embrasa. D'un coup la graisse prit feu. Une flamme jaune s'élança comme un serpentin vers le ventre du geôlier.

Quand la peau se mit à fondre et tomba en lambeaux brûlants sur la table, le dominicain fit un signe de croix en murmurant :

— Bienvenue dans un monde meilleur.

Cathédrale de Jérusalem

Dans la nef, le calme était revenu. Le bruissement continu des pécheurs qui attendaient pour se confesser s'était tu. Seuls quelques artisans, la journée de travail fini, priaient Dieu avant de rentrer chez eux. Assise derrière la tenture, une femme, les doigts enroulés autour d'un mouchoir, tentait de sécher ses larmes. Les cheveux bruns remontés sur le front, un front blanc comme de l'albâtre, ses lourdes boucles d'oreilles et son parfum de violette trahissaient une courtisane. Les yeux rivés sur les dalles grises du sol, elle hochait la tête en pleurant à nouveau. À travers l'épaisseur de la tenture, la voix du Légat était assourdie, mais ferme.

— Un matin viendra où dans le miroir des vanités, ta beauté sera fanée, ton corps flétri. Ce jour-là, les hommes se détourneront de toi.

Un sanglot retentit. Le prélat, inflexible, continua :

— Alors, tu ne seras plus qu'une femme seule et abandonnée de tous. Dans la rue, les enfants te moqueront, les femmes de bonne vie te mépriseront et tes anciens amants, lâches et cruels, feront retentir leurs injures à ton oreille.

— Jésus-Christ, aie pitié de moi… aie pitié.

Le Légat se sentit sourire. Sa proie, qu'il disputait au péché, était sur le point de céder. Tel un faucon, il tournait autour d'elle en cercles de plus en plus rapprochés. À chaque passage, il alternait menaces et compassion, provoquant la terreur, puis l'espoir.

— Aie d'abord pitié de toi-même. N'expose plus ton corps aux caresses abjectes des hommes, ne souille plus ton âme dans le commerce immonde du plaisir.

De l'autre côté de la tenture, les pleurs venaient de cesser. L'odeur rance des cierges que l'on éteignait montait sous les voûtes. Le prélat leva le regard. Un restant de jour caressait les vitraux tandis que l'église s'enfonçait dans l'obscurité. Il était fatigué, mais la proximité de la victoire lui redonnait des forces. Bientôt, il sauverait une âme. Sur les dalles, des pas feutrés s'éloignaient qui gagnaient la sortie. D'une voix accablée, la courtisane céda.

— Oui, Seigneur, oui. Je ne pécherai plus. Je le promets, je le jure devant Dieu.

— Rends-toi chez les sœurs, demain matin, et fais retraite. Si ta conduite est bonne…

Derrière le tissu, le bruit de la respiration se tut.

— … alors j'aviserai pour ton avenir.

— Merci, Monseigneur, vous êtes un homme inspiré, un envoyé de Dieu, un saint…

Déjà, il n'écoutait plus. D'un ton rapide, il prononça l'absolution. Un bruissement de jupons parvint à ses oreilles. Demain elle porterait une robe de bure et les sœurs en feraient une servante, mais son âme serait sauvée.

Lentement, le Légat se leva. Il tendit ses bras et fit jouer ses muscles. Sa fatigue avait disparu. Dieu auquel il venait d'offrir une âme lui insufflait de nouvelles forces. Pour vaincre le mal.

Une main écarta la broderie de la tenture. Le conseiller apparut.

— Le geôlier a parlé.

— C'est lui le responsable de la fuite ?

— Non, il s'est confié sans le savoir à un espion.

Le Légat croisa les mains et les posa sur le crucifix qui barrait sa poitrine.

— Vous l'avez identifié ?

La face osseuse du dominicain vibra tout entière quand il répondit.

— Il a un signe distinctif. Le lobe de l'oreille tranché. J'ai interrogé mes *mouches*. Il s'appelle Évrard.

— Pour qui travaille-t-il ?

— Les Templiers, Monseigneur. Ce sont eux qui ont tenté de délivrer le rabbin.

La main droite du Renard se crispa sur la croix.

— Donc ils voulaient ce Juif…

Un sourire de mauvais augure traversa son visage comme une idée enfouie qui refait surface.

— Ces fils d'Abraham qui refusent la conversion nous narguent depuis trop longtemps. Nous allons leur donner une leçon et envoyer par la même occasion un signe aux Templiers. Ils s'intéressent aux Hébreux, eh bien, nous aussi ! Où se situe la plus importante communauté juive de Terre sainte ?

— À Caïpha, Monseigneur, dans le quartier du port.

Le Légat porta le crucifix à ses lèvres.

— Je ferai le nécessaire. En attendant…

La colère battait en lui comme un tambour de guerre. Il fit signe au conseiller de se rapprocher.

— L'espion, Évrard… murmura-t-il.

Le dominicain saisit son rosaire. Ses doigts tremblaient d'impatience.

— … Tuez-le.

43

Extrait du EONWO blog.

Eye Over New World Order, par le Watcher

0X/15/3100 Post

Vous avez des yeux mais vous ne les voyez pas. Leur œil vous voit.

Depuis que je vous ai parlé de la signification occulte des JO de Londres, j'ai fait sortir du bois nos ennemis. Ils se moquent de nous, en nous traitant de conspirationnistes, qui voient des complots partout. Les journalistes à leur solde s'empressent de nous ridiculiser. Eh bien, ça ne marche pas. Le Watcher est fier d'annoncer qu'il a franchi les cent mille visiteurs uniques par semaine. Oh, je sais qu'il y a des maçons parmi vous. J'ai même eu droit à un article sur le blog Hiram, de Jiri Pragman, le « meilleur blog » des francs-macs. Il me décerne le titre du site le plus conspirationniste de l'année. Je l'en remercie et je vous enjoins à déposer vos commentaires sur ses pages. D'ailleurs, j'ai une info sur toi, si l'on inverse ton nom, pragman, ça donne namgarp, ou encore, en phonétique, name garp, le nom est garp. Ça ne vous rappelle rien ? Un roman dont le héros s'appelle Garp : Le Monde selon Garp, de John Irving. Oui mais pas seulement. Or si vous prenez l'addition théosophique de GARP : chaque lettre correspond à un nombre, vous aboutissez à : G7, A1, R18, P16 = 42 = 6. Vous me suivez, cela veut dire name garp soit le Nom est 6. Or pragman apparaît trois fois (en principal) sur la page d'accueil de son blog.

Soit 666. Le chiffre de l'antéchrist. Tu es démasqué, Jiri, celui que tu sers n'est autre que le diable.

Commentaires

Zorghal : je l'avais repéré ce blog de franc-mac. Mais j'ai mieux, si tu inverses Jiri cela fait IRIJ, la résidence des dieux païens dans la mythologie slave. Or paganisme = antichrétien = franc-maçonnerie. Il va pas la ramener longtemps, le Jiri, maintenant que tout le monde sait qui se cache derrière son blog.

Aleister : il paraît que c'est lui le vrai grand maître de tous les francs-maçons du monde. Vous êtes naïf, si vous vous connectez sur son blog, il va vous repérer et vous ficher. Vous êtes prévenus.

Vlad Drac : tu serais pas un peu parano, Aleister ?

44

Londres
De nos jours

Un véritable déluge s'était abattu sur la capitale anglaise, transformant les rues en ruisseaux et les artères en fleuves. Comme si le ciel avait accumulé des milliers de tonnes d'eau depuis des semaines et lâché les vannes d'un seul coup. Marcas et Jade avaient attendu deux bonnes heures avant de quitter le Laminoir, le temps que les nuages calment leur courroux. Elle avait conduit prudemment sur la chaussée glissante et mit deux fois plus de temps que nécessaire pour arriver à bon port et se garer, sur Carlino Street, à cinq minutes de Buckingham Palace. Marcas l'avait convaincue avec difficulté de l'attendre tranquillement dans un pub pendant son entretien avec Peter Standford. *Une rencontre entre frères.* Elle l'avait gratifié de tous les noms d'oiseaux, avant de céder et de le laisser partir à son rendez-vous.

Antoine longeait les hauts murs du palais et leva les yeux sur la colonne plantée au milieu du rond-point. Tout en haut, la statue hiératique de la reine Victoria surveillait le palais de Buckingham d'un œil sévère, comme pour indiquer à ses héritiers que c'était elle qui dirigeait encore les affaires du Royaume. En contrebas, la circulation s'écoulait avec lenteur, les conducteurs ne pouvaient s'empêcher de jeter un œil sur la façade du majestueux édifice pour voir si le drapeau de la reine Élisabeth était déployé, signe de sa présence. Antoine arriva sur l'esplanade centrale, au niveau des grilles, et passa devant les gardes de la reine en bonnet noir, immobiles comme des statues. De vieux souvenirs remontèrent à la surface : période ado de voyage linguistique avec arrêt obligatoire le dimanche matin pour la relève de la garde. Une image ressurgit, celle de leur accompagnatrice, une jeune Écossaise rousse, dotée d'une poitrine généreuse moulée dans un pull rouge et sur lequel il avait fantasmé pendant tout le séjour. Avec, pour finir, une baffe magistrale reçue pendant une tentative avortée d'entente cordiale franco-anglaise, à Camden, sur fond sonore de Brian Ferry.

Marcas aperçut un homme qui sortait du palais pour se diriger vers l'une des grilles secondaires d'entrée, ses souvenirs d'ado acnéique s'évanouirent. Peter Standford portait un parapluie beige assorti à son Burberry's et à ses gants en peau, d'un classicisme élégant presque désuet. La soixantaine largement dépassée, de taille moyenne, les yeux bleus cerclés de fines rides, la bouche pincée, le teint très pâle. N'eût été la fine cicatrice qui lui déformait la lèvre inférieure, il avait tout l'air d'un gentleman sans histoire. Il ressemblait à un croisement improbable de Jean d'Ormesson et de Sean Connery. L'homme devait encore avoir du succès avec les femmes, songea Marcas, un brin admiratif.

L'ami du frère obèse passa les grilles, arriva à son

niveau et lui serra la main en le gratifiant du signe maçonnique traditionnel.

— Standford. Peter Standford. Enchanté, mon très cher frère.

— Antoine Marcas. Merci de m'accorder un peu de ton temps, lança le Français d'une voix aimable.

— C'est tout naturel. Une recommandation du directeur du *Rucher* vaut tous les sésames, même si tu ne fais pas partie de la maçonnerie régulière.

— Nul n'est parfait, ironisa Antoine.

Standford lui indiqua de l'index l'étendue verdoyante de l'autre côté du rond-point.

— Si nous allions faire une promenade du côté de Green Park ? Je suis désolé de ne pas te recevoir dans mon bureau de Buckingham mais la sécurité est très stricte, j'ai d'ailleurs moi-même rédigé le cahier des charges.

L'homme marchait d'un pas vif pour son âge. Antoine ne savait pas si c'était son allure naturelle ou s'il voulait lui montrer qu'il conservait une forme remarquable. Probablement les deux. L'ex du Yard traversa Constitution Hill, qui séparait le palais du parc, insouciant de la Ferrari rouge qui pila en klaxonnant rageusement. Sans daigner jeter un regard au conducteur, il lança à Marcas, sur un ton dédaigneux :

— Quand on roule dans ce genre de voiture, jouer du klaxon relève de la faute de goût. Encore un trader ou un footballeur de Chelsea…

— Et pourquoi pas un banquier ou un riche Saoudien ? demanda Antoine, curieux.

— Allons, un peu de jugeote. Un banquier n'achète pas de Ferrari, trop tape-à-l'œil. Quant au Saoudien, rouler sans chauffeur est un signe extérieur de pauvreté et, à ma connaissance, la firme italienne ne propose pas des modèles berline, ajouta-t-il en s'écartant devant deux femmes blondes en tailleur qui franchissaient la grille.

Il jeta un regard à la dérobée, puis pointa son parapluie vers la cime des arbres.

— Nous sommes dans le seul parc maçonnique de Londres. Il a la forme d'un triangle presque parfait. L'un de ses trois sommets n'est autre que le monument érigé à la gloire de notre frère Lord Wellington, qui a rogné les ailes de votre empereur Napoléon, à Waterloo. Et de l'autre côté, le plus à l'est, on peut admirer les statues de maçons de la famille royale, les ducs de Connaught et Sussex. Voilà un lieu idéal pour notre rencontre…

Marcas ne releva pas la pique de Standford et continua de le laisser parler.

— Nous sommes donc des cousins un peu éloignés. Au Yard, j'étais l'équivalent de sous-divisionnaire. Maintenant, je joue les conseillers pour la sécurité du palais. Un retraité comme moi présente beaucoup d'avantages, tant pour le réseau relationnel que pour l'expertise sur certains sujets délicats. J'ai tellement vu de choses dans ce palais qu'il y aurait de quoi faire la une du *Guardian* pendant une année. Heureusement que je suis une tombe. Que la parole circule[1]…

Ils avaient dépassé le tiers du parc quand Antoine eut fini de relater les événements de Paris et la récente tentative d'enlèvement. Peter Standford l'avait écouté

1. Expression employée pour que les frères en loge puissent s'exprimer après la présentation d'une planche.

sans rien dire puis il s'était assis, en compagnie d'Antoine, sur un banc, face à une fontaine de pierre.

— Je vais être franc. Si tu ne m'avais pas été chaudement recommandé par notre frère, je t'aurais proposé une petite balade à Maudsley.

— Maudsley, je ne vois pas...

— C'est la meilleure unité psychiatrique d'Angleterre.

— J'y penserai...

Standford raclait la terre molle avec le bout de son parapluie. Sa voix se fit plus traînante.

— Ainsi donc, l'ordre des Templiers a survécu à l'anéantissement et le trésor n'est pas une chimère. Mon Dieu, mes petites affaires à la cour royale paraissent bien désuètes. Je t'envie de l'avoir découvert, le rêve de tout maçon digne de ce nom. Comment se fait-il que notre ami commun n'ait pas jugé bon de me prévenir... J'aimerais beaucoup voir le trésor de mes yeux.

— Raison d'État, mais ça peut s'arranger avec lui, mentit Marcas.

Antoine le vit esquisser un mince sourire malicieux, comme s'il n'était pas dupe.

— Bien. Si j'en juge par ce que tu me dis, en plus du trésor, l'ordre aurait laissé un autre secret. Peux-tu me rappeler cette sentence énigmatique ?

— *La vérité gît au fond du tombeau.*

— Admirable, de quoi justifier une planche en loge. Le tombeau, n'est-il pas la représentation de la mort ? La mort comme destin commun à toute l'humanité, la mort avec laquelle aucun être humain ne peut tricher.

— C'est ce qu'a dû penser le père Roudil avant de trépasser, mais ses assassins n'ont pas déterré une allégorie.

Standford hocha la tête mais ne répondit pas. Il fixait la fontaine, perdu dans ses pensées. Marcas jeta un œil discret à sa montre, il imaginait Jade en train de ronger son frein dans un pub. Il reprit la parole :

— J'ai maintenant deux pistes. Ton aide me serait précieuse. Entrer à Freemasons' Hall pour identifier mes agresseurs et obtenir le maximum d'informations sur Lord Fainsworth.

Le maçon anglais sortit une pipe de son imper et l'alluma à grandes bouffées. Une odeur de tabac caramélisé flotta autour de lui. Il se racla la voix.

— Rien que ça… La première demande me paraît raisonnable, je peux te faire recevoir par l'un des secrétaires permanents pour identifier ces hommes. Bien que cela me semble incroyable que des frères puissent se comporter comme des petites frappes. Concernant la seconde, je ne te cache pas mon hésitation. J'ai croisé Lord Fainsworth, c'est un homme très puissant, avec énormément de relations. En outre, il est très bien vu par les conseillers de la reine.

— Est-il maçon ?

Standford tira une nouvelle fois sur sa pipe.

— Oui, mais il n'est pas très assidu à sa loge depuis des années. Compte tenu de son nom et de sa famille, il jouit d'une certaine mansuétude. Quelque chose m'a toujours déplu chez cet homme. Trop arrogant à mon goût. Mais tout cela n'est-il pas vain…

Antoine sentit dans l'inflexion de la voix plus qu'une hésitation. Une inquiétude.

Un couple de jeunes joggeurs passa devant eux, les deux en sueur, beaux et sportifs, incarnation parfaite pour un magazine de fitness. L'Anglais les suivit du regard avec attention et reprit :

— Comme ces jeunes gens, nous courons tous, à notre manière, vers… la mort. À quoi bon essayer de découvrir des secrets perdus ? De toute façon, l'issue est inéluctable. Mieux vaut peut-être profiter de la vie, sans trop se poser de questions. Non ? Tu as déjà eu la chance incroyable d'avoir découvert un trésor fabuleux. Mon frère, la sagesse, l'une des trois grandes lumières de la maçonnerie, m'inclinerait à te conseiller de repartir pour Paris et de clôturer cette affaire. Si les Templiers ont laissé un secret dans l'ombre, c'est sûrement pour de bonnes raisons.

— La sagesse n'est pas le pilier maçonnique que je préfère. Dois-je comprendre que tu ne veux pas m'aider ? répondit Marcas sur un ton plus vif qu'il ne l'aurait voulu.

L'Anglais jeta un regard vers le ciel, envahi à nouveau de sombres nuages menaçants. Il épousseta son imper, fit tomber les cendres de sa pipe sur la terre mouillée et se leva lentement.

— Ce n'est pas très raisonnable de rester ici, le ciel ne va pas faire de cadeaux aujourd'hui. Je suis maçon régulier, bon et humble chrétien et en tant que tel, respectueux de la volonté divine. Mais je suppose, hélas, que tu n'es pas croyant, comme beaucoup de frères français de ton obédience. Alors je vais user d'un proverbe de bon sens. Comme en toute chose, la prudence est mère de sûreté.

Antoine se leva, il ne goûtait pas les leçons de vie en règle générale et encore moins assénées par un maçon anglais qui jouait au maître Jedi. Il se leva à son tour, refrénant son dépit, et marcha aux côtés de l'Anglais, sans répondre. Quelques minutes s'écoulèrent dans un silence glacial ; les deux hommes arrivèrent devant un tronc de chêne mort, planté sur la pelouse. Un panneau noir, rivé sur le bois déchiqueté, indiquait que l'arbre avait été foudroyé en 1999. Standford rompit la glace :

— Voilà un signe qui incite à l'allégorie. Jadis, c'était l'arbre le plus magnifique du parc, et tu vois ce qu'il en reste. Le ciel a foudroyé son orgueil.

— Je ne crois ni aux signes ni au ciel. Effectivement, je suis un maçon agnostique et fier de l'être. Je ne prête pas serment sur la Bible et je ne crois pas que la religion fasse le bonheur de l'humanité. Merci pour cet entretien. Je transmettrai tes amitiés fraternelles au directeur du *Rucher*.

L'autre le regarda du coin de l'œil.

— Ai-je dit que notre conversation était terminée ? ajouta-t-il d'une voix grave.

— Non, mais…

— Ne jamais tirer de conclusions hâtives et voir au-delà des apparences. C'est le moins que l'on puisse exiger d'un maître maçon ? À moins que ton rite ne soit si différent du nôtre ?

L'Anglais fixa Antoine droit dans les yeux. Son regard clair le sondait, comme s'il cherchait à démasquer le fond de son âme. Il articula, pour que chaque mot se grave dans l'esprit de Marcas :

— Tu débarques ici, pétri de certitudes bien françaises, décidé à faire justice. Tu as trouvé le trésor des Templiers, félicitations ! Mais, mon ami, le vrai secret de l'ordre du Temple est d'une autre nature, plus essentielle, de nature spirituelle. Depuis des siècles, les initiés, les vrais, ceux qui ont le cœur pur et l'humilité de l'esprit, savent que le Temple a été détenteur d'un secret prodigieux. La providence, car elle existe, t'a mis sur son chemin et tu ne veux pas te comporter comme tel. Voilà mon souci. N'y vois là aucune hostilité, bien au contraire.

Un vol de petits oiseaux gris se posa sur les branches du chêne. Leur chant redonnait un semblant de vie à l'arbre mort. Marcas soutint le regard de l'ancien flic du Yard :

— Écoute ces piafs, toi qui aimes les signes. En voilà un, plutôt positif si l'on croit à ces fadaises... Je ne vois pas en quoi le fait d'être croyant changera quoi que ce soit à mon enquête.

Standford prit Antoine par les épaules.

— Mais ça change tout. Tu es à Londres, le berceau officiel de la franc-maçonnerie mondiale, créée à l'époque par des frères très pieux pour qui l'humanité faisait partie d'un dessein divin. C'est à Londres que fut créée la première loge en 1717 et que notre fraternité a essaimé dans le monde. Tu crois vraiment que tu serais maçon si mes ancêtres, chrétiens jusqu'à la moelle des os, ne s'étaient pas réunis il y a des siècles dans des tavernes pour tailler leur pierre ?

— Mon enquête va...

Standford coupa Marcas d'une voix âpre.

— Laisse-moi finir ! Ne t'a-t-on pas appris à laisser parler les frères les plus anciens, même s'ils radotent ?

Antoine vit à nouveau apparaître le sourire malicieux. Il inclina la tête en signe d'excuses, alors que de grosses gouttes tombaient lourdement à terre.

— Continue...

— À la bonne heure. Mets-toi à la place des Templiers, des moines déguisés en soldats ou bien l'inverse, des guerriers qui voyaient les signes de Dieu à tous les carrefours, même s'ils avaient le sens de la politique et des affaires. Si Fainsworth veut mettre la main sur leur secret, je suis persuadé qu'il s'est mis en tête de raisonner, de penser, de respirer comme eux. Ce qui lui donne un sérieux avantage sur toi. Tout maître maçon, français, libre et éclairé que tu sois… Je veux bien t'aider, mais ce sera à ma manière. À prendre ou à laisser.

— On peut continuer le cours de maçonnologie religieuse au sec. Il pleut et je le dis au sens propre du terme, répliqua Antoine.

Standford ouvrit son parapluie au-dessus de sa tête.

— Première leçon. Se munir des bons outils, dit-il en regardant son pépin se déployer lentement, comme une corolle fripée.

Marcas grimaça en se protégeant avec sa veste au-dessus de sa tête. L'Anglais ne bougeait pas d'un pouce, le regardant se tremper sous la pluie. Son visage avait perdu toute expression de malice.

— Deuxième leçon. Me faire confiance et venir avec moi.

— Oui, mais avec l'amie de l'ambassade dont jc t'ai parlé.

— Pas question de mêler une profane à nos affaires maçonniques, assena-t-il d'un ton tranchant.

— Je réponds d'elle. Et tu brûles d'envie d'aller plus loin. À prendre ou à laisser… J'apprends vite, cher maître…

Standford hésita, sa main crispée sur la poignée de parapluie, puis répondit avec lenteur.

— Qu'elle reste à sa place. Tu en es garant.

— Notre destination ?

— Sésame, ouvre-toi. Là où tu voulais te rendre. Freemasons' Hall.

Derrière la grille qui longeait la voie rapide de Piccadilly une Chrysler noire était garée sur le bas-côté. À l'intérieur, deux hommes manipulaient une sorte de gros dictaphone en aluminium, relié à une antenne parabolique. Le chant des oiseaux et la voix de Standford se répercutaient dans l'habitacle par les deux haut-parleurs accolés à l'appareil.

Andrew se tourna vers le rouquin.

— Ce flic français est tenace.

— Nous aussi…

45

Ordre du Temple
Novembre 1232

Un Grand Maître était toujours un homme seul. Armand de Périgord le ressentait plus encore ce matin. Le froid était retombé sur Jérusalem. Le gel, plaqué sur les carreaux losangés des fenêtres, brûlait le regard. De la ville, on n'apercevait plus qu'une épure brillante sous le givre. Le Grand Maître avait l'impression de voir une de ces enluminures représentant la Jérusalem céleste. La Ville sainte où, après l'Apocalypse, vivraient les élus de Dieu. Une ville de lumière. Il se demanda s'il y gagnerait sa place en tentant de déchiffrer le mystère des souterrains de Salomon. Ce matin il en doutait fort.

Périgord retourna à sa table de travail. Dans l'antichambre attendait l'Archiviste. Avant de le faire entrer, il contempla les deux vélins dépliés sur la table. L'un avait été apporté par Évrard, l'autre venait du Légat.

Deux chemins du destin.

Il fit tinter une clochette de bronze. L'Archiviste entra. Le moine, les mains jointes et l'air absorbé, priait en silence. Le Grand Maître, à son tour, entama une oraison. Ils allaient en avoir besoin.

— Le rabbin est mort.

Contrairement à l'habitude, les yeux du moine ne cillèrent pas. Il resta figé, mesurant toutes les implications de la nouvelle.

— Comment ?

— Noyé dans le Puits.

— Et le Devin ?

— Sain et sauf. Avec Évrard, ils ont récupéré un prisonnier.

Le Grand Maître déplia un des vélins.

— Roncelin de Fos. Un aventurier. C'est lui qui a mené l'attaque sur Al Kilhal.

Le moine haussa les épaules.

— À quoi bon l'avoir sauvé ? De toute façon, il faudra s'en débarrasser. Il en sait sûrement trop.

Armand se souvint du jour où il avait vu l'Archiviste pour la première fois. Un jeune homme timide, effrayé par la violence du monde, vivant reclus dans sa bibliothèque. Lui aussi, la quête l'avait changé.

— Il nous a appris que le rabbin avait un disciple.

La question fusa aussitôt.

— Qui ?

— Sa fille. Elle se cache à Caïpha.

— Une femme, souffla le moine, incrédule, et qui connaît les secrets de son père…

Le Grand Maître coupa court :

— J'ai envoyé le Devin et Évrard à sa recherche. Ils doivent la ramener coûte que coûte. Nous verrons vite ce qu'elle vaut.

— Et Roncelin, ce maraud… j'espère qu'il croupit dans nos geôles.

— Ils l'ont amené avec eux.
— C'est de la folie. Dès qu'ils auront le dos tourné, il s'enfuira comme un vulgaire pillard qu'il est.
— Il a besoin de nous. Le Légat doit déjà le chercher. Et puis ils ne seront pas trop de trois pour ramener cette fille.
Lentement, le Grand Maître déplia le second vélin.
— Le Légat m'a fait parvenir un message.
L'Archiviste se pencha. La page, en bas, était frappée du sceau aux armes de Saint-Pierre.
— Il requiert mon aide et mon soutien.
— Mais pourquoi ?
— Pour déclarer hérétiques tous les Hébreux de Terre sainte.
— C'est de la folie !
Périgord se tourna vers la fenêtre. Le givre commençait à fondre. Et avec lui, l'illusion de la Jérusalem céleste.
— Il a déjà commencé.
Cette fois, les yeux de l'Archiviste se mirent à vaciller. Armand fixait le sceau rouge qui éclatait comme une tache de sang.
— Tous les Juifs de Caïpha viennent d'être arrêtés.

Port de Caïpha

Martin était le *jacquin* le plus populaire du vieux port. Chacun connaissait son œil éborgné et sa coquille rapportée de Compostelle qui pendait sur ses haillons. C'était, disait-on, le plus ancien pèlerin de la Terre sainte. Il avait d'abord quitté son Gévaudan natal pour rejoindre Saint-Jacques en Galice. Des mois de marche à travers des plateaux brûlés de soleil, des gorges blanchies de brouillard, des montagnes harassées de neige, et il était enfin parvenu devant le tombeau de l'apôtre. Là, dans la forêt brûlante de cierges, pris dans la marée de cris des pèlerins, noyé dans les flots d'encens et de prières, il avait eu la révélation de son destin. Jamais il ne rentrerait dans son pays, mais il marcherait sans cesse, traverserait les mers, et enfin, atteindrait la Cité trois fois sainte : Jérusalem. Martin était arrivé à Caïpha, des années auparavant. Maigre, efflanqué, une vilaine toux au coin des lèvres, mais entier. Et comme des centaines de pèlerins, il s'était mis en route. Sauf que lui n'était jamais arrivé.

Sur le port, tout le monde connaissait son histoire. Chaque année Martin prenait le chemin et chaque année Martin échouait. Tantôt une attaque, tantôt une épidémie, tantôt un accident, tantôt une maladie, Martin n'avait jamais vu Jérusalem. Cette fatalité, inexplicable pour un homme si pieux, avait fait de lui une légende noire, une malédiction vivante à conjurer. Ainsi Martin, de sa mauvaise fortune, avait-il fait un commerce lucratif. Pas un groupe de pèlerins, fraîchement débarqué, qui ne lui fasse une grasse aumône pour se protéger du Mal. Même dans les quartiers juifs et musulmans, on n'hésitait pas à remplir sa bourse de peur qu'il ne fasse tomber le mauvais œil sur la communauté. Errant maudit, nomade malgré lui, Martin avait fini par hanter Caïpha, de sa silhouette et de son œil solitaires.

Pourtant cette fois, Martin n'était pas seul. À ses côtés se pressaient deux va-nu-pieds encore plus hirsutes et miséreux que lui. À croire qu'ils avaient volé leurs habits dans un cimetière. Chacun avait les cheveux tordus de crasse, le visage rongé d'une barbe souillée. Affalés contre un mur, une sébile ébréchée devant leurs pieds noircis, ils fixaient d'un œil hagard la rade du port. Le Devin fut le premier à parler. Discrètement il montra une patrouille de gardes qui encadrait une cohorte de prisonniers.

— Des hommes du Légat. C'est la troisième depuis que nous sommes là.

Sur le quai, une barque à fond plat venait d'accoster. Un par un, les captifs montèrent à bord et s'entassèrent sur les bancs de bois. Au gouvernail, un sergent faisait l'appel. Les noms tombaient comme des pierres dans l'eau.

— Messulam !

— Efrati !

— Gozlan !

Évrard, alias Martin, se pencha vers le Devin. Dès le matin, il avait fait le tour des tavernes du port. Là où se retrouvaient marins maltais, négociants génois et des Syriaques attirés par l'appât du gain. Autour des tables graisseuses, entre les carafes de vin sucré, on ne parlait que de la rafle.

— Ils ont cerné le quartier juif à l'aube, puis ils ont isolé chaque rue.

— Tù sais où était cachée la fille de Maïmonès ?

Évrard secoua la tête, ce qui fit tinter les coquilles de saint Jacques le Majeur accrochées à son chapeau.

— Non, mais les soldats ont séparé les hommes, des femmes et des enfants. Chaque groupe a été conduit dans un navire différent.

Du doigt, l'espion montra trois silhouettes brunes à l'entrée du port. Le Légat avait loué les navires aux Génois pour servir de prisons flottantes. Roncelin cligna de l'œil. La carène rebondie des bateaux tanguait doucement tandis que les voiles, descendues des mâts, s'entassaient sur le pont. Évrard désigna les coques qui brillaient au soleil.

— C'est là qu'est la fille du rabbin.

Palais du Légat
Prison

Une odeur grasse flottait encore sous la voûte. Le Légat l'avait sentie une fois quand il avait assisté à un bûcher dans le comté de Toulouse. Autour de lui, les soldats, des soudards qui ne vivaient pourtant que pour le pillage et le viol, n'avaient pas supporté. L'odeur, lourde et âcre, leur avait retourné les tripes. Lui était resté impassible au milieu des hurlements de souffrance et du parfum enivrant de la mort. Depuis, il ne ratait jamais l'opportunité de jouir d'un pareil spectacle.

Pendu au crochet, le cadavre du geôlier avait grise mine. On dit que les corps brûlent de deux manières. Soit le feu, vif et rapide, les carbonise comme un morceau de charbon, soit il les dévore avec l'ardeur d'un affamé. C'est ce dernier sort qu'avait connu Arnault. Son enveloppe mortelle n'enveloppait plus rien. Elle avait fondu et s'était répandue d'abord sur la table pour dégouliner ensuite sur le sol en flaque brunâtre. Le Renard contempla la tête du geôlier encore attachée au crochet. Les dents brillaient sous les lèvres absentes.

— Des nouvelles de Caïpha ?

— La rafle est un succès. Plus de deux cents arrestations. Aucune résistance.

— Et le peuple ?

La voix du conseiller se fit onctueuse. Face au Légat, il retrouvait d'instinct ses habitudes serviles.

— Il est à vos côtés, Monseigneur. Il applaudit votre coup de force et réclame que vous soyez sans pitié avec ceux qui ont crucifié le Sauveur.

— Vous avez séparé les hommes ?

— Oui, nous en avons dénombré plus de soixante. Des médecins, des orfèvres et, bien sûr, des usuriers…

— Des rabbins ?

— Trois, Monseigneur.

— Isolez-les puis confiez-les aux mains expertes des tourmenteurs. Je veux savoir pourquoi les Templiers s'intéressent autant à eux.

Le conseiller s'inclina.

— Il en sera fait selon vos ordres.

— Et en attendant…

Les yeux brillants, le Renard contempla les orbites creusées de suie du geôlier.

— … Fais savoir au Grand Maître que je veux le voir.

Port de Caïpha

Martin le jacquin revint s'asseoir auprès de ses compagnons d'infortune. Le soleil était désormais tombé et le port n'était plus éclairé que par la lueur vacillante des flambeaux devant l'entrée des tavernes. Parfois, une porte claquait et une odeur de vinasse, mêlée à une bordée d'injures, fusait dans l'obscurité. Un vent glacé s'était levé qui balayait la rade.

Évrard rabaissa son chapeau entre ses oreilles et se

coula près du Devin roulé dans une cape moisie. À côté, Roncelin dormait.

— Alors, tu as des nouvelles ?

— Avec le froid qu'il fait les tavernes sont pleines. La plupart des marins sont à terre et leurs bateaux amarrés à l'abri. Y compris les trois navires du Légat qui mouillent au levant de la rade.

— Mais on ne les a pas vus se déplacer ? s'étonna le Devin.

— Ils ont manœuvré dans l'obscurité. Mieux vaut être discret quand on est une prison flottante.

— Tu as l'art et la manière de délier les langues.

Dans l'obscurité, Évrard ricana :

— Qui se méfierait de Martin le jacquin ? Cela fait des années que je travaille, que j'habite ce personnage fantasque. Un coup il disparaît, un coup il réapparaît. Il est devenu une légende sur laquelle on aime à parler autour d'une chope de vin de Syrie. Même les marins génois qui travaillent pour le Légat.

— Qu'as-tu appris ?

L'espion se pencha vers Roncelin. Une odeur acide montait de lui. Sans doute sa blessure à la main qui se refermait mal. Il fallait la plonger dans l'eau de mer. Le sel hâterait la cicatrisation.

— Il va falloir agir vite. Dès cette nuit.

La voix d'Évrard se fit plus grave.

— Ils ont séparé les hommes des femmes…

— Ça, on le sait déjà, le coupa le Devin en secouant Roncelin pour le réveiller.

— Oui, mais ils viennent de séparer les femmes entre elles. Les vieilles d'un côté…

Mal réveillé, Roncelin n'entendit que la fin de la phrase, mais il comprit aussitôt.

Bateau du Légat

Sur le pont du navire, le froid était intense. Le vent qui montait de la mer balayait, sans pitié, voiles, cordages et hommes. Suivant le bordage, le Devin guidait ses compagnons en direction d'un lumignon qui battait devant l'entrée de la soute. Il heurta un panneau qu'il contourna prudemment. En tendant la main, il sentit le bois durci d'un javelot, puis d'un autre. L'armurerie du bateau. À voix basse, il appela Roncelin :

— Des lances.

Le Provençal s'avança et saisit un épieu. Il le caressa de sa paume blessée. Du bois de frêne. Quant à la pointe, elle était en acier bleuie, fine et tranchante comme une dague italienne. Du beau travail. Les hommes du Légat savaient choisir leurs armes. Il retint le Devin par la manche.

— Si nous pénétrons par la porte principale, il n'y aura aucun effet de surprise.

— Il n'y a qu'une entrée. Par où veux-tu passer ?

Roncelin l'entraîna au-dessus du bastingage.

— Écoute.

Un battement régulier frappait le flanc du navire.

— Je l'entends depuis qu'on est sur le pont, précisa Roncelin. C'est un volet de bois qui tape, ce qui veut dire…

— … qu'une écoutille est ouverte, compléta Évrard, en balançant une corde par-dessus bord. Il n'y a plus qu'à se laisser glisser.

La salle obscure dans laquelle ils posèrent le pied puait horriblement. Une odeur âcre, de moisi, qui avait tout envahi. Malgré son dégoût, Roncelin colla son oreille contre la cloison de bois. Des bruits sourds venaient de l'arrière du navire.

— J'ai trouvé un passage, annonça le Devin qui avait récupéré une masse dans l'armurerie et la portait en bandoulière.

Ils débouchèrent sur une coursive étroite éclairée par des becs d'huile. De chaque côté, des portes grillagées donnaient sur des cachots. L'un d'eux était ouvert. Évrard décrocha une lampe. C'était une cellule étroite au sol couvert de paille. En éclairant le mur, il vit une inscription. En hébreu. Il se retourna vers ses compagnons et ne prononça qu'un mot :

— Vite.

Au bout du couloir un battant de trappe était renversé. Un cri de femme monta de l'ouverture. Le Devin voulut se précipiter, mais Roncelin le retint.

— Ils sont juste dessous. Si tu cours, ils vont t'entendre. J'y vais. Seul. Dès que la voie est ouverte, je siffle. Deux coups. Vous pourrez descendre.

Sans attendre de réponse, il s'éloigna à pas de loup. Arrivé devant la trappe, il empoigna fermement son épieu et sauta.

Deux marins se retournèrent. Le premier, un grand efflanqué aux dents en quinconce, jeta un œil inquiet vers le fond de la pièce. Attachée à une rambarde, une forme nue gémissait faiblement. Le second, le front en sueur, portait une dague au côté dont il tâtait nerveusement le pommeau. Roncelin fit glisser son javelot dans la main droite. Face à lui, les deux marins restaient immobiles. D'une voix calme le Provençal entonna le verset favori de Maïmonès.

— Mais je suis le Seigneur et je les exaucerai :
Je suis le Dieu d'Israël
Et je ne les abandonnerai point.

Puis il recula d'un pas, se mit de biais et arma son bras. Le javelot siffla et entra dans la cuisse gauche du marin le plus proche. La pointe, tournant sur elle-même, creusa la chair, dégagea les nerfs, broya muscles et ligaments et ressortit en vibrant pour se ficher dans un testicule qui éclata aussitôt comme un fruit trop mûr. Le marin ouvrit la bouche pour hurler. La douleur le jeta à terre. Roncelin, d'un mouvement brusque, récupéra le javelot dans une gerbe de sang noir.

Le second marin ne produisit qu'un simple grognement quand la pointe de la lance pulvérisa son orbite, enfonçant son œil en bouillie dans les ténèbres rances de son cerveau. Quand il s'effondra au sol, Roncelin siffla deux fois.

Le Devin fut le premier à franchir la trappe. La pièce était saturée de mort. Il sentait les âmes en furie frapper contre les murs, hurler déjà comme des damnées.

— Où est-elle ?

Roncelin se retourna. La forme recroquevillée avait levé son visage. Un visage étrangement pâle, pareil à de la brume, à peine rehaussé par deux sourcils noirs et droits. Les lèvres s'ouvrirent :

— L'Autre…

Le Provençal bondit en arrière tandis que le Devin faisait tournoyer sa masse cloutée. Au fond, un marin nu, le regard affolé, ouvrit les mains.

— Pitié, mes beaux seigneurs… Ce sont les autres, ils m'ont forcé.

Un objet métallique roula au sol. Roncelin se pencha pour le ramasser. Une poire d'angoisse. Une clé, suivie d'une vis graisseuse, permettait de dilater les écailles de métal préalablement enfoncées dans un orifice naturel. En général, le torturé parlait dès le premier tour de vis.

Aidé d'Évrard, le Devin détachait la jeune femme.

— Tu es bien Bina, la fille de Maïmonès ?

— Oui… mon père…

— Un canot nous attend. Assez forte pour marcher ?

Bina hocha la tête avant de s'évanouir. Évrard se tourna vers Roncelin.

— Tu viens ?

Le Provençal manipulait l'instrument de torture. De sa main valide, il caressait les pétales du bronze qui, introduits dans un corps, s'ouvraient comme une fleur venimeuse. Au sol, l'homme tentait de récupérer ses vêtements.

Roncelin le saisit par les cheveux.

D'un coup de poing, il lui brisa la mâchoire, puis enfonça la poire dans la bouche sanglante.

— Pi… tié… balbutia le marin.

Roncelin tourna la clé.

46

Extrait du EONWO blog.
Eye Over New World Order, par le Watcher
0X/15/3100 Post
Vous avez des yeux mais vous ne les voyez pas. Leur œil vous voit.

ILS ont piraté mon blog pendant toute une nuit, j'ai les preuves. Et quand je suis allé porter plainte chez les flics, ils ont rigolé. Je ne suis pas dupe, ils sont de mèche. Vous saviez que 30 % des policiers et des juges sont francs-maçons en Angleterre ? Mais je n'abandonne pas. ILS ne me feront pas taire.

Je continue à trouver des tas de choses sur ces JO 2012. Le grand stade olympique, celui avec les triangles maçonniques sur le toit, a été construit sur une ancienne décharge de déchets nucléaires. Des tonnes et des tonnes de saloperies ont été déversées là-dedans, ni vu ni connu. La société qui s'est occupée des travaux est sûrement dirigée par des frères, il y a un logo avec un triangle dessus. Comme c'est bizarre.

Je reviens sur les fameux triangles du stade. Il y en a 14. Pourquoi ce chiffre ? C'est celui de la mort et de la résurrection, dans la tradition égyptienne. Seth tue Osiris et le découpe en 14 morceaux. Et ce sont ces 14 morceaux que rassemble Isis pour reconstituer son corps, le faire revivre et qu'il devienne le dieu des Enfers. Pire, en Chine, 14 est un chiffre qui porte malheur car les chiffres 1 et 4 accolés signifient Envie de mourir. Or, juste avant Londres, les JO étaient à Pékin. Dans la tradition chrétienne, il existe 14 stations dans le chemin de croix, la 14e montre la crucifixion de Jésus ! Encore la mort et la souffrance... Le message est clair : Que va-t-il se passer dans ce stade ? Un attentat ? Un carnage ?

Commentaires

Druza : euh, il y a douze stations dans le chemin de Jésus.

Father pol : voici un passage de la Bible : « Toutes les générations depuis Abraham jusqu'à David, quatorze générations, depuis David jusqu'à la captivité à Babylone, quatorze générations, et de la captivité à Babylone jusqu'au Christ, quatorze générations. » (Matthieu 1, 1-17)

Arkos54 : Watcher, tu m'as mis sur la piste. Voici un autre passage : « Le 14e jour du premier mois, le jour de la Pâques en l'an 30, Jésus-Christ, Dieu manifesté dans la chair, le Fils unique de Dieu le Père qui enlève le péché du monde, a été crucifié. »

47

Londres
Centre-ville

Le taxi longeait péniblement Trafalgar Square complètement engorgée, mais son chauffeur restait de marbre. Une centaine de manifestants brandissaient des pancartes bariolées à la barbe d'un nombre équivalent de policiers antiémeutes, tout aussi impassibles que son pilote. Au centre de la place, une multitude de tentes de camping se regroupaient autour de la colonne de l'amiral Nelson. Les indignés, comme leurs homologues de Madrid, New York ou Berlin, squattaient avec opiniâtreté le macadam et clamaient leur rejet de la finance triomphante.

Standford se tourna vers Marcas.

— Ils ont occupé pendant des mois l'endroit qui jouxte la cathédrale Saint-Paul et la Bourse. Et maintenant c'est Trafalgar Square. Ces jeunes gens ont le sens de la mise en scène. Vous avez les mêmes à Paris ?

— Oui, il y a eu des actions sur l'esplanade de la Défense, mais d'une moindre envergure. Ils sont révoltés par les abus du capitalisme. Rien de nouveau sous le soleil, la tente de camping a juste remplacé le drapeau rouge comme étendard de rébellion.

Deux jeunes femmes, habillées de longues robes de laine brune et des bandeaux verts sur la tête, peignaient une fresque représentant le Premier ministre anglais en train d'offrir une grosse bourse remplie de livres à un banquier ventru, chapeauté d'un haut-de-forme noir. Les lettres écarlates du mot CITY dégoulinaient sur des corps d'enfants squelettiques. Standford soupira.

— Cette caricature de David Cameron est plutôt réussie, sauf la coupe de sa veste. Ça gâche tout. Son tailleur de Bond Street serait choqué par ce dessin si peu avantageux.

— Je ne suis pas certaine que ce soit le message principal de cette fresque, répliqua Jade.

Standford opina de la tête.

— Ne dit-on pas en France que le diable se niche dans le détail. Cela dénote une forme d'amateurisme de ces mouvements. Le frère Nelson, là-haut sur sa colonne doit en attraper des boutons ! Enfin... Après tout, c'est normal de rejeter les institutions à cet âge survolté, même mon fils qui étudie à Cambridge les trouve sympathiques. Il faut bien que jeunesse se passe.

Marcas croisait les bras, le regard perdu.

— Je préférerais plutôt que ce soit la pauvreté qui passe. Si seulement le trésor des Templiers était utilisé à soulager une partie de la misère du monde...

— J'avais oublié cette fibre sociale chez mes frères français...

Marcas ne répliqua pas au ton ironique de Standford. Jade se tourna vers ce dernier.

— Le vainqueur de la bataille de Trafalgar était franc-maçon ?

— Oui, tout comme Lord Wellington, le tombeur de votre petit empereur corse.

Jade afficha un air étonné.

Jade fronça les sourcils.

— C'est bizarre. Il y a longtemps, Antoine m'avait expliqué que Napoléon était le grand protecteur de la maçonnerie en France et que presque tout son état-major, à commencer par ses maréchaux, en était. Et la fraternité maçonnique alors ? Pas de réunions secrètes pour régler les conflits en catimini ? Je suis déçue.

Antoine leva les yeux.

— Et c'est reparti pour l'aria de la grande conspiration. Ils pouvaient être maçons et se foutre sur la gueule, leur pays passait avant tout. Waterloo a été une boucherie, avec des frères massacrés de chaque côté. C'était pareil pour la guerre de l'Indépendance américaine, des frères anglais et américains se sont entre-tués sur les champs de bataille. Il n'a jamais existé de gouvernement maçonnique mondial. Il faut vraiment arrêter avec toutes ces conneries.

Jade jubilait intérieurement, elle arrivait toujours à le faire sortir de ses gonds.

— Ne t'énerve pas, c'était juste une question. Pas très tolérant, le frère Marcas…

Standford souriait de la passe d'armes entre les Français.

— Je confirme, et j'en suis fort navré. Cela aurait évité bien des conflits s'il existait un grand complot maçonnique international.

Le taxi réussit à s'extirper du bouchon et filait sur le Strand en direction de la City. Standford reprit :

— Nous ne sommes plus très loin du Freemasons' Hall. J'ai appelé l'adjoint du secrétaire général de la

Grande Loge qui nous attend. Je ne te cache pas qu'il est sceptique sur l'appartenance maçonnique de tes ravisseurs.

— Il y a des brebis galeuses partout. Surtout chez les maçons, mon frère.

Derrière le taxi, à deux voitures d'intervalle, noyée dans le flot de la circulation, la Chrysler noire roulait avec lenteur. Le passager à la droite du conducteur rouquin, parlait, le portable à l'oreille.

— Oui. Ils sont sur le Strand, on ne les lâche pas.

Le conducteur n'entendit pas ce que disait son interlocuteur, à l'autre bout du fil. L'homme qui se faisait appeler Andrew Chasteuil raccrocha au bout d'une minute. Le rouquin accéléra légèrement et dit :

— Alors ?

— On continue selon le plan prévu.

West Cumbria
Dalton Nuclear Center

Le docteur Mantinéa posa ses lunettes de presbyte sur le couvercle de la jauge de réservoir d'oxygène liquide. Il avait toujours aimé son laboratoire, son antre, loin du monde et des hommes, seul, ou presque, avec ses machines. Plus rien ne comptait, il oubliait sa femme et ses deux filles, pour se plonger de longues heures dans un univers où l'infiniment petit touchait aux limites de la magie quantique.

Il était harassé de fatigue. Sa vue se brouillait, son cerveau faiblissait et il n'arrivait plus à absorber la masse d'informations fournies par Pussycat, le calculateur surpuissant du Centre de Dalton. Cela faisait plus de vingt heures que l'unité centrale informatique analysait les mesures de l'expérience sur le squelette et débitait des séries de simulations théoriques. Profitant de son statut de directeur d'échelon trois, Mantinéa s'était arrangé pour passer sa demande .en priorité haute, prétextant des recherches pour le compte d'un opérateur privé, une procédure qui interdisait toute intrusion par un autre chercheur du centre.

Et Pussycat tournait en boucle, sans trouver de modèle cohérent au dégagement d'énergie des os. Pourtant, sa matrice d'ordinateur IBM Idataplex dx360, à octocœurs, constituait le nec plus ultra en la matière. Pussycat devait son surnom au dégagement de chaleur considérable émis par ses composantes, qui était canalisé dans le réseau de chauffage des salles de conférences attenantes. Une trouvaille du docteur Mantinéa, connu pour son machisme éhonté.

Les yeux rougis, le scientifique baissa le variateur d'intensité de lumière. Le laboratoire plongea dans une semi-pénombre bienfaisante et il s'affala contre le dossier de sa chaise. Il savait que s'il fermait trop longtemps les yeux, il sombrerait dans un sommeil sans fin.

Les calculs de Pussycat avaient été revérifiés, toutes les simulations redonnaient les mêmes résultats. L'énergie dégagée par les os était quantifiable en terme de dégagement de puissance mais son origine restait inconnue. Tout juste avait-il découvert que les flux variaient en fonction de la grosseur des os, mais rien n'apparaissait dans les courbes d'analyse des cellules calcifiées.

Pussycat s'énervait, du moins dans son langage

virtuel ; elle envoyait toutes les heures de nouvelles requêtes pour exiger des données que Mantinéa était incapable de lui fournir. Le constat était humiliant. Le misérable tas d'os le défiait effrontément, lui et l'un des ordinateurs les plus sophistiqués au monde.

Mantinéa sentit qu'il s'assoupissait, première étape avant de basculer dans le néant. Il ouvrit les yeux brutalement, se redressa et posa ses mains à plat sur les dizaines de feuilles surchargées de chiffres, sorties de l'imprimante. Il fallait prendre le problème sous un autre angle. Son mentor, le fondateur de la chaire de physique d'Oxford, répétait souvent qu'un problème insoluble était comme un soleil éclatant en plein midi. On pouvait se brûler les yeux en le regardant ou chausser une banale paire de lunettes teintées et apprécier ses rayons bienfaisants. Dans sa carrière, Mantinéa avait eu amplement l'occasion de mettre en pratique la maxime de l'enseignant pour se sortir de situations chaotiques, mais là il butait lamentablement. Ce cadavre pourri insultait son intelligence. Le physicien se leva avec peine, ses articulations des genoux craquèrent comme des noix. Il passa dans la salle de mesure où reposait le squelette.

La lumière trop faible l'empêchait de distinguer les os. Mantinéa sortit une petite torche électrique de secours, obligatoire pour tous les travailleurs du centre, et la braqua sur l'un des deux fémurs.

Le jet de lumière désintégra instantanément l'os.

Ne laissant qu'une très fine poudre grise sur le plateau en aluminium.

Il écarquilla ses yeux fatigués. Ni morceaux cassés, ni éclats, il ne restait juste qu'une légère couche granuleuse, comme du sable. Surpris et inquiet, Mantinéa en prit un peu entre les mains. La texture en était farineuse, presque fluide. Il n'était pas spécialiste de l'anatomie mais de toute évidence cette transformation indiquait un changement dans la composition moléculaire de l'os. Intrigué, il ramassa un échantillon et l'emporta pour l'examiner.

Dix minutes plus tard, le relevé chimique de la masse calcaire, qui assurait la rigidité de l'os, affichait des données standard :

Phosphate de calcium : 85 %

Carbonate de calcium : 9 %

Fluorure de calcium : 4 %

Phosphate de magnésium : 2 %

Mantinéa secoua la tête. Ça ne collait pas. L'os s'était littéralement désintégré sous l'effet de la lumière de la torche. D'un coup, la fatigue reflua, son cerveau bouillonnait à nouveau. Si les combinaisons d'atomes étaient les mêmes, leur structure, en revanche, avait peut-être changé. Il se connecta à la banque de données de l'Institut de chimie, qui dépendait de la Royal Society, et se fit transmettre toutes les informations disponibles sur les états moléculaires du calcium, métal alcalino-terreux, et de ses dérivés.

Les données arrivèrent instantanément. Le calcium avait la particularité d'être présent sous forme cristalline cubique à faces centrées, comme un dé. L'empilement de ces milliards de cubes d'atomes de calcium, sous forme de carbonates et de phosphates, expliquait la dureté de la structure moléculaire et à plus grande échelle des os des êtres vivants. Mieux, le carbonate de calcium était le même que la pierre calcaire utilisée de par le monde pour construire maisons, églises et palais.

Il suffisait d'une modification de cette structure cristalline cubique pour entraîner une dislocation.

Mantinéa était excité. Les photons émis par la lumière avaient désintégré l'architecture atomique du calcium.

La pierre cubique s'était désagrégée sur elle-même.

C'était au tour de Pussycat de prendre la relève. Il tapa nerveusement sur le clavier pour entrer les nouveaux paramètres qui filèrent à la vitesse de la lumière dans les circuits du puissant calculateur.

Le chercheur n'avait plus qu'à attendre. Pas plus d'un quart d'heure, selon lui.

Il se leva à nouveau et sortit dans le couloir pour prendre son quatrième café allongé au Red Bull de la journée, au distributeur.

À peine franchie la salle de détente, il faillit buter sur le directeur du centre en train de punaiser un poster sur le mur. Chauve, des lunettes noires encadrant un regard vif, le Dr A. Watson était le prototype du scientifique brillant, bardé de diplômes et de publications prestigieuses, doté d'un sens politique aigu qui lui avait permis de grimper très vite dans la hiérarchie.

— Ah, Mantinéa, comment allez-vous ?

— Très bien, un peu crevé.

Le directeur ne répondit pas et plaqua l'affiche puis recula pour mieux l'observer.

Le poster représentait Albert Einstein, déguisé en policier de la circulation, debout devant une voiture, et qui verbalisait un conducteur, habillé en blouse blanche. Le père de la théorie de la relativité sermonnait l'automobiliste :

Vous avez été flashé à 301 000 kilomètres/seconde, la loi interdit de dépasser la vitesse de la lumière.

Watson se retourna vers Mantinéa.

— Un peu d'humour stimule les neurones, vous ne trouvez pas ?

— Je n'ai pas le temps de m'amuser, désolé, maugréa Mantinéa en s'approchant du distributeur.

— Vous avez une tête de déterré. Tout va bien ?

— J'ai une expérimentation en cours, ça me prend plus de temps que prévu.

Le jeune directeur ne put s'empêcher de sourire légèrement.

— À votre âge, il faut faire attention à sa santé. Prenez une bonne tisane, *avant d'aller dormir.*

Mantinéa n'avait jamais aimé son supérieur qui le lui rendait bien. Il savait que le directeur du centre le prenait pour un médiocre, mais avec sa découverte il se vengerait de toutes les humiliations subies. Il s'approcha du distributeur et remarqua, avec dépit, qu'il ne restait plus grand-chose dans les présentoirs, à croire que les chercheurs se dopaient tous au Red Bull et au Coca.

— Je suivrai votre conseil, monsieur le directeur.

— À la bonne heure. Dites-moi, j'ai appris que Lord Fainsworth était venu dans le centre et vous a rendu visite. C'est curieux, je n'ai pas été prévenu.

Mantinéa inséra une pièce d'une livre dans la fente du distributeur et retira une canette de jus d'orange qu'il savait par avance acide et chimiquement douteux.

— Il voulait que je teste en urgence la résistance d'un nouveau matériau, mis au point par son bureau d'études métallurgiques de Paris. J'ai cru bien faire en acceptant. Je n'aurais pas dû ?

Le directeur reposa son gobelet de café, l'air soucieux.

— Si, bien sûr, c'est un partenaire majeur. Je comptais d'ailleurs lui demander une rallonge pour boucler mon, euh, notre projet de bouclier de cuve en titane. Vous avez bien fait. Bonne journée.

Mantinéa le regarda sortir de la salle. Son « projet » avait coûté déjà le tiers du budget du centre, et tout le monde savait qu'il harcelait le gouvernement pour finir l'année.

Imbécile !

Mantinéa se massa les tempes. Avec sa découverte, il pulvérisera toute la hiérarchie du centre et mettre dehors ce poseur. À lui les honneurs internationaux, les bons dîners en ville, les primes mirifiques.

Il avala une gorgée du corrosif jus de fruits et fila dans son laboratoire. L'écran de l'ordinateur affichait une icône représentant une pin-up en bikini et qui ondulait les fesses de gauche à droite. Un message de Pussycat. Une trouvaille de l'informaticien en chef du centre, encore plus macho que Mantinéa.

Le chercheur s'assit lourdement sur le siège et ouvrit le dossier. Une série de chiffres défilait, suivie d'équations de validation d'hypothèses. Pussycat avait la fâcheuse manie de présenter la méthode employée avant les résultats. Il passa rapidement le fichier en cours et arriva à la partie la plus intéressante, la présentation des solutions envisagées par le calculateur.

Mantinéa s'approcha de l'écran et chaussa ses lunettes. N'importe qui n'aurait vu qu'une succession d'équations incompréhensibles, truffées de signes grecs, d'intégrales et de ratios obscurs, mais lui décryptait les signes à toute vitesse et en tirait des concepts et des extrapolations. Les chiffres froids s'estompaient pour laisser place à un ballet de particules élémentaires. Son cerveau imaginait des myriades d'atomes scintillants qui se désintégraient en cascade, libérant des flux d'énergie prodigieux, eux-mêmes métamorphosés en particules ultimes. Au fur et à mesure qu'il décryptait les analyses, se dessinait la trame d'un tableau aux couleurs chaotiques, dont lui seul percevait la beauté harmonique. Plus il avançait dans la lecture des caractères électroniques, plus il plongeait dans un monde quantique abstrait et envoûtant.

Sa tête ne bougeait pas mais ses yeux parcouraient l'écran à toute allure, aspirant vers son cerveau le flux intense d'informations. Les nouvelles données avaient réveillé les capacités analytiques du puissant calculateur qui débitait une suite de propositions précises et de probabilités de résolution.

Soudain, le regard de Mantinéa s'arrêta. La septième proposition apparut, en lettres rouges. Mantinéa n'avait pas besoin de continuer. Un sourire éclaira son visage fatigué.

Pussycat avait trouvé l'origine de l'énergie des os.

Et cela tenait en un seul mot : neutrino.

La particule fantôme de l'univers.

48

Jérusalem
Place de la Justice
Novembre 1232

Assis sous un dais bleu, semé de lys de France, le Conseil du royaume de Jérusalem attendait. Entourés d'une nuée de jouvenceaux en brocart d'argent, de valets en livrée rutilante, les grands du royaume dissimulaient mal leur agacement. On voyait des bottes impatientes frapper le sol, des doigts nerveux tapoter les dagues d'apparat. Derrière les mines de circonstance, les esprits s'échauffaient. Pour autant, aucune voix ne s'élevait pour protester. Ces hommes qui, dans leur fief, commandaient en maîtres, se taisaient et attendaient. Certains, le visage grave, avaient déjà entamé leur examen de conscience. On les devinait, sondant les replis oubliés de leur mémoire. D'autres, le regard brillant, fixaient un point invisible, un secret inavouable dont ils priaient Dieu ou le diable que leur voisin n'en sache rien.

Tous attendaient un homme

Un homme qui avait prononcé un mot. Un seul.

Un mot de mort :

Hérésie.

Les rues qui menaient à la place étaient bondées. Chaque quartier de Jérusalem arrivait en procession. Précédés d'un prêtre, portant l'hostie, comme un soleil au levant, des groupes de femmes entonnaient des psaumes tandis que, réunis en corporation, les artisans exhibaient les outils de leur profession. Venus des campagnes avoisinantes, des paysans se regroupaient par village tandis que des nobliaux, la barbe taillée de frais et l'épée au côté, tentaient de se frayer un passage dans la foule. Tous avaient répondu à l'appel du Légat qui, dans chaque église, chaque paroisse, avait fait décréter une journée d'action de grâces. Ainsi une grande cérémonie de purification devait se dérouler à Jérusalem où le peuple du Christ devait montrer sa force et son unité. À l'angle de la place, le dominicain sauta de son cheval et le confia à un domestique. Beaucoup auraient été étonnés de le voir toucher le pavé avec autant d'agilité, mais c'était oublier qu'avant de devenir moine et conseiller de l'ombre, le moine avait été un jeune aristocrate au caractère ombrageux. Si, durant des années, il s'était infligé une discipline sans pareille pour mater son caractère, les derniers événements avaient fait voler en éclats l'enceinte d'humiliation derrière laquelle il s'était confiné. Plus jamais il ne serait l'homme d'une seule offense. D'ailleurs, il portait, dissimulée sous sa soutane, une dague dont il sentait le pommeau glacé contre sa poitrine. Avançant à pas de tortue, des pénitents, torses nus malgré le froid, se fustigeaient les flancs à l'aide d'un fouet de cuir. À leur côté, un prêtre prêchait la soumission à Dieu.

— Notre-Seigneur est mort dans d'atroces souffrances pour notre rédemption, châtiez votre corps, frappez, fouettez, n'épargnez ni la sueur, ni le sang. Le royaume de Dieu est à ce prix.

Le dominicain haussa les épaules. Le royaume de Dieu, comme tout royaume, ne se donnait que par la force et lui la sentait bouillonner en lui. Il se rapprochait de la place. Au centre, sous le dais, les grands du royaume se levaient comme un seul homme. Le Légat venait d'arriver.

Des sergents du Temple ouvraient le passage. Épées nues et capes blanches, ils formaient comme un sillage d'écume qui fendait la foule. Entouré de gardes, le Grand Maître avançait d'un pas soutenu. Son front se plissait de rides d'interrogation. L'invitation, pour ne pas dire la convocation du Légat à participer à la cérémonie de la purification, l'agaçait de plus en plus. Il n'appréciait pas l'état de tension quasi fébrile dans lequel le Légat avait plongé Jérusalem. Depuis l'arrestation des Juifs de Caïpha, le peuple vivait dans un climat de haine civile, d'exaltation malsaine qui conduisait à toutes les dérives, à toutes les hallucinations collectives. Partout, des rumeurs se répandaient qui augmentaient l'inquiétude. À Nazareth, un veau à deux têtes avait vu le jour que des pèlerins déchaînés avaient aussitôt massacré. Une pluie d'oiseaux morts était tombée sur le lac de Tibériade, provoquant la panique des pêcheurs.

Dans les églises, les prêtres déclamaient des prêches enflammés, terrorisant les populations qui croyaient entendre les cavaliers de l'Apocalypse en plein galop de fin du monde. Une main lui toucha l'épaule. C'était

Évrard, suivi du Devin. Sans déguisement, il semblait presque nu.

— Alors ?

— Elle est en sécurité. Dans la ferme d'Ein Kerem. Roncelin veille sur elle.

— Elle a parlé ?

— Nous ne l'avons pas encore interrogée. Elle est… comment dire… sans mémoire.

Armand de Périgord ralentit.

— Comment ça ?

— Elle connaît son nom, celui de son père, mais l'hospitalité forcée du Légat lui a fait perdre le sens du réel. Son âme erre entre notre monde et… celui des ombres.

Une clameur monta qui figea la foule. Sur l'estrade, au centre de la place, le Légat venait de s'avancer.

— Si elle est perdue dans le monde de la folie… commença Périgord.

Le silence se fit. Le Renard allait parler. Le Devin, jusque-là muet, intervint :

— Alors, j'irai la chercher.

Ce n'était pas la première fois que le Légat parlait en public. On savait qu'il avait la voix grave, profonde et convaincante. Ainsi quand il commença par un *Notre Père*, toute la foule aussitôt conquise entonna avec lui la prière la plus sacrée de la chrétienté. C'était sans doute un de ses grands pouvoirs que de savoir partager son charisme. C'est du moins ce que pensait le dominicain en écoutant son maître parler. Il regardait les visages, d'abord hésitants, qui peu à peu prenaient une teinte de bonheur. On ne pouvait s'y tromper, les yeux brillaient d'un éclat plus intense, les lèvres s'ouvraient comme pour aspirer la parole qui tombait de l'estrade. Un instant, le dominicain se demanda s'il n'avait pas affaire à un véritable saint. Un de ces élus que Dieu choisit pour conduire les hommes. En tout cas, le Légat était en train de conquérir la place. À ces femmes et ces hommes venus l'entendre, il offrait un bouc émissaire à leurs malheurs. Si l'Église ne parvenait pas à établir un royaume de justice, la Jérusalem céleste, en ce monde, c'était que les forces du Mal l'en empêchaient : les hérétiques. Un grondement de colère se fit entendre. Le peuple réagissait aux propos du Légat comme un cheval éperonné par son cavalier. Même les notables, sur l'estrade, semblaient gagnés par l'éloquence du Renard. La voix qui résonnait, au-dessus des têtes, parlait d'un monde de béatitude dont tous étaient privés parce qu'une poignée d'êtres pervertis refusaient encore et toujours de reconnaître les lois divines, de se plier à l'autorité de la sainte Église.

— Voilà pourquoi, mes chers frères et sœurs, j'ai pris le parti, terrible et douloureux, de vous protéger du Mal, affirma le Légat, voilà pourquoi dans la ville de Caïpha où tant de pèlerins mettent le pied en Terre sainte, j'ai donné l'ordre d'arrêter les Juifs…

Un hurlement de plaisir couvrit les paroles du Renard. Arrivé au pied de l'estrade, le dominicain se dit que le peuple à Rome devait avoir la même voix, vibrante de haine et de jouissance mêlées, quand un gladiateur allait mourir.

— … eux qui ont le sang de Notre-Seigneur sur les mains…

Un nouveau rugissement monta de la foule.

— … eux qui saignent le peuple à force d'usure…

Malgré la forêt de bras levés, le regard du conseiller

s'arrêta net. Le Grand Maître du Temple venait d'apparaître. Entouré de sa garde, il s'approchait de l'estrade. Ainsi, il avait répondu à l'invitation du Renard.

— … eux qui offensent Dieu de leurs rites impies…

Tout en observant l'arrivée d'Armand de Périgord, le dominicain entendit une voix anonyme qui commentait les paroles du Légat :

— Dans ma bonne ville, deux nouveau-nés ont disparu. Ce sont des Juifs qui les ont enlevés, j'en suis sûr. On a retrouvé leurs cadavres dans un puits. Les fils d'Abraham les ont sûrement égorgés pour plaire à Satan.

Le Grand Maître monta sur l'estrade. Entouré seulement de deux chevaliers, il se dirigea vers la rangée des notables. Subitement le dominicain se figea.

— … eux qui usent notre patience, défient notre autorité…

Gêné par le vent, un des chevaliers venait de rabattre ses cheveux en arrière.

— … désormais doivent choisir : ou se convertir…

Son oreille était tranchée. Juste au-dessus du lobe.

— … ou disparaître.

Assis à côté du comte de Tripoli, Armand de Périgord se forçait à demeurer impassible, mais les paroles du Légat résonnaient dans son esprit. Une fois encore, les Juifs de Terre sainte allaient subir violence et tribulation. Son voisin se pencha et murmura :

— Le Légat parle bien, il sait manier le peuple. Les Hébreux vont payer pour leurs péchés.

Un sourire satisfait conclut son propos. Périgord profita des rugissements de la foule pour ne pas répondre.

Combien Bohémond le Borgne avait-il emprunté aux Juifs ces dernières années ? Combien de dizaines de milliers de livres leur devait-il ? Demain, le bon peuple allait se ruer dans les quartiers juifs, piller les commerces, brûler la synagogue locale... Bien sûr, le comte n'enverrait pas ses hommes rétablir l'ordre. Bohémond fermerait le seul œil qui lui restait. Quand ses débiteurs seraient morts ou en fuite, il recevrait ce qui resterait de la communauté juive et, la main sur le cœur, leur offrirait sa protection, contre espèces sonnantes et trébuchantes, bien sûr.

Le Grand Maître tourna le regard. À quelques pas, Évrard semblait inquiet. Il fixait un point dans l'assemblée. Il lui fit signe d'approcher.

— Qu'as-tu ?

— Le conseiller du Légat, lâcha l'espion, il ne cesse de me dévisager. Je ne sais pourquoi.

— Tu parles du dominicain qui m'a transmis l'invitation du Renard ?

— Lui-même. Je ne comprends pas ce qu'il me veut.

Périgord avait mené trop de batailles, traversé tant de conflits pour ne pas reconnaître les mauvais signes quand ils se produisaient. À un moment, le vent devenait tempête et il fallait agir vite avant d'être balayé. Sans aucun doute, la chance d'Évrard était en train de tourner. Malgré la foule qui hurlait sa haine, le Grand Maître baissa la voix.

— Ne cherche pas, il t'aura démasqué.

Évrard allait protester. C'était impossible. Comment ce prêtre pouvait-il le connaître ? Périgord lui saisit le bras.

— Fuis. Tout de suite. Le Devin te rejoindra à Ein Kerem.

Devant eux, le Légat venait d'étendre les bras. Pareil à un Christ en croix. Le silence tomba sur la place. Sur l'estrade, les notables, eux aussi, furent saisis de respect. Ils se levèrent comme un seul homme.

— Dès qu'il reprend la parole, tu pars sur le côté gauche. Ne te retourne pas.

Le Renard tendit ses mains vers le peuple :

— Mes sœurs, mes frères…

Évrard se précipita. En un instant, il atteignit le bord de l'estrade, sauta à terre et se précipita dans la foule. Les rangs étaient serrés, mais les gens s'écartaient devant la cape de l'ordre du Temple. Il atteignit les arcades. Derrière se perdait un lacis de ruelles sans fin. Encore quelques pas, il serait à l'abri. Évrard s'élança quand un poignet imprévu l'arrêta. Il se retourna.

Le dominicain.

Au centre de la place, la voix du Légat éclata comme un orage :

— … le jour de Colère est arrivé.

Sidéré, Évrard se figea devant le personnage qui venait de lui bloquer le passage. Des années de clandestinité lui avaient appris à observer le réel comme un monde le plus souvent constitué de signes ambigus qu'il fallait déchiffrer avant qu'ils ne deviennent menaçants. À force d'expériences, cette attitude de défiance systématique était devenue une habitude. Son regard s'était fait sélectif. Dans une foule, il repérait aussitôt un geste suspect : un passant qui tendait la main vers sa botte, c'était le risque d'une dague, un homme qui attendait au coin de la rue, c'était la probabilité d'une surveillance. De même sa mémoire était sans cesse réactive : un inconnu croisé deux fois devenait un suspect en puissance. Pourtant, le dominicain qui venait de lui saisir le poignet ne provoquait en lui aucun signal d'alerte. Ni son regard fiévreux, ni son visage osseux, ni ses lèvres fines comme un coup de rasoir, ne l'étonnaient. Seule sa bure immaculée était incongrue. En général, les frères mendiants, fidèles à leur vœu de pauvreté, se faisaient un devoir de ne porter que des loques, trouées et puantes. Mais il s'agissait du conseiller du Légat. Évrard décida de réagir comme s'il ne le connaissait pas.

— Que puis-je faire pour toi, frère ? Cherches-tu l'aumône ? As-tu besoin d'un service ?

Le dominicain desserra l'étau de sa main et montra du doigt le lobe manquant de l'oreille.

— Depuis quand ?

Soudain Évrard comprit. Il avait entendu plusieurs histoires édifiantes sur le conseiller. On le disait étrange, obsessionnel. À la vérité, il était fou. Tout simplement fou. L'espion avait plusieurs versions pour expliquer cette mutilation, mais pour une fois il choisit la plus simple. La vraie.

— Un accident de chasse quand j'étais jeune.

— Comment ?

La voix était vibrante. Brusquement, Évrard eut un doute. De nouveau, il contempla le moine. Et si son sens du danger, pourtant bien affûté, l'avait trompé ? Il répondit en surveillant les mains de son interlocuteur.

— Une partie de chasse à cheval en forêt. Mon oreille s'est déchirée contre une branche épineuse.

Le dominicain ricana. Évrard frissonna. Le lobe pendait alors qu'il hurlait de douleur. C'était son père qui l'avait tranché.

— Tu te souviens d'Arnault, le geôlier ?

L'espion prit sur lui pour ne pas tressaillir à nouveau.

— Je suis un frère du Temple, je ne fréquente pas de gardiens de…

— De toute façon tu n'en auras plus l'occasion. Je l'ai tué.

Le dominicain brandit ses mains aux veines saillantes.

— Comme je vais te tuer, toi.

Ce dernier venait de faire coulisser sa ceinture, révélant une épée portée dans le dos.

— Ne t'imagine pas que je ne sais pas m'en servir.

Un fou, repensa l'espion, un fou. Il n'y avait pas d'autre explication. Pourquoi lui parler de son oreille, du geôlier ?

Sans se presser, le dominicain fit jaillir l'épée de son fourreau. Une lame courte à la garde sobre.

Il ne tiendra pas trois passes d'armes, pensa Évrard, *mais je risque fort de le blesser et c'est le conseiller du Légat.*

Tout en reculant d'un pas, l'espion du Temple balaya les façades. Les portes étaient fermées, les volets tirés. Tous les habitants de la rue devaient être sur la place. *Un avantage : si l'affrontement dégénère, pas de témoin. En revanche, on l'avait vu partir à la hâte. Il risquait d'être parmi les premiers suspects. Et comme il portait la cape du Temple…*

— Tu ne sors pas ton arme, chevalier du diable ?

Le dominicain avait saisi son épée à deux mains.

— Notre règle nous interdit de nous battre contre des hommes de Dieu.

— Ma règle m'interdit à moi de verser le sang et c'est pourtant ce que je vais faire.

D'un geste bref, le conseiller desserra l'étau de ses poignets et, d'une seule main, exécuta un moulinet, puissant et rapide.

Évrard fit jaillir son épée. Il ne comprenait pas ce qui se passait, mais la situation, d'étrange, venait de passer à critique. À son tour, il se mit en garde.

— Qui t'a donné l'ordre de te mêler des affaires du Légat ? Ton Grand Maître ?

— Je ne me suis jamais mêlé…

Un premier choc retentit entre les murs. L'acier bleuté des lames venait de se croiser.

— Qui a donné l'ordre de descendre dans le Puits ?

Surpris, Évrard recula. Des années passées à ne plus être qu'une ombre et voilà qu'un homme, sorti de nulle part, lui jetait son passé au visage.

— Je ne suis jamais allé…

— Qu'est devenu Roncelin ?

Cette fois, le dominicain attaqua sur le flanc gauche. Évrard se dégagea sur le côté opposé. Mais la riposte ne se fit pas attendre, la lame du conseiller rebondit comme une faux et balafra la cape du chevalier.

— Je t'avais dit de te méfier. La prochaine fois, c'est ta peau que je vais tailler.

— Tu pèches par orgueil, moinillon, s'écria Évrard en reprenant la garde.

Le dominicain n'attendit pas la fin de la phrase. Il frappa d'un coup. De haut en bas. L'élan de la lame zébra l'air en sifflant. Évrard ne dut son salut qu'à un écart désespéré.

— Qui a tué le rabbin ?

L'espion répondit aussitôt.

— Il était déjà mort quand nous sommes arrivés.

La sincérité imprévue de la réponse troubla le dominicain. Évrard n'hésita pas. Son épée bondit et déchira la soutane. Une auréole de sang apparut qui se déploya comme une rose au soleil. Le dominicain lâcha son épée, tituba et s'écroula au sol.

L'espion s'approcha. Sur le pavé déjà gluant, le conseiller répétait dans un râle :

— Un confesseur... un confesseur... pour l'amour de Dieu.

Évrard s'accroupit, ôta de son cou un crucifix d'argent et dit :

— L'image de notre Sauveur.

— Plus près... balbutia le dominicain... plus près... je veux baiser la croix.

Évrard se pencha.

Il sentit le froid de la lame quand elle lui déchira le flanc, puis une étrange chaleur quand l'acier se figea entre ses côtes.

La voix du dominicain siffla comme un serpent :

— Ce soir, nous serons deux en enfer.

Blason de la ville de Londres

49

Extrait du EONWO blog.

Eye Over New World Order, par le Watcher

0X/15/3100 Post

Vous avez des yeux mais vous ne les voyez pas. Leur œil vous voit.

J'ai été interrogé hier par les flics. Ils sont persuadés que je veux me faire de la pub. Affaire classée. Elle est belle la démocratie. Bon, allez, une bien bonne pour la route. Quand je suis sorti du poste, je suis allé me balader dans notre bonne vieille ville de Londres. Et j'ai noté un truc qui m'a sauté aux yeux. Avez-vous remarqué que le blason de la ville de Londres était une croix rouge, entourée de symboles héraldiques ? Ce sont aussi les armoiries de la City et encore plus fort, celles de la Bourse. Eh oui, la Bourse de Londres, à quelques détails près, affiche le même blason que notre bonne vieille capitale. Rentré chez moi, j'ai vérifié l'origine de la croix. Selon les historiens officiels, c'est une croix de saint André, mais selon d'autres chercheurs c'est la croix des Templiers ! Temple Church a été bâti en plein cœur de la City, noyau historique de Londres.

Ainsi Londres et donc sa Bourse afficheraient la croix des chevaliers du Temple ! Logique, les Templiers ont été les banquiers du Moyen Âge. Et qui sont les descendants des Templiers ? Les francs-maçons, bien sûr !

Commentaires

demolay : oui, c'est connu de longue date. De même que la croix sur la voile des caravelles de Christophe Colomb était celle de l'ordre du Christ du Portugal, créé à la chute du Temple pour servir de refuge aux chevaliers.

Templesword : le Temple est l'âme de Londres.

50

West Cumbria
Dalton Nuclear Institute
De nos jours

Mantinéa tenait à peine debout mais il exultait. Tout s'éclairait. Il fallait qu'il partage sa découverte. Il prit son téléphone et appela sur la ligne privée de Fainsworth qu'il pouvait joindre à tout moment. L'aristocrate décrocha presque immédiatement. Mantinéa essaya de calmer son excitation et se força à parler d'une voix calme.

— Désolé de vous déranger, *my lord*. Je pense avoir trouvé l'origine de l'énergie de votre foutu tas d'os. Il s'agit d'un dégagement puissant et régulier de neutrinos. Je n'ai pas d'équipement pour les détecter mais le modèle mathématique utilisé par Pussycat est formel, je…

— Racontez-moi ça en langage clair, voulez-vous ?

Mantinéa s'empourpra, il aurait voulu échanger ses données avec des cerveaux de son calibre, pas avec un homme d'affaires prétentieux qui n'avait seul mérite dans la vie que d'avoir fait fortune avec l'argent des autres. Il articula d'une voix blanche :

— OK. Vous vous souvenez de l'incident dans mon labo. J'ai fait passer un flux de protons dans le squelette, ce qui a provoqué un dégagement d'énergie prodigieux et presque incontrôlable.

— Oui, mes hommes ont été très impressionnés…

— La seule explication scientifique est la suivante : les os ont été exposés, il y a très longtemps, à une source d'énergie gigantesque et l'ont accumulée dans leurs atomes. Sous l'effet d'un bombardement de protons, le squelette a libéré cette énergie. J'ai éclairé ensuite ces os, à la lumière, ils se sont désintégrés. Le calculateur du centre a pris la relève en effectuant des simulations théoriques et a découvert, grâce à moi, qu'il s'agissait d'émissions de neutrinos.

— C'est-à-dire ?

Mantinéa entendit des chuchotements mêlés à la voix de Fainsworth. Il reprit :

— Pensez aux poupées russes qui s'imbriquent les unes dans les autres. C'est exactement pareil quand on tend vers l'infiniment petit. Toute matière, vivante ou minérale, est constituée d'atomes, eux-mêmes composés de protons, neutrons et électrons. Par exemple, un atome d'hydrogène contient un proton, un atome de calcium est bâti avec vingt protons et autant de neutrons. Si l'on descend à une échelle plus basse, les protons et les neutrons sont composés de particules plus petites, appelées quarks, et les électrons de leptons.

— Venez-en au fait.

Mantinéa ne releva pas et continua :

— Mais les physiciens ont aussi découvert tout un tas de particules fantômes piégées dans les atomes ou qui se baladent dans l'univers. Les neutrinos font partie de ces particules élémentaires sans masse, et qui imbibent tout l'univers. Ils ont été fabriqués au commencement des temps, lors du Big Bang, il y a quatorze milliards d'années, et continuent à être produits lors des réactions de fusion nucléaire dans les étoiles ou les centrales atomiques. Au moment où je vous parle, des milliards de neutrinos conçus dans le soleil traversent votre corps, à la vitesse de la lumière, et filent à l'autre bout de la galaxie. Eh bien, selon mon calculateur, le squelette a accumulé un énorme paquet de neutrinos mais sans qu'il y ait eu réaction nucléaire. Ce qui est en contradiction formelle avec toutes les théories de la physique actuelle.

— Vous les avez vus, ces neutrinos ?

Le ton condescendant de l'aristocrate exaspérait le scientifique. Le débit de Mantinéa s'accéléra.

— Non ! Ce ne sont que ses simulations. Ici, à Dalton, nous n'avons pas d'installations de détection comme au Canada, ou au Gran Sasso en Italie. Il faudrait maintenant leur prêter quelques-uns des échantillons pour qu'ils puissent confirmer mes hypothèses.

— Pas question. Du moins, pour le moment. Je ne veux aucune publicité sur vos travaux, c'était à la base de nos accords.

Mantinéa marchait en long et en large dans le laboratoire. C'était impensable, il fallait faire un maximum de publicité sur sa découverte.

— J'insiste, *my lord*. Nous sommes en présence d'une énergie totalement inconnue, jamais observée à ce jour. Non seulement c'est une avancée majeure en physique des particules mais si nous arrivons à domestiquer cette puissance, ce sera une source illimitée d'énergie pour l'humanité. Encore plus révolutionnaire que le nucléaire.

— Oui… oui. Juste une question, il ne faut pas que le crâne soit exposé à une lumière violente. C'est ça ?

— Tout à fait ! Mais pour revenir à ma découverte, je…

— NOTRE découverte, Mantinéa. Ne l'oubliez pas. Reposez-vous quelques heures, vous avez bien travaillé. Je suis obligé de vous quitter. Nous reparlerons de tout cela un peu plus tard.

Mantinéa n'eut même pas le loisir de répondre. Son interlocuteur avait déjà raccroché.

Londres
Quartier de Lennox Gardens
Garrett Mansion

Fainsworth posa son portable à terre et s'assit sur son transat en bois de Winnipeg. Il contempla la Louve faire ses brasses, à vitesse régulière, dans le bassin de nage. Son corps souple ondulait à intervalles réguliers dans l'eau cristalline. Derrière la piscine toute en longueur, un mur de palmiers de Java laissait entrevoir, entre les feuilles, un mur d'écrans à cristaux liquides, diffusant des images de forêt tropicale. Un trompe-l'œil parfait. L'installation de cette piscine de vingt mètres de long, dans les sous-sols du manoir Garrett, lui avait coûté un demi-million de livres, y compris les projecteurs d'UV et le système d'humidification des plantes, mais il n'avait jamais regretté cet investissement. Quand la pluie et la grisaille envahissaient la capitale, il se réfugiait dans son oasis chaude et tropicale pour goûter un repos bienfaisant. Il pouvait pleuvoir à verse sur Lennox Gardens, son cocon paradisiaque était toujours à température équatoriale.

La Louve jaillit hors de l'eau, entièrement nue. Elle attrapa une serviette et sécha son corps mince.

— Ton professeur a bien travaillé ?

— Oui. Un peu trop même, il n'a fait que confirmer ce dont je me doutais.

Une légère irradiation naquit au niveau de ses cervicales, d'ici une heure la douleur prendrait possession de ses nerfs. Une ration de corticoïdes se profilait, ce n'était pas le moment d'avoir le cerveau perturbé. Fainsworth imprima un mouvement circulaire de la tête et reprit :

— Je vais avoir besoin des talents de ton flic franc-maçon pour retrouver le maillet. Heureusement qu'il est sous surveillance. Es-tu prête ?

La Louve sourit, ses dents fines se dessinèrent entre ses lèvres.

— J'ai de quoi sensibiliser M. Marcas à nos désirs…

— Je te rejoins tout de suite. Notre ami, le bon docteur Mantinéa, m'a fait penser à quelque chose d'important.

Elle se détacha de lui, enfila un jean et un tee-shirt, et s'éloigna en direction de l'ascenseur particulier qui desservait les sous-sols du manoir. Fainsworth sortit son minuscule agenda personnel. Il y avait scanné son journal personnel. Une vraie merveille. C'est là qu'il avait noté tout ce qui s'était déroulé dans le *Temple Noir*.

Ce que le docteur Mantinéa avait découvert sur les effets de la lumière lui rappelait quelque chose, mais il ne savait pas quoi. Il fallait revenir à l'origine. Au tout début. Il feuilleta les premières pages électroniques. C'était il y a vingt-cinq ans, presque jour pour jour.

Journal personnel de Lord Reginald Fainsworth, comte de Boleskine

*Hier. Grâce à mon oncle, j'ai été initié dans une loge maçonnique d'Oxford, l'Apollo. Le temple a de l'allure, idéal pour une représentation d'*Hamlet *ou de* Richard III, *mais les frères me déçoivent un peu. Je m'étais imaginé tellement de choses pour cette cérémonie, en fait j'ai eu l'impression de jouer la comédie mais je me console en me disant que là aussi je vais profiter de mes contacts. Vu* L'Échelle de Jacob, *d'Adrian Lyne, au cinéma ; le lendemain, ça m'a beaucoup plus impressionné. Les maçons devraient changer leurs rites et s'inspirer du cinéma hollywoodien. Je vais tenir un journal sur mes impressions maçonniques. Passé la nuit avec Janet, le meilleur coup de la fac.*

Il sourit et fit défiler les pages suivantes en s'arrêtant au hasard.

Aujourd'hui. Assisté à une planche sur Isaac Newton. D'un niveau acceptable mais j'ai l'impression que le frère a copié un livre. Je doute qu'il ait pu trouver tout cela en si peu de temps. Ai remercié un camarade, je devrais dire frère, mais je n'arrive pas à m'y faire, pour son invitation dans sa maison familiale à Lancaster.

Aujourd'hui. Je suis passé maître mais je n'y trouve aucun intérêt. Pour tout dire, cela m'ennuie profon-

dément. Si je ne devais pas me faire un réseau, il y aurait longtemps que j'aurais arrêté de me serrer la taille dans ce tablier ridicule. J'ai un peu déconné, certains frères m'en veulent.

Fainsworth s'interrompit sur le côté droit au premier tiers. C'était là.

Aujourd'hui. Initiation au sein du Temple Noir *avec un camarade d'Oxford, Lord B. Très impressionnant, j'ai du mal à décrire ce que j'ai ressenti. Je croyais être dans une loge maçonnique classique, erreur. On m'a expliqué que les ténèbres étaient la seule et unique voie de perfectionnement. Que la lumière n'était qu'illusion des sens et de l'esprit. Je ne vois pas trop la portée de ces enseignements mais ça a beaucoup plus d'allure, et je suis sensible à l'allure des choses. Pas de tablier mais des costumes sobres, et la présence de femmes ajoute une part... d'émotion. Autre avantage, la plupart de ses membres sont très haut placés dans leurs domaines respectifs. Le vénérable, Lord L., est un homme absolument charmant. Il fait partie du même club que mon oncle qui sert à l'amirauté.*

Les pages s'enchaînaient à nouveau. Il les connaissait par cœur.

Aujourd'hui. Passage au grade de maître du Temple Noir. *Le vénérable nous a expliqué le but de notre confrérie. Préserver et révéler le jour venu un secret lié à l'ordre des Templiers. J'avoue que je suis sceptique. Je me demande si tout ça n'est pas qu'une fumisterie. Certes de haut niveau, car tous les membres occupent des positions importantes dans le royaume, mais je me méfie de ce romantisme templier.*

Aujourd'hui. Deux membres du Temple Noir *m'ont aidé à obtenir le prêt crucial auprès de la banque pour doubler la taille de ma société. Ils ne me l'ont pas dit mais mon banquier m'a fait comprendre qu'ils s'étaient portés garants pour moi.*

Il tomba sur un passage, en date de mars 1995.

Aujourd'hui. Lord L., vénérable du Temple, m'a invité chez lui, dans son manoir de Dartmoor, pour passer le week-end. Après le dîner, nous nous sommes rendus dans la bibliothèque et là, il a ouvert un coffre dans un mur et en a sorti un livre. Très ancien, daté du XIII*e siècle, à la couverture vermeille frappée de la croix du Temple. Lord L. nous a expliqué que l'histoire du* Temple Noir *était consignée dans cet ouvrage. Il nous l'a montré car il va devoir abandonner sa charge de vénérable, en raison de son âge, quatre-vingt-un ans, cette année. Il a été franc et hésite entre moi et le frère B. pour le remplacer. Bien que la nomination soit soumise au vote des douze frères et sœurs, son avis reste prépondérant. Il veut parler avec nous pendant le week-end et se faire son opinion. Je sens que je suis son favori, nous avons beaucoup de passions en commun, la chasse, le monde de la finance et… les belles femmes.*

Aujourd'hui. Je découvre dans le manoir des photos aux murs représentant Lord L. en compagnie de gens très puissants, d'une autre époque. Chamberlain,

Churchill, Roosevelt, de Gaulle... Déjeuner à trois puis à nouveau passage dans la bibliothèque. Révélation. Après leur anéantissement, l'ordre des Templiers s'est perpétué en France à travers une confrérie analogue à la nôtre. Ils avaient sous leur responsabilité le trésor de l'Ordre. Un trésor immense, fabuleux, au-delà de toute imagination. Mais les Templiers possédaient aussi un autre secret, à la source de leur puissance. Je suis toujours aussi sceptique mais je ne le montre pas.

Un peu déçu de voir un homme aussi puissant que Lord L. croire à de telles fadaises.

Aujourd'hui. J'ai échoué. Le frère B. a été choisi comme vénérable. Je ne me suis pas abaissé à demander des explications à Lord L. J'ai accepté le verdict avec fair-play. Comme il se doit, pour un homme de mon rang et de ma condition.

Il passa les pages suivantes, sans intérêt, pour s'arrêter sur l'année 2009.

Aujourd'hui. Le vénérable m'a fait lire le livre du Temple Noir, *ayant appartenu à feu Lord L. Il est ennuyé et ne sait pas trop quoi en penser. Il m'a dit avoir attendu tout ce temps avant de me le montrer. Je l'ai lu attentivement, chez lui, sans pouvoir prendre de notes ou faire une copie. Après l'avoir refermé, mes certitudes ont été ébranlées. Si ce qui est écrit dans ce livre est vrai, je n'ose imaginer les conséquences. Tout est lié à l'opposition entre la lumière et les ténèbres. Il est dit que celui qui maîtrise la vraie lumière, maîtrise le monde.*

51

Ferme d'Ein Kerem
Novembre 1232

Le Devin s'arrêta sur le pas de la porte et observa les alentours. La nuit allait bientôt tomber. Déjà le sommet des collines se fondait avec l'horizon. Les rares arbres, des cyprès tordus par le vent, prenaient des formes fantomatiques. Un vrai moment de crépuscule, angoissant et funèbre. Le Devin s'avança, rassuré. Peu de chances qu'un importun ne vienne troubler cette solitude. Les pèlerins devaient se réchauffer dans les tavernes, quant aux hommes du Légat, ils ne sortiraient pas de Jérusalem durant pareille nuit. Novembre était un mois que les superstitieux craignaient et redoutaient. Pour être tranquille, il avait envoyé Roncelin aux nouvelles au village. Il ne reviendrait qu'au matin. Le Devin rentra dans la ferme, verrouilla soigneusement la porte et, une chandelle à la main, s'assit auprès du lit où gisait Bina.

Novembre...

Il avait toujours aimé cette période de l'année. Dans son pays natal, l'Angleterre, de curieux récits circulaient autour de l'époque de la fête des morts. Ni les dieux de Rome, ni la religion du Christ n'avaient eu raison des antiques croyances des druides celtes. Elles survivaient sous forme de légendes. En particulier, chez les bergers des landes. Son père, qui faisait commerce de bestiaux, le prenait parfois pour l'accompagner dans des foires. Quand ils rentraient, le soir, son père ne traversait jamais la lande, mais demandait toujours l'hospitalité aux gardiens des troupeaux. Il déposait un cruchon d'eau-de-vie en guise d'offrande et tous deux passaient la nuit au milieu de ces hommes rustres, mais qui connaissaient les vieux secrets de la terre et les mystères inscrits dans les étoiles.

Là, autour d'un maigre feu, le dos accolé contre un mur rongé de lichens pour se protéger du vent, le Devin avait entendu de bien étranges histoires. L'une d'elles le poursuivait toujours. Il se souvenait encore du berger qui la racontait. Un vieil homme, le visage protégé sous une large coiffe rongée par la pluie, les mains noueuses où battait un sang bleu quand il les approchait du feu. Son père, harassé, s'était endormi. Durant son sommeil, alors que les gardiens continuaient à parler, brusquement le visage de l'homme s'était raidi et un gémissement inhumain jaillit de sa bouche. Tous s'étaient tus. Traçant un triangle avec son bâton, le vieux berger avait mis en garde ses compagnons :

— Attention, une âme rôde.

D'un coup le gémissement alors avait changé. De rauque et précipité, il était devenu lent et soyeux. Un torrent impétueux métamorphosé en une onde limpide. Intrigué, le futur devin allait se pencher vers son père quand le berger le retint par l'épaule.

— Surtout ne t'approche pas. C'est quand la voix change que les âmes vont parler. Et si par malheur tu les entends, tu les entendras toute ta vie.

Le berger se signa.

— Pour cette nuit, ton père n'est plus là. Une âme errante a pris sa place. Et si par malheur, tu l'écoutes, si tu lui offres ton oreille, alors elle fera son nid dans sa chair.

Instinctivement, les bergers s'étaient rapprochés du feu. Certains avaient les mains qui tremblaient.

— Et mon père, il est où ?

Le vieux gardien montra le ciel piqueté d'étoiles.

— Il reviendra quand elles disparaîtront.

Le futur devin contempla la nuit, incrédule.

— Durant les treize nuits qui suivent le jour des morts, les portes du ciel s'entrouvrent et les âmes, qui n'ont point trouvé le repos, reviennent sur terre. C'est l'une d'elles qui est à l'œuvre.

Bien des années s'étaient écoulées depuis cette aventure, mais le souvenir n'en avait jamais quitté l'esprit du Devin. *Les treize nuits qui suivent le jour des morts.* Il compta sur ses doigts. *Neuf, dix, onze.* Onze nuits avaient passé depuis la veille de la Toussaint.

Il s'approcha du visage de Bina. Sa respiration était très faible. Il sortit un couteau et glissa la lame entre ses dents. Un léger râle s'échappa du corps.

Le Devin sourit.

Maïmonès allait bientôt parler.

Palais du Légat
La chapelle

Le corps du dominicain était posé sur les dalles juste sous le crucifix. Son visage, déjà émacié, avait pris une teinte bleuâtre qui faisait ressortir ses pommettes. Comme on n'avait pas réussi à lui fermer les yeux, on avait déposé une pièce à la place de chaque paupière. Les hommes de l'art qui avaient préparé son corps prétendaient que son regard vous fixait comme une malédiction. Dans tout le palais, la tension était à son comble. On craignait la réaction du Légat qui venait de s'enfermer avec le Grand Maître dans la chapelle. Un frère du Temple et un dominicain qui s'entre-tuent, un jour d'action de grâces… Le scandale était énorme. Les retombées imprévisibles. Dans les tavernes du quartier de l'Arbre sec, on répétait partout que, derrière cette tragédie, le Légat seul était visé. C'était une conspiration. La rumeur courait déjà en ville : *on* voulait salir ce saint homme, *on* voulait souiller l'élu de Dieu, *on* voulait se débarrasser de l'ami du peuple.

À la cour du roi, la suite des événements faisait déjà grincer des dents : si le peuple était convaincu qu'un complot était à l'origine de ce drame, le Légat avait désormais les mains libres pour frapper où il voulait, quand il voulait. Et nul ne pourrait lui refuser son soutien sous peine de subir la colère aveugle de la population. Pour tous les notables, l'affaire était entendue : le Renard les avait piégés.

Dans la chapelle, le Légat, adossé à la colonne centrale, contemplait le corps du dominicain.

— La mort donne parfois aux hommes une présence qu'ils n'ont pas de leur vivant.

Le Grand Maître, qui fixait le crucifix, n'abaissa même pas le regard vers le mort. Il avait vu tant de cadavres que ce dernier ne lui inspirait rien. Ni intérêt ni pitié. Le Légat reprit :

— Quand je dis *présence*, je devrais plutôt dire *utilité*.

Armand leva un œil interrogateur.

— Eh oui, voilà un homme qui a voué sa vie au service de la Foi et pourtant c'est sa mort qui sera la plus utile à l'Église. Les voies de Dieu sont fascinantes, vous ne trouvez pas ?

Prudent, Périgord se garda bien de répondre. Si le Légat avait envie de s'exprimer par énigmes et paraboles,. grand bien lui fasse.

— Comment expliquez-vous ce qui s'est passé ? demanda le Renard.

Périgord s'attendait à cette question. Il rompit le combat tout de suite.

— Je n'en ai aucune idée. Mais je ne suis qu'un humble Chevalier du Temple, je n'ai point les lumières de l'Esprit que la sainte Église dispense à ses plus fidèles serviteurs.

La réponse du Renard surprit le Grand Maître.

— Je suis comme vous plongé dans les ténèbres. Et j'ai beau prier, implorer le Seigneur, aucune lumière ne luit d'En Haut. Sans doute, Dieu me prive-t-il de sa sagesse, car j'ai péché.

— Votre Seigneurie est injuste envers elle-même…

— Non, non, je m'y suis mal pris avec les Juifs…

Le Grand Maître leva la tête.

— Vous reconnaissez votre erreur ?

Le Légat quitta la colonne et se planta face à Périgord. Ce dernier pouvait voir les mots se former sur ses lèvres.

— Oui, j'aurais dû tous les tuer.

Ferme d'Ein Kerem

Le feu crépitait doucement. Le Devin se pencha au-dessus de l'âtre et saisit, sur le côté, un charbon de bois encore tiède. Il se plaça au centre de la pièce et commença de dessiner un triangle. La première pointe était dirigée vers le feu, la deuxième vers la partie la plus obscure de la pièce, la dernière vers la paillasse où se trouvait Bina.

Quand le triangle fut tracé, le Devin revint vers la cheminée, prit une poignée de cendre et effaça une des pointes, celle qui était en direction du feu, de la lumière. Quand il eut terminé, le triangle tronqué ressemblait à un trapèze. C'était une des règles quand on voulait attirer une âme errante, il fallait lui offrir une forme géométrique à son image, imparfaite et incomplète.

Un piège parfait pour attirer l'âme du rabbin.

Le Devin s'approcha de Bina. Il tendit son bras au-dessus de la pointe du triangle, dénuda le poignet et délicatement incisa la chair. Une goutte écarlate tomba sur le sol.

Maïmonès ne pourrait pas longtemps résister à son propre sang.

Palais du Légat
La chapelle

Le Grand Maître n'avait pas réagi aux dernières paroles du Légat. Malgré lui, il venait de baisser les yeux sur le cadavre. La blessure était franche et nette. La lame avait coupé la soutane, ouvrant le thorax à l'horizontale. Les côtes supérieures avaient jailli, brillantes comme de l'ivoire sous la lueur des cierges. Quelqu'un avait dû nettoyer la plaie. Décidément Évrard n'avait pas raté son coup. D'ailleurs où était le corps de l'espion ? Comme s'il le précédait dans ses pensées, le Renard annonça :

— Nous avons déposé le cadavre de son agresseur dans les caves du palais. Souhaitez-vous le voir ?

Périgord secoua la tête avant de répondre :

— Faites-le transporter à la maison de l'Ordre ; s'il fait partie de nos frères, nous l'identifierons tout de suite. D'ailleurs, je propose qu'un de vos secrétaires accompagne son transfert et assiste à l'enquête en guise de témoin.

— Il en sera fait comme vous le désirez. Doutez-vous qu'il s'agisse d'un de vos chevaliers ?

— N'importe qui peut se procurer une cape frappée de la croix du Temple, sans compter que nous ignorons qui a attaqué l'autre en premier.

Le Renard s'approcha du crucifix et baisa les pieds du Sauveur.

— Ces derniers temps, mon conseiller était très inquiet, très agité. Il prétendait que nous étions espionnés.

— Vous a-t-il donné des précisions ?

Le Légat eut un geste désinvolte.

— À vous dire vrai, je n'y ai guère prêté attention jusqu'à aujourd'hui. Le conseiller était un homme prompt à voir le mal partout. Maintenant que j'y songe, il m'avait pourtant dit avoir identifié l'espion à un détail physique… Mais je ne m'en souviens plus. (Le Renard montra le cadavre.) L'émotion, sans doute.

— C'est là une bien curieuse affaire, hasarda Périgord.

— Un détail sans importance, j'en suis sûr. Je vous

l'ai dit, le conseiller était suspicieux jusqu'à l'extrême. Désormais, que Dieu lui accorde sa miséricorde.

D'un geste rapide, le Grand Maître se signa tandis que le Légat lui prenait le bras.

— Remontons, voulez-vous, la journée a été éprouvante pour nous tous.

Ils s'approchèrent de l'escalier. Comme frappé d'une idée subite, le Légat s'arrêta.

— C'est étrange, vous savez qu'un de mes prisonniers s'est échappé, il y a quelques jours à peine ? Je me demande tout à coup s'il n'y a pas une relation.

— Un criminel dangereux ?

Le Renard haussa les épaules.

— Pensez-vous, un vulgaire pillard qui avait attaqué une bourgade d'infidèles… un certain… comment déjà ?…. Ah oui, Roncelin, ce nom ne vous dit rien ?

— Non, répondit Périgord en sentant les battements de son cœur s'accélérer.

— Je m'en doutais. Toutefois, sitôt cette évasion réussie, lc conseiller avait soupçonné le geôlier.

— Il l'avait interrogé ?

— En profondeur… D'ailleurs, l'homme n'a pas survécu.

Armand sentit son cœur s'apaiser. Le Légat s'avança sur la première marche avant de se retourner :

— Mais, avant de mourir, il a eu le temps de parler. De beaucoup parler.

Ferme d'Ein Kerem

À la pointe du triangle, le sang formait une petite flaque brune. Le Devin la contemplait avec attention.

Seuls les vivants croient que tous les sangs se valent. Les morts, eux, ont un autre avis. Voilà pourquoi, pour capter des âmes simples, le Devin utilisait du lait ou du miel. En revanche, pour les ombres exigeantes, pour les morts dont la vie avait été un destin, il fallait un sang particulier. D'ailleurs, ce n'était pas sa pureté qui comptait – comme le croyaient les sorciers prêts à sacrifier des vierges ou des nourrissons –, mais sa couleur. Un détail, malheureusement, qu'on ne pouvait pas prévoir. Ainsi les âmes damnées goûtaient-elles les teintes sombres tirant sur la nuit tandis que les ombres encore errantes, elles, recherchaient des nuances plus claires. Le sang de Bina, lui, tirait sur le carmin, une couleur favorable pour attirer l'esprit subtil du rabbin. Une dernière goutte tomba qui résonna faiblement sur le dallage. Le Devin posa son pouce sur le poignet et attendit. Les morts n'étaient jamais rassasiés du précieux liquide. Quand il venait à manquer, aussitôt les ombres se manifestaient.

Le visage de Bina se crispa brusquement tandis que son corps, jusque-là inerte, commençait de trembler. Le Devin resserra son étreinte sur le poignet et posa la pointe de sa botte sur la flaque de sang. Le front de la jeune fille se constella de gouttes de sueur. Les veines bleutées se mirent à battre aux tempes. Un son rauque, comme un éboulis dans la nuit, s'échappa de sa gorge.

Le Devin ferma les yeux. Il n'avait plus besoin de voir.

Il suffisait d'entendre.

La voix jaillit des lèvres comme un serpent entre des pierres.

— Qui es-tu ?

Le Devin ne répondit pas. La voix se fit plus impérieuse.

— Que veux-tu ?

Le Devin se rappelait un souvenir d'enfance. Une partie de pêche, dans une rivière anglaise. Ce jour-là, il avait hameçonné un gros poisson et son père lui avait appris une leçon qu'il n'avait jamais oubliée. Une fois qu'on avait ferré une prise, il fallait la laisser se débattre et s'épuiser. Encore et encore. C'était le seul moyen de la ramener à la lumière.

Il avança le pied et couvrit la tache de sang du talon. D'un coup le corps se raidit. La respiration devint haletante. Le poignet se mit à tressauter.

Le moment était venu.

— Quel est *le secret qui gît au fond du tombeau* ?

Palais du Légat
La chapelle

Le Légat s'était engagé dans l'escalier qui tournait à angle droit. Un lumignon éclairait chichement le passage. Arrivé sur le palier, le Renard s'adossa contre le mur et fixa le Grand Maître qui montait lentement les marches. Il boitait de la jambe gauche. Une vieille blessure dont la douleur se réveillait sous le coup de l'émotion. Heureusement, il était le seul à connaître ce point faible.

— Les frères du Temple ont bien mérité de l'Église, dit le Légat. Ils ont porté haut la bannière du Christ sur toute la Terre sainte. Vous-même, je vois, avez donné de votre personne.

— Je n'ai fait que mon devoir, comme tous mes frères.

— Vous êtes la milice armée du Christ, l'équivalente en ce monde, de la milice angélique qui veillera sur la Jérusalem céleste.

— Que vienne le Jour de Gloire où tous les vrais serviteurs du Seigneur se retrouveront dans la cité de Dieu.

— Vous n'y retrouverez pas vos amis juifs.

La phrase tomba comme la pierre qui entraîne un cadavre au fond de l'eau.

— Nous protégeons tous ceux qui font appel à nous.

— Une protection qui leur coûte fort cher, mais que des marchands enrichis, de la sueur des chrétiens, des orfèvres voleurs de métaux ou des banquiers prêtant à usure, peuvent sans doute vous payer. En revanche, je me demande bien comment les rabbins, que vous affectionnez tant, parviennent à honorer leur dette…

Cette fois, le Grand Maître ne tenta pas de répondre. Sa main remonta vers sa ceinture où se trouvait la garde de son épée.

— Vous auriez tort… annonça le Légat en empruntant à nouveau l'escalier.

Cette phrase, prononcée sans ciller, désarma la main d'Armand.

— … car je peux prouver que c'est un de vos hommes qui s'est introduit dans le Puits et qui a tenté de délivrer le Juif Maïmonès. Le même d'ailleurs qui vient de tuer mon conseiller.

D'un geste, le Renard montra le haut de l'escalier.

— Il reste six marches. Mes gardes sont en haut. Vous avez le choix : ou vous sortez en tant que Grand Maître ou en hérétique promis au bûcher.

— Votre prix ?
— La rançon d'Al Kilhal.

Ferme d'Ein Kerem

Depuis que le Devin avait posé la question, les lèvres de Bina s'étaient scellées. À la grande surprise du Templier, l'âme du rabbin résistait à son interrogatoire. D'ailleurs, une douceur imprévue baignait le visage de sa fille. Son front était redevenu pâle et serein, ses joues fraîches et reposées. À tout moment, le Devin s'attendait à la voir sourire. À croire que le rabbin, par-delà la mort, se moquait de lui.

On frappa à la porte selon le code convenu. D'abord trois coups lents, puis deux rapides. Le Devin saisit un linge humecté d'eau et nettoya la plaie de Bina. Puis il écouta sa respiration, ce qui le rassura. À pas lents, il s'approcha de l'entrée et s'adossa contre le mur latéral. Là, il tendit le bras et, à son tour, délivra le signal convenu. Certes le bois de la porte était épais, mais pas assez pour le fer affûté d'une bonne lance et il n'avait pas envie de finir embroché.

— *Véritas*, prononça une voix avec un accent prononcé du Sud.

— *Fides*, répliqua le Devin en faisant sauter le loquet.

Le visage rougi de froid, Roncelin se précipita dans la pièce.

— Personne ne t'a suivi ?

— Dans ce coin d'enfer, pas de risque, affirma le Provençal en se dirigeant vers la paillasse où Bina s'était mise à gémir.

À Caïpha, dans la confusion de l'attaque, il n'avait pu observer son visage. La quiétude de ses traits le frappa. Il en oublia le froid.

— *Il* a parlé ?

— Depuis que je l'ai interrogé sur le message trouvé sous le Temple de Salomon, *il* se tait obstinément.

Roncelin se pencha vers la jeune fille. Ses cheveux noirs encadraient l'ovale de son visage, faisant ressortir la pâleur bistre de sa peau. Pour l'ancien pillard, habitué aux catins, contempler une femme dans l'abandon de son sommeil était une expérience inédite et troublante.

— J'ai une idée pour la faire parler… annonça le Devin.

Il posa sur la table la poudre de vérité d'Évrard.

— … on l'a utilisée pour toi.

— Tu es fou, ça va la tuer.

Le Devin n'insista pas. Il saisit le sachet et le glissa sous ses vêtements. À ce moment précis, une voix s'éleva du corps de Bina.

— Roncelin…

Comme piqué par une lame, le Provençal se retourna en balbutiant :

— Maïmonès !

Un rire clair s'échappa des lèvres ourlées de la jeune femme. Le reste de son visage, lui, demeurait immobile.

— Ne t'avais-je pas dit que je reviendrais ? Dans le Puits, tu as promis que tu protégerais ma fille.

— J'ai tenu parole. Elle n'est plus prisonnière du Légat.

Un silence se fit avant que l'âme du rabbin ne se manifeste à nouveau.

— Toi aussi, tu veux savoir ce qu'il y a au fond du tombeau ?

Roncelin réfléchit avant de répondre. Sa vie dépendait des frères du Temple. Depuis qu'ils l'avaient délivré du Puits, eux seuls pouvaient le sauver ou le perdre.

— Oui, murmura le Provençal, tétanisé.

Dans son dos, il entendit le Devin soupirer d'aise. Aussitôt la voix se fit mystérieuse.

— Ne crois pas, Roncelin, que ce soit toi qui aies fait ce choix. Depuis longtemps, dans le secret de ton esprit, tu te prépares à ce qui t'attend. Chaque homme n'a qu'un destin, le tien est d'être un passeur.

— Je ne comprends pas...

— Peu importe, pourvu que tu comprennes au moment favorable. Il ne va plus tarder.

Le Devin s'était rapproché du corps inanimé de Bina. Il écoutait, fasciné, cette voix d'outre-tombe qui échappait à son contrôle. Toute sa science des morts s'en trouvait bouleversée.

— Descends dans les profondeurs, ordonna Maïmonès, ma fille te servira de guide dans le labyrinthe.

— Quelles profondeurs et quel labyrinthe ? s'exclama le Provençal.

D'un coup la voix faiblit :

— Prends garde, Roncelin...

Les yeux de Bina venaient de s'ouvrir.

— ... ce que tu vas découvrir...

Surprise, elle regarda son poignet ensanglanté. Un dernier murmure lui échappa :

— ... c'est le labyrinthe du Schéol.

Armoiries de la Grande Loge Unie d'Angleterre

52

Extrait du EONWO blog.

Eye Over New World Order, par le Watcher

0X/15/3100 Post

Vous avez des yeux mais vous ne les voyez pas. Leur œil vous voit.

Je reviens sur cette histoire du grand stade franc-maçon pour les JO. Ces 14 triangles gigantesques illuminant la nuit. La coïncidence est trop forte. Mais le plus grave, c'est que le courageux chercheur qui nous a ouvert les yeux, le premier à avoir mis les vidéos sur YouTube, eh bien, figurez-vous qu'il est mort ! Crise cardiaque, en plein Londres, à côté du pont de Blackfriars, celui où l'on a retrouvé pendu le banquier de la loge P2. Je n'y crois pas une seule seconde, d'ici à ce que l'on s'aperçoive que les policiers en charge de l'enquête sont tous francs-macs… Dick était un ami très cher, il devait partir en vacances. Les amis, je commence moi aussi à avoir peur.

Commentaires

Nessy8 : dingue, fais gaffe à toi, t'es le prochain sur la liste.

Mosley : tous pourris, le gouvernement est de mèche. On va te protéger.

UFOconspiration666 : je vous conseille de taper sur youtube JO + illuminati + ufo, les triangles sont des balises pour permettre à une escadre de soucoupes volantes de nous envahir, le jour d'ouverture des Jeux. Les francs-maçons sont leurs agents sur terre.

Globula : ben voyons, et ils se cachent où, tes extra-terrestres frangins en ce moment ? Au pôle Nord ? Sur Mars ?

UFOconspiration666 : en orbite, derrière la face cachée de la lune, c'est pour ça qu'on ne les voit pas.

53

Londres
Freemasons' Hall
De nos jours

L'intérieur du Freemasons' Hall était à l'unisson de sa façade. Massive et monumentale. Dans sa vie de maçon, Antoine avait visité bien des temples en France et à l'étranger mais il n'avait jamais vu une telle magnificence dans un siège d'obédience. Passé la grande porte qui donnait sur Great Queen Street, lui et Jade avaient marqué un temps d'arrêt dans le luxueux hall d'entrée qui ressemblait plus à celui d'un musée prestigieux qu'à celui d'un édifice maçonnique. Colonnes ciselées qui montaient vers un plafond recouvert de frises sculptées, sol en marbre perlé, ouvertures en arcades donnant sur de longs couloirs élégamment décorés de boiseries et de grands tableaux. La Grande Loge Unie d'Angleterre étalait une opulence décomplexée.

À leur droite, deux gardiens en blazers bleus frappés des armoiries de la Grande Loge et une femme en tailleur gris discutaient derrière un bureau d'accueil circulaire, analogue à ceux des sièges de grandes entreprises.

Standford serra la main d'un des vigiles et prit des badges qu'il tendit aux deux Français. L'ancien du Yard écarta les bras, les paumes ouvertes, comme s'il voulait étreindre le hall.

— Bienvenue dans Freemasons' Hall, encore appelé Masonic Peace Memorial. Vous êtes ici dans le cœur nucléaire de la franc-maçonnerie régulière, ancienne et moderne. Construit en 1775, rebâti, agrandi et embelli au cours des siècles, le bâtiment abrite le plus grand temple d'Europe, qui peut accueillir mille sept cents frères, et héberge pas moins de vingt et un temples de loges. D'ici, la lumière rayonne dans le cœur de trois cent mille maçons libres et égaux du Royaume-Uni. La fine fleur du royaume a travaillé en ses murs pour ériger de sombres prisons au vice et des temples à la vertu. Des rois ont été grands maîtres, des Premiers ministres d'exception ont travaillé en loge, comme Churchill. Que dis-tu de ça, mon frère du Grand Orient ?

Antoine restait en alerte et jetait des coups d'œil à la dérobée sur les gardiens, s'attendant à tout moment que ses ravisseurs n'apparaissent.

— Je dis qu'on se la joue plus modeste en France.

— Antoine est jaloux, leur quartier général ressemble à une maison de la culture soviétique des années soixante, s'amusa Jade.

À la surprise d'Antoine, Jade s'était métamorphosée avec le maçon anglais, jouant la carte de la séduction. Elle avait complètement abandonné son image de femme sûre d'elle et énergique pour exposer une féminité plus fragile et soumise. Un rôle de composition qu'Antoine ne lui connaissait pas. Standford sourit.

— Les maçons anglais n'ont rien à cacher et sont fiers de leur place dans la société anglaise, à laquelle ils ont apporté plus que leur pierre. N'importe qui peut passer les portes de cet édifice et le visiter. On a même prévu une cafétéria dans le patio central qui propose d'excellents muffins et une boutique pour emporter quelques souvenirs.

Un groupe de vieilles dames entourant un guide descendait d'un escalier et le bombardait de questions. Standford les laissa passer et indiqua les marches.

— Venez, nous avons rendez-vous avec le secrétaire général adjoint. C'est au deuxième étage.

Ils laissèrent le grand hall et prirent un large escalier de marbre clair qui montait sur quatre étages. De hauts vitraux colorés, dignes d'une cathédrale, diffusaient une lumière douce. Le plus grand affichait les armoiries de la Grande Loge. Deux anges ailés, mais aux pieds fourchus, encadraient un blason, frappé de trois tours, d'un compas et d'une équerre. Juste en dessous était inscrite la devise de l'ordre.

AUDI
VIDE
TACE

— Entendre, voir, garder le silence, dit Standford à Jade en gravissant les marches avec entrain. Ça pourrait être la devise de tout service de renseignements du monde, vous ne trouvez pas ?

— Je ne sais pas, répondit Jade.

— Voyons, mademoiselle Zewinski, faites comme les maçons anglais. Soyez fière de vos états de service. Je me suis laissé dire par un ami que l'on vous avait surnommée l'Afghane en raison d'un long séjour dans ce beau pays. Et puis, assurer la sécurité de l'ambassade de France doit vous mettre au courant de bien des secrets ?

Jade lui jeta un regard aussi métallique que ses yeux. Elle porta l'index sur ses lèvres.

— Audi, Vide, Tace…

Ils arrivèrent au deuxième étage et empruntèrent un couloir qui menait à une seule porte. De chaque côté, des tableaux des anciens grands maîtres de la Grande Loge d'Angleterre ornaient les murs. Le dernier en date, en l'occurrence une photo dans un cadre, représentait un homme mince, dégarni, d'une quarantaine d'années, le port altier, vêtu d'un smoking, serré à la taille par un tablier, debout la main sur le dossier d'un trône.

Prince Edward, Duc de Kent, 1969-

Standford vit l'air étonné d'Antoine.

— Quarante-trois ans de conduite des affaires maçonniques et toujours en place. C'est ce qui fait la force de notre ordre. Il me semble que dans ton obédience, l'espérance de vie d'un grand maître ne dure que trois ans. Et encore, les bonnes années…

Marcas répliqua sur un ton aimable :

— Disons que, chez nous, la maçonnerie est affaire de démocratie, pas de royauté. Nous sommes des frères libres et égaux, pas les vassaux d'un cousin de la reine. Mais bon, chacun taille sa pierre comme il veut, même celles des palais.

La porte centrale s'ouvrit avant même qu'ils n'arrivent devant. Un homme apparut dans l'encadrement de la porte et leur agita un index boudiné. Un visage joufflu, le teint rose, les cheveux roux finement bouclés, l'adjoint au secrétaire général les accueillit avec chaleur, leur serrant vigoureusement la main, et les invita à entrer dans son bureau.

Colonnades corinthiennes plaquées contre les murs, tableaux allégoriques du XVIIIe siècle représentant des scènes de loges, tapis épais et richement décorés au sol, l'ensemble de la pièce dégageait une atmosphère d'opulence assumée. L'homme les pria de s'asseoir devant son bureau en chêne massif, orné de compas et d'équerres. Juste derrière lui, posés sur une cheminée, trônait un miroir en forme de triangle, encadré d'une large bordure dorée, surchargée d'arabesques en vogue au XIXe siècle.

Il s'installa dans un fauteuil victorien, recouvert de velours vert surpiqué, et s'adressa à Standford :

— J'avoue avoir été surpris par ce que tu m'as raconté au téléphone. Nous possédons effectivement un parking, mais beaucoup de places sont louées à des particuliers du quartier. Je vais vérifier tout de suite. Vous dites à quelle heure ?

— Entre 10 h 20 et 10 h 45, répondit Antoine.

Le secrétaire général s'adressa à Marcas, pendant qu'il tapait sur son clavier :

— Quelques minutes, le temps que je me connecte au serveur de l'administratif et ce sera bon. Alors comme ça, tu fais partie du Grand Orient de France ? Il est bien dommage que tu ne puisses pas assister à nos tenues. Quelle tristesse ! J'espère qu'un jour votre obédience reviendra à de saines dispositions.

Antoine sourit tout en jetant un regard de biais à Jade qui restait silencieuse.

— Avec plaisir. En guise de rapprochement, je propose même d'inviter votre grand maître, Son Altesse le duc de Kent, à la tenue spéciale de notre loge, celle du 21 janvier.

Le maçon anglais continuait de taper sur son clavier et répliqua d'une voix enjouée :

— Fort aimable de ta part, je transmettrai. Pourquoi cette date particulière ?

— C'est le jour anniversaire de la mort de Louis XVI, décapité place de la Concorde. Pendant les agapes, on mange tous de la tête de veau.

Standford vit le visage de l'homme pâlir et sourit :

— Notre frère Marcas a beaucoup d'humour…

Le secrétaire grimaça, tout en scrutant son écran.

— Nul besoin de préciser vraiment. Changeons de sujet. Tu viens au concert du maestro Filipo Carli organisé dans le grand temple, la semaine prochaine ? Le Grand Maître l'a organisé au profit des victimes de Fukushima.

— C'est prévu de longue date, l'ambassadeur du Japon est l'un de mes amis.

Le frère recula de l'écran et se cala sur son siège.

— Je suis navré mais il n'y a eu que deux voitures entrées et sorties et aucune n'avait une carte de parking de la Grande Loge. Je n'ai pas accès aux véhicules de particuliers. Désolé, mon frère. Y a-t-il autre chose que tu voulais savoir ?

— Non, merci, nous n'allons pas abuser de ton temps. Je te remercie pour ton aide.

Antoine ne dissimula pas son dépit. Il interpella le secrétaire général :

— Attendez ! Le parking doit sûrement être surveillé par des caméras. Est-il possible de consulter les bandes, je pourrais identifier mes agresseurs.

— C'est vrai, mais la sécurité est assurée par une société privée, elle-même reliée à la police. Je peux faire une demande, il faudra juste que je la motive. La protection de la vie privée est très importante ici…

Standford intervint :

— Essaye, avec discrétion.

— OK, mais pas tout de suite. J'ai rendez-vous à Belgravia dans une demi-heure. Il faudra attendre ce soir, ou demain matin.

Avant même qu'Antoine ne réplique, l'homme s'était levé et les raccompagna devant la porte, le même air enjoué, inoxydable, plaqué sur son visage poupin. Après avoir salué Standford et Marcas, il s'inclina légèrement devant Jade.

— Si vous désirez des places pour le concert, je serai ravi de vous les obtenir, mademoiselle.

– C'est très gentil, mais je préfère plutôt un bon trip avec les Foo Fighters, ils passent en tournée chez vous ? répondit-elle, lui offrant son plus beau sourire.

Le secrétaire sourit et ferma la porte derrière eux. Les trois visiteurs redescendirent les escaliers. Standford tapa sur l'épaule d'Antoine.

— J'ai confiance, il va nous aider. Ça va demander juste un peu de temps. Allons prendre un thé à la cafétéria.

Ils arrivèrent dans un patio, baigné de soleil, situé en plein cœur de l'édifice. Standford passa commande et indiqua une table contre un mur. Marcas sentit une vibration dans la poche de sa veste. Il prit le portable.

Un SMS de Gabrielle. Son cœur bondit.

Je sais que tu ne veux pas que je te dérange mais peux-tu prendre mon appel ? Je suis à Londres, mon amour.

Il se tourna vers Jade et Standford.

— Un appel d'une amie, j'en ai pour quelques minutes.

Il s'éloigna pour s'installer sur une chaise à l'écart. Cela lui ferait du bien de parler, elle lui manquait. Le portable vibra à nouveau. Il décrocha et entama le premier la conversation.

— Enfin !

Des sanglots étouffés résonnèrent dans le téléphone. Antoine secoua la tête et dit :

— Ne pleure pas !

Une voix féminine retentit :

— Touchant, ce sentimentalisme...

Un courant d'air glacé enveloppa Marcas. Sa main se crispa sur le portable, comme pour broyer la voix qui s'en échappait.

La Louve.

La Louve était vivante, de l'autre côté du fil. La voix s'insinua à nouveau dans son esprit. Tel un poison.

— Écoute-moi, mon cher Antoine. Ta petite amie est devant moi, assise sur un tabouret en fer. Sa petite main délicate posée sur une table, les doigts bien écartés. Je tiens un couteau à pain, tu sais, ces longues lames crantées qui ne tranchent pas d'un seul coup mais nécessitent de longs et réguliers aller et retour pour accomplir leur besogne.

Elle voulait le paralyser, le mettre à genoux. Les pleurs jaillirent à nouveau, en arrière-fond. Étouffés, encore plus angoissants.

Marcas jeta un regard à Jade et Standford qui discutaient devant leurs tasses de thé. La voix suave reprit :

— Elle a de très beaux yeux, d'un magnifique gris perlé. Si tu n'es pas gentil, je vais frotter la lame sur ces pupilles tendres et humides.

54

Quartier de l'Arbre sec
Fin novembre 1232

Une horde de pèlerins jaillit de la taverne. Une première bordée roula sur la terre battue, soulageant ses tripes des méfaits d'une piquette de Nicosie tandis qu'un groupe, encore debout, mais vacillant, couvrait d'insultes les habitants de Jérusalem, Dieu et le Diable. Retranchés derrière un rempart de tables, des habitués de la taverne jetaient, eux, malédictions et cruchons de terre cuite sur leurs agresseurs qui hurlaient telle une meute enragée. Une soirée ordinaire dans le quartier, pensa le Devin, en serrant sa cape autour de sa taille. Le ciel, quoique éclairé par la lune, était bas et lourd. Des écharpes de brume se prenaient à la pointe des clochers tandis que les sons semblaient amortis comme dans du coton. Un pèlerin, une coquille ébréchée pendue au cou, s'approcha du templier en bredouillant un patois guttural. Le Devin leva sa main, la croix du Temple était gravée dans sa chair. Le regard bovin et les épaules rentrées, le pèlerin recula aussitôt. En Terre sainte, même les ivrognes avaient des réflexes de survie. Le froid devenait plus intense. Le sol meuble et dur résonnait sous les pas. Pour autant, le Devin ne s'inquiéta pas. Les soldats du guet, prudents et surtout résignés, descendaient rarement dans le quartier ; quant aux autochtones, ils se gardaient bien de se mêler des affaires d'autrui. De toute façon, le collecteur de cadavres passerait au matin pour nettoyer les rues.

À l'approche des murailles, les maisons d'habitation se faisaient plus nombreuses, les tavernes plus rares. Beaucoup de *poulains* s'étaient regroupés là. Cette population, métissée de chrétiens et de musulmans, vivait d'un commerce plus ou moins licite. Contrebande de vin pour les fils d'Allah, oublieux des préceptes du Prophète, ou trafic de reliques pour les prêtres véreux et les pèlerins trop naïfs. Le Devin s'arrêta devant une façade percée de rares fenêtres. La porte était close, mais un heurtoir en bronze semblait attendre le visiteur. Le Devin frappa trois fois, puis recula pour examiner la façade. Une lueur brilla fugitivement à l'étage, réapparut au rez-de-chaussée avant que ne s'ouvre le judas. Aussitôt, un bruit de ferraille résonna le long de la porte qui donnait sur une entrée étroite, éclairée par un bec d'huile.

Sans attendre, le Devin s'engouffra dans le couloir et déboucha dans la salle basse. Une femme chauffait son dos contre l'âtre de la cheminée. Tout le long des murs couraient des rangées d'étagères, encombrées d'objets disparates allant du coffret sculpté à un ostensoir en argent, d'icônes criardes à des statuettes noircies.

— Ah, mon Devin, te voilà de retour au bercail.

La domestique qui avait ouvert la porte approcha un siège près du feu. Le Devin tendit les mains vers la flamme et examina son hôte. Nul ne connaissait son âge véritable. Elle faisait partie de ces rares femmes qui ont trente ans toute leur vie. Était-ce sa naissance, fille d'un musulman de passage et d'une Franque venue de Normandie, ou bien son éternelle jeunesse trouvait-elle son origine ailleurs ? Dans le quartier, on n'abordait le sujet qu'à voix basse et on faisait les cornes du diable. Nul ne comprenait comment cette bâtarde, qui sans aucun doute avait partie liée avec le Malin, pouvait avoir le commerce de reliques le plus florissant de Jérusalem. Le Devin, lui, savait que la protection du Temple lui était garantie en échange de quoi sa maison était ouverte à tous les frères qui en avaient besoin. Un lieu de rendez-vous discret où des dignitaires pouvaient discuter avec des notables d'autres confessions, un lieu de refuge où les espions du Temple entraient avec une identité et en ressortaient avec une autre.

— Tu viens me rendre visite ou tu n'es que de passage ?

— Les deux, répondit le Devin en examinant un coffret d'argent sur une des étagères.

— Du bel ouvrage que j'ai acheté à un moine qui venait du mont Athos. Un Grec chassé de son monastère. Il aimait trop les novices.

— Et il contient ? demanda le templier en faisant jouer la serrure.

Une odeur imprévue monta d'un coup.

— Des reliques de saint Grégoire : une phalange et deux métacarpes. Je les conserve dans du thym, mélangés à du safran. Les os, surtout de la main, sont très fragiles. Les aromates aident à leur conservation.

Le Devin hocha la tête et sortit un sachet de son

pourpoint. Le philtre qu'Évrard avait fait ingurgiter à Roncelin.

— Cache-moi ça quelque part.

La femme se leva nonchalamment et prit un bocal émaillé. Le couvercle résista quand elle l'ouvrit.

— Je vais le mettre là. Il y a peu de chances que l'on m'en demande.

— C'est qui ?

— Un saint du Limousin. Pardoux. Il est censé guérir du désir d'alcool. Je doute que, dans le quartier, on le réclame pour faire des miracles. Tu comptes rester jusqu'à quand ?

— J'ai un rendez-vous demain à Jérusalem.

La femme haussa les épaules.

— Tu peux l'oublier ! Les gardes du Légat surveillent toutes les portes d'entrée. Et, depuis l'affaire de la place du marché, leurs contrôles sont très stricts.

— Ne t'inquiète pas pour moi, je sais comment rentrer en ville, sans me faire remarquer.

Le Devin s'installa plus commodément. Il avait le corps moulu du trajet depuis Ein Kerem et l'esprit inquiet des paroles de Bina.

— Tu traites toujours avec des Juifs ?

Sous ses sourcils finement épilés, le regard de la femme se fit plus brillant.

— Je traite avec tous ceux qui ont de la marchandise de confiance à proposer. Le commerce des reliques est très particulier. Il ne s'agit pas d'acheter un bout d'os et de proclamer *urbi et orbi* qu'il s'agit du crâne de saint Jean. Ce qui compte, c'est de pouvoir tracer la généalogie de la relique pour en affirmer l'authenticité. De ce point de vue, les Juifs sont des gens précieux. Surtout en ce moment.

— Comment ça ?

— Depuis les arrestations de Caïpha, les Hébreux sont effrayés. Beaucoup pensent à quitter la ville. Alors ils ont besoin de numéraire, très vite.

Le front du templier se plissa.

— Je ne comprends pas, les fils d'Abraham sortent des reliques de leurs coffres pour te les vendre ?

— M'en vendre, non… en revanche me vendre l'endroit où je pourrais en trouver, oui.

D'un coup, le Devin saisit :

— Tu veux dire des catacombes ?

La femme hocha la tête en ajoutant :

— Certaines vieilles familles savent où ont été enterrés les chrétiens des origines. Une tradition orale transmise de génération en génération.

— Tu sembles bien renseignée.

— Les Hébreux sont comme tous les autres peuples, superstitieux en diable. Une de leurs pires peurs est d'être enterrés à côté de Juifs apostats. Ils ont peur que Dieu ne se trompe et ne fasse tomber sur leur âme des tombereaux de malédictions.

— Alors, ils connaissent le lieu des plus anciennes catacombes, reprit le Devin, songeur. Tu as déjà acheté ces renseignements ?

La femme inclina ses mains vers le feu. De minuscules taches brunes maculaient sa peau et trahissaient son âge.

— Justement, je dois recevoir un Juif demain matin. Il veut me vendre une carte…

— Combien ? la coupa le templier.

— Cent florins, mais c'est bien trop cher et…

— Propose-lui le double. Le Temple paiera.

— Mais…

Le Devin rajusta sa cape et se leva. Une cloche sonna dans la vieille ville.

— Dis-lui que je veux un plan du *Schéol*.

Ferme d'Ein Kerem

Roncelin se pencha sur l'évier en pierre, trempa le tissu encore chaud et revint le poser sur le front de Bina. Malgré la fièvre, la jeune femme avait retrouvé ses esprits. À l'exception de celui de son père qui semblait avoir disparu. D'ailleurs, elle n'en gardait pas le moindre souvenir. Le Provençal, patiemment, avait dû lui répéter les paroles échappées lors de sa transe. Étrangement, cette *possession* ne semblait pas l'étonner comme s'il était normal que son défunt de père s'invite dans son esprit et parle par sa voix. Une sérénité face à l'invisible qui surprenait Roncelin.

— Si les prêtres du Légat n'avaient entendu que le quart de tes paroles, tu serais déjà sur un bûcher à hurler dans les flammes.

— En attendant celles de l'enfer, répliqua Bina, je sais. Figure-toi que je connais le traitement que votre Dieu d'amour réserve à tous ceux qui n'ont pas la chance de croire en Lui. Sauf que moi, je n'y crois pas.

Roncelin fit un signe de croix. Dans sa jeunesse, il avait souvent été effrayé par les sculptures au tympan des églises où l'on voyait des monstres sortis des ténèbres venir dévorer l'âme damnée des pécheurs.

— Tu ne crois pas aux châtiments éternels ? Aux tortures des démons ? Au royaume de Satan ?

Bina, malgré sa fièvre, éclata de rire.

— À ton Diable des ténèbres aux pieds fourchus

et son armée de diablotins noirs comme de la suie ? Sûrement pas !

Le Provençal sc signa à nouveau.

— Tu blasphèmes.

Soudain la jeune femme redevint grave.

— Dis-moi, mon père était juif, rabbin de surcroît. Un païen à vos yeux, il doit donc rôtir dans les flammes éternelles de l'enfer ?

Roncelin ne répondit pas. Chaque fois qu'on évoquait Maïmonès, il était troublé.

— Alors explique-moi comment cette âme, qui devrait souffrir mille maux, est tranquillement venue te parler, cette nuit ? Elle a obtenu la permission de minuit ?

Agacé, Roncelin répliqua :

— Bien sûr, toi, tu sais sans le moindre doute où vont les âmes après la mort ?

Bina porta la main sur ses joues. Elles devenaient tièdes.

— La plupart des morts deviennent des ombres. De simples ombres.

Le Provençal ricana.

— Exaltant ! Je me demande si je ne préfère pas encore l'enfer.

— Mais toutes ces ombres n'ont pas le même destin. Tout dépend de leur évolution durant leur passage terrestre. S'ils ont étudié l'œuvre de Dieu, s'ils ont scruté sa création jusqu'à en comprendre la logique secrète et immuable, alors ils peuvent circuler entre les mondes.

Le Provençal la regarda, surpris autant qu'intrigué.

— Dieu a créé le monde comme un labyrinthe où les hommes ne cessent d'errer sans jamais se trouver, mais c'est parce qu'ils ne savent ni voir ni entendre.

À chaque moment du monde, à chaque soubresaut de l'Histoire, à chaque tournant de la vie, Dieu a imprimé son sceau.

Roncelin finit par réagir.

— Vouloir comprendre les desseins de Dieu est un péché.

— C'est Dieu lui-même qui veut que l'on comprenne.

— Et comment ?

— En déchiffrant sa volonté comme on lit un livre.

— Et toi tu sais ?

— Mon père m'a appris, tu verras.

Elle se leva de la paillasse et s'adossa contre le mur. Ses yeux brillaient d'un éclat singulier.

— Je sais que c'est toi qui m'as sauvée à Caïpha.

— Je n'ai fait que mon…

Bina se pencha et lui prit la main.

— Maintenant, c'est moi qui vais te sauver.

55

Extrait du EONWO blog.
Eye Over New World Order, par le Watcher
0X/15/3100 Post
Vous avez des yeux mais vous ne les voyez pas.

La reine se méfie des francs-maçons. Bonne nouvelle les amis, notre très gracieuse reine a sûrement lu mon blog. Je viens d'apprendre qu'elle a interdit aux frangins qui travaillent à Buckingham de créer une loge au sein même du palais. C'était une idée d'un des membres du personnel de sécurité, appuyée en coulisses par le grand maître de la Grande Loge, cousin de la reine. Selon certaines sources, presque 20 % des personnels qui servent la maison royale sont des adeptes du tablier et de l'équerre.

J'ai envoyé un message de félicitations à Notre Majesté pour son courage et sa détermination. Elle prend des risques de s'affronter à eux, comme l'a fait Diana. La princesse de Galles est morte dans le tunnel du pont de l'Alma à Paris. Alma veut dire âme. Juste au-dessus du tunnel est érigé une copie du flambeau de la statue de la Liberté, création des francs-maçons. Ce tunnel de l'âme est un ancien temple païen consacré à la déesse Diane ! Des chercheurs très sérieux expliquent que les francs-maçons ont poussé Diana Spencer à devenir Lady Di pour ensuite la sacrifier dans le tunnel de l'âme. Autre détail et de taille, le chauffeur qui conduisait la limousine était un frère.

Commentaires

Egonbourg : je m'en doutais, mais là tu es trop fort.

Kapo : bien sûr qu'ils l'ont tuée, et ils ont été aidés par les Juifs. Elle voulait se rendre en Palestine, le voyage était prévu une semaine après son retour de Paris.

Brotherofblood : jetez un œil à sa sépulture, la rose est omniprésente ; or la rose est l'emblème du Saint-Graal.

Couic99 : j'adore ton blog, c'est le plus grand rendez-vous de tarés de la planète.

56

Londres
Freemasons' Hall
De nos jours

Le soleil passait à l'ouest de Freemasons' Hall, laissant l'ombre envahir inexorablement le patio. Un filet de sueur dégoulina le long du dos de Marcas. À l'autre bout du fil, la Louve attendait.

— Que voulez-vous ?

— Juste un coup de main. Trois fois rien. Au fait, tu arrives toujours à bander ? Quand je me souviens de notre petite séance de câlins, j'en ai encore des frissons.

La Louve jouait avec ses nerfs, elle avait presque failli l'émasculer la dernière fois qu'ils s'étaient vus.

Il ne fallait pas qu'il tombe sous son emprise. Marcas se ressaisit. Le policier prit le dessus.

Il se souvint de ses cours à la PJ sur les négociations par téléphone avec les kidnappeurs. Plus les familles des victimes montraient de l'angoisse, plus les malfrats asseyaient leur pouvoir. Ne jamais tenter la menace ou jouer l'hésitation, les mots ne changeaient pas le rapport de force. Le ravisseur avait besoin de montrer son autorité, et cherchait le moindre prétexte pour infliger une double souffrance : physique à la personne kidnappée et morale sur la famille.

La voix de la Louve sifflait, comme un serpent, dans son portable.

— Elle est très belle, ta femme. Avec moins de doigts, elle aura du mal à te caresser…

Marcas respira profondément. Seule attitude : montrer sa soumission en reformulant les menaces du ravisseur. Ça marchait. Parfois.

— Je saisis parfaitement la situation. Gabrielle est entre tes mains et elle risque d'être torturée si je n'obéis pas. Que dois-je faire ?

Quelques secondes s'écoulèrent, puis la Louve reprit la parole :

— Nous savons que tu es auprès de tes frangins anglais. Il nous faut un objet qui se trouve dans le musée. Apporte-le-nous et tu récupéreras ta compagne.

— Lequel ?

— Un maillet, un simple maillet. Comme celui que vous utilisez en loge, pour ouvrir les travaux. Tu vois, c'est raisonnable, je ne te demande pas de dévaliser la Banquc d'Angleterre.

Marcas crispa sa main sur le portable. Il était plongé dans un cauchemar. Son visage devint blême. De son côté, Jade continuait sa conversation, mais elle venait de s'apercevoir que quelque chose n'allait pas. La Louve siffla à nouveau :

— Il existe un musée dans Freemasons' Hall. Et dans ce musée est exposé le maillet du frère Christopher Wren, architecte de la cathédrale Saint-Paul.

Débrouille-toi pour nous l'obtenir. En échange, nous te rendrons ta compagne.

— Vous avez vos spécialistes en matière *d'emprunt*, non ? J'en ai fait l'expérience...

— Fais ce qu'on te dit. Si d'ici deux heures tu n'as pas mis la main sur cet objet, je coupe un premier doigt, puis un autre toutes les heures. Je me suis bien fait comprendre, mon Antoine ?

— Oui, répondit-il d'une voix blanche. Je veux parler à Gabrielle encore une...

La ligne avait coupé. Marcas resta figé sur place. Sa marge de manœuvre se réduisait à une peau de chagrin. Non seulement il n'avait aucun moyen de retrouver l'appel et de localiser la ravisseuse mais, en plus, il devait commettre un vol, au risque de se voir coffrer. Il était sûr que les hommes qui avaient failli l'enlever étaient dans la place et l'observaient.

Une main se posa sur son épaule. Il sursauta et se retourna. Jade se tenait devant lui.

— Tu as une tête de déterré. Ta copine t'a largué, mon grand ?

— C'est pas le moment, répondit-il sur un ton sec.

Ils restèrent face à face quelques instants. Antoine ne savait pas comment se sortir de cette situation. Il ne pouvait pas se pointer dans le musée, assommer le ou les gardiens et voler le maillet devant tout le monde. Et pourtant, c'était l'unique façon de retrouver Gabrielle vivante.

Il devait trancher rapidement. Maintenant. Il se rapprocha de Jade et fit semblant de sourire.

— Mon amie, Gabrielle, a été enlevée par la Louve et ses complices. Ils menacent de l'exécuter si je ne vole pas un objet dans le musée.

— Cette fois, il faut contacter la police, Antoine. Ça nous dépasse.

— Non ! Je vais leur obéir, du moins jusqu'à un certain point, mais j'ai besoin de ton aide. Je peux compter sur toi ?

L'*Afghane* le fixa avec gravité. L'ironie qui pétillait d'habitude dans son regard avait disparu.

— Évidemment. Et Standford ?

Ils se tournèrent tous les deux en direction du frère anglais, en train de saluer des connaissances qui s'installaient à une table voisine.

— Je ne sais pas. Il a promis de m'aider, mais je le vois mal trahir les siens et se compromettre dans un vol. C'est un ancien du Yard et il est au service de la reine. Ton avis ?

— Il y a un risque de le voir tout raconter à la police, mais d'un autre côté il est le seul à pouvoir nous aider dans le musée. Il connaît tout le monde ici et ça peut l'amuser de t'aider. En jouant les probabilités, je dirais un 80-20. Quatre-vingts pour cent de risques qu'il te lâche, vingt pour cent qu'il rentre dans le jeu. La raison contre l'intuition.

Marcas hésitait. À chaque fois qu'il avait pris des décisions dans des situations dangereuses, il misait sur sa chance. Mais cette fois, il n'était pas seul, la vie de Gabrielle était en jeu. Il consulta sa montre, presque un quart d'heure s'était écoulé. Le temps le prenait à la gorge, il fallait agir.

Il regarda à nouveau Standford qui parlait avec un autre frère plus âgé, appuyé sur une canne. Un ex-flic haut placé, membre d'une fraternité plus que conservatrice, ne l'aiderait jamais à braver la loi et à trahir ses frères. C'était une évidence. Antoine revint vers Jade.

— OK, on va le rejoindre comme si de rien n'était. Je vais lui demander de visiter le musée et de voir ce foutu maillet. On verra sur place. Tu es vraiment prête à m'aider ? Si on nous chope, tu risques aussi ta place.

— Mon grand, si j'avais désiré une vie peinarde, j'aurais pas choisi ce métier.

— Merci. C'est parti !

Ils prirent la direction de la table de Standford. L'homme finissait d'avaler son thé.

— Ah, mes amis. Que voulez-vous faire ?

— Visiter le musée. J'ai besoin de décompresser un peu. Je travaille dans un service de lutte contre le trafic des œuvres d'art et à ce titre, j'ai une passion pour les musées. On m'a dit que celui du Freemasons' Hall possédait des pièces uniques au monde.

— Avec grand plaisir. Le conservateur est un ami très cher. C'est au premier étage.

Ils reprirent le grand escalier et s'arrêtèrent au premier. Ils passèrent dans un couloir plus étroit qu'à l'étage supérieur. Standford jouait les guides avec entrain.

— Le bâtiment tel que vous le voyez est récent. Entièrement construit sur structure métallique. Pour payer les travaux et l'entretien, les temples ont servi pour des réceptions et des fêtes. C'est une longue tradition qui se perpétue jusqu'à nos jours d'ouvrir nos temples aux profanes. Pour la petite histoire, King Kong est venu dans nos temples.

— Pardon ? dit Jade, étonnée.

— L'avant-première du film de Peter Jackson a été organisée ici même. Et je ne vous parle pas des concerts et autres soirées de galas à profusion. Le carnet de réservation est booké jusqu'en novembre. Je parie que le Grand Orient ne fait pas ça en France.

— Le Grand Maître en avalerait son tablier d'indignation, répondit Marcas.

Ils arrivèrent devant l'entrée de la bibliothèque, séparée du couloir par deux grandes portes vitrées. Sur le mur droit, il y avait un large panneau recouvert sur toute sa hauteur d'une centaine de carrés peints surmontés de noms étranges. Devil Temple Bar, Globe Lodge, Kings Pillars, Saint-David…

Devant l'air intrigué de Jade, Standford intervint.

— C'est un ancien tableau sur lequel figuraient toutes les loges de Londres. En 1768, cinquante ans après la rencontre des premières loges, à la taverne de *L'Oie et le Grill*, il y en avait cent trente dans la capitale et plus de quatre cents dans le Royaume.

— Toutes les loges se retrouvent-elles ici ?

— Non, outre le Grand Temple qui sert aux grandes tenues et le Freemasons' Hall qui abrite vingt et une loges, il existe de nombreux temples dans Londres et ses environs, je ne les connais pas tous.

— Comment s'appelle ta loge ?

— Le Chapitre de la prudence au rituel de l'arche royale… Je fais aussi partie de Quatuor Coronati.

Antoine poussa un sifflement d'admiration et dit à Jade :

— Notre ami est modeste, « *les quatre cœurs couronnés* » est la loge de recherche la plus influente dans le monde maçonnique occidental. Ils produisent des travaux de premier plan.

— N'exagérons rien…

Pour pénétrer dans le musée, il fallait passer par la bibliothèque. La pièce était vaste, toute en colonnades blanches et rectangulaires, ouverte sur un rez-de-chaussée et un étage. De chaque côté, des renfoncements dévoilaient des armoires vitrées associées à des tables, pour la plupart occupées par des chercheurs qui compulsaient de vieux ouvrages reliés. Au centre de la pièce toute en longueur, des présentoirs vitrés recelaient des manuscrits et des objets maçonniques divers, allant du sautoir de vénérable aux médailles de commémorations dorées en passant par des manuscrits et photos de grands maîtres morts depuis un siècle. À l'entrée sur la gauche, un bibliothécaire, au visage en lame de couteau, leva la tête à leur approche, détailla rapidement leurs badges et lança d'une voix onctueuse :

— Le musée est fermé pour inventaire, désolé.

Le sang d'Antoine se glaça. Jade prit Standford par le bras et minauda.

— On ne pourrait pas faire une exception ? En remerciement, je pourrais m'arranger pour faire venir l'ambassadeur en visite officielle, pendant les jeux Olympiques. Au titre des bonnes relations entre nos deux pays.

L'ex du Yard et le bibliothécaire échangèrent un regard complice. Standford hocha la tête d'un air entendu.

— Mon frère, voilà une proposition qui a du panache. Ce serait excellent pour l'image de la Grande Loge et du musée.

— Si c'est pour des raisons diplomatiques... je vous ouvre les portes du temple. Mais faites attention, tout est sens dessus dessous.

L'homme au visage émacié glissa une grosse clé dans la serrure, appuya sur un interrupteur et les laissa entrer.

— Avez-vous encore besoin de moi ?

— Non. Tu en as fait déjà beaucoup, mon frère, répondit Standford, toujours accroché au bras de Jade.

Ils entrèrent dans une salle encore plus grande que la précédente, toujours ouverte sur un étage supérieur, d'où pendaient de vieilles bannières tapissées de croix, de compas, et d'équerres. L'éparpillement des pièces à répertorier lui donnait un air de caverne d'Ali Baba. Les objets les plus hétéroclites s'entassaient dans des armoires vitrées tout en hauteur : mannequins de vénérables en tablier, profusions de vases, de verres et d'argenterie, décorés de signes fraternels. À terre, des caisses laissaient apercevoir des coupes de toutes sortes. Sur des présentoirs, plus bas, d'autres objets s'entassaient pêle-mêle, comme si des cambrioleurs étaient en train de piller les collections. Standford s'avança.

— Bienvenue dans le plus beau musée maçonnique du monde, hélas, en plein désordre.

— Celui du GO n'est pas mal non plus, répondit Marcas.

Pendant qu'ils s'enfonçaient entre les collections, à deux mètres derrière Standford, Jade chuchota à Antoine :

— C'est du délire, j'ai l'impression d'être dans un magasin de porcelaine. Je savais pas que vous étiez branchés sur la vaisselle, vous les frangins.

— Tais-toi. C'est vraiment pas le moment, répondit Marcas sur un ton sec.

Il fallait qu'il trouve le maillet, et il n'avait pas le temps de se taper la visite en entier. Il murmura à son tour :

— On va directement aux maillets. Débrouille-toi pour l'éloigner et l'occuper. (Puis il haussa le ton à l'adresse de l'Anglais :) Le conservateur du GO, Pierre, m'a dit que vous possédiez des maillets de grande beauté.

— Tout à fait. C'est par là.

Ils obliquèrent sur la droite et arrivèrent devant un présentoir encombré de bols et de plats en argent qui masquaient l'intérieur. Standford poussa les objets pour assurer plus de visibilité.

— Quelle pagaille !

La vitrine s'éclaircit et laissa apparaître des maillets massifs et richement décorés. Antoine se pencha plus avant et trouva tout de suite ce qu'il cherchait. Il ne pouvait pas se tromper ; il trônait, à part sur un dais de velours noir, juste sous une étiquette avec en médaillon le portrait d'un homme d'une soixantaine d'années, en perruque longue et bouclée à la mode du XVIIe siècle.

Un gros maillet en bois, recouvert sur sa frappe d'une petite plaque carrée, argentée et gravée. Standford intercepta son regard.

— Le joyau de notre collection. Le maillet de Sir Christopher Wren, un génie, architecte, biologiste à ses heures perdues, philosophe, géomètre. Il a construit la cathédrale Saint-Paul après le Grand Incendie de 1666 et cinquante et une églises dans la foulée, il a aussi dessiné un nouveau plan de la ville, plus moderne, bien en avance sur son temps. Un mélange de Léonard de Vinci et du baron Haussmann. On sait qu'il a été maçon accepté, des documents l'attestent, une inscription sur son tombeau de la cathédrale Saint-Paul en fait foi, mais le débat n'est pas tranché pour savoir s'il était opératif ou spéculatif.

Jade le prit par le bras et se rapprocha ostensiblement de lui.

— Traduction pour l'imparfaite profane que je suis ?

— Les maçons opératifs sont apparus au Moyen Âge dans toute l'Europe, ils travaillaient et taillaient la pierre sur les grands chantiers, les églises, les palais, les cathédrales. Groupés en corporation, ils s'échangeaient signes et mots de passe lors de leurs voyages à travers toute l'Europe. Les francs-maçons sont leurs héritiers. Nous utilisons le même langage, les mêmes symboles, mais pour des travaux plus… intellectuels. Spéculatifs, nous taillons notre pierre personnelle. Le frère Wren a vécu au XVIIe siècle, période charnière entre les opératifs et les spéculatifs. Pour ma part, je suis persuadé qu'il était les deux, par son activité d'architecte et son intérêt pour la philosophie.

— Qu'est-il écrit sur le maillet ?

— La plaque a été ajoutée, bien après, par le duc de Sussex, Grand Maître de notre ordre. Il est dit que Wren s'est servi de ce maillet pour poser la première pierre de fondation de son chef-d'œuvre, la cathédrale Saint-Paul. On dit qu'il a donné le son premier avec son maillet.

Antoine n'écoutait pas les explications. Le regard rivé sur le maillet, il ne voyait qu'une monnaie d'échange pour la délivrance de Gabrielle. Il remarqua que la vitre n'était fermée que par une serrure simple, à deux points. Très facile à ouvrir. Il fit semblant de s'intéresser à un coffret à tabac en bois verni, surmonté d'une tête de mort. Jade minauda à nouveau.

— Qui est ce personnage séduisant en habit ? dit-elle en pointant son doigt en direction d'un mannequin, à l'autre bout de la salle.

— Sir Hubert Lize, protecteur des arts et des lettres du comté d'Amaury. J'ai une anecdote à son propos, venez…

Ils s'éloignèrent. Marcas enleva son ceinturon et brandit la boucle qu'il inséra dans la serrure. Le crochetage prit une vingtaine de secondes. Unc spécialité, apprise lors d'un stage de formation avec un ancien cambrioleur, reconverti dans la formation des policiers. Il entendit le déclic du pêne qui se relevait, libérant la vitre. Son pouls s'accélérait.

Il fit coulisser la paroi vitrée et glissa sa main sous la glace pour attraper le manche du maillet. Il sentit le bois entre son pouce et son index et le ramena vers lui. D'un geste sec, il mit le marteau dans la poche arrière de son pantalon. Il examina les objets en vrac et aperçut un autre maillet de taille plus modeste qui ferait l'affaire. Il le posa à la place exacte.

Le duo revenait vers lui. Il repoussa la vitre, sans avoir le temps de fermer la serrure. D'un geste rapide, il replaça les objets en désordre sur la vitre. Standford l'interpella alors qu'il paraissait hypnotisé par une tabatière macabre taillée dans un bois d'ébène.

— Veux-tu continuer la visite ?

— Non, ça ira. Je dois poursuivre mon enquête. Il va falloir que je fasse un rapport à ma hiérarchie. Nous allons te quitter.

Standford fronça les sourcils.

— Tu as l'air contrarié.

— Non, juste un peu fatigué. Le contrecoup de ce matin.

— Je comprends. Je vais vous raccompagner, il y a une station de taxis sur la place.

— Merci, mais j'ai besoin de marcher un petit peu.

Ils sortirent du musée. Antoine rabattit le pan de sa veste derrière son pantalon, avec le sentiment honteux d'avoir trahi son frère anglais. Celui-ci les salua dans le hall, alors qu'ils rendaient leurs badges.

— Dès que j'ai des nouvelles du secrétaire, je t'appelle. Tu es descendu où ?

— À Kensington, dans l'annexe consulaire, mentit-il. Je t'appelle ce soir. Merci pour ton aide.

— Je t'en prie. (Puis, se tournant vers Jade :) Au plaisir d'une prochaine rencontre et n'oubliez pas votre promesse à propos de l'ambassadeur.

Elle lui claqua un baiser sur la joue.

— On vous a déjà dit que vous ressembliez à Sean Connery ?

L'Anglais ne rougit pas.

— Oui, plus jeune, on me surnommait 007, fit-il en les regardant s'éloigner.

Ils passèrent la porte de sortie et débouchèrent sur le trottoir. Le portable de Marcas vibra. Il décrocha. La voix de la Louve jaillit à nouveau.

— Tu l'as ?

— Oui. Où est Gabriellc ?

— Patience. Regarde à ta droite, sur Great Queen Street. Une voiture arrive.

Avant même qu'il ne réponde, une Jaguar vert olive se glissait contre le trottoir pour s'arrêter à leur niveau. La vitre arrière se baissa lentement. Le visage de la Louve apparut. Le même sourire méprisant, le même regard dur. Antoine crispa ses poings. La voix de la Louvre siffla comme dans son portable.

— Quel plaisir de te revoir. Monte…

Elle jeta un œil sur Jade.

— Mais sans ta copine.

57

Jérusalem
Fin novembre 1232

Un chariot, mené par un mulet hors d'âge, s'arrêta dans la rue étroite qui descendait vers le cimetière. Le conducteur sauta de son banc pour enfoncer des cales de bois sous les roues. Les essieux immobiles, Caron, comme on le surnommait, replia une vieille bâche en toile mitée et vérifia son chargement. Ce matin, le ramassage était exceptionnel. Déjà plusieurs clients, rien qu'en parcourant les faubourgs à l'extérieur de la ville. Et puis des bons, pas de victimes d'épidémie, pas de nourrissons sans valeur ; non, de vrais cadavres que les responsables du cimetière allaient lui compter en monnaie sonnante et trébuchante. Caron se frotta la moustache. Il pourrait aller vider une carafe de vin de Chypre ce soir. Depuis le début de l'année, les bonnes journées se comptaient sur les doigts de la main. Le plus souvent, il ne ramassait que des vieillards racornis de misère, des épaves humaines brûlées de vices que les fossoyeurs s'empressaient de fourrer dans une fosse commune en lui jetant deux sous. En fait, les religieux qui s'occupaient du cimetière n'aimaient guère les pauvres, les anonymes, pour lesquels on ne faisait dire aucune messe.

Aujourd'hui il avait un chargement de qualité. Rien que dans le quartier de l'Arbre sec, il avait ramassé deux pèlerins qu'un coup de couteau avait fait passer de vie à trépas. Bien sûr, le convoyeur les avait soulagés de leurs derniers biens terrestres, une croix en cuivre et une médaille de saint. Mais il le faisait pour le salut de leur âme, car mieux valait se présenter pauvre et nu devant saint Pierre. À sa façon il les aidait à gagner le paradis.

Une patrouille, qui remontait la rue, s'écarta quand elle reconnut le chariot. Caron ricana. Ç'avait été pareil aux portes de la ville, il ne subissait jamais aucun contrôle. Les soldats qui fanfaronnaient dans les tavernes crevaient de peur à la vue d'un cadavre. Il compta les pieds : quatre, six, huit, dix. Cinq corps. Un bon chiffre. Il revint et se baissa pour enlever les cales. Un bruit sourd fit vibrer le chariot. Il se releva comme son mulet se mettait à braire. Saisissant son fouet, il s'avança vers l'arrière. Son cœur bondit dans sa poitrine. Les corps avaient bougé. Il se figea : il ne restait plus que quatre paires de pieds.

Ferme d'Ein Kerem

Bina ferma les yeux.

— Ça ne va pas ? interrogea Roncelin.

Il venait de lui raconter l'histoire des salles souterraines sous le Temple de Salomon, les fouilles effectuées par les frères du Temple et la découverte du message caché.

Le regard vert de Bina se réveilla juste avant qu'elle ne parle.

— *La vérité gît au fond du tombeau*… Dire que des hommes ont usé leurs forces, leur vie pour laisser un message destiné à traverser les siècles.

— Si l'on savait déjà à qui était destiné le message, ce serait plus clair.

La Juive le contempla, étonnée. Depuis que ce Franc prenait soin d'elle, elle était surprise à la fois de sa curiosité intellectuelle et de sa capacité de réflexion. Pour elle, les chrétiens étaient soit des soudards avides d'or et de violence, soit des prêtres affamés d'autorité et de méfiance, pas ce jeune homme aux cheveux blonds et au regard profond qui l'écoutait avec attention.

— Le message est taillé dans la pierre juste en dessous de l'ancien Temple qui a été détruit par les Romains, ce ne peut pas être un hasard. Il y a une volonté, un but.

— Et un message en hébreu, ajouta Roncelin.

Bina sourit affirmativement avant de reprendre :

— Ceux qui ont creusé pendant des années connaissaient parfaitement la tradition. Ils savaient que si les Juifs revenaient, leur première volonté, leur tâche primordiale serait de reconstruire le Temple à l'endroit même où Salomon l'avait édifié.

— En reprenant les fondations, bien sûr.

Les yeux de Bina étincelèrent.

— Tout juste. On peut donc penser qu'un petit groupe de Juifs restés à Jérusalem après la destruction du Temple, ont secrètement œuvré pour délivrer un message à la postérité, certains qu'un jour Yahvé nous permettrait de revenir d'exil et de vivre sur notre terre.

En disant ces mots, le ton de Bina avait changé. Il devenait presque enflammé. Le Provençal modéra aussitôt son enthousiasme.

— Possible. Maintenant explique-moi à quoi peut bien servir aux reconstructeurs du Temple, un message aussi proverbial : *la vérité gît au fond du tombeau.*

Une nouvelle fois, les yeux de Bina brillèrent.

— Il faut quoi, pour construire un Temple ?

— Des pierres ? lança Roncelin.

— Et pour les tailler ?

— Des maçons ?

— Et au-dessus ?

— Je ne comprends pas.

Bina lui prit la main avant d'ajouter :

— Tu as déjà entendu parler d'*Hiram* ?

Cimetière de Jérusalem

— Tu m'as fait une de ces peurs, s'écria l'Archiviste en roulant des yeux effarés.

Pieds nus, des vêtements en loques, la face crayeuse, le Devin venait de surgir à l'angle de l'ossuaire. D'un doigt sur ses lèvres, il intima à l'Archiviste de parler plus bas. Le cimetière était un endroit discret, mais la prudence s'imposait.

— Moi qui ne sors jamais, gémit le moine… tomber sur un spectre.

— C'était le seul moyen de franchir les portes de la ville. Les hommes du Légat sont partout. Ils pullulent comme de la vermine.

L'Archiviste se rapprocha.

— C'est justement de ça…

Un bruit l'interrompit. Au bout du cimetière, un fossoyeur venait d'arriver. Il sauta dans une fosse et le bruit rythmé dc la pioche résonna le long des murs. Sans doute les compagnons de voyage que le Devin avait si impoliment quittés.

Le moine reprit :

— Ce maudit Renard tente de nous impressionner. Depuis que son conseiller est mort, il est pire qu'un chien sournois. Il mordrait jusqu'à la main du pape pour se venger.

Le Devin laissa passer l'orage. L'Archiviste était coutumier de ces brusques emportées. Il se calma d'un coup.

— La fille juive, elle a parlé ?

— Son père a parlé pour elle.

Le moine recula et se signa.

— Sorcellerie !

— Elle nous a dit où chercher, répondit le templier sans s'émouvoir.

Malgré lui, l'Archiviste posa la question qui lui brûlait les lèvres.

— Où ?

— Dans la Jérusalem souterraine, sans doute un réseau que nous ne connaissons pas. Il va falloir l'explorer.

Le quartier de l'Arbre sec. La maison aux reliques. La femme sans âge. Le templier rajouta :

— J'en saurai plus demain.

Les mains croisées sous le menton, l'Archiviste réfléchit avant d'interroger :

— Ton exploration, tu comptes la faire avec qui ?

— Bina…

Devant la mine suspicieuse du moine, le templier comprit qu'il était allé trop vite en besogne. Il traduisit :

— La Juive. De par son père, elle sait beaucoup de choses. Et comme elle a besoin de notre protection…

— Et Roncelin ?

— Roncelin viendra aussi. Il a fait ses preuves dans le port de Caïpha.

L'Archiviste prit une inspiration.

— Le Légat réclame réparation pour le meurtre du dominicain. Il a des exigences. Il veut la rançon d'Al Kilhal.

— Et que dit le Grand Maître ?

— Il tente de gagner du temps. À la vérité, il hésite.

Le Devin réfléchit rapidement. Si l'Archiviste avait pris la décision de sortir de sa bibliothèque, c'est qu'il avait autre chose à lui dire.

— Et toi, quel est ton avis ?

— Je connais le Légat et ses méthodes. Si nous ne lui donnons pas satisfaction, il dressera des chiens contre nous et ils nous dévoreront.

— Que crains-tu ?

— Beaucoup de nos frères ne sont pas parfaits…

Le templier recula plus près du mur. Le bruit de pioche venait de cesser.

— Que me demandes-tu vraiment ?

— Le Provençal doit nous abandonner son butin. De gré ou de force. Une fois que nous aurons récupéré la rançon, je saurai convaincre le Grand Maître d'acheter la paix du Légat.

Un groupe de fossoyeurs entra dans le cimetière, portant de nouveaux cadavres.

— Et de Roncelin, ensuite, je fais quoi ?

L'Archiviste se signa avant de répondre :

— Envoie-le en enfer.

58

Extrait du EONWO blog.
Eye Over New World Order, par le Watcher
0X/15/3100 Post
Vous avez des yeux mais vous ne les voyez pas.

Dan Brown nous a appris plein de choses sur Washington, mais croyez-moi, Londres est la vraie capitale mondiale de la franc-maçonnerie. La ville est truffée de symboles et personne ne les voit. Certes, tout le monde connaît Freemasons' Hall, à côté de Covent Garden, c'est trop évident. Le monument de Wellington, à côté de Marble Arch ? Un hymne de pierre pour le frère vainqueur de Napoléon. Non loin de là, je vous conseille le pub de Mason's Arms, truffé de frangins. Et la City ? Un repaire de frères, j'y reviendrai dans un autre post.

Londres, ville maçonnique ? Je vous conseille de lire et relire *From Hell*, dans sa version BD, par l'initié Alan Moore, celui qui a créé Watchmen (il a aussi scénarisé la série ésotérique *Promethea*). Dans *From Hell*, il confirme que Jack l'Éventreur était le frère chirurgien Sir William Gull. Protégé par ses frères de la Grande Loge, il a tué les prostituées de Whitechapel pour couvrir le prince héritier du trône qui avait engrossé l'une d'entre elles. Mais, très vite, on découvre qu'il agissait pour son compte, à des fins ésotériques. Les sacrifices de femmes obéissaient à un rituel antique, solaire, pour lutter contre les énergies lunaires et païennes. C'est dingue. La carte de Londres se transforme en vaste pentagramme sacrificiel maçonnique. Et si c'est vrai, ça fait froid dans le dos.

Commentaires

Ripper666 : un chef-d'œuvre qui m'inspire…

Kapo : il paraît que les francs-macs ont voulu interdire la BD. Bravo la tolérance.

EnglandHistoryX : cette thèse date des années soixante. Il y a même eu un film, *Meurtre par décret*, qui dénonçait le rôle des maçons.

Spiderwoman : vous gobez toutes les conneries possibles et imaginables sur ce blog. On a oublié de vous greffer un cerveau à la naissance. *From Hell* est une œuvre de fiction. Quant aux sacrifices maçonniques, c'est une invention d'un certain Léo Taxil.

Ripper666 : on peut en parler de vive voix, t'es libre à dîner ? j'habite à Whitechapel. Au menu, steak de spiderwoman.

59

Londres
Quartier de Lennox Gardens
Garrett Mansion
De nos jours

L'homme habillé d'un pourpoint de velours noir et d'un kilt avait un bonnet de laine vissé sur la tête, une rapière sur le côté et un faucon accroché à son poing droit. Debout sur un promontoire herbeux, il toisait le monde ; derrière lui, des nuages sombres encerclaient un soleil écarlate. L'image même du gentilhomme écossais dans toute la splendeur d'un crépuscule naissant sur la lande.

La toile dominait le salon de toute sa hauteur.

Marcas datait le costume aux alentours du XVIIe siècle mais la toile plutôt de la fin du XIXe. Le visage du seigneur écossais affichait l'expression favorite des peintres du courant préraphaélite : une moue cruelle et dédaigneuse articulée par des lèvres un peu trop charnues.

Cela faisait près d'un quart d'heure qu'il était assis dans cette pièce. Les mains liées derrière une chaise.

Le salon dans lequel il se trouvait était décoré sur un mode minimaliste. Murs blancs et nus, meubles anthracite épurés, canapé bas et étroit, tronc d'arbre mort laqué qui montait jusqu'au plafond, seul le tableau ancien apportait une touche de couleur.

On lui avait bandé les yeux dans la voiture pour l'emmener dans cette maison. Jade n'avait rien pu faire, obligée de rester sur le trottoir du Freemasons' Hall, le laissant partir, sans pouvoir intervenir. Dans la Jaguar, la Louve s'était emparée du maillet, puis était restée silencieuse tout le long du trajet.

Antoine tourna la tête vers l'entrée. L'une des deux portes situées à côté du tronc d'arbre s'ouvrit brusquement. Un homme fit irruption dans le salon, la démarche vive et affirmée. Antoine reconnut tout de suite Lord Fainsworth. Il tenait à la main le maillet de Christopher Wren.

— Avez-vous fait connaissance avec mon aïeul, sur le tableau ? Sir Patrick Fainsworth, comte de Boleskine, troisième du nom, en majesté sur ses terres d'Écosse. Un homme valeureux qui a assuré la fortune de notre famille. Par ailleurs, grand mécène, c'est fou le nombre d'artistes qu'il entretenait. Cette toile a été commandée à Dante Gabriel Rossetti, lui-même. J'aurais rêvé d'avoir le mien peint par ce génie foisonnant de lumière et de couleur. Hélas, on ne trouve plus de peintres de cette envergure, de nos jours.

Antoine fixa son regard dans le sien.

— J'ai respecté ma part du marché. Tenez votre parole.

L'aristocrate s'approcha et s'assit sur le canapé en face de lui.

— Nous verrons cela en temps utile. Ainsi donc,

voilà l'homme qui a découvert le trésor des Templiers ! C'est un plaisir et un honneur de vous rencontrer, commissaire Marcas, on m'a beaucoup parlé de vous.

— À moi aussi, Lord Fainsworth, mais je n'en dirais pas autant pour le reste. Où est Gabrielle ?

— Elle va bien. Du moins tant que vous resterez tranquille. Nous avons tant de choses à nous raconter.

— Je n'ai rien à vous dire.

Fainsworth se redressa, l'air étonné.

— Allons, Marcas... ça ne vous intéresse pas d'en savoir plus sur le véritable secret des Templiers ? Le trésor dans le Sacré-Cœur n'est qu'une partie d'un grand tout. Ce ne sont que des richesses matérielles. Le véritable secret, voilà la vraie quête ! La seule qui vaille la peine.

— Des richesses estimées à plusieurs milliards d'euros... Je connais au moins un président et un pape qui ne partagent pas votre avis.

L'aristocrate l'observait avec amusement et jouait machinalement de son gros maillet, avec lequel il tapotait la paume de sa main gauche.

— Voilà bien la faille des hommes politiques, qu'ils soient présidents, dictateurs ou papes, ils voient petit en matière de finance. Il suffit à mon agence de notation d'abaisser la note sur la solvabilité de la France et elle perdra en un mois l'équivalent du butin des Templiers. Ouvrez les yeux. Les Bourses asiatiques ont plongé aujourd'hui et pfuitt, l'équivalent de six milliards d'euros s'est évaporé. À mon niveau, les milliards ne sont que des abstractions. D'une beauté presque irréelle.

Marcas avait l'impression que le patron de Concordia s'adressait à lui comme à un enfant de dix ans. Il n'aimait pas ça du tout. Sa voix se fit plus âpre.

— C'est bizarre, mais j'ai l'impression qu'une majorité de gens sur la terre n'ont pas la même conception de la beauté. Surtout ceux qui se sont retrouvés dans la misère depuis la crise.

— C'est bien triste, je vous l'accorde, mais raisonnez en terme symbolique. Vous verrez le monde de la finance différemment. Prenez le triple A, la note magique qui protège les États et les grandes entreprises et leur permet de prospérer. Il existe une symbolique ésotérique derrière cette note. Saviez-vous que le temple mythique de Salomon était entouré d'une triple enceinte ? Ce qui lui conférait une invulnérabilité. Et je ne vous ferai pas l'affront d'exalter le chiffre 3, le ternaire, en tant que fondation de la maçonnerie. Un triple A a plus de puissance qu'un porte-avions nucléaire ou que dix mille chars de combat.

La Louve venait d'apparaître à son tour dans la pièce. Elle s'assit à côté de l'aristocrate. Elle portait une petite boîte, qu'elle posa sur la table basse, puis se blottit contre lui.

— Tu es très sexy attaché comme ça, Antoine. Ça me donnerait presque envie de te sauter dessus.

Marcas tendit les muscles de ses avant-bras mais les liens étaient trop serrés.

— Détache-moi et tu verras bien…

Fainsworth dodelina de la tête.

— Tu tombes bien. (Puis, se tournant vers Antoine :) Quand notre amie commune m'a appris votre rôle dans la résolution de l'énigme liée au trésor, je me suis dit que j'allais peut-être avoir besoin de vous. L'un de mes hommes vous a filé à la sortie du Sacré-Cœur jusqu'à votre appartement et a enlevé votre compagne alors qu'elle en sortait. Le hasard m'a facilité la tâche, votre venue à Londres fut un signe de la providence.

— Selon mes maigres connaissances en matière religieuse, la providence fait référence à des dispositions prises par Dieu pour conduire ses créatures avec amour et sagesse vers un but sacré. Vous n'entrez pas dans cette catégorie, Fainsworth. Votre destin est de finir en prison, jusqu'à la fin de vos jours.

— Vous confondez providence et destin. Le destin est déjà tracé alors que la providence offre le choix. Écoutez ce que je vais vous dire, et vous aurez une chance de la revoir en un seul morceau avant que la Louve ne la… travaille.

La Louve caressait la jambe de l'aristocrate et minaudait de façon outrée.

— S'il te plaît, Antoine. N'accepte pas, que je puisse m'occuper de ta Gabrielle…

Le visage de Marcas se durcit. Il était à la merci de ce couple. Un dément et une sadique. Pour le moment, le rapport de force n'était même pas envisageable.

— Dites toujours.

— Le crâne récupéré dans le Sacré-Cœur m'a conduit au maillet de Wren, mais je ne suis pas encore parvenu à déchiffrer l'énigme inscrite sur la plaque rectangulaire. Votre aide me ferait gagner un temps précieux.

— Génial, l'année dernière, je me suis retrouvé dans la même situation avec l'ultime survivant de l'ordre du Temple. En présence de votre copine tarée. Il voulait aussi mon aide…

Fainsworth ne répliqua pas, se leva et lut à haute voix :

Le frère Christopher Wren a posé la pierre de fondation
de la cathédrale Saint-Paul, le 21 juin 1675.
Ici, la vérité gît sous le Carré Soleil.

— Si l'on considère que les frères créateurs de cette énigme raisonnaient de la même façon que ceux de Paris. Cela vous rappelle-t-il quelque chose que vous auriez déchiffré ?

Il lui montra le maillet de plus près. Le rectangle de métal gravé luisait sous la lumière. Antoine réfléchissait, essayant de se remémorer les épreuves passées à Paris. Les énigmes oscillaient entre la symbolique maçonnique et la tradition chrétienne, selon les étapes. Ce qui était plutôt logique, compte tenu de l'héritage templier des frères gardiens du secret. Marcas essaya le raisonnement qu'il connaissait le mieux, celui de maçon. D'autant que l'énigme était inscrite sur un outil maçonnique.

— Ils réutilisent l'expression : *la vérité gît,* mais avec une référence à un Carré Soleil. Dans la tradition, le Carré Soleil est encore appelé le Rectangle long, celui qui donne la mesure du Temple de Salomon et par extension de toutes les loges maçonniques.

— Bravo, mais j'y avais pensé. N'oublie pas que j'ai été maçon moi aussi… Mais ce n'est pas assez précis. Admettons que, par analogie, la vérité repose sous le temple. Lequel ? Celui du Freemasons' Hall ? La cathédrale Saint-Paul ? C'est ridicule.

Marcas ferma les yeux. Il s'imagina dans un temple maçonnique. Les mots tournaient dans sa tête.

Le frère Christopher Wren a posé la pierre de fondation
de la cathédrale Saint-Paul, le 21 juin 1675.
Ici, la vérité gît sous le Carré Soleil.

L'énigme s'insinuait dans son cerveau, faisait vibrer ses neurones. Quelque chose clochait. Une tournure, un mot… Mais l'énigme se dérobait, comme un sol glissant sous ses pieds. La Louve le fixa du regard. Elle se pencha vers lui.

— Pense à Gabrielle et au plaisir indicible que je vais lui procurer. Plus jeune, pendant ma période révolutionnaire, j'adorais un poème d'Aragon, tu dois connaître. Je le murmurais à mes… invités. *La souffrance enfante les songes, comme une ruche ses abeilles…*

— On n'a pas le temps avec la poésie, laisse-le se concentrer, coupa Fainsworth.

La Louve fit comme si elle n'avait pas entendu. Ses mots perçaient le cerveau de Marcas, comme des crochets rougis.

— *L'homme crie où son fer le ronge…*

— Ça suffit, gronda l'aristocrate.

— Tu n'as pas à me donner d'ordre, *my lord. Et sa plaie engendre un soleil plus beau que les anciens mensonges.*

— Assez ! cria Antoine.

Antoine sentit son pouls s'accélérer, l'image fugitive de Gabrielle aux mains de la tortionnaire le glaça. Il se raidit et tenta à nouveau de focaliser son esprit sur l'énigme. *Sous le Carré Soleil.*

Il fallait creuser sous la surface, dans les entrailles. Au-delà des apparences.

Il détourna son regard de la Louve et le laisser errer dans la pièce, puis sur le maillet. La réponse était là, sous ses yeux, mais elle s'enfuyait.

Le maillet de Wren.

La plaque rectangulaire luisait sous la lumière des spots.

Ici, la vérité gît sous le Carré Soleil
Ici...

Soudain, il comprit. L'évidence s'imposait. Sous ses yeux, ou presque.

Il laissa échapper un sourire et intercepta le regard de la Louve. Elle se redressa sur le canapé.

— L'illumination, mon cher Antoine ?

Ce dernier secoua la tête négativement, il voulait gagner du temps. Rien n'empêcherait ses ravisseurs de se débarrasser de lui et de Gabrielle.

— Non, je cherche.

— Tu mens ! siffla la Louve, en se tournant vers Fainsworth. Je l'ai vu. Il a trouvé un indice. J'ai... pratiqué cet homme.

— Parle ! ordonna Fainsworth, d'un air menaçant.

— Je veux d'abord voir Gabrielle, sinon vous n'obtiendrez rien de moi.

— Tu n'es pas en position pour exiger quoi que ce soit. Mais puisque tu insistes... Ma louve, peux-tu lui montrer sa compagne ?

— Avec plaisir.

La tueuse s'approcha de la table, ouvrit le couvercle de la petite boîte et la poussa devant Antoine. Au fur et à mesure qu'il se baissait pour voir ce qu'il y avait dedans, son sang se glaça.

Un index terminé par un ongle laqué de rouge carmin reposait sur un mouchoir blanc souillé de sang.

Antoine faillit hurler, mais l'horreur l'en empêcha.

Une boule d'angoisse, âcre et douloureuse, bloquait sa gorge.

La Louve s'était levée et vint se mettre à côté de lui.

— Avant que je ne découpe le reste de sa main, voudrais-tu nous éclairer de tes lumières ?

Il releva la tête en direction de Fainsworth. Jamais, il n'avait autant haï un homme. Plus que la Louve, qui n'était qu'un instrument. Il lui ferait payer cette atrocité.

La voix blanche, Antoine balbutia :

— Le Carré Soleil, c'est la plaque rectangulaire du maillet. C'est pour cela qu'ils ont ajouté « Ici » dans le message. Arrachez cette plaque, il doit y avoir une autre indication derrière, plus précise.

— On va voir ça tout de suite, dit Fainsworth sur un ton impatient.

Il prit le maillet et sortit de la pièce. La Louve adressa un regard étonné à Marcas.

— Si c'est ça, félicitations. J'aurais tellement aimé continuer mon œuvre de chair sur ta copine.

— Tu paieras…

— Bien sûr…

L'aristocrate revint dans la pièce, triomphant. Il brandissait la plaque métallique.

— Magnifique, mon cher Marcas ! Il y a bien une inscription et qui nous mène droit à la cathédrale. Veux-tu que je te la lise ? lança le lord.

— Va te faire foutre ! Où est Gabrielle ? s'exclama Marcas.

— Je manque à tous mes devoirs, vraiment ! Mais vous allez être réunis à l'instant.

Fainsworth se tourna vers la Louve.

— Tue-les.

60

Comté de Tripoli
Fin novembre 1232

Le Légat aimait ce temps. Âpre, venteux, parsemé de flocons glacés. Depuis qu'ils avançaient à pied, le sommet des montagnes se couvrait de neige. Plus bas, dans la plaine, les champs d'oliviers ressemblaient à une armée morte, figée dans un linceul. Le sentier taillé à flanc de rocher devenait humide et glissant. Déjà un mulet avait chuté dans les gorges, son hurlement désespéré avait rebondi sur les parois. Bohémond le Borgne avait commandé de ralentir le pas et de désencorder les bêtes de somme. Il avait l'habitude de ce massif de pierre et de cèdres dans lequel il chassait régulièrement. Avec l'âge, la misanthropie lui était venue et il fuyait volontiers sa ville de Tripoli pour se perdre dans les recoins abrupts de la montagne. Malgré son œil éteint, un sourire traversa son visage. Il avait toujours haï les prêtres qui le lui avaient bien rendu. Il ne comptait plus le nombre de fois où l'autorité religieuse avait tenté de le renverser. La dernière fois, d'ailleurs, en tentant de le remplacer par son neveu. Le rebelle avait fini en prison où il était malencontreusement passé de vie à trépas, ce qui avait valu à Bohémond une excommunication. Mais comme ce n'était pas la première, il avait fêté ça par une nuit d'amour ardente avec sa femme adorée, la belle et voluptueuse Mélisande. À ce souvenir, son sourire s'élargit. À nouveau, il regarda le Légat qui avançait le visage impassible malgré le froid mordant. Si Bohémond détestait les culs-bénits, en revanche, il devait reconnaître que le Légat l'impressionnait de plus en plus. Enfin un homme de Dieu qui n'avait peur ni des hommes ni du diable. Les Juifs venaient d'en faire l'expérience et ce ne serait pas les derniers. Le comte se pencha vers le Renard.

— Le chemin a été taillé dans le rocher pour le passage des caravanes. Un travail de titan réalisé avec des milliers d'esclaves. La plupart sont morts de froid et d'épuisement avant la fin du chantier. C'est pour ça que le sentier est demeuré si étroit.

Le brouillard montait du précipice. La visibilité n'était plus que de quelques pas. Bohémond rassura son hôte :

— Les guides sont des habitants des montagnes. Ils connaissent parfaitement le chemin.

— Ce sont des musulmans ?

Le comte de Tripoli dodelina du chef.

— Oui et non. Ce sont des Alaouites. Une sorte de secte. Ils se réclament du Prophète, mais sont persécutés par les autres fils d'Allah. Un avantage pour nous : ils détestent leurs coreligionnaires pire encore que les chrétiens. Des alliés sûrs et fidèles. C'est pour ça que j'ai construit un château sur leurs terres.

Le Légat hocha légèrement la tête. À Jérusalem,

tout le monde connaissait la passion de Bohémond pour la construction. Une passion dévorante. Rien ne le rendait plus heureux que d'édifier un pont, une tour, un château. Il vivait, entouré d'une armée d'architectes, de maçons, de tailleurs de pierre, auxquels il passait sans cesse commande.

— Nous ne sommes plus loin, indiqua Bohémond en montrant une masse sombre environnée de brumes. Sitôt doublé ce pic, nous serons chez moi.

Le long de la paroi, la neige gelait aussitôt, formant des cristaux brillants qui fatiguaient le regard. Le Légat baissa les yeux vers le précipice. On ne voyait plus la plaine, mais un brouillard épais. Le Renard songeait à ce que lui avait dit, un jour, le dominicain. Quand Bohémond avait hérité, non sans mal, du fief de Tripoli, tous les châteaux qui protégeaient le comté appartenaient à l'ordre du Temple. D'où sa volonté incessante de construire et sa détestation sourde des frères. Une haine qui servait les intérêts du Légat. Certes, depuis la mort du dominicain, il avait conclu une trêve avec le Grand Maître, le temps que ce dernier récupère la rançon d'Al Kilhal. Avec ce butin, le Renard pourrait créer l'instrument dont il avait toujours rêvé : une armée de choc, des prêtres et des moines d'élite, exclusivement dédiés au combat contre l'hérésie. En attendant, il se méfiait d'Armand de Périgord et profitait de la paix pour préparer la guerre.

— Ce sera ma dernière œuvre, dit Bohémond, mon ultime citadelle. Celle où je me retirerai. En attendant, elle sert pour mes prisonniers. Une geôle de choix, mais ils n'ont pas l'air de l'apprécier. Mon imbécile de neveu y est mort au bout de quelques jours. Un ingrat qui n'a pas su goûter mon hospitalité.

Perchée sur un rocher scintillant de neige, une muraille hérissée de tours déchira le brouillard. Un nid de vertige pour un oiseau de proie.

D'une voix émue, Bohémond le Borgne prononça :

— *Chastel Noir.*

Ferme d'Ein Kerem

Roncelin examina soigneusement les alentours. Le froid était si intense que les sons se propageaient de très loin. Une meute hurlait par-delà les collines, sans doute à la poursuite d'un daim. Mais ils devaient être loin et leurs cris s'estompaient déjà. D'ailleurs, la corneille, immobile, qui veillait dans une anfractuosité du rocher, au-dessus de la toiture de ferme, ne manifestait aucune marque d'inquiétude. Le Provençal savait que son froissement d'aile serait le premier signe d'une visite importune. Pour se protéger du froid, il avait revêtu pêle-mêle certains des déguisements d'Évrard. Il ressemblait à un de ces épouvantails dont les vilains parsèment les champs à l'époque des semailles. En France, il aurait été vite remarqué, mais, en Terre sainte, il se confondait avec la tourbe sans cesse renouvelée des marginaux. Rassuré, il revint vers la ferme et ouvrit la porte.

Bina sortit.

Elle n'avait plus vu la lumière depuis des jours. Instinctivement, elle porta sa main sur les yeux. La clarté qui tombait du ciel blessait son regard. Elle se sentait chavirer. D'une poigne ferme, Roncelin la rattrapa et la fit asseoir sur le seuil. Adossée à la pierre d'angle, elle reprit son souffle avant de parler.

— Je ne me croyais pas si faible.

Le Provençal la rassura.

— Ce n'est rien. Tu es restée trop longtemps couchée. Ton corps va très vite se reprendre, mais il faudrait que tu marches. Au moins quelques pas.

Bina tendit la main. Roncelin la prit délicatement, puis la soutint par la taille.

— Tu n'as pas froid avec ces haillons ?

Comme le Provençal, elle s'était attifée avec des loques disparates de robes et ressemblait à une diseuse de bonne aventure.

— Je suis glacée et j'ai la tête qui tourne.

Roncelin se rapprocha. Il sentait la courbe de son corps sous ses vêtements. Elle commença à trembler.

— Rentrons. Tu n'en peux plus.

Bina s'arrêta pour reprendre sa respiration.

— Non, je dois marcher. Tu as raison. Aide-moi.

Le Provençal la retint.

— Je t'aide, mais à une condition. Dis-moi ce que tu sais. Qui est Hiram ?

Elle jeta sur lui un regard curieux. Mélange contradictoire d'abandon et de méfiance. C'est elle qui avait cité ce nom, mais, sitôt après l'avoir lancé, elle s'était montrée plus distante, comme si elle regrettait de s'être avancée.

— Tu m'as sauvé la vie, mais tu es un Franc… un pillard… c'est toi qui as pris Al Kilhal. Je ne sais pas si je peux avoir confiance. Nous, les Juifs, nous avons toujours été trahis.

Roncelin se mit face à elle, releva son menton entre ses doigts et la contempla. Le froid avait rosi ses joues et ses lèvres s'étaient plissées en une moue incertaine.

— Quand j'ai été emprisonné dans le Puits, j'ai

pensé mourir. C'est ton père qui m'a aidé. Il savait pourtant qu'il ne reverrait pas la lumière, mais il a pris le temps de me parler, de m'éclairer sur ma vie. Il m'a convaincu que j'avais un destin. C'est pour ça que je ne me suis pas tué.

Les yeux de Bina se troublèrent d'un voile humide.

— C'est le froid, balbutia-t-elle en s'essuyant furtivement les paupières.

— Il m'a aussi juré quelque chose...

— Quoi ?

— ... que tu m'aiderais. Qui est Hiram ?

Dans un souffle, elle murmura :

— C'est l'architecte qui a construit le Temple de Salomon. C'est lui le Secret.

Comté de Tripoli
Chastel Noir

Le sentier qui montait vers le château ne laissait le passage qu'à un cavalier à la fois. Une utile précaution en cas d'attaque, qui permettait de rapidement réduire le nombre d'assaillants. À la cour de Jérusalem, on racontait que c'était Bohémond lui-même qui avait tracé les plans de la forteresse, multipliant les pièges et les défenses pour rendre son repaire imprenable. *Que la mort vienne m'y chercher, si elle l'ose*, avait-il proclamé à la cantonade, défiant ainsi aussi bien chrétiens que musulmans. Depuis, la légende s'était emparée des lieux, on parlait de puits sans fond, de chausse-trappes infestées de serpents venimeux, d'oubliettes, royaumes de rats affamés, de souterrains labyrinthes où des prisonniers devenus fous erraient sans fin. Bohémond laissait dire. Dans son comté, l'expression de *Chastel Noir* était devenue synonyme d'Enfer. Ainsi il lui suffisait de prononcer le nom maudit pour terrifier ses adversaires. *Ils n'ont pas peur de moi, ils ont peur de ce qu'ils imaginent,* affirmait-il à ses proches qui aussitôt colportaient aux quatre vents les plus infernales rumeurs.

Le sentier serpentait longuement à flanc de rocher, multipliant les têtes d'épingle. Bohémond montra une poterne circulaire percée de meurtrières, en avant du château.

— Durant tout le temps que vous montez, vous êtes sous le tir des archers. De quoi décimer une troupe qui aurait la mauvaise idée de venir me chanter pouilles.

— Et si les assaillants décident de couper tout droit ? Après tout la pente n'est pas si raide.

Bohémond arrêta son cheval et sauta de selle. D'un pas agile, il monta au-dessus du chemin et, avec prudence, déblaya un carré de terre parsemé de cailloux, révélant un fin treillis de branchages. Bohémond l'ôta délicatement. Enfoncé dans le sol, un pieu acéré brilla d'un éclat métallique.

— Il y en a plus de mille sur tout le parcours. La mort à chaque pas. Le jour où je serai attaqué, le spectacle vaudra le déplacement, croyez-moi.

Un instant, le Légat eut la vision d'une armée entière empalée, criblée de flèches par les archers avant d'être achevée à l'arme blanche.

— À l'intérieur, je vous montrerai d'autres surprises dont j'ai parsemé le château. Quand je pense que les Templiers se targuent de construire les meilleures forteresses d'Orient ! Qu'ils viennent donc ici me narguer, ces chevaliers vaniteux et arrogants, ces moines-soldats de malheur, et je ferai de leur ordre un cimetière.

Comme ils atteignaient la dernière courbe avant le pont-levis, dans une échancrure du brouillard, une masse surgit, noire et luisante de givre, qui surplombait tout le château.

— La Tour du Silence, annonça Bohémond, c'est là que vous attend votre invité.

Ferme d'Ein Kerem

Bina s'était assise près de la source qui coulait dans une vasque de pierre. Avant de parler, la jeune femme avait trempé ses mains dans l'eau glacée, puis frotté son front et ses pommettes. Une veine bleue battait à sa tempe gauche. Roncelin la regardait avec attention. À part ses sœurs, qu'il n'avait pas vues depuis des années, il n'avait jamais vraiment contemplé la face d'une femme. Les ribaudes, payées trois pièces de cuivre, étaient sans visage. Quant aux bourgeoises de Jérusalem, le fard et les onguents dissimulaient leurs traits véritables. Un instant, il essaya de trouver les mots pour dire ce qui, dans ce visage, perlant d'eau, lui donnait une impression à la fois d'étrangeté et de sérénité.

— Mon père a toujours été fasciné par le Temple de Salomon, commença Bina. Durant des années, il a recueilli toutes les traditions qui s'y rapportaient. Souvent, il se déplaçait dans une ville pour rencontrer un rabbin ou un vieillard qui lui racontait un récit oublié. Rentré à Al Kilhal, il notait tout scrupuleusement, puis comparait les versions. Il cherchait un fil conducteur derrière les légendes en circulation.

La jeune femme leva les yeux vers le rocher où nichait la corneille. Le bec aussi noir que son plumage, elle fixait le ciel qui se couvrait de nuages gris et bas. La neige, venue des montagnes, allait arriver. Elle reprit la parole :

— Au fur et à mesure de ses recherches, il en est venu à se passionner pour un personnage au centre de la construction du Temple. Un nom qui apparaissait sans cesse, mais sous des formes ou des fonctions différentes, comme si l'on avait voulu dissimuler sa véritable nature.

— Hiram ?

Bina approuva de la tête. Une mèche brune glissa de son foulard noué en torsade et roula sur son front. Roncelin tendit la main, mais elle recula tout en souriant.

— Hiram ou parfois Adonhiram. C'est un personnage énigmatique. En fait on ignore son identité. Selon les versions, c'est un roi de Tyr qui fournit à Salomon des matériaux pour construire le Temple, pour d'autres c'est un collecteur d'impôts, pour certains, un artisan qui travaillait le bronze. On dit que c'est lui qui a fondu les deux colonnes à l'entrée du Temple et la vasque d'airain, remplie d'eau pure, où se reflétait le ciel étoilé.

— Les Juifs s'intéressent à la science des astres ?

— Il y a plus de vérité dans le ciel que sur la terre. Et le destin de mon père, inscrit dans la course des constellations, était de se consacrer à sa quête. Hiram était devenu sa passion, il en traquait la trace comme un chasseur sa proie.

— Et il a trouvé ?

— Oui, en Égypte.

La corneille poussa un cri perçant. Roncelin porta la main sur la poignée de sa dague. Un bruit de pas montait vers la ferme. Affolée, Bina se précipita vers le Provençal.

— Le secret ne doit pas se perdre. C'est le tombeau d'Hiram qu'il faut chercher…

Le bruit de pas s'arrêta. Roncelin dégaina sa lame. Le déplacement reprit en direction de la source.

— Dans la tombe, il n'y a pas que le corps du Maître, il y a aussi…

Brusquement le Devin surgit, le sourire aux lèvres.

— Vous êtes mignons tous les deux en statue de sel, mais il va falloir bouger…

Devant l'air ébahi de Roncelin, il fit virevolter un parchemin plié entre ses doigts.

— … je sais où est l'entrée du *Schéol*.

Chastel Noir

L'escalier était sans fin. Arrivé sur un des paliers, Bohémond demanda grâce. Lui qui avait l'habitude de grimper dans la Tour du Silence, en s'arrêtant à chaque étage pour reprendre son souffle, était totalement épuisé. Le Légat se retourna, lui jeta un regard interrogateur, puis s'arrêta à son tour. Son visage était toujours aussi pâle et sa respiration égale. Bohémond, dont les poumons étaient en feu, s'assit sur une des marches. Son œil mort le harcelait comme chaque fois qu'il demandait trop à son corps. Un jour son cœur fatigué exploserait dans une gerbe de sang. Tout ce qu'il souhaitait, c'était d'être dans le ventre de sa femme à ce moment précis.

— C'est la première fois que je monte pour rejoindre une prison, commenta le Renard, d'habitude on descend.

Malgré la brûlure qui lui déchirait la poitrine, le comte de Tripoli trouva la force de répondre. La vanité était son meilleur remède.

— Une de mes idées, vous verrez. Personne ne résiste à la Tour du Silence.

Lentement, il se leva. Tout son corps hurlait de douleur, mais le plaisir de briller aux yeux du Légat l'emportait sur tout.

— Encore un étage, annonça-t-il, donnez-moi votre bras, la montée me sera moins dure.

— C'est là que vous avez enfermé votre neveu ?

— Exact. Il a tenu deux jours avant de tout avouer. Le troisième, il était mort. Mais parlons plutôt de notre prisonnier. Il a été arrêté dans un bordel de Tripoli en train de tenter d'écouler de la fausse monnaie. En principe, j'aurais dû le remettre aux autorités ecclésiastiques, mais je l'ai gardé pour moi.

— Il a parlé ?

Bohémond se frotta les mains.

— Il a beaucoup parlé. D'habitude les Templiers sont peu bavards, mais là…

Il défit son pourpoint et montra un parchemin scellé.

— Bien sûr, nous lui avons fait signer ses aveux devant témoin. Ils sont pour vous, je ne doute pas que vous en fassiez bon usage.

Tous deux étaient arrivés devant une porte bardée de clous mal dégrossis. Un geôlier attendait qui, aussitôt, fit jouer la clé dans la serrure. Le Légat se précipita, mais Bohémond l'arrêta.

— Attendez.

Un coup de vent glacé les fit reculer. Ils étaient arrivés au sommet de la tour. Une plateforme fermée de trois côtés, mais dont le dernier ouvrait sur un vide vertigineux, battu par la neige et le froid. Un homme se tenait accroché à un mur. C'est alors que le Renard comprit : le sol sous le prisonnier n'était pas droit, il dévalait en pente abrupte. Si l'homme lâchait sa prise, il chutait.

La mort.

Bohémond cria :

— Templier de malheur, es-tu prêt à avouer pour avoir la vie sauve ?

Un hurlement lui répondit :

— Tout… tout.

— Alors parle, le Légat du pape t'écoute.

— Seigneur… les frères du Temple sont sodomites, sorciers… hérétiques !

61

Jérusalem
Fin novembre 1232

Ils venaient de franchir la porte de Jaffa. La nuit tardait à se dissoudre. Seules quelques lueurs pâles au ras des collines laissaient pressentir un jour frileux. Solitaires, le long du chemin qui descendait dans la vallée de Hennom, des ruines achevaient de disparaître, envahies par la végétation. Des débris de tuiles jaunies émergeaient du sol au milieu de l'herbe givrée. Le Devin leva sa lanterne sur un pas de porte d'où sortaient les branches d'un figuier. Une inscription en hébreu finissait de s'écailler sur le linteau.

— Un ancien quartier juif, murmura Bina.

— C'est ce que prétend mon plan. Après la prise de Jérusalem par Rome, et la destruction du Temple, les Hébreux qui n'ont pas fui se sont réfugiés ici.

Roncelin regarda ces pierres qui avaient traversé les siècles. Des hommes avaient vécu, aimé derrière ces murs écroulés. Le Devin continua :

— Selon les chroniqueurs de l'époque, les soldats romains n'ont trouvé que peu de chose dans le Temple, si ce n'est la Menorah, le chandelier sacré. Les Juifs ont dû évacuer ce qu'il y avait de plus précieux et abandonner aux envahisseurs une poire pour la soif. Juste pour qu'ils ne cherchent pas ailleurs.

— Comme le tombeau d'Hiram, ajouta la jeune femme.

Étonné, le Devin fixa la Juive du regard. Elle se tourna vers Roncelin qui lui fit signe de parler.

— Il y a une vieille tradition, chez les rabbins, qui dit que le Temple ne pourra être reconstruit que si l'on *relève* son architecte Hiram.

— *Relever ?* interrogea le Provençal. Ça veut dire quoi ?

— Le ressusciter afin qu'à nouveau il se mette à l'œuvre. D'après mon père, cette résurrection était symbolique ; elle indiquait que, pour que le Temple s'élève à nouveau, il fallait que quelque chose réapparaisse.

— Mais qui est cet Hiram ? demanda le Devin.

Bina jeta un œil inquiet autour d'elle, puis baissa la voix.

— À l'origine, c'était un Grec du nom d'Eupalinos au service du pharaon. Un initié. En Égypte, il aurait découvert un fabuleux secret avant de disparaître en plein désert dans le Sinaï[1].

— Cette fois, je ne comprends pas… lança Roncelin.

— Selon mon père, Hiram avait mis en scène son propre meurtre par ses compagnons avant de se fondre dans une caravane qui partait pour le royaume d'Israël.

— Mais tu m'as bien dit que, dans le livre sacré des Juifs, il y avait plusieurs Hiram ?

1. Voir *Lux Tenebrae*, Fleuve Noir, 2010 ; Pocket, 2011.

Bina sourit dans l'obscurité.

— Il faut savoir lire entre les lignes. Ce n'est pas le même Hiram avec des fonctions différentes, comme le croient les profanes, mais tout simplement ses descendants.

D'un coup, la lumière se fit dans l'esprit de Roncelin. Des générations d'hommes portant le même nom, dépositaires du même secret… de quoi égarer bien des curieux indiscrets. Il se tourna vers le Devin en montrant les ruines autour de lui.

— Pourquoi ton plan parle-t-il de ce village détruit pour atteindre le *Schéol* ?

— Parce que, après la chute de Jérusalem, les Juifs ont inhumé leurs morts ailleurs. Dans une nécropole secrète.

— Et tu sais où elle est ?

Le Templier tendit le doigt vers une éminence sombre, mais où un toit de tuiles, surmonté d'un clocher, commençait de briller sous les premiers rayons de soleil.

— Le mont Sion, murmura le Devin, là où est enterré le roi David, le père de Salomon.

— Et là où se trouvent sans doute la tombe d'Hiram et son secret, répliqua Bina.

Tous deux se tournèrent vers Roncelin, mais le Provençal était déjà en marche, droit vers la colline sacrée.

Jérusalem
Palais du Légat

La bougie, presque terminée, fumait déjà. Le Renard la saisit et la porta sur la mèche d'une chandelle neuve.

De nouveau, un halo de lumière se dessina sur la table où reposaient les confessions du captif du Chastel Noir. Quand le Légat avait quitté le comte de Tripoli, il n'avait posé aucune question sur le sort du templier. À la vérité pourtant, un détail l'intriguait : *Combien de temps le prisonnier allait-il tenir ?* Dépasserait-il le nombre de jours du neveu de Bohémond qui, devenu fou de terreur, s'était laissé glisser dans le vide ? Ou bien sa résistance morale craquerait-elle avant ? Il est vrai que le maître du Chastel Noir lui avait promis la vie sauve s'il avouait ses turpitudes. Et l'homme est ainsi fait qu'il se raccroche au moindre espoir, pensa le Légat. En attendant, les confessions du captif étaient exceptionnelles. Une arme mortelle contre l'ordre du Temple. Le Légat se pencha et lut un paragraphe :

Moi, Siméon de Russel, avoue et reconnaît m'être rendu, en compagnie de mon frère, Mathias Henniquel, dans la maison de joie, tenue par femme Ysabeau Boigne, maison sise à deux rues de la cathédrale. Là, nous avons choisi une ribaude du nom de Marthe et sommes montés à l'étage avec un cruchon de vin de Smyrne. Là, nous nous sommes ébattus avec ladite Marthe, puis, quand sa maquerelle l'eut rappelée, nous avons, Mathias et moi, eu commerce charnel ensemble.

Le Légat interrompit sa lecture et tourna la page.

Moi, Siméon de Russel, avoue et reconnais avoir rendu visite, dans le quartier de l'Arbre sec, à la poulaine qui tient négoce de reliques. Là, je lui ai vendu un onguent de beauté et de jeunesse éternelles que je tiens de frère Balagne, fossoyeur du Temple.

Ledit onguent, qu'elle m'a payé douze florins, après longue et rude négociation, est obtenu par macération d'attributs masculins pris sur des cadavres frais.

Le Renard prit sa plume, la trempa dans l'encrier et nota dans la marge : « *crime en sorcellerie* ». Quand il aurait fini sa lecture, il ferait envoyer cette confession à Rome. Nul doute qu'un jour, un pape sache s'en servir. En attendant, il sonna son serviteur.

Mont Sion

Ils marchaient sur une étroite bande de sable, parsemée de cailloux, cernée par une végétation luxuriante. L'aurore qui touchait les collines n'était pas encore descendue entre les falaises. Le Devin utilisait sa lanterne avec parcimonie de peur d'être repéré par une ronde. Sitôt qu'un bruit inconnu résonnait, il la dissimulait sous sa cape et s'arrêtait en plein chemin.

— À cette vitesse-là, on n'est pas près d'arriver, commenta Roncelin, sans compter que, sur le mont Sion, j'ai vu un clocher. Il doit y avoir un monastère. Si nous n'arrivons pas assez tôt, les frères convers seront déjà dehors en train de travailler dans les oliveraies.

Le Devin ne répondit pas, il fit jaillir brièvement sa lampe et continua de marcher. Bina se rapprocha du Provençal qu'elle saisit par l'avant-bras. Sa main était glacée.

— Ce que je ne comprends pas, c'est pourquoi on prend ce chemin pour aller au mont Sion, il suffisait pourtant de suivre la crête.

Le Devin, habitué à entendre les morts, se retourna tranquillement.

— Savez-vous quel est le nom en hébreu de cette vallée ? *Gé-hinnom.* Et d'après vous comment les Grecs ont traduit ce nom ? La géhenne.

Bina s'arrêta net et frissonna.

— L'autre nom du Schéol ! Là où brûle le feu éternel.

Le Devin ricana.

— Tout juste, la partie maudite du royaume des Morts où sont torturés les damnés.

— Tu veux dire que dans cette vallée se trouve l'entrée des Enfers ? s'exclama Roncelin.

— Ce que je veux dire, répondit le Templier en reprenant le chemin, c'est que dans cette vallée, du temps des païens, on venait adorer des idoles sanguinaires qui réclamaient pour tribut des infanticides rituels.

Bina se colla contre le Provençal.

— Il y avait d'ailleurs tant de sacrifices d'enfants qu'un bûcher perpétuel se nourrissait de leurs cadavres. D'où la réputation détestable du lieu pendant des siècles.

Un arbre aux feuilles persistantes les effleura en un bruit strident. Le Devin leva sa lanterne. Face à eux se tenait un mur en demi-cercle coupé en diagonale par un escalier éboulé. Au-dessus, le clocher du mont Sion prenait une teinte orangée. La lumière allait bientôt atteindre la vallée.

— Vous, vous restez là, commanda le Templier en s'engageant dans l'escalier.

Roncelin le retint par la taille.

— Tu vas où ?

— Pour ce que j'ai à faire, je dois être seul.

Il se dégagea en murmurant :

— À moins que tu ne veuilles assister à une autre invocation.

Quartier de l'Arbre sec

La maison aux reliques vacilla violemment quand le premier coup de bélier s'écrasa sur la porte. Des tavernes du bas de la rue, on vit sortir quelques ivrognes que l'aube n'avait pas encore dessoûlés et qui montraient le poing en criant. Le Renard adressa un geste aux archers. Aussitôt une flèche siffla et un barbu à larges épaules s'écroula, la poitrine transpercée. La rue se vida en un éclair. Un second coup fit vibrer toute la façade. Derrière, des cris d'effroi ne cessaient de résonner. Un dernier coup et la porte vola en éclats. Un sergent se précipita, l'épée à la main.

— La voie est libre, Monseigneur.

Le Renard entra. Couchée sur le sol, une servante hurlait de terreur. Un soldat la fit taire d'un coup de pied dans les reins. Près de la cheminée où grésillaient des braises incandescentes, se tenait la femme sans âge. Les pieds nus, le corsage tremblant, elle fixait le Légat d'un œil égaré. Ce dernier fit approcher le sergent.

— Prends la servante dans la cave et fais-la parler.

Puis il s'assit sur le banc, ôta ses gants mauves et tourna ses mains vers l'âtre.

— Ainsi tu vends des reliques ?

La femme semblait changée en statue.

— En as-tu de saint Laurent ? On dit qu'il est souverain contre les brûlures.

D'un pas chaloupé, la propriétaire se dirigea vers un long coffret sombre qu'elle déposa aux pieds du Légat.

— Combien ?

Pas de réponse.

— Peut-être préfères-tu que je te paye en onguent comme le font tes amis templiers ?

Un tremblement la saisit tout entière. Le Renard ouvrit le coffret et sortit un fémur dur comme de l'ivoire. Subitement un hurlement sans nom monta de la cave. Le Légat sortit un rouleau de parchemin de sa manche et une mine de charbon.

— J'ai préparé ta confession. Tu reconnais avoir eu commerce avec le diable pour conserver ta jeunesse. Tu avoues que ce sont les frères du Temple qui t'ont pervertie et offerte au Prince des ténèbres. Signe.

Comme aimantée, elle s'avança. Au moment d'écrire, elle demanda :

— Promets-moi la vie…

Le Renard posa la main sur son cœur. Elle signa.

— Je te promets la vie éternelle…

D'un coup de poing, il la fit tomber à genoux devant la cheminée. Il saisit le fémur et la frappa violemment à la tête. Son visage s'écrasa dans les braises.

— … La vie éternelle dans les flammes de Satan.

62

Extrait du EONWO blog.
Eye Over New World Order, par le Watcher
0X/15/3100 Post
Vous avez des yeux mais vous ne les voyez pas.

Laissez-moi vous parler des liens entre la famille royale et la maçonnerie. L'Angleterre est le seul pays au monde où il y a eu autant de rois, de ducs, comtes et autres baronnets accros au tablier, au compas et à l'équerre. Vous me direz, c'est normal, la franc-maçonnerie est née dans notre beau pays. Certes, mais quand même. Six rois ! Et pas des moindres. Jacques VI d'Écosse devenu Jacques Ier d'Angleterre, George IV, Edouard VII, etc. Vous me direz, oui mais aux États-Unis, il y a eu une tripotée de présidents américains, du père de la nation, George Washington, à Franklin D. Roosevelt. Oups ! ! j'oubliais le 33e degré, Harry Truman, et Bill Clinton, qui a été formé dans sa jeunesse par l'organisation templière DeMolay. OK, les gars, mais franchement, chez nous, ils ont été beaucoup plus influents. Ce n'est pas un hasard si dès la naissance officielle de la Grande Loge d'Angleterre, les grands maîtres, à quatre exceptions près, ont tous été des nobles, jusqu'à l'actuel Grand Maître, le duc de Kent, cousin de la reine. Allez sur leur site, vous verrez la liste des noms. Et je ne vous parle pas des banquiers, chefs d'entreprises, hommes politiques, policiers, qui en font partie depuis des lustres.

Commentaires

Blackmoore : j'ai lu que le tueur de Norvège, le templier franc-maçon, avait assisté à des tenues à Londres, dans une loge templière ? C'est vrai qu'il existe des loges où les frères se mettent des capes de templiers pour leurs rites ?

Watcher : oui, le rite templier est pratiqué par une certaine élite, triée sur le volet. En Suède, le roi Charles XIII en était membre et c'est même devenu un attribut de la royauté. Si tu vas faire un tour sur Great Queen Street, entre dans la boutique située en face du Freemasons' Hall, spécialisée dans les décorations militaires et maçonniques. Pousse la porte et entre à l'intérieur, ils ne te mordront pas. Sur la gauche, il y a un mannequin qui porte une superbe cape, avec capuchon, frappée de la croix pattée.

Schibolet : c'est bien la preuve qu'il n'y a rien de mystérieux là-dedans. Le Rite d'York propose aussi un grade de chevalier templier. De l'art de faire des mystères avec trois fois rien...

Blackmoore : on m'ôtera pas de l'idée que c'est louche de se déguiser en templier et de faire des cérémonies bizarres. Eh, ça veut dire quoi, ton pseudo, schibotruc ?

Schibolet : ça veut dire « épi de blé », je doute que tu puisses comprendre la signification symbolique. Ce qui est louche, c'est qu'à ta naissance, tes parents ne t'aient pas légué un nombre suffisant de neurones.

Watcher : on n'insulte pas les amis sur ce blog. Schibolet, tu es démasqué, je te suggère de retourner dans ton temple. Dernier avertissement.

63

Londres
Quartier de Lennox Gardens
Garrett Mansion
De nos jours

Marcas marchait sur le petit sentier qui cheminait entre la piscine et le jardin luxuriant. La chaleur était étouffante, sa chemise collait sur sa peau moite comme à Key West. Il aurait apprécié l'atmosphère tropicale s'il ne savait que c'était l'antichambre de la mort. La Louve le suivait, le canon de son arme braqué sur le bas de son dos. Antoine ricana, c'était sa seule liberté.

— C'est trop gentil de me proposer de piquer une tête. J'ai oublié mon maillot…

— Tu auras bientôt l'occasion de te rafraîchir, en compagnie de ta copine. Avance plus vite.

Il sentit le bout du canon dans le creux de ses reins. Arrivés au bout de la piscine, ils contournèrent un palmier nain et ventru et prirent un escalier de pierre qui se terminait par une porte peinte en vert pomme. Antoine marqua un temps d'arrêt. Il estima ses chances de se retourner, pour arracher l'arme de la

Louve, proches de zéro. La voix derrière lui confirma la probabilité.

— Je ne te le conseille pas, continue, sinon je t'abats sur place.

Il descendit les marches, glissantes d'humidité, et interpella la Louve. Une question le taraudait depuis longtemps.

— C'est toi qui as alerté Fainsworth sur l'existence du tombeau sous le Sacré-Cœur ?

Elle répondit sans se faire prier.

— Non. Il était déjà au courant. Le Septième Templier et lui se connaissaient bien. C'est Fainsworth qui m'a imposée auprès de lui, pour conduire l'opération. Parvenue au tombeau du Sacré-Cœur, je devais me débarrasser de vous tous et récupérer ce qu'il y avait à l'intérieur. Mais il a fallu que tu perturbes nos plans.

— Alors il savait, dès le début, que le trésor n'était pas le principal secret ?

Elle se tenait une marche au-dessus de lui, une main sur la rampe ouvragée, l'autre pointée sur le crâne d'Antoine. Un éclat de rire cynique éclata derrière lui.

— Évidemment ! Tout le monde a été berné dans cette affaire. Toi, le pape et son envoyé, même le Septième Templier a été instrumentalisé. Fainsworth adore les poupées russes. Un homme fascinant, non ?

— Oui, comme tous les tarés que j'ai rencontrés.

Elle lui donna un coup de canon sur la tête. La douleur se propagea dans le crâne de Marcas. La tueuse reprit d'une voix exaltée :

— Tais-toi ! Si tu savais quels sont ses objectifs, tu te prosternerais à ses pieds. Il va sauver l'humanité. C'est un génie !

— L'ex-gauchiste terroriste et le milliardaire, unis pour le bonheur des hommes… Le couple de l'année.

Il était arrivé au bas des marches, devant la porte. La Louve aboya :

— Pauvre esclave !…. Ouvre et allume l'interrupteur sur le côté !

Il s'exécuta et déboucha dans un couloir voûté. Une forte odeur d'humidité et de terre imprégnait l'air. De chaque côté du mur de brique, des portes en métal sombre, éclairées par des lampes de chantier grésillantes, étaient solidement verrouillées par de lourds cadenas. Antoine eut une brusque sensation d'étouffement. D'un ton badin, la tueuse susurra :

— Il paraît qu'au XIXe siècle, ça servait de logement de fortune pour punir les domestiques de la maison. Du Dickens tout craché. Avance, on n'est plus très loin.

Le couloir débouchait sur une pièce circulaire occupée par une large citerne cylindrique piquetée. Une échelle à barreaux menait à une trappe d'accès au niveau supérieur, fermée par une vanne.

— Terminus… pour toi. Grimpe là-dedans.

Malgré sa panique naissante, Antoine monta sur l'échelle tout en jetant des regards sur la pièce. De larges canalisations grises couraient le long des murs pour aboutir aux deux extrémités de la citerne. Il tourna le volant et ouvrit la trappe. L'intérieur baignait dans une profonde obscurité.

— Encore un effort et tu vas retrouver l'amour de ta vie, murmura la Louve à son oreille.

Antoine posa son pied droit sur le dernier barreau. D'un geste brusque, la tueuse le renversa à l'intérieur. Antoine perdit l'équilibre et s'étala sur le sol. Ses coudes et ses genoux heurtèrent le métal. Une douleur vive irradia sa pommette. Il entendit la voix de la Louve, aussi dure que le métal qui l'avait écorché.

— Profitez des derniers instants qu'il vous reste tous les deux. L'épreuve de l'eau vous attend.

Le rire sonore de la Louve s'amplifiait dans la cuve et se répercutait sur les parois. Elle claqua la trappe brutalement.

Alors qu'Antoine se relevait péniblement, une voix plaintive jaillit dans le noir.

— Aide-moi. Je t'en prie !

Marcas se figea. C'était Gabrielle. Des pleurs montaient dans les ténèbres humides.

Antoine avançait à tâtons, tendant les bras dans l'obscurité. Le sol était glissant, rempli d'eau.

— Parle-moi, Gabrielle. Je n'arrive pas à te repérer.

— Ici.

Elle était à portée de main. Il voulait la serrer dans ses bras, la protéger.

— J'arrive.

Ses pieds touchèrent quelque chose de dur, il vacilla et se rattrapa contre la paroi.

— Par terre.

Antoine s'accroupit. Ses mains agrippèrent un corps recroquevillé. Il se pressa contre elle et leurs bouches se trouvèrent dans l'obscurité.

— Je m'en veux tellement qu'ils t'aient kidnappée à cause de moi. Cela n'aurait jamais dû arriver. Pardonne-moi !

Gabrielle pleurait sans répondre.

— Ils m'ont montré ton doigt…

D'une voix entrecoupée, elle balbutia :

— … Elle a pris plaisir à me le sectionner… En

plusieurs fois… Elle s'est même arrêtée pour me parler de toi…

Antoine sentit ses entrailles se nouer de rage.

— … Je hurlais de douleur… elle disait qu'elle regrettait de ne pas t'avoir châtré la dernière fois… C'est son mec qui a eu pitié… Il lui a demandé d'en finir…

Elle éclata à nouveau en sanglots. Antoine lutta pour ne pas se laisser submerger par la haine qui montait.

— Je vais te sortir de là, je te le jure.

Un gargouillement résonna en haut de la citerne. Les parois vibrèrent encore, cette fois sur une tonalité plus grave. Gabrielle se pressa contre lui. Tout son corps tremblait.

— On va mourir !

Le bruit devint plus intense, plus saccadé. Un gargouillement fusa au-dessus de leurs têtes. Antoine sentit des gouttes ruisseler sur son front. Une odeur âcre de chlore se répandait dans l'obscurité.

Soudain, un torrent d'eau jaillit dans la citerne. La force du jet les plaqua au sol.

La voix de la Louve se mêla brusquement au bruit de l'eau.

— La piscine est en train de se vidanger. Il ne faut que cinq minutes pour que la cuve soit pleine.

Dans un bruit d'enfer, de lourds paquets de flotte rebondissaient contre les parois. Le niveau arrivait déjà à hauteur de leurs genoux. Gabrielle hurla de terreur.

Les émanations âcres du chlore brûlaient leurs yeux, pénétraient leurs gorges, enflammaient leurs poumons.

L'eau montait, inexorablement.

Antoine frappait de toutes ses forces contre les parois, mais la cuve était solide. Il refusa de céder au désespoir.

Malgré sa peur croissante, il ferma les yeux et se concentra sur un des symboles de la maçonnerie. Depuis des années, il pratiquait cet exercice intérieur, pour échapper au stress et trouver la sérénité. Comme la panique battait aux portes de son cerveau, il choisit le levier, cet outil des tailleurs de pierre, symbole de verticalité et d'équilibre. Malgré le froid qui enserrait ses cuisses, il visualisa un levier en pleine action, soulevant une lourde pierre qui barrait un chemin. Une véritable représentation symbolique de sa situation sans issue. Brusquement une évidence surgit : si l'eau de vidange tombait du haut de la cuve, fatalement il devait y avoir une bonde d'évacuation au sol. Aussitôt, il aspira une goulée d'air saturée de chlore et plongea dans l'eau noire.

Londres
Freemasons' Hall

Peter Standford reposa son téléphone, le regard songeur.

— Mon ami à la direction de l'identification des plaques est formel. La Jaguar a été volée à un certain Scalèse, coiffeur à la mode de Chelsea dans la matinée, mais le traceur électronique qui figure habituellement dans ce type de véhicule a été désactivé. Impossible de savoir où se trouve Marcas précisément.

Jade marchait de long en large devant la fenêtre qui donnait sur la cour intérieure de l'obédience. Des frères, sortant de tenue, devisaient tranquillement.

— Il n'y a plus qu'à prévenir la police, foncer chez ce lord et tout perquisitionner. Il a un bureau, une maison… Bon sang, on sait qu'il est derrière tout ça.

— Et pour quel motif, mademoiselle ?

— On dit : commandant. Enlèvement !

L'ex du Yard secoua la tête et prit un air ennuyé.

— Nous n'avons aucune preuve qui relie le kidnapping à Lord Fainsworth. Compte tenu des personnes incriminées, le flic de permanence va saisir ses supérieurs qui vont à leur tour procéder à un interrogatoire serré. Ça va prendre un temps fou. Je connais la procédure, je l'ai appliquée pendant des années.

— Alors faites jouer vos relations, votre réseau de frangins ! Je m'en fous de votre procédure ! Ils vont les tuer !

Standford la rejoignit devant la fenêtre.

— Vous ne saisissez pas la situation. Marcas n'a pas été autorisé à mener une quelconque investigation sur notre territoire. Pis, vous, un agent de l'ambassade de France, l'avez aidé dans son enquête. Ajoutez à cela le vol d'un objet précieux dans le musée, dont la valeur historique est inestimable. Et, pour la touche finale, le conseiller sécurité de la reine éclaboussé, dans le rôle du complice. Je vois déjà les titres du *Sun* ou du *Telegraph*, et nos trois photos barrées d'un titre du genre : *Vol chez les francs-maçons* ou : *Salopards de voleurs français*. Non, laissez tomber la voie officielle.

La jeune femme se figea, le regard dur.

— On reste là, les bras croisés ! C'est ça ?

Standford sourit.

— Ai-je dit cela ? Il y a toujours un moyen.

— Lequel ?

— La méthode maçonnique.

64

Extrait du EONWO blog.
Eye Over New World Order, par le Watcher
0X/15/3100 Post
Vous avez des yeux mais vous ne les voyez pas.

Je suis maintenant persuadé que le nouveau grand stade de Londres, doté de ses 14 projecteurs maçonniques, est un phare, une balise pour annoncer un grand événement. Vous voulez encore une preuve que les frères dirigent ces JO ? La cérémonie d'ouverture des jeux Olympiques aura lieu le 27 juillet 2012 et selon le calendrier maya, 2012 est l'année de la fin du monde. Or, si l'on fait l'addition théosophique de 27/07/2012, cela donne 27+07+2012 = 12 = 1+2 = 3.

3, le ternaire, le chiffre maçonnique par excellence. Ils nous prennent pour des crétins et croient que nous ne voyons pas clair dans leur complot.

Commentaires

Spiderwoman : je viens faire un tour sur ce blog et à chaque fois, je suis... bluffée. Trop fort, le coup du chiffre 3... Et en multipliant par la hauteur de la pyramide de Gizeh, puis en divisant le tout par la distance terre-lune, rapporté à la racine carrée de celle du Louvre, on trouve la pointure exacte de la reine d'Angleterre, 36. Composé du 3 maçonnique et du double du 3 maçonnique.

Gogol54 : j'ai essayé ton calcul, spiderwoman, mais ça marche pas.

Kreeborg : moi aussi, j'y ai passé trois bonnes heures. Dommage parce que c'était révélateur.

Spiderwoman : révélateur de quoi ? J'ai tout inventé pour me payer votre tête. Les trois heures, tu aurais dû les passer à lire un bon livre au lieu de te lancer dans des calculs fumeux. La circonférence de mon rouleau de PQ est aussi maçonnique ? Vous délirez, les comiques.

Watcher : spiderwoman, j'ai beaucoup d'humour mais tu ne peux pas critiquer tout le temps. Je te blackliste.

Spiderwoman : m'en fous. Au fait, tu parles d'un complot, mais lequel ?

Watcher : j'enquête et je finirai par trouver. D'ailleurs, en tant que spécialiste des conspirations, je peux t'assurer qu'un vrai complot est un complot dont on ne connaît pas l'existence.

Spiderwoman : alors là ! C'est au-dessus de mes forces...

65

Londres
Quartier de Lennox Gardens
Garrett Mansion
De nos jours

Antoine jaillit à la surface, aussi noire que dans la cuve, et avala une bouffée d'air saturée de chlore. Le vacarme du jet d'eau était amplifié dans la citerne comme dans un haut-parleur. Le niveau avait monté dangereusement. Ils n'avaient plus pied et ils se maintenaient désespérément pour ne pas couler. L'eau arriva au niveau de leur cou. Gabrielle hurla :

— C'est fini !

— Non, s'époumona Marcas, j'ai trouvé la bonde.

Ce fut au bout de sa troisième plongée dans la cuve qu'il avait repéré, à tâtons, l'ouverture obturée. Mais elle était comme soudée au métal. Il se concentra à nouveau sur le symbole du levier, reprit son calme et se pencha à l'oreille de Gabrielle :

— Elle doit être commandée automatiquement en fonction de son remplissage. Dès que le niveau est atteint, un clapet doit s'ouvrir pour évacuer l'eau.

— Et si c'est pas le cas ? s'écria sa compagne.

Leurs têtes cognèrent brusquement le haut de la citerne. Il ne restait plus beaucoup de temps avant que l'eau ne les noie. Antoine savait ce qui lui restait à faire. C'était l'ultime solution, il n'y en avait pas d'autres.

Il prit sa veste, la roula en boule et la mit dans l'ouverture d'arrivée du flux. Il luttait désespérément pour la faire rentrer dans le jet. Dans un sursaut désespéré, il poussa de toutes ses forces. L'éruption cessa.

La main de Gabrielle l'agrippa.

— J'étouffe !

— Monte sur mes épaules.

Le flot s'était interrompu alors que la surface de l'eau n'était plus qu'à quelques centimètres de la voûte. Un répit temporaire. Les muscles d'Antoine, gorgés d'acide lactique, le brûlaient : il ne pourrait plus tenir longtemps avec le poids de sa compagne sur lui.

L'oxygène s'épuisait.

Les lèvres de Gabrielle se posèrent sur sa bouche. Elle murmura, d'une voix faible :

— Adieu. Je peux… pas… tenir.

Elle le lâcha brusquement.

— Non, hurla Antoine.

Il plongea dans le noir, essayant de la rattraper mais ses bras s'agitaient en vain.

Soudain, une vibration sourde parcourut la citerne. Le niveau d'eau baissait. Imperceptiblement. L'espace entre sa bouche et la voûte augmentait. Il aspira à nouveau de l'air et replongea aussitôt.

Ses mains saisirent un bras. Il tira de toutes ses forces et remonta à nouveau vers la surface, la tête de

Gabrielle tenue bien droite. Ses muscles se tétanisaient. Il fallait résister.

L'eau descendait. Lentement. Régulièrement. Il la prit contre lui et hurla :

— Parle ! Bats-toi !

C'était horrible, il ne pouvait même pas voir si elle réagissait, si ses yeux étaient clos, si elle respirait…

Ses pieds touchèrent le sol. Enfin. L'eau s'écoulait désormais aussi rapidement qu'elle était apparue.

Gabrielle ne respirait plus. Il la plaça contre la paroi de la cuve et comprima d'un coup sec sa poitrine. Il fallait expulser l'eau de ses poumons. Il reprit son mouvement tout en alternant avec le bouche-à-bouche.

Il pleurait de rage dans l'obscurité.

— Réveille-toi, par pitié !

Il appuyait sur sa poitrine avec l'énergie du désespoir. C'était trop stupide, pas maintenant, pas ici.

Il hurla :

— Reviens ! Je veux repartir à Key West avec toi. Je veux te rendre heureuse.

Elle ne bougeait pas. Il s'écroula contre la paroi, anéanti, quand soudain il perçut un gémissement. Antoine se plaqua contre elle, le cœur battant, sa tête contre sa poitrine.

Elle respirait.

Il insista à nouveau au niveau des poumons et entendit nettement les régurgitations.

— An… Antoine…

Il fallait maintenant trouver le moyen de sortir. Et vite. Le seul possible était de faire pression sur la trappe d'accès, le point faible de la cuve. En la franchissant, il avait observé les points de soudure tout autour de l'ouverture. Il chuchota à l'oreille de sa compagne.

— Je vais avoir besoin de toi. Reste couchée, ne bouge pas, je vais prendre appui sur toi.

Il respira encore un instant, histoire de recouvrer des forces, s'arc-bouta au sol et plia ses genoux contre sa poitrine.

De ses pieds, il frappa la trappe à toute volée. La cuve trembla de toute sa carcasse de fer. Rien ne se passa. Il recommença. Encore et encore. La plante de ses pieds lui faisait horriblement mal, mais il continuait de plus belle. Antoine hurlait comme un damné :

— On est vivants ! Salopards ! Vous entendez ?

Un craquement sonore retentit, ses pieds s'enfoncèrent dans la tôle. Il rit aux éclats, comme un dément, martelant le métal avec rage.

— On va sortir de ce trou, Gabrielle, je te le jure.

Elle ne cessait de tousser.

Le dernier coup fut le bon. La trappe céda dans un déchirement grinçant. Un jet de lumière pénétra à l'intérieur de la cuve. Il dégagea le pan d'acier encore accroché au corps de la citerne, puis saisit Gabrielle par les épaules et la hissa vers l'ouverture. Elle tremblait en gémissant.

L'échelle de fer était restée en place. Il descendit à reculons en la portant, manquant de glisser sur les marches. Au moment où il arrivait à terre, une voix retentit derrière lui :

— Commissaire Marcas, comme on se retrouve.

Antoine se retourna, haletant. Il n'avait pas besoin de voir son visage, il l'avait reconnu au son de sa voix. Andrew Chasteuil. L'homme qui avait voulu l'enlever à la gare de Saint-Pancras.

Londres
Cathédrale Saint-Paul

La masse grise et froide du dôme gigantesque de la cathédrale écrasait depuis des siècles, par sa seule présence, les édifices des alentours. Austère et immémoriale, elle méprisait les flèches de béton et de verre de la City. Cathédrales modernes et orgueilleuses, cathédrales érigées à la gloire de l'argent roi, mais qui en comparaison paraissaient pourtant fragiles, éphémères. Simplement humaines.

Lord Fainsworth et les deux hommes de main étaient noyés dans la file d'attente des touristes qui attendaient sagement d'entrer dans l'édifice. Il les observait avec commisération. Pour eux, ce n'était qu'une étape de plus dans la visite de la capitale, coincée entre la Tour de Londres et l'abbaye de Westminster.

Le maître du *Temple Noir* prit son mal en patience. La file s'écoulait lentement, ça babillait et ça s'apostrophait dans toutes les langues. Fainsworth soupira, il avait toujours détesté la promiscuité. Surtout avec des masses incultes et bruyantes.

Il plongea son regard sur un groupe d'adolescents qui chahutait. Savaient-ils que cette cathédrale n'avait pas été érigée en ce lieu par hasard ? Depuis la nuit des temps, la terre qui supportait les fondations de ce vaisseau de pierre était réputée pour être un antique lieu de culte païen.

Le plus sacré de la ville.

Ludgate Hill. La colline de la porte du roi Lud, le souverain légendaire, pré-chrétien, premier roi d'Angleterre. Cinquante ans avant que l'homme de Nazareth ne prêche la parole de Dieu sous l'âpre soleil de Galilée, Lud régnait en maître sur cette terre de forêts et de marécages, noyée de brume. Les nuits rouges, celles de la lune ronde, il honorait les divinités tutélaires de la terre, du feu, de l'air et de l'eau. Et, ici, à l'endroit exact où se dressait le dôme, des devins cruels et émerveillés sacrifiaient prisonniers de guerre et enfants martyrs sur des autels de pierre, consacrant déjà l'alliance de la terre, de la pierre et du sang.

Fainsworth était perdu dans ses pensées, son esprit remontait le temps. Il voyait les légions romaines de César envahir la cité et anéantir les tribus de Lud. De l'antique monarque ne subsistait que le souvenir de son nom, Ludinium, la forteresse de Lud, qui se transformerait en Londres. Les années défilaient. Il vit s'ériger sur l'autel des sacrifices, un temple majestueux à la gloire de Diane. Puis, par une nuit plus écarlate que celles de Lud, il contempla les troupes de Boadicée, la reine cruelle et païenne, exterminer tous les habitants, pourchassant jusqu'aux derniers hommes, femmes et enfants, réfugiés en haut de la colline.

Le sang d'innocents imprégnait les fondations de Londres. Et de Saint-Paul.

Fainsworth avançait dans la file, les images défilaient à toute allure. Les Romains emportés par le souffle puissant du christianisme. Et en 604, sur les ruines du temple de la déesse morte, les religieux battirent une première église de bois pour célébrer une nouvelle alliance.

Celle avec le fils de Dieu.

Mais, dans les entrailles de la terre de Lud, grondaient encore des forces obscures, le maître du *Temple Noir* les sentait encore et toujours. Les anciennes divinités, ivres de colère, se réveillaient au cours des siècles pour refuser cette greffe de pierre. L'église fut incendiée, rasée par les Vikings, et même foudroyée à deux reprises. Mais, chaque fois, elle avait ressurgi de terre, sous une apparence plus puissante et majestueuse que son incarnation précédente. Jusqu'à ce jour de 1666 où un immense incendie ravagea le cœur de la ville et la détruisit de fond en comble.

Le feu purificateur. La vraie lumière, celle qui vient des ténèbres.

Fainsworth s'imaginait au milieu de ce brasier ardent, consumant hommes et oripeaux de Dieu. Les colonnes de flammes montèrent dans le ciel, pendant six jours et six nuits, transformant la ville en temple de feu. C'était l'ultime manifestation de la colère des anciens dieux.

Et vint Christopher Wren. Le bâtisseur maçon, l'héritier des Chevaliers Templiers. Le maître Hiram du nouveau temple de Saint-Paul.

Le milliardaire sortit de sa rêverie. On lui tapa respectueusement sur l'épaule.

— Maître, c'est à notre tour.

Fainsworth abandonna ses songes de feu et de sang, et passa le contrôle du guichet d'entrée.

La travée centrale s'offrait à lui dans toute sa splendeur. Lui et ses hommes fendirent la foule pour se diriger vers l'entrée de la crypte. Il serra le manche du maillet de Wren, niché dans la poche de son imper. Cela avait été un jeu d'enfant d'arracher la plaque rectangulaire et de découvrir l'inscription gravée sur le bois du marteau. Une phrase toute simple, sans énigme, sans allégorie maçonnique ou templière.

Frappe la marque de mon tombeau.

Fainsworth descendit les marches lentement, comme pour savourer l'instant. La tombe de Maître Wren était ici, à Saint-Paul, dans la cathédrale qu'il avait bâti. À quelques dizaines de mètres sous terre.

Dans le royaume des morts.

66

Maison de l'Ordre
Décembre 1232

Dans la cellule, le froid était saisissant. Roncelin se recroquevilla contre le mur, tira sur lui la maigre couverture qu'on lui avait donnée. Les parois passées à la chaux étaient d'un blanc rendu fantomatique par la clarté de la lune. Une fois encore, Roncelin examina son royaume. Une pièce carrée, dallée au sol où reposait une mince paillasse. Depuis qu'il était ressorti du Schéol et qu'il avait erré jusqu'à la porte du Temple, les frères l'avaient reclus dans le ventre de la forteresse. Cette cellule ressemblait à celle d'un moine, mais le décor peint sur un des murs troublait Roncelin. On y voyait un coq, un serpent enroulé sur lui-même et un squelette grimaçant. Durant les premiers jours, quand le Provençal était rongé par la fièvre, il lui semblait voir le squelette traverser la pièce pour venir faucher le peu de vie qu'il lui restait. Ces cauchemars étaient affreux. Il revoyait la salle du tombeau, la dalle qui pivotait… malgré lui il se penchait sur le bord de la sépulture et aussitôt il tombait dans un gouffre de ténèbres et de mort. Il se réveillait sur sa paillasse, hurlant de terreur, le corps glacé de sueur, le cœur frappant sa poitrine comme le battant d'une cloche endiablée. Chaque matin, une main anonyme ouvrait un pan mobile au bas de la porte et lui faisait passer une ration de nourriture. Au début, il avait tenté d'interpeller son geôlier, mais n'avait obtenu aucune réponse. Parfois, il lui semblait avoir rêvé toute son aventure. Bina, le Devin, la nécropole secrète, le tombeau d'Hiram… Des images flottaient autour de lui comme s'il circulait dans un livre animé. À croire qu'il était devenu fou comme ces pèlerins que la puissance mystique de la Terre sainte rendait déments jusqu'à ne plus connaître ni leur nom, ni leur propre vie. D'ailleurs, il avait perdu jusqu'à la notion du temps. Il ne savait plus depuis combien de jours, les frères le maintenaient au secret. Il supposait seulement qu'on était encore en hiver tant il avait froid.

La bibliothèque

Délicatement, l'Archiviste reposa sur la table un manuscrit dont la couverture tombait en lambeaux. À côté, d'autres livres étaient en aussi mauvais état : pages déchirées, parchemins émiettés, encre délavée. De la fenêtre où la neige s'agglutinait sur le plomb des vitraux, Armand de Périgord contemplait cet amas de grimoires d'un air désapprobateur. Lui, qui signait son nom d'une main malhabile, avait un rapport superstitieux à l'écrit. Encore plus à l'hébreu. L'Archiviste devina ses doutes et tenta de les lever :

— Toutes ces pièces viennent du Caire. Des marchands musulmans les avaient trouvées dans le cimetière d'une synagogue nommée Ben Ezra. Une des plus anciennes de la ville. Selon la tradition, elle a été construite à l'endroit même où la fille de pharaon a trouvé Moïse dans son berceau d'osier.

Le Grand Maître du Temple montra l'amoncellement sur la table.

— Que viennent faire des manuscrits dans un cimetière ?

Les yeux de l'Archiviste se mirent à rouler. Il était toujours ravi de faire étalage de son savoir.

— Il s'agit d'une *Guenizah* : une vieille coutume juive qui veut que l'on enterre les textes sacrés, quand ils sont détériorés par accident ou par l'usage. Les musulmans, en fouillant le cimetière en quête de richesses cachées, sont tombés sur ce dépôt. En marchand avisé, l'un d'eux a décidé de les emporter avec lui dans une caravane qui partait pour Jérusalem avec l'espoir de les vendre à des Juifs fortunés.

La suite, Périgord la devina facilement. La caravane était tombée dans une embuscade et les frères du Temple avaient rapporté les manuscrits dans leur butin.

— Et c'est parmi ces débris que tu espères éclairer la découverte de Roncelin ?

Armand fronça les sourcils. Depuis que le Devin avait deviné le message gravé dans la pierre, sa vie avait basculé. Lui qui n'avait connu que le métier des armes, se retrouvait chaviré comme un esquif emporté dans une brutale tempête. Le destin s'était déchaîné et il était submergé par la violence imprévue des événements. L'Archiviste tenta de le rassurer en lui rappelant la mission sacrée du Temple :

— Depuis que nos premiers frères sont arrivés à Jérusalem, ils ont compris la découverte des souterrains du Temple comme un signe de Dieu, la promesse d'une révélation à venir.

Armand se recueillit avant de parler :

— Je sais, c'est pourquoi ils ont créé l'initiation et le rituel secrets. Pour protéger le mystère et, un jour peut-être, en découvrir le sens.

L'Archiviste approuva.

— Et c'est la mission sacrée de tout Grand Maître de mener la quête.

Le visage grave, la voix émue, Périgord continua :

— Et Dieu a voulu que ce soit, durant ma grande maîtrise, Roncelin qui découvre cette *chose*.

Les mains jointes sur la poitrine, l'Archiviste hocha la tête.

— Dieu nous a envoyé une épreuve et nous devons la surmonter. Nous devons comprendre à quoi cette *chose* sert, et je crois bien que je tiens un fil.

Du doigt, il montra une page brunie par le temps, envahie de caractères hébraïques.

— Regarde, c'est un fragment de dialogues entre deux rabbins ; il raconte une étrange histoire, transmise après la destruction du Temple de Salomon. Une sorte de prophétie. Le texte dit qu'après des années de tribulations et d'exil, les Hébreux retrouveront la route de Jérusalem et qu'enfin le peuple dispersé sera réuni. Mais pour que ce miracle arrive, il faut que la *racine du Temple* soit retrouvée dans le tombeau des *Anciens*...

Le Grand Maître réfléchit à vive allure.

— C'est bien un tombeau que Roncelin prétend avoir trouvé et ouvert ?

— Oui, et juste sous le mont Sion, là où repose le roi David, le fondateur de la lignée de Salomon. Mais le plus intéressant est à venir.

Fasciné, Armand se pencha sur le manuscrit.

— *« Dans le tombeau des Anciens, la racine du Temple doit être retrouvée pour que fleurisse à nouveau l'Arbre de vie. »*

— *L'Arbre de vie,* celui que Dieu a planté au centre du Paradis ? interrogea Périgord qui se souvenait d'un prêche de Pâques sur la Genèse.

— C'est une image, les Juifs adorent parler par allégories. Si on l'interprète, selon le contexte, cela signifie que, pour que s'élève à nouveau le Temple de Salomon à Jérusalem, *l'Arbre de vie* au centre de l'Éden, il faut en retrouver la *racine.*

— La *chose*, murmura Armand, la *chose* que Roncelin a découverte dans le tombeau.

— Seulement…

Le moine posa le doigt sur quatre lignes minuscules écrites en marge du texte.

— … il y a une note qui a été rajoutée dont le sens m'échappe… et m'inquiète.

Le Grand Maître se pencha. On aurait dit quelques traces d'encre oubliées par un copiste pressé.

— Tu es capable de lire ces pattes de mouche ?

Touché dans sa vanité d'érudit, l'Archiviste traduisit d'une traite :

Pour que ressuscite enfin la Puissance,
D'Abraham le sacrifice aura lieu
Et du sang de l'innocence
La racine sera abreuvée.

Abraham, réfléchit Périgord, *l'homme auquel Dieu, pour sceller l'Alliance, avait demandé d'immoler son propre fils. Au dernier moment, un ange avait surgi pour empêcher le meurtre.*

Le moine tenta une explication :

— Si l'on en croit ces quelques lignes, pour que le Temple de Salomon revive, il ne suffit pas de retrouver quelque chose, il faut aussi y consacrer un sacrifice humain.

D'un coup le Grand Maître se dressa.

— Tu as bien été ordonné prêtre ?

— Quand je suis devenu moine.

Périgord se dirigea vers la porte.

— Alors viens avec moi. Il est temps d'en finir. Tu vas entendre Roncelin en confession.

Maison de l'Ordre
L'église

Agenouillé, Roncelin attendait. On l'avait conduit face au chœur. Avant de se prosterner, il avait aperçu l'autel. Le Christ en croix était encadré par trois lumières qui tombaient de petites fenêtres voûtées. Dans la demi-pénombre de la nef, ces trois lueurs brillaient comme un espoir. Roncelin se demandait s'il avait encore la fièvre tant les idées, les souvenirs, se bousculaient dans sa tête. Un combat incessant dont il était l'issue incertaine. Le frôlement d'un tissu sur les dalles le ramena à la réalité. Il leva légèrement la tête.

— Face contre terre !

La voix dure et sèche trancha le silence comme un coup d'épée.

— Dieu, par la volonté du Christ son Fils, nous a donné le pouvoir d'absoudre tous les péchés. Tout homme peut gagner la vie éternelle si son repentir est sincère. Roncelin de Fos, es-tu prêt à laver ta conscience souillée, à purger ta vie de tes erreurs passées…

Son front encore chaud de fièvre plaqué sur les dalles, le Provençal se sentit la tête tourner.

— … Roncelin, es-tu prêt à te confesser ?

Tant de malheurs l'avaient frappé depuis Al Kilhal. Il était comme un vase rempli d'amertume. D'un coup, sa volonté céda et sa voix répondit pour lui.

— Oui.

— Alors parle.

... Le Devin avait trouvé l'entrée. Il avait invoqué les morts. Au-dessus du chemin se dressait une falaise creusée de cavités. Devant chaque tombe, on avait roulé une lourde pierre. Le Devin avait un levier et il en fit basculer une pour découvrir un couloir taillé de main d'homme, un long corridor percé d'alvéoles où les Juifs déposaient leurs morts.

— Une nécropole ?

... Un cimetière souterrain. Il y avait des centaines de tombes, scellées par des dalles gravées. Mais le Devin ne s'en occupait pas, il continuait à marcher. Parfois il obliquait dans un couloir latéral, puis dans un autre.

— Il avait un plan ?

... Un Juif qui quittait la ville lui avait vendu une carte pour s'orienter dans ce labyrinthe. Il était sûr de lui. D'ailleurs, il nous a amenés sans coup férir dans la salle du tombeau.

— Et Bina ?

... Elle était émerveillée par les inscriptions sur les tombes. Elle me montrait des chandeliers, des sceaux... Moi aussi, j'étais fasciné.

— Tu aimes cette femme ?

La voix de Roncelin changea. Il était en confession. Face à Dieu.

— Oui, murmura-t-il.

... c'est Bina qui a déchiffré l'inscription gravée le long de la sépulture.

— Tu t'en souviens ?

... En ce lieu reposent les fils d'Hiram / Du temple les constructeurs / Du destin, les gardiens. La tombe était fermée par une dalle noire. Le Devin m'a demandé de l'aider. Il s'est servi de son levier.

— C'est un péché que de profaner une tombe. C'en est un plus grand que de provoquer l'avenir.

... Bina a poussé avec nous. La dalle s'est déplacée presque à moitié. C'est moi qui me suis penché...

— Confesse à Dieu ce que tu as vu.

... des os. Des crânes. Beaucoup. Entassés. Et dans un angle...

— Dis.

... J'ai vu la Chose. *C'est alors que le Devin a saisi son levier. Il a tenté de me frapper au cou, puis à la tête. Il m'a touché à l'épaule.*

— Et toi ?

... J'avais une serpette à vigne prise à Ein Kerem, je l'ai eu. Deux fois. Mais ce n'était pas assez.

La voix de Roncelin se brisa. Il leva la tête. Autour du visage du Christ souffrant, les trois lumières venaient de se voiler.

... Avant de s'écrouler, il a...

Le confesseur joignit les mains et entama une prière muette.

... il a frappé Bina... à la nuque...

Un sanglot désespéré retentit dans l'église.

... Et elle s'est vidée de son sang... dans la tombe.

67

Extrait du EONWO blog.
Eye Over New World Order, par le Watcher
0X/15/3100 Post
Vous avez des yeux mais vous ne les voyez pas.

Connaissez-vous l'histoire des trois pierres du destin ? Non ? Laissez-moi vous la conter.

Il existe une première pierre magique, située dans l'abbaye de Westminster, juste sous le trône sur lequel s'assoient les souverains de notre pays. Elle se nomme la pierre de Scone, car elle a été volée en Écosse, à Scone, par le roi Édouard Ier, surnommé le Marteau des Écossais, pour avoir noyé dans le sang leurs révoltes. Les rois et les reines anglais doivent s'asseoir sur cette pierre pour récupérer l'énergie de la terre de nos ancêtres. On raconte que cette pierre n'a pas toujours été en Écosse, elle viendrait de la Terre sainte, après avoir transité par l'Irlande.

La deuxième pierre est aussi à Londres, insérée dans une niche fermée par une grille de fer, sur Fleet Street, juste au niveau du trottoir, dans un banal magasin d'articles de sport. Tout le monde peut la voir, il suffit de se baisser un peu. Cette pierre a été trouvée sur Ludgate Hill, l'actuel emplacement de la cathédrale Saint-Paul. Elle servait probablement d'autel pour des sacrifices païens. La légende dit qu'elle protège Londres de toutes les invasions. Pendant la Seconde Guerre mondiale, elle a préservé notre ville de l'anéantissement des bombardements nazis.

La troisième pierre est invisible à nos yeux, mais elle est bien dans la ville. Personne ne sait d'où elle vient, ni quel est son pouvoir. Mais je sais que les francs-maçons connaissent son existence.

Mais moi, je vais vous dire où elle se trouve. Prenez un plan de Londres. Mettons un petit rond sur Westminster où se trouve la première pierre puis un autre sur Cannon Street, au niveau de la deuxième, c'est le numéro 111. Parfait, maintenant tirons une droite entre ces deux points. Nous allons ensuite tracer un triangle, à partir de cette droite, avec le sommet qui se situe vers le nord. Je vous laisse le faire, vous allez tout de suite comprendre. N'est-il pas beau, ce triangle parfait ? Et où se trouve le sommet ?

C'est le Freemasons' Hall, le quartier général des frères.

Commentaires

Beowulf : extraordinaire ! Je connaissais l'histoire des deux pierres mais pas de la troisième. Incroyable, je vais en faire une animation vidéo que je vais mettre sur YouTube. Je peux ?

Watcher : bien sûr.

Aleister : tu les as démasqués. Il faut leur reprendre la pierre.

Kapo : j'en suis, je propose qu'on rentre là-bas et qu'on les force à nous la donner. Ils auront trop peur du scandale.

Mosleypride : il vaut mieux ruser. Il suffit de faire la visite du musée, je l'ai déjà faite, et de poser la question de façon innocente s'ils ont une pierre intéressante. N'oubliez pas que la symbolique de la pierre cubique est à la base de leurs enseignements.

Schibolet : je vois la scène. Bonjour, monsieur le maçon, vous voulez pas me donner la pierre du destin ? Bande de comiques !

Watcher : encore une fois, pas d'insultes entre chercheurs de vérité. Je vais te déconnecter, Schibolet !

68

Londres
Quartier de Lennox Gardens
Garrett Mansion
De nos jours

Antoine prit le bras de Gabrielle et l'aida à se relever. L'eau dégoulinait de leurs vêtements. Andrew Chasteuil était debout face à eux, un pistolet à la main.

Marcas se mit devant Gabrielle, comme pour la protéger, mais il savait que c'était dérisoire. Transi de froid, épuisé par l'épreuve de la citerne, il n'avait plus la force de se battre et encore moins de tenir tête à un homme armé. Par orgueil et bravade, il défia pourtant le type.

— La Louve n'a pas le courage de finir le travail, elle envoie ses seconds couteaux ?

Chasteuil s'avança à son niveau. Son visage ne bronchait pas, un bloc de marbre dans un costume impeccable. Il porta la main à son oreille et hocha la tête, comme si quelqu'un lui parlait. Soudain, il rangea son arme dans la veste et lui tendit la main.

— Ne dites pas de bêtises, commissaire. Je suis ici

pour vous aider. Venez, nous n'avons pas de temps à perdre. Une voiture nous attend.

Antoine se figea.

— Le même coup qu'à Saint-Pancras ?

— Ne discutez pas. Si j'avais voulu vous tuer, ce serait déjà fait depuis longtemps.

Gabrielle grelottait contre Antoine. Il sentit qu'elle allait s'affaisser.

— Vous ne travaillez pas pour Fainsworth ?

— Bien sûr que non. On discutera plus tard. Votre amie ne va pas bien.

D'un geste souple, Chasteuil prit Gabrielle par l'épaule et la souleva comme si elle n'était qu'un fétu de paille. Sans attendre de réponse, il fit demi-tour et marcha en direction de la porte de sortie. Complètement désorienté, Marcas le suivit de façon presque mécanique. À ce stade, il n'avait plus rien à perdre.

Ils remontèrent les marches, traversèrent le jardin luxuriant, puis avancèrent dans une sorte de vestibule qui jouxtait la grande pièce dans laquelle Marcas avait été attaché.

Un homme était affalé à terre, la tête contre un mur, un bâillon sur la bouche. Ils longèrent ensuite un corridor qui menait à un jardin. Chasteuil poussa une porte vitrée avec du verre cassé au sol.

Andrew marchait à vive allure, même avec Gabrielle dans ses bras. Antoine avait l'impression d'être comme dans un rêve, ses pieds avançaient machinalement.

Ils piétinèrent une pelouse verte et tendre et s'enfoncèrent dans un bosquet obscur et mal entretenu. Les branchages leur griffaient le visage. Marcas ne voyait que le dos massif de l'Anglais et les jambes de Gabrielle. Elle avait passé son bras autour de son épaule et Antoine éprouva un bref sentiment de jalousie. C'était lui qui l'avait sauvée, pas ce type.

De son côté, Andrew parlait tout seul.

— On arrive. J'ai un colis.

Ils débouchèrent sur une petite rue, dont l'accès était fermé par une grille rectangulaire noire. Le rouquin, complice de Chasteuil à Saint-Pancras, surgit de nulle part.

— Passe-la-moi, je vais la récupérer.

Andrew souleva Gabrielle et la bascula par-dessus la grille. La jeune femme glissa dans les bras du rouquin. Andrew se tourna vers Marcas et croisa ses mains pour lui faire la courte échelle. Antoine bondit tant bien que mal sur le trottoir, suivi de l'Anglais. Pendant ce temps, le rouquin aidait la jeune femme à entrer dans une voiture noire, garée sur le trottoir d'en face.

Antoine reconnut tout de suite la Chrysler qu'il avait suivie avec Jade, jusqu'au Freemasons' Hall. Il s'y engouffra à l'arrière, à côté de Gabrielle qu'il prit entre ses bras. Chasteuil s'installa devant, à côté du rouquin, et la voiture démarra aussitôt.

— Où sommes-nous ? murmurait Gabrielle, tremblante de fièvre.

— Je ne sais pas, mais ce sera toujours mieux que chez ce malade de Fainsworth.

Andrew se tourna vers Antoine et lui tendit une flasque de métal.

— Désolé, mais je n'ai pas de couverture. Faites-lui avaler ça. Un whisky de Kilwining, le patelin de mon camarade. Rien de tel pour reprendre goût à la vie.

Antoine remarqua un compas et une équerre gravés sur le métal. Il porta la flasque aux lèvres de Gabrielle. Elle avala une gorgée qu'elle recracha aussitôt en toussant. Le conducteur leur jetait des regards furtifs dans le rétroviseur et grommelait :

— Eh, la Frenchie. C'est du seize ans d'âge !

Pour la première fois, Antoine sourit. Il porta la flasque à sa bouche. Le liquide tiède et ambré coula dans sa gorge et lui procura instantanément une douce sensation de chaleur.

— C'est mieux ! Andrew, rends-la-moi avant qu'il ne s'enfile toute la ration, gronda le rouquin qui conduisait à toute vitesse.

— Laisse-le. Il en a bien besoin, tu vas pas jouer les radins d'Écossais ! T'en as des caisses entières dans ta cave. On change de programme, il faut la faire examiner par des médecins, direction la clinique Saint-Patrick.

Antoine sentit Gabrielle se blottir contre lui. La peau de son front était brûlante. Sa main mutilée reposait contre sa poitrine. Il inspecta la blessure. Le doigt avait été sectionné au niveau de la première phalange, ne laissant qu'un trou recouvert de croûtes jaunes. Le dessus était violacé, les veines saillaient sous l'épiderme. Antoine s'adressa à Chasteuil :

— Ces salauds lui ont coupé un doigt, la blessure s'infecte.

Andrew affichait une mine soucieuse.

— J'avais remarqué. On va la laisser dans une clinique, tenue par des… amis. Ils s'occuperont d'elle. Ensuite, on file tous les trois.

— Pas question, je reste avec elle.

La Chrysler grilla un feu pour tourner sur une voie à sens unique qui longeait un square aux arbres soigneusement taillés. Le conducteur avait l'air de connaître le quartier comme sa poche, il se faufila dans une minuscule ruelle bordée d'élégants édifices victoriens à colonnades blanches et déboucha sur une grande artère envahie de circulation. Marcas ne faisait pas attention au paysage urbain, il murmurait à l'oreille de Gabrielle :

— Je ne te quitte plus.

Elle crispa son doigt mutilé sur sa chemise trempée. Une voix faible sortit de sa gorge.

— On restera ensemble toute notre vie ? Promets-le-moi.

— Je te le jure.

La Chrysler doubla une voiture de police en patrouille et roula au niveau d'un bus à impériale. Le regard de Marcas fut attiré par un panneau publicitaire sur les JO qui s'étalait le long de la tôle. Le nouveau stade de Londres était illuminé dans une nuit d'encre par des triangles flamboyants. Antoine se surprit à penser que l'architecte était peut-être un frère qui avait voulu marquer les jeux d'une empreinte initiatique. De quoi, en tout cas, alimenter les thèses des conspirationnistes et autres illuminés.

Chasteuil se tourna à nouveau vers lui, alors qu'il caressait le visage de Gabrielle. L'Anglais prit un ton apaisant.

— J'insiste. Elle sera entre de bonnes mains et nous avons besoin de vous.

— Pas question ! C'est clair ! Je ne sais pas qui vous êtes et je ne la laisse pas toute seule.

Le conducteur ricana, tout en jouant avec le levier de vitesse.

— Ces Français, tous les mêmes. Leur putain de méfiance…

Andrew prit son portable et composa un numéro. Il attendit quelques secondes puis parla.

— La fille a été torturée. J'ai pris l'initiative de faire un crochet par Saint-Patrick, mais le Frenchie veut à tout prix l'accompagner. Je sais... Je sais...

Chasteuil tendit le portable à Antoine et dit :

— On veut vous parler.

Antoine colla le smartphone contre son oreille.

Il reconnut tout de suite la voix.

Cathédrale Saint-Paul

Le grondement de l'orgue surgit de nulle part. Il envahissait tout l'espace sacré de la cathédrale. Les notes graves faisaient vibrer les pierres blanches qui les répercutaient dans toutes les directions. Fainsworth sentit son épiderme se hérisser et ralentit son pas. L'organiste de Saint-Paul s'exerçait sur l'une des plus célèbres marches patriotiques : *Pomp and Circumstance Marches*.

Composé par Sir Edward Elgar, connu sous le nom de *Hope and Glory*, ce morceau tout en lyrisme faisait vibrer le cœur des Anglais. Du moins ceux dignes de ce nom, selon l'aristocrate.

C'était un signe de la providence. Naturellement.

Le maître du *Temple Noir* exultait.

Il était chez lui, parmi les siens, dans cette cathédrale qui servait aussi de panthéon aux plus grands héros du royaume. L'antique sanctuaire païen, devenu la nécropole militaire la plus prestigieuse de tout le royaume. Wellington, Nelson, Kitchener, Lawrence d'Arabie...

Leurs squelettes reposaient tous ici, au premier niveau de la cathédrale et dans la vaste crypte.

Leurs os ne faisaient plus qu'un avec la pierre.

Au milieu de la masse aveugle des touristes ignorants, Fainsworth reprit sa marche, triomphale cette fois, vers l'escalier qui menait aux sous-sols.

Il était celui qui allait changer le destin de l'Angleterre et du monde. Le flot grave et puissant d'Elgar le transportait.

Arrivé en bas des marches de pierre, il savait exactement où il devait aller, connaissant la cathédrale pour s'y être recueilli de nombreuses fois devant les tombes des grands hommes. Il se dirigea vers l'extrémité est de la crypte, la moins fréquentée par les touristes, plus intéressés par les célébrités. Il passa devant des bustes d'hommes qui furent jadis puissants et craints, longea des pans entiers de murs recouverts de plaques à la mémoire de gloires oubliées.

Puis il s'arrêta au bout de la crypte, face à un ensemble funéraire décoré de bannières et orné d'abeilles stylisées. Il était arrivé.

Fainsworth effectua un quart de tour sur sa droite et se trouva face à un rocher taillé en forme de rectangle grossier occupant tout l'espace devant le mur de soutènement de la cathédrale. Sur le dessous, à même le sol, était enchâssée une dalle funéraire.

Le tombeau du frère Christopher Wren.

L'aristocrate regarda le mur attenant qui supportait une plaque gravée en latin, rendant hommage à l'illustre architecte. Il lut avec attention un passage :

Lector, si monumentum requiris, circumspice.

La traduction ne lui posait aucune difficulté. Il chuchota :

— « Toi qui lis cette inscription, si tu cherches son tombeau, regarde autour de toi. »

Évidemment...

Sans se retourner, Fainsworth intima à ses hommes :

— Écartez les importuns.

Les deux hommes se postèrent derrière lui, les mains dans les poches, scrutant les touristes éparpillés dans la crypte.

L'aristocrate brandit une torche miniature sur le roc massif. La pierre irradiait sous le faisceau lumineux, comme si elle dégageait une forme d'énergie. Fainsworth s'approcha plus près et inspecta la surface avec lenteur. La *marque,* le symbole maçonnique de Wren, était quelque part, sur l'une des faces. Le pinceau de lumière balayait la face principale de gauche à droite et de bas en haut. Rien.

L'aristocrate examina le côté gauche, s'arrêtant sur la moindre aspérité.

Soudain, il la vit. Un triangle avec un point en creux. Il passa son doigt sur la surface de la pierre et sourit.

Satisfait, il prit le maillet dans la poche de sa veste et l'approcha de la *marque*. L'extrémité de la frappe correspondait exactement au symbole gravé dans la pierre. D'un geste précis, il donna un coup de maillet.

Un raclement se fit entendre, sur la face principale du bloc, comme si un mécanisme secret était en action à l'intérieur de la pierre.

Une petite tablette coulissa, juste à la base.

Fainsworth s'accroupit et souffla sur la fine couche de poussière qui recouvrait un texte gravé. Un blason frappé d'un sceau apparut en haut de la plaque. La croix rouge du temple, encadrée par deux dragons.

Comme le blason de la City, mais avec une croix pattée plus marquée.

Une inscription cursive, élégante, courait dessous.

Encore une énigme. Cela n'en finira-t-il jamais ?

Fainsworth masqua son dépit et se mit à traduire l'inscription en latin.

Descends dans le Temple d'argent
Trouve la colonne du soleil
Le maillet révèle l'étoile flamboyante
Et son ternaire attise le feu ardent
De la pierre cubique trouve le transept
Et meurt en maître
Là gît le secret du Temple
Là gît le secret de la puissance

69

Extrait du EONWO blog.
Eye Over New World Order, par le Watcher
0X/15/3100 Post
Vous avez des yeux mais vous ne les voyez pas.

J'ai appris par l'un de mes amis dont le frère est un frère que les maçons se font tatouer un compas et une équerre sur le corps. Ça leur permet de se reconnaître les uns les autres quand ils entrent en loge. Eh bien, je vais vous étonner, mais je n'y crois pas une seule seconde. C'est trop gros, trop évident. Mon ami s'est fait intoxiquer par... les frères eux-mêmes. Eh oui, ils sont très forts, ils font circuler de fausses informations sur eux et ensuite ça leur permet de mieux nous ridiculiser. Vous ne me croyez pas? Eh bien, je vais vous livrer une anecdote, vraie de vraie. Au XVIIIe siècle, dès la création officielle de la première loge, L'Oie et le Grill, les journaux de l'époque ont commencé à évoquer l'existence des francs-maçons. Et puis, au bout de quelques années, les mots de passe de reconnaissance ont circulé sous le manteau et des profanes en ont profité pour assister aux tenues secrètes. Le grand maître d'alors a eu l'idée machiavélique de publier un opuscule sur la franc-maçonnerie, bourré de vraies et surtout de fausses révélations, en particulier sur des mots de passe. Ce fut un best-seller. Pourquoi ont-ils lancé cette opération de désinformation ? Tout simplement pour repérer les faux frères qui se présentaient devant les portes des temples. Je vous le dis, ce sont les rois de la manipulation. Méfiez-vous.

Bonne nouvelle, un journaliste m'a contacté pour avoir des infos sur les JO et les francs-macs ! Ça l'a super intéressé les projos en forme de triangle. La presse ouvre enfin les yeux.

Commentaires

Cakelayer : y paraît que le Premier ministre fait croire qu'il n'en est pas alors qu'il en est.

Pushy : j'ai lu dans un journal que le ministre des Affaires étrangères en était. Le ministre a démenti, mais je trouve ça louche. Mais comment savoir si c'est vrai ou pas ?

Watcher : la fumée de la cheminée maçonnique n'enfume que ceux qui n'ont pas protégé leurs yeux... C'est de moi.

Kingfischer : super ce proverbe, t'as tout à fait raison.

Spiderwoman : c'est marrant, j'ai mis un commentaire sur vos délires et il a été supprimé... C'est plus démocratique chez Jiri Pragman...

Watcher : tiens, une revenante ! Je suis pour la libre expression, mais je ne veux pas de critique non constructive.

Spiderwoman : c'est quoi, une critique non constructive ?

Watcher : se moquer des chercheurs qui lisent ce site. Si t'es pas contente, tu peux toujours t'exprimer sur le forum de ton ami maçon, Hiram.be.

Kingfischer : bien joué, Watcher. Quelle conne !

70

Londres
Cathédrale Saint-Paul
De nos jours

Un vent frais faisait claquer les toiles des tentes des Indignés, agglutinés le long de la façade nord de la cathédrale Saint-Paul. Un groupe de jeunes distribuait des tracts aux touristes qui pressaient le pas. Ils se faisaient un malin plaisir d'interpeller les employés de la Bourse qui transitaient par la cathédrale pour prendre les bus en direction du sud de Londres. Un barbu tapait à intervalles réguliers sur un tambourin tandis qu'une fille en sari soufflait dans une trompette pour attirer l'attention.

Chassés deux fois de suite, une partie des squatters avaient quitté Trafalgar Square pour revenir aux marches de Saint-Paul. Un lieu hautement stratégique pour leur mouvement, puisque se situant juste devant Paternoster Square, siège de la Bourse qu'ils exécraient.

La Chrysler se gara pile derrière une camionnette de dépannage de réseau électrique, stationnée à l'arrière d'un gros immeuble néogothique de Saint Paul's Church Yard. Marcas et Andrew descendirent vite pour monter discrètement dans la camionnette.

— Elle sera bien soignée, assura Andrew alors qu'il frappait à la porte arrière.

Antoine ne répondit pas. Il pensait sans cesse à Gabrielle depuis qu'ils l'avaient laissée dans la clinique du côté de Knightsbridge. Les médecins avaient diagnostiqué une infection due à la mutilation et lui avaient administré des antibiotiques ainsi qu'un sédatif. Elle l'avait embrassé passionnément avant de sombrer dans un sommeil profond.

La porte de la camionnette s'ouvrit, laissant apparaître Standford, la mine sombre.

— Venez vite, nous avons très peu de temps.

Antoine et Chasteuil s'engouffrèrent dans le véhicule. L'intérieur était tapissé d'écrans de contrôle, encombré de câbles et d'instruments électroniques. Un couple était assis face à un moniteur. En entendant le bruit de la porte qui se refermait, Jade se retourna et bondit de son siège.

— Antoine ! Enfin… On m'a raconté ce qui s'est passé. Comment vas-tu ? lança-t-elle en le serrant dans ses bras.

Marcas se laissa faire, puis se dégagea et apostropha Standford :

— Tu me dois des explications, et vite ! Pourquoi voulais-tu m'enlever ? Où est ce salopard de Fainsworth ?

L'ex du Yard hocha la tête.

— Je vais répondre, mais brièvement, car la situation se complique. Quand le frère obèse m'a contacté, il fallait absolument que je te briefe en premier. Cela fait un bout de temps que certaines de mes connaissances… fraternelles ont Fainsworth dans le collimateur. Ils le soupçonnent de diriger en sous-main une secte. Quant à Andrew et ses hommes, ils devaient juste t'emmener dans mes bureaux ; ils ont été un peu trop directifs. C'est ma faute, je ne pouvais pas prendre le risque de te voir mener ton enquête en solo.

— Comment ont-ils su où je me trouvais ?

— Ils t'ont suivi après notre rendez-vous au parc et ils ne t'ont pas lâché.

L'homme assis devant l'écran les interrompit.

— La cible remonte de la crypte !

Standford afficha à nouveau son air soucieux.

— Une deuxième équipe piste ce cher lord.

— Vous avez des moyens pour un retraité… ajouta Jade d'un air goguenard.

Antoine s'emporta :

— Il est dans la cathédrale ! Qu'attends-tu pour le coffrer ?

L'ex du Yard saisit un casque muni d'écouteurs qui pendait sur une petite étagère.

— Pas encore !

Intérieur de la cathédrale Saint-Paul

« Le Temple d'argent »

Fainsworth remontait lentement l'escalier de la crypte. Il avait besoin de se concentrer sur la signification de l'énigme. La première phrase indiquait nécessairement le lieu final, dernière étape avant la découverte du secret.

Tout était lié à la personnalité du brillant architecte

de la cathédrale. Génie du bâtiment, homme de science, membre de la Royal Society, vénérable maçon de la loge Saint-Paul, Sir Christopher excellait en tout et avait marqué son temps. Mais le Temple d'argent, voilà qui était pour le moins obscur. De mémoire, Fainsworth ne se souvenait pas qu'il ait bâti un temple maçonnique ni une demeure en argent. Il avait besoin d'aide. Et vite.

Il arriva au rez-de-chaussée et fit un signe à ses hommes.

— Allez à la voiture, j'ai besoin de m'isoler quelques instants. Je vous ferai signe pour me récupérer.

Les deux hommes disparurent en silence pendant que le maître du *Temple Noir* s'asseyait sur un banc isolé, derrière un pilier, à l'abri des regards. Il prit son smartphone, se connecta sur un moteur de recherche et entra le nom de l'architecte de Saint-Paul ainsi que Temple d'argent. Les informations agrégées défilèrent rapidement mais aucune ne donnait de lien direct, à peine quelques références sur le temple de Saint-Paul, mais rien de concluant. Fainsworth retint son souffle. C'était pourtant à portée de main. Il le sentait. Comme la série d'énigmes résolues avant.

Le Temple d'argent.

Il fit défiler, en jouant avec son doigt sur l'écran tactile, les constructions architecturales auxquelles avait participé de près ou de loin le frère Wren, prix de Rome à l'âge de vingt ans. La liste était vertigineuse, plus de cinquante églises, de manoirs, de bâtiments administratifs, d'annexes d'édifices royaux. Fainsworth la parcourut plus lentement.

Son cou le tourmentait à nouveau, une douleur sourde monta dans ses cervicales.

Pas le moment.

Il tenta d'ignorer la souffrance naissante et se concentra sur la liste. Rien ne lui sautait aux yeux. Un bruit résonna sur le côté gauche du banc de la travée. Il leva la tête et aperçut un homme d'une trentaine d'années en costume-cravate, chemise blanche à boutons de manchettes en or, qui s'asseyait et joignait ses mains pour prier.

Fainsworth s'accorda une pause et fit tourner son cou de bas en haut, tout en jetant un regard méprisant sur le jeune homme. Depuis le début de la crise financière, c'était fou le nombre de traders et d'agents de change qui se découvraient une foi profonde. L'un de ses subordonnés de l'agence de notation, un malin comme il les aimait, prenait sa pause déjeuner dans le jardin attenant à Saint-Paul, histoire de tendre l'oreille pour récolter des infos fraîches sur la Bourse. Il avait remarqué l'augmentation croissante des jeunes loups de la finance en prière express à la cathédrale, pour conjurer les divinités versatiles des marchés. La piété au service du lucre, Fainsworth avait éclaté de rire quand on lui avait raconté cette ferveur grandissante.

Il se figea. Une idée transversale venait de jaillir dans son esprit. Il reprit son portable et consulta à nouveau la liste. Son doigt glissait rapidement et s'arrêta pile sur l'un des édifices conçus par Wren.

Son visage s'éclaira.

C'était ça, il n'y avait aucun doute. La providence s'était manifestée encore une fois en lui envoyant ce trader en détresse spirituelle.

Il envoya un SMS pour qu'on vienne le récupérer

à la sortie et se leva. Il passa devant l'homme en train de prier et se dit qu'il devait remercier ce bon Samaritain. Il se pencha vers son oreille et murmura :

— Si j'étais vous, j'achèterais du Fornerie Consolited, une valeur sûre qui va grimper dans les jours prochains. Ils vont afficher un bénéfice record…

Le temps que le jeune homme relève la tête, Fainsworth était sorti de la travée pour rejoindre la Louve.

Extérieur de Saint-Paul

L'intérieur de la camionnette sentait un mélange d'odeur de renfermé et de parfum à la lavande bon marché. Marcas s'approcha de Standford.

— Vous n'allez pas l'arrêter ?

— Tu ne veux pas connaître le secret du Temple ? Notre homme est près du but, nous l'arrêterons quand il l'aura découvert.

Le visage d'Antoine se rembrunit.

— Fainsworth lui aussi m'a fait la même réflexion, après avoir fait torturer Gabrielle…

Standford posa sa main sur son épaule.

— N'aie crainte, il paiera, mais prends sur toi et fais-moi confiance, mon frère.

Antoine se crispa, le coup de la confiance par un frangin, on le lui avait déjà fait. Et une bonne centaine de fois.

— Ai-je le choix ?

— Non. Et c'est sans appel.

Au ton de la voix de Standford, Marcas savait qu'il ne plaisantait pas.

— OK, alors je veux participer à la traque.

— Trop dangereux.

— Non ! Je n'ai pas subi toutes ces épreuves pour rester devant le parvis du temple, mon frère.

Jade sortit un Glock, modèle standard des services français, de la poche de sa veste. Elle fit jouer la culasse d'un coup sec.

— J'en suis aussi, les frangins.

Standford resta silencieux quelques secondes, les jaugeant tour à tour, puis lâcha d'une voix ferme :

— Que les choses soient claires, vous m'obéissez et vous n'utilisez pas vos armes ! C'est non négociable.

— Ça marche, Sean. On t'a déjà dit que tu étais craquant pour ton âge ? lança Jade.

L'ex du Yard ne sourit pas.

— Retournons voir ce que mijote notre ami. Ses petits copains sont sortis avant lui.

Sur l'écran, le patron de Concordia marchait d'un pas vif.

— Comment avez-vous fait pour les pister dans la cathédrale ?

Standford chaussa un casque sur son crâne et ajusta une molette sur le fil qui pendait des écouteurs.

— Privilège du service de Sa Majesté. On peut se connecter sur n'importe quel circuit vidéo de la ville, à l'extérieur et à l'intérieur de la plupart des bâtiments sous surveillance. Excuse-moi, mais je vais guider mon équipe.

Marcas observait l'aristocrate qui apparaissait maintenant sous deux angles de caméras différentes. Sur l'une d'entre elles, il affichait en gros plan une expression arrogante sur le visage.

Soudain, il vit une femme s'approcher de lui.

La Louve !

Antoine se pencha sur le moniteur et crispa ses mains sur la console. Ses jointures étaient blanches. Son cœur s'accéléra, une onde de haine submergea son cerveau. Jade se rapprocha de lui.

— Ça va, Antoine ?

— Oui. J'ai hâte de m'entretenir avec cette… personne, répondit-il d'une voix blanche.

Standford haussa le ton dans son casque.

— Vénérable à colonne 1. Laissez les cibles sortir. N'intervenez pas. Je répète, n'intervenez pas. Confirmez.

— Colonne 1 à vénérable. Reçu fort et clair.

Jade secoua la tête. Ces frères, toujours à la jouer symboles et mystères, incorrigibles ! Standford ouvrit une porte coulissante qui donnait sur la cabine du chauffeur.

— Tiens-toi prêt. Notre homme va sortir d'un instant à l'autre, sa voiture va tourner sur le Strand. On le file mais de loin, pour ne pas se faire repérer. On va utiliser le système de caméras de circulation de la ville. Entre les codes de procédures prioritaires.

Ils restaient tous silencieux, face à la console, suivant Fainsworth qui se mêlait à une foule de plus en plus dense à l'entrée de Saint-Paul. Trois minutes s'écoulèrent avant qu'il ne débouche sur le parvis et qu'une Bentley grise surgisse pour s'arrêter au niveau des marches de la cathédrale. Standford tapa aussitôt sur la vitre.

— C'est parti !

La Bentley se glissait dans la circulation avec souplesse en direction de l'est de la City, vers Cannon Street. La camionnette démarra doucement, laissant une centaine de mètres d'intervalle à la cible. À l'intérieur on apercevait sur le moniteur le toit luisant de la voiture de l'aristocrate, comme s'ils étaient en haut des immeubles.

— C'est génial, Paris devrait s'équiper de caméras comme ça, lança Jade.

— Et le droit à la vie privée ? rétorqua Marcas, qui se souvenait d'une planche d'un de ses frères sur les dérives de la vidéosurveillance.

— On s'en fout.

Antoine n'avait jamais partagé les options sécuritaires de son ex-petite amie. Il n'insista pas et s'approcha de Standford en s'agrippant aux poignées de plastique qui pendaient de la carrosserie.

— Il y a quelque chose qui ne colle pas sur Fainsworth, pourquoi l'avais-tu vraiment dans le collimateur ?

Tout en scrutant la circulation, l'ex du Yard enleva son casque.

— Ce que je vais te dire est frappé de la plus grande confidentialité. (Puis, se tournant vers Jade :) C'est un secret d'État.

71

Jérusalem
21 janvier 1232
Maison de l'Ordre

Deux coups retentirent sur la porte de la salle du conseil. Le Gardien du Seuil, épée sur l'épaule, avança d'un pas.

— On frappe à la porte du Temple, Grand Maître.

Assis dans une cathèdre, surmontée d'une ogive sculptée, Armand de Périgord prit son temps pour répondre :

— Quel est l'impudent qui ose troubler notre réunion ?

Le Gardien du Seuil pivota, se dirigea vers la porte qu'il entrouvrit afin de transmettre la question. Quand il se retourna, la réponse jaillit :

— C'est un homme libre qui demande à être admis parmi nous.

Le Grand Maître dégaina sa dague, la retourna et frappa l'accoudoir du pommeau.

— Quelle folie ! Comment peut-il espérer pareil honneur ?

À nouveau le gardien se dirigea vers la porte, opéra un mystérieux conciliabule et répondit :

— C'est un homme dont le cœur n'a pas fléchi dans l'épreuve, dont la main n'a pas failli dans le danger.

Périgord frappa deux coups. Autour de lui, deux stalles, quoique plongées dans l'ombre, étaient occupées. Dans celle de gauche, l'Archiviste observait fébrilement le début de la cérémonie.

— Quel orgueil de croire que le courage et la volonté suffisent ! Il est indigne de nous !

La porte du conseil s'entrouvrit. Une silhouette, vêtue d'une cape sombre et la capuche baissée, fit un pas et posa devant lui une lanterne aux quatre côtés aveugles.

— Je suis le passeur qui sonde les cœurs et les reins, interrogez-moi et je répondrai sans peur ni crainte.

— Frère passeur (la voix du Grand Maître retentit sous la voûte), préparez-vous à remplir votre office.

Le passeur s'agenouilla et déploya la paume de ses mains vers le ciel.

— Le profane aspire-t-il à la Vérité ?

Le passeur baissa le bras droit et fit coulisser une des plaques de métal de la lanterne. Une faible lumière apparut.

La lanterne s'illumina des deux côtés.

— Connaît-il l'Humilité ?

La main du passeur dégagea la troisième face.

— Est-il prêt au Sacrifice ?

La lanterne brilla de tous ses feux.

Le Grand Maître se leva et frappa trois coups. Le Gardien du Seuil prit son épée à deux mains et s'avança, le visage grave.

— Frère gardien, ouvrez le Temple.

Sur le parvis, quatre bras saisirent vigoureusement Roncelin et le firent choir à terre. Les mains liées dans le dos et un bandeau sur les yeux, le Provençal crut sa dernière heure arrivée quand il entendit la lourde porte s'ouvrir.

— Maintenant, avance.

Roncelin tenta de se relever, mais le tranchant d'une épée lui rabota la nuque.

— Avance à genoux.

Plongé dans la nuit, il rampa sur le sol dallé. Le froid des pierres le faisait frissonner. La pointe d'une botte l'arrêta.

— Maîtres, le profane a franchi la porte étroite, car comme il est dit dans les Saintes Écritures : *« Il est plus facile à un chameau de passer par un trou d'aiguille qu'à un puissant d'entrer dans le Royaume de Dieu. »*

— Qu'on le relève.

D'un coup, le Provençal fut debout. Une main anonyme lui retira sa chemise tandis qu'une autre lui défaisait ses liens. Une odeur lourde d'encens flottait dans la salle.

Périgord se pencha vers l'Archiviste et murmura la formule consacrée :

— Que la parole circule.

De chaque côté de la salle, dans l'ombre, se tenaient les frères du conseil. La phrase passait de l'un à l'autre jusqu'à ce qu'une interrogation fuse. Trois questions pouvaient être posées.

— Ton seul remords ?

La voix surgit brusquement sur sa gauche. Derrière son bandeau, Roncelin vit passer deux images : le sourire de Bina dans la ferme d'Ein Kerem et la bague de son père que le Légat lui avait volée. Son cœur se remplit d'amertume, mais la volonté l'emporta sur la colère et la mort.

— J'en ai eu… je n'en aurai plus.

— Réponse d'orgueilleux.

La pointe d'une lame se ficha juste sur sa veine jugulaire. Il sentait le sang palpiter contre le métal.

— Si tu devais mourir à l'instant, ta dernière pensée ?

— Que Dieu me fasse grâce.

La pression du couteau se fit moins intense.

— De quoi as-tu le plus peur ?

La voix jaillit derrière lui, glaçante comme un vent d'hiver.

— De moi.

La pointe de la lame se retira.

Lente et grave, la voix du Grand Maître retentit :

— Faites-lui passer les épreuves.

Le bandeau tomba sur le sol. Roncelin se frotta les paupières. Devant lui, se dressait une ombre au visage dissimulé par une cagoule à pointe. La couleur noire luisait sous l'éclat de la torche.

— Jures-tu fidélité à l'Ordre ?

Roncelin frissonna. Il avait froid. Un coup retentit au fond la salle.

— Au troisième coup, tu devras donner ta réponse.

Sa vie repassait à toute vitesse. Sa jeunesse pauvre en Provence, son arrivée en Terre sainte, le Devin, Al Kilhal…

Un deuxième coup résonna dans le silence.

Et Bina… Le froid tomba sur son cœur.

Le dernier coup tomba.

Il avait déjà tout perdu. Il n'avait plus rien à perdre.

— Oui, prononça fermement Roncelin.

L'ombre abaissa brusquement sa torche.

— Alors connais la morsure du feu !

La poitrine de Roncelin vibrait de douleur, mais une nouvelle ombre venait de surgir, cette fois cagoulée de rouge. De sa main gantée, elle tenait un calice d'argent.

— Jures-tu obéissance à l'Ordre ?

Le Provençal allait parler quand la voix sans appel jaillit de la cagoule.

— Au second coup, tu devras répondre.

Roncelin ferma les yeux. Au-dessus de son cœur, la blessure du feu le dévorait comme un animal affamé. Quand retentit le dernier coup, il cria :

— Oui.

— Alors, connais la brûlure de l'eau vive !

Il s'était évanoui. Deux poignets le relevèrent. Sa poitrine lui brûlait à nouveau. L'acide faisait son office. Il ouvrit les yeux. On le tenait devant un trou dans le sol. Rectangulaire.

Une nouvelle ombre surgit, encapuchonnée de blanc.

Brusquement on le fit basculer dans le trou. Une peur panique s'empara de Roncelin. La voix résonna :

— Es-tu prêt à donner ta vie pour le Temple ?

Un seul coup retentit.

— Oui, hurla Roncelin.

L'ombre se poussa. Un tas de terre noire apparut, surmonté d'une pelle.

— Enterrez-le !

72

Extrait du EONWO blog.
Eye Over New World Order, par le Watcher
0X/15/3100 Post
Vous avez des yeux mais vous ne les voyez pas.

Mes amis, je suis menacé. Il est donc possible que j'arrête ce blog. C'est très sérieux. Je ne vous parle même pas des messages de haine que les frères m'envoient, frappés d'une tête de mort et d'un compas. Non, j'ai l'habitude. Mais, hier, un homme s'est présenté chez moi, je ne sais pas comment il a eu mon adresse. Il était habillé en costume noir, chemise blanche, cravate noire, avec un gros anneau maçonnique à son index. Un men in black, version maçonnique. Il est resté sur le pas de la porte et m'a dit qu'il était envoyé pour me délivrer un dernier avertissement. Soit j'arrêtais de parler des jeux Olympiques, soit je devais en subir les conséquences. Puis il a disparu. Mais je ne me tairai pas, j'ai envoyé toutes mes preuves au journaliste dont je vous ai parlé. Les francs-maçons préparent une conspiration évidente et ça va se passer pendant les JO. Une bombe, une irradiation psychique, je ne sais pas, mais les preuves sont là. Merci de faire passer l'info sur le net si vous n'avez plus de mes nouvelles. Il faut que la vérité éclate au grand jour.

Commentaires

Kapo : donne-moi ton adresse et je viendrai te protéger avec des potes du British Front. On va leur réserver un comité d'accueil aux petits oignons. Mon grand-père était dans le mouvement de Mosley[1] et il m'a appris à repérer les francs-macs de loin.

Beowulf : moi aussi, je peux venir avec mon épée.

Ingrid88 : tiens bon, j'ai commencé à diffuser tes révélations sur des sites amis.

Blofeld : fais gaffe, le MI6 a dû mettre ton site sous surveillance.

1. Parti politique fasciste anglais des Chemises noires, dirigé par Sir Oswald Mosley, dans les années trente.

73

West Cumbria
Dalton Nuclear Research
De nos jours

Mantinéa se réveilla avec un horrible mal de tête. Il ne savait pas combien de temps il avait dormi, mais son crâne vibrait comme le tympan d'une cloche. Il tenta de se relever du lit et réalisa qu'il était couché par terre, à même le sol, dans son laboratoire.

Une lumière rouge baignait les installations et il se frotta les yeux plusieurs fois pour enlever ce voile écarlate. Rien n'y fit. Tout était rouge. Son cerveau avait du mal à se reconnecter. Il se souvenait qu'il avait commencé à rédiger un mémo sur sa découverte, dans lequel étaient consignées les hypothèses de Pussycat, puis qu'il s'était couché sur le lit de camp, dans le box prévu pour rester sur place en cas d'expériences trop prolongées.

Il se leva avec peine, tourna la tête en direction de la paroi vitrée et réalisa qu'il se trouvait dans la salle d'irradiation.

Soudain, il comprit la signification de la couleur

de l'éclairage. Les appareils généraient des champs radio-actifs.

Un frisson glacé parcourut son corps. Il se palpa et s'aperçut avec une horreur grandissante qu'il n'était pas protégé par une combinaison antiradiations.

Pris de panique, il courut vers la vitre de séparation et agrippa à pleine main la poignée.

Elle était verrouillée.

Il tira de toutes ses forces, mais rien ne vint. Il se tourna vers l'écran de contrôle de mesure de radiations et vit qu'il allait atteindre le seuil d'exposition létal pour un être humain. Il hurla à s'en déchirer la gorge :

— Au secours, sortez-moi d'ici.

L'écho de sa voix se répercutait dans la salle. La vitre était blindée et insonorisée. Une idée jaillit. Il y avait un téléphone mural dans la salle. Il fonça vers le combiné et composa le numéro de la sécurité. Une tonalité d'attente se déclencha.

Vite, vite !

Un clic retentit puis une voix emplit la ligne :

— Mantinéa, comment ça va ?

C'était la voix enjouée de Watson, le patron du centre.

— Délivrez-moi. Je suis enfermé dans la salle d'expérimentation. La porte est bloquée.

— Je sais, je vous vois très bien de là où je suis. L'éclairage rouge vous donne très mauvaise mine.

— Quoi ?

— Tournez-vous vers la console de contrôle, je suis assis sur le siège. Attendez, je me rapproche.

Mantinéa vit le Dr Watson lui faire un signe amical de la main. Les yeux du chauve pétillaient derrière ses lunettes rectangulaires noires.

— Ouvrez ! Je vais mourir.

— Hélas, je le crains. Si mes calculs sont exacts, il vous reste une demi-heure.

Mantinéa était en nage. Un filet de sueur perla tout le long de la blouse du scientifique.

— Mais… pourquoi ?

Watson souriait de plus belle.

— Il semble que Lord Fainsworth se méfie de votre vanité. Il pense que vous allez vous vanter auprès de vos collègues du monde entier. Et comme c'est notre mécène, je ne veux pas le décevoir.

Il s'interrompit et regarda le haut de la salle. Il reprit :

— Ah, le volet de protection antiradiations est en train de se baisser. Signe que ça va devenir intenable. Nous n'allons plus pouvoir nous parler. J'en profite pour vous remercier, Mantinéa. Votre découverte du rôle des neutrinos est géniale, d'ailleurs je vais m'en attribuer la paternité. Adieu, Mantinéa.

Un mur de béton gris descendait rapidement du plafond, derrière la vitre de séparation. Watson continuait d'agiter sa main, comme s'il disait adieu sur un quai de gare.

— Non ! hurla Mantinéa.

De l'autre côté de la pièce, Watson regardait le mur coulisser. Il décrocha son portable et composa le numéro de Lord Fainsworth, mais tomba sur son répondeur. Le maître du *Temple Noir* saurait récompenser à sa juste mesure son zèle de frère dévoué.

Londres
De nos jours

La Bentley ralentit. À deux cents mètres derrière, la camionnette de dépannage rétrograda. Standford demanda au chauffeur :

— Ils ne se doutent de rien ?

— Aucun risque. On est invisibles à leurs yeux.

L'ex du Yard se retourna vers Antoine. Depuis son arrivée mouvementée à Londres, le Français avait l'impression de jouer un jeu dangereux où les dés étaient chaque fois pipés. Le moment était venu de s'expliquer.

— Depuis la tuerie en Norvège perpétrée par Behring Breivik, un franc-maçon néotemplier, il a été décidé, en haut lieu, d'enquêter sur ce qui pouvait se tramer dans la profusion des loges et des groupements se réclamant du Temple. Histoire de savoir si l'on avait affaire à un tueur isolé ou à des groupes plus structurés. Les Norvégiens nous ont appris que le tueur d'Oslo avait effectué plusieurs visites à Londres pour fréquenter des loges templières. Tu t'imagines notre angoisse à l'idée qu'il puisse exister des Breivik anglais. En ma qualité de frère, j'ai été chargé de mettre mon nez dans ces loges, en toute discrétion, et de vérifier les contacts du tueur en Angleterre.

La camionnette avait pilé à un feu, Antoine s'accrocha à la poignée de sécurité.

— Nous avons eu aussi une secte de dingues dans les années quatre-vingt-dix, l'*Ordre du Temple Solaire,* mais ils n'avaient rien à voir avec nos frères. C'est stupéfiant de constater comment les templiers continuent d'inspirer des dingues. Et alors, qu'as-tu trouvé ?

Jade les rejoignit. Standford continua :

— Je te rassure, les loges maçonniques d'inspiration templière sont parfaitement inoffensives. En revanche, en remontant les traces des échanges sur Internet, j'ai fini par découvrir que le Norvégien était en relation avec un groupe complètement inconnu. Une sorte de société secrète, ultra-réactionnaire et élitiste, qui se revendique en droite ligne du Temple. Ils prônent l'exaltation des ténèbres, le recours à une purification de la société.

— Et comment s'appellent ces preux chevaliers ?

— Le *Temple Noir*.

La camionnette redémarra brusquement. Jade intervint.

— Des groupuscules de tarés qui croient sauver le monde, il s'en crée tous les jours... Que vient faire Fainsworth là-dedans ?

— Il y a environ trois mois, nous avons réussi à retourner le vénérable de cette loge. Il avait de plus en plus de doutes depuis la tuerie de Norvège. Breivik avait appliqué à la lettre un enseignement qui ne devait être que théorique. Bref, ce vénérable a fini par parler : c'est lui qui m'a révélé la présence de VIP dans sa loge et l'influence grandissante de Fainsworth.

— Et alors ? demanda Antoine, haletant.

— J'ai perdu son contact, juste avant que tu n'arrives. J'ai bien peur que... (l'Anglais eut un geste expressif)... quand j'ai fait part de mes découvertes à mes supérieurs, ç'a été l'affolement. Non seulement un groupe anglais existait bien, mais en plus on y trouvait le gratin de la société. Qu'un homme comme Fainsworth, patron d'une agence de notation ultra-puissante et d'une kyrielle d'autres sociétés, puisse appartenir à ce genre de groupes, a fait trembler le Premier ministre.

Jade répliqua d'un air entendu :

— Ça risque pas d'arriver place Beauvau, vu le nombre de frères...

L'homme assis devant l'écran de contrôle cria :

— Ils viennent de se garer sur l'artère de droite. Ils sortent du véhicule et entrent dans un bâtiment.

— Lequel ? demanda Standford, impatient.

— Le Royal Exchange, Sir. L'ancienne Bourse de commerce de Londres.

— On y va !

Royal Exchange

Une musique assourdissante faisait vibrer les murs de pierre du vénérable édifice. Des baffles hauts comme des cabines de téléphone avaient été placés aux quatre coins du patio couvert du Royal Exchange et inondaient l'espace de vocalises étranges. Un mélange de rock gothique et de new wave.

— *Cocteau Twins*, hurla Jade, un groupe de la scène underground des années quatre-vingt-dix, redevenu tendance.

Antoine tentait de suivre les silhouettes pressées du lord et de la Louve, au milieu de la foule. Des jeunes femmes en tenues de soirée, souvent excentriques, escortaient des hommes plus âgés dans des costumes trois pièces. Le Londres de la beauté et de l'argent semblait réuni dans ce lieu de tous les échanges.

Précédé de la Louve, Fainsworth ressentait la même

exaltation qu'au centre de Dalton, quand le crâne s'était mis à irradier.

« Le Temple d'argent »

Il aurait dû faire le lien immédiatement. Après le Grand Incendie de Londres, Sir Christopher Wren avait non seulement reconstruit la cathédrale Saint-Paul, mais aussi tracé les plans de la nouvelle Cité. Le nouveau bâtiment de la Bourse devait jouer un rôle central, au cœur des activités de la ville. Le point majeur. L'architecte nommé pour construire le Royal Exchange, Edward Jarman, n'avait fait que suivre sa vision. Wren, le grand ordonnateur de la géométrie sacrée de la capitale était le véritable inspirateur du temple dédié au commerce. À l'argent.

Incendiée à nouveau, reconstruite sur les anciennes fondations, la Bourse avait fini par être délocalisée plus à l'ouest dans la City. À la fin des années quatre-vingt-dix, des promoteurs inspirés avaient métamorphosé l'historique Royal Exchange en un centre commercial de prestige, rempli de boutiques de luxe et de restaurants hors de prix. L'argent coulait toujours à flots, la continuité de l'esprit des lieux était assurée.

Fainsworth jeta un regard circulaire dans l'intérieur du bâtiment, un patio gigantesque dont la hauteur montait sur sept étages. Des images de films de la Hammer[1] étaient diffusées par des vidéoprojecteurs. Sur toute la longueur d'un mur, des écrans rectangulaires et plats retransmettaient en continu les cours de la Bourse

1. Studio anglais mythique des années soixante, spécialisé dans les films d'horreur.

sur des plateaux de chaînes de télévision boursières. Fainsworth apprécia l'alliance symbolique du trading et du vampirisme.

Des femmes-vampires, évanescentes, en robes de dentelle ébouriffées sortaient de cercueils d'ébène, les bras tendus et la bouche sanglante. Autour d'elles, de jeunes dandys, en frac noir et lunettes teintées, prenaient des poses de Dracula de comédie.

Derrière un comptoir, se tenaient deux jeunes femmes brunes, longues et minces, la peau du visage émacié, rendu exagérément livide par un maquillage adapté, les lèvres écarlates, toutes deux habillées d'une tunique noire qui descendait jusqu'aux chevilles.

Fainsworth chuchota à l'oreille de la Louve :

— C'est quoi, cette ambiance décadente ? Une réunion de l'association des vampires anorexiques ?

— Non, un défilé de mode. Il y a un podium à côté du restaurant central.

— Trouve le sous-sol. Il faut descendre.

La Louve aperçut un vigile et murmura à l'adresse de l'aristocrate :

— Je m'en occupe. Sois sage avec les suceuses de sang…

Elle s'éloigna en direction d'un homme en casquette grise et veste marron frappée du logo de la sécurité. Elle revint quelques minutes plus tard, avec deux badges noirs à la main.

— Charmant, ce petit gardien, j'en aurais bien fait mon quatre heures. Il m'a cédé deux badges qu'il faudra lui rendre en sortant. On contourne le bal des vampires et on prend la première porte à droite. Un escalier conduit au parking, dernier niveau, – 4.

— Tu lui as dit quoi ?

— Que j'avais oublié le porte-documents de mon patron dans la voiture. Et qu'il allait m'engueuler ferme, s'il apprenait mon erreur. Tu me dois aussi trois cents livres.

Ils passèrent devant les deux cerbères gothiques et longèrent une barrière de sécurité qui entourait toute la cour centrale et bloquait l'accès aux chaises disposées autour du *catwalk*[1].

Une porte grise d'ascenseur était nichée dans un renfoncement. La cabine descendit à toute vitesse pour s'ouvrir sur un parking qui empestait la peinture et le désinfectant. Trois voitures étaient garées entre des piliers fraîchement repeints. Fainsworth regarda méticuleusement autour de lui, s'assura qu'aucune caméra n'était installée, puis, d'un geste affirmé, indiqua un mur, situé sur la gauche.

— Là-bas, à côté de la Rover.

D'un pas vif, ils se dirigèrent vers une porte métallique repeinte en rouge, sur laquelle était apposé un autocollant *Défense d'entrer*. La Louve sortit une arme et tira à bout portant sur la serrure qui vola en éclats.

Une volée de marches descendait vers l'étage inférieur. L'escalier donnait sur une salle voûtée où était entreposé un amoncellement hétéroclite de poutres en bois rongées de mousse, de traverses de métal rouillées, de bardages défoncés. Des tas de gravats, recouverts de poussière compacte, s'éparpillaient un peu partout. Un groupe de gros rats noirs détala, pour se cacher derrière un échafaudage en vrac.

— Charmant… lança la Louve. On est censés chercher quoi, dans cette décharge ?

1. Podium où défilent les mannequins.

— *La Colonne du soleil.*

Ils regardèrent autour d'eux. La Louve cria :

— Là-bas !

Sur leur gauche, deux piliers massifs montaient vers le plafond du parking. Ils s'approchèrent. Un crépi verdi recouvrait les fûts.

— Où est l'est ?

La Louve fit jaillir son iPhone et tapa une appli. Une boussole apparut dont l'aiguille se mit à tournoyer.

— Juste sur ta gauche.

Fainsworth se plaça dans l'axe. De la main, il remonta le long d'une des colonnes. Sous la base du chapiteau, il s'arrêta. Le crépi s'effritait. Il gratta l'endroit du doigt et dégagea un écusson où apparaissait en relief une lettre stylisée : B. La Louve aussitôt se précipita sur l'autre colonne. Au même endroit apparut une autre lettre : J.

Jakin et *Boaz*. Les deux piliers à l'entrée de tout temple maçonnique.

Le patron de l'agence de notation s'approcha et vit la *marque* dans le B.

Son visage s'illumina.

— Que le temple caché s'ouvre !

— Pas question !

Fainsworth et la Louve se retournèrent en même temps. Marcas leur faisait face, les jambes écartées, un pistolet braqué sur le maître du *Temple Noir*.

74

Commanderie
de Sainte-Eulalie de Cernon
Larzac
Février 1280

Le cavalier ralentit son cheval. Une bruine, fine et glacée, rendait le sol glissant. Depuis son départ de Montpellier, il traversait un paysage indécis. Des masses de pierre, comme des statues inachevées, jaillissaient du sol qui semblait les retenir dans les profondeurs. On aurait dit l'œuvre oubliée d'un démiurge. Partout, des rochers sculptés par le vent et la pluie prenaient des formes irréelles comme si une main puissante, après les avoir dégrossis, les avait abandonnés en plein désert. Seul un oiseau de proie survolait ce royaume désolé, parsemé d'herbes sèches et de pierres rongées de lichen. À croire que Dieu, quand il avait chassé Lucifer, l'ange rebelle, hors du Ciel, lui avait donné pour lieu d'exil le plateau du Larzac. Arrivé sur une petite éminence, le cavalier inspecta l'horizon. Vers l'occident, une ligne de remparts, encadrée de deux tours effilées, se dressait, environnée de brouillard. Une oriflamme battait au vent. Le cavalier reconnut la croix rouge pattée du Temple. Il sut qu'il allait bientôt arriver.

Couché sur sa paillasse, Roncelin de Fos contint un cri de douleur. Le barbier venait d'entamer la peau juste au-dessus du poignet. Il glissa une écuelle en étain et un sang noir tomba goutte à goutte.

— La saignée va vous soulager, messire. Trop de sang oppresse le cœur et ralentit sa marche.

Roncelin eut un pâle sourire dans sa barbe blanche. Si le battant de son horloge intérieure prenait du retard, seul l'âge était à incriminer. D'ailleurs, combien d'hommes de sa génération étaient encore en vie ? Il était une exception comme si Dieu l'avait oublié au fond de cette commanderie perdue. Pourtant, si l'architecte de l'Univers l'avait perdu de vue, lui ne négligeait pas de remplir sa dernière mission. Il se tourna vers le barbier.

— Un frère doit me visiter aujourd'hui. Qu'il me soit amené aussitôt.

L'homme s'inclina et sortit en fermant la porte. Lentement Roncelin se leva. Près de la fenêtre, posé sur une table de vieux bois, reposait un miroir au manche d'ébène ; il le prit et contempla ce qu'il était devenu. L'époque était loin de ses cheveux bouclés d'or, de son visage au teint mat. L'image dans la glace était celle d'un vieillard que son corps achevait de trahir. Il était temps de passer la main.

Le cavalier se présenta devant la porte de la commanderie en piteux état. La pluie avait trempé sa cape et une barbe de trois jours rongeait ses joues. Quant à la boue du chemin, elle avait recouvert jusqu'à la selle de son cheval. Malgré son apparence douteuse, les gardes le laissèrent entrer sans fouille. Sitôt arrivé dans la cour, il sauta de cheval, manquant de glisser sur le pavé humide, et se dirigea vers la salle d'armes. Avant d'entrer, il tenta de reprendre forme humaine en relevant ses cheveux, mais la porte s'ouvrit brusquement. Il avança et vit, accoudé à une colonne, un frère qui l'observait.

— Qui t'a amené ici ?

— *La lignée sans nom.*

— Quel âge as-tu ?

— *L'âge des ténèbres.*

— Que cherches-tu ?

— *Le cercle parfait.*

Le frère s'approcha et lui donna l'accolade.

— Nous t'attendions, Hughes de Payraud[1].

Le cavalier s'inclina, mais son frère le releva.

— J'ai une dernière question à te poser : qui demandes-tu ?

La voix d'Hughes vacilla avant de répondre :

— *Le Maître Secret.*

Roncelin de Fos comptait les années. Près de cinquante. Il y avait longtemps que le sourire de Bina s'était effacé de sa mémoire. Comme le visage du Devin. Quand il s'était relevé de son initiation, il était un autre homme. Il posa la main sur sa poitrine, effleurant deux taches brunes, fripées par le temps. L'épreuve du feu et de l'eau, avant celle terrible de la terre. Depuis, il était le Maître Secret. C'est lui qui avait décidé du sort de *la Chose*, qui avait veillé à son

1. Voir *Le Septième Templier*, Fleuve Noir 2011.

transfert de Terre sainte et son dépôt dans l'enclos du Temple, à Paris, où il était toujours. Depuis, l'Ordre n'avait cessé de prospérer.

Le prix du sang. Le sang de Bina.

Par réflexe, il porta la main à son annulaire. Mais cela faisait un demi-siècle que la bague paternelle n'y était plus. Elle aussi avait disparu. Le Légat s'en était emparé comme du butin d'Al Kilhal. Bizarrement, Roncelin se souvenait des yeux de l'Archiviste. C'est lui qui avait négocié la remise de la rançon.

Il repensa à la bague. Un jour, on la retrouverait et un inconnu la porterait à son doigt. Qui sait si une parcelle de la vie du Maître Secret ne passerait pas dans la sienne ?

Il sentit une douleur dans la poitrine. La fatigue sans doute, ou la lassitude de vivre.

On frappa doucement à la porte.

— Messire, votre visiteur.

Roncelin hocha la tête.

L'heure était venue.

Hughes de Payraud était tétanisé. Devant lui se tenait l'homme le plus puissant du Temple. Ce vieillard au regard fané était le vrai maître de l'Ordre. De sa bouche allaient tomber des paroles qui étaient le destin même du Temple, et c'était lui, Hughes de Payraud, qui avait été choisi pour les entendre.

— Le Temple est comme un être vivant, il a un début et une fin. Et cette fin est proche.

Payraud laissa passer sur son visage un mouvement de surprise. Depuis cinquante ans, l'Ordre accumulait puissance et gloire. Malgré les revers de la chrétienté en Orient, jamais il n'avait été aussi influent. Partout en

Europe, les rois et les princes imploraient son soutien. Le pape même l'admirait et le craignait.

— Tu es jeune encore, mais la force du Temple, sa vigueur, ont des racines souterraines qui s'épuisent. Et, dans quelques années, le chêne immense que nous sommes devenus ne sera plus qu'un arbre mort.

— Maître…

Roncelin leva sa main parcheminée. Signe qu'il ne voulait plus être interrompu.

— Tu verras ces jours d'opprobre et de deuil. Et tu te souviendras alors de mes paroles.

Malgré la douleur qui oppressait sa poitrine, Roncelin sourit.

— C'est pour ça que tu es ici. Tu seras celui qui devra agir.

Payraud faillit parler, mais se retint.

— Quand les temps seront venus, c'est toi qui protégeras *la Chose*.

Hughes frémit. Quand il avait été initié dans le dernier cercle, malgré son jeune âge, le Grand Maître avait prononcé ce mot. Une seule fois. Et tous les membres du Conseil, la main tremblante, s'étaient signés.

— Ton destin est écrit désormais. Il se passera encore des années avant que tu ne doives te sacrifier à ta mission. Mais, ce jour, tu ne te déroberas pas.

Payraud tomba à genoux.

— Je le jure, Maître.

La tête de Roncelin se renversa en arrière.

— Pour t'aider à protéger *la Chose*, je vais te donner une aide.

D'une main, il indiqua sa paillasse.

— Fouille dessous, tu trouveras un reliquaire.

Hughes s'exécuta.

— Ouvre-le.

Le templier fit jouer les fermoirs.

Un crâne apparut d'une blancheur incandescente, au-dessus d'un groupe d'ossements frêles et jaunis.

— Une femme a donné sa vie et le Temple a vécu de son sacrifice. Prends-le avec toi. Il te protégera le jour venu. Maintenant, pars.

Hughes saisit la relique avec respect, puis la roula sur son dos. Comme il ouvrait la porte, Roncelin laissa tomber :

— Elle s'appelait Bina…

La voix s'éteignit.

— … et je l'aimais.

75

Extrait du EONWO blog.
Eye Over New World Order, par le Watcher
0X/15/3100 Post
Vous avez des yeux mais vous ne les voyez pas.

Je me suis trompé sur les francs-maçons. J'étais parano. Oubliez ce que j'ai écrit. J'arrête ce blog.

Commentaires
Kapo : c'est pas normal. Jamais il aurait écrit ça. Y peut pas changer d'avis, surtout après son dernier message.
Blubr : t'es où, Watcher ?
Smirgol : je sais pas vous, les amis, mais je n'y crois pas une seconde au revirement du Watcher. Il lui est arrivé quelque chose.
Mosley : ils l'ont eu, ces salauds.
John d : pareil, il va se passer quelque chose. Mais comment on peut porter secours au Watcher ? On connaît même pas son adresse.
Onnouscachetout : avec un pote on va récupérer son adresse IP. Lancez l'alerte autour de vous, sur tous les

sites dans le monde qui dénoncent les francs-maçons, dites-leur qu'ils ont eu le Watcher. Envoyez vos post sur toutes les adresses possibles. Je vous ai mis en copie quarante liens sur lesquels vous pourrez intervenir. Ils ne vont pas s'en sortir comme ça. WATCHER, où que tu sois, quoi qu'ils t'aient fait, on continue ton COMBAT pour la vérité, comme d'autres l'ont fait en d'autres temps. Vous les maçons, on vous aura tous.

EONWO INDISPONIBLE

76

Londres
Royal Exchange
De nos jours

Une nouvelle rame de métro fit vibrer les murs recouverts d'une fine couche de poussière. Bras levés, Fainsworth et la Louve s'étaient reculés contre l'un des piliers. Antoine les braquait avec son arme, entouré de Jade et de Standford. Il crispait sa main sur la crosse du Walther, brûlant d'appuyer sur la détente. Il les avait enfin à sa merci, les deux réunis, offerts et vulnérables.

Jade remarqua sur son visage une expression qu'elle ne lui connaissait pas mais qu'elle avait observée chez des militaires, en Afghanistan. Une expression sombre, dure, absente de toute trace d'humanité. Une expression qui précédait une exécution sommaire.

Antoine jeta d'une voix métallique :

— Un geste, un seul, et c'est la fin du voyage.

— Restons calmes, voulez-vous, dit l'aristocrate en se tournant légèrement vers le pilier. La cache est ici, probablement sous nos pieds. Je sais que tu es comme nous, tu brûles d'impatience de connaître le secret du Temple.

— Rien ne m'empêche de vous tuer et de continuer, gronda Antoine.

Le maître du *Temple Noir* secoua la tête.

— Non, moi seul connais les phrases de Wren. À vous la force, à moi la connaissance…

Standford, qui avait lui aussi observé la transformation de Marcas, s'approcha d'eux.

— Quelle est la suite de l'énigme, Fainsworth ? Je te promets qu'on vous laissera la vie sauve. Tu as la parole d'un ancien du Yard.

L'aristocrate le toisa.

— Voilà ce que je propose. Nous continuons ensemble ce voyage… initiatique. Je ne suis pas arrivé jusqu'ici pour ne pas franchir l'ultime porte. Une fois découvert ce qu'il y a derrière, je m'engage à vous obéir. Vous avez toutes les cartes en main, nous ne pourrons pas nous échapper.

— Aucun de vous deux n'est en position d'imposer quoi que ce soit, répliqua Marcas d'une voix sèche.

— Oh, le petit Français bombe le torse, comme c'est impressionnant, ricana la Louve.

Marcas se raidit encore plus. Coller une balle dans la tête de cette harpie serait un bonheur incomparable. Standford et Jade échangèrent un regard. Ils étaient sur la même longueur d'onde. La jeune femme se colla à Antoine.

— On a la situation en main, garde ton sang-froid.

— Ce type trahirait sa mère pour le plaisir. Je ne lui fais pas confiance.

L'ex du Yard s'interposa.

— Marcas, c'est moi qui dirige cette opé ! On continue la… balade. Allez-y, Fainsworth.

Antoine abaissa son Walther et haussa les épaules.

Le patron de l'agence de notation prit le maillet de Wren et en inséra le manche dans le trou du pilier, celui qui était au milieu de la lettre G. Il l'enfonça jusqu'à la garde de la frappe, puis il le tourna dans les deux sens. Le pilier retentit d'une lointaine vibration, des claquements métalliques résonnèrent sous le sol. Lentement, une trappe s'ouvrit entre les deux piliers, laissant apparaître une volée de marches qui s'enfonçaient dans l'obscurité. Le petit groupe s'approcha de l'ouverture béante. Personne n'osait descendre.

Antoine leva à nouveau son arme et la braqua contre la tempe de la Louve.

— Dans les films, ce sont les héros qui font le sale boulot et passent les épreuves. Tu te souviens d'Indiana Jones qui rentre dans la grotte du Graal et manque de se faire couper la tête pendant que les salauds, eux, sont peinards ? Cette scène m'a toujours énervé. (Il se tourna vers Fainsworth.) Cette fois, nous allons inverser les rôles : Votre amie, la Louve, va passer en premier. Pour nous éclairer le chemin…

Hésitante, la tueuse regarda d'abord son amant qui ne réagit pas, puis se tourna vers Antoine en souriant.

— Même pas en rêve, minable.

Antoine lui rendit son sourire et la frappa avec la crosse de son arme. La violence du coup la fit s'écrouler à terre. Il arma son pistolet et aboya :

— Tu as une minute…

— Antoine, arrête ! cria Jade.

— … sinon je suis certain que Peter Standford ici présent confirmera auprès de ses supérieurs que j'étais en état de légitime défense.

Sous le regard effaré de Jade, l'Anglais ajouta d'une voix basse :

— Mieux que ça, mon cher frère. Dans mon rapport, c'est moi qui ai abattu cette femme alors qu'elle te menaçait avec une arme. En tant qu'ancien du Yard, je crains que personne ne mette ma parole en doute…

Antoine ricana à son tour.

— Fais-moi plaisir, dis-moi non encore une fois.

La tueuse se releva en essuyant le sang qui coulait de sa lèvre supérieure.

— OK, mais va te faire mettre quand même.

Marcas évita le regard désapprobateur de Jade et poussa la Louve vers la trappe. La tueuse prit la torche de Standford et passa la première. L'escalier s'enfonçait rapidement ; au fur et à mesure de la descente, la pierre suintait une odeur trouble d'humidité et de moisi. Antoine qui la suivait, l'arme au poing, remarqua, à intervalles réguliers, des marques gravées dans la lueur fugitive des lampes de poche. Triangles, fils à plomb, lettres suivies de chiffres romains, carrés percés de points, des symboles probablement façonnés par les tailleurs de pierre qui avaient dû chantourner et maçonner les pierres de ce souterrain.

Passé la dernière marche, ils atteignirent un boyau étroit d'une dizaine de mètres qui se terminait par un mur. Le sol de pierre était composé de grandes dalles rectangulaires, noires et blanches. Chacune était ornée d'un motif maçonnique. Selon la couleur, figurait tantôt une étoile flamboyante, marquée du chiffre 3, tantôt une pierre de taille surmontée d'un triangle.

Fainsworth prononça à haute voix la suite du message découvert dans le tombeau de Wren.

— *« Le maillet révèle l'étoile dont le ternaire attise le feu. »*

Antoine haussa la voix :

— Étoile munie du ternaire contre pierre cubique surmontée de la pyramide, symbole de la perfection maçonnique. Intéressant. Comme sous le Sacré-Cœur, il y a sûrement un piège… Mais il n'y a qu'un moyen de le savoir. Avance.

La Louve hésita, la peur se lisait dans ses yeux. Elle implora Fainsworth.

— Mon amour, aide-moi.

L'aristocrate la prit par les épaules.

— Choisis l'étoile, elle attise le feu ardent. Le feu de la connaissance, chez les alchimistes. C'est un symbole favorable. Aie confiance.

Elle se détacha et le scruta avec un regard ambigu.

— Si je m'en sors…

La tueuse s'avança lentement et posa le pied sur une dalle noire. Rien ne se passa, elle posa le suivant, encore plus lentement, et s'arrêta. Ni le sol ni les murs ne s'écroulèrent. Elle poussa un soupir. Fainsworth exultait.

— Je te l'avais dit, tu es guidée par le feu ardent. Tu ne risques rien.

Elle reprit sa marche. Évitant les dalles blanches, elle parvint au milieu du boyau quand un craquement se fit entendre.

— Vous avez entendu ? lança Jade.

La Louve leva la tête vers le plafond de pierre. Une goutte jaune tomba sur le coin de son œil. Elle battit des paupières.

— Qu'est-ce que c'est que cette saloperie ?

Soudain, des myriades de gouttes tombèrent à leur tour. Une odeur âcre envahit la pièce. Au sol, la pierre se liquéfiait déjà.

— Reculez-vous, hurla Antoine, c'est de l'acide !

— L'eau vive des anciens, s'écria Standford.

Ils coururent se réfugier dans l'escalier. La Louve se tordait et hurlait comme une possédée. Sa peau se couvrait de cloques fumantes, ses cheveux tombaient par touffes.

— On ne peut pas la laisser comme ça ! s'écria Jade.

— Je n'ai pas de parapluie, attendons que l'averse passe, répliqua Antoine.

Fainsworth, lui, observait avec neutralité le corps pris de convulsions.

— Le feu ardent... Bien sûr, j'aurais dû y penser, c'était le surnom donné par les alchimistes du Moyen Âge à l'acide sulfurique.

La face défigurée de la Louve surgit brusquement. Trouée de partout, la peau écarlate comme arrachée et mise à vif. L'œil droit n'était plus qu'une boursouflure purulente. Le crâne comme une orange pelée.

Antoine était hypnotisé par la scène. Devant le visage souffrant de Gabrielle, sa séance de torture de l'année précédente revivait dans son esprit. Il réalisa qu'il prenait du plaisir à voir la Louve se tordre de douleur. Chaque sanglot, chaque cri, était comme du baume passé sur ses propres plaies.

La pluie d'acide s'arrêta d'un coup. Antoine se ressaisit et braqua son arme sur Fainsworth.

— À ton tour.

L'aristocrate jaugea le sol pavé de dalles.

— Il te reste les dalles blanches, ricana Marcas, le risque est mesuré.

Fainsworth jeta un regard au corps qui tressautait. Puis il s'avança et, sautant de dalle en dalle, arriva à mi-chemin.

Le mur du fond s'abaissa dans un grondement rouillé.

Standford posa sa main sur l'avant-bras de Jade et lui désigna ce qui restait de la Louve.

— Appelez mes hommes, ils l'emmèneront dans un hôpital… si elle est encore en vie.

Sans attendre, il fonça rejoindre Fainsworth et Marcas qui s'étaient arrêtés, ébahis.

La salle était immense, haute et circulaire, surmontée d'un dôme de pierre blanche. Un Christ en majesté, composé de fines mosaïques, comme dans la basilique du Sacré-Cœur, ouvrait les bras. Mais le plus stupéfiant se trouvait au milieu de la salle, pile sous le dôme. Standford s'approcha.

Au centre, se dressait la statue d'un Templier en marbre blanc. Le chevalier avait un genou à terre et sa capuche baissée masquait le haut de son visage. Il tenait entre ses mains une longue épée pointée vers le bas. Sa cape d'albâtre était frappée sur le côté droit d'une croix peinte en rouge écarlate.

La sculpture était d'une finesse incroyable, les plis de la pierre paraissaient presque translucides. L'artiste qui avait façonné cette œuvre monumentale avait poussé le détail jusqu'à ciseler les veines du cou avec un réalisme stupéfiant.

On aurait dit un géant transformé en pierre.

Les trois hommes s'avancèrent. Intrigué, Antoine regarda sous la capuche. Là encore, le sculpteur avait excellé dans le réalisme. Une expression de tristesse infinie se lisait sur le visage du chevalier. Sa bouche était entrouverte comme s'il allait parler.

— Regardez ! Il y a une inscription, lança l'ancien du Yard.

Au pied du géant, était posée une plaque gravée en lettres écarlates.

NON NOBIS DOMINE SED NOMINE TUO
DA GLORIAM
FRATER RONCELINUS

— La devise de l'ordre du Temple. *Pas en notre nom, Seigneur, mais en Ton nom pour Ta propre gloire*, articula Antoine. Et c'est suivi de... *Frère Roncelin.*

Sous la pointe de l'épée, se trouvait un autel noir. Subjugué par la statue de marbre, Marcas n'y avait pas pris garde.

Son cœur faillit s'arrêter.

C'était le même monolithe que dans son cauchemar.

Celui du Sacré-Cœur.

77

Londres
Crypte du Royal Exchange
De nos jours

En silence, les trois hommes entouraient le monolithe noir. La pointe de la majestueuse épée du Templier pointait la dalle qui recouvrait la pierre de ténèbres. Antoine caressa la plaque recouverte de lettres d'or et se tourna vers Standford.

— Incroyable, la copie conforme de celle de la crypte du Sacré-Cœur. C'est elle qui donnait les indications pour le trésor de la voûte. Tu peux l'éclairer ?

Le faisceau de la torche fit flamboyer l'or pur. Un texte en français apparut sous leurs yeux.

La vérité gît au fond de ce tombeau.
Et la vérité est pierre.
Les frères chevaliers de l'ordre du Temple,
venus de France ont déposé en ce lieu,
la pierre de Jérusalem
La pierre du Temple de Salomon, retrouvée
par Maître Roncelin

Elle a apporté au Temple trésor et pouvoir
Mais aussi grands malheurs et triste souffrance
Pour le bien du royaume, elle dormira dans ce tombeau
Que le sang des innocents jamais ne la souille.
Moi, Christopher Wren, Grand Maître.

— La pierre de pouvoir est à l'intérieur. Il faut ouvrir la dalle ! lança Fainsworth.

Marcas releva son Walther.

— Attendez. Regardez le visage du Templier, il indique la souffrance. Et si c'était une mise en garde. *Que le sang des innocents jamais ne la souille*...

Le maître du *Temple Noir* était hypnotisé.

— Bêtises ! La peur te rend faible.

Antoine leva l'index vers le géant de marbre.

— Observez ! Le chevalier pointe son épée vers le monolithe. Ce n'est pas pour le protéger d'intrus, mais pour le tenir sous sa garde.

Standford, les yeux brillants, posa sa main sur l'épaule de Marcas.

— Fainsworth a raison. Il faut voir ce qu'il y a là-dedans.

Sans attendre de réponse, il poussa la plaque qui glissa dans un raclement sinistre, comme la dalle d'un tombeau. Antoine se demanda si on n'ouvrait pas la boîte de Pandore.

Fainsworth se précipita et retira un coffret d'ébène.

— Enfin ! Il est bien là.

L'ancien du Yard braqua sa torche sur le maître du *Temple Noir*.

L'air extatique, l'aristocrate ouvrit le coffret.

Une pierre noire apparut.

Aussitôt une vibration sourde envahit l'espace autour

de l'objet sacré. Antoine crut à une hallucination, mais l'air semblait soudain plus dense. Il tendit sa main en direction du cube et eut l'étrange sensation d'approcher un champ magnétique répulsif. Le maître du *Temple Noir* exultait.

— Sentez-vous l'énergie qui émane de la pierre cubique ? La source du pouvoir, de la puissance !

Marcas fronça les sourcils.

— Explique-toi.

Fainsworth pressait la pierre entre ses mains, comme s'il se nourrissait de son énergie. Il ferma les yeux quelques secondes puis les rouvrit, le regard perdu.

— Vous, les francs-maçons, n'êtes que des pantins qui répètent depuis des siècles des rites dont vous ne comprenez même plus le sens. On vous a appris à tailler votre pierre brute pour atteindre à la perfection, la pierre cubique… Stupidités. Cette pierre existe réellement, ce n'est pas qu'un symbole ! Les Templiers l'ont sortie des entrailles du Temple de Salomon, à Jérusalem. C'est grâce à elle qu'ils ont obtenu toute leur puissancc !

Standford se rapprochait de lui, son pas crissait sur les dalles. Antoine apostropha le lord.

— D'où sais-tu tout cela ?

Ce dernier répondit sur un ton saccadé.

— Après l'anéantissement de l'ordre du Temple, en 1314, le groupe survivant a eu en garde le trésor et la pierre, mais, face aux bouleversements du royaume, ils ont pris la décision de séparer les deux et de mettre le cube dans un lieu sûr. Des émissaires sont partis à Londres et ont créé leur propre groupe avec des frères templiers anglais rescapés. De là est né le *Temple Noir*.

— Je ne comprends pas. Si vous êtes les héritiers de ce groupe, vous auriez dû connaître l'endroit où gisait la pierre.

L'air semblait s'assombrir autour de Fainsworth, des parties de sa silhouette semblaient aspirer la lumière environnante. Comme un trou noir qui absorbe des soleils.

— Non, nos prédécesseurs avaient pris leurs précautions, exactement comme pour le groupe français des Sept Templiers qui avaient en garde le trésor, sans connaître son emplacement exact. Sir Christopher Wren, Grand Maître du *Temple Noir*, a codé toute l'énigme, à commencer par celle sur le crâne qu'il a confié aux Templiers français.

Un bourdonnement étrange emplissait l'air ambiant. Un vertige saisit Antoine, probablement la raréfaction de l'oxygène. Même le son de sa voix se propageait de façon étrange.

— Ce n'est qu'un bout de caillou… Rien de plus. L'air est vicié, ici. On… on remonte.

Le maître du *Temple Noir* était maintenant entièrement enveloppé de lumière noire. La voix de Fainsworth jaillissait comme un torrent.

— Imbécile ! Pourquoi crois-tu que j'ai fait envoyer le crâne et les os du Sacré-Cœur au centre de Dalton ? Il y a des siècles, ce squelette a été mis en contact prolongé avec la pierre. Il a dégagé une énergie prodigieuse. Quantifiable, scientifiquement mesurable. Et maintenant il faut à nouveau du sang pour…

Soudain, le lord s'affaissa à terre. Standford était debout derrière lui, la crosse de son pistolet levée. La pierre tomba et cogna le bord du monolithe. Un fragment s'en détacha. Les flammes noires et le curieux bourdonnement disparurent d'un coup. Standford jaillit et saisit la pierre avec un regard de dément.

— La pierre est à moi.

Marcas restait stupéfait par la violence de la réaction de son frère anglais.

— Tu es fou…

— Je sens sa puissance.

À nouveau, le bourdonnement reprit et des éclairs noirs apparurent autour des mains de Standford. Marcas bondit sur lui et le fit basculer en arrière, juste sous le visage du templier statufié. L'ex-policier tenait toujours le cube entre ses mains en hurlant.

— Jamais !

Le commissaire lui décocha un crochet du droit. Standford lâcha la pierre et roula sur le côté. À genoux, Antoine prit le cube pour le mettre en sécurité.

Il se figea, comme s'il recevait une décharge électrique. Une énergie inconnue parcourait son corps. Une sensation d'évidence et de toute-puissance s'empara de lui. Jamais il ne s'était senti comme en cet instant. Il regarda les deux Anglais geindre à terre. Des faibles qui ne méritaient aucune pitié, comme la Louve qui avait subi le châtiment mérité.

Le cube et lui ne faisaient plus qu'un, pour l'éternité. La beauté des ténèbres lui apparut. Il comprit que sa voie était de répandre la vérité de la noirceur de toute chose. La lumière n'était qu'illusion.

Il leva la tête et vit soudain le visage du Templier de marbre. Le chevalier le fixait, comme s'il contemplait son âme, et l'infinie tristesse de son regard se répandit dans l'esprit de Marcas, comme une coulée de lave brûlante. Une voix résonna dans sa tête.

« Ne succombe pas à la tentation. Résiste à son pouvoir. »

Antoine vacilla. Il savait qu'il était victime d'une hallucination. Sa raison reprit possession de lui. Il posa le cube à terre et se redressa. Les vibrations maléfiques cessèrent.

Standford s'était levé le premier, son regard était à nouveau normal. Il balbutiait :

« Je ne sais pas ce qui m'a pris. J'ai cru devenir fou. »

— Je sais, ça a failli m'arriver. Partons de ce lieu maudit, ajouta Antoine, un peu groggy.

L'Anglais ramassa le coffret d'un geste.

— Il faut prendre la pierre.

— Non. Elle est le Mal.

— Ce n'est pas à nous de juger. Elle est propriété de la Couronne, de la même façon que le trésor des Templiers a été remis à la France et au Vatican.

— Tu fais une erreur… répliqua Marcas qui aperçut un fragment de la pierre contre le monolithe.

Il se baissa comme pour nouer son lacet et ramassa le morceau brisé. Fainsworth s'était remis à son tour et se massait la nuque.

— On dirait que ton frère anglais joue cavalier seul…

Standford avait déposé la pierre dans le coffret et pris l'ensemble sous son bras. De l'autre, il indiquait la sortie à Marcas et Fainsworth.

— On repart. Ne m'en veux pas, Antoine, j'ai beaucoup de sympathie pour toi. Je te le jure : la pierre servira à un bon usage.

Ils s'éloignèrent de la salle au dôme, traversèrent à nouveau l'antichambre au sol rongé d'acide et montèrent l'escalier. Arrivé à la dernière marche, Fainsworth tourna la tête vers Antoine et ricana :

— Frère Marcas, selon toi, pourquoi Wren a-t-il entreposé cette pierre en ce lieu de ténèbres et pas à Saint-Paul, demeure de Dieu ?

78

Londres
Royal Exchange
De nos jours

L'odeur âcre de salpêtre imbibait tout l'escalier. Standford toussa et poussa le dos de Fainsworth du canon de son arme.

— Cesse tes bavardages. Monte !

Antoine était troublé. Exalté, le lord continuait à parler :

— On est au cœur du Royal Exchange ! La Bourse de l'époque, ça ne te parle pas ? C'est à partir de sa reconstruction que l'Angleterre a connu son expansion la plus forte. Toutes les Bourses viennent d'ici, tout le système mondial de la finance a été inventé dans cet endroit précis. Le mausolée dédié au frère Roncelin est juste en dessous du Square Mile, le cœur historique de la City. Quant à la Banque d'Angleterre, la plus puissante du monde, elle a été construite face au Royal Exchange. Tu ne devines pas ?

Les trois hommes montaient en soufflant. Antoine lâcha sans conviction :

— C'est quoi, ce délire ?

Fainsworth haussa la voix.

— *Tu as des yeux et tu ne vois pas*. Wren n'a fait que convertir l'énergie religieuse de la pierre en une corne d'abondance pour le royaume. Il a créé une nouvelle religion, celle de l'argent et de l'échange de marchandises. C'était un esprit éclairé, comme beaucoup de libéraux de l'époque ; il pensait que le commerce entre les hommes était le meilleur moyen d'arrêter les guerres. De bâtir des ponts entre les pays. Comme l'ont fait les Templiers avant lui en se lançant dans l'activité bancaire à travers l'Europe.

— La mystique du capitalisme… Quand on voit les dérives de la Bourse, je ne suis pas certain qu'il ait vu juste, répondit Antoine.

— C'était un immense visionnaire ; partout où le commerce a progressé, le niveau de vie des populations s'est accru et les religions ont perdu de leur emprise.

— Ça suffit, Fainsworth. Tu auras tout le loisir de raconter tes élucubrations à des psychiatres, gronda Standford.

Le maître du *Temple Noir* ignora son compatriote et continua :

— Réfléchis. Les trois grandes religions monothéistes se sont bâties sur la pierre. Toute leur symbolique, leurs lieux de culte. La pierre a toujours été un acte fondateur. Une pierre sacrée, pour s'attirer à la fois les dons des fidèles et la grâce de Dieu. Celle de Rome – *Tu es Pierre et je bâtirai mon église sur cette pierre* – qui a donné la lignée des papes. Celle de La Mecque, la Pierre noire de la Kaab'a, qui marque le centre de la foi musulmane pour des centaines de millions de croyants. Et la troisième, celle de Jérusalem. Du Temple de Salomon, le lieu le plus sacré pour les Juifs. Détruit par les envahisseurs, mais dont la pierre d'angle a été retrouvée par les Templiers. Ils n'ont fait que détourner l'énergie du cube à leurs propres fins.

Leurs chaussures raclaient la pierre des marches en cadence. Antoine avait hâte de retrouver la surface, de s'éloigner de cet endroit. Fainsworth ne s'arrêtait plus.

— La Première Alliance d'Abraham, père des trois religions, avec Dieu s'est scellée sur une pierre. Celle de l'autel du sacrifice. Comprends-tu le sens de mes paroles ? Toute religion a besoin d'une pierre, depuis la nuit des temps. Églises, synagogues, mosquées, temples païens, depuis toujours, la foi se manifeste dans la pierre, réceptacle de l'énergie de Dieu. Les Templiers ont été dépassés par leur découverte, elle leur a apporté richesse et souffrance. Le frère Roncelin le savait. Et son continuateur, Wren, a voulu amplifier la découverte.

— Ça suffit, aboya Standford. Tu finiras dans un asile.

— On veut me faire passer pour fou… Très commode, je vais vous en donner, de la folie, murmura Fainsworth.

Ils remontèrent les escaliers, pas à pas. Antoine était de plus en plus mal à l'aise. Ils arrivèrent au rez-de-chaussée du Royal Exchange. La musique était un peu moins insupportable. Sur le podium central, des mannequins défilaient comme des poupées mécaniques. Standford avait caché son arme sous le coffret.

— Plus vite, direction la sortie.

Jade apparut devant les barrières de sécurité.

— Qu'avez-vous trouvé ?

— Un cube dans un coffret, annonça Marcas.

— Tu te fous de moi, répliqua-t-elle. Tout ça pour ça. Et votre illuminé, on en fait quoi ?

Antoine allait répliquer quand il vit Fainsworth sortir son portable.

— Les appels d'urgence ne sont pas autorisés. Tu auras toujours le loisir d'appeler ton avocat. C'est fini pour toi.

L'aristocrate releva la tête et afficha une expression de triomphe.

— Trop tard.

— Qu'est-ce que tu nous chantes ?

— Regardez sur les écrans, là-haut.

Antoine et Standford levèrent la tête. Les écrans des marchés financiers clignotaient de toutes parts. Les chiffres passaient au rouge, comme une onde de choc. Les présentateurs des chaînes boursières découvraient en même temps les alertes et avaient l'air stupéfaits. Standford saisit le patron de Concordia par le col.

— Qu'as-tu fait ?

Le maître du *Temple Noir* éclata de rire.

— J'ai activé mon assurance-vie. D'ici une demi-heure, tout le système informatique de la Bourse de Londres va se paralyser. Toutes les entreprises cotées vont plonger, entraînant une fermeture de la place. Ça va être une boucherie. Il paraît que je suis fou…

— Impossible ! cria Standford.

Une Asiatique en robe cotte de mailles ondula juste derrière eux, pour se faufiler plus près du défilé. Fainsworth laissa glisser son regard sur sa silhouette élancée et reprit, d'une voix assurée :

— Il y a quelque temps, devant l'église de Temple Church, j'ai acheté à un petit génie de l'informatique un programme d'autogénération. Pour faire simple, ce système pirate fabrique des virus qui s'introduisent dans les systèmes cibles et s'approprient les programmes de défense pour sécréter de nouveaux virus. L'avantage de posséder une agence de notation, c'est de pouvoir s'infiltrer partout. Ça m'a coûté un demi-million de livres, mais le jeu en vaut la chandelle. Vous avez quinze minutes pour contacter vos supérieurs et les prévenir de ce qui les attend.

— Tu veux quoi ?

— La liberté et la pierre.

Comme pour ponctuer son avertissement, la musique du défilé avait cessé net. L'assistance médusée avait les yeux fixés sur les écrans de télévision. Les mots Krach et Urgence défilaient en continu sous les présentateurs angoissés. Des hommes en costume-cravate, portables vissés à l'oreille, se bousculaient dans tous les sens pour s'extraire de l'assistance. Jade s'était figée devant la boutique d'un grand joaillier. Fainsworth contempla les parures et s'exclama :

— Magnifique sautoir, ces émeraudes sont de la plus belle eau… Ma chère, il vous irait à merveille.

Standford était tétanisé. Il sortit son arme et braqua l'aristocrate.

— Arrête ça tout de suite.

— Le système financier de Sa Gracieuse Majesté vacille, le masque du gentleman se disloque. Tue-moi, frère Peter, et plus personne ne pourra stopper ces virus. La chute sera mortelle.

D'un geste brusque, l'ex du Yard passa le coffret à Antoine et saisit son portable, tout en gardant Fainsworth en ligne de mire.

— Dans la camionnette. Vite !

Après s'être frayé un passage dans la cohue, ils descendirent les marches du Royal Exchange à toute allure. Standford parlait dans son téléphone mais Antoine n'arrivait pas à entendre la conversation. Fainsworth paraissait étranger à l'affolement et se laissait ballotter. Ils s'engouffrèrent dans la camionnette, le lord fut jeté sur un siège alors qu'un des hommes de Standford débarrassait le coffret des mains d'Antoine. Le Français en était presque soulagé. De longues minutes s'écoulèrent pendant lesquelles, col défait et front en sueur, l'ex du Yard négociait avec son interlocuteur. Intriguée, Jade fixait le coffret.

— Je peux l'ouvrir ?

— Non, surtout pas, cria Marcas.

Le patron de *Concordia* les observait avec détachement. Antoine l'interpella :

— Pourquoi ? Vous êtes milliardaire, vous dirigez une agence de notation qui fait trembler la planète. Ça vous apporte quoi de plus, cette putain de pierre ?

Fainsworth joignit ses deux mains tendues devant ses lèvres.

— Changer le monde. Le destin de l'humanité doit basculer. Les religions doivent mourir !

— Vous plaisantez ?

Standford rappliqua.

— J'ai la réponse de la plus haute autorité.

Il se tourna vers Fainsworth :

— Vous stoppez dès maintenant votre programme et vous nous remettez les codes sources du système de piratage. En échange, on vous accorde l'exil. Vous ne pourrez plus diriger votre groupe financier, ainsi que l'agence de notation. Et, bien sûr, pas question de garder la pierre.

Le maître du *Temple Noir* éclata de rire.

— Jamais. J'ai toutes les cartes en main. Pendant que vous parlez, la Bourse de ce pays perd un demi-milliard de livres.

Standford s'empourprait de colère. Il reprit son portable et s'éloigna.

— C'est toujours comme ça avec les hommes politiques, murmura Fainsworth, montrer ses muscles même si on a la carrure d'un gringalet. Vous allez voir qu'il va revenir comme un bon toutou et accepter mes conditions.

Marcas et Jade échangèrent un regard sombre. L'ex du Yard déboula de nouveau.

— Tu as gagné. Arrête le programme.

— Tu me laisses partir avec la pierre ?

— Je n'ai qu'une parole.

Fainsworth prit son portable. Il tapa une série de chiffres puis leva les yeux vers Antoine, médusé.

— Je te l'avais dit que la finance passait avant tout dans ce pays. Voilà, c'est fait. Regardez les sites boursiers sur le Net pour vérifier.

Standford fit un signe à l'un de ses hommes posté devant un écran. Ce dernier hocha la tête. L'ex du Yard gronda :

— Bien, les codes sources maintenant.

— Une fois que je serai en sécurité avec la pierre. Et c'est non négociable.

Standford serrait les poings, il avait perdu sur toute la ligne. Il tendit le coffret à Fainsworth et ouvrit la portière arrière de la camionnette. L'aristocrate descendit d'un pas paisible et se retourna pour leur faire un petit signe d'adieu.

— Ce fut un plaisir de vous avoir connus. Je tiendrai ma parole, rassurez-vous…

Antoine restait interloqué.

— C'est fini ? Il est libre, sans rendre de comptes…

Vexé et humilié, Standford répliqua :

— Bien sûr que non. Il va être mis sous surveillance permanente, il ne pourra plus mettre un pas dans la rue sans être suivi.

Antoine baissa la tête. L'ex du Yard tapa du poing sur la table en tôle.

— C'est une question d'heures. Dès qu'il aura envoyé les codes, on le serre.

Le portable de Standford vibra. Il prit l'appel, s'éloigna au fond de l'habitacle et jeta des coups d'œil furtifs à Antoine. Quand il revint vers les deux Français, son visage était de terre. Il mit sa main sur l'épaule d'Antoine et le regarda avec une expression de compassion qui fit bondir le cœur de Marcas.

— J'ai une mauvaise nouvelle. Ta compagne, sa blessure s'est réinfectée, les antibiotiques n'ont pas marché. Une septicémie foudroyante. Elle est en unité de soins intensifs.

La Bentley ralentit. Fainsworth s'installa sur les sièges beiges et fit pivoter la porte en bois précieux du bar. Un cognac hors d'âge ne serait pas de trop pour fêter sa première victoire.

— Tu te souviens du type que tu as tué du côté de Blackfriars ?

Le conducteur mit son clignotant et démarra doucement.

— Oui. Un jeune homme sans élégance.

— Il vient de me sauver la mise.

La Bentley fila en direction de la Tamise. Le chauffeur parlait d'une voix calme.

— *My lord*, je vous signale que nous sommes suivis. Une camionnette.

Fainsworth ouvrit le coffret et murmura :

— Peu importe. Cette fois, ils ne pourront plus m'arrêter. Il me faut sanctifier la pierre.

79

Londres
Clinique dans le quartier de Belgravia
De nos jours

Un mince rayon de soleil traversa les stores à moitié baissés et illumina la chambre aux murs blancs. Le battement régulier de la pompe à ventilation du respirateur trouait le silence. Assis sur une chaise inconfortable, vêtu d'une blouse verte et d'un masque de protection sur la bouche, Antoine tenait le bras de celle qu'il aimait.

Son regard s'arrêta sur le faisceau de lumière qui tombait en diagonale. Il lui en rappela d'autres, à Key West, dans leur chambre d'hôtel. Quand ils avaient fait l'amour dans l'après-midi et échafaudaient des plans pour leur futur. C'était le même soleil, la même femme.

Il ne put retenir ses larmes. Elles coulèrent le long de sa joue et humidifièrent la fine gaze sur ses lèvres. Cela faisait plus de deux heures, qu'il restait assis là. Sans rien dire, à guetter un signe d'amélioration, un battement de paupières, un tressaillement de la main. Mais aucune lueur ne s'allumait dans le tunnel de ses pensées. Les ténèbres avaient envahi sa vie, depuis qu'il avait mis les pieds dans la capitale anglaise.

Depuis plus longtemps que ça, en fait.

Chaque fois qu'il trouvait l'amour, un nuage noir obscurcissait son bonheur naissant. Le visage d'Aurelia jaillit dans son esprit[1], mais il lutta pour l'estomper et pressa encore plus fort sa main sur le bras de Gabrielle.

Non. Elle était encore vivante. Cela faisait une semaine qu'elle luttait pour sa survie. Il ne fallait pas abdiquer.

Machinalement, de son autre main dans sa poche, il serra le fragment de la pierre du Templier récupérée dans la crypte. Elle était presque tiède dans sa paume.

On frappa à la porte. Il ne répondit pas, perdu dans ses sombres pensées.

Standford s'introduisit silencieusement dans la chambre.

— On a une piste.

Marcas leva ses yeux mouillés.

— Et alors ? En quoi ça me concerne ?

— J'ai besoin de toi.

— Ça tombe mal, elle aussi, répondit Antoine en fixant à nouveau son regard sur la jeune femme.

Standford s'approcha et lui mit la main sur l'épaule.

— Les médecins ont bon espoir, ce sont des frères, ils font le maximum. Viens seulement cinq minutes dans le couloir pour prendre un café et entendre ce que j'ai à te dire.

Antoine hésita puis se leva. Mieux valait abréger et revenir rapidement. Les deux hommes sortirent de la

1. Voir *La Croix des assassins*, Fleuve Noir, 2008 ; Pocket, 2009.

chambre et se dirigèrent vers un distributeur de boissons chaudes. Standford tendit un gobelet en carton à Antoine qui avait retiré sa blouse et son masque.

— Fainsworth a tenu parole, il nous a envoyé les codes sources. Mais quand on a voulu l'interpeller dans sa maison de Lennox Gardens, il avait filé.

— Ça t'étonne ? Ce salopard continue de vous berner. Il est plus fort que vous.

— Peut-être. On a aussi procédé à l'arrestation des membres du *Temple Noir*. Des hommes d'affaires, un recteur d'université, le directeur du centre de recherche nucléaire, un patron de presse, le gratin...

Antoine avala son café d'un trait et jeta le gobelet dans une poubelle vert pomme.

— C'est tout ce que tu as à me dire ? Je retourne dans la chambre.

— Non. Attends. Nos équipes ont fouillé de fond en comble son manoir et ont retrouvé un ordinateur à moitié carbonisé. Avec patience, ils ont réussi à nettoyer une partie du disque dur. Il y a deux heures, ils ont retrouvé la trace de certaines connexions sur Internet. Figure-toi que notre cher lord avait ouvert un blog antimaçonnique, au nom de Watcher. Ça ne te dit rien ?

— Non. Va en parler à Jade, elle ne porte pas les frères dans son cœur.

— Elle a repris son travail à l'ambassade. Le ministre français des Sports est arrivé en urgence.

— Le prends pas mal, mais je m'en fous.

L'Anglais ne releva pas et continua :

— Le Watcher est devenu la référence en matière d'antimaçonnerie. Il se trouve qu'il a délibérément sabordé son site en faisant croire à un complot des frères contre lui.

Antoine se massa les tempes. Il en avait assez de Standford, de la maçonnerie, de l'antimaçonnerie, de Londres et de la terre entière. Il ne voulait qu'une chose, être à côté de Gabrielle. Rien d'autre ne comptait. Il s'éloigna.

Standford le retint par le bras.

— Je n'ai pas fini. Un autre ordinateur a servi à la création de ce blog, et les experts ont retrouvé l'adresse IP, générée en Ukraine, et ont pu suivre ses connexions sur le Net. Fainsworth se sert de cet autre ordinateur pendant sa cavale. Et c'est ce qui s'est produit ce matin. Un message très bref a été envoyé sur un site miroir du blog, rouvert pendant quelques minutes. Trois autres ordinateurs, des complices probablement, se sont connectés et leur adresse IP a été effacée dans la minute même.

— Il disait quoi, ce message ?

Standford sortit une feuille pliée, remplie de chiffres sur le quart de sa hauteur.

85833870603010152038831585801270843891843891843891858338706030101520388315858012708438918438918438918583387060301015203883158580127084389184389184389185833870603010152038831585801270843891843891843891858338706030101520388315858012708438918438918438918583387060301015203883158580127084389184389184389185833870603010152038831585801270843891843891843891

— C'est une succession de chiffres qui se répètent en boucle. Le code est en train d'être cassé, mais ça prend du temps. Fainsworth utilise peut-être un système d'inspiration maçonnique ou templière. Est-ce que dans ta quête à Paris tu as utilisé un code quelconque ?

La réponse de Marcas fusa :

— Oui, l'alphabet dit Kadosh, un système de correspondance maçonnico-templier qui attribue un chiffre à une lettre. Gabrielle me l'a fait découvrir. Il n'est plus employé de nos jours, mais je peux appeler un frère de ma loge à qui je l'ai transmis l'année dernière pour une planche.

— Fais-le, vite.

Antoine prit son portable et composa le numéro d'un ancien vénérable de sa loge, le frère Choubet, qui coulait des jours heureux de jeune retraité. Un ancien rugbyman, porté sur la bonne chère, les bons mots et la symbolique maçonnique, et qui avait offert à Antoine quelques précieux traités, introuvables de nos jours.

Trois sonneries s'écoulèrent avant que son frère ne décroche.

— Salut, Michel, Antoine à l'appareil. J'ai besoin d'une info, c'est urgent.

— Mon très cher frère, tu tombes mal, je suis en train de préparer une côte de bœuf pour ma sœur et son mari. Si je la rate, ils vont me découper en rondelles.

— C'est vraiment important. Il me faut une copie de l'alphabet kadosh que je t'ai donné.

— Il est dans mon bureau, mais le temps que je le retrouve et te l'envoie, ça va prendre une bonne heure. La planche est sur le site de ma loge, l'Aurore du

Mingot d'or, tape le mot de passe du maître. Pourquoi en as-tu besoin ?

— Je t'expliquerai. Embrasse Annie.

Marcas raccrocha et se rendit avec Standford au secrétariat de la clinique. Ils s'installèrent devant un écran et Antoine accéda rapidement au serveur. Il récupéra le code, l'imprima et le mit sur la table.

A : 70/B : 2/C : 3/D : 12/E : 15/F : 20/G : 30/H : 33/I J : 38/K : 9/L : 10/M. : 40/N : 60/O : 80/P : 81/Q : 82/R : 83/S : 84/T : 85/U : 86/V : 90/X : 91/Y : 94/Z : 95

Standford posa sa feuille de papier et isola la séquence en répétition.

8583387060301015203883158580127084389184389184389 1

Marcas traduisit avec une rapidité qui l'étonnait lui-même. Il revérifia une seconde fois et inscrivit la transcription sur la feuille qu'il montra à Standford.

TRIANGLE FIRE TODAY SIX SIX SIX

— Je ne vois pas ce que cela veut dire. Un triangle, du feu et 666. C'est un message pour l'Antéchrist ? Il a vraiment fondu les plombs, cet enfant de salaud.

Standford réfléchissait, l'air soucieux. Il s'alluma une pipe et se leva pour se poster devant la fenêtre. Le soleil était en train de descendre. Une volute de tabac caramélisée envahit la pièce.

— Le feu, 666… Le Grand Incendie de Londres

s'est déroulé en 1666, c'est après cette tragédie que Wren a rebâti Saint-Paul et tracé ses plans de la ville. Mais je ne vois pas pourquoi il enverrait ce message à des complices. Et quel serait le rapport avec la pierre du Templier.

Marcas s'était adossé contre le fauteuil. Le passage dans la crypte du Royal Exchange lui paraissait presque irréel ; pourtant, le visage du frère Roncelin, le gardien de marbre, restait gravé dans son esprit. On avait enlevé à ce géant ce qui était sous sa garde. Et si Fainsworth avait raison ? Il avait vu les étranges flammes noires s'échapper du cube, il avait senti une force incommensurable le posséder. Le message de Wren était aussi une mise en garde. Il lança à Standford :

— Quelle était la dernière phrase écrite sur la plaque ?

L'ex-policier aspira une bouffée, songeur. Il était redescendu dans la crypte avec son équipe et avait fait une copie de la plaque du monolithe qu'il avait apprise par cœur.

Pour le bien du royaume, elle dormira dans ce tombeau.
Que le sang des innocents jamais ne la souille.

Antoine se leva à son tour.

— *Que le sang des innocents jamais ne la souille...* 666 est une référence à l'Apocalypse, il fait peut-être partie de ces tarés, adeptes de la fin du monde.

Standford serra le bout de sa pipe entre ses dents.

— J'y ai pensé, Antoine. Et le message prévient qu'il va se passer quelque chose aujourd'hui. Ce cinglé est capable de tout, mais que fais-tu du triangle de feu ?

— Je ne sais pas. Mes compétences s'arrêtent là. Je vais retourner voir Gabrielle, désolé de ne pas pouvoir t'aider davantage, dit Marcas en lui tendant la main.

Standford la lui serra.

— Je te remercie, on a déjà un début de piste. J'espère que ta compagne s'en sortira.

Antoine se retira et traversa la salle d'attente. Les murs étaient remplis d'affiches sur Londres et ses événements. Antoine jeta un regard sur l'une d'entre elles qui représentait la mascotte des JO. Le personnage n'avait qu'un œil et en arrière-plan, s'étalait une photo du nouveau Grand Stade olympique de Londres, avec ses projecteurs flamboyants dans la nuit. C'était presque maçonnique.

Au moment où il arrivait dans le couloir, il stoppa net.

Il fit demi-tour, s'arrêta à nouveau devant l'affiche, puis déboula dans le bureau de la secrétaire. Standford était en train d'éteindre sa pipe et de passer un coup de fil. Marcas l'interpella :

— Dans son blog, Fainsworth a-t-il fait allusion aux jeux Olympiques ? Au Grand Stade ?

— Je ne sais pas. Je n'ai pas lu tous ses délires. Il faudrait appeler les gars qui ont décortiqué ses messages.

— Vérifie ! Les projecteurs sont en forme de triangle ! Jade m'a passé la vidéo d'une interview de Fainsworth, il expliquait que sa société avait participé à la construction du système d'éclairage.

Standford reprit le combiné et demanda qu'on le mette en contact avec le service de recherches informatiques. Il hocha la tête plusieurs fois et raccrocha.

— J'ai confirmation, il en a fait état dans deux posts.

Le visage de Marcas s'illumina. Il frappa sur le bureau avec les paumes de ses mains.

— Est-il prévu une cérémonie ou un match quelconque aujourd'hui ?

Standford se reconnecta sur Internet et alla directement sur le site du stade.

— Voyons… Historique de la construction, non. Calendrier des jeux… Non plus. Cérémonie d'inauguration, ça, c'était en mars avec le Premier ministre. Agenda des événements prévus… Nous y voilà. Événementiel avec les sponsors. Je vais taper la date d'aujourd'hui, ça sera plus simple.

Antoine tournait à son tour dans le bureau. Il avait un sombre pressentiment. Le message de Wren s'incrustait en lettres de feu dans son cerveau.

Que le sang des innocents jamais ne la souille.

Il revit Fainsworth dans la crypte, les mains pressant la pierre, entouré de flammes noires. Soudain, Marcas se souvint des derniers mots prononcés par le maître du *Temple Noir*, avant que Standford ne l'assomme.

Maintenant, il faut du sang.

Au moment où il allait prévenir Standford, il vit le visage de ce dernier devenir exsangue. L'ex du Yard balbutiait.

— Mon Dieu ! Aujourd'hui, il est prévu un concert de charité organisé par London Underground, le métro de la capitale.

Marcas s'approcha de l'écran pendant que Standford continuait en déglutissant.

— 666… Dans une heure, en présence du prince de Galles, six mille six cents enfants des six zones de transport du Grand Londres chanteront dans le stade.

Antoine murmura d'une voix blanche :

— Le sang des innocents…

80

Londres
Grand Stade olympique de Londres
De nos jours

Les rares nuages qui planaient au-dessus de la gigantesque arène se teintaient d'orange sous la lumière rasante du soleil couchant. À l'est du stade, le bleu cobalt du ciel s'encrait imperceptiblement d'une touche plus sombre.

Assise sur un siège en plastique des gradins supérieurs, Miss Eldridge contemplait ces changements de couleur avec ravissement. Depuis son plus jeune âge, elle avait toujours aimé rêvasser et se perdre dans l'infini du bleu du ciel. C'était tellement rare à Londres qu'il fallait en profiter. Aucun artiste ne pourrait jamais imiter toute la beauté offerte par la nature. Une preuve supplémentaire de l'existence de Dieu, comme l'assurait le révérend de sa paroisse.

Elle attendait avec impatience le début des chœurs. Les organisateurs avaient choisi plusieurs morceaux, mais celui qu'elle préférait, comme tout bon Anglais digne de ce nom, était le *Land of Hope and Glory*.

Miss Eldridge ne ratait jamais le concert annuel de la BBC, les Proms, qui se clôturait invariablement par l'hymne patriotique sur la musique de Sir Edward Elgar, *Pomp and Circumstance Marches*. Chaque fois qu'elle l'entendait, son pouls battait plus vite et son cœur chavirait.

Un bruit de chute la ramena à la réalité. Un gamin était tombé sur l'un des gradins, juste à côté d'elle. Le petit blondinet se releva, sous les rires de ses camarades qui s'étaient levés d'un seul mouvement. Miss Eldridge tapa dans ses mains et gronda :

— Allons ! Un peu de sérieux. Bobby, va te remettre à ta place et les autres, taisez-vous. Le premier que j'entends parler, je le mets moi-même dehors. Êtes-vous conscients de l'honneur qui vous a été fait ?

Les rires s'arrêtèrent net et se transformèrent en murmures. Le petit groupe de la chorale de Temple Church se ressouda et s'assit sagement. Miss Eldridge hocha la tête, satisfaite, et contempla le stade olympique. Elle en avait presque le vertige, jamais elle n'était rentrée dans un complexe sportif aussi grand, à côté le stade de Wembley paraissait minuscule. On lui avait dit que 80 000 spectateurs pouvaient s'entasser dans ce temple des temps modernes. Elle ne savait même pas ce que pouvaient représenter autant de gens.

La pelouse verte et tendre aspirait son regard, comme le trou sans fond d'un puits. Elle détourna les yeux et regarda autour d'elle. Sur toute la partie est du stade les gradins se remplissaient. Des cohortes de jeunes, vêtus pour l'occasion de pulls aux couleurs des anneaux olympiques – bleu, noir, jaune, rouge et vert –, descendaient sagement en file indienne depuis les entrées supérieures. On aurait dit des serpentins multicolores qui s'étiraient vers le bas des travées. La sixième couleur, le blanc, avait été rajoutée, à la demande de l'organisateur, le métro de Londres, pour avoir les six zones du Grand Londres.

Les milliers de membres de leurs familles s'installaient en haut des travées. Au centre de la pelouse, une estrade était montée, avec en son centre un immense logo du *Tube* de Londres : un rond bleu barré d'un trait horizontal rouge. Et sur le cercle, se dressait un pupitre prévu pour le chef des chœurs.

Plus haut, tout le long de la corniche du stade, sous les projecteurs en triangle, des écrans géants diffusaient des images des chorales descendant sur les travées. La retransmission allait être grandiose. Un avant-goût des jeux…

Miss Eldridge finit d'inspecter les gradins et remarqua un détail qui clochait. De l'autre côté du stade, la file des enfants verts et bleus s'était arrêtée à mi-chemin et semblait faire marche arrière.

— Miss Eldridge ! Je peux aller faire pipi ?

La demoiselle se tourna vers la petite fille en pull blanc qui se tortillait devant elle et abandonna son air sévère. Depuis qu'elle donnait un coup de main pour l'encadrement des jeunes de la chorale, elle s'était adoucie et devenait plus tolérante. Enfin, jusqu'à un certain point. Elle interrogea du regard l'adjoint au chef du chœur qui acquiesça en souriant. La vieille demoiselle se leva et grommela avec bonhomie :

— Je vais t'accompagner. Vous autres, pas d'histoires.

Elles filèrent vers l'entrée la plus proche et débouchèrent dans un hall gris surmonté d'une voûte de béton. Miss Eldridge indiqua la porte des toilettes à la petite fille qui disparut derrière une porte battante. La vieille demoiselle s'approcha d'un distributeur pour prendre une canette de thé glacé et consulta sa montre. Elle fronça les sourcils, les premiers essais de chant allaient commencer dans cinq minutes. Pas de temps à perdre.

Au moment où elle revenait vers les toilettes, elle manqua de se faire bousculer par deux hommes en cravate noire et lunettes de soleil, qui avaient surgi de nulle part. L'un des deux hommes, le plus âgé, les cheveux plaqués, s'excusa poliment et reprit sa marche, une canne à la main.

Miss Eldridge les regarda s'éloigner. L'homme avait l'allure et la prestance d'un aristocrate. Elle s'y connaissait, et elle était même sûre de l'avoir déjà vu, probablement dans le magasin de Mr Preston, dans lequel elle travaillait. Il y avait tellement de clients distingués dans la boutique.

La voiture de police fonçait, toutes sirènes hurlantes sur High Street, slalomant dans la circulation. Standford était assis à côté d'Andrew, Marcas à l'arrière avec le rouquin. Compte tenu de la gravité de la situation, le Français s'était porté volontaire pour aider l'ex du Yard. L'état de Gabrielle était jugé stable, et sa présence à la clinique n'aurait rien changé.

— Ils ont fait évacuer le stade ? demanda Antoine.

— Au compte-gouttes, l'alerte a été donnée. Le Yard a pris la situation en main, mais je ne connais pas l'officier qui est en charge des opérations. Les services de sécurité sur place sont en train d'inspecter le stade, avec en priorité les projecteurs.

— Pourquoi attendre ?

Standford restait concentré sur la route.

— Si les enfants sortent tous en même temps, ce sera la panique, et ça risque d'alerter Fainsworth et ses hommes. Si l'on part du principe qu'ils ont posé des explosifs, ils peuvent activer les détonateurs à n'importe quel moment. Au moindre cri ou affolement, ce sera un carnage.

La voiture quitta la voie rapide et arriva aux abords du complexe olympique. Antoine avait l'impression d'arriver dans un parc d'attractions, des bâtiments biscornus s'éparpillaient un peu partout. Ils longèrent l'arête de poisson stylisée en tôle blanche du centre de water-polo et le bâtiment en béton blanc du pôle aquatique, avec des ailes profilées et un museau aplati.

La Chrysler dépassa une sorte de tour de sphères et de ferraille rouges, cousine mal inspirée du parc Discovery d'Eurodisney, sponsorisée par Mittal, et arriva devant la pièce maîtresse du complexe, le Grand Stade olympique, qui avait coûté la bagatelle d'un demi-milliard de livres. Vu de l'extérieur, il était encore plus impressionnant, jouant sur les volumes avec un goût marqué pour les triangles, à la fois sur le toit du stade, avec les projecteurs, mais aussi sur les côtés sous forme de fins poteaux qui donnaient l'impression de soutenir la structure.

Ils sortirent de la voiture en trombe et filèrent au premier étage du hall d'entrée principal, où se trouvait le PC sécurité. L'officier de police, un homme sec et râblé, la trogne d'un bouledogue, les accueillit pour les mener dans une pièce de la taille d'un petit cinéma, aux murs tapissés de dizaines d'écrans de surveillance.

L'homme serra la main de Standford et montra un écran en haut à droite.

— Capitaine Allan Moore du Yard, mes respects, *commander*. Je vais être bref : mes hommes et les agents de sécurité ont découvert des charges de C4 avec détonateurs. Pour l'instant, on en a trouvé à la base des structures de trois projecteurs. Les gardes sont en train de vérifier les autres. On a aussi interdit les abords du stade et fait faire demi-tour à l'escorte royale. Au moins, le prince de Galles sera sauf, lui. Le Premier ministre nous place en alerte maximale.

L'ironie du policier ne troubla pas Standford qui regardait les écrans retransmettant les images des gradins avec en gros plan les visages d'enfants joyeux et insouciants. Marcas intervint :

— Antoine Marcas, de la police française. Vous pouvez neutraliser les charges ?

L'homme se renfrogna.

— Non. Les détonateurs sont munis de capteurs de fabrication russe, des saloperies qui empêchent toute intervention extérieure. Au moindre contact, les charges exploseront et feront tomber les projecteurs.

— Et la mise à feu ?

— Ce système fonctionne à partir de l'activation d'une fréquence d'onde. Bien sûr on ignore laquelle. De toute façon un simple appel de portable suffit pour les déclencher. Autre mauvaise nouvelle, il semble que d'autres explosifs ont été posés dans les projecteurs eux-mêmes. L'un de mes hommes est en train de vérifier.

— Ce qui veut dire ?

Le bouledogue crispa les mâchoires.

— De mon expérience d'ancien des SAS, section déminage, je pense qu'on aura des explosions en deux temps. Les premières charges pour faire tomber les triangles sur le stade, les secondes pour les pulvériser au-dessus des gradins. À mon avis, seuls les gens sur la pelouse seront peut-être épargnés.

Marcas imaginait Fainsworth en train de préparer son plan avec la Louve, dans son manoir. Il le voyait disserter sur le nombre de morts avec élégance, son regard extatique fixé sur la pierre. La pierre qui se nourrirait du sang des enfants mis en pièces. Le maître du *Temple Noir* en Néron composant de la poésie devant l'incendie de Rome.

Standford scrutait les écrans des caméras orientées sur les gradins. Des agents de sécurité évacuaient discrètement des groupes d'enfants, mais le stade était encore plein.

— Vous en avez exfiltré combien ?

— Trois cents, pas plus. Les familles, c'est plus facile, elles devaient s'installer en dernier, on leur a demandé de redescendre par l'intérieur, au prétexte de les installer à de meilleures places. Mais il y a encore plus de six mille gamins là-dedans.

— Il ne reste qu'une solution. Des brouilleurs pour parasiter les signaux d'allumage des charges, dit Standford.

Le bouledogue croisa les bras et prit un ton suffisant.

— On ne vous a pas attendu. L'échelon de coordination antiterroriste nous a envoyé un hélicoptère de l'unité de déminage. Ils doivent se poser d'un moment à l'autre et nous les apporter. Mais ça va être serré. Le temps qu'ils les positionnent au plus près des projecteurs, on dépassera l'heure d'ouverture de la cérémonie.

L'horloge murale électronique indiquait 19 h 47.

Standford frappa la table de son poing.

— Il nous reste treize minutes ! Bon sang, on y est presque. Il faudrait qu'on localise l'émetteur du signal et le brouiller à la base, mais il peut être n'importe où. Avec un portable relais installé dans le stade, Fainsworth peut l'activer avec son téléphone depuis une plage des Bermudes.

— Non, lança Antoine. Il est dans le stade.

Les deux hommes se tournèrent vers lui, étonnés. Antoine reprit d'une voix assurée :

— Il est possédé par ses croyances, il a déclenché ce carnage pour sanctifier sa pierre, la recharger en énergie. C'est Abraham devant l'autel du sacrifice sur le point d'égorger son fils.

— Pas sûr, le type est malin, il a dû confier cette tâche à un complice, rétorqua Standford.

— Malin, mais cohérent dans son délire. Il se voit comme le grand sacrificateur, donc il sera à côté de la pierre, quand tous ces enfants vont périr, mais à un endroit où il ne risquera rien. Souviens-toi de ce qui s'est passé dans la crypte, il était en transe avec ce cube.

Allan Moore les regardait avec un air méfiant.

— C'est quoi, cette histoire de pierre et de sacrifice ?

Standford secoua la tête.

— Ce serait trop long à t'expliquer. Le type qui a posé ces bombes est une sorte d'illuminé. Notre ami se met dans sa peau et essaye de réagir comme lui.

Un policier arriva en trombe dans la salle de contrôle.

— On a découvert quatre autres charges, mais on a un gros problème.

Moore maugréa.

— Six mille mômes avec au-dessus de leurs têtes des kilos de C4 capables de pulvériser Big Ben, je vois pas ce qui peut être pire.

— L'hélicoptère de l'unité antiterroriste ne peut pas se poser.

Étoile flamboyante

81

Londres
Grand Stade olympique
De nos jours

Le centre de contrôle était en pleine effervescence. Les policiers et les hommes des services de sécurité allaient et venaient comme dans une fourmilière, appuyés par une autre escouade venue en renfort.

Le flic était haletant.

— La piste d'atterrissage est hors service, l'entreprise de câblage a entreposé trois tonnes de gravats destinés à la décharge. Comme on n'avait pas besoin de la piste avant deux semaines, ils ont eu le feu vert du responsable maintenance.

Le capitaine Moore enrageait.

— Et ce connard d'Irlandais de mes deux qui ne nous a pas prévenus ! L'hélico n'a qu'à se poser sur l'un des parkings. Il suffit de dégager les voitures.

— Ils sont trop éloignés du stade. La portée des brouilleurs étant de deux cents mètres tout au plus, ils vont se prendre dix minutes dans la vue pour arriver dans l'enceinte, répliqua Standford, l'œil rivé sur l'horloge.

19 h 51 mn

Marcas intervint.

— On n'a plus le temps de tergiverser sur votre hélico. Qu'ils activent leurs brouilleurs dès qu'ils se posent. Il reste vingt minutes pour mettre la main sur Fainsworth. Ce monstre ne se privera pas du plaisir d'appuyer sur le bouton et d'assister en direct à son œuvre. Activez toutes vos caméras sur les tribunes et la pelouse.

Standford fit un signe d'approbation à Moore. Les écrans se brouillèrent et les nouvelles images des gradins apparurent.

— On peut faire l'impasse sur les travées en hauteur, en cas d'explosion elles seront les premières touchées ; concentrons-nous sur celles des mômes avec leurs accompagnateurs ainsi que la pelouse. Vous avez sa bobine pour l'identifier ?

Le visage de Fainsworth apparut dans un carré en incrustation, sur l'angle gauche des écrans. Antoine et ses collègues avaient les yeux rivés dessus, des dizaines de visages d'adultes apparaissaient lentement. Trop lentement pour Antoine. Les minutes s'écoulaient inexorablement. Dans les travées, des myriades d'enfants s'étaient levés et se regroupaient devant les centaines de micros disséminés. Des voix montèrent de la foule.

— Ils font des essais de micros avant le récital, expliqua le capitaine.

Une houle de vocalises parcourait les gradins dans une joyeuse cacophonie. Marcas perdait patience, les caméras n'avaient même pas balayé le premier tiers du stade et la pelouse était noire de monde, impossible de voir tous les visages distinctement.

— Fainsworth voudra avoir une vue imprenable sur les gradins ! Je file sur la pelouse, c'est de là qu'on a le meilleur point de vue. Donnez-moi un pistolet et un talkie.

Sans hésiter, Standford lui tendit son arme.

— Je n'y crois pas. Si on n'a rien dans cinq minutes, je donne l'ordre d'évacuation générale. On pourra au moins en sauver le plus possible.

— J'ai deux hommes en bas. Ils sont en train de le chercher aussi, ajouta Moore, inquiet.

Marcas inséra l'arme dans la poche de son pantalon et prit un talkie sur le mur. Il sortit en courant et héla un policier en faction.

— Le plus court chemin pour la pelouse ?

— L'escalier en face, à l'étage plus bas et à droite, impossible de se tromper.

Le Français descendit les marches quatre à quatre et fonça dans un long couloir de béton gris, bariolé de pubs pour une banque anglaise. Il courait à perdre haleine, manquant de faire tomber des officiels en blazer olympique. Il n'entendait même pas les insultes et déboucha à l'air libre.

Le ciel s'était obscurci. Au moment où il arriva sur la piste d'athlétisme qui entourait la pelouse centrale, les projecteurs s'allumèrent en même temps. Les quatorze triangles lumineux éclaboussèrent de lumière le stade. Antoine leva les yeux et prit la mesure de sa petitesse dans cette gigantesque arène.

Les triangles flamboyaient dans le ciel bleu nuit. Mais leur éclat n'apporterait que les ténèbres de la mort, songea Antoine en courant vers l'estrade centrale, où un petit groupe de techniciens et d'officiels s'égaillait vers les bordures du stade. Il accéléra, le souffle coupé. La sentence de Wren martelait son cerveau.

Le sang des innocents.

Le sang des innocents.

Il fendit la foule qui obstruait le passage, dévisageant les uns et les autres, retournant brutalement un homme en blouson qui avait l'allure de l'aristocrate. Il vit un des policiers faire de même, de façon plus discrète.

Où es-tu, salopard ?

Marcas regarda encore autour de lui. Tendu à bloc, debout sur la piste d'athlétisme, ses pieds faisaient crisser la piste toute neuve.

Raisonne comme lui.

Les triangles, le feu.

Il leva les yeux vers les projecteurs en haut du toit ovale. Quatorze triangles, disposés comme une barrière de lumière. Il les suivit du regard, un par un, pour inspecter tout le tour du stade.

Quelque chose clochait. Un détail lui échappait. C'était forcément là, sous ses yeux.

Triangles. Feu.

Il fixa les projecteurs à nouveau. Ses pupilles se rétrécissaient instinctivement pour éviter l'éblouissement. Un détail, sa vision avait perçu un détail, mais son cerveau ne livrait pas l'information.

Il avala sa salive ; le temps s'écoulait, inexorable, impitoyable.

Le détail surgit. Lumineux, comme une étoile par un ciel d'orage.

Les triangles n'avaient pas tous le même éclat. Il fit à nouveau le tour du toit. Cinq d'entre eux, à intervalles réguliers, brillaient beaucoup plus que les autres.

Cinq triangles. Le feu.

Antoine se figea. Ça venait. *Mais oui*. Les cinq pointes de l'étoile de feu.

L'étoile flamboyante maçonnique.

Il ferma les yeux et projeta sur le stade la vision du pentagramme. L'étoile de feu, le symbole du compagnon, représentant le principe de totalité mais dont le secret était le centre. La demeure de la pierre philosophale.

Faites que ce soit ça.

Il ouvrit les yeux et scruta la pelouse.

En plein milieu, se trouvaient l'estrade du chef des choristes et le centre régie de la télévision, flanqué d'une batterie de caméras orientées vers les gradins. Antoine fonça, le cœur au bord de l'explosion. Un autre groupe de techniciens finissait d'assembler des gros câbles noirs tout autour de la tribune. Au-dessus, le chef des chœurs, un quinquagénaire qui cultivait une ressemblance avec feu le maestro allemand Herbert von Karajan, jusqu'au smoking et nœud papillon, s'était installé devant le pupitre. Il roulait sa baguette entre ses doigts et s'entretenait avec deux autres hommes, placés juste derrière lui, habillés en complet sombre. Le talkie de Marcas grésilla. La voix de Standford jaillit :

— On a chopé trois de ses complices dans les escaliers qui menaient au toit. Je donne l'ordre d'évacuation dans trois minutes. Laisse tomber.

— Non. Je suis sûr qu'il est là. Ce type est comme Néron, lors de l'incendie de Rome, il veut jouir de son œuvre de destruction.

— Je ne peux pas me permettre le luxe de prendre en compte tes intuitions.

La pierre devait être dans cette zone, au point central de l'étoile du carnage. Il contempla à nouveau l'estrade et leva la bâche qui masquait la structure en forme d'échafaudage de poutrelles de métal. Antoine s'engouffra à l'intérieur, son épaule heurta un pic d'acier, la douleur le fit pousser un cri de rage. Il se contorsionna dans tous les sens. Une odeur de Javel lui sauta à la gorge, mais il continua.

Où ?

Il rampait pour arriver à la verticale.

Et soudain, il le vit. Le coffret.

À deux mètres de lui, à portée de main. La pierre était là !

Il prit son talkie et hurla :

— J'ai trouvé la pierre. Je répète : j'ai trouvé la pierre !

— Et Fainsworth ?

— Pas encore. Mais il est pas loin. C'est obligé.

Le talkie grésilla sans réponse de Standford.

— Désolé. Je ne prends pas le risque.

Antoine ressortit de sous la structure avec le coffret sous le bras et courut devant le petit escalier qui montait à l'estrade.

Je sais que tu es là.

Il tournait la tête dans tous les sens. Il sentait presque son aura maléfique. Une sensation étrange, comme si le fait d'avoir été tous les deux en contact avec la pierre avait créé un lien subtil. Il s'éloigna de l'estrade pour se rapprocher du bord du stade. Il ne cessait d'observer dans toutes les directions et aperçut un renfoncement entre l'estrade et l'Algeco barré du logo de la BBC. Il se déplaça sur la gauche et aperçut trois hommes assis sur des chaises en bois.

Il le vit.

Les cheveux avaient changé de couleur, mais c'étaient les mêmes yeux, le même sourire méprisant.

Fainsworth ne l'avait pas aperçu. Antoine lâcha le coffret à terre, se retourna et se pencha en prenant le talkie.

— Je l'ai ! Je répète : je l'ai ! Entre l'estrade et la régie de télévision. Vous avez un tireur en position ?

— Négatif. Il est dans un angle mort. Et l'hélico est en train de se poser.

— Non ! hurla Marcas. Dis-leur d'atterrir sur la pelouse du stade. Ils pourront activer leurs brouilleurs. Je me charge de Fainsworth.

— Trop dangereux !

Marcas broyait presque le talkie.

— Je peux y arriver, fais-moi confiance, mon frère ! L'hélicoptère va détourner son regard pendant quelques instants.

Un silence d'une poignée de secondes s'écoula, puis la voix de Standford grésilla :

— Que Dieu nous vienne en aide si tu échoues…

Au-dessus de l'estrade, le chef des choristes s'était avancé devant son pupitre. Il jeta un œil sur le chronomètre électronique géant, siglé d'une marque de chaussures de sport.

19 h 59 mn 13 s.

Il brandit sa baguette. Un silence subit tomba sur le stade. Plus de six mille enfants se dressaient, prêts à lancer leur chant dans la nuit. Au-dessus d'eux, les triangles lumineux luisaient d'un éclat presque irréel. Marcas vit Fainsworth qui avait stoppé sa conversation pour suivre les mouvements du chef des choristes.

Antoine aspira une grande bouffée d'air et bondit. Il

avait quinze mètres à parcourir, en plein stade, sous les yeux de la foule entière, pour se jeter sur Fainsworth.

Le chef du chœur contempla les gradins et jeta un dernier coup d'œil à l'horloge.

19 h 59 min 59 s.

D'un mouvement élégant, il leva sa baguette vers le ciel. Comme un torrent, les voix des milliers d'enfants s'élevèrent dans le stade. Les paroles de l'hymne emplirent l'arène.

Land of Hope and Glory,
Mother of the Free

Marcas se raidit une ultime fois et fonça droit sur sa cible. Fainsworth le vit surgir alors qu'il n'était qu'à la moitié de la distance. Surpris, l'aristocrate sortit son portable de sa veste. Antoine jaugea la distance, il était encore trop loin pour l'empêcher d'appuyer. La rage irrigua ses veines.

Les voix des choristes déferlaient dans un maelström :

How shall we extol thee
Who are born of thee ?

Soudain, un hélicoptère jaillit au-dessus du toit du stade et pivota sur lui-même pour foncer vers la pelouse. Fainsworth détourna son regard de Marcas et leva les yeux vers l'appareil.

Antoine fit hurler les muscles de ses cuisses pour gagner quelques centièmes de seconde.

Dans la salle de contrôle, Standford et les policiers

avaient les yeux rivés sur la course d'Antoine. Son visage était contracté, crispé de douleur.

— Il n'y arrivera pas. Évacuez les enfants ! hurla Standford à pleins poumons.

Sur l'estrade, le chef des choristes continuait d'agiter ses bras, libérant la puissance des choristes.

Wider still and wider shall thy bounds be set ;
God, who made thee mighty

Fainsworth se leva. Au moment où il allait appuyer sur son portable, Antoine se jeta sur lui de tout son poids. Les deux hommes roulèrent, entremêlés. Antoine le frappa au visage, mais l'autre esquiva et répliqua d'un revers de main. De chaque côté du terrain, des policiers surgissaient, mais ils étaient encore trop loin.

Le chef des choristes avait suspendu son bras, le flot vocal s'était tari d'un seul coup. Le maître du *Temple Noir* se dégagea de l'étreinte de Marcas et se leva en brandissant le portable à la main. Antoine se redressa à son tour et fit jaillir son arme.

— Un seul geste et…

Fainsworth le fixa du regard pendant que l'hélicoptère descendait à toute allure, comme s'il allait se crasher.

— Tu ne veux pas voir ce qui va se passer ? C'est unique dans l'histoire de l'humanité. À nouveau le sacrifice d'Abraham mais puissance mille ! La pierre va se gorger d'une force inouïe. Et avec ce pouvoir, je vais changer le cours de l'Histoire. Ce sont les hommes comme moi qui forgent le destin du monde. Toi, tu n'auras pas le courage de tirer de sang-froid : tu n'es qu'un faible, un humaniste… un franc-maçon.

— N'appuie pas sur ton portable, dernier avertissement, cria Antoine.

— Mon âme sera mêlée à la pierre pour toujours. Je m'accorde un triple A pour l'éternité.

Il sourit à Marcas et pressa de son pouce le portable.

Antoine appuya sur la détente. Deux détonations retentirent coup sur coup. Tout le haut du crâne de Fainsworth vola dans l'air. Le corps du maître du *Temple Noir* se figea puis s'affaissa, le portable tomba au sol.

— Note dégradée, connard... lança Marcas, les mâchoires crispées.

Soudain, une explosion sourde retentit de l'autre côté du stade, sur les travées nord. Des milliers de regards se portèrent dans cette direction. L'un des triangles s'éteignit brutalement puis vacilla dans un déchirement de tôles. Le projecteur s'effondra sur la travée supérieure et se désintégra dans une nouvelle explosion. Des centaines de milliers de débris de verre et de métal incandescent fusèrent dans le stade. La foule se baissa presque en même temps pour se protéger. Antoine restait debout, sous la pluie rougeoyante qui s'abattait sur la pelouse. Scrutant les autres projecteurs, il plia sous le souffle des pales de l'hélicoptère qui venait de se poser.

Le brouilleur avait marché, à une exception près.

Les treize autres triangles, eux, avaient tenu bon. Leurs rayons illuminaient les silhouettes des milliers d'enfants. Antoine sourit comme pour la première fois.

La lumière triomphait des ténèbres.

Le chef des choristes prit son micro et tonna :

— *Land of Hope and Glory !*

Il chanta les premières paroles de l'hymne interrompu.

Land of Hope and Glory,
Mother of the Free

D'un geste ample, il fit tournoyer sa baguette. Les voix des enfants s'élevèrent timidement puis reprirent dans un fracas sonore le chant puissant. Les adultes s'y mirent à leur tour. Dans la travée du sud, même Miss Eldridge s'était jointe au chœur, raide et droite, s'époumonant à gorge déployée.

Tout en bas, Antoine jeta son arme et tomba à genoux sur la pelouse.

Des policiers couraient dans sa direction, arme au poing, mais il ne faisait pas attention à eux.

L'énergie de la pierre le submergeait à nouveau. Elle était là, dans le coffret, à ses pieds. Il pouvait sentir sa puissance. Une voix s'insinua dans sa tête.

Ouvre…

Sa main se posa sur le petit loquet de fermeture. Il n'avait qu'à le lever et il connaîtrait à nouveau cette incroyable sensation d'énergie pure. Il sera l'Élu de la pierre, pour le bien de l'humanité. Il voulut lutter, mais sa conscience faiblissait, la force s'emparait de lui. Au moment où il soulevait le couvercle, une main se posa sur son épaule. Standford, accroupi derrière lui, murmura :

— Non, mon frère. La pierre doit reposer à nouveau en terre.

82

Londres
Freemasons' Hall
De nos jours

Les pierres grises de l'édifice ruisselaient de pluie qui coulait en rigoles sur l'auvent installé devant la porte de bronze. Les applaudissements s'estompèrent autour de Peter Standford au moment où il reposa la truelle tachée de plâtre dans son bac. Des ouvriers terminèrent l'opération de scellement de la pierre, juste au centre du pentagramme gravé sur le trottoir. Après les salutations d'usage et les accolades, la petite foule se dispersa sous la fine pluie. Un frère au ventre rebondi, qui était resté à l'écart, s'approcha de l'ex du Yard.

— C'est une sage décision d'avoir enfoui la pierre devant le Temple, murmura l'homme. Quel prétexte as-tu donné pour cette cérémonie ?

— La pierre d'angle de la loge de *L'Oie et le Grill*, retrouvée par hasard le mois dernier…

— Astucieux… Vraiment.

Les deux hommes observaient en silence le pentagramme fraîchement scellé. Le frère obèse baissa la voix.

— La pierre revient à la pierre… J'ai appris que l'agence de notation de Fainsworth avait été rachetée par l'un de ses concurrents et rien n'a filtré sur son coup de folie. Albion préserve ses intérêts. En revanche, je n'ai toujours pas compris pourquoi Fainsworth en voulait autant à nos frères avec son blog.

— Il avait été exclu de nos rangs pour malversations quand il était plus jeune… Ça ne s'est pas su pour respecter les apparences, mais pour un homme de sa condition, c'était un camouflet inacceptable. Son plan tenait la route. Si le carnage s'était produit, ses allégations conspirationnistes sur les triangles maçonniques auraient fait tache d'huile. Après le franc-maçon norvégien tueur de masse, place aux francs-maçons assassins d'enfants. Même si c'était complètement faux, la rumeur se serait propagée sur le Net, dans le monde entier. Le franc-maçon n'est-il pas le bouc émissaire idéal en ces temps de crise ?

Le frère obèse se dandina sur sa canne. L'humidité faisait souffrir son genou.

— J'ai lu les messages de son blog, un vrai tissu d'absurdités, sauf sur un point.

— Lequel ?

— Dans l'un de ses posts, il a évoqué les trois pierres sacrées de Londres. La première, qui était à Westminster, utilisée pour le sacre des rois et des reines, la deuxième dans la City, trouvée sur un site païen et qui protège la ville. La troisième aux mains des francs-maçons, au sommet d'un triangle parfait, là précisément où tu viens de l'enterrer. J'ai vérifié sur la carte, cela donne un magnifique triangle. Le hasard fait bien les choses, tu ne trouves pas ?

Standford sourit.

— Le hasard, c'est Dieu qui voyage incognito, mon frère. Rentrons, nous avons une tenue.

Le frère obèse s'éloigna en sa compagnie.

— Voilà une explication trop déiste, qui n'aurait pas convaincu notre cher frère Antoine. Au fait, que devient-il ? J'ai appris qu'il avait démissionné.

Le visage de Standford se fit plus grave. Il abandonna son ton léger.

— Il est loin, très loin d'ici…

Centre de recherche nucléaire de Dalton
West Cumbria

Les deux hommes en combinaison de protection antiradiations étaient assis face à l'écran de l'ordinateur, dans le laboratoire du Dr Mantinéa. L'un d'entre eux retira une grosse clé USB oblongue et l'inséra dans sa poche, puis brancha un fin rectangle noir. L'écran se brouilla, des chiffres défilèrent dans tous les sens. L'homme se tourna vers son compagnon.

— Dix minutes avant que le virus ne détruise toutes les données de l'unité centrale.

— Aucun risque de copie stockée ailleurs, répondit Andrew Chasteuil.

— Non, tout sera effacé, sauf le contenu de la clé. Tu as récupéré tous les os ?

Le rouquin indiqua d'un signe de tête, un sac de toile frappé du logo des déchets radioactifs.

— Ça va partir dans leur circuit de destruction. Désintégration garantie. Tu sais ce que Standford va faire de la clé ?

Chasteuil sourit derrière son masque.

— Non, mais ce sera pour le plus grand bien de Sa Majesté.

ÉPILOGUE

Sierra Leone
Freetown
De nos jours

La nuit était tombée sur la capitale de la Sierra Leone, mais la ville bouillonnait d'activité. La pluie tombait à verse depuis une heure et transformait les rues en patinoires de boue. Marcas avala d'un trait son verre de mojito et contempla la photo posée sur lc comptoir du bar.

Gabrielle pendue à son cou souriait à l'objectif. En arrière-plan, on distinguait la rangée de palmiers plantés sur la plage de Tennessee Williams, à Key West.

Il n'arrivait pas encore à croire qu'elle était morte dans la chambre froide et austère d'une clinique londonienne. Son corps avait lâché d'un seul coup. Elle était partie quasiment au moment où il avait abattu Fainsworth. Trois mois s'étaient écoulés depuis son enterrement au Père-Lachaise, à Paris, et il n'avait pas surmonté son deuil. Pis, il buvait plus que de raison et s'accrochait avec son fils à tout bout de champ. Il bâclait son travail et ses collègues ne le reconnaissaient plus. Il fallait fuir la France, quitter le pays pour se ressourcer ailleurs. Au bout du monde. C'était Standford qui lui avait indiqué la Sierra Leone et fourni l'adresse de son contact sur place.

Il consulta sa montre. Cela faisait exactement huit heures qu'il avait atterri dans ce pays minuscule, après avoir fait escale à Dakar. Il avait pris l'hôtel le plus potable de la ville, du côté des plages de Lumley, et l'avait regretté à peine installé. Truffé d'hommes d'affaires occidentaux et africains, de trafiquants en tout genre. Il était resté dans sa chambre tout l'après-midi.

Il caressa la photo du doigt, puis consulta sa montre. Il était presque 19 heures.

Une main se posa sur son épaule. Un parfum féminin se répandit derrière lui. Pendant un instant, il laissa planer l'incertitude. Il se tournerait et Gabrielle lui sourirait pour l'embrasser. La voix féminine brisa l'enchantement.

— Vous avez du feu ?

Il pivota lentement.

Une jeune femme blonde, trop blonde, apparut devant lui. La trentaine, le corps moulé dans une robe noire favorablement échancrée, une allure élancée mais déséquilibrée par la poitrine refaite. Elle tenait une cigarette entre ses doigts, le coude plié, la main en l'air. Elle souriait de ses dents impeccablement blanches et droites. Un sourire artificiel, comme tout en elle. Antoine prit son briquet et s'exécuta comme il se devait. La femme se rapprocha.

— Vous permettez ?

Marcas lui rendit son sourire et secoua la tête.

— Non, je vais partir.

La blonde ne se démonta pas, elle souffla lentement une bouffée.

— Je peux vous accompagner…

— Ce ne sera pas nécessaire.

Le sourire de la fille ne faiblissait pas. Une vraie pro.

— Tu préfères les hommes ? J'ai un ami qui travaille à l'hôtel…

Antoine déposa un billet de dix dollars sur le comptoir et se leva.

— C'est gentil, mais mon truc c'est les animaux. J'ai envie de me faire un hippo. Tu n'aurais pas ça dans tes connaissances ?

La fille écarquilla les yeux et laisser tomber par mégarde de la cendre sur sa robe. Antoine reprit :

— Non, c'était une mauvaise plaisanterie. Je n'ai pas besoin de compagnie en ce moment.

— Dommage, tu es beau gosse… Si tu changes d'avis, voici ma carte.

Il la vit s'éloigner en ondulant, pour répéter son même numéro devant un gros type au visage rouge qui en était à son quatrième verre.

Antoine sortit de l'hôtel et héla le portier.

— Je voudrais un taxi pour aller à Battery Street.

— Pas de problème, mais c'est à côté de Kroo Bay, dangereux pour les Blancs.

— Ça ne fait rien. J'ai un… ami là-bas.

Une Peugeot brinquebalante s'avança vers l'entrée. Il s'y engouffra et donna l'adresse au chauffeur.

— Y a pas beaucoup de Blancs dans ce coin-là. Tu es sûr d'y aller ?

— J'ai pas envie de voir des Blancs.

La voiture mit un bon quart d'heure pour s'extraire des embouteillages du centre-ville. Au fur et à mesure qu'il s'enfonçait dans les faubourgs, l'éclairage public s'estompait, les rares lumières filtraient des volets des maisons décrépites. Le taxi passa devant un terrain vague, envahi d'herbes folles et de chèvres décharnées. Sur le trottoir défoncé, deux vieillards dormaient à même le sol.

— Tu vas voir une femme là-bas ? lança le chauffeur en évitant de justesse un gamin en haillons qui traversait la rue.

— Non, juste des frères…

Le bitume disparut et se transforma en piste glissante qui grimpait dans un lacis de ruelles escarpées. La Peugeot ralentit et s'arrêta devant le mur d'une villa défraîchie, entourée d'un jardin exubérant. Deux projecteurs illuminaient l'entrée. Antoine paya le chauffeur et sortit du véhicule.

— Tu veux que je t'attende, patron ? Si tu reviens à pied, tu ne feras pas dix mètres avant de te faire dépouiller dans le Slum ! lança le chauffeur.

— Ce ne sera pas nécessaire. Je suis en sécurité, ici, répondit-il sur un ton grave.

Le taxi démarra pendant qu'il murmurait à l'interphone surmonté d'une caméra :

— L'homme est le seul temple.

Quelques instants s'écoulèrent puis un homme noir, de haute taille, lui ouvrit en souriant. Sa voix fusa :

— Entre dans le temple de l'homme, mon frère.

Ils se firent l'accolade et pénétrèrent dans la maison. Des enfants couraient dans tous les sens. L'homme claqua des mains.

— Ça suffit, nous avons un invité. Suis-moi, Antoine.

Ils montèrent à l'étage et s'installèrent dans un

bureau encombré de livres et de papiers. L'homme tendit une bouteille de gin et un verre. Antoine refusa poliment et s'assit dans un fauteuil plus confortable qu'il n'y paraissait. Son hôte se versa une rasade et porta le verre à ses lèvres. Il scruta Marcas avec acuité et dit :

— Ta demande est singulière. Je n'avais jamais rencontré de frère français avant toi. Pourquoi veux-tu t'exiler dans ce pays ?

— La nation la plus pauvre du monde n'a-t-elle pas besoin de bras pour se reconstruire ? Vous avez des policiers à former, et c'est mon métier.

— C'est très mal payé. Le pays se reconstruit mais la criminalité explose. Rien que dans ce quartier qui m'a vu naître, tu pourrais te faire égorger en un clin d'œil.

Antoine croisa les bras.

— Ça ne me fait pas peur. J'ai démissionné de mon job à Paris et disons que j'ai besoin de redonner un sens à ma vie.

L'homme le détailla à nouveau.

— Tu possèdes les meilleures recommandations qui soient. Notre frère, Peter Standford, t'a tressé des louanges et comme c'est lui qui m'a formé quand j'ai fait mon stage à Londres, j'ai donc toute confiance.

— Tu m'en vois ravi, mon frère. L'affaire est donc entendue ?

— Juste une dernière question. Standford m'a dit pour ta femme… Sa mort doit te perturber ?

Marcas savait que le chef de la police de Freetown allait lui poser la question.

— Je fais mon deuil. Voilà tout.

Le policier noir se leva et lui tendit la main.

— Le Blanc, je te prends à l'essai pour deux mois. Et je t'invite à dîner. Ma femme fait les meilleures crevettes épicées de la ville.

Il serra la main vigoureuse. Une petite fille d'environ huit ans entra sans frapper, se planta devant Antoine, une fleur rouge à la main, et la lui tendit. Elle écarquillait les yeux, sans timidité.

— Merci. Comment tu t'appelles ?

— Esperanza.

— Espérance, c'est un joli prénom, répondit Antoine en souriant.

Ils descendirent tous ensemble et arrivèrent dans une véranda qui donnait sur l'océan. La pluie avait cessé et le soleil dardait ses derniers rayons à l'horizon.

— On revient avec du vin, profite du spectacle.

La vue était d'une beauté à couper le souffle, le ciel entier virait au rouge sombre. Marcas sortit sur le balcon pour contempler le coucher de soleil et mit la main dans la poche de son pantalon. Lentement, il en sortit le bout de caillou noir, toujours aussi tiède. Il leva le fragment de la pierre du Temple devant l'astre, puis le jeta en l'air. La pierre décrivit un arc de cercle dans le couchant et disparut dans les contrebas de la colline. Peut-être que le Destin en ferait bon usage…

Pour la première fois depuis longtemps, Antoine se sentit en paix avec lui-même. Il ne savait pas ce que l'avenir lui réserverait, mais une lumière s'était allumée dans sa nuit.

Paris, Londres, Séville, 11 mai 2012

GLOSSAIRE MAÇONNIQUE

Accolade fraternelle : accolade rituelle discrète qui permet aux frères de se reconnaître.

Agapes : repas pris en commun après la *tenue.*

Atelier : réunion de francs-maçons en *loge.*

Attouchements : signes de reconnaissance manuels, variables selon les grades.

Cabinet de réflexion : lieu retiré et obscur, décoré d'éléments symboliques, où le candidat à l'initiation est invité à méditer.

Capitation : cotisation annuelle payée par chaque membre de la loge.

Chaîne d'union : rituel de commémoration effectué par les maçons à la fin d'une *tenue.*

Collège des officiers : ensemble des officiers élus de la loge.

Colonnes : situées à l'entrée du *temple.* Elles portent le nom de Jakin et Boaz. Les colonnes symbolisent aussi les deux travées, du *Nord* et du *Midi,* où sont assis les frères pendant la *tenue.*

Compas : avec l'*équerre,* correspond aux deux outils fondamentaux des francs-maçons.

Constitutions : datant du XVIIIe siècle, elles sont le livre de référence des francs-maçons.

Cordon : écharpe décorée portée en sautoir lors des *tenues*.

Cordonite : désir irrépressible de monter en grade maçonnique.

Couvreur : officier qui garde la porte du *temple* pendant la *tenue*.

Debbhir : nom hébreu de l'*Orient* dans le *temple*.

Delta lumineux : triangle orné d'un œil qui surplombe l'*Orient*.

Droit humain (DH) : obédience maçonnique française mixte. Environ 11 000 membres.

Épreuve de la terre : une des quatre épreuves, avec l'eau, le feu et l'air, dont le néophyte doit faire l'expérience pour réaliser son initiation.

Équerre : avec le *compas*, un des outils symboliques des francs-maçons.

Frère couvreur : frère, armé d'un glaive, qui garde la porte du *temple* et vérifie que les participants aux rituels sont bien des maçons.

Gants : toujours blancs et obligatoires en *tenue*.

Grades : au nombre de trois. Apprenti. Compagnon. Maître.

Grand Expert : officier qui procède aux rituels d'initiation et de passage de grade.

Grand Orient de France : première obédience maçonnique, adogmatique. Environ 46 000 membres.

Grande Loge de France : obédience maçonnique qui pratique principalement le Rite écossais.

Grande Loge féminine de France : obédience maçonnique féminine. Environ 11 000 membres.

Grande Loge nationale française : seule obédience maçonnique en France reconnue par la franc-maçonnerie anglo-américaine ; n'entretient pas de contacts officiels avec les autres obédiences françaises.

Haut grade : après celui de maître, existent d'autres grades pratiqués dans les ateliers supérieurs, dits de perfection. Le Rite écossais, par exemple, comporte 33 grades.

Hekkal : partie centrale du *temple.*

Hiram : selon la légende, l'architecte qui a construit le Temple de Salomon. Assassiné par trois mauvais compagnons qui voulaient lui arracher ses secrets pour devenir maîtres. Ancêtre mythique de tous les francs-maçons.

Loge : lieu de réunion et de travail des francs-maçons pendant une *tenue.*

Loge sauvage : loge libre constituée par des maçons, souvent clandestine, et qui ne relève d'aucune obédience.

Loges rouges et noires : loges dites *ateliers supérieurs* où l'on confère les hauts degrés maçonniques.

Maître des cérémonies : officier qui dirige les déplacements rituels en *loge.*

Obédiences : fédérations de loges. Les plus importantes, en France, sont le GODF, la GLF, la GLNF, la GLFF et le Droit Humain.

Occident : *ouest* de la *loge* où officient le *premier* et le *second surveillant* ainsi que le *couvreur.*

Officiers : maçons élus par les frères pour diriger l'*Atelier*.

Orateur : un des deux officiers placés à l'*orient.*

Ordre : signe symbolique d'appartenance à la maçonnerie qui ponctue le rituel d'une *tenue.*

Orient : *est* de la *loge.* Lieu symbolique où officient le *Vénérable,* l'*Orateur* et le *Secrétaire.*

Oulam : nom hébreu du *parvis.*

Parvis : lieu de réunion à l'entrée du *temple.*

Pavé mosaïque : rectangle en forme de damier placé au centre de la *loge.*

Planche : conférence présentée rituellement en *loge.*

Poignée maçonnique : poignée de reconnaissance rituelle que s'échangent deux frères.

Rite : rituel qui régit les travaux en *loge.* Les plus souvent pratiqués sont le Rite français et le Rite écossais.

Rite Pierre Dac : rituel maçonnique parodique, créé par l'humoriste et frère du même nom.

Rites égyptiens : rites maçonniques, fondés au XVIIIe siècle et développés au XIXe, qui s'inspirent de la tradition spirituelle égyptienne. Le plus pratiqué est celui de Memphis-Misraïm.

Salle humide : endroit séparé du *temple* où ont lieu les *agapes.*

Secrétaire : il consigne les événements de la *tenue* sur un *tracé.*

Signes de reconnaissance : signes visuels, tactiles ou langagiers qui permettent aux francs-maçons de se reconnaître entre eux.

Sulfure : simple presse-papier… maçonnique.

Surveillants : premier et second. Ils siègent à l'*Occident.* Chacun d'eux dirige une *colonne,* c'est-à-dire un groupe de maçons durant les travaux de l'*atelier.*

Tablier : porté autour de la taille. Il varie selon les *grades.*

Taxil (Léo) : écrivain du XIXe siècle, à l'imagination débridée, spécialisé dans les œuvres antimaçonniques.

Temple : nom de la *loge* lors d'une *tenue.*

Tenue : réunion de l'*atelier* dans une *loge.*

Testament philosophique : écrit que le néophyte doit rédiger, dans le cabinet de réflexion, avant son initiation.

Tracé : compte rendu écrit d'une *tenue* par le *secrétaire.*

Tuileur : officier de la loge qui garde et contrôle l'entrée du *temple.*

Vénérable : maître maçon élu par ses pairs pour diriger l'*atelier.* Il est placé à l'*Orient.*

Voûte étoilée : plafond symbolique de la *loge.*

LES TEMPLIERS ET LA PIERRE

Les pierres sacrées ont toujours marqué les civilisations. Symboles essentiels du lien entre les dieux et les hommes, on les retrouve à l'origine de toutes les grandes religions. Cette permanence des pierres sacrées nous a fascinés et décidés d'en faire le trésor spirituel de l'ordre du Temple. Ainsi, au moment même où nous corrigions les épreuves, nous avons découvert un témoignage captivant, recueilli lors de la mise en accusation des templiers anglais. C'est lors de l'interrogatoire d'un vieux serviteur de la commanderie de Sumford que ce dernier leur révèle un curieux rituel : quand les frères avaient une décision d'importance à prendre, ils se réunissaient dans une chapelle et se plaçaient devant l'autel. Qu'adoraient-ils, le Christ comme ils l'ont toujours prétendu, le Baphomet comme l'ont affirmé les inquisiteurs ? Ni l'un ni l'autre. Simplement l'un d'eux s'approchait de l'autel et tirait un objet devant lequel aussitôt tous les frères s'agenouillaient pour l'adorer. Est-il besoin de préciser qu'il s'agissait d'une pierre[1]. Laquelle ? Peut-être la nôtre.

Quand l'Histoire rejoint la fiction...

1. Barbara Frale, *Les Templiers et le suaire du Christ*, Bayard, 2011.

Dans le Londres maçonnique, sur les pas d'Antoine Marcas

Cette année, dans les annexes, il nous a paru intéressant de faire la part belle à Londres. La capitale *so British* est bien connue des Français, mais pas forcément pour son empreinte maçonnique. Et pourtant, la cité a été historiquement le centre névralgique de la maçonnerie dans le monde. La fraternité chère à Antoine est née en Angleterre au XVIIe siècle et la première obédience à Londres, à la taverne de *L'Oie et le Grill*, en 1717.

Dès la naissance de la maçonnerie au Royaume-Uni, on observe un rapprochement rapide entre les instances dirigeantes de la fraternité, bourgeoisie éclairée et le pouvoir en place, à savoir la royauté et l'aristocratie. En cela, Londres est une ville beaucoup plus maçonnique que Washington (qui a les préférences de Dan Brown, dans son thriller *Le Symbole perdu).*

Avec *Le Temple Noir*, dont l'action se situe en grande partie à Londres, nous avions un fantastique matériau, tant la ville regorge de lieux, d'anecdotes et de personnages illustres et liés à la maçonnerie. La mort dans l'âme, il nous a fallu faire un tri et mettre de côté certains endroits magiques, comme le temple caché du Great

Eastern Hotel ou l'énigmatique monument de Temple Bar. Cela nous a donné l'idée d'ajouter ce petit guide du Londres maçonnique, où, nous l'espérons, vos pas vous conduiront la prochaine fois que vous irez faire un séjour dans la capitale anglaise. Si vous voulez aller plus loin, procurez-vous l'excellent guide *The City of London, a masonic guide*, de Yasha Beresiner (ancien maître de la *quatuor coronati lodge*), publié chez Lewis Masonic, vénérable maison d'édition maçonnique créée en 1861, et disponible sur leur site *www.lewismasonic.com*

Quelques dates clés, subjectives, sur l'Angleterre et Londres

– 70. Lud, roi légendaire des tribus de Bretagne. Sa tombe serait à Londres, vers Ludgate Hill, non loin de Saint-Paul.

43. Conquête de l'Angleterre par les Romains, après deux tentatives infructueuses en – **55.** Mention du nom de Londinium, établi sur la rive nord de la Tamise. D'abord un centre de garnison, puis un port avant son expansion commerciale.

61. Destruction de la ville et massacre des habitants par les armées de la reine païenne Boadicée, qui se suicidera quelques mois plus tard, vaincue par les légions romaines.

120. Premier Grand Incendie.

408. Les Romains évacuent l'Angleterre, le pouvoir devient anglo-saxon.

604. Première église dédiée à saint Paul, patron de la ville, édifiée sur Ludgate Hill, ancien sanctuaire païen.

924. Le roi Athelstan de Wessex unifie le pays ; protecteur légendaire des corporations de maçons.

1066. Londres se livre au Normand Guillaume le Conquérant et devient la capitale du royaume.

1509. Roi Henri VIII de la dynastie des Tudors (Barbe-Bleue).

1603. Roi Jacques Ier d'Angleterre et d'Irlande, de la dynastie des Stuarts, aurait été proche des maçons.

1665. Grande peste qui extermine un sixième de la population.

1666. Grand Incendie pendant sept jours qui ravage tout le cœur historique, l'actuelle City. 12 000 maisons détruites, la cathédrale Saint-Paul et 86 églises ravagées. Début de la reconstruction sous la houlette de sir Christopher Wren.

1695. Essor des sociétés de Bourse.

1710. Ouverture de la cathédrale Saint-Paul.

1717. Rassemblement de quatre loges à l'auberge de *L'Oie et le Grill*. Création de la première fédération de loges de l'histoire de la maçonnerie.

1773. Création du Stock Exchange, l'ancêtre de la Bourse.

1820. George IV, famille de Hanovre, premier roi franc-maçon.

1837. Reine Victoria, le plus long règne à ce jour (soixante-trois ans).

1888. Jack l'Éventreur sème la terreur dans le quartier de Whitechapel. Londres est la ville la plus peuplée du monde.

1940. Winston Churchill, maçon (Loge 1591), Premier ministre.

1952. Règne d'Élisabeth II.
1979. La Dame de fer, Margaret Thatcher, Premier ministre.
1994. Liaison Eurostar ouverte.

Freemasons'Hall

60 Great Queen Street, métro Holborn

Monumental, majestueux, mystérieux... les qualificatifs ne manquent pas pour décrire cette imposante construction, plusieurs fois remaniée, et dont le premier état date de 1775. L'actuel bâtiment, lui, a été construit entre 1925 et 1930 et pensé d'abord comme un mémorial aux francs-maçons tombés durant la Grande Guerre. Une idée qui n'aurait pas déplu à un des personnages de notre livre, le Devin, hanté par les morts. C'est après la Seconde Guerre mondiale qu'il prit son nom définitif de Freemasons'Hall. Il ne faut pas hésiter à franchir les immenses portes du quartier général de la maçonnerie anglaise qui est très ouvert aux visiteurs : une fois un petit badge accroché à votre poitrine, vous pourrez vous promener partout ou presque. Pour voir les temples, mieux vaut s'y rendre un dimanche et profiter d'une visite guidée. En revanche, il faut absolument se rendre à la bibliothèque où des conservateurs diligents vous ouvriront les portes de leurs archives qui remontent au début du XVIIIe siècle. Mais s'il est un lieu où se rendre absolument, c'est le musée : une merveille de désuétude, moitié bric-à-brac, moitié salon d'antiquaire, où s'entassent des objets fascinants tel le maillet du frère Wren que nous avons « emprunté » dans ce roman. Pour les amateurs d'ésotérisme, ne surtout pas rater un énigmatique bureau à double fond, révélant un Temple de Salomon miniature, et une sorte d'échiquier initiatique dont le mystère n'est toujours pas percé : est-ce un instrument de codage ou un prototype de machine à calculer ? Antoine enquête…

Cathédrale Saint-Paul

Saint Paul's Church Yard, métro Blackfriars

Dévastée par les Vikings, frappée par la foudre, maintes fois détruite et reconstruite, la cathédrale médiévale de Saint-Paul a définitivement disparu dans le Grand Incendie de Londres de 1666. La cathédrale actuelle est l'œuvre du génial architecte Christopher Wren, le Léonard de Vinci anglais, qui rebâtit en fait tout le centre de Londres. Non sans quelques arrière-pensées maçonniques, comme des yeux avisés peuvent s'en apercevoir en contemplant un plan de la ville. Les formes symboliques et géométriques y abondent… Sitôt entré à Saint-Paul, il faut se précipiter dans l'imposant escalier à vis qui mène sous la coupole. Là, une double vue ascendante et plongeante permet d'admirer à la fois la magnifique voûte peinte et le chœur de la cathédrale. Une petite surprise initiatique, si vous êtes deux, mettez-vous face à face sous la coupole et parlez… par un *miracle* acoustique, la *parole circule* à distance. Une dernière volée de marches, et vous arrivez au sommet… en plein air. Une vue imprenable et… un risque assuré de vertige. Après le monde d'En Haut, celui d'En Bas avec la crypte où demeurent quelques-unes des gloires notables et défuntes de l'Empire britannique : vous y croiserez en leurs tombeaux aussi bien l'amiral

Nelson que le général Wellington, Fleming que Churchill. Ne pas partir sans rendre une visite à la discrète tombe du maître des lieux, Christopher Wren, dont une pierre porte la marque gravée. Le frère Wren fut-il le dernier maçon opératif ou le premier spéculatif, ou les deux ? La question demeure.

Un temple caché dans un hôtel de luxe

Hyatt's Andaz Hotel, 40 Liverpool Street,
à côté de Liverpool Station

Nous sommes à la fin des années 1990, des investisseurs rénovent de fond en comble un vieil hôtel de style victorien, le Great Eastern Hotel, pour le transformer en cinq étoiles. L'établissement à la façade de briques rouges avait été construit un siècle plus tôt dans ce quartier marchand de l'est de Londres, tout près de la gare de Liverpool, à la frontière de la City et du populaire Spitalfields. Le célèbre designer Terence Conran repense le look de l'endroit pour en faire un hôtel branché pendant que les ouvriers jouent du marteau-piqueur et abattent avec entrain les murs et les cloisons pour créer de nouveaux espaces, conformes à la vision de l'artiste. Un matin, l'un d'entre eux démolit un mur de plâtre et tombe sur une salle secrète, qui n'était pas sur les plans. Avec le contremaître, tels des archéologues, ils entrent prudemment à l'intérieur avec leurs torches. Et c'est la stupéfaction : devant eux s'offre un temple maçonnique, d'inspiration grecque, d'un luxe inouï. Marbres italiens, trône avec dorures, escalier rose et blanc finement sculpté, fresques magnifiques, plafond recouvert de feuilles d'or, colonnes imposantes gravées de signes zodiacaux ; c'est une découverte incroyable. Le temple avait été bâti en 1912, pour une valeur de l'époque estimée à 60 000 livres, soit la bagatelle actuelle de 6 millions d'euros. Les architectes, Charles et Edward Barry, s'étaient entourés de francs-maçons pour la construction de l'hôtel, et le propriétaire, un marchand, avait donné son autorisation pour remercier les frères. On comprend mieux le choix du nom de l'établissement, l'hôtel du Grand Est (l'Orient des francs-maçons). Pendant ces décennies, la loge de l'Eastern Hotel a organisé des tenues secrètes toutes les semaines, à l'insu de la clientèle !

Le Temple est désormais un spot recherché pour les séances photo dans le milieu de la mode et de la musique. Il sert aussi de lieu pour des événements de toutes sortes, avant-premières, dîners privatifs… On imagine la tête des frères de l'époque (très conservateurs) s'ils avaient vu Lady Gaga prendre des poses alanguies sur le trône du Vénérable, le temps d'une séance photo. À l'origine, nous voulions une scène de course-poursuite avec Marcas dans ce temple pour qu'il découvre un indice sur le zodiaque, mais la date de construction ne coïncidait pas avec la chronologie historique de l'énigme.

Un blason mystérieux et des dragons légendaires

Lieu. Dans toute la ville.

Jetez un œil sur les murs de la ville, en particulier dans le quartier de la City, vous apercevrez le blason de la Cité. Une croix rouge sur fond blanc, flanquée sur les côtés de deux dragons. La description héraldique est très précise : *blanc, à la croix de gueules (rouge), chargé en son quartier de chef dextre (en haut à gauche) d'une épée d'argent garnie d'or. La croix des armes de l'Angleterre, épée de saint Paul, saint patron de la ville.*

Les armoiries intègrent une devise : *Domine Dirige Nos, Dieu nous guide.*

D'un point de vue historique, la croix est celle de saint Georges, patron de l'Angleterre, celui qui terrassa un dragon, mais certains chercheurs audacieux ne manquent pas de souligner la ressemblance de cette croix avec celle des Templiers, qui possédaient un dixième des terres de la City, au XIIIe siècle.

Autre point de convergence, la devise de la ville ressemble à celle de l'ordre du Temple : *Non nobis domine, sed nomine tuo ; pas en notre nom, Seigneur, mais pour le tien.*

Les dragons, eux, renvoient sur un plan mythique à la légende du roi Arthur, fils du roi Pendragon (tête de dragon) et au combat de Merlin contre deux dragons, l'un rouge, l'autre blanc. Le dragon rouge est le symbole du pays de Galles.

Guildhall

Milieu de Gresham Street, métro Moorgate

Toujours dans la City, un complexe architectural étonnant qui mélange l'ancien (sublime) et le moderne (pas terrible, il faut l'avouer). Ici se trouve une inscription gravée dans la pierre en lettres dorées (à vous de jouer, comme pour Paternoster Square) et qui rappelle que se trouvait à cet endroit le siège de la guilde de la compagnie des maçons, depuis 1463. Bâti en 1411, Guildhall a été le centre névralgique des corporations commerçantes de la ville, puissant pouvoir face à l'aristocratie. Et si vous prenez Basinghall Street, vous trouverez une Mason's Avenue avec un pub digne de ce nom.

Temple Bar, le monument voyageur

1 Fleet Street puis Paternoster Square
Métro Temple

Encore un dragon ; celui-ci veille avec férocité sur la frontière qui sépare les territoires de la City et Westminster. Juché sur un pilier sculpté en plein milieu de l'avenue de Fleet Street, face à la cour de justice, ce dragon sculpté regarde vers l'ouest, pour protéger la City des intrus de Westminster. Soyez perspicace, juste en face du pilier au dragon, vous trouverez une plaque sur un mur qui définit l'endroit où se trouvait la loge maçonnique de la Taverne du Diable. Devil Temple Lodge a été l'une des plus anciennes de Londres, et dont fait mention le pasteur Anderson (celui qui a rédigé les constitutions maçonniques). Revenons à notre dragon, ailes déployées, griffes sorties, il semble tout droit sorti d'un conte de fées, mais il ne date pas du Moyen Âge, il a été posé en 1872 pour marquer l'emplacement de Temple Bar, à l'origine un monument « voyageur » où l'on retrouve l'empreinte des frères. Au XIIIe siècle il existait une barrière pour indiquer l'entrée du quartier du Temple (voir Temple

Church) et où il fallait payer un droit de péage. Après le Grand Incendie de 1666, le frère Christopher Wren, eh oui, toujours le même, y construisit un magnifique ouvrage d'art percé d'une arche, et ornementé de statues de rois d'Angleterre, dont celle de James Ier. Deux cents ans plus tard, face à l'accroissement de la circulation, le monument est démonté pierre par pierre et reconstruit en 1889 dans une propriété privée du Hertfordshire, non loin de Chesthunt. Mais l'aventure n'est pas terminée ; en 2001, Temple Bar retourne à Londres, cette fois à Paternoster Square, quasiment à l'emplacement de la première loge unie maçonnique de *L'Oie et le Grill* (*ibidem*). Le transfert a coûté la bagatelle de 5 millions d'euros. Vous pouvez l'admirer tel qu'il était quand le frère Wren l'a conçu. Le Temple Bar Lodge, fondé en 1878, a joué un rôle majeur dans le rapatriement du monument.

Temple Church

Quartier des Inns. Métro Temple ou bus sur Fleet Street, arrêt au niveau de Royal Court's of Justice.

Mettre un indice dans l'église des Chevaliers du Temple eût été faire acte de grande paresse tant le *Da Vinci Code* a popularisé le lieu. Néanmoins, nous avons inséré un chapitre avec Fainsworth en guise de clin d'œil. L'église, réputée pour ses magnifiques gisants, mérite d'être visitée, mais renseignez-vous sur Internet sur ses heures d'ouverture, ça change tout le temps. Privilégiez une visite du reste des Inns, le quartier des avocats, en vous perdant dans les petites ruelles, entre Fleet Street et la Tamise. Allez prendre une bière au Temple Pub, juste à côté de l'église. Vous y découvrirez un portrait de Jacques de Molay, dernier grand maître de l'Ordre.

À L'Oie et le Grill, berceau de la maçonnerie

Paternoster Square. Métro Saint-Paul

Sortez de la cathédrale Saint-Paul et marchez cinq minutes vers le nord, vous tomberez sur une place entièrement refaite qui fait face au nouveau siège de la Bourse de Londres. Regardez bien (on ne va pas vous le dire, ce serait trop facile), et vous trouverez une plaque commémorative de la création le 22 juin 1717 des quatre loges unies à la taverne de *L'Oie et le Grill (Goose and Gridiron)*. Les historiens de la maçonnerie sont tous d'accord pour reconnaître que la réunion de *L'Oie et le Grill* est la première manifestation officielle de la maçonnerie spéculative, avec l'élection du premier grand maître de la fraternité, Anthony Sayer. C'est à partir de là que prendra l'essor d'une fédération de maçons. Pour la petite histoire, la nouvelle plaque a été inaugurée le 15 juin 2005, en présence du frère Lord-Maire, Alderman Michael Savery.

La City, le Royal Exchange, la tour de la couverture

Angle Threadneedle Street et Prince's Street
Métro Bank

Ce n'est pas l'endroit le plus touristique de la ville et pourtant il mérite le détour. Ici, se trouvait l'épicentre de la finance, cœur de la puissance de l'Empire britannique. Sortez du bus ou du métro et allez sur la petite place, sur laquelle se trouve une petite pyramide (comme par hasard) argentée. Selon nos calculs, juste en dessous, à vingt mètres de profondeur, se trouve la statue du templier Roncelin. En face de vous, le bâtiment imposant du Royal Exchange, avec ses huit colonnes corinthiennes. Vous pouvez y entrer (c'est devenu un centre commercial de luxe) et boire un verre dans le patio central ou faire du lèche-vitrines (si tel est votre vice). À votre gauche, la muraille impressionnante de la Old Lady, la Banque d'Angleterre, jusqu'au siècle dernier la plus puissante du monde. Elle a été construite en 1694 sur l'emplacement d'un temple consacré à Mithra, puis rebâtie au début du XIXe siècle par le franc-maçon John Soane, l'un des plus grands architectes anglais de l'époque, qui a aussi participé à la reconstruction du Freemasons'Hall en 1813. Pas de hasard, les constructeurs les plus prestigieux, comme Christopher Wren, ou encore Horace Jones (Tower Bridge, monument de la reine Victoria) ou Thomas Sandby (premier Freemasons'Hall), étaient des frères de haut vol.

Si vous descendez sur Queen Victoria, vous tomberez sur Mansion House, la résidence du maire de la City. Il faut savoir que la City (3 km^2), ou le *Square Mile*, est une ville dans la ville, avec ses lois et ses prérogatives pour ses 9 500 habitants. La reine doit demander l'autorisation du Lord-Maire pour venir en visite officielle…

Juste à côté du Royal Exchange, se trouve l'imposant bâtiment du Stock Exchange et, si vous continuez vers l'est par Leadenhall Street, vous découvrirez l'étrange tour de la Lloyd (l'assureur) et plus loin le gratte-ciel de la Swiss Re (au 30 St Mary Axe), où se situent les bureaux de Fainsworth (couverture du livre). Anecdote : les opposants à la tour ont accusé les francs-maçons de l'avoir financée, car une succession de triangles enrobe la tour de la base à son sommet sur 180 mètres.

La famille royale, protectrice de la maçonnerie

Dès sa création, en 1717, la maçonnerie anglaise a noué des liens puissants avec la noblesse du pays, jusqu'aux monarques eux-mêmes. Il suffit de jeter un œil à la liste des grands maîtres de l'obédience. Si les trois premiers (Anthony Sayer, George Payne, Jean Théophile Desaguliers) sont roturiers, à partir de 1719, tous les grands maîtres seront membres de la haute aristocratie, riches propriétaires terriens et grands seigneurs. Au fil des ans, l'engouement pour cette fraternité va s'étendre aux familles royales. Le prince de Galles, Frédéric de Hanovre, sera le premier frère membre d'une dynastie de souverains, et trois de ses fils passeront sous le bandeau. L'un d'entre eux, le duc de Cumberland, fera même initier six de ses neveux ! Il faudra cependant attendre 1820 pour voir monter sur le trône le premier roi maçon, George IV, qui avait même été grand maître de la grande loge d'Écosse. Par la suite, d'autres souverains seront initiés, dont George VI, en 1919, le roi bègue du film *Le Discours d'un roi*, et père de l'actuelle reine Élisabeth. La revue *Point de Vue* a publié un remarquable numéro spécial, et original : Princes et rois francs-maçons (mars 2012), avec un excellent article de Gabriel de Penchenade, *L'Équerre et la Couronne*. Et pour les lecteurs du *Septième Templier*, toujours dans le même numéro, un article bien documenté sur les liens entre la maçonnerie et l'Église catholique du meilleur *papologue* français, Bernard Lecomte. Cet auteur vient de publier un passionnant livre d'enquête, chez Perrin, *Les Derniers Secrets du Vatican*, dans lequel il fait la lumière sur des thèmes abordés dans *Le Septième Templier*.

Si les liens entre la royauté anglaise et la maçonnerie ne sont pas un mystère outre-Manche (un timbre de la Victoire a été émis en 1946 avec la tête de George VI, orné du compas et de l'équerre), ils ont en revanche fait beaucoup fantasmer. Selon une thèse longtemps en vogue, Jack l'Éventreur aurait été un frère mandaté pour protéger la famille royale dont l'un des membres s'était compromis avec des prostituées. La BD *From Hell*, d'Alan Moore et Eddie Campbell (Delcourt Éditions), surfe avec maestria sur cette hypothèse et propose à ses lecteurs une plongée dans un Londres ésotérique fascinant. Mais il s'agit de fiction, aucune preuve ne conforte cette théorie !

Toujours dans la même veine, plus conspirationniste qu'historique, il existe des thèses selon lesquelles les monarques de Grande-Bretagne ont considéré leur royaume comme un nouvel Israël, et Londres une nouvelle Jérusalem. Lire *New Jerusalem*, d'Adrian Gilbert, paru chez Bantam Press, mais ce n'est pas un livre d'historien.

Les pierres sacrées

Dans cet opus, la pierre des Templiers joue un rôle majeur et le choix de Londres pour la quête de Marcas n'est pas un hasard. En effet, la ville de Londres est associée depuis la nuit des temps aux légendes de deux pierres sacrées.

La pierre des rois

Abbaye de Westminster

La pierre dite de Scone (Écosse) a été volée aux Écossais par le roi Édouard Ier, en 1296, et placée à l'abbaye de Westminster. Pas n'importe où, juste sous le trône où prennent place les souverains anglais lors de leur couronnement, comme le faisaient avant eux les rois écossais spoliés.

Les Écossais, ayant considéré cet « emprunt » comme un affront, n'ont cessé de réclamer le retour de la pierre et l'ont obtenu en 1996. Cependant, selon les accords signés, elle doit revenir temporairement pour le couronnement du futur roi d'Angleterre. Eh oui, tous les souverains du Royaume-Uni se sont pliés à la coutume. Une légende voudrait que l'origine de la pierre ne soit pas écossaise mais qu'elle vienne d'Irlande et soit une pierre celte magique, Lia Fail. Selon un autre récit, elle aurait été récupérée à Jérusalem et serait la fameuse pierre de Jacob, sur laquelle il fit un songe.

Anecdote : la pierre a été volée le jour de Noël 1950 par des patriotes écossais et déposée à l'abbaye d'Arbroath. Forts de cette action d'éclat, les voleurs ont signé une déclaration d'indépendance du nom de l'abbaye. Hélas pour eux, les Anglais ont remis la main sur la pierre, la même année.

La pierre de Londres

111 Cannon Street. La pierre repose dans une niche, protégée par une grille, dans un magasin de sport. Cette pierre a une histoire fantastique. On en entend parler la première fois dans un livre du roi Athesltan, ou Ethelstone.

À la fin du livre, nous avons enfoui la pierre devant le Freemasons'Hall, quoi de plus normal pour des tailleurs de pierre… Et si la curiosité vous pousse à tracer des droites pour relier les deux autres pierres, celles de Westminster et de Cannon Street, le hasard vous fera découvrir un triangle presque parfait…

Les autres sources d'inspiration

La symbolique de la pierre

Pierre de la Kaaba, Pierre de Rome, Pierre du Temple de Jérusalem, Pierre de l'autel du sacrifice d'Abraham, Pierre de Stonehenge, Pierres dont on fait les cathédrales, les temples, les synagogues, les mosquées, Pierres du destin (*ibidem*), depuis l'aube des temps, la pierre joue un rôle majeur dans le lien entre l'homme et Dieu. En maçonnerie, elle est une allégorie de la construction personnelle.

À lire : *La pierre, Loge Alpina.*

L'os, le calcium et la pierre cubique

L'être humain a un seul point commun avec le règne minéral sur le plan moléculaire, c'est l'os. En effet, il est composé de phosphate et de carbonate de calcium que l'on retrouve aussi dans la pierre calcaire. Si l'on descend un peu plus dans l'infiniment petit, on s'aperçoit que le calcium se présente sous la forme d'un cube. Le corps humain ne tient donc que sur des os, eux-mêmes constitués de milliards de petits cubes… Il était extrêmement tentant de mettre en parallèle cette particularité chimique et la symbolique de la pierre cubique en maçonnerie. En effet, le maçon ne doit-il pas tailler sa pierre brute pour arriver à la pierre cubique ?

Un patron d'une agence de notation dans un thriller ésotérique

Nous voulions que Fainsworth soit un patron d'agence de notation, et pas un trader. Depuis 2008, le grand public a découvert la puissance de ces organismes privés qui notent la bonne santé des pays et des entreprises au fil des ans. Tous les médias ont enquêté sur ce sujet, dont *Le Parisien/Aujourd'hui en France* (Éric Giacometti y était chef de service à la rubrique économie). Voici l'introduction d'un dossier de *l'Express*, en date de décembre 2011, et qui résume assez bien la situation :

« Il existe seulement deux puissances capables de détruire l'économie d'un pays : l'aviation américaine sous un tapis de bombes… et Moody's en dégradant sa notation. » Dans les années 1970, la formule prêtait encore à sourire même si, déjà, elle donnait un aperçu du pouvoir des agences de rating. Moody's donc, mais aussi Standard & Poor's et Fitch. À présent, l'influence considérable acquise par ces shérifs des marchés financiers – rebaptisés les « trois sorcières » ! – soulève au bas mot la méfiance. Leurs appréciations rythment la vie des affaires et des États.

D'un trait de plume, ils sont capables de précipiter la chute d'une entreprise ou d'une économie (...). Par Bruno Abescat et Valérie Lion.

Les blogs conspirationnistes et les JO

Le nouveau stade de Londres, avec ses projecteurs en forme de triangle, fait fantasmer bien des sites conspirationnistes (adeptes du complot). Il suffit de taper sur YouTube : stadium + illuminati ou olympic games + freemason, pour découvrir des vidéos bien « singulières ». On y apprend que le stade a été construit par les francs-maçons, ce qui est faux, qu'il sert de balise pour l'atterrissage de vaisseaux spatiaux et que son inauguration marque le début de la fin du monde, eh oui, en 2012... Pareil pour les mascottes, ces petits personnages qui n'ont qu'un œil, pas très réussis au demeurant, et dans lesquels certains paranoïaques voient le même œil que celui du dollar... Inutile de préciser que nous ne croyons pas à ces interprétations. Pour la petite histoire, les commentaires du blog du Watcher ont été inspirés de commentaires glanés ça et là sur ces sites. On ne le redira jamais assez, méfiez-vous de ces sites truffés d'élucubrations sur la maçonnerie. Si vous voulez vous informer sur les enseignements et les buts de la maçonnerie, allez plutôt sur les sites des obédiences ou sur celui de Jiri Pragman (eh oui, il existe bien), *hiram.be*

REMERCIEMENTS

Depuis huit ans, nous publions les aventures d'Antoine Marcas chez nos éditeurs *Fleuve Noir* et *Pocket*. C'est toujours pour nous l'occasion de les remercier de leur confiance et de leur patience. Nous ne pouvons bien sûr citer tout le monde, mais, fidèles au chiffre symbolique 3, nos remerciements vont en priorité à François Laurent, qui est notre soutien fidèle dans la maison, à Thierry Diaz, inlassable défenseur des livres, et, bien sûr, à Céline Thoulouze, notre éditrice, dont la passion pour Antoine Marcas n'est plus à prouver.

Une mention, toute spéciale, aux différents représentants que nous rencontrons tous les ans lors de repas mémorables et qui sont les diffuseurs inépuisables de nos livres.

Ajoutons aussi qu'écrire un livre est un long processus, parfois difficile, et nous apprécions vraiment le soutien de nos lecteurs, en particulier sur la page Facebook d'Antoine Marcas, dirigée de main de maître par notre ami Sylvio Carlino.

Un profond remerciement à deux de nos lecteurs, présents sur cette page : *Je suis moi* et *Thomas G. L. Nouvelle* pour leur remarquable travail de création graphique.

Composé par Nord Compo
à Villeneuve-d'Ascq (Nord)

Imprimé en France par

MAURY IMPRIMEUR
à Malesherbes (Loiret)
en février 2014

POCKET – 12, avenue d'Italie – 75627 Paris Cedex 13

N° d'impression : 187576
Dépôt légal : juin 2013
Suite du premier tirage : février 2014
S24150/02